并世双星：汤显祖与莎士比亚

Bingshi Shuangxing

Tang Xianzu Yu Shashibiya

李建军 著

二十一世纪出版社集团
21st Century Publishing Group
全国百佳出版社

目 录 CONTENTS

小　引

假如，几百年前，在相距遥远的两个东西方国家，恰好同时出现了两个伟大的诗人和戏剧家；假如，他们都懂得爱情的真谛，也都写过以爱情为主题的戏剧作品；假如，他们都对人类的精神困境和生活哲学，有着深刻的理解和思考，并且希望通过自己的写作，使人类的生活变得更和谐，使人们的心灵变得更美好；假如，他们恰巧又在同一个年份，离开了这个让他们眷恋的世界，那么，后世的读者，一定会觉得非常惊讶和神奇的吧？一定会充满了解他们的好奇心吧？一定会产生比较和研究他们的强烈兴趣吧？

事实上，我们完全无须用虚拟的语气，来谈论这些奇妙的事情和有趣的问题，因为，在我们这个伟大的星球上，如上所列的种种“假如”，所提到的卓特非凡的人和异乎寻常的事，全都切切实实地存在过和发生过。

是的，中国的汤显祖和英国的莎士比亚，就是我们在一连串“假如”的话语中所谈论的两位伟大的诗人和戏剧家。

在时间的维度上，他们生活在同一个时代。

在空间的坐标上，他们分居在东方和西方。

在浩瀚而迥远的天宇上，他们是两颗同时出现的璀璨星辰。

1550年（明代嘉靖二十九年）9月24日，汤显祖出生在中国南方江西临川文昌里的一个士人家庭。

1564年4月23日，莎士比亚出生在英国中部瓦维克郡斯特拉特福镇的一个亦商亦官的家庭。

巧合的是，他们竟然在同一年，即公元1616年，离开了这个世界。

汤显祖的忌日是7月29日。莎士比亚的忌日很特别，不前不后，竟然与自己的生日是同一天。为了纪念他，1995年，联合国教科文组织将每年的4月23日命名为“世界读书日”。

让我们再次怀着美好的愿望，想象这样一个很有可能成为现实的情景：假如莎士比亚是利玛窦那样的传教士，那么，他就有可能在年轻的时候来到中国，就有可能见到中国伟大的戏剧家汤显祖。

16世纪，人类的航海能力，已经达到很高的水平。1582年，意大利传教士利玛窦奉派到中国传教。1583年9月10日，他由澳门进入肇庆，建立了中国第一所天主教圣堂。徐朔方先生根据汤显祖《端州逢西域两生破佛立义，偶成二首》所提供的信息断定：1592年（万历二十年）的春天，汤显祖从徐闻回临川，路过端州（肇庆）时，会见了意大利传教士利玛窦及其同伴特·彼得利斯神父。[1]汤显祖的《牡丹亭》也描写了这次会见留给他的印象；该剧第二十一出提及的“番鬼三巴”，就是肇庆人对洋人教堂的称呼。

然而，莎士比亚却终其一生，从未离开过英伦三岛。他对中国所知甚少。他与汤显祖之间，也没有任何交集。他们完全不知道对方的存在，也不知道对方像自己一样从事戏剧创作。

对于几百年后的人们来讲，发现两位伟大的戏剧家，竟然几乎在同一时间，创作了以爱情为主题的戏剧作品；而且，竟然在同一年，

---

[1] 汤显祖：《汤显祖集全编》（二），上海古籍出版社，2015年，第691页。《端州逢西域两生破佛立义，偶成二首》“其二”云：“二子西来迹已奇，黄金作使更何疑？自言天竺原无佛，说与莲花教主知。”

离开了人世间，确实会非常惊讶。这正像日本学者青木正儿所说的那样：“显祖之诞生，先于英国莎士比亚十四年，后莎氏之逝世一年而卒（莎翁公元 1564—1616，显祖公元 1550—1617），东西曲坛伟人，同出其时，亦一奇也。”[1]

那么，汤显祖和莎士比亚到底是怎样的人？他们生活在什么样的时代里，有过怎样的人生际遇和写作境遇？他们的作品叙述着什么样的人生经验，表达着什么样的人生哲学，呈现着什么样的人格和风格？

夜静天凉月华开，并世双星灿大空。

让我们走进四百年前的仲夏夜，一起仰望这两颗遥远而明亮的巨星。

让我们走进他们的春日载阳、有鸣仓庚的文本世界，盘桓在他们用文字铺出的山阴道上，一同欣赏他们所创造的杂花生树、群莺乱飞的精神风景吧。

---

[1] 青木正儿：《中国近世戏曲史》，王古鲁译，中华书局，2010 年，第 170 页。关于汤显祖的卒年，青木正儿所载不确。

第一章　兰有秀兮菊有芳：如何比较与评价两位巨擘

汤显祖与莎士比亚之间，确实有不少的共同点和可比性。也就是说，他们的共同之处，绝不只是“同时代人”这一点。

他们都是第一流的戏剧家和抒情诗人，都有不朽的作品流传下来。他们都是懂得爱的真谛的人，都写过充满诗意和悲感的爱情故事。他们都有伟大的人格和强烈的正义感，总是表现出批判现实的勇气和追求真理的激情。他们的人生哲学都具有低调而朴素的性质，都对人性的傲慢、贪婪和恣睢抱有警惕的态度，都对人类在追求权力和金钱等方面所表现出来的疯狂行为进行了尖锐的讽刺和批评。他们都反对战争和暴力征服，致力于培养人们认识和创造和谐生活的能力。

从具体的创作经验看，汤显祖和莎士比亚也有很多共性。正像赵景深先生在《汤显祖与莎士比亚》中所揭示的那样：他们的戏剧创作，“题材都是取之他人，很少自己的想像创造，并且都是不受羁勒的天才，写悲哀最为动人”[1]。就取材来看，他们的戏剧写作，大都属于“再度创作”，但却成功地克服了俯仰随人的惰性，摆脱了陈陈相因的窠臼，在升华性的文本建构中，表现出充分的时代性、普遍性和经典性，体现出“集体性共创”的成熟风格。

就具体作品来看，在汤显祖和莎士比亚的所有剧作中，最具相似性和可比性的，非《牡丹亭》和《罗密欧与朱丽叶》莫属。这两部作品都以爱情为主题。莎士比亚所表现的，是爱情的美好与诗意、热烈与毁灭；而汤显祖所表现的，则是人物对爱的渴望、感伤的情绪以及

[1] 毛效同：《汤显祖研究资料汇编》（下），上海古籍出版社，1986 年，第 733 页。“很少自己的想像创造”一语，表达欠准确，揆情度理，似乎应该这样说：他们很少用自己原创的材料来创作，而是善于对固有的材料进行点石成金式的想象和创造。

追求爱情的果决。

他们都赞美爱情，呼唤爱的自由，肯定人的尊严。只是，汤显祖的戏剧，表现着中国人的优雅与温柔、敏感与细腻，内蕴着东方式的压抑与苦闷、坚韧与执着；而莎士比亚的戏剧，则表现着不列颠民族幽默而沉毅的气质、高贵而朴素的性格，内蕴着西方式的热烈情感、自由精神以及行动的勇气。

时代制约着作家的写作。作家的叙事风格和意义建构的方式，都不可避免地会受到时代的政治风气的影响。所以，就有必要从特殊时代的权力结构和政治状况的角度，来研究汤显祖和莎士比亚的不同境遇，进而揭示那些影响他们的创作模式选择和文学风格形成的至关重要的因素。

真正意义上的文学语言，都表现出对翻译的反抗和不服从的姿态。也就是说，深蕴在文学语言深处的美感和诗性意味，很难被翻译和转化到另一种语言中去。作为一种“深度语言”，汉语对翻译的抵抗性似乎更强。我们要充分认识到汉语固有的特点和美感。

由于汉语文学的特殊性质，由于文学语言的不可转换性，我们就不必对所谓“走出去”太过在意。我们固然要积极地与世界文学交流和对话，但是，切不可将中国文学的光荣与梦想，全都寄托在“走出去”和“世界影响”上。任何对他者的认可和评价的过度依赖，都是一种在文化心理上极度自卑和幼稚的表现，必然会给中国文学的发展带来极大的困扰。

汤显祖也许没有莎士比亚那样的精神开阔度，也许没有莎士比亚那样的人文主义思想，但是，他的作品里有奇美的爱情和馥郁的诗性，有表现情感世界和精神困境的细腻和深刻。他自有其无可替代的特点和价值。我们无须为如何帮他“走出去”而煞费心思和焦虑不安。

一、汤显祖并不逊色，无须汲汲于“走出去”

从 1616 年到 2016 年，汤显祖和莎士比亚离开这个世界，整整四百年了。

四百年间，世易时移，山谷陵替，非同寻常，值得纪念。

对于文学来讲，纪念就意味着重读，意味着重新理解和重新评价。

然而，重读虽非难事，评价却不容易。

面对两个生活经历、文化背景、精神气质和个体性格完全不同的作家，任何简单化的类比，任何畸轻畸重的断制，都有可能是谬托知己、厚诬古人的。

在最近的公共媒体和自媒体中，就有一种贬低汤显祖的声音，认为汤显祖根本没法与莎士比亚相提并论，“被莎士比亚甩了几条街”。这样的认识和评价是肤浅而荒唐的，就像一个人煞有介事地描述风筝与乌鸦打架一样幼稚和荒谬。

关于汤显祖与莎士比亚的比较研究，应该着眼于他们的“伟大”之同与“风格”之异，而不必在他们之间，强分轩轾，妄别高下。

在腾讯网组织的一次座谈中，陈国华教授批评说：“汤显祖的作品能够翻译到外国，能被外国人知道的，能有几部？他不是中国的莎士比亚，他是中国的汤显祖。……我国古典戏剧远远没有达到莎士比亚戏剧的高度，而莎士比亚不仅仅是一个人，而是同时代出了一大批其他相当辉煌的剧作家，只不过其他剧作家的成就没有莎士比亚那么大，但他们也有一些非常好的剧本，甚至有的作家的作品直追莎士比亚，和其最伟大的作品不相上下。在这方面，我国还比较欠缺。”[1]这里的评价，有的说得很对，例如“他是中国的汤显祖”；有的判断，则没有多大意义，例如“远远没有达到莎士比亚戏剧的高度”。在对

---

[1] 《汤显祖无法比拟莎士比亚》，http://cul.qq.com/a/20140421/019850.htm。

两位不同国家的古代作家进行比较的时候，我们要发现相同点，也应该看到风格的差异性，尤其要注意分析这些差异是怎样形成的。

2016年4月10日，在浙江遂昌举办的纪念活动中，主办方提出了“汤显祖和莎士比亚的距离有多远”这样一个论题。坦率地说，这实在不是一个很有价值的话题。因为它显然包含着轻分轩轾的态度，并且一开始就预设了答案。提出这样的问题，某种程度上，就跟提出“中国的牡丹离英国的玫瑰有多远”一样不合理。

参加对话活动的殷企平教授认为，“莎士比亚的作品从晚清和民国时期被介绍来中国，已经在中国经历了100多年的经典化过程……而汤显祖作品的经典化其实才刚刚起步”。“莎士比亚已经被我们请进来了，现在我们要谈的就是该如何让汤显祖走出去”[1]。外在地看，这样的“走出去”，似乎已经完成。2008年，纽约丹尼尔·S.伯特（Daniel S. Burt）资料档案出版公司在《100部世界著名剧本排行榜》一书中，已将《牡丹亭》列于第三十二位，是中国唯一入选该排行榜的剧本。美国专家的评价是：“《牡丹亭》时而抒情、时而哲理、时而讽刺、时而荒诞、时而逗乐，把情感和幽默交织在一起，是理解中国文化和中国古典戏剧传统的一个重要的切入点。”[2]另据媒体报道，汪榕培教授翻译的英文版《汤显祖戏剧全集》，已于2014年由上海外语教育出版社出版。[3]关于“走出去”“供给侧”的任务，似乎已经完成得差不多了。

事实上，在中国，汤显祖的“经典化”，早已完成，从来就不是问题。他的《牡丹亭》，感伤而又温暖，凄绝而又粹美，上承《西厢》

[1] 董立林、徐嘉佳：《外文教授殷企平：汤显祖和莎士比亚的距离有多远？》，http://zj.zjol.com.cn/news/315089.html。

[2] 陈俐主编：《南昌大学纪念汤显祖诞辰460周年学术会议论文集》，江西人民出版社，2012年，第265页。

[3] 陈熙涵：《向世界推介“中国的莎士比亚”汤显祖》，《文汇报》，2014年8月19日。

之娟媚，下启《红楼》之清丽，是中国文学史上卓然特立的经典，就像俞平伯在《牡丹亭赞》中所评价的那样：《牡丹亭》“竟以荒远梦幻之事，俚俗俳优之语，一举而遂掩前古，盖其幽微灵秀，姚冶空濛，自成一家，独有千古，不特昔人屐齿所未尝到，即后之人亦难仿其颦眉也。夫曲晚近之作，小道也，得《牡丹亭》而与诗古文词抗颜接席，登临纵目，指点青螺，下视《西厢》薄矣，元人诸曲伧矣，《琵琶》拙矣，其他纷纷造作皆等诸自郐，直舆台耳，乌足数哉，乌足数哉”[1]。语气虽然略显夸张，但就《牡丹亭》的文词之瑰丽和情感表现之幽邃来看，俞平伯的判断，大体不差。

至于汤显祖的作品如何在别的国家被“经典化”，老实说，就不是中国人该特别措意的问题。因为，不同民族之间的文学接受，是一个自然的过程，是接受者根据自己的需要主动选择的过程。也就是说，这根本不是我们自己一厢情愿地“走出去”或“送过去”，就能奏效的。

在吕效平教授看来，仅仅根据“同时代”这一因素，将汤显祖与莎士比亚相提并论，似乎并不妥当，因为，他们完全属于不同模式和类型的作家。他认为：“汤显祖与莎士比亚逝于同年是一个微不足道的偶然，是我们的‘民族自信’焦虑把这个偶然想象成了造化的诗意。汤显祖不像莎士比亚那样是一个时代无可匹敌的艺术峰巅，他还有可与之比肩的同行，例如关汉卿。但这也不重要，重要的是汤显祖写作了东方‘中世纪’戏剧艺术的经典，莎士比亚写作了‘现代世纪’的戏剧艺术经典。”总之，如果以“现代性”作为考察的标准，那么，汤显祖与莎士比亚甚至很难说是同时代作家。

吕效平教授将戏剧分为三类：“历史地看，人类戏剧（Theatre）有三种文体，即‘Pre-drama’‘Drama’和‘Post-drama’；汤显祖所采用的是戏剧的‘Pre-drama’文体，莎士比亚采用的是戏剧的‘Drama’

[1] 毛效同：《汤显祖研究资料汇编》（下），上海古籍出版社，1986年，第985—986页。

文体。”在他看来，“Pre-drama”奉行的是“中世纪”的“集体主义”世界观，“人物既没有为自己个人的目的行动的可能，也缺乏这种自觉，戏剧则以冥冥中掌控世界的力量怎样以其‘幻变无常的方式决定着’‘人物的命运’和人物在命运考验过程中对于‘集体信仰’的道德情感为其内容”。不仅如此，这种消极的“传奇写作”的阴魂，至今犹且未散，“自上世纪下半叶以来国家所组织的大大小小的汇演，在本质上不会培育出 Drama，只会鼓励传奇写作”[1]。他最后的结论很明确：由于“时代”以及“价值观”的局限，汤显祖的作品未能表现“个人自由独立的原则”，缺乏走向世界的“美学理想”，因而，最终是不可能“走向世界”的。

将人类戏剧“历史地”分为三种模式，其实是颇为刺谬、大可商榷的，因为，世界各国的戏剧样式太丰富、太多样了，很难被悉数装入这样三个文化集装箱里头。按照这样的分法，司马迁的伟大写作似乎也该归于“前现代”一类。然而，他的《史记》却实实在在是一部超越了时代阈限的不朽经典，内蕴着极其丰富的现代性的经济思想和现代性的人文主义精神。

至于将汤显祖的戏剧归入“Pre-drama”，且认为它奉行的是所谓的“中世纪”的“集体主义”世界观，则显然是简单化的，也与汤显祖戏剧写作的实际情形大相扞格。事实上，汤显祖的戏剧写作，不仅具有成熟的经典品质和丰富的个性色彩，而且充满了对“中世纪”的“集体主义”的批判和冒犯，或者说，不仅具有批判性的时代内容，而且也有超乎时代的普遍人性的内容。

这种对汤显祖基于“现代性”的不满和苛责，很大程度上，反映的是批评者对自己时代的文化情状的不满和焦虑。汤显祖并不差，差的是我们自己——我们时代的文学创作，实在太缺乏个性力量，实在

[1] 吕效平：《论汤显祖与莎士比亚的不同质》，《戏剧与影视评论》2016 年 7 月号，总第 13 期。

太缺乏内在深度和思想高度了，实在太缺乏对历史和现实的反思和反讽了。

从文化传承和文化接受的角度看，我们与中国自己的文学传统也是隔膜的。我们以一种“现代性”的自信和创造历史的傲慢，蔑视和贬低这一传统，甚至“推翻”和“打倒”这一传统。我们最终丧失了理解和欣赏优雅的传统文学的能力。正像郑培凯先生所指出的那样：“明清以传统文人心态创作的戏曲，在思想感情上都令现在中国人感到格格不入，主要因为，这四百年的历史文化距离，不是单纯的四百年，还包括了近百年来中国文化面临的天翻地覆变化，学习的是西方，打倒的是自己的文化传统。看到戏曲的优美词曲，完全不知所云，倒是读起莎士比亚的白话译本，感到心灵的贴近。西方歌剧的歌词听不懂，也不问是意大利文、德文还是法文，先赞美咬字吐音无懈可击，自惭学力不足；昆曲听不懂的，就怪昆曲艰涩，掩腔莫名其妙，质问为何不改成老妪都解的流行歌曲。其实，问题不单是出在时代的隔阂、文化传统自身的萎缩与后来的断裂，也出在我们自己对待优秀传统的态度上。”[1]

然而，越是虚弱的文化，越是渴望他者的认同。一方面是对自己文化的无知，一方面是对他者文化的傲慢；一方面表现出强烈的文化自卑，一方面又表现出虚妄的“文化自信”。文学上的“走向世界的焦虑”，其实反映的是文学之内以及文学之外的严重的自卑和不自信。镇定的反省和谦抑的自持，乃是应对和克服焦虑的积极心态和有效策略。欲借文学上流于形式的“走出去”，来获得象征意义上的存在感和价值感，来克服渗入到文化结构内部和意识形态层面的自卑和焦虑，注定是难以济事的。

我们现在迫切需要的，是深刻体认自己的传统文化的价值，但也

[1] 郑培凯：《汤显祖：戏梦人生与文化求索》，上海人民出版社，2015年，第169页。

要吸纳他者的文化，要认真地实践“拿来主义”。然而，文化上的理性而平等的“拿来主义”，自鲁迅和胡适之后，鲜有人提倡，很是寂寞。傲慢的“送去主义”鼓吹者，却“济济多士”。“送去”的高调，则几乎成为我们时代的“强音”，甚至产生了发昏十八章的“河东河西说”，不着边际地自诩“21 世纪是属于东方文化的世纪”。唯自信者，才主张“拿来主义”；而虚怯的自卑者，则多讳饰其短，借助“送去”的话语建构，来制造一种自欺欺人的眩目幻象。

总之，与其汲汲于如何“走出去”，从文化上“征服”别人，从而获得某种心理上虚假的补偿性满足和文化上无意义的象征性“自信”，还不如从写作与时代之关系的角度，来考察一下畸形的时代是如何压抑和窒碍了汤显祖的写作；或者从语言的角度，研究一下汉语文学“走出去”的可能性有多大。

二、文运取决于时代，莎士比亚幸逢其时

无论从哪个方面看，人都是自己时代的产物；而他的写作，则是其时代的精神镜像。一个人的生活和写作，从内容、态度、格调、情绪和文体等很多方面，都反映着他所在的时代的文化教养和精神气质。

写作需要最低限度的自由——安全地思考、想象和表达的自由。在一个极端野蛮的时代，只有少数极为勇敢的人，才敢在积极的意义上写作；而大多数人，要么选择沉默，要么满足于虚假的或不关痛痒的写作。即便那些勇敢的写作者，也不得不选择一种隐蔽的写作方式，例如隐喻和象征的写作方式。就此而言，汤显祖象征化的“梦境叙事”，就是一种不自由环境下的美学选择；而莎士比亚的全部创作所体现出来的极大的自由感和明朗感，则彰显着写作者与写作环境之间积极而健康的关系。

是的，自由度和安全感是文学创作最起码的前提。只有在作家的生命权和人格尊严得到保障的前提下，正常的文学创作才有可能。司汤达说：“如果我们从事文学而又安全无虞，我敢预言：法国的新悲剧不久就会出现；我所以要讲到安全，这是因为想象受到威胁，被损害的仍然是想象。”[1]他说得很对！在以极端恐怖的方式压制思想自由、遏抑创造活力的环境里，不仅作家的人格会受到扭曲，而且，他们的想象力和表达能力，都会因为受到威胁和干扰而降低。

如果说，一个国家最高统治者的道德和人格，会极大地影响普通公民的道德和人格，那么，这种影响对一个时代精神文化生活的影响，就更为巨大和深入。在不同的社会，诗人、作家、艺术家和哲学家因为受到最高统治者不同的对待，会在思想和激情、人格和风格等方面，表现出截然不同的风貌。严酷的专制不仅降低知识分子的人格尊严，而且，还不可避免地破坏他们的感受力和创造力；而一个智慧、谦逊、仁慈的君主，则不仅让人们普遍感受到做人的基本尊严和自由，而且还会给自己的时代创造最健康的环境和风气。

就生活环境、文化氛围和写作条件来看，莎士比亚无疑要比汤显祖幸运得多。莎士比亚已经在“现代语境”中自由地想象和写作；而汤显祖却困在“前现代语境”中，不得不通过一种高度象征化和隐喻形式展开写作。换句话说，汤显祖与莎士比亚虽然身处同一个时代，但却生活在两个世界。也就是说，从物理时间上看，他们确乎是同时代人；但是，从文明程度上看，他们则生活在完全不同的时代——汤显祖的时代落后莎士比亚的时代，何止四百年！

布克哈特说：“暴君专制不仅在最大的程度上培养了暴君或雇佣兵队长本人的个性，而且也培养了他所保护的或为他所用的那些

[1] 司汤达：《拉辛与莎士比亚》，王道乾译，上海译文出版社，1979年，第32页。

人——秘书、大臣、诗人和朋友——的个性。”[1]汤显祖不幸就生活在由野蛮的皇帝所统治的野蛮社会里。在这里，人不是作为独立而自由的个体有尊严地生活着，而他们的写作，也缺乏最基本的自由保障和安全保障。莎士比亚则生活在一个有教养的君主所管理的社会里。在这里，莎士比亚享有生活和写作的基本自由，能够安全地写作，正像英国著名历史学家特莱威廉（G. M. Trevelyan）所说的那样："莎士比亚恰好生在一个发挥人的最高才能的最好的时代和国家，他受到的分散精力最小，所得到的鼓励最大。”[2]

莎士比亚确乎是幸运的。他赶上了英国历史上的崭新而健全的时代——都铎王朝（1485—1603）的最后一个君主伊丽莎白一世时代（1558—1603）。

女王伊丽莎白一世天分极高。“据说，她在 6 岁时，已经庄重得像个 40 岁的中年人的样子。”[3]她也非常幸运，“出生在文艺复兴热情高涨的时期”[4]，并接受了良好的正规教育。她把学习变成了一生的习惯，即使做了日理万机的国王，也未曾一日荒废读书：“1562 年，阿夏姆每天都和她一道念希腊文和拉丁文。他说，伊丽莎白在一天之内所念的希腊文的数量比教会中一个受奉牧师一周内所念的拉丁文还要多。”[5]伊丽莎白一世女王博学多闻，懂拉丁语、希腊语、意大利语、法语、西班牙语和威尔士语等好多种外语，对宗教、哲学、政治、历史、文学、数学、音乐等学科都颇有研究。

最高统治者的身体一般都是僵硬的，就像他们的表情大都是冷酷的一样，就像他们的语言大都是无趣的一样。然而，伊丽莎白女王的

---

[1] 雅各布·布克哈特：《意大利文艺复兴时期的文化》，何新译，商务印书馆，1979 年，第 126—127 页。

[2] 陆谷孙主编：《莎士比亚专辑》，复旦大学出版社，1984 年，第 22 页。

[3] J. E. 尼尔：《女王伊丽莎白一世传》，聂文杞译，商务印书馆，1992 年，第 11 页。

[4] J. E. 尼尔：《女王伊丽莎白一世传》，聂文杞译，商务印书馆，1992 年，第 12 页。

[5] J. E. 尼尔：《女王伊丽莎白一世传》，聂文杞译，商务印书馆，1992 年，第 19 页。

身体却是柔软的，语言也是温和的："她能按照佛罗伦萨跳舞方式跳舞，姿态优美，惊动观众。她的谈吐，不仅充满幽默情味，而且富有美趣和机智，显示出一种正确的社会见识，一种精细到令人心折的独特感受。"[1]她有艺术家的天赋："她也继承了父母对音乐的热爱，不但会弹鲁特琴，有极佳的鉴赏力，甚至有一副好歌喉，还会创作音乐。"[2]

虽然有着如此过人的禀赋和良好的修养，伊丽莎白女王却从不以此骄人，脑海里也从来没有产生过这样的荒谬念头——强制作家按照自己设计的理念和模式来写作。她懂得尊重知识分子和作家，充分保障他们思考和写作的自由。她知道，精神性的创造活动与个性密切相关；她也知道，良知是无法被强行绑架的："女王笃信的箴言为'人的良知无法强迫'，而她'也不想无谓地探究他人的内心与任何秘密思想'。"[3]然而，自古及今，有过多少昏聩而粗野的暴君啊！他们不明白，倘若压抑人的个性，戕害人的良知，那么，人的尊严和创造力将一起降低到最低水平。他们总是想方设法强迫知识分子的意志，扭曲他们的良知，探究他们隐秘的思想，干扰他们的精神生活，甚至试图根据自己粗鄙的愿望和低级的设计，彻底改变知识分子的人格结构和价值体系。

伊丽莎白女王有着异乎寻常、近乎完美的性格，"她的内心没有一般妇女所具有的那种缺点。她的坚韧不拔的精神可以和男子媲美"[4]。英国历史学家、莎士比亚研究专家霍利迪则说她"有都铎的勇气；而且既有男人的理智，又有女人的直觉力"[5]。这显然是一个在性格、感受力和意志品质等许多方面，都达到极高水平和境界的女

[1] 利顿·斯特雷奇：《伊丽莎白女王与埃塞克斯伯爵》，戴子钦译，上海译文出版社，2013年，第14—15页。

[2] 艾莉森·威尔：《伊丽莎白女王》，董晏廷译，社会科学文献出版社，2014年，第20—21页。

[3] 艾莉森·威尔：《伊丽莎白女王》，董晏廷译，社会科学文献出版社，2014年，第84页。

[4] J. E. 尼尔：《女王伊丽莎白一世传》，聂文杞译，商务印书馆，1992年，第18页。

[5] F. E. 霍利迪：《简明英国史》，洪永珊译，江西人民出版社，1985年，第53页。

性政治家。

有人怀疑伊丽莎白女王是无所畏惧的无神论者。但这种怀疑是没有根据的。事实上，她终其一生都虔诚地信仰上帝，始终保持着对最终审判的敬畏态度：“她时时阅读《圣经》，而她生命告终时则说：‘在我执政前，已将最后的审判放在心上，因为最终我也要接受更高审判。’”[1]几乎所有前现代社会的最高统治者，都是无所畏惧的自大狂。他们最常见的德行，就是傲慢、自负和疯狂。像伊丽莎白女王这样谦虚和有教养的，实在难得一觌。在有女王参加的公开的社会活动中，人们因为害怕和紧张而举止失当，她就主动帮助人们克服内心的恐惧感：“在沃里克，当市法院法官致欢迎词以后，伊丽莎白一面伸手让他行吻手礼，一面对他说，‘过来，亲爱的法官。我听说你不敢正眼看我，也不敢大胆对我说话。可是我看，你怕我还不及我怕你。我现在谢谢你，因为你让我深深地记住我的职责。’”[2]她访问过牛津大学两次，剑桥大学一次。在出席这些活动的时候，女王应校方邀请，用学术化的语言，在这两个学校致答词。在这过程中，“当一个演讲者颂扬她的许多非凡的美德时，她谦逊地摇摇头，用嘴咬咬嘴唇、手指；用不同意的表示来打断演讲者对她的颂扬”[3]。

伊丽莎白一世女王很善于处理复杂的社会矛盾。在她的统治下，“英国的君主统治显得和谐而有效”[4]。虽然把社会安定看得很重要，对宗教的控制比较严格，但是，总体来讲，她的统治是温和而理性的。她给人们的心灵生活以较为充分的自由，“她宣称自己既不希望、也不打算‘窥刺人们的内心和隐秘的想法’。她所要求的是人们在行动

[1] 艾莉森·威尔：《伊丽莎白女王》，董晏廷译，社会科学文献出版社，2014年，第78页。

[2] J. E. 尼尔：《女王伊丽莎白一世传》，聂文杞译，商务印书馆，1992年，第222—223页。

[3] J. E. 尼尔：《女王伊丽莎白一世传》，聂文杞译，商务印书馆，1992年，第223页。

[4] 克莱顿·罗伯茨等著：《英国史（史前—1714年）》，上册，潘兴明等译，商务印书馆，2013年，第355页。

上服从其权威和官方的宗教法令”[1]。尤其是经过了文艺复兴的洗礼，现代性的曙光已经降临，国家基本摆脱了非理性的野蛮状态。人们的精神世界获得了极大的解放和自由。知识分子可以自由地思考，诗人可以自由地歌唱，作家可以自由地写作。

于是，这一时代的文化生活，便显示出一种乐观、理性而强健的精神风貌。正是在这样的时代，才有可能形成歌德所说的“强有力的创作风气”。在歌德看来，莎士比亚的“许多天才奇迹”，有不少“要归功于他那个时代的那股强有力的创作风气”[2]；在莎士比亚的时代，文学创作是“不受干扰的”。然而，莎士比亚去世后的两个世纪，就很不成样子，属于“破烂的世纪”，生活变得极其“孱弱”，歌德痛心疾首地感叹说：“我们哪里还能碰到一个纯真的、有独创性的人呢！哪里还有人有足够的力量能做个诚实的人，本来是什么样就显出什么样呢？这种情况对诗人却产生了不利的影响；外界一切都使他悬在空中，脚踏不到实地，他就只能从自己的内心生活里去汲取一切源泉了。”[3]歌德时代的德意志，国家四分五裂，到处死气沉沉，人心萎靡不振，难怪他会如此羡慕和称赞莎士比亚的时代。

就连素以犀利和冷峻著称的海涅，也对伊丽莎白女王的宽容精神赞赏有加：“她允许莎士比亚在舞台上铁面无私地予她的祖辈，甚至她自身的父亲以真实的再现，丝毫不认为有损于她国王的尊严！不仅作为一个女王，而且作为一个女人，她永不愿侵损诗的权利；她不但允许我们诗人畅所欲言地表达他的政治见解，在性欲方面，她同样允许他使用最最大胆的语言。她从不厌弃感情健康的纵情戏谑，而她，一个处女君主，甚至要求约翰·福尔斯塔夫爵士扮演情人。《温莎的

---

[1] 斯蒂芬·格林布拉特：《世俗威尔：莎士比亚新传》，辜正坤等译，北京大学出版社，2007年，第57页。

[2] 爱克曼辑录：《歌德谈话录》，朱光潜译，人民文学出版社，1978年，第16页。

[3] 爱克曼辑录：《歌德谈话录》，朱光潜译，人民文学出版社，1978年，第17页。

风流娘儿们》的问世，归功于她的微笑示意。”[1]无论从哪个角度来看，伊丽莎白女王在文化上所表现出来的开明态度，都是很了不起的；对那些在思想禁锢甚严的环境艰难挣扎的诗人来讲，如此懂得包容和尊重诗人的统治者，实在太少见、太难得了。

伊丽莎白一世的时代，是人才辈出、群星灿烂的时代。英国著名作家安东尼·伯吉斯说：“伊丽莎白喜欢以自己的方式执掌朝政，但她并不热衷于使用专制的手段。她曾对国会说：‘我感激上帝赋予我如此品格，使我即便被剥去衮服逐出王国疆界，依然可以穿着荆钗布裙，在任何信奉基督的土地上生活。’她珍惜自己的个性，也珍惜他人的个性，只要这种个性能够用于增进本国的利益。”[2]在卡莱尔看来，伊丽莎白时代解决了很多复杂的历史问题和社会冲突：“这是能量第一次完美的奔流，是第一股能够说出来的力量。……当力量能够说出来时，旧的时代结束了。封建主义这种旧理论和另一种东西，即天主教，走向终结。像仙人掌千年开一次花一样，这时出现了诗歌的一度繁荣——能量在适合它的环境里流动，一直持续到将来的某一个时期显现。在其他时期都没有像在伊丽莎白时期那样，一时间出现了那么多伟大的人物——培根、罗利、斯宾塞，最重要的是出现了莎士比亚！”[3]历史学家霍利迪也将这一时期文学艺术的繁荣，归因于时代本身的伟大：“在伊丽莎白王朝最后十年中，莎士比亚写了约二十个剧本，包括从《亨利四世》到《哈姆雷特》。从乔叟以后，英国除了怀亚特以外，没有产生重要的诗人，但这时期却人才辈出，如斯宾塞、查普曼、丹尼尔、德莱登、琼森、多恩都在这一时期从事写作。”[4]因此，完全可以说，没有伊丽莎白时代的伟大精神，就没有莎士比亚

[1] 海涅：《莎士比亚笔下的女角》，温健译，上海译文出版社，1981年，第61页。

[2] 安东尼·伯吉斯：《莎士比亚》，刘国云译，广西师范大学出版社，2015年，第8页。

[3] 托马斯·卡莱尔：《卡莱尔文学史演讲集》，姜智芹译，广西师范大学出版社，2005年，第150页。

[4] F. E. 霍利迪：《简明英国史》，洪永珊译，江西人民出版社，1985年，第58页。

的辉煌成就。

然而，即便是这样一个时代，莎士比亚自己却并不满意，依然对它有一肚皮的愤懑和牢骚。在写于1590至1598年间的《十四行诗》中，他甚至这样批评和诅咒它：

厌了这一切，我向安息的死疾呼，
比方，眼见天才注定做叫化子，
无聊的草包打扮得衣冠楚楚，
纯洁的信义不幸而被人背弃，
金冠可耻地戴在行尸的头上，
处女的贞操遭受暴徒的玷辱，
严肃的正义被人非法地诟让，
壮士被当权的跛子弄成残缺，
愚蠢摆起博士架子驾驭才能，
艺术被官府统治得结舌钳口，
淳朴的真诚被人瞎称为愚笨，
囚徒“善”不得不把统帅“恶”伺候：
　　厌了这一切，我要离开人寰，
　　但，我一死，我的爱人便孤单。[1]

尖锐，尖锐，实在太尖锐了！这简直不像是在批评莎士比亚自己的时代，而是在控诉中国两千年前的暴秦时代和五六百年前的朱明时代，或者，在控诉20世纪德国的纳粹时代——只有在这些极其黑暗和恐怖的时代，善恶、真假和美丑才完全是颠倒的，人民才过着毫无尊严的生活，重足而立，侧目而视，连大气都不敢出一声；文学艺术更是一

[1] 莎士比亚：《莎士比亚全集》，朱生豪等译，第11卷，人民文学出版社，1978年，第224页。

片荒芜，满目萧条，找不出一个像样子的诗人和作家来。莎士比亚自己的时代，或许还不至于如此不堪的吧?

问题是，莎士比亚发泄不满的诗，不仅毫无顾忌地写了，而且还在自己生前，于1609年，在伦敦印刷出版了。骂世，就这样骂了；出书，就这样出了，也没见什么人来找他兴师问罪，以完全不能成立的“反”字号的罪名，将他逮捕入狱，课以重刑。莎士比亚时代的伟大，也许就在这个地方——它给读书人以个性伸展的空间，给作家以大胆“骂人”的自由。正是因为有了这样的空间和自由，莎士比亚时代的精神之花，才绽放得如此灿烂；文学的成就和文化的繁荣，才如此令人瞩目和歆羡。

总之，正是时代的健康风气，成就了莎士比亚的伟大写作。他的写作在题材取舍、主题开掘、风格选择、修辞态度等几乎所有方面，都表现出一种自由而积极的状态。他自由地抒情，自由地叙事，自由地反讽。在涉及政治和权力主题的时候，他不必十分恐惧地左顾右盼，不必忐忑不安地考虑“触犯时忌”的问题。

权力是莎士比亚的戏剧创作的一个核心主题。他自由地表达自己对权力的批判，对文明政治的思考和希望。虽然他在《哈姆莱特》[1]、《麦克白》《安东尼与克莉奥佩特拉》《科利奥兰纳斯》《冬天的故事》《裘力斯·凯撒》《约翰王》《亨利四世》《亨利五世》和《亨利六世》等剧作中，尖锐地描写了血腥的权力斗争和阴险的宫廷内斗，叙述了皇宫里爱人之间的背叛和兄弟之间的谋杀，有的甚至直接影射英国王室曾经发生的权斗悲剧。例如，《理查三世》写出了那个时代权贵们的相互残杀；而莎士比亚所塑造的理查三世，也比历史上的理查三世，

[1] Hamlet的翻译，可谓五花八门，颇多歧异；通常译作“哈姆莱特”，但也有“罕木勒特”（严复：《天演论》，华夏出版社，2002年，第116页）、“汉姆莱特”“哈姆雷特”和“汉姆莱脱”等多种译法。本书在叙述性语言中，一概采用“哈姆莱特”的译法；但在引文中，仍保留不同翻译的原貌。

要坏很多。《冬天的故事》则以隐隐约约的方式，描写了伊丽莎白一世女王的母亲安·波琳的悲惨命运——她因为错误的通奸指控，而被丈夫亨利八世于1536年斩首。尽管如此，但却没有任何人以“讪谤君父”的罪名对莎士比亚进行迫害。

如果说，《冬天的故事》还只是虚构和传奇，那么，《亨利八世》则是切切实实的历史叙事——它将讽刺的锋芒，直接对准伊丽莎白一世女王的父亲亨利八世，将他写成一个几乎一无是处的暴君。冒犯如此严重，莎士比亚却仍然没有受到任何侵扰和伤害，就连哈兹里特（W. Hazlitt，亦译“赫士列特”）都觉得有些不可思议：“我们常常感到惊讶，亨利八世在莎士比亚的笔下被描绘成这样一个思想和体格都如此畸形的模样，居然一直没有被赶出英国的戏剧舞台。”[1]

有意思的是，即使莎士比亚接受最高统治者的“订货要求”，他依然能按照自己的意愿和风格来写作。伊丽莎白一世女王要求莎士比亚写一部关于福斯塔夫坠入爱河的戏。莎士比亚花了两周时间就写出来了。这就是著名的《温莎的风流娘儿们》。它不仅充分地显示着莎士比亚的天赋和才华，而且还写得极为自由和大胆，“拥有英国式幽默的所有元素——淫秽的意图、情色的语言和福斯塔夫为了不被发现装扮成勃伦府的胖婆子等”[2]。哈兹里特说：“如果莎士比亚没有接受伊丽莎白女王要求描写福斯塔夫恋爱的命令，我们将会更满意一些。”[3]如果能按照自己的思想自由地写作，接受这样的“命令”，又有何妨？事实证明，女王的“命令”，丝毫也没有妨碍莎士比亚自由地写作。

由于戏剧属于直接呈现的艺术，冲击力和感染力比其他文学体裁都要强烈，所以，很易惹起官方的不满。莎士比亚的戏剧，无论在反

---

[1] 威廉·哈兹里特：《莎士比亚戏剧中的人物》，顾钧译，华东师范大学出版社，2009年，第192页。
[2] 彼得·艾克洛德：《莎士比亚传》，郭骏、罗淑珍译，国际文化出版公司，2010年，第317页。
[3] 威廉·哈兹里特：《莎士比亚戏剧中的人物》，顾钧译，华东师范大学出版社，2009年，第263页。

讽的尖锐性上，还是在批判的深刻性上，达到了一般统治者都很难接受和容忍的程度。然而，莎士比亚在自己的时代不仅安然无恙，而且受到了朝野间普遍的认同和尊敬。

在人类漫长的历史上，破烂到一无是处的时代，实在太多了，但完美到无可挑剔的时代，却极为少见。伊丽莎白一世的时代，当然也有它的残缺和问题。事实上，对女王本人的私生活和政治行为的尖锐批评甚至恶意攻击，似乎从来就不曾消歇。[1] 然而，一个能产生莎士比亚的时代，绝不会是一个平庸而败坏的时代，一定是在很多方面都比较正常，甚至非凡的时代。

站在文学的立场上来看，一个为人类贡献了莎士比亚的时代，就是一个伟大的时代，就是一个值得赞赏和感谢的时代。

三、在平庸的时代创造文学奇迹，汤显祖更显非凡

在文学上，有的伟大成就，得归功于时代本身的伟大；有的非凡创造，却只能归功于作家自己人格的伟大，而与时代无涉。

例如，汤显祖像莎士比亚一样表现出非凡的才华，一样创造了不朽的杰作，但是，我们却只须感谢汤显祖，而无须感谢他的时代。因为，莎士比亚受益于自己的时代，他的伟大的文学成就，是在正常环境里自由写作的成果。汉密尔顿在谈及希腊人的自由的时候，说过这样一段话："昂扬的精神和顽强的生命力使他们坚定地反对暴君统治，也同样拒绝服从神权统治。他们不要任何专制的君王；而没有了束缚他们的主人，他们就可以自由地思考。开天辟地以来，思想第一次获

[1] 例如，有的学者夸大其词地说："她把无数的政敌、情敌和面首送进了坟墓，给无数家庭造成悲剧。"（郑土生：《莎士比亚研究和考证》，江苏教育出版社，2005 年，第 146 页）这样的判断，显然是不真实、不可信的。

得了自由——一种直至今天也难以实现的自由。不管是政权还是宗教，都允许雅典人自由地思考。”[1]莎士比亚所享受的自由，即便不比希腊人更多，也不会少很多。否则，我们就无法解释，为什么他的戏剧作品，比希腊悲剧更有现实感，也更为大胆和尖锐。

然而，从个人与时代关系的角度看，汤显祖远远没有希腊人和莎士比亚那么幸运。他生活在一个落后而野蛮的前现代社会。恐怖氛围里的静止与和谐，是这个社会的突出特点。14 世纪到 19 世纪的欧洲，一切都生气勃勃，生活处处在发生变化。“在这样一个时代，稳定成了可诅咒的东西，而非幸事。相对地说，中国不仅看起来，而且事实上是静止的、落后的。不断变化和‘进步’的观念，尽管那时在西方被认为理所当然，但依然不合中国人的思想。变化只有局限在传统秩序的范围里，才是可接受的。在一个发生全球规模的革命性变化的时代里，安逸自在、心满意足的中国人目不转睛地注视着过去。”[2]没有对未来的想象，没有创造的热情与活力，一切都是停滞的、僵死的、令人压抑和窒息的。

在这样的社会里，真正有知识和才华的人，得不到尊重和重视：“世实需才，而未必能需才。才与世所以长左，而叹世怜才者相望于今昔也。”[3]在这样的社会里，权力极度傲慢和任性，政治极端腐败和混乱；特务横行，缇骑四出，一切正直和善良的知识分子，终其一生，都生活在耻辱、恐惧和绝望中，很少体验到做人的自由和尊严。汤显祖分明就是自己时代的受害者，他的文学成就，全然是与“恶时代”巧妙周旋的结果。

汤显祖时代的最高统治者，是万历皇帝朱翊钧。这是一个极其平

---

[1] 伊迪丝·汉密尔顿：《希腊精神》，葛海滨译，华夏出版社，2008 年，第 24 页。

[2] 斯塔夫里阿诺斯：《全球通史：1500 年以后的世界》，吴象婴、梁赤民译，上海社会科学院出版社，1999 年，第 75 页。

[3] 汤显祖：《汤显祖集全编》（四），上海古籍出版社，2015 年，第 1959 页。

庸和低能的人，一个在很多方面都与伊丽莎白一世大相悬绝的人。他虽然不像几乎与他同时代的俄国沙皇伊凡雷帝那样残暴，但却心理病态，行为古怪，修养极差。在黄仁宇的描述中，他从来就“不是一个胸襟开阔足以容物、并以恕道待人的皇帝，他的自尊心受到损伤，就设法报复。报复的目的不在于恢复皇帝的权威而纯系发泄。发泄的对象也不一定是冒犯他的人，而是无辜的第三者”[1]。这简直就是一个精神上的病人，远未摆脱人格上的不成熟状态。

朱翊钧懒惰而任性，缺乏处理政务的热情和责任感，也缺乏管理一个国家的能力和魄力，正像黄仁宇所评价的那样：“在万历皇帝御宇的四十八年中，特别到了后期，大臣们已经看透了中枢无复具有领导全局的能力，也就不得不以消极敷衍的态度来应付局面。此类态度类似疫气，很快就在文官中流传，使忠于职守者缺乏信心，贪污腐败者更加有机可乘。这种不景气的趋势愈演愈烈，使整个王朝走到了崩溃的边缘。其所以能勉强维持，实在是因为替代的办法尚未找到。”[2]这与伊丽莎白女王的英明和强干，构成了极为尖锐的对照，其情形犹之乎一只羸弱的山羊与一匹雄健的骏马比肩而立。

像他的祖先们一样，最高领袖朱翊钧喜欢用阴险而冷酷的方式来管理国家。他统治下的国家，是一个绝对依赖厂卫特务和酷吏的“警察国家”。它貌似强大，自夸为上国，但却乱象已萌，险象环生，正像吕坤所形容的那样：“民心如实炮，捻一点而烈焰震天；国势如溃瓜，手一动而流液满地矣。”[3]然而，形势如此糜烂，人人却安之若素，以做“厚道人”为尚，不是装睡，就是装死：“世尚沾沾煦煦，以包容为长厚，以振刷为操切，嗟嗟！熟睡而百呼之不应，僵仆而百掖之

[1] 黄仁宇：《万历十五年》，中华书局，1985年，第102页。

[2] 黄仁宇：《万历十五年》，中华书局，1985年，第79页。

[3] 吕坤：《吕坤全集》（上），中华书局，2008年，第215页。

不起。”[1]有时，他们甚至不是“熟睡”，而是“装睡”。唉！装睡的人比熟睡的人，更不可救药，更让人绝望，因为，正如当下流行的一句妙语所言：“你不可能叫醒一个装睡的人。”在这样的社会里，知识分子是国家天然的敌人。自由的思想和写作，则是可以贴上种种“反”字标签的罪过。文化警察有着猎犬般灵敏的嗅觉。他们用鼻子来判断文字的善恶。每一句引发统治者不快的文字，都有可能给作者带来杀身之祸。恐惧像荨麻和臭蒿一样，疯狂生长；像空气一样四下弥漫，无处不在。

从法治文明来看，明代是一个空前酷虐的时代。统治者治国以猛，视人命如草芥，视杀人如儿戏，严刑峻法，骇人听闻，令人发指：“刑法有创之自明，不衷古制者，廷杖、东西厂、锦衣卫、镇抚司狱是已。是数者，杀人至惨，而不丽于法。踵而行之，至末造而极。举朝野命，一听之武夫、宦竖之手，良可叹也。”[2]詹事霍韬曾向嘉靖皇帝明世宗朱厚熜上谏书，苦口婆心地说：“刑狱付三法司足矣，锦衣卫复横挠之。昔汉光武尚名节，宋太祖刑法不加衣冠，其后忠义之徒争死效节。夫士大夫有罪下刑曹，辱矣。有重罪，废之、诛之可也；乃使官校众执之，脱冠裳，就桎梏，朝列清班，暮幽犴狱，刚心壮气，销折殆尽。及覆案非罪，即冠带立朝班。武夫捍卒指目之曰：‘某，吾辱之，某，吾系执之。’小人无所忌惮，君子遂致易行。此豪杰所以兴山林之思，而变故罕仗节之士也。愿自今东厂勿与朝仪，锦衣卫勿典刑狱。夫士大夫罪谪废诛，勿加笞杖锁梏，以养廉耻，振人心，励士节。”[3]这样的谏言，实可谓输诚尽忠，剖心拆肝，句句都是去病的良药、成事的良言。然而，朱厚熜却不为所动，甚至认为霍韬“出位妄言”。这种由警察和特务主导的恐怖主义统治，终有明一代，微行斜路，未

[1] 吕坤：《吕坤全集》（上），中华书局，2008年，第217页。

[2] 张廷玉等撰：《明史》，卷九十五，志第七十一，中华书局，1999年，第1557页。

[3] 张廷玉等撰：《明史》，卷九十五，志第七十一，中华书局，1999年，第1562—1563页。

尝稍改。

像中国的许多钳制言论的朝代一样，明代也有一种极肮脏的罪名，叫作“文字狱”。统治者利用这莫须有的罪名，使全社会的读书人都陷入一种沉默状态，使所有人都战战兢兢、如履薄冰。正像文学史家黄人在《中国文学史》所批评的那样，明代因朱元璋“不通文史也（太祖集半为史臣粉饰），故视文人学士如仇，必文致其罪，诛夷之、屈辱之为快。……二百四十年之士大夫，剐者、大辟者、杖毙、妻女入教坊者，几无代无之。此日之文学界，以视两汉唐宋，真天道之与畜生饿鬼矣”[1]。明代自朱元璋开始，“文字狱”迫害，就极为严酷：“明代的文字祸呈波浪式的发展，先后出现了两个浪头：第一个浪头见之于明代开国初年，第二个浪头见于明代由盛而衰的嘉靖、万历年间。这两个浪头之间百余年内，自然地形成了文字风波的低谷。”[2]统治者深文周纳，锻炼成罪，手段极其阴毒残忍，在知识分子内心造成极大的恐慌：“明太祖搞文字狱惯用的手段，往往是撇开上下文语境，随意摘字、摘句，从字形、字义、文法上歪曲原意，罗织罪名的。”[3]在《紫钗记》中，李益就因为一句“不上望京楼”的诗，被卢太尉拿捏住了，“常以此语相挟，说要奏过当今，罪以怨望”[4]。在这样的环境里，一个读书人想存活下来，就得出卖自己的人格，就得放弃做人的尊严，恰如汤显祖所言：“此时男子多化为妇人，侧行俯立，好语巧笑，乃得立于时。不然，则如海母目虾，随人浮沉，都无眉目，方称盛德。”[5]在如此破烂肮脏的时代，即便有一千个莎士比亚生了出来，也必无立足之地和存身之所，也必然成不了那个伟大的莎士

[1] 黄人：《中国文学史》，杨旭辉点校，苏州大学出版社，2015年，第271页。
[2] 胡奇光：《中国文祸史》，上海人民出版社，2006年，第107页。
[3] 胡奇光：《中国文祸史》，上海人民出版社，2006年，第100页。
[4] 汤显祖：《汤显祖集全编》（五），上海古籍出版社，2015年，第2594页。
[5] 汤显祖：《汤显祖集全编》（四），上海古籍出版社，2015年，第1804页。

比亚。

就想象力和才华而论，汤显祖与莎士比亚相去，亦不甚远，在伯仲间，然而，他们的境遇和命运，却全然两样。汤显祖怀抱利器，无由伸展，处处碰壁，一生偃蹇。他将自己的满腹牢骚、一怀愁绪，都在给好友的信函中发泄了出来。他在给梅禹金的信中说："半百之余，怀抱常恶。"[1]这样的情绪，他在《答李乃始》中也有宣泄："仆年未及致仕，而世弃已久。平生志意，当遂湮灭无余。"[2]他被黑暗的官僚体制窒息欲死，又挣脱不得。1609年，在致丁长孺的信中，他这样表达了自己的苦闷："弟今耳顺，天下事耳之而已，顺之而已。吾辈得白头为佳，无须过量。长兴饶山水，盘阿寤言，绰有余思。视今闭门作阁部，不得去，不得死，何如也。"[3]1612年，他已经是六十三岁的老人了，得知素未谋面的邹迪光给自己作传，竟然感动得"咽泣"。唉！我辈见此，亦欲下泪，助他一哭。我们的诗人实在太孤独了，太寂寞了，太缺乏精神上的共鸣和支持了。

在写给邹迪光的致谢信函中，汤显祖将自己与文学作品中的人物相比譬，倾诉了郁积已久的愤懑："弟之阅人不如承福，通物不如橐驼，雅从文行通人游，终以孤介迂蹇，违于大方。槁朽待尽，而明公采菲集榛，收为菀藻。百世珉璆，岂在今日。"[4]他本来志在兼济利民，却沉于下僚，游宦不达，无可如何；转而想寄情楮墨，以写作为业，却同样困难重重，正像他在《答朱公子茂正》中所说的那样："文字亦有无可奈何者，时也。年余寸阴，终宜努力。"[5]是的，就是在这种"无可奈何"的写作环境里，他始终努力不懈，这才创造出了"临川四梦"

---

[1] 汤显祖：《汤显祖集全编》（四），上海古籍出版社，2015年，第1864页。
[2] 汤显祖：《汤显祖集全编》（四），上海古籍出版社，2015年，第1870页。
[3] 汤显祖：《汤显祖集全编》（四），上海古籍出版社，2015年，第1853页。
[4] 汤显祖：《汤显祖集全编》（四），上海古籍出版社，2015年，第1855页。
[5] 汤显祖：《汤显祖集全编》（四），上海古籍出版社，2015年，第1929页。

这不朽的伟大成就。

哈兹里特在评价莎士比亚的时候说："他的野蛮之处是他那时代的产物。他的天才却是他个人的。"[1] 莎士比亚毕竟是幸运的。他的时代虽然也有"野蛮之处"，但却并不与他为难；而他的天才，也可以像以狂风开道的阳光一样，扫却厚厚的乌云，自由地将自己的灿烂光芒，投射在自己祖国的精神大地上。相比之下，汤显祖显得更了不起，因为他的时代更野蛮，更摧折人的个性、激情和才华，而他却凭着自己的勇气和智慧，战胜了这可怕的野蛮；通过象征主义的形象体系，批判了权力的腐败和世道的险恶，也写出了闪烁着人性光辉和美丽诗意的伟大作品。

总之，无论从哪个方面讲，作家都是他的时代之子。我们评价汤显祖和莎士比亚，一定不能脱离他们生活的时代。正因为他们所处时代的文明程度不同，所获得的自由空间不同，所以，他们的戏剧写作在反映生活的广度、把握生活的深度和批判生活的强度等很多方面，都大有差异。汤显祖珠玉般的莹洁和金子般的光芒，被时代黑暗的尘土，严重地掩蔽和埋没了。

四、文学之美，首在语言，而汉语之韵致不可移译

在对汤显祖与莎士比亚进行比较的时候，一定要考虑到汉语与英语等西方语言的差异，以及由这差异所带来的不可比性。

每一部文学作品，都有形神两个方面。形属于"硬结构"的层面，神则属于"软结构"的层面。前者是固态的，是可以看见的，可以大体描述的；后者则是气态的，是看不见的，只可意会，无法言传。"硬

[1] 杨周翰编选：《莎士比亚评论汇编》（上），中国社会科学出版社，1979 年，第 195 页。

结构”包括情节、人物、主题、技巧以及背景等具有客观性的因素。“软结构”则包括弥漫在文本世界的微妙的情绪和氛围，以及隐含在文字背后的情调和意蕴。

文学作品的“硬结构”层面，都可以进行翻译和转换，也可以在翻译转换之后的“目标文本”（target language, 有人称之为“受语”）中，进行分析和评价；但是，“来源文本”（source language, 有人称之为“施语”）中的语言的音韵、情味、色彩和调性，却是根本无法翻译的。例如，通过翻译文本，我们可以了解莎士比亚戏剧的故事、人物的性格以及他所用的外在层面的语言技巧和修辞手段，但是，莎士比亚的早期近代英语本身所具有的独特的意味和美感，我们却完全无法感知和欣赏。反过来讲，也是一样。无论翻译家的汉语水平有多高，即便是让杨宪益先生和戴乃迭女士这样的第一流译者来翻译，也无法把“汉语性”翻译过去。

事实上，作为一种有着古老历史的“深度语言”，汉语根本上是排斥翻译的。例如，《史记·淮南衡山列传》叙淮南王招伍被策划谋反，伍被详析形势，认为反叛朝廷，很不可行，以“诚逆天道而不知时也”相劝，淮南王大失所望，悲情难抑：“于是气怨结而不扬，涕满匡而横流，即起，历阶而去。”[1]这是一段极为精彩的描写，笔法之精妙，不输给任何一个第一流的小说家。其中，最令人气夺神移的，是辞章之美——前边两个骈句，抑扬顿挫，音韵流丽，就像两个特写镜头，形象而逼真地写出了淮南王瞬间的心情变化和行为表现，给读者留下极为深刻的印象；后边两句，则由两个短句构成：一个两字句，一个四字句，猝然而起，戛然而止，人物转眼间远去之背影，与沮丧和绝望之心情，俱皆跃然纸上，历然可见。这段文字，杨宪益先生和戴乃迭女士是这样翻译的：“The prince sank into gloom too deep to

[1] 司马迁：《史记》，卷一百一十八，中华书局，1999 年，第 2349 页。

dispel, so that tears welled up in his eyes. He rose, walked down the steps and went away."[1]如此翻译，亦可谓忠实和准确，意思大体都在，人物的心情和动作，也都复写出来了，但汉语固有之美感、丰富之韵味，却荡然无存，了不可见。

汤显祖情致委婉、诗意盎然的作品，也同样存在这种不可译的问题。吴梅在《顾曲麈谈》中说："若如玉茗'四梦'，其文字之佳，直是赵璧随珠，一语一字，皆耐人寻味。"[2]汉语的美质和滋味，全都蕴含在由一句、一词甚至一字构成的"微意象"[3]里；只有进入这"微意象"，经过精细入微的含茹吐弃，读者才能体会到丰富的美感和意味。例如，《牡丹亭》里"赏春香还是你旧罗裙"一句，感染力和冲击力极强，特别耐人咀嚼回味，读来使人凄然生悲，几欲堕泪。从现代语法来看，它的语序，几乎完全是乱的，但却乱得好——春香与丽娘幽明相隔，在祭奠她的时候，感极而心悲，心悲而意乱，意乱故语无伦次而出矣；然而，语序虽乱，但所表现的情感层次，却是井然有序的：先是"赏春香"——这是小姐的恩德，须得先说；次者，"还是你"——补出施与者，由事由物而及人；最后，"旧罗裙"——这一句尤其意味深长，非说罗裙当初即旧，而是春香对它特别珍惜，总是带在身边，睹旧物思故人，以寄未尝一日忘之的念想。难怪传说汤显祖当初写到这一句，要"卧庭中薪上，掩袂痛哭"[4]。这句极优美且极有情味的话，既不能翻译成外语，也不能翻译成现代汉语，只可原汁原味地咂摸它，欣赏它，进而据以认识和评衡《牡丹亭》的审美价值与汤显祖的文学成就。

---

[1] 《史记选》(*Selections From Records Of The Historian*)，杨宪益、戴乃迭译，外文出版社，1979年，第326页。

[2] 吴梅：《吴梅词曲论著四种》，商务印书馆，2010年，第66页。

[3] 这是我生造出来的一个词，用以指代那种细小而微妙、只可意会不可言传的"意象"；在一句文学性的话语里，这样的意象，可能只有一个，也可能会有多个。

[4] 焦循：《焦循剧说三种》，韦明铧点校，广陵书社，2008年，第124页。

就翻译效果来讲，汉语是一种慷慨的语言，因为，它将他者文本翻译过来的给予性的增值性，似乎远远大于汉语文本被翻译过去的获取性的增值性。例如，朱生豪在翻译莎士比亚的时候，就选择了“归化译法”，改规整的诗体为自然的散文体，在极其完美的意义上，赋予了莎剧以汉语之美。他“创造性地使用原文没有的文化意象”——“使用中国概念、称谓和俗语”，“使用汉语成语”[1]；“由于汉语成语大多与中国的典故、历史故事等有关，所以中国读者阅读译本时，会激活原有的认知图式，得到原文读者所没有的感受，感受到些许中国文化意象的味道”[2]。当然，这种成功的经典化的翻译，首先取决于译者自觉的翻译意识——努力赋予原作以汉语之美，按照朱生豪自己在《〈莎士比亚戏剧全集〉译者自序》中的说法，就是：“余译此书之宗旨，第一在求于最大可能之范围内，保持原作之神韵，必不得已而求其次，亦必以明白晓畅之字句，忠实传达原文之意趣；而于逐字逐句对照式之硬译，则未敢赞同。凡遇原文中与中国语法不合之处，往往再四咀嚼，不惜全部更易原文之结构，务使作者之命意豁然呈露，不为晦涩之字句所掩蔽。”[3]朱生豪在翻译莎剧的时候，简直就是进行再度创作，“竟采用我国古代诗歌中的骚体，甚至用《诗经》中的典故来翻译莎剧”[4]。他对汉语成语的运用，达到了与原作妙合无垠的程度。例如，他翻译莎剧的时候，用了“擐甲执兵”这样的成语，当中国读者读到这类从《左传》等古典作品中采撷来的渊渊之言，就体验到了汉语的古雅之美，从而备觉亲切，对莎士比亚的作品产生了极大的认同感。

对西方那些懂汉语的读者来讲，要想真正读懂和欣赏优美的汉语

---

[1] 段自力：《朱生豪莎剧翻译经典化研究》，浙江大学出版社，2015年，第224页。

[2] 段自力：《朱生豪莎剧翻译经典化研究》，浙江大学出版社，2015年，第225页。

[3] 吴洁敏、朱宏达：《朱生豪传》，上海外语教育出版社，1990年，第264页。

[4] 吴洁敏、朱宏达：《朱生豪传》，上海外语教育出版社，1990年，第138页。

文学作品，也是一件极为艰难的事情。这就是为什么许多西方汉学家感兴趣的当代作品，大都是那些用“翻译文体”写出来的、汉语性比较贫乏的作品，大都是那些在叙事内容和叙事风格上接近西方的“东方想象”的作品；而对真正具有中国格调和汉语美质的杰作，例如汪曾祺、阿城、杨绛、宗璞与章诒和的作品，他们却没有太多的感觉和太大的兴趣。[1]就此而论，中国文学的西语翻译，以及与西方文学在语言上的比较，实在是一件非常困难的事情，甚至，唉，简直就是一件不可能的事情！

在回答“法国人为什么不能公正地对待德国文学”这一问题的时候，德·斯太尔夫人给出的解释是，“德语的妙处，特别是诗歌的妙处不可能移译成法文”：“条顿语言相互移译是容易的；拉丁系语言相互之间也是如此。但拉丁语却不能表达日耳曼民族的诗意。为一种乐器谱写的乐曲，换成另一种乐器演奏就不成功。”[2]比较起来，汉语文学就属于更为独立和封闭的语言体系。就其基本性质来看，文学性的汉语蕴藉而含蓄，崇尚意在言外的修辞效果，追求寄托遥深的诗意境界，用刘勰《文心雕龙·隐秀》中的话说，就是“深文隐蔚，馀味曲包”；而西方的语言似乎更注重交流的直接有效性，更追求明晰可感的风格，即便是那些具有巴洛克风格的语言，也只是追求外在的华丽，而不失其基本的明晰感。由于两种语言体系之间存在极大的差异性，繁复而优雅的汉语，似乎更难被完美地翻译成与它迥然不同的西方语言。

---

[1] 例如，在梅维恒（Victor H. Mair）主编的《哥伦比亚中国文学史》（全两卷，马小悟等译，新星出版社，2016年）里，编者关注当代文学的焦点，几乎完全随着事件在转移，因此便更多地注意到了那些处于事件中心的作家，而忽略了很多沉静地写作且成就很高的作家，例如汪曾祺、路遥、陈忠实等作家，编写者根本没有提及；就军事题材小说而言，《西线轶事》的艺术成就明显要高很多，但他们更感兴趣的，却是那些引起“响动”更大的作品（见《哥伦比亚中国文学史》第832—833页）。

[2] 德·斯太尔夫人：《德国的文学与艺术》，丁世中译，人民文学出版社，1981年，第1页。

雨果在《〈莎士比亚全集〉新译本序》中说：“莎士比亚是最不顺从译者的诗人之一。”[1]他说：“莎士比亚的风格会抵抗；莎士比亚的语言会抵抗。”[2]如何才能克服这种抵抗，将他的作品翻译成法语呢？雨果的建议是：“真正的译者应该努力去读莎士比亚读过的一切书。对于沉思的人会有源泉，对于挖土的人会有发现。莎士比亚读过的作品多样而深刻。”[3]如果说，这样的建议，对一个莎士比亚的法语译者和汉语译者是可行的，那么，对任何一个汤显祖的西文译者来讲，却几乎全然是无效的，因为，要他将汤显祖读过的书都读一遍，简直比古人攀登蜀道还要难。

总之，根据前述的第一个原则，即“作家受制于时代”的原则，我们在比较汤显祖和莎士比亚的时候，就要充分注意到，莎士比亚几乎拥有整个天空和大地，而汤显祖却被自己的时代挤压在一个狭小的空间里。自由的写作环境，给了莎士比亚极大的创造空间，使他有可能以一种丰富多样的叙事方式，揭示人类生活的多种镜像；而不自由的写作环境，则极大地限制了汤显祖的写作，使他不得不用象征化现实主义的叙事模式，来表达对生活的观察和想象、不满和希望。由于时代的原因，莎士比亚成了一个具有开阔的人文主义视野和成熟的启蒙主义精神的作家，而汤显祖则是一个精神视野受到限制的抒情型作家和具有批判倾向的讽喻型作家。

根据前述的第二个原则，虽然汤显祖的汉语文学创作，达到了极高的水平，属于第一流的汉语文学杰作，但是，它注定很难被世界上非汉语文化圈的读者所完全理解和欣赏。因而，汤显祖也就很难真正获得世界性的认可、影响和声誉——他只能是“中国的莎士比亚”，而不大可能成为“世界的汤显祖”。

[1] 雨果：《雨果文集》，第十一卷，程增厚译，人民文学出版社，2002年，第86页。
[2] 雨果：《雨果文集》，第十一卷，程增厚译，人民文学出版社，2002年，第88页。
[3] 雨果：《雨果文集》，第十一卷，程增厚译，人民文学出版社，2002年，第90页。

认识到这一点，我们就可以心安而理得，就可以放下那个“汉语文学如何走向世界”的焦虑和自卑，好好阅读自己民族的伟大作品，花大力气学习和掌握汉语，从而用真正的汉语来深刻地阅读，来优雅地写作，而不是，作为阅读者，对伟大的汉语作品“麻木不认”；或作为写作者，沦为汉语的陌路人甚至背叛者，只会用蹩脚的“翻译腔”来粗制滥造。

汉语是一种典雅而优美的语言，能用这种语言写作是幸运的；能在完美的意义上用它写作的作家，就将是光荣和不朽的。

在汉语文学史上，在汉语读者群中，汤显祖将永久地占据崇高的地位，也将永久地领享他不朽的光荣。

第二章　牡丹与玫瑰：两部风致凄美的爱情经典

明万历二十六年，即 1598 年秋天，致仕还家的汤显祖完成了他的不朽杰作《牡丹亭》；据王国维《莎士比亚传》介绍，在 1595 至 1597 年间，在遥远的英伦半岛，莎士比亚也完成了他的悲剧经典《罗密欧与朱丽叶》。[1]《牡丹亭》被认为是“临川四梦”中的翘楚之作，而《罗密欧与朱丽叶》则被认为是莎士比亚“最佳的作品”[2]。

然而，由于东西方在地理上的睽隔，主要是由于中国明清政府沾沾然以天朝上国自居，文化心态自大而褊狭，缺乏大度吸纳异质文明的气度，直到三百多年后的 1921 年，田汉才第一次将莎士比亚这部伟大的作品译成汉语。此后出现的译本，竟有七种之多。“有的用《罗密欧与朱丽叶》的译名，有的叫《若邈久袅》（弹词），有的改为《铸情》。”[3] 至于《牡丹亭》与英国读者见面的时间，就更晚了。据赵景深先生的介绍，20 世纪 40 年代，洪涛生（Haundausen）将它译成了德文，而在兰心大剧院上演的时候，尚有英译本散发给观众；遗憾的是，此英译尚非全璧，仅至“惊梦”为止。[4]

爱情是这两部戏剧的共同主题。故事中的两个女主人公都有一颗温柔而敏感的心灵，都有火一样热烈的爱的激情，而且，也都曾为了爱情，献出过自己的生命。那么，杜丽娘和朱丽叶有着什么样的性格

---

[1] 王国维：《王国维文集》，第三卷，中国文史出版社，1997 年，第 395 页。

[2] 威廉·哈兹里特：《莎士比亚戏剧中的人物》，顾钧译，华东师范大学出版社，2009 年，第 106 页。

[3] 张泗洋、徐斌、张晓阳：《莎士比亚引论》（上），中国戏剧出版社，1989 年，第 351 页；然而，日本却早在 1844 年就将《裘力斯·凯撒》翻译成了日文，“随后出现了第一个日文莎氏全集”［张泗洋、徐斌、张晓阳：《莎士比亚引论》（下），中国戏剧出版社，1989 年，第 512 页］，比中国 1964 年由人民文学出版社出版的 10 卷本《莎士比亚戏剧全集》，整整早了一百二十多年。

[4] 毛效同：《汤显祖研究资料汇编》（下），上海古籍出版社，1986 年，第 727—728 页。

特点？她们的爱情生活显示着什么样的精神风貌？汤显祖与莎士比亚的叙事策略有什么不同？他们的悲剧叙事在性质上有何差异？花园意象在他们的叙事中又承担着什么样的功能呢？我们试着一一分析和回答这些问题。

一、杜丽娘与朱丽叶：为爱而死，为爱复生

汤显祖戏曲里的杜丽娘和莎士比亚戏剧中的朱丽叶，是两个生命短暂而又永恒的人物形象。前者如夜晚悄然开放的昙花，后者如清晨粲然怒放的玫瑰。她们来到这世界，没有别的目的，似乎就是为了完成这样一个使命：为爱情而灿烂绽放，为爱情而骤然凋零。

朱丽叶的爱情，如月光下演奏的一支缠绵的小夜曲；而杜丽娘的爱情，则如梦境里一首感伤的咏叹调。她们的爱情之歌如此短促，刚开了头，就戛然而止，但却余音袅袅，不绝如缕，至今仍然回响在人类精神的天空。陈瘦竹先生在《异曲同工：关于〈牡丹亭〉和〈罗密欧与朱丽叶〉》中说："同样描写爱情，莎士比亚和汤显祖各有妙处。《罗密欧与朱丽叶》热烈奔放，而《牡丹亭》则细致幽怨。"[1]前者的爱情，更接近初夏，万物盛开，生机勃发；后者的爱情，则有秋天的况味，感伤而抑郁，含着一种凝重的无奈情绪。

当爱情的春风吹开心扉的时候，杜丽娘十六岁，朱丽叶十四岁。温暖的南欧，雨水充沛，阳光充足，适宜生长。在这里，几乎一切形式的生命，成长的节奏都要快一些。所以，朱丽叶比同龄的北欧姑娘和亚洲姑娘，都要早熟一些。海涅说："她十四岁，这年岁在意大利

[1] 陈瘦竹：《陈瘦竹戏剧论集》（中），江苏教育出版社，1999年，第1098页。

相等于北欧的十七岁。”[1]如此说来，在身心方面，她比生活在东亚的十六岁的杜丽娘，似乎要更成熟一些，或者，是一样成熟的吧。

杜丽娘是一个典型的东方姑娘，心地善良，性情柔顺。她的心性和气质，纯然是中国式的和古典性的，细腻而又敏感，些微的外在刺激，便可以在她内心掀起层层的涟漪。她在那段著名的内心独白中说：“袅晴丝吹来闲庭院，摇漾春如线。停半晌、整花钿。没揣菱花，偷人半面，迤逗的彩云偏。〔行介〕步香闺怎便把全身现！”就像陈瘦竹先生所分析的那样：“因为‘闷无端’，所以她觉得春光易老，看到游丝被微风吹到庭院中，就想到‘春如线’，飘忽纤细，转瞬就要吹往别处。但她毕竟是个天真腼腆的少女，在对镜梳妆看到自己的美貌时，不禁害羞，连忙侧过脸去不再细看，慌忙间将头发梳得歪在一边。这里表现杜丽娘在游园前的微妙心理，既有伤春之感又有自怜之情。”[2]中国南方偏热的气候，青山绿水的美丽景色，都使她的情感更热烈，心灵更敏感，因而，所体验到的焦虑和痛苦，也就更加强烈。

像杜丽娘一样，朱丽叶也属于南方姑娘，属于“早熟而细腻”的拉丁民族。这个民族“感觉太敏感，行动太迅速，往往趁一时之兴；遇到刺激，兴奋太快太厉害，甚至忘了责任和理性，甚至在意大利和

[1] 海涅：《莎士比亚笔下的女角》，温健译，上海译文出版社，1981年，第72页。莎士比亚对朱丽叶的年龄的处理，或许与伦敦人的寿命比较短有些关系：“伦敦人——不管富人还是穷人——平均预期寿命都很短。一位16世纪的剧作家这样写道：‘我马上就快四十岁了，已经步入老人的行列。’如此短的预期寿命肯定影响了伦敦人的行为和态度。在疾病和死亡的包围下，他们在这个世界上的存在十分短暂，他们的生活更需要活力和刺激。这种环境十分有利于戏剧的发展。伊丽莎白一世时代的伦敦人比同时代英国其他地方的人更敏感、更精明，生活更丰富多彩。”（彼得·艾克洛德：《莎士比亚传》，郭骏、罗淑珍译，国际文化出版公司，2010年，第115页）1590年，十五岁的丹麦公主安就与苏格兰国王成婚了。（英国DK出版社著：《莎士比亚百科》，徐嘉等译，电子工业出版社，2016年，第22页）这些都有可能影响莎士比亚1595年的写作，使他将意大利姑娘朱丽叶的年龄，往下减了两岁。另外，在第一幕第二场，当凯普莱特说自己的女儿“还没有满十四岁”的时候，帕里斯回应道：“比她年纪更小的人，都已经做了幸福的母亲了。”可见，在当时的意大利，这个年龄的女孩，确实有人已经恋爱甚至结婚生子了。

[2] 陈瘦竹：《陈瘦竹戏剧论集》（中），江苏教育出版社，1999年，第1099页。

西班牙随便动刀子，在法国随便放枪；因为这缘故，他们不大能等待，服从，守规矩”[1]。朱丽叶就是一个典型的拉丁人，是爱情上的行动主义者。

但是，杜丽娘却不能像朱丽叶那样不管不顾地行动。笼罩她的道德氛围，实在太沉闷，太压抑；约束她的行为规范，实在太烦琐，太严格。她的勇敢都在梦里，一旦回到现实，她就必须隐忍。她的爱情本质上不过是一个纯属内心世界的精神事件。在现实的意义上，几乎等于不曾发生过。杜丽娘只能是爱情上的幻想主义者。她本质上是汤显祖创造出来的绝美的精神意象，体现着作者自己对“至情”的一种审美化的想象和哲学化的理解。

杜丽娘虽然显得敏感，甚至有点柔弱，但她在爱情上，却也是极其专注和坚定的——情感的春水，一旦开始流动，就会一泻而下，有一种非如此不可的坚执。因为爱情，她对外在的一切，都没有了心思，就连吃饭，也成了多余的事情，甚至向春香提出了这样的问题：“你说为人在世，怎生叫做吃饭？”[2]这随意的一问，当然无须将它上升到著名的哈姆雷特之问的高度，但也可以由此见出她的爱情的强度，以及她对爱情的专注度。

像任何一个有教养的大家闺秀一样，杜丽娘孝敬自己的父母，尽管她的心与他们有时是隔膜的；她尊敬自己的私塾教师陈最良，尽管他是那样一个冬烘先生——他心地不坏，但却古板、迂腐，没有文采风流，也不风趣幽默；她与自己的丫鬟春香，虽是主仆关系，但却和谐相处，其乐融融，有的时候，还是无话不谈的朋友。杜丽娘是一个东方式的矛盾体，既软弱又坚韧，既热情又内敛，既活泼又拘谨，既单纯又世故，正像章诒和在一篇文章中所指出的那样：“丽娘的奔放

[1] 丹纳：《艺术哲学》，傅雷译，人民文学出版社，1963 年，第 153 页。

[2] 汤显祖：《汤显祖集全编》（五），上海古籍出版社，2015 年，第 2646 页。

的灵魂早已冲破自己生活的狭小天地，但日常生活中的她，依旧是端庄稳重、循规蹈矩。她对爱情出生入死地追求，异常坚定，但她平时那种多愁善感的意绪心态，又分明是纤弱。她有时热情爽朗，有时又矜持拘谨……”[1]

杜丽娘性格中的相当一部分，尤其是导致她的抑郁而死的消极成分，显然来自她成长和生活的环境。在遥远的西方，朱丽叶可以参加舞会，可以在家庭聚会等场合，跟异性正常交往，大胆地恋爱——他跟罗密欧就是在自家举办的舞会上认识的，而且在短短五天时间里，就完成了全部过程——星期天相遇，星期一结婚，星期二黎明在朱丽叶的房间“生离”，星期四夜里就在墓地“死别”。但是，在前现代的东方，杜丽娘过的却是一种封闭而沉闷的生活，养在深闺人未识，缺乏与外部生活的正常联系和交往。因为有春香的陪伴，她也许并不十分孤独，但她的内心，却实实在在是寂寞的。

是的，那如茑萝缠绕、柳絮纷飞的心思和心情，最不可说，也无法说，无处说，无人说：“最撩人春色是今年，少甚么低就高来粉画垣，原来春心无处不飞悬。〔绊介〕哎，睡荼蘼抓住裙钗线，恰便是花似人心好处牵。”[2]处处是春天压抑不住的生机，处处是春天遮掩不住的欣悦，然而，这一切却只是逗惹起她乱纷纷的愁绪：“偶然间心似缱，梅树边。这般花花草草由人恋，生生死死随人愿，便酸酸楚楚无人怨。待打并香魂一片，阴雨梅天，守的个梅根相见。”[3]东方式的幽囚生活，更是强化了她多愁善感的气质，使她深深地体验着生命的忧郁和人生的空虚：“独坐思量，情殊怅恍。真个可怜人也。”[4]她的精神世界，充满了对生活的无奈感，常常自艾自怜，每每沮丧绝望，甚至很容易

[1] 江西文学艺术研究所编：《汤显祖研究论文集》，中国戏剧出版社，1984年，第197页。
[2] 汤显祖：《汤显祖集全编》（五），上海古籍出版社，2015年，第2646页。
[3] 汤显祖：《汤显祖集全编》（五），上海古籍出版社，2015年，第2649页。
[4] 汤显祖：《汤显祖集全编》（五），上海古籍出版社，2015年，第2645页。

产生死亡意识。她固然是柔弱的，但也有一种东方式的镇定和勇敢，她听到了死神渐渐逼近的跫音，便开始为自己写真："哎也，俺往日艳冶轻盈，奈何一瘦至此！若不趁此时自行描画，流在人间。一旦无常，谁知西蜀杜丽娘有如此之美貌乎？"[1] 从现实的意义上讲，她的全部人生，都在十六岁那年结束了；"死而复生"，那只是一种象征意义上的虚幻事象。

细细读来，稍加留心，你便可以发现，一部《牡丹亭》，简直就是一个少女敏感的心灵在春天喁喁的低诉，纸页上满是与"心"字有关的话语："女儿心性未分明""春心无处不飞悬""春归恁寒悄，都来几日，意懒心乔""心喜转心焦""甚法儿点活心苗""一段伤心画出难""眼前珠翠与心违""娇花不奈这心头病""长恨人心不如石""井梧声刮的我心儿碎""咱弄梅心事""自噤窄的春心怎的支""把心儿捧凑眉""困人天气，中酒心朝""整一片断魂心痛""心坎里别是一般疼痛""返将息你这心烦意冗""这病根儿怎攻，心上医怎逢""断肠人远、伤心事多""你道不许伤心，你为俺再寻一个定不伤心何处可""触处无非泪眼，见之总是伤心""春心只在眉间锁""逗春心一点蹉跎""怕未尽凡心，他再作人身想""一霎价心儿罥，原来是弄风铃台殿冬丁""想他春心无那对菱花，含情自把春容画""教俺迷留没乱的心嘈杂""他春心迸出湖山罅""洗凡心冰壶月朗""俺那有心期在那些""是人非人心不别""怕天上人间，心事难谐""哭得我手麻肠寸断，心枯泪点穿""心似百花开未得""蘸客伤心红雨下，勾人悬梦彩云边"。唉！《牡丹亭》实在就是一曲惆怅的心灵哀歌，那么柔丽，那么凄婉。

《牡丹亭》所写，纯然就是杜丽娘的"心象"和"心声"，是她在爱情上的心路旅程，是她的热情和寂寞、无奈和绝望，以及奋然而

---

[1] 汤显祖：《汤显祖集全编》（五），上海古籍出版社，2015年，第2654页。

起的寻觅、期待和抗争。在《牡丹亭》里，杜丽娘为自己“写真”，汤显祖却选择了更难的——为她写心。

曹雪芹也为自己的人物写心。《红楼梦》第二十回，写宝玉和黛玉闹别扭之后，互诉心声。黛玉说：“我为的是我的心。”宝玉道：“我也为的是你的心。难道你就知你的心，不知我的心不成？”[1] 曹雪芹的小说谙于知人心，娴于写人心，或许与汤显祖的影响不无关系吧？

在对爱情的心情态度上，杜丽娘生前和再生之后，截然不同。生前，在“现实主义”的语境里，她完全无力在积极的意义上把握自己的命运，除了无奈地殉死，几乎没有别的选择。但是，重生之后，在“象征主义”的语境里，她自媒自婚，无论遇到多大的阻力，都像爱惜眼睛一样珍惜自己的爱情，义无反顾地捍卫自己的爱情。在最后的翁婿、父女“相认”的冲突场景中，杜宝始终停留在庸俗的“现实世界”，拒绝进入美好的“象征世界”，所以，既不承认柳梦梅为女婿，又坚称女儿是“花妖狐魅，假托而成”。皇帝下旨，要求根据身影和镜子检验，结果证明杜丽娘“有踪有影，的系人身”。杜宝接受了这个结果，愿意与女儿相认，但前提是，她必须离开柳梦梅，说“离异了柳梦梅，回去认你”。对此，杜丽娘拒不接受，决绝地说道：“叫俺回杜家，赸了柳衙。便作你杜鹃花也叫不转子规红泪洒。〔哭介〕哎哟，见了俺前生的爹，即世嬷，颠不剌俏魂灵立化。”[2] 这样的决绝态度，在现实的情景里，是严重的忤逆不道，是不可想象的。

杜丽娘从一开始就有随顺的一面，未能摆脱当时流行的生活理念的羁绊，脑袋里满是“门当户对”“金榜题名”和“荣华富贵”的念想。逮及死而复生，她的这种“禄蠹”问题，更加严重。当父亲问她：“鬼乜邪，怕没门当户对，看上柳梦梅什么来？”她喜不自胜地回答道：“是

[1] 曹雪芹、高鹗：《红楼梦》，俞平伯校，启功注，人民文学出版社，2000 年，第 213 页。
[2] 汤显祖：《汤显祖集全编》（五），上海古籍出版社，2015 年，第 2818 页。

看上他带乌纱象简朝衣挂，笑笑笑，笑的来眼媚花。爹娘，人间白日里高结彩楼，招不出个官婿。你女儿睡梦里，鬼窟里，选着个状元郎，还说门当户对！则你个杜杜陵惯把女孩儿吓，那柳柳州他可也门户风华。爹，认了女孩儿罢。”[1] 比较起来，此时的杜丽娘，既缺乏林黛玉式的高洁，也缺乏朱丽叶蔑弃一切的纯粹。她的爱情以惝恍缥缈的梦境开头，却以功利世俗的结局收场。她的爱情之花，没有开放，就已凋谢。她最后的死而复生，以及“皆大欢喜”的结局，不过是又一个虚幻的梦而已。从现代的观念看，她的爱情故事，一半是悲剧，一半是喜剧；一半是眼泪，一半是喧哗，而非一个完全意义上的悲剧叙事。

然而，在那样的时代，杜丽娘爱情之梦的翅膀，已经飞到了最远的地方，飞到了最高的地方。无论如何，杜丽娘的形象终究是美好的，由杜丽娘所折射出来的汤显祖自己的心情态度和人格形象，也是美好的：“汤显祖塑造了一个光辉亮丽的杜丽娘，她百折不挠，坚定不渝，不畏艰险。在她身上，我们同时看到了显祖对人性光辉的信念，看到心性之学的‘赤子良知’如何绽放在春光明媚的想象世界。”[2] 他们——汤显祖和杜丽娘——都是懂得感情的真人。在一个阴暗而败坏的时代，他们像天边外那一抹充满诗意和暖意的亮光，足以给人带来欣悦而美好的感受。

同杜丽娘一样，朱丽叶也生活在门第很高的家庭。在母亲和奶妈充满爱意的呵护下，她过着无忧无虑的生活。性格外向纯朴的奶妈对她的性格形成，无疑起到了积极的作用。对她来讲，生活就像节日一样，每时每刻都洋溢着欢乐。她美丽而健康，充满了热情和活力，毫无多愁善感的忧郁气质，与杜丽娘比起来，属于完全不同的性格类型。如果说，罗密欧就是恋爱中的哈姆雷特——“两个人都与外部世界有些

---

[1] 汤显祖：《汤显祖集全编》（五），上海古籍出版社，2015 年，第 2817—2818 页。
[2] 郑培凯：《汤显祖：戏梦人生与文化求索》，上海人民出版社，2015 年，第 173 页。

脱节，而活在自己的想象世界中。哈姆雷特对什么都心不在焉，罗密欧除了爱情，对其他都心不在焉”[1]，那么，朱丽叶绝不是听任命运之手摆布的奥菲利娅——哈兹里特说，“奥菲利娅几乎是纤巧动人得不能加以讨论的人物。啊，五月的玫瑰，啊，过早凋谢的鲜花！她的爱情，她的发疯，她的死，这些都写得温柔之至，凄恻之极”[2]；她甚至不是苔丝狄蒙娜——“朱丽叶在爱，在思考，在对待。苔丝狄蒙娜在爱，在感受，在顺从；不是在顺从自身的意志，而是顺从超过意志的冲动”[3]，“朱丽叶的爱是活跃的，苔丝狄蒙娜的爱是多苦多难的。它是一朵不自觉地老是将头仰向那白昼的星座的向日葵”[4]。朱丽叶是行动主义者，这一点很像《威尼斯商人》中的鲍西娅；而且也有很高的智商，说话极为得体，即使在被逼嫁的紧张情景里，她也能用巧妙的一语双关的修辞，准确地表达自己的态度。但是，朱丽叶比鲍西娅更单纯，更亲切，更热情，也没有后者那种对自己的智力沾沾自喜的优越感。

朱丽叶在恋爱季节刚刚到来的时候，就遇到了罗密欧。还没来得及感伤和忧愁，还没来得及焦虑和不安，纯洁而热烈的爱情，就伴着舞会欢乐的节奏来了。一切都恰到好处，不迟也不早，不多也不少，正好可以使她对罗密欧一见钟情，而且至死不渝——“朱丽叶的爱情包含着纯真的全部力量”[5]。对豆蔻年华的朱丽叶来讲，爱情就是一切，就是生命本身。死亡想象是痛苦的，也是可怕的，但是，她没有畏惧：“爱情啊，给我力量吧！只有力量可以搭救我。”[6]她的爱情是热烈的，

---

[1] 威廉·哈兹里特：《莎士比亚戏剧中的人物》，顾钧译，华东师范大学出版社，2009年，第114页。
[2] 杨周翰编选：《莎士比亚评论汇编》（上），中国社会科学出版社，1979年，第217页。另见威廉·哈兹里特：《莎士比亚戏剧中的人物》，顾钧译，华东师范大学出版社，2009年，第89页。译文略异。
[3] 海涅：《莎士比亚笔下的女角》，温健译，上海译文出版社，1981年，第73页。
[4] 海涅：《莎士比亚笔下的女角》，温健译，上海译文出版社，1981年，第74页。
[5] 格里尔：《思想家莎士比亚》，毛亮译，外语教学与研究出版社，2007年，第304页。
[6] 莎士比亚：《莎士比亚全集》，朱生豪等译，第8卷，人民文学出版社，1978年，第89页。

也是坚定而无畏的，随时准备为它赴汤蹈火，付出一切。一旦陷入困境，她不是叹息和忍受，而是积极地寻求帮助和出路，努力改变自己的境遇和命运。

虽然朱丽叶的爱情的结局，是灾难性和悲剧性的，但是，在爱情生活的整个过程中，她自始至终都表现得镇定而乐观，就像哈兹里特指出的那样："整出戏不是惨淡和感伤的。罗密欧与朱丽叶相恋，但不是苦恋。一切都是快乐的，体现着高昂和健康的情感，心脏在跳动，血液在循环，在全身流遍。他们的爱情不是浅薄、苍白的，他们互相倾吐的不是那种从诗歌、戏剧中学来的词句。那些诗歌和戏剧充满了朦胧虚幻的美丽、忧郁病态的幻想、一闪而逝的微笑、无声的叹息、过分的敏感和软弱无力、思想的空虚，以及萎靡的精神状态。但这出戏是与此相反的。它完全是莎士比亚的戏剧，是年轻的莎士比亚的戏剧。"[1]

朱丽叶心性善良，性格温和，对所有人都很友好。她执着坚定，但并不激烈。她对别人的建议从不断然拒绝。母亲希望她嫁给帕里斯，并用充满夸张色彩和诗意性的语言，对这位贵族青年大加赞美，最后逼问她："简简单单地回答我，你能够接受帕里斯的爱吗？"朱丽叶不想让母亲难过，也不想背叛自己的爱情，于是便这样答道："要是我看见了他以后，能够发生好感，那么我是准备喜欢他的。可是我的眼光的飞箭，倘然没有得到您的允许，是不敢大胆发射出去的呢。"[2]这样的回答，极为聪明，非常得体，既不惹母亲生气，也不丧失自己的原则。她的聪慧还体现在她对事情的准确预感上。她说自己"有一颗预感不祥的灵魂"[3]。她不仅准确地判断出罗密欧是否值得爱，而且，当她得知他是蒙太古家的人，就预感到了这场恋爱的悲剧结局：

[1] 威廉·哈兹里特：《莎士比亚戏剧中的人物》，顾钧译，华东师范大学出版社，2009年，第106页。
[2] 莎士比亚：《莎士比亚全集》，朱生豪等译，第8卷，人民文学出版社，1978年，第21页。
[3] 莎士比亚：《莎士比亚全集》，朱生豪等译，第8卷，人民文学出版社，1978年，第78页。

恨灰中燃起了爱火融融，
要是不该相识，何必相逢！
昨天的仇敌，今日的情人，
这场恋爱怕要种下祸根。[1]

但是，她没有被任何可能降临的危险所阻吓住。她仍然全身心地投入，爱得纯粹而热烈。她的爱几乎没有序曲，刹那间就达到了热情的顶点。在夜色笼罩的花园里，她吐出了自己爱的心声。爱情首先是一种激情。在爱情上，朱丽叶也是充满激情的。她简直就像一团燃烧的火，就像一股湍急的流水。她在花园里焦急地等待奶妈，等待她带回罗密欧的消息，同时表达了自己难以遏抑的激情："来吧，温文的夜，你朴素的黑衣妇人，教会我怎样在一场全胜的赌博中失败，把各人纯洁的童贞互为赌注。用你黑色的罩巾遮住我脸上羞怯的红潮，等我深藏内心的爱情慢慢地胆大起来，不再因为在行动上流露真情而惭愧。来吧，黑夜！来吧，罗密欧！来吧，你黑夜中的白昼！因为你将要睡在黑夜的翼上，比乌鸦背上的新雪还要皎白。来吧，柔和的黑夜！来吧，可爱的黑颜的夜，把我的罗密欧给我！等他死了以后，你再把他带去，分散成无数的星星，把天空装饰得如此美丽，使全世界都恋爱着黑夜，不再崇拜眩目的太阳。啊！我已经买下了一所恋爱的华厦，可是它还不曾属我所有；虽然我已经把自己出卖，可是还没有被买主领去。"[2] 尽管如此，朱丽叶却不是一个浅薄而冲动的感觉主义者，而是一个在爱情生活上具有成熟思想和深刻理解力的理性主义者。

---

[1] 莎士比亚：《莎士比亚全集》，朱生豪等译，第 8 卷，人民文学出版社，1978 年，第 31 页。
[2] 莎士比亚：《莎士比亚全集》，朱生豪等译，第 8 卷，人民文学出版社，1978 年，第 65 页。

在她看来，爱情是占有，但更是给予，正因为这样，她才自信地说：“充实的思想不在于言语的富丽；只有乞儿才能够计数他的家私。真诚的爱情充溢在我的心里，我无法估计自己享有的财富。”[1]无论在什么情况下，她都始终如一地爱着罗密欧。刚得知罗密欧杀死了表哥提伯尔特的消息，她非常愤怒，狠狠地骂了罗密欧一顿，说他是“豺狼一样残忍的羔羊”；但是，当奶妈跟着她一起诅咒罗密欧的时候，她立即开始以“三小时的妻子”的身份，维护起自己的丈夫，并且责备自己，辩称如果罗密欧不杀死提伯尔特，那么“我的凶恶的哥哥就会杀死我的丈夫”。总之，她的爱情最突出的性质，就是温柔和纯粹、美好和甜蜜，就像柯尔律治在《关于莎士比亚的演讲》（1818）中所说的那样：“她的爱情全部充满了夜莺的温柔与忧郁，全部充满了玫瑰的艳丽，充满了春的新鲜中甜蜜的一切，但是，却以一声深长的叹息告终，像意大利的傍晚的最后的微风。”[2]

在莎士比亚的爱情叙事中，女性的德行，都是高尚的；她们的人格，也都是近乎完美的。她们的心灵远比她们的容貌更美丽，更令人们喜爱和欣赏。哈兹里特说：“从不背弃别人是莎士比亚戏剧中众多女主角的卓越品质。她们是爱情的完美体现。我们很少想到她们的容貌（她们本人同样如此），因为我们被作者带进了她们的内心深处，这是更为重要的。”[3]《辛白林》中的伊摩琴，是这样的人物；《终成眷属》中的海丽娜，是这样的人物；《仲夏夜之梦》中的赫米娅，是这样的人物；《奥赛罗》中的苔丝狄蒙娜，是这样的人物。而朱丽叶则无疑是这个形象系列中，最为完美的女性人物。在某种程度上，朱丽叶的名字已经成了美好爱情的同义词。

爱情最大的敌人是狭隘。嫉妒和专横既是狭隘的盟友，也是爱

[1] 莎士比亚：《莎士比亚全集》，朱生豪等译，第8卷，人民文学出版社，1978年，第56页。

[2] 杨周翰编选：《莎士比亚评论汇编》（上），中国社会科学出版社，1979年，第132页。

[3] 威廉·哈兹里特：《莎士比亚戏剧中的人物》，顾钧译，华东师范大学出版社，2009年，第2页。

情的天敌。嫉妒通常来自爱人无端的猜疑和他者畸形的羡慕，而家庭内部的专横，则来自主宰家庭生活的权力者——尤其是父亲或者兄弟——的暴戾的刚愎和颟顸。朱丽叶爱情生活的障碍和阻力，既来自两个贵族家庭的世仇，也来自她的豪爽而又粗暴的父亲凯普莱特。就性格来看，凯普莱特家族的男性，大都属于火爆脾气，容易冲动，喜欢挑衅；而蒙太古家的男性，性格就显得温和而理性，更显可爱一些。[1]正因为这样，罗密欧不仅有亲王的亲戚茂丘西奥这样的朋友，而且还赢得了劳伦斯神父的好感。

凯普莱特也爱自己的女儿朱丽叶，但他不懂得如何表达这种爱，尤其不懂得如何理解恋爱中的女儿。在女儿的婚事上，他粗暴而专横，显得极其野蛮，完全是原始部落酋长的样子。他要求女儿在三天之内嫁给帕里斯。听到女儿拒绝的回音后，他大发雷霆，骂她是“贱丫头”“该死的小贱妇”“不孝的畜生”，威胁她说：“我告诉你，星期四给我到教堂里去，不然以后再也不要见我的面。不许说话，不要回答我；我的手指痒着呢。——夫人，我们常常怨叹自己福薄，只生下这一个孩子；可是现在我才知道就是这一个已经太多了，总是家门不幸，出了这一个冤孽！不要脸的贱货！”[2]凯普莱特如此粗鲁和失控，就连奶妈都提醒他不该如此骂她。他还威胁不给朱丽叶任何财产。杜丽娘的父亲杜宝，虽然也很刻板和颟顸，不很通达情理；但比起凯普莱特，显然要仁慈得多了。

在莎士比亚的戏剧作品中，父亲将女儿视为附属品，随意安排她们婚姻，几乎是普遍发生的事情。这其实就是莎士比亚时代社会风气的反映。当时的社会等级制度森严，社会地位高的人总是受到人们更

---

[1] 例如，戏剧一开始，蒙太古知道儿子因为单相思，过着完全黑白颠倒的混乱生活，“为自己造成了一个人工的黑夜”；但是，他理解儿子“沉重的心”，并没有对他厉声苛责（莎士比亚：《莎士比亚全集》，第8卷，人民文学出版社，1978年，第11页）。

[2] 莎士比亚：《莎士比亚全集》，朱生豪等译，第8卷，人民文学出版社，1978年，第82页。

多的尊敬。在家庭内部，男性地位则高于女性，父亲作为一家之主，“他们有权决定自己的女儿什么时间和谁结婚，并有权获得妻儿的尊敬。他们的儿子尊称他们为‘先生’，若同时在场，子女必须站立。……女人几乎没有什么权利。婚后，她们所有的东西都归丈夫所有（除了一些特殊的、牵扯到法律的情况）。”[1]在《仲夏夜之梦》里，雅典公爵、法律权威的最高代表忒休斯对赫米娅说：“你有什么话说，赫米娅？当心一点吧，美貌的姑娘！你的父亲对于你应当是一尊神明；你的美貌是他给与的，你就像在他手中捏成的一块蜡像，他可以保全你，也可以毁灭你。”[2]在《威尼斯商人》里，鲍西娅也清楚地知道，在自己的婚姻上，父亲的遗命，绝对不可违背：“要是没有人愿意照我父亲的遗命把我娶去，那么即使我活到一千岁，也只好终身不字。”[3]《李尔王》中三个女儿的婚姻，全由李尔王做主，是同财产搭配在一起，赠与有身份的男人的。[4]就连《驯悍记》中的性格强悍的凯瑟丽娜，也无法抗拒父亲不经同意就把她许配给彼特鲁乔。尽管她也抱怨说“你们不管我愿意不愿意，硬要我嫁给一个疯头疯脑的家伙”[5]，但是，她仍然不得不遵从父命。

在这样的社会风俗面前，在这样的来自父权的压力下，朱丽叶其实也就只剩下死路一条了。朱丽叶一边向神父求救，一边做好了慨然赴死的准备。她最后的自杀，实际上应该算是他杀。她死于自己时代的狭隘而野蛮的风气，死于自己家庭内部父母的冷酷和专横。她的美丽和可爱、善良和勇敢，使她的陨落充满巨大的震撼力和悲剧性，使她成为人类爱情悲剧中最令人喜爱的人物形象。

---

[1] Roni Jay：《莎士比亚：活着，还是死去》，王蕾译，大连理工大学出版社，2008 年，第 21 页。

[2] 莎士比亚：《莎士比亚全集》，朱生豪等译，第 2 卷，人民文学出版社，1978 年，第 290 页。

[3] 莎士比亚：《莎士比亚全集》，朱生豪等译，第 3 卷，人民文学出版社，1978 年，第 15 页。

[4] 莎士比亚：《莎士比亚全集》，朱生豪等译，第 9 卷，人民文学出版社，1978 年，第 156 页。

[5] 莎士比亚：《莎士比亚全集》，朱生豪等译，第 3 卷，人民文学出版社，1978 年，第 253 页。

二、现实的与象征的：两部剧作的叙事策略

如果说，汤显祖的“倩女离魂”的素材和构思，来自《睽车志》所载的关于“绚娘”的传说，[1]来自唐代传奇、元代戏曲、明代话本叙事中的奇闻逸事，那么，《罗密欧与朱丽叶》的故事，则来自现实，“是以1303年发生在意大利维洛那的真人真事为基础”[2]。这个故事首先进入了两个意大利作家的叙事文本，然后又被译成法语。1562年，英国诗人亚瑟·布鲁克根据这个故事的法文译本，写成了英文长诗《罗密欧与朱丽叶哀史》。1566年，威廉·潘特又把这个故事从法文译成英文，收录于他的故事集《快乐之宫》。莎士比亚的创作资源，主要来自布鲁克和潘特的英语文本。

莎士比亚的创作，绝不是寻常意义上的改写，而是点石成金，别开生面。如果没有莎士比亚，罗密欧与朱丽叶的故事，恐怕早就被人遗忘了，至少不会像现在这样广为人知。莎士比亚把一张张普普通通、沙沙作响的彩纸，变成了一朵朵带着露珠、散着清香的玫瑰。

虽然《罗密欧与朱丽叶》的情节事象里，也氤氲着诗意和浪漫情调，但它本质上却是一部严格意义上的现实主义戏剧，基本符合事理逻辑和细节真实。无论从对戏剧冲突和人物关系的处理看，还是从对人物情感和人物性格变化的描写看，此剧都具有不容置疑的现实感和真实性，没有任何超乎常情常理、迷离惝恍的情节，也没有任何与自然和实事相违背的虚假，就像摩尔根1777年在《论约翰·福斯塔夫的性格喜剧》中所说的那样：“老实说，莎士比亚是这样的一位作家，他的模拟产

[1] 袁栋在《书隐丛说》中说：“汤若士《牡丹亭》乃全用其事。”[毛效同：《汤显祖研究资料汇编》（下），上海古籍出版社，1986年，第925页]

[2] 张泗洋、徐斌、张晓阳：《莎士比亚引论》（上），中国戏剧出版社，1989年，第338页。

物一般讲来是和自然的产物非常一致的，所以它不仅用望远镜看时是不可思议的，而且给显微镜的发现也打开了另一种令人惊奇的场面。”[1]

《罗密欧与朱丽叶》的几乎一切细节描写、人物的心理活动和行为、情节的矛盾冲突和发展过程，都可以在现实主义的领域内得到还原和确证。就人物的心理活动来看，莎士比亚的描写，几乎达到了现实主义的极致状态。1817 年，哈兹里特在他那部杰出的研究莎士比亚剧中人物的著作中说：“在所有这些场景中，莎士比亚不仅匠心独运地描写了各种情感，而且描写了情感之间最细微、最不易被人觉察的变化，描写了像潮水一般的感情的高低起伏以及一种感情如何取代另一种。”[2] 其实，早在 1765 年，约翰逊博士就在著名的《〈莎士比亚戏剧集〉序言》中，高度评价了莎士比亚近乎完美的现实主义描写技巧。在他看来，莎士比亚总是能找到那几乎唯一恰当的方法进行描写：“其他的作家把最自然的感情和最常见的事件加以伪装，以至于谁要是在书本里认识了这些东西，到了实际生活中却完全不相识了。莎士比亚把遥远的东西带到我们身边，使奇特的事物变为我们熟悉的东西；他所表现的事件可能不会发生，但是，假若真正发生了这个事件，那么它所引起的效果很可能正如莎士比亚所刻划的那样；我们可以说他不仅表现了在实际危难中人性的活动，而且也表现了在受到不可能遭到的折磨时人性的活动。”[3] 这不仅是对莎士比亚的现实主义描写技巧的深刻揭示，也是对他的文学经验所包含的典范性意义的准确评价。

有些情节，在别的作家那里，往往会被简单化地处理掉，但是，到了莎士比亚的笔下，却会被处理得恰到好处。例如，海涅似乎就怀疑罗密欧曾经热恋过罗瑟琳，因而会变得冷漠起来，不可能在第二次

[1] 杨周翰编选：《莎士比亚评论汇编》（上），中国社会科学出版社，1979 年，第 102 页。
[2] 威廉·哈兹里特：《莎士比亚戏剧中的人物》，顾钧译，华东师范大学出版社，2009 年，第 116 页。
[3] 杨周翰编选：《莎士比亚评论汇编》（上），中国社会科学出版社，1979 年，第 41 页。

爱情生活中再那样热情和投入。[1]但是，柯尔律治却认为，莎士比亚凭着“对热情性质的洞察力的敏锐”，准确地描写了罗密欧转而爱上朱丽叶的合理性：“我相信，对罗密欧的忘却罗瑟琳（代表他年轻的想象的渴望的一个名字）而一下子投入对朱丽叶的热情，没有人会感到诧异。罗瑟琳纯粹是他的幻想的产物；我们可以注意罗密欧对他自己臆造的爱人的夸口的肯定；在真正靠近心房的爱情中是没有这种情况的。”[2]这说明，莎士比亚是一个严格的现实主义作家，而《罗密欧与朱丽叶》则是一部严格意义上的现实主义作品。无论面对宏大的文学，还是面对细微的问题，他都一丝不苟地按照现实主义的技巧和方法来处理。

就对人物心理活动描写的准确和精细程度来看，汤显祖无疑也具有像莎士比亚一样的天才能力。他对杜丽娘“游园惊梦”的惆怅和感伤的描写，细腻而传神，在真实感和诗意性两方面，都达到了很高的境界。

杜丽娘微妙而细腻的爱情体验，是真真切切、具体可感的。由于《诗经》的《关雎》篇的刺激，更主要的，由于到了恋爱的年龄和季节，杜丽娘便压抑不住内心的冲动，便欲冲破层层阻隔，到春光旖旎的花园中去散心。在这“梦回莺啭，乱煞年光遍”[3]的氛围里，她深深地感觉到了内心的孤独、韶光的易逝，唱出了自己的惆怅：“原来姹紫嫣红开遍，似这般都付与断井颓垣。良辰美景奈何天，赏心乐事谁家院！”春光撩人，她油然想到了自己的爱情和未来：

> 春呵，得和你两留连。春去如何遣？咳！恁般天气，好困人也。春香那里？〔左右瞧介〕〔又低首沉吟介〕天呵，春色恼人，

---

[1] 海涅：《莎士比亚笔下的女角》，温健译，上海译文出版社，1981年，第70—71页。
[2] 杨周翰编选：《莎士比亚评论汇编》（上），中国社会科学出版社，1979年，第144页。
[3] 汤显祖：《汤显祖集全编》（五），上海古籍出版社，2015年，第2638页。

信有之乎？常观诗词乐府，古之女子，因春感情，遇秋成恨，诚不谬矣。吾今年已二八，未逢折桂之夫；忽慕春情，怎得蟾宫之客？昔日韩夫人得遇于郎，张生偶逢崔氏，曾有《题红记》、《崔徽传》二书。此佳人才子，前以密约偷期，后皆得成秦晋。〔长叹介〕吾生于宦族，长在名门。年已及笄，不得早成佳配，诚为虚度青春。光阴如过隙耳。〔泪介〕可惜妾身颜色如花，岂料命如一叶乎！

【山坡羊】〔旦〕没乱里春情难遣，蓦地里怀人幽怨。则为我生小婵娟，拣名门一例一例里神仙眷。甚良缘，把青春抛的远。俺的睡情谁见？则索因循腼腆。想幽梦谁边？和春光暗流传。迁延，这衷怀那处言？淹煎，泼残生，除问天！[1]

这段话中人物的焦虑、叹息都生动如画，使人读来仿佛身临其境，仿佛看得见她脸上的落寞和感伤，听得见她轻轻的喟叹，感受得到她呼出的气息。

接下来，是对杜丽娘梦境的迷离惝恍而又细致逼真的描写：

【山桃红】则为你如花美眷，似水流年。是答儿闲寻遍，在幽闺自怜。小姐，和你那答儿讲话去。〔旦作含笑不行〕〔生作牵衣介〕〔旦低问介〕那边去？〔生〕转过这芍药栏前，紧靠着湖山石边。〔旦低问〕秀才，去怎的？〔生低答〕和你把领扣松，衣带宽，袖梢儿揾着牙儿苫也，则待你忍耐温存一晌眠。〔旦作羞〕〔生前抱〕〔旦推介〕〔合〕是那处曾相见，相看俨然，早难道这好处相逢无一言？〔生强抱旦下〕

…………

【山桃红】〔生旦携手上〕〔生〕这一霎天留人便，草藉花

---

[1] 汤显祖：《汤显祖集全编》（五），上海古籍出版社，2015年，第2639—2640页。

眠。小姐可好？〔旦低头介〕〔生〕则把云鬟点，红松翠偏。小姐，休忘了啊，见了你紧相偎，慢厮连，恨不得肉儿般团成片也，逗的个日下胭脂雨上鲜。〔旦〕秀才，你可去啊？〔合前〕

〔生〕姐姐，你身子乏了，将息，将息。〔送旦依前作睡介〕〔轻拍旦介〕姐姐，俺去了。〔作回顾介〕姐姐，你可十分将息，我再来瞧你那。行来春色三分雨，睡去巫山一片云。〔下〕〔旦作惊醒低叫介〕秀才，秀才，你去了也？〔又作痴睡介〕[1]

这里所描写的，虽然是虚幻的梦境，但是，由于笔触细致，它就有一种真实的现实主义效果，给人的感觉是，这一切，简直就是实实在在发生着的事情。更让人觉得具有现实感的，是梦醒之后，杜丽娘不仅独自回忆梦中情景，还曾对跟自己关系极为亲密的春香谈及此事。

然而，像司马迁一样，汤显祖也是“好奇”之人。所以，他并不满足于这种纯粹现实主义的描写和叙事。他对“奇士”精神有着独到的理解，对“奇异性”有着强烈的兴趣。在他看来，只有奇士，才能写出不同凡响的奇异文章。他在《序丘毛伯稿》中说：“天下文章所以有生气者，全在奇士。士奇则心灵，心灵则能飞动，能飞动则下上天地，来去古今，可以屈伸长短生灭如意，如意则可以无所不如。彼言天地古今之义而不能皆如者，不能自如其意者也。不能如意者，意有所滞，常人也。”[2]他要摆脱那种滞涩不畅、令人厌倦的平庸状态，追求一种非常的境界和奇幻的叙事效果。人们总是说汤显祖赋予爱情以无比巨大的力量，让爱情冲破巨大的阻力，最终“取得了胜利”[3]。其实，从现实性的角度看，杜丽娘的爱情早就被毁灭了。取得胜利的

[1] 汤显祖：《汤显祖集全编》（五），上海古籍出版社，2015 年，第 2640—2641 页。

[2] 汤显祖：《汤显祖集全编》（三），上海古籍出版社，2015 年，第 1535 页。

[3] 《世间只有情难诉——〈牡丹亭〉述评》，汤显祖：《牡丹亭》，邹自振、董瑞兰评注，百花洲文艺出版社，2016 年，第 4 页。

不是爱情，而是关于爱情的奇特想象，是作者天才的象征主义的修辞和叙事。

作为一部伟大的爱情叙事，《牡丹亭》无疑是奇异的，充满令人惊心动魄的奇特事象。它的基本性质，它的叙事策略和叙事结构，都是象征主义的。换句话说，它是通过象征性的方法，来展开充满传奇色彩的爱情叙事。由于不懂这一点，清代的赵惠甫便在《能静居笔记》中，对照《西厢记》的写实主义，来责备《牡丹亭》的象征主义："……若《牡丹亭》则何为哉！陡然一梦，而即情移意夺，随之以死，是则怀春荡妇之行检，安有清净闺阁如是者？其情易感，则亦易消，入之不深，则去之亦速，拈题结意，先已浅薄，如此虽使徐、庾操笔，岂能作一好语。今见其艳词丽句，而以为彼胜于此，是尚未知人情，安足以言读书！"[1]他不明白，这是两种完全不同的写作模式；他的严苛责备，譬如嫌冰无火之热、嫌火无冰之寒，是不能使人信服的。

事实上，在进入这部悲剧深处的现实事象之前，如果先来解读一下汤显祖的著名的《牡丹亭记题词》，无疑有助于我们了解作者的深心，也有助于我们理解《牡丹亭》在写作方法上的独创性。其词云：

> 天下女子有情，宁有如杜丽娘者乎！梦其人即病，病即弥连，至手画形容，传于世而后死。死三年矣，复能溟莫中求得其所梦者而生。如丽娘者，乃可谓之有情人耳。情不知所起，一往而深。生者可以死，死可以生。生而不可与死，死而不可复生者，皆非情之至也。梦中之情，何必非真？天下岂少梦中之人耶！必因荐枕而成亲，待挂冠而为密者，皆形骸之论也。
>
> 传杜太守事者，仿佛晋武都守李仲文、广州守冯孝将儿女事。予稍为更而演之。至于杜守收考柳生，亦如汉睢阳王收考谈生也。

[1] 毛效同：《汤显祖研究资料汇编》（下），上海古籍出版社，1986年，第949页。

嗟夫！人世之事，非人世所可尽。自非通人，恒以理相格耳！第云理之所必无，安知情之所必有邪！[1]

在这篇至关重要的题词里，汤显祖一方面交代了故事的来源，要为自己的“梦叙事”寻找“事实”依据，但主要的题旨，却是阐释他的“至情”理论。在他看来，唯有可以超越生死的人，才可以谓之“有情人”，而且，这种感情还具有超越“形骸”的纯粹性质，因而不必“荐枕而成亲，待挂冠而为密”。而这样的排除了现实性和日常性内容的情感，只能将它置放到超现实的“梦”中来完成。作者特别强调，这种发生在梦中的感情，未必不真实。为了说服人们相信，汤显祖还要排除人们从“理”的角度责备自己的可能性，因为这些奇事，虽然也发生在人世之间，但却不是“人世”之人所能深刻理解的，甚至根本就与“理”分属彼此悬隔的两个世界。

汤显祖是一个“唯情主义者”。他像杜丽娘一样，“一生爱好是天然”，反对以“唯理主义”的僵硬律条，来压抑和束缚人的情感和天性。但是，对此也不宜过度诠释，“不可硬出意见”[2]，一味刻意拔高，硬语盘空地宣称“《牡丹亭》主题并不单纯是爱情，杜丽娘并不只是为柳生而还魂再世的，它不自觉地表现出来的，是当时整个社会对一个春天新时代到来的自由期望和憧憬”[3]。杜丽娘所追求的，就是自己的爱情和婚姻幸福，她的忧闷而死与死而复生，皆不外乎此；而汤显祖所表达的，也无非是呼唤对人的自然天性的尊重，也无非是为这爱情背后的“至情”辩护。

---

[1] 汤显祖：《汤显祖集全编》（三），上海古籍出版社，2015 年，第 1552—1553 页。引文句读标点与原文略异。

[2] 刘熙载：《艺概》，上海古籍出版社，1978 年，第 172 页。

[3] 李泽厚：《美的历程》，中国社会科学出版社，1984 年，第 249 页。李泽厚这段话，显然表达的是他对自己时代热切的精神呼唤：一个刚刚从万物凋零的寒冬走出来的时代，应该有对未来的“自由期望和憧憬”。

汤显祖的这篇“题词”，包含着作家对自己的叙事理念和修辞策略的阐释。在他看来，如果不能将人物置于为爱而死、死而复生的考验情景里面，那么，他们的至情至性的爱，就无法被淋漓尽致、惊天动地地表现出来。也就是说，所谓“梦”与“死”，在汤显祖笔下，都不过是修辞意义上的事象，是一种充满象征意义的符号和载体——《牡丹亭》是这样，《南柯记》和《邯郸记》也是这样。

三、悲剧与悲喜剧：彻底性与未完成性

悲剧意味着可怕的灾难和巨大的不幸，其结局往往是优秀人物的死亡和美好事物的毁灭。它是由无法调和的冲突导致的无可避免的灾难。它向人们展示着人性和生活的残缺，展示着人们面对压迫性力量的无奈和无力。在悲剧里，人们常常会看见晶莹的泪光，看见殷红的鲜血，看见死亡幢幢的魅影。

在许多人的理解中，悲剧是高于喜剧的。例如，1818 年，英国著名的作家和莎士比亚研究专家哈兹里特，就在《莎士比亚与弥尔顿》中评价莎士比亚说：“他对喜剧和悲剧有同等的天才；他的悲剧比他的喜剧好，因为悲剧比喜剧好。”[1] 其实，悲剧与喜剧的好坏，未可如此遽然论断。

悲剧无疑是重要的，因为，它尖锐而深刻地揭示了人生沉重的悲剧性——在人的一生里，要体验成长的焦虑，青春的苦闷，中年的空虚，老年的孤独；要承受肉体的病苦，心灵的磨难，无奈的衰老，最终的死亡；再加上社会性的灾难和不幸，人生在世不知要经历多少坎坷和挫折，要体验多少痛苦和忧伤。在莎士比亚的理解中，胜利是失败的

[1] 杨周翰编选：《莎士比亚评论汇编》（上），中国社会科学出版社，1979 年，第 195 页。

开始，圆满是毁灭的开始，正像格林布拉特所指出的那样：“莎士比亚悲剧的一个程式就是，主人公得到自己追求的东西，灾难就来了。”[1]

一切严肃的悲剧，都致力于将人生悲惨的真相揭示出来，从而帮助人们理解人生的本质，养成谦卑的生活态度，并最终认识到这样一个真理：人并不是这个世界的主宰，有的时候，甚至不是自己命运的主宰，就像布雷德利 1904 年在《莎士比亚悲剧的实质》一文中所说的那样：“在这个悲剧世界中，不论个人怎样伟大，他们的行动不论看来有多少作用，他们很显然不是最根本的力量。”[2]

然而，悲剧却并不是要叫人沮丧的，而是让人在灾难中觉悟和成长，也就是说，它有助于最终在善和美两方面净化人心，激发人们内心的崇高感，最终培养人们理性而坚韧的生活态度。是的，它要用泪与血、毁灭与死亡融合而成的圣水，来净化这世界，来净化人们的心灵。

当然，喜剧也很重要。它将讽刺的锋芒指向人性的残缺和社会的丑恶，通过夸张和对照等手段，激发出一种嘲笑的力量，使人们看见被假象遮盖的虚伪和败坏。喜剧是一种否定性的力量，也是一种肯定性的力量——它通过否定丑来肯定美，通过嘲笑恶来肯定善。高级形态的喜剧，从来都不排除抒情性和诗意性。在果戈理的喜剧中，抒情性是一种明显的特点，而其中所表现的诗意的感伤，包含着强烈的感染力，也赋予整个的讽刺以庄严的性质和深沉的力量。第一流的喜剧不单单惹人笑，也会让人心情沉重，甚至悲从中来。事实上，在莎士比亚的作品里，也存在这种将悲和喜、哀伤和欢快两种情绪调和起来的倾向，“他所理解的喜剧掺杂着痛苦、失落和死亡的威胁，而他所

[1] 斯蒂芬·格林布拉特：《世俗威尔：莎士比亚新传》，辜正坤等译，北京大学出版社，2007 年，第 245 页。

[2] 安·塞·布雷德利：《莎士比亚悲剧》，张国强等译，上海译文出版社，1992 年，第 19 页。

理解的悲剧中也有滑稽和欢笑的容身之地”[1]。

虽然悲剧里面可以有幽默的因子，喜剧里面也可以有哀伤的调子，但是，喜剧和悲剧各自的基本性质，却不可因此而被弄得含混不清，也就是说，喜剧应该仍然是喜剧，而悲剧也应该仍然是悲剧。所以，要将悲剧和喜剧调和起来，使之成为“悲喜剧”，就是一件非常艰难的工作，而成功的典范，也极为少见。由残缺而圆满，由丧失而复得，由别离而重聚，由困顿而亨通，这样的转折和完成，往往是下行线，难免会给人一种索然无味的消极感受。

从人物的身份和地位来看，莎士比亚悲剧中的主人公，主要是国王和他们的后代，或者是显赫的贵族和世家。他之所以选择这样一些人物的悲剧故事来写，是因为，一方面，王公贵族们由盛而衰、由荣而辱的命运变化和生活毁灭，能带来特别巨大的悲剧感和恐惧感，使各个阶层的人都能受到强烈的震撼；另一方面，则是因为权贵阶层的兴衰，严重地影响着他们所统治的国家和人民的命运，所以，莎士比亚这类悲剧，就包含着深刻的政治主题——对“独裁和堕落”发出警告，“这些警告直到二十世纪仍在回响”[2]。

如果说，《罗密欧与朱丽叶》属于严格意义上的悲剧，那么，《牡丹亭》则属于特殊形态的悲喜剧。尽管汤显祖的这部杰作的主人公，也生活在有地位的家庭，也属于有身份的人，但是，作者的命意和主题，却并不在政治，也不是对权力发出警告。它是一部态度温柔且颇显感伤的抒情之作——对陷入青春感伤中的女性，深表同情；对她的精神苦闷和心灵痛苦，有着深刻的观察和理解。它是痛苦心灵凄婉的倾诉，虽然充满浓浓的感伤色彩，但其中并没有彻底意义上的死亡和毁灭。

然而，《罗密欧与朱丽叶》就完全不同了。它最后的结局，就是

[1] 斯蒂芬·格林布拉特：《世俗威尔：莎士比亚新传》，辜正坤等译，北京大学出版社，2007年，第217页。

[2] 安德鲁·桑德斯：《牛津简明英国文学史》，谷启楠等译，人民文学出版社，2000年，第165页。

纯粹的死亡和毁灭——男女主人公都以死殉了自己的爱情。这种毁灭性的悲剧结局如此令人震撼和惋伤，以至于几百年之后，还会令全世界的读者为之感叹唏嘘。虽然，到了最后，凯普莱特和蒙太古两家，在亲王的调解和劝说下，化解了仇恨，握手言欢，但是，对于死去的罗密欧与朱丽叶来讲，它终究来得太晚了，几乎是没有意义的。也就是说，《罗密欧与朱丽叶》的悲剧性质，并没有因此而改变。它仍然是一部纯粹的悲剧。

虽然《罗密欧与朱丽叶》也有一定的喜剧性元素，但是，这些元素并没有充分到可以与悲剧性等量齐观的程度。就现实性来看，这些元素本来就是生活或人物性格中固有的，显示着生活的丰富性和人物性格的多样性；从美学效果来看，作为一种对照的修辞手段，这些喜剧元素带来了丰富的美感，也强化了人物命运的悲剧性——伴随着笑声流出的眼泪，往往是要更加苦涩的。所以，将这种喜剧元素上升为“喜剧性”，进而将《罗密欧与朱丽叶》视为“悲喜剧”，似乎并不妥当。正像对莎士比亚颇有一点“羡慕嫉妒恨”的法国作家夏多布里昂所指出的那样，莎士比亚只不过运用了“对比”而已：“一般人大概都能看出，莎士比亚大量地运用了对比。他喜欢把欢乐同忧伤并列，喜欢把娱乐和欢呼同出葬和哀号交织在一起。被请来参加朱丽叶婚礼的乐师正好赶来伴送她的灵柩；他们对这家人的丧事毫不在乎，竟开起很不得体的玩笑，谈些跟这场灾难格格不入的事情；有谁能不从这里看出整个人生呢？有谁能不体会出这场情景的全部痛苦呢？又有谁不曾见过类似的场面呢？”[1]是的，人性如此复杂，生活如此复杂，而《罗密欧与朱丽叶》的悲剧性，却因这真实的“复杂”而更强烈，更纯粹。

但是，倘若将《牡丹亭》视为纯粹的悲剧，就很容易引发争议。你看，到最后，杜宝御敌胜利，柳梦梅金榜题名，杜丽娘死而复生，

---

[1] 杨周翰编选：《莎士比亚评论汇编》（上），中国社会科学出版社，1979 年，第 383 页。

一切矛盾和冲突，似乎皆可奉御旨而圆满解决，这不正是皆大欢喜的喜剧吗？有学者根据“悲喜剧”的概念，来说明此剧亦悲亦喜的性质。[1]如果这一理论成立，无疑有助于说明《牡丹亭》的复杂性。

如果说，《牡丹亭》的前半部分，还具有一定的悲剧色彩，那么，到了后半部分，这种近乎绝望的悲剧性就完全消散了。汤显祖似乎无意强化那种毁灭性的悲剧冲突。他虽然也写到了父女冲突时杜宝的冷酷和迂执，甚至不乏反讽地写到了“皇帝”的只讲“道理”而不通“人情”，说什么“不待父母之命，媒妁之言，则国人父母皆贱之”，但是，最终却要“驾前勘对，方取圣裁”，要靠着“圣上”一语而解纷乱：

> 圣旨已到，跪听宣读：据奏奇异，敕赐团圆。平章杜宝，进阶一品；妻甄氏，封淮阴郡夫人。状元柳梦梅，除授翰林院学士；妻杜丽娘，封阳和县君。就着鸿胪官韩子才送归宅院。叩头谢恩。〔丑见介〕状元，恭喜了。〔生〕呀，是韩子才兄，何以得此？〔丑〕自别了尊兄，蒙本府起送先儒之后，到京考中鸿胪之职，故此得会。〔生〕一发奇异了。〔末〕原来韩老先也是旧朋友。〔行介〕
>
> 南【双声子】〔众〕姻缘诧，姻缘诧，阴人梦黄泉下。福分大，福分大，周堂内是这朝门下。齐见驾，齐见驾，真喜洽，真喜洽。领阳间诰敕，去阴司销假。
>
> 北【尾】〔生〕从今后把牡丹亭梦影双描画。〔旦〕亏杀你南枝挨暖俺北枝花，则普天下做鬼的有情谁似咱！[2]

诺斯洛普·弗莱说：“喜剧所涉及的主要是使家庭团聚完整；悲

[1] 江西文学艺术研究所编：《汤显祖研究论文集》，中国戏剧出版社，1984 年，第 251—254 页。

[2] 汤显祖：《汤显祖集全编》（五），上海古籍出版社，2015 年，第 2819 页。引文句读标点，与原文略异。

剧所涉及的主要是破坏家庭并使之与社会的其余部分相对立。”[1]根据这一理念来看，《牡丹亭》便属于喜剧的范畴。这幅中国式“大团圆”的典型图景，简直就是对前半段的凄婉哀绝的悲剧的消解。那最后一句“则普天下做鬼的有情谁似咱”，志得意满，飘飘欲仙，尤其令人觉得扫兴。它显然是从《西厢记》“愿普天下有情的都成了眷属”脱化而来，但是，却没有后者的热情而博大的祝福感。布雷德利批评莎士比亚对法庭上的夏洛克的描写，很难让人信服：“《威尼斯商人》的结局不能令我们满意的一个原因就是，夏洛克是一个悲剧的人物，我们无法相信他能默认失败和强加于他的种种条件。这是莎士比亚过度地发挥了自己的想象力的一个实例，因而他刻画的这个人物与注定的愉快结局很难统一起来。”[2]我们显然无法这样责备汤显祖，因为他给自己设定的就是一个超乎日常事理的象征结构，是不可以寻常逻辑来究诘的。

《牡丹亭》的“悲喜剧”模式，让那些主张它是“纯悲剧”的学者很是纠结和头疼。他们想方设法要证明它的彻底的悲剧性。例如，有人把杜丽娘当作毫不妥协的反抗者，认为作者在她身上“着意于宣扬这样一种史观”：“只有像杜丽娘这种人中的‘精奇’，才能领导人们、‘诱人’前进；而春香《闹塾》式的反抗微不足道，没有什么太大的价值。我想，这就是汤显祖在剧中通过对比突出杜丽娘和春香性格差异的深心所在。”[3]这位学者还进而否定《圆驾》一出中所有矛盾都被“一诏为结断”的大团圆结局。尽管黄门官陈最良一开始就警告倔强的杜宝说：“朝门之下，人钦鬼伏之所，谁敢不从！”然而，论者还是要说“‘情’的实现和某些封建礼教是势不两立的、绝对无法调和统一的；不可能在夹缝中求得两全其美的出路，而只能彻底决

---

[1] 诺斯洛普·弗莱：《批评的剖析》，陈慧等译，百花文艺出版社，1998年，第270页。
[2] 安·塞·布雷德利：《莎士比亚悲剧》，张国强等译，上海译文出版社，1992年，第17页。
[3] 江西文学艺术研究所编：《汤显祖研究论文集》，中国戏剧出版社，1984年，第267页。

裂，义无反顾地持续进行斗争”；进而说《牡丹亭》“可能是‘社会问题剧’的先驱吧？因为它比易卜生的《玩偶之家》等剧作早了近三个世纪”[1]。这种观点，以今例古，想当然耳，过分拔高了汤显祖的“政治觉悟”和“认识水平”，一厢情愿地赋予作品以它根本就不具备的美学价值和社会意义，严重脱离了作者和作品的实际情况。

事实上，汤显祖不是莎士比亚，更不是易卜生。他没有他们那样的人文主义思想和社会问题意识。最重要的，在他的作品里，虽然有对情感的极端强调，但是，这并不意味着他就是一个对个性自由和人格解放有现代性理解的作家——这样说，丝毫也不贬低他在艺术上和伦理上所达到的高度、所取得的伟大成就，只是想说明这样一个简单的事实：他并不是那种以绝对的姿态反抗一切的知识分子。他只是在情感的领域呼唤人的至情至性，但是，并没有在此基础上建构起一整套对社会问题的思考，甚至表现出对封建势力彻底决裂的态度。

固然，在汤显祖的作品中是有讽刺的，但这讽刺是局部的、内敛的，根本没有、也不可能上升到“义无反顾”地进行“斗争”的激烈程度。他最终是寻求和解的，是要将冲突化解为和谐的。因为，汤显祖并不视皇权为生活的大敌和罪恶的渊薮，所以，他也就不拒绝通过最高统治者的权威来化解冲突和解决问题。

这一点儿也不奇怪。对汤显祖那个时代的许多人来讲，皇帝还是神圣英明的，是可以甚至必须依赖的。1589 年，他在《送汪仲蔚备兵入闽》中说：“沧江臣子心，钟山帝王影。钟山烈以神，石马含风云。轩辕诚可畏，苍梧如有闻。是日日南至，清斋缅灵氛。”[2]又在《送太常西署翁君归潮》中说：“文武全材一豁披，忠孝深心两留恋。”[3]从这样的诗句里，我们看到的，纯然是忠君之心，何尝有一丝半毫的“反

[1] 江西文学艺术研究所编：《汤显祖研究论文集》，中国戏剧出版社，1984 年，第 273 页。
[2] 汤显祖：《汤显祖集全编》（一），上海古籍出版社，2015 年，第 468 页。
[3] 汤显祖：《汤显祖集全编》（一），上海古籍出版社，2015 年，第 473 页。

抗”。当然，这并不是说，汤显祖对最高统治者没有不满，没有反讽，他的《至日闻圣主深居有感》，就微妙地讽刺了“今上”的懒政，即所谓“传道天心欲闭关”[1]。

但是，汤显祖的不满和反讽，远远没有尖锐到信奉“斗争哲学”的人们所希望看见的激烈程度。伊迪丝·汉密尔顿说：“从君权产生的时候，对君权的绝对服从就是古代社会的生活准则，这个准则此后在亚洲甚至延续了许多个世纪，而在希腊却如此轻而易举地就被废除，以至于流传到现在的几乎只是人民对抗僭主的一些回声而已。”[2]可以肯定地说，在汤显祖所生活的时代，这种对君权的绝对服从，仍然是几乎被所有臣民普遍认可和接受的“生活准则”。

如此说来，我们的最终结论就只能是：《牡丹亭》并不是完全意义上的悲剧，而是一部具有中国色彩的悲喜剧，甚至简直可以说，就是一部偏向于喜剧的正剧，用英国学者杰（Jay）提供的“阴暗喜剧”（dark comedy）[3]概念来评价它，似乎更准确。也许汤显祖确实具有悲剧意识，但却被它的寻求和解的喜剧意识给压下去了。就算《牡丹亭》确实有悲剧的元素和意味，但是，它的悲剧性并没有充分展开，最终停留在一种半途而废的“未完成状态”，而且几乎全然被结尾部分的欢乐气氛给解构掉了。正因为这样，王国维先生才如此尖锐地批评《牡丹亭》的 “大团圆”结局：“吾国人之精神，世间的也，乐天的也，故代表其精神之戏曲、小说，无往而不著此乐天之色彩。始于悲者终于欢，始于离者终于合，始于困者终于亨；非是而欲餍阅者之心，难矣。

---

[1] 汤显祖：《汤显祖集全编》（一），上海古籍出版社，2015 年，第 478 页。

[2] 伊迪丝·汉密尔顿：《希腊精神》，葛海滨译，华夏出版社，2008 年，第 19 页。

[3] “查尔顿在《莎士比亚的喜剧》（1938）中第一次使用了这个术语。他指出，以‘问题戏剧’来描述这些作品不太严密，因为从某种意义上来说，所有的戏剧都是问题剧。实质上，如果一部戏剧在主题上很阴沉，但是有好的结局，说它是喜剧却太严肃，而说它是悲剧却还不够悲惨。莎士比亚的阴暗喜剧包括《一报还一报》、《特罗伊罗斯与克瑞西达》和《终成眷属》。”（Roni Jay：《莎士比亚：活着，还是死去》，王蕾译，大连理工大学出版社，2008 年，第 41 页）

若《牡丹亭》之返魂，《长生殿》之重圆，其最著之一例也。”[1]

从纯粹美学的角度看，不能说王国维的批评没有道理，因为，中国确实缺乏纯粹意义上的悲剧；但是，从文化特殊性的角度看，我们就不能简单地严词苛责，下如此严苛的判断和结论。要知道，中华民族苦难深重，常有倒悬之急；又缺乏充满爱意与救赎精神的宗教，缺乏超验性与彼岸性的生活图景，人们关于幸福的想象和诉求，无法不停留在现实的层面，无法不倾向于崇拜世俗意义上的事物，例如权力、名望和金钱。他们几乎只相信“岁月静好，现世安稳”的生活，所以，也就只在现实中寻求圆满的生活。因为没有彼岸和未来，所以，他们便只能紧紧抓住现在，将此时此刻的幸福和圆满看得比什么都重要。《牡丹亭》之所以最终没有成为绝对意义上的悲剧，最深层的原因，盖在于此。

四、花园意象：爱情发生的经典场所

1930年，英国学者斯珀津写了一篇题为《在莎士比亚悲剧的意象里所见到的主导性的主题》的论文。她敏锐地发现，“莎士比亚的全部作品，自始至终，部部都有一些起主导作用的意象”，例如，在莎士比亚的历史剧中，“树和树枝、植树、斫树、拔出树根这类意象”，就贯穿其中。[2] 在《罗密欧与朱丽叶》中，光是反复出现的意象，“爱人都把对方看成光”：“莎士比亚把青年的美丽与炽热的爱情看成黑暗世界里耀眼的太阳光和星光。主导的意象是光，表现为各种形式：太阳、月亮、繁星、火、电、火药爆发的闪光和美与爱的折光。与此

[1] 王国维：《王国维文集》，第一卷，中国文史出版社，1997年，第10页。

[2] 杨周翰编选：《莎士比亚评论汇编》（下），中国社会科学出版社，1981年，第331页。

对照的是夜、黑暗、云、雨、迷雾和烟尘。”[1]这篇研究莎士比亚的经典之作，别出心裁，另辟蹊径，从一个独特的角度，引导我们进入并巡游莎士比亚剧作的辉煌世界。

然而，斯珀津忽略了一个同样重要的意象，那就是花园。《莎士比亚传》的作者艾克洛德所说：“自然世界对莎士比亚有着强烈而直接的影响。莎士比亚在斯特拉特福的房子与附近其他大多数房子一样，有自家花园，也有公共花园，当他进行这类描写时，脑子里总是浮现出自家花园的景象。一个杂草丛生的花园是腐朽衰落的象征。”[2]其实，在莎士比亚笔下，花园更多的时候，象征着浪漫而热烈的爱情。要知道，在《罗密欧与朱丽叶》中，如果没有花园，那么，爱情的诗意性和悲剧性，就会大打折扣。在意大利小说家马泰奥·班戴洛的小说《罗密欧与朱丽叶》中，花园几乎没有什么意义：朱丽叶与罗密欧认识之后的交流，是在朱丽叶窗户下的一条小路上；[3]虽然最后也写到了罗密欧翻墙进入花园的事情，[4]但是，并没有赋予这一事象以特别重要的意义。然而，莎士比亚似乎从一开始就意识到了花园对于这个爱情故事的意义，所以，他将花园当作一个重要的场景来描写，使它起到了强化爱情叙事的诗意效果的作用。

在很多的叙事文本和抒情文本里，美好的爱情都发生在花园里。花园被当作与爱情关联密切的美好意象。大观园就是一个大花园，而

---

[1] 杨周翰编选：《莎士比亚评论汇编》（下），中国社会科学出版社，1981年，第332页。

[2] 彼得·艾克洛德：《莎士比亚传》，郭骏、罗淑珍译，国际文化出版公司，2010年，第33页。

[3] “朱丽叶绣房的窗户朝着一条狭窄的小路，对面是一座普通的房子。罗密欧经过一条大道，走到小路的尽头，每一次都能看到姑娘倚在窗前，对他颔首微笑，表露出十分乐意见到他的样子。他常常夜里到那儿去，走到小路的尽头，便止住脚步；这条小路上几乎没有过往行人，而且站在朱丽叶窗户的对面，有时候竟可以听见她那温柔的说话声。”（蔡蓉、吕晶编：《吕同六全集·意大利中、短篇小说》，第十卷，世界知识出版社，2015年，第8页）有必要指出的是，关于这两个维洛那青年的爱情故事，莎士比亚几乎在所有方面的处理，都比班戴洛的原作要高明，简直可以用点石成金来形容。

[4] 蔡蓉、吕晶编：《吕同六全集·意大利中、短篇小说》，第十卷，世界知识出版社，2015年，第11页。

黛玉最深刻的爱情体验和生命体验，都与“落红”和“葬花”等事象联系在一起。即便在《静静的顿河》这样的小说里，格里高利和阿克西妮娅的爱情，也离不开种着金色向日葵的园子。

《牡丹亭》和《罗密欧与朱丽叶》的爱情故事，都在花园发生或展开。这是一个值得注意的“巧合”。分析其中所蕴含的丰富意味，无疑是一件很有价值的工作。

如果说，姣妍而芬芳的花卉是花园里最美丽的景致，那么，爱情就是人生这个大花园最绚烂的花卉。在很多方面，爱情都与花儿有着相似性。它像花儿一样美丽，一样令人陶醉。初恋有如含苞待放的蓓蕾，热恋仿佛花儿绚烂绽放，直到最后，它就像花落一样，归于平静，结出自己的果实。春夏季节的花园里，就是一个一切生命都在恋爱和生长的世界。就此而言，花园实在就是一个关于爱情的巨大的象征符号。

在《牡丹亭》中，“生生燕语明如翦，呖呖莺歌溜的圆”；“原来姹紫嫣红开遍，似这般都付与断井颓垣。良辰美景奈何天，赏心乐事谁家院”。正是这春天花园里的姹紫嫣红、生机勃勃的景色，引发了杜丽娘“如花美眷，似水流年”的感慨，打开了她“忽慕春情”的心灵闸门，甚至使她潸然泪下，喟然感叹道：“可惜妾身颜色如花，岂料命如一叶乎！”[1] 自此后，很多重要的故事，都与这花园关联在一起。诸如“寻梦”“拾画”“玩真”“魂游”，都离不开花园这一重要的场景。在《牡丹亭》中，花园就是一个象征。它象征着生命意识的觉醒和冲动，象征着爱情的萌发和绽放，象征着追求爱情的执着和坚韧，甚至象征着生命的轮回和永恒。

在莎士比亚笔下，凯普莱特家的花园，简直就是一个爱的天堂，是罗密欧与朱丽叶会面的主要场所。正是这个美丽的场所，赋予了朱丽叶的爱情以浪漫的情调和诗性的意味。他们在舞会上认识，但深入

---

[1] 汤显祖：《汤显祖集全编》（五），上海古籍出版社，2015年，第2639页。

的交流和爱情的发展，却是在花园里完成的。

参加完舞会，告别了罗密欧，朱丽叶激动的心情很难平复。在静谧的夜晚里，她发出了甜蜜的叹息声，对着皎洁的月亮，宣吐自己对罗密欧的思念，对家族矛盾牵绊中的爱情的忧虑：

朱丽叶　罗密欧啊，罗密欧！为什么你偏偏是罗密欧呢？否认你的父亲，抛弃你的姓名吧；也许你不愿意这样做，那么只要你宣誓做我的爱人，我也不愿再姓凯普莱特了。

罗密欧　（旁白）我还是继续听下去呢，还是现在就对她说话？

朱丽叶　只有你的名字才是我的仇敌；你即使不姓蒙太古，仍然是这样的一个你。姓不姓蒙太古又有什么关系呢？它又不是手，又不是脚，又不是手臂，又不是脸，又不是身体上任何其他的部分。啊！换一个姓名吧！姓名本来是没有意义的；我们叫做玫瑰的这一种花，要是换了个名字，它的香味还是同样的芬芳；罗密欧要是换了别的名字，他的可爱的完美也决不会有丝毫改变。罗密欧，抛弃了你的名字吧；我愿意把我整个的心灵，赔偿你这一个身外的空名。[1]

她在夜幕遮蔽下的表达，全都被罗密欧听到了。于是他们就在这夜晚的花园里，完成了最美好的情感交流和爱的盟誓。罗密欧告诉朱丽叶，对自己来讲，她的爱情甚至比生命还宝贵。朱丽叶对自己刚才自言自语的表白，也很难为情，很怕罗密欧因此轻视自己。她希望他能明白，自己只是“太痴心了”，而不是一个轻浮的人，所以，不要嫌自己“太容易降心相从”，否则，“我也会堆起怒容，装出倔强的神气，拒绝

[1] 莎士比亚：《莎士比亚全集》，朱生豪等译，第8卷，人民文学出版社，1978年，第35—36页。

你的好意，好让你向我婉转求情，否则我是无论如何不会拒绝你的”[1]。这说明朱丽叶不仅美丽和可爱，而且，还是一个很有教养和智慧的姑娘。

朱丽叶就近取譬，用花园里的花儿做比喻，表达了对他们的爱情的希望。她打断准备对自己起誓的罗密欧的话头：

> 好，别起誓啦。我虽然喜欢你，却不喜欢今天晚上的密约；它太仓卒、太轻率、太出人意外了，正像一闪电光，等不及人家开一声口，已经消隐了下去。好人，再会吧！这一朵爱的蓓蕾，靠着夏天的暖风的吹拂，也许会在我们下次相见的时候，开出鲜艳的花来。晚安，晚安！但愿恬静的安息同样降临到你我两人的心头！[2]

爱情应该像鲜花一样美丽！就朱丽叶的性格和教养看，她并不希望他们的爱情发展得如此仓促和草率，而是希望它能像花儿一样，从容而美丽地绽放。但是，她对爱情还有更深刻的理解。在她深刻的情感体验和理解中，爱情并不只是显得好看，并不只是一种形式性的东西。不，它不仅应该是美的，还应该是真诚和善良的，是一种含着伟大德行的高尚情感。所以，她对罗密欧说：“为了表示我的慷慨，我要把它重新给你。可是我只愿意要我已有的东西：我的慷慨像海一样浩渺，我的爱情也像海一样深沉；我给你的越多，我自己也越是富有，因为这两者都是没有穷尽的。”[3]这是对爱情深刻的理解。这段话揭示了爱的真谛，一种关于爱情的历百世而不废的伟大真理。朱丽叶的爱情悲剧之所以如此打动人心，不仅因为她年轻而美丽，还因为她的爱情

---

[1] 莎士比亚：《莎士比亚全集》，朱生豪等译，第8卷，人民文学出版社，1978年，第37页。

[2] 莎士比亚：《莎士比亚全集》，朱生豪等译，第8卷，人民文学出版社，1978年，第38页。

[3] 莎士比亚：《莎士比亚全集》，朱生豪等译，第8卷，人民文学出版社，1978年，第39页。

是纯洁而高尚的，体现着人类在爱情追求上所能达到的最高境界。

当然，花园不仅象征着美好、活力，还象征着克服险阻的考验。一般来讲，花园都是封闭的，尤其是“玉人”所在的花园，更是难于逾越。然而，翻过花园的高墙与情人相会，正是一件浪漫而冒险的事情。《诗经》的《将仲子》篇里，就讲述了一个恋爱中的小伙子，几次三番，不管不顾地越墙逾园，与所爱的姑娘相会：

> 将仲子兮，无逾我里，无折我树杞。岂敢爱之？畏我父母。仲可怀也，父母之言，亦可畏也。
>
> 将仲子兮，无逾我墙，无折我树桑。岂敢爱之？畏我诸兄。仲可怀也，诸兄之言，亦可畏也。
>
> 将仲子兮，无逾我园，无折我树檀。岂敢爱之？畏人之多言。仲可怀也，人之多言，亦可畏也。

罗密欧也有中国古代的仲子小伙的执着。为了见到朱丽叶，他冒着被凯普莱特家人杀死的危险，翻过了高高的院墙。这种勇敢的行为，让朱丽叶特别感动，也非常担心：

> 告诉我，你怎么会到这儿来，为什么到这儿来？花园的墙这么高，是不容易爬上来的；要是我家里的人瞧见你在这儿，他们一定不让你活命。[1]

如果说，爱情的本质是甜蜜和快乐，那么，越是承受压力和受到阻挠的爱情，就越是具有一种强烈的幸福感。白朴《中吕·阳春曲·题情》

---

[1] 莎士比亚：《莎士比亚全集》，朱生豪等译，第8卷，人民文学出版社，1978年，第36页。

所说的“你娘催逼紧拘钳，甚是严，越间阻越情忺”[1]，揭示的就是这个道理。无论在《牡丹亭》里，还是在《罗密欧与朱丽叶》中，花园都是一个不可随便进入的所在，也就是一个意味着考验的物象。只有爱情才能激发出追求者的勇敢和无畏，让他们越过那森严的藩篱。

总之，将爱情与花园关联起来，反映着东西方两位戏剧大师共有的审美想象，也说明人类在生活方式和情感体验上，确实存在着“心理攸同”的共同性。如果说，一个作家永远有责任用最好的方式来塑造人物和展示生活，那么，在描写爱情故事的时候，汤显祖和莎士比亚都不约而同地选择了最好的方式——那种真实自然而又充满诗意的方式，就是最好的方式。

[1] 羊春秋选注：《元人散曲选》，湖南人民出版社，1982 年，第 16 页。

第三章　汤显祖的心意状态与写作风格

“心意状态”是我“发明”的一个概念，用以概括那些影响写作的心理因素和精神元素，包括气质、性格和趣味倾向，也包括作家的才能和道德意识。这些复杂的精神因素和主体素质，既是作家写作的内在动力，也影响着写作的深度和风格。一个作家的写作能达到什么水准，最终决定于他的心意状态。

汤显祖是一个伟大的天才作家。无论从道德和人格来看，还是从情感和才华来看，他都是一个杰出的人。像一切天分很高、棱角分明的作家一样，他素来不喜欢平庸而乏味的人和事物。他是一个“好奇”的人。一切突破陈规的人格现象和传奇故事，都让他兴趣盎然，像李超无那种“去书生为头陀，去头陀为将军”[1]的人，最令他心仪。作为一个温柔的唯情主义者，他喜欢以近乎极端的方式强调“情”对于人类生活的意义。他有着强烈的同情心，对人物精神上的痛苦和困境，有着敏锐的观察和深刻的感受。他是一个有教养的古典知识分子，生活态度诚挚而庄重，孝敬父母，笃于友情，课子甚严。但是，在他身上，人们也不难发现现代知识分子最重要的品质——尖锐而坦率的批评精神。

在创作上，汤显祖从来就不是一个循规蹈矩的人。就像莎士比亚蔑视“三一律”一样，汤显祖也无视那些僵硬而刻板的“曲律”。在从事戏曲写作的时候，他打破那些条条框框，像写文章一样，淋漓尽致地表现自己的知识、才华和想象。他严重地冒犯了一些“南曲”戏曲理论家的理念和律令。他受到了这些戏曲理论家和批评家的指责。

[1] 汤显祖：《汤显祖集全编》（三），上海古籍出版社，2015 年，第 1495 页。

到了风尚趋新的20世纪，有人甚至将他的作品斥为“死文学”。

那么，如何评价他的美学思想和文学主张？如何评价他在创作上的实践和成就？他的那些梦意惝恍、才华横溢的作品，到底是“死的文学”还是“活的文学”？这些问题，都很值得考察和回答。

一、尚奇：文学精神与养成之道

崇尚奇行，推崇奇人，是汤显祖在美学思想和文学精神上的一个特点。他所极力推扬的“奇”，是一种富有活力和创造力的精神状态，而非单纯形式意义上的“奇特”之意。它意味着对固有生活的不满。它试图打破生活沉闷而僵硬的束缚，提供一种别样的人格样态和生活图景，因而，本质上是一种批判性和解放性的力量。

奇即异，即志向高远，异乎寻常。奇异之人，别有怀抱，不同于碌碌无为和蝇营狗苟之辈。一部中国文学史，很大程度上，就是一部奇人的精神生活史。从屈原、司马迁、嵇康、阮籍、李杜，到苏、黄、辛、李等宋代词人，到关、王、白、马等元曲作家，再到汤显祖和曹雪芹等明清作家，几乎个个都是性格卓异的奇人。

在屈原的楚辞里，一股奇气突突上发，带着花草的芬芳，挟着化秽的力量，扶摇乎天地之间，磅礴乎山涯水涘，其余芳恢恢，于今犹且未沫。其《涉江》词云：“余幼好此奇服兮，年既老而不衰。带长铗之陆离兮，冠切云之崔嵬。被明月兮佩宝璐。世混浊而莫余知兮，吾方高驰而不顾。驾青虬兮骖白螭，吾与重华游兮瑶之圃。登昆仑兮食玉英，与天地兮同寿，与日月兮同光。哀南夷之莫吾知兮，旦余济乎江湘。”[1]屈子之所好，岂独“异服”而已也！他之祈向，别有所在。

[1] 屈原：《屈原选集》，人民文学出版社，1998年，第157页。

在哪里呢？在人格之高洁，在信念之不坠，在民生之有托。

司马迁歆慕屈原之人格，高度盛赞他高洁的人格和不朽的创作："其志絜，故其称物芳；其行廉，故死而不容。自疏濯淖污泥之中，蝉蜕于浊秽，以浮游尘埃之外，不获世之滋垢，皭然泥而不滓者也。推此志也，虽与日月争光可也。"[1]他浮于沅湘，行至汨罗，临江低回，想见其为人，为之泪下，久久不能去。司马迁之所以如此评价屈原，是因为同明相照，同声相应，是因为他自己也是一个精神高洁的爱奇之人。

扬雄发现了司马迁人格和性格上异乎寻常的特点。他在《法言·君子卷第十二》中说："淮南说之用，不如太史公之用也。太史公，圣人将有取焉；淮南鲜取焉尔。必也儒乎。乍出乍入，淮南也；文丽用寡，长卿也；多爱不忍，子长也。仲尼多爱，爱义也；子长多爱，爱奇也。"[2]但是，有一点扬雄却说得不够周全：积极意义上的爱奇，与仲尼之爱义，本质上是一回事——奇而不谲，便近乎义，便可视之为"正义"的另一种表达；无义之"奇"，便是凶戾的"奇志"，必然要沦为可怕的恶。

就其本质来讲，文章之奇在神不在形，在气不在言。虽然文章的字句，亦不可轻忽，但若一味在字句和技巧上，故意弄巧使奇，便近乎使狸搏牛，使虎捕鼠，是完全无济于事的。清人刘大櫆在《论文偶记》中说："文贵奇，所谓'珍爱者必非常物'。然有奇在字句者，有奇在意思者，有奇在笔者，有奇在邱壑者，有奇在气者，有奇在神者。字句之奇，不足为奇；气奇则真奇矣；神奇则古来亦不多见。次第虽如此，然字句亦不可不奇，自是文家能事。扬子《太玄》、《法言》，昌黎甚好之，故昌黎文奇。奇气最难识，大约忽起忽落，其来无端，其去无迹。读古人文，于起灭转接之间，觉有不可测识，便是奇气。奇，

[1] 司马迁：《史记》，卷八十四，中华书局，1999年，第1934页。

[2] 《诸子集成·法言》，第7卷，上海书店，1986年，第38页。

正与平相对。气虽盛大，一片行去，不可谓奇。奇者，于一气行走之中，时时提起。太史公《伯夷传》可谓神奇。”[1]他对“奇”的论述，详备而深刻，观点也很辩证，很有见地。

汤显祖也颇以文学上的“奇人”自期和自许。他说自己“幼志颇巨，后感通材之难，颇事韵语，余无所如意”[2]。他在《答邹宾川》中说：“弟一生疏脱。……来去几何，尚悠悠如是，时自悲怛。”[3]他也曾追求科举和功名，但最终的“名位沮落”，使他彻底觉悟，认识到“名亦命也，如弟薄命”，于是便“时为小文，用以自嬉”[4]。他知道自己是个在官场上落落寡合、闷闷失意的人，所以，准备过另外一种生活：“顾惟不佞无能吏事，有负明时。分绝意于风云，敢睎光于日月。追其谓矣，焉用文之。”[5]平庸的时代消磨尽了汤显祖的激情。他的绝望之情是强烈的。但是，他不会就此沉沦。他要做一个属于自己的人，过一种摆脱羁绊的生活。这种艰难境遇和内心诉求，正是他提出“奇”和“奇人”理论的重要原因。

在汤显祖的美学思想中，“奇”是一种本源性和决定性的精神力量。人而无奇，非真人也；文而无奇，非妙文也。总之，天下的好文章，全是“奇士”们写出来的：

> 天下文章所以有生气者，全在奇士。士奇则心灵，心灵则能飞动，能飞动则下上天地，来去古今，可以屈伸长短生灭如意，如意则可以无所不如。彼言天地古今之义而不能皆如者，不能自

---

[1] 刘大櫆、吴德旋、林纾：《论文偶记　初月楼古文绪论　春觉斋论文》，人民文学出版社，1998年，第6—7页。

[2] 汤显祖：《汤显祖集全编》（四），上海古籍出版社，2015年，第1861页。

[3] 汤显祖：《汤显祖集全编》（四），上海古籍出版社，2015年，第1921页。

[4] 汤显祖：《汤显祖集全编》（四），上海古籍出版社，2015年，第1925页。

[5] 汤显祖：《汤显祖集全编》（四），上海古籍出版社，2015年，第1994页。

如其意者也。不能如意者，意有所滞，常人也。[1]

关于这段著名的言论，明代戏曲理论家沈际飞评云："仗气爱奇，刘公幹如是"，"笔有千钧力"；翠娱阁本评云："论文快语，文章了义"，"才是真文衡"[2]。显然，汤显祖的"奇"与"奇人"理论，首先是一个创作心理学的问题。所谓"奇"，就是"生气"之源，能让人进入充分自由的精神状态。有"奇"之人，谓之"奇人"，就可以摆脱"常人"的"所滞"，可以超越一切拘限，心游乎万仞之上，情寄乎八荒之表，甚至可以"无所不如"。汤显祖的"奇士"理论，内蕴着张扬个性、解放人性的力量，与《庄子·内篇·大宗师》的"畸人说"——所谓"畸人者，畸于人而侔于天"，有着内在的渊源关系。令人意外的是，汤显祖虽然大放厥词，其态度与是非，与朱明王朝的官方意识形态，也颇相抵牾，但却没有被有司加以"反"字号的大罪。噫！斯亦幸运之至也矣！

在汤显祖的理论中，"奇"是近于"狂"的，意味着摆脱循规蹈矩的平庸和无力，进入一种积极的精神状态。他在《萧伯玉制义题词》中说："唐人有言：不颠不狂，其名不彰。世奉其言，以视士人文字。苟有委弃绳墨，纵心横意，力成一致之言者，举诧曰：此其沸名已耳。下者非其固有，高者非其诚然。予少病此语。必若所云，张旭之颠，李白之狂，亦谓不如此名不可猝成耶？第曰怪怪奇奇，不可时施，是则然耳。"[3]在他看来，萧伯玉就属于这种很另类的人，因而，在写文章的时候，就能"奇发颖竖，离众独绝，绳墨之外，粲然能有所言"；而他的文章，则因为"不苟为名而又可以时施"，所以就是"天下之

[1] 汤显祖：《汤显祖集全编》（三），上海古籍出版社，2015年，第1535页。
[2] 汤显祖：《汤显祖集全编》（三），上海古籍出版社，2015年，第1536—1537页。
[3] 汤显祖：《汤显祖集全编》（三），上海古籍出版社，2015年，第1562页。引者对句读和标点，做了必要的处理。

至文也”[1]。有必要指出的是，与李贽的极端比起来，汤显祖的“奇”的理念和行为，皆未陷入林纾所批评的“狂谬”状态，本质上始终未脱“正”的仪轨：“凡能奇者，有一种颠扑不破之道理，以曲笔描画而出，见以为奇，实则至正；若反常道而敢出以凶逆之语，直是狂谬，不是能奇。”[2]在林纾看来，李贽以吕不韦、李园为“智谋”，以李斯为“才力”，以冯道为“史隐”，以秦始皇为“千古一帝”，以孔子之是非为“不足据”，皆“实非奇语”。我们在汤显祖笔下，很少看到这种完全推倒“普遍共识”的惊人之言与狂悖之论。

事实上，“奇”并非一时之意兴、偶然之所为，而是与一个人的人格甚至德行，有着密切而稳定的关联。在《合奇序》中，汤显祖对“奇”的思考和论述，就深入到了人格样态的层面：

> 世间惟拘儒老（先？）生不可与言文。耳多未闻，目多未见，而出其鄙委牵拘之识，相天下文章宁复有文章乎？予谓文章之妙，不在步趋形似之间。自然灵气，恍惚而来，不思而至，怪怪奇奇，莫可名状，非物寻常得以合之。苏子瞻画枯株竹石，绝异古今画格，乃愈奇妙。若以画格程之，几不入格。米家山水人物，不多用意。略施数笔，形像宛然，正使有意为之，亦复不佳。故夫笔墨小技，可以入神而证圣。自非通人，谁与解此。吾乡丘毛伯选海内合奇文止百余篇。奇无所不合。或片纸短幅，寸人豆马；或长河巨浪，汹汹崩屋；或流水孤村，寒鸦古木；或岚烟草树，苍狗白衣；或彝鼎商周，丘索坟典。凡天地间奇伟灵异高朗古宕之气，犹及见于斯编。神矣化矣。夫使笔墨不灵，圣贤减色，皆浮沉习气为之魔。

[1] 汤显祖：《汤显祖集全编》（三），上海古籍出版社，2015年，第1563页。

[2] 刘大櫆、吴德旋、林纾：《论文偶记　初月楼古文绪论　春觉斋论文》，人民文学出版社，1998年，第104页。

士有志于千秋，宁为狂狷，毋为乡愿。试取毛伯是编读之。[1]

在这篇序文中，他将批评锋芒，指向循规蹈矩的“拘儒先生”。要想写出好文章，画出好风物，就必须突破“鄙委牵拘之识”，祛除“浮沉习气”之魔，激活内心的“自然灵气”，如此这般，才可进入“奇无所不合”的自由境界。艺术家固然需要培养自己的具体能力，需要追求技巧的上达，然而，更内在地说，它本质上是一种人格现象。若无健全之人格，断然不可能写出伟大的作品。所以，汤显祖在这篇序文中，曲终奏雅，毫不含糊地强调说：“士有志于千秋，宁为狂狷，毋为乡愿。”所谓“狂狷”，就是有进取的激情而又有所不为的人；他敢于蔑弃世俗意义上的种种诱惑，坚持自己做人和作文的原则。一句话，要想成为一个“奇人”，首先得做一个有持守、不随顺、不苟且的人。就此而言，汤显祖已然赋予“奇”以人格的内涵和伦理的性质。所以，用一个“浪漫主义”的凑手标签，根本无法说明他的文学主张的特殊内涵。他的“好奇”绝非虚妄的幻想，而是具有切实的现实感，所以，与其说他是“浪漫主义者”，毋宁说他是带有强烈的个性主义色彩的、特殊形态的“现实主义者”，正像周育德先生所指出的那样：“《玉茗堂四梦》尽管恍惚幽奇，却有着坚实的生活根基，包含着他数十年社会生活的深刻体验。……他笔下的蚂蚁王国，就是他站在比现实生活更高处所见的朱明王朝。”[2]如此击断，可谓一语中的。

关于“奇气”的养成，汤显祖虽未专门论及，但是，他曾提出“外游”和“内游”两个概念，强调过“内游”和“外游”的作用和意义，由此亦可略略窥见他的“养气”之门径。

汤显祖在《与王相如》中说：“相如才气横绝，欲下帷读书十年乃出，

[1] 汤显祖：《汤显祖集全编》（三），上海古籍出版社，2015年，第1532—1533页。句读标点，引者有所改动，略异于出处。

[2] 周育德：《汤显祖论稿》，文化艺术出版社，1991年，第99页。

甚善。不尽读天下之书，不能相天下之士。故曰外游不如内游。如仆老矣，居无可谈，得贞父来，同卧语三日，差绝人意。”[1]在这封信里，因为要鼓励准备“下帷读书十年”的王相如，他就强调了读书“内游”的重要性。他还在《孙鹏初遂初堂文集序》中提醒人们，切忌“以神明自擅”，而要读书内游，成“通博伟丽”之人，这样才有可能处理好文章的“位局”和“脉理”等问题，才有可能避免这样的误区——“忽其貌而不修，驰趣险仄，驱使稗杂，以是为可传。视其中，所谓反置而臆属者，尚多有之。乱而靡幅，尽而寡蕴”[2]。林纾对汤显祖的这些观点评价很高，感叹说：“呜呼！若士先生其真知文者矣。‘反置臆属’，即怪险之病根。以纯正为平衍，始求反其所为；不根于经史，自然流于臆属。天下造臆之文，其不出于险怪，鲜矣。”[3]

然而，汤显祖并未偏执一端，而是兼顾两面。也就是说，饱读诗书的“内游”很重要；广涉山川的“外游”，也同样重要。他在《王季重小题文字序》中分析过不能兼顾“内游”和“外游”的害处：“大致天之生才，虽不能众，亦不独绝。至为文词，有成有不成者三。儿时多慧，裁识书名，父师迷之以传注括帖，不得见古人纵横浩渺之书。一食其尘，不复可鲜。一也。乃幸为诸生，困未敏达，蹭蹬出没于校试之场。久之，气色渐落，何暇议尺幅之外哉。二也。人虽有才，亦视其所生。生于隐屏，山川人物居室游御鸿显高壮幽奇怪侠之事，未有睹焉。神明无所练濯，匈腹无所厌余。耳目既吝，手足必蹇。三也。凡此三者，皆能使人才力不已焉。才力顿尽，而可为悲伤者，往往如是也。”[4]极端功利化的读书，就会影响人的基于正常阅读的“内游”；

---

[1] 汤显祖：《汤显祖集全编》（四），上海古籍出版社，2015 年，第 1975 页。

[2] 汤显祖：《汤显祖集全编》（三），上海古籍出版社，2015 年，第 1510 页。句读标点，引者有所改动，略异于出处。

[3] 刘大櫆、吴德旋、林纾：《论文偶记　初月楼古文绪论　春觉斋论文》，人民文学出版社，1998 年，第 95 页。

[4] 汤显祖：《汤显祖集全编》（三），上海古籍出版社，2015 年，第 1527—1528 页。

而“生于隐屏”，偏居一隅，眼界狭窄，见闻不广，则会影响一个人的“外游”。在汤显祖看来，游历天下，“此亦文心之所贻伫也”。而在这一点上，王思任实在是很幸运的：他“世籍都下，往来燕赵间。起禹穴、吴山、江海、淮、沂，东上岱宗，西迤太行，归乎神都。所游目，天下之股脊喉腮处也。英雄之所躔，美好之所铺，咸在矣。于以豁心神纡眺听者，必将郁结乎文章”[1]。汤显祖的这些观点，其实并不新鲜。读万卷书，行万里路，自司马迁以来，中国有抱负的读书人，大都通过这两种途径来扩大自己的知识视野，培养自己写文章的灵气和浩气。不同之处在于，汤显祖的观点，是从自己沉痛的经验中得来的，因而就显得特别有价值。

奇气与坎坷和苦难有着微妙的关联。某种程度上讲，奇气就是从逆境中产生出来的，就是人生苦难的凝结，是一腔不平之气的升华。汤显祖一生常在逆境中，屡遭坎坷和挫折，但他自己对此，却有积极的理解。他在安慰冯永安的信中说：“士非短长坎坷无奇，非数迁不能所在有迹。”[2]这分明就是说，要成为一个奇人，要做非常之事，就必须吃一些苦头，甚至受一些摧辱。他自己屡屡被贬，但却毫无怨天尤人、自暴自弃之颓态，而是于公，勉力以德政惠及百姓；于私，则虽在沟壑，亦无妨怡然自得：“平昌令得意处别有自在。第借奉著书，亦自不恶耳。”[3]

汤显祖的“奇”和“奇人”理论，完美地体现于他的文学创作。二十八岁时，他就在《寄太平刘明府达可》一诗中说：“移席坐虚杳，谈文浩纵横。我复雄豪人，意概倾时英。辉光凌浩日，龙烛掩其晶。”[4]

---

[1] 汤显祖：《汤显祖集全编》（三），上海古籍出版社，2015年，第1528页。引者对句读和标点做了一些必要的处理。

[2] 汤显祖：《汤显祖集全编》（四），上海古籍出版社，2015年，第1801页。

[3] 汤显祖：《汤显祖集全编》（四），上海古籍出版社，2015年，第1812页。

[4] 汤显祖：《汤显祖集全编》（一），上海古籍出版社，2015年，第160页。

英风猛气，卓然不凡，只可用一个“奇”字来形容他。事实上，在他的诗歌中，我们也可以看到充满力量感的“奇情”，其中，他二十八岁所写的七古长诗《别荆州张孝廉》，尤其值得注意：

去年与子别宣城，今年送我出帝京。
帝邑人才君所见，金车白马何纵横。
金水桥流如灞浐，西山翠抹行人眼。
当垆换取双蛾眉，的皪人前倾一盏。
谁道叶公能好龙？真龙下时惊叶公。
谁道孙阳能相马？遗风灭没无知者。
一时桃李艳青春，四五千中三百人。
掷蛀本自黄金贱，抵鹊谁当白璧珍？
年少锦袍人看杀，唇舌悠悠空笔札。
贱子今龄二十八，把剑似君君不察。
君不察时可奈何！归餐云实荫松萝。
濠南钓渚飞竿远，江左行山着屐多。
吏事有人吾潦倒，竹林著述亦不早。
被褐原非衮冕人，飙车更向烟霞道。
青野主人归不归，文章气骨可雄飞。
三十余龄起幽滞，连翩不遂知者希。
平津邸第开如昨，啸激清风恣寥廓。
人生有命如花落，不问朱裀与篱落。
君当结骑指衡山，欲往从之行路艰。
怀沙长沙为我吊，洞庭波时君已还。
贱子孤生宦游薄，习池何似江陵乐？
宁知不食武昌鱼，定须一驾黄州鹤。
我今且唱越人舟，青蒲翠鸟鸣相求。

君独胡为好鞍马，草绿波光不与侍。
我住长安非一日，点首倾心百无一。
夫子春间倘未行，为子问取郢中质。[1]

就艺术性来看，这首诗的短处，是显而易见的——赋体多于比兴，缺少蕴藉深隐之余味。但是，它坦白率真，直抒胸臆。它的力量和魅力，就来自这不知掩藏、毫无狡狯的坦率。全诗五十二句，三百六十四字，一气呵成，沛然莫御，将作者落第之后的失望和沮丧，将作者自己和朋友怀才不遇的牢骚，将作者对现实的一腔不满，俱皆淋漓尽致地发泄了出来。他清楚地知道，自己的落第和窘境，全都是由体制内的“叶公”和“孙阳”们造成的。他的心情实在糟透了，对未来也心灰意冷，对生活抱着命如落花、听之任之的态度，甚至产生了出世的念头。他的确没有更决绝的反抗，但是，在那样一个黑暗的前现代社会，将这些牢骚和不满形诸笔墨，就已经是很严重的忤逆之举了。如此慷慨淋漓地骂世，也是需要过人的勇气的，正像沈际飞评价此诗所说的那样：“掩抑欷嘘，雍门悲调。气骨故自肮脏。”[2]有此“肮脏”，汤显祖也就算得上是一个“奇人”了；有此“肮脏”，他的这首诗，也就算得上是首奇诗了。

发泄对现实的失望和不满，在汤显祖的诗里，所在多有，并不鲜见。他在写给姜奇方的诗中，所表达的，正是这种情绪：“世情交态日纷纷，白雪朱弦更不闻。独傍愁魂向江水，荆台杨柳气如云。”[3]世态炎凉，人情浇薄，在在令人心寒，只有独对流水，舒散哀愁。而杨柳虽属弱质之物，但却依依有情，故在诗人眼中，便有如云气势，自是不凡。

在《送刘大甫谒赵玄冲胶西》中，汤显祖这样写道：

---

[1] 汤显祖：《汤显祖集全编》（一），上海古籍出版社，2015年，第149—150页。
[2] 汤显祖：《汤显祖集全编》（一），上海古籍出版社，2015年，第150页。
[3] 汤显祖：《汤显祖集全编》（三），上海古籍出版社，2015年，第1312页。

欲别悲歌鸡又鸣，白头无计与刘生。
恩仇未尽心难死，独向田横岛上行。[1]

沈际飞评论这首诗说：“节义肝胆，笔有血腥。”诗里的现实故事，未知其详，但诗人的侠肝义胆，却如熊熊烈焰，历四百余年而不灭；一股奇气，逼人而来，堪为今世无数懦弱人壮胆，也足使今世许多写作者羞愧。

汤显祖写过这样一首勉励年轻人读书的小诗；

少年豪气几年成？断酒辞家向此行。
夜半梅花春雪里，小窗灯火读书声。[2]

外表上看，此诗清英雅秀，蕴藉敛抑，但内里却骨气端翔，一股雄强刚健之力，从诗境里奋迅而出，令人一读之下，为之神旺。这显然是一首秀美的奇诗。他的“临川四梦”，幽明相接，人鬼交通，亦颇有令人耳目一新的奇异性。

文学是一种典型的批判性的精神现象。它总是以挑战的姿态面对压抑性的现实。如果说，批判精神是文学的力量之源，那么，那种性格刚健、特立独行的“奇人”，就是最具有这种精神的人，也是最有可能成为优秀作家的人。大量的事实证明，只有那些敢于挑战固有秩序和冒犯权威的人，才能成为最有创造力的作家；而性格软弱、循规蹈矩的人，注定不可能写出第一流的作品。汤显祖所呼唤的“奇士”，应该就是这样的作家和诗人吧？

---

[1] 汤显祖：《汤显祖集全编》（三），上海古籍出版社，2015年，第1186页。
[2] 汤显祖：《汤显祖集全编》（三），上海古籍出版社，2015年，第1167页。

陆游《夜归偶怀故人独孤景略》诗里说：“买醉村场半夜归，西山落月照柴扉。刘琨死后无奇士，独听荒鸡泪满衣！”[1]生活在一个同样平庸的时代，汤显祖的内心深处，大概有着同样的孤独和寂寞，也有着像陆游一样的感慨和悲凉吧？

二、唯情：多情的心性与温情的写作

1971年，在美国亚洲学会上，陈世襄先生做了一场题为《中国抒情传统》的学术报告。他认为，与希腊的史诗和悲剧比起来，中国文学毫不逊色。在将近两千年的时间里，虽然中国没有史诗，也没有戏剧可言，但是，“中国文学的荣耀别有所在，在其抒情诗”[2]。

陈世襄先生说得很对。中华民族是一个尚情的民族，而抒情性则是中国文学的根本特点。在20世纪40年代之前的漫长的千百年时间里，中华民族虽经暴政的严酷摧锄和异族的反复蹂躏，但整个社会的伦理基础、判断善恶的基本标准，并未废坏。在诗词、杂剧、传奇甚至小说等文学作品里，中国人所固有的基于礼义廉耻信、温良恭俭让的仁爱情怀和淑世意识，也仍然是生活和写作的稳定的价值原则和精神底色。

情感是中国诗学的基石和灵魂。如果说，含蓄内向、情感细腻是中华民族的性格特点，那么，委婉蕴藉、情思无邪的抒情性，则是中国文学的重要传统。陆机在《文赋》中说，“诗缘情而绮靡”[3]。刘勰也特别强调情感的决定作用，“夫以草木之微，依情待实，况文章

[1] 陆游：《陆游集》，第二册，中华书局，1976年，第617页。

[2] 陈世襄：《中国文学的抒情传统》，三联书店，2015年，第4页。

[3] 陆机：《文赋集释》，张少康集释，人民文学出版社，2002年，第99页。

乎”[1]；“繁采寡情，味之必厌”[2]。白居易在《与元九书》中则说：“《诗》者根情，苗言，华声，实义，上自圣贤，下至愚騃，微及豚鱼，幽及鬼神，群分而气同，形异而情一。未有声入而不应，情交而不感者。”[3]总之，将情感当作诗的根本，这是中国诗人和诗论家的普遍共识。

在中国文学史上，强调情感的本源性和决定性的诗人和作家，可谓比比皆是，亦云夥矣，但是，像汤显祖那样强调到极致的，却并不多。他在《宜黄县戏神清源师庙记》中说：“人生而有情。思欢怒愁，感于幽微，流乎啸歌，形诸动摇。或一往而尽，或积日而不能自休。盖自凤凰鸟兽以至巴渝夷鬼，无不能舞能歌，以灵机自相转活，而况吾人。”[4]在《耳伯麻姑游诗序》中，他表达的也是同样的诗学理念：“世总为情，情生诗歌，而行于神。天下之声音笑貌大小生死，不出乎是。”[5]在《焚香记总评》中，他评价说：“作者精神命脉，全在桂英冥诉几折，摹写得九死一生光景，宛转激烈。其填词皆尚真色，所以入人最深，遂令后世之听者泪，读者颦，无情者心动，有情者肠裂。何物情种，具此传神手！”[6]至于他在《牡丹亭》题记中的“生死”“死生”之说，已成人人皆知的流口常谈。总之，汤显祖继承了中国文学的抒情传统，而且还将它发扬光大，推向极致，从而建构了一种可以名之为“唯情主义”的观念体系和写作模式。

汤显祖的唯情主义，与明代心学的发达，不无关系。甚至可以说，它就是王阳明的心学，经由李贽这一中介环节，在文学创作领域的一种反映。王阳明在《与王纯甫》中说：“天下事虽万变，吾所以应之，

[1] 刘勰：《文心雕龙》，范文澜注，人民文学出版社，1958年，第538页。
[2] 刘勰：《文心雕龙》，范文澜注，人民文学出版社，1958年，第539页。
[3] 白居易：《白居易文集校注》，第一册，谢思炜校注，中华书局，2011年，第321页。
[4] 汤显祖：《汤显祖集全编》（三），上海古籍出版社，2015年，第1596页。
[5] 汤显祖：《汤显祖集全编》（三），上海古籍出版社，2015年，第1497页。
[6] 汤显祖：《汤显祖集全编》（四），上海古籍出版社，2015年，第2183—2184页。

不出乎喜怒哀乐四者。此为学之要，而为政亦在其中矣。”[1]又说：“夫在物为理，处物为义，在性为善，因所指而异其名，实皆吾之心也。心外无物，心外无事，心外无义，心外无善。”[2]如果说，王阳明还试图调和心物，以心观物，以心见物，那么，属于心学派的“泰州学派”的李贽，则更进一步，将此“心”与彼“理”对立起来，视之为互不兼容的冲突关系：

> 童子者，人之初也；童心者，心之初也。夫心之初，曷可失也！然童心胡然而遽失也？盖方其始也，有闻见从耳目而入，而以为主于其内而童心失。其长也，有道理从闻见而入，而以为主于其内而童心失。其久也，道理闻见日以益多，则所知所觉日以益广，于是焉又知美名之可好也，而务欲以扬之而童心失。知不美之名之可丑也，而务欲以掩之而童心失。夫道理闻见，皆自多读书识义理而来也。古之圣人，曷尝不读书哉！然纵不读书，童心固自在也。纵多读书，亦以护此童心而使之勿失焉耳，非若学者反以多读书识义理而反障之也。夫学者既以多读书识义理障其童心矣，圣人又何用多著书立言以障学人为耶？童心既障，于是发而为言语，则言语不由衷；见而为政事，则政事无根柢；著而为文辞，则文辞不能达。非内含于章美也，非笃实生辉光也，欲求一句有德之言，卒不可得。所以者何？以童心既障，而以从外入者闻见道理为之心也。[3]

“童心”是什么样的“真心”呢？这种“初心”的“绝假纯真”状态，是不是根据主观愿望而臆想出来的东西呢？保持原初状态的“童心”

---

[1] 王守仁：《王阳明全集》（上），吴光等编校，上海古籍出版社，2011年，第174页。
[2] 王守仁：《王阳明全集》（上），吴光等编校，上海古籍出版社，2011年，第175页。
[3] 李贽：《焚书　续焚书》，岳麓书社，1990年，第98页。

永远不变，这又如何可能？显然，李贽的“童心”说，有很强的先验主义和神秘主义色彩。它固然可以启发人们意识到“真心”的价值，因而，应该努力用最真实的方式来表达自己的情感，但是，抽象地将“童心”与“义理”对立起来，无疑会给人留下绝对化的印象。他的这种“一半唯物，一半唯心”的思想，更多地表现着一种焦虑的心态和拒绝的情绪，而不是严密而完整的思想体系。黄仁宇批评说：“十分显然，李贽没有创造出一种自成体系的理论，他的片段式的言论，也常有前后矛盾的地方。读者很容易看出他所反对的事物，但不容易看出他所提倡的宗旨”[1]；李贽的这些理论“很难成为分析历史现象的有效工具”[2]。

显然，汤显祖在李贽影响下形成的“唯情主义”理论，也存在着同样的问题：作为一种理论，这种将“理”与“情”对立起来的“唯情主义”，经不住理论上的严格质疑和批评。但是，作为一种文学理念和写作态度，它的确具有解放个性和人性的力量，有助于形成一种更加自由的抒情方式和叙事方式，有助于催生一种更有活力的、充满浪漫主义色彩的文学样式。好在，汤显祖在创作上，很好地维持了情理之间的平衡，并未滑入流情荡志的极端浪漫主义一边。

当然，也有学者认为，在汤显祖那里，“情”“理”二者，根本就不是一种对立关系。华玮教授就在《世间只有情难诉——试论汤显祖的“情”观与其剧作的关系》中说：“汤显祖对欲或人欲深恶痛绝的程度，与理学家相比，恐怕只有过之而无不及。……人欲不可不去，天理不可不存。汤氏在这一方面，完全和理学家站在同一立场。”[3]总之，“所谓汤显祖用情来‘反’理学的说法是站不住脚的。同时，那些断言汤氏晚年思想由入世而一变为出世的论断，我也认为难以成

[1] 黄仁宇：《万历十五年》，中华书局，1985 年，第 228 页。

[2] 黄仁宇：《万历十五年》，中华书局，1985 年，第 232 页。

[3] 华玮：《走近汤显祖》，上海人民出版社，2015 年，第 4 页。

立”[1]。这样的观点，很有新意，也有一定的道理。但是，细细分析起来，汤显祖的“节人欲”与理学家的“灭人欲”，本质上也是不同的。他对理学家的不满和排斥，是一个彰彰明甚的事实。

宗教情感与自然情感的矛盾，也时时困扰着汤显祖。对于宗教，他很有热情，但却不是一个纯粹意义上的宗教信徒。他对当时的几种影响甚大的宗教，都很有兴趣，有时甚至也很投入，但他很少将自己完全拘限到哪一种信仰里头。他在《牡丹亭题记》里头所说的“理之必无”与“情之必有”的话，与佛教和道教的教义，多多少少都有些冲突。佛教讲“空诸万有”，道家讲“道生于无”，都是教人不要在情感和欲望上较真和沉迷的，要宁信“理”而不信“情”的。然而，文学需要爱和热情。它是有情人的事业。正因为未能忘情于人生和世界，这才有了文学。谁若真的将“五蕴皆空”和“不争无尤”奉为真谛，那么，他的文学梦，似乎就没法往下做了，也就大可以将文学扔在一边，改弦更张，另觅生计。

汤显祖在《续栖贤莲社求友文》中说：“岁之与我甲寅者再矣。吾犹在此为情作使，劬于伎剧。为情转易，信于痎疟。时自悲悯，而力不能去。嗟夫，想明斯聪，情幽斯钝。情多想少，流入非类。吾行于世，其于情也不为不多矣，其于想也则不可谓少矣。随顺而入，将何及乎？应须绝想人间，澄情觉路，非西方莲社莫吾与归矣。”[2]写作此文时，他已是六十五岁的老人，仍然为“情多想少，流入非类”“绝想人间，澄情觉路”一类问题而焦虑。

虽然汤显祖的精神，也会在释家和道家那里，略作盘桓，但是，他仍然是一个儒士，也就是说，儒家的人间情怀和人际伦理，仍然稳定地影响着他的心理和行为。他的这种矛盾心情，彰明较著地见之于

---

[1] 华玮：《走近汤显祖》，上海人民出版社，2015年，第5页。

[2] 汤显祖：《汤显祖集全编》（三），上海古籍出版社，2015年，第1638—1639页。

《寄达观》一信中："情有者理必无，理有者情必无。真是一刀两断语。使我奉教以来，神气顿王。谛视久之，并理亦无，世界身器，且奈之何。以达观而有痴人之疑，痁鬼之困，况在区区，大细都无别趣。时念达师不止，梦中一见师，突兀笠杖而来。忽忽某子至，知在云阳。东西南北，何必师在云阳也？迩来情事，达师应怜我。白太傅、苏长公终是为情使耳。"[1]三十八岁的汤显祖痛苦而坦率地承认，要完全"超情离见"，无论对谁来讲，都是一件很难的事情。即便勉力修行如达观者，也有"痴人之疑，虐鬼之困"。例如，他也曾在《看花歌》中说："我闻西施美亦爱，爱情如火烧心里。无限精神为此枯，千排万遣无用处。"[2]而汤显祖自己的"情"与"想"，此不为多，彼不为少，所以，很难"绝想人间"。他援白居易和苏东坡"终是为情使耳"为例，为自己的不能"绝情"做说词。事实上，无论有多少佛教的"出世"之想，亦无论有多少道家的"无为"之念，汤显祖终其一生，都是一个挚爱在人间的唯情主义者。

汤显祖未必是"唯情论"的高明的理论建构者，但无疑是这一理论的热情的传播者和积极的实践者。在他的诗歌、尺牍、散文和戏剧作品中，在在皆有热烈的情感抒发。沈璟的《红蕖记》一开始的几句唱词说："袖手风云，蒙头日月，一片闲心休再热。"[3]然而，汤显祖的心却始终是热的。热情是他精神生活和戏曲写作的一个特点。汤显祖的全部写作，都属于典型的抒情文学。

汤显祖对人世间的一切人伦亲情，都不能恝置不顾。他年轻的时候，嘉靖皇帝和隆庆皇帝卒，他曾至少写过两首"哭大行皇帝"的诗。1578 年，十五岁的万历皇帝朱翊钧与皇后王氏成婚，二十九岁的汤显祖很是高兴，写了一首七律，表达了自己的欣喜之情。这由衷的喜悦，

---

[1] 汤显祖：《汤显祖集全编》（四），上海古籍出版社，2015 年，第 1798—1799 页。

[2] 周育德：《汤显祖论稿》，文化艺术出版社，1991 年，第 81 页。

[3] 沈璟：《沈璟集》，上海古籍出版社，1991 年，第 5 页。

从这长长的标题上，就可以看出：《二月十九日恭闻大婚礼成，长秋道始，普天之下莫不欣悦舞抃歌谣》。他写诗表达自己对大父、外父、太母、伯父、弟弟祖儒、内弟的伦理亲情；他对自己的老师和朋友一往情深，写过很多首寄赠师友和怀念师友的诗。达观禅师是对他的精神生活影响极大的人。他常常想念他而又不得见，便含着深情和眼泪，写了很多首诗，来寄托自己的无限情思。1600 年，五十一岁的汤显祖与达观做了一次自临川至南昌的出游。分别之后，他独自归来，很是感伤，于是，便写了一首题为《归舟重得达公船》：

无情当作有情缘，几夜交庐话不眠。
送到江头惆怅尽，归时重上去时船。[1]

李白《月下独酌四首》诗云："永结无情游，相期渺云汉。"[2]"无情"即是有情和深情。有情人在一起，自然有说不完的话，惜别之际，自然会备感惆怅，更让人难过的是，来回竟然乘坐的是同一只船——这会让人回想起来时同舟的快乐，也会使人平添无限的感伤和孤独。

病愈翻看故人往日书简，我们的诗人禁不住悲从中来，怆然有怀，于是便写了一首《病起检理破箧中，见芜阴故人俞白麓陈王庭夏辛岑刘居仁书，泫然久之》：

年少过逢得好看，故人无在独平安。
云霞过客情千里，风月关人事几般？
语笑目成春梦远，吟愁心逐夜江寒。
拼知不作重游兴，便去新欢岂旧欢。[3]

---

[1] 汤显祖：《汤显祖集全编》（二），上海古籍出版社，2015 年，第 831 页。
[2] 李白：《李太白全集》（中册），王琦注，中华书局，1977 年，第 1063 页。
[3] 汤显祖：《汤显祖集全编》（二），上海古籍出版社，2015 年，第 1050 页。

自己的老友纷纷物故，独留自己在此世间，垂暮之年，寂寞度日。回忆往事，愁绪满怀，昨日种种，如春梦已远，夜晚吟诗，江水凄寒，无比悲凉。过去一同游过的那些地方，诗人决意不再重游了，因为即便有新的朋友同行，岂能比得上与昔日老友携手同游的欢乐！

汤显祖与莎士比亚都曾有过丧子之痛，也都曾在自己的作品中表达过丧子的悲伤。

1596年，莎士比亚的独子哈姆奈特因病夭亡，年仅十一岁。当时，他正在写作《约翰王》。他借剧中人物之口，表达了自己的痛苦和悲伤。赫伯特举起小王子的尸体说："你把整个英国多么轻易地举了起来！"莎士比亚的传记作者说，对莎士比亚来讲，哈姆奈特的分量"有如整个英国，所以他格外悲痛"[1]。而失去爱子的母亲康斯丹丝的哀诉，更是悲痛欲绝：

> 悲哀代替了不在我眼前的我的孩子的地位；它躺在他的床上，陪着我到东到西，装扮出他的美妙的神情，复述他的言语，提醒我他一切可爱的美点，使我看见他的遗蜕的衣服，就像看见他的形体一样，所以我是有理由喜欢悲哀的。再会吧；要是你们也遭到像我这样的损失，我可以用更动听的言语安慰你们。我不愿梳理我头上的乱发，因为我的脑海里是这样紊乱混杂。主啊！我的孩子，我的亚瑟，我的可爱的儿！我的生命，我的欢乐，我的粮食，我的整个的世界！我的寡居的安慰，我的销愁的药饵！[2]

莎士比亚虽然不曾直接用文字来表达自己的丧子之痛，但是，他将自

---

[1] 哈里台：《莎士比亚》，赵澧译，浙江文艺出版社，1983年，第37页。
[2] 莎士比亚：《莎士比亚全集》，朱生豪等译，第4卷，人民文学出版社，1978年，第259—260页。

己的悲惨遭遇和悲痛心情，都写入了自己的戏剧。事实上，康斯丹丝的哀诉，也表达着莎士比亚的悲痛和忧伤。

比较起来，汤显祖的不幸，就更加严重。他不是一次，而是数次迭遭丧子之痛，三个女儿早夭——长女元祥、次女元英和幼女詹秀（万历二十二年，1594 年，于七岁之龄卒）[1]，有两个儿子早亡——幼子吕，两岁时早殇[2]；长子蘧，二十一岁病殁。他超乎“无情”和“不及情”之上，属于钟情之人，因而，所体验到的悲伤和疼痛，也就更为强烈和尖锐。他给每一个去世的儿女都写了“哭”诗。他的悼亡诗，突破了旧有的范围和模式，写得特别委婉而深挚。

万历五年（1577），汤显祖四岁的长女元祥和两岁的次女元英，不幸先后早夭。这给我们的诗人带来极大的痛苦。为了怀念两位女儿，他写了《哭女元祥元英》一诗：

徒言父母至恩亲，叹我曾无儿女仁。
隔院啼声挥即住，连廊戏逐避还嗔。
周星并是从人乳，四岁何曾傍我身。
不道竟成无限恨，金环再觅在谁人？[3]

他怀着无限的悲痛和内疚，通过“啼声挥即住”和“戏逐避还嗔”两个细节，描述了自己过去对女儿的严厉态度；孩子长到四岁，自己竟然也没有近距离地接触过，给她们以应有的父爱，而今幽明永隔，追

[1] 汤显祖哭幼女的诗题为《平昌哭殇女詹秀七女二绝（有序）》［《汤显祖集全编》（二），上海古籍出版社，2015 年，第 710 页］。

[2] 汤显祖在《平昌哭两岁儿吕二绝》的序中说：“吕儿秀慧甚。痘殇前，呼爹与点茶，云已是客。亡去，母为剪发留记。久之，苏，云：‘阿姐，何得剪儿发？’恚起仆席，云当去某所。又云：‘不舍阿爹处。’因起索抱，弄小香鼎而瞑。”［汤显祖：《汤显祖集全编》（二），上海古籍出版社，2015 年，第 757 页］

[3] 汤显祖：《汤显祖集全编》（一），上海古籍出版社，2015 年，第 254 页。

悔莫及，痛何如哉！他没有替自己辩护。他深深地愧悔和自责。其实，就在这几年里，二十七岁的汤显祖，正为科举考试做准备，精神紧张而焦虑，自然没有心情陪孩子玩。所幸的是，后来汤显祖纳的妾赵氏，为他生下长子士蘧，多少使他内心得到些许抚慰。

汤显祖二十九岁那年（1579），长子士蘧出生。在古代，这算得上是中年得子了。他在《答龙君扬》一诗的序中，叙述了儿子带给家人的天伦之乐："有子蘧扶床巧笑，大母魏夫人吹饴弄之，有童孺之色。严君用是欢笑，第欲我在云台之上耳。"[1]他对士蘧寄望很高，责之甚严。[2]而士蘧颖悟非常，也很努力，蟾宫折桂，当是迟早的事情。1600年7月，士蘧赴南京参加秋试，猝然病卒。汤显祖闻讯，悲痛万分，一口气写了十首诗，题为《庚子八月五日得南京七月十六日亡蘧信十首》，来抒发自己的悲痛之情：

江天卷地黑风来，报道吾家玉树摧。
惊落枕妆无泪出，重重书讣若为开。（其一）

空教弱冠敌才名，未到长沙听鹏鸣。
猿叫三声肠断尽，到无肠断泣无声。（其四）[3]

未几，又写了二十二首怀念士蘧的诗，题为《重得亡蘧讣二十二绝》：

[1] 汤显祖：《汤显祖集全编》（一），上海古籍出版社，2015年，第207页。

[2] 在他的督促下，长子士蘧十二虚岁的时候，就已读完了"二十一史"；发现儿子默写出来的答卷中有错，他就"怒火中烧，对二十岁的儿子进行体罚，大概是用戒尺打手心吧"。（徐朔方：《汤显祖评传》，南京大学出版社，1993年，第175页）

[3] 汤显祖：《汤显祖集全编》（二），上海古籍出版社，2015年，第848页。

汝从三岁识经书，八岁成文便起予。
更作蘧年过六十，那堪一梦是蘧蘧。（其二）[1]

儿常论鬼岂人为，鬼物原开别一支。
我愿定依人作鬼，灯前梦里见来时。（其二十一）

后来亢壮少亲情，宦不成游家累贫。
头白向蘧蘧又死，阿爹真是可怜人。（其二十二）[2]

沈际飞评价这些诗说："西河之恸，临川最切。诗数十首，几不择音。"[3]据《史记·仲尼弟子列传》说："孔子既没，子夏居西河教授，为魏文侯师。其子死，哭之失明。"[4]所谓"西河之恸""抱痛西河"等用来表达"丧子之痛"的典故，即由此而来。失去儿子的汤显祖，像卜商一样悲痛欲绝，心碎欲裂。本来，他自己的政治梦想破灭了，便将一切希望都寄托在儿子身上，谁知昊天无情，降此鞠凶。他根本无法从这巨大的悲伤中摆脱出来。只有诗歌可以安慰他痛苦的心。于是，我们的诗人便哭之以诗，一首接一首，不停地写。

是的，汤显祖的这些诗，几乎全都是哭出来的，每一行诗句里，都浸透了诗人的泪水。儿子过去的音容笑貌，全都化为一点一滴的细节，浮现到父亲的眼前，让他更加悲情难抑，老泪纵横。为了见到儿子，我们的诗人宁愿"依人作鬼"，在灯前梦里，与自己的儿子重逢。他实在太悲痛了，于是，便顺情而发，不加雕饰，但感染力因此反而更强，使人读来，几欲堕泪。

---

[1] 汤显祖：《汤显祖集全编》（二），上海古籍出版社，2015年，第847页。
[2] 汤显祖：《汤显祖集全编》（二），上海古籍出版社，2015年，第849页。
[3] 汤显祖：《汤显祖集全编》（二），上海古籍出版社，2015年，第850页。
[4] 司马迁：《史记》，卷六十七，中华书局，1999年，第1747页。

汤显祖民胞物与，推己及人，甚至及物，具有普遍的同情心，所以，他不仅会同情自己的同类，而且还将这种情感投向一切形式的生命。杜甫会对自己的马，表达感恩之情；会对乌鸦、燕子、蚂蚁和鱼，表达怜惜之意与爱护之情；甚至会从桃树的身上，看到一种慷慨无私的美德。汤显祖也是这样一个对微小的生命表现出温柔情感的人。他写过一首题为《胡克逊》的诗：

人言西北边，有兽名为逊。
性不喜兽斗，逡巡解其困。
猎者知如此，设斗日驯近。
相愁来解纷，阴遭此人刃。
食肉寝其皮，似貉花文嫩。
西州贵将吏，茵褥厚常寸。
狒狒笑何悯，猩猩啼莫恨。
此兽仁有礼，错莫身为殉。
世有麒麟皮，为鞔复何问！[1]

如此善良的一种仁兽，却阴遭猎者的捕杀。这让汤显祖痛心疾首，深感不忍和不平。他赞美它们的德行，怜悯它们的遭遇。读者从中看到的，不仅有对自己遭遇的隐喻，也有爰及物类的仁慈的恻隐之心。

这样的咏物诗，汤显祖还写过不少，如《雀儿行（在七级作）》《京鹞》《部中鹤》《锦衣鸟》等。在题为《北河伤雁付旁寺僧》[2]的诗里，汤显祖叙述自己看到一只大雁，因为被射伤而失群挣扎，“垂及稍低飞，清波影横箭”。撑船的渔人看到后，顿起贪心，跃跃欲试，想将它抓

[1] 汤显祖：《汤显祖集全编》（三），上海古籍出版社，2015年，第1195页。
[2] 汤显祖：《汤显祖集全编》（三），上海古籍出版社，2015年，第1206页。

到手。我们的诗人特别同情大雁的悲惨遭遇，希望它赶快摆脱困境：“愿依大慈力，出箭入霄汉。”《雀儿行》也是一首叙事诗，写诗人与新婚夫人在南归途中，对黄口雏鸟的救助——汤显祖从掏鸟窝的农家孩子手中，救出了两只小鸟，交给新婚妻子，让她编了个精致的鸟笼，悉心喂养，等到羽翼丰满，再放它们骞翮远翥：“羽翼自成飞，但往不复呼。”[1]

汤显祖的咏物诗，不像杜甫写得那么多，写得那么好，但是，由这不多的几篇诗，我们也可以看见他温柔敦厚的心性，看见他真正诗人的态度和情怀。

三、亢直：端翔的气骨与坚正的批评

薇亦柔止，薇亦刚止。汤显祖是一个亦柔亦刚的人。就情感来看，他有一颗赤子之心，柔情似水，多爱不忍，对父母家人，对师长朋友，对黎民百姓，都真心相待，纯然一副热心肠，甚至，还有一副急人所急的侠义心肠和男子汉气概。查继佐在《汤显祖传》中评价他说：“喜任侠，好急人。”[2]这是沉甸甸的实话，而非轻飘飘的虚誉。汤显祖喜欢“风骨情神，高华巨丽”“横目之徒，皆足惊殊叹异”[3]的文章，也特别强调那种充满力量的男子气概。在给彭鲁轩的信中，他就曾说过这样的话：“身为男子，高步中原，他更何论。”[4]

汤显祖有着南人的气质，温柔而多情；也有着北人的气骨，端翔而坚正。他刚正不阿，疾恶如仇，行己有耻，拒绝逢迎，曾先后于万

[1] 汤显祖：《汤显祖集全编》（一），上海古籍出版社，2015年，第356页。
[2] 毛效同编：《汤显祖研究资料汇编》（上），上海古籍出版社，1986年，第88页。
[3] 汤显祖：《汤显祖集全编》（四），上海古籍出版社，2015年，第2040页。
[4] 汤显祖：《汤显祖集全编》（四），上海古籍出版社，2015年，第2022页。

历五年、万历八年，两次拒绝张居正的拉拢。《明史·汤显祖传》、钱谦益《列朝诗集小传·汤遂昌显祖》、邹迪光《汤义仍先生传》等对此都有记载，蒋士铨甚至将此事写入他的戏曲《临川梦》。邹迪光在《汤义仍先生传》里说，汤显祖未第之前，就已经名蔽天壤，为海内所倾仰。张居正为了抬高儿子的身价，两番接纳汤显祖，欲“啖以巍甲”，诱以大名大利，但都被汤显祖拒绝了，说：“吾不敢从处女子失身也。”[1]他认为，人一旦自欺或者欺人，便无足观矣，所以，他厌恶一切虚伪不诚的做派：“人之精神不欺，为生息之本，功名即真，犹是梦影，况伪者乎？”[2]

蒋士铨的《临川梦》一开始，便写张居正打发叔辈张不痴，以科举“大魁”来拉拢汤显祖，被汤显祖断然拒绝。张居正以为遍地皆是吮痈舐痔、胁肩谄笑的奴才，故视此天下，皆可诱之以名，啖之以利，但是，他实在低估了汤显祖的人格和气节：“岂知公车之上有一措大，直以草芥视之耶。世悠悠，甘心贫贱，不愿识荆州。”[3]虽然我们的诗人为此付出了不小的代价，但是，也获得了极大的尊敬，“惟兹佩之可贵兮，委厥美而历兹；芳菲菲而难亏兮，芬至今犹未沬”[4]。汤显祖像屈原、司马迁、杜甫和曹雪芹一样，是中国几千年来，人格上最为健康、灵魂最为干净的难得人物，代表着中国文学的精神高标，是中国当代文学进行价值重建的很可贵的精神资源。

汤显祖对自己的道德期许是很高的，对自己的能力也是自信的。他在《答余中宇先生》中说：“某少有伉壮不阿之气，为秀木业所消，复为屡上春官所消。然终不能消此真气。观察言色，发药良中。某颇有区区之略，可以变化天下。恨不见吾师言之，言之又似迂者然，今

[1] 毛效同编：《汤显祖研究资料汇编》（上），上海古籍出版社，1986年，第81页。

[2] 汤显祖：《汤显祖集全编》（四），上海古籍出版社，2015年，第1780页。引文标点，略异于原文。

[3] 蒋士铨：《蒋士铨戏曲集》，中华书局，1993年，第221页。

[4] 屈原：《屈原选集》，人民文学出版社，1998年，第41页。

之世卒卒不可得行。惟吾师此时宜益以直道绳引天下，万无以前名自喜。”[1]他之所以如此高自标树，把话说得很大很满，就是希望能有机会一展宏图，有机会靠着自己的正直和才能，为国家和百姓做些有益的事情。他把“兼济天下”看得很重，未尝因为个人的成败利钝而轻忽之，正像他自己所说的那样：“世弃君平，君平未可弃世也。”[2]

作为一个认真而不苟且的人，汤显祖对自己时代伪诈而诡滥的世风，深恶痛绝。他在《与宜伶罗章二》中说：“如今世事总难认真，而况戏乎！若认真，并酒食钱物也不可久。我平生只为认真，所以做官做家，都不起耳。”[3]纵然如此，他也不曾为了现实的利益，改变初衷，降身辱志，从而随随便便做人，马马虎虎做事。

汤显祖实在是一个生不逢时的人。朱明王朝从一开始，就是一个戾气很重的恶时代。它是用刀把子砍出来的政权，是在血水里泡出来的政权。它的每一个毛孔里，都散发着浓浓的血腥味。别的政权大都服从“逆取顺守”的规律，都按照宽缓不苛、与民休息的路子来建政和施政，然而，朱明政权却偏不这样，偏偏要选择“逆取逆守”的邪路——诛杀大臣，虐害百姓，荼毒天下，极其凶暴。它喜欢毫无必要地折腾老百姓，使他们不得安居乐业。据吴宽《匏翁家藏集》记载：“……世多变故，邻之死徙者殆尽，（城东）荒落不可居”；“洪武之世，乡人多被谪徙，或死于刑，邻里殆空”[4]。法律朝出夕改，人民动辄得咎，就像解缙在上书里所说的那样：“无几时不变之法，无一日无过之人”[5]；统治者对人民冷酷无情，毫无善念，“为善者妻子未必蒙荣，有过者胥里必陷其罪”[6]。尤为可悲的是，解缙自己也

[1] 汤显祖：《汤显祖集全编》（四），上海古籍出版社，2015 年，第 1758 页。
[2] 汤显祖：《汤显祖集全编》（四），上海古籍出版社，2015 年，第 2008 页。
[3] 汤显祖：《汤显祖集全编》（四），上海古籍出版社，2015 年，第 2011 页。
[4] 吴晗：《朱元璋传》，人民出版社，1985 年，第 183 页。
[5] 张廷玉等撰：《明史》，卷一百四十七，中华书局，1999 年，第 2735 页。
[6] 张廷玉等撰：《明史》，卷一百四十七，中华书局，1999 年，第 2737 页。

未能幸免，也因为得罪了皇帝，而被逮入狱，“拷掠备至”，并在皇帝的授意下，被锦衣卫的领导人纪纲直接虐杀——“醉缙酒，埋积雪中，立死。年四十七。籍其家，妻子宗族徙辽东”[1]。

直到万历时代，朱明政权依然故我，依然是以前的那副老样子，那个坏德行。它缺乏最起码的文明教养，是一个尚未脱离野蛮状态的典型的前现代社会。狭隘，傲慢，凶暴，冷酷，一切坏时代的坏毛病，它几乎全都有。它对黎民百姓缺乏哀矜之心，对知识分子充满疑忌和敌意，拿自己的官吏当奴隶。身处这样的时代，汤显祖自然觉得荆天棘地，格格不入，很不自在。在《青莲阁记》中，他通过与那些开明盛世的对照，尖锐地嘲笑和否定了自己的时代：

> ……季宣为人伟朗横绝，喜宾客。而芜城真州，故天下之轴也。四方游人，车盖帆影无绝。通江不见季宣，即色沮而神懊。以是季宣日与天下游士通从，相与浮拍跳踉，淋漓顿挫，以极其致。时时挟金、焦而临北固，为褰裳蹈海之谈。故常与游者，莫不眙瞪相视，叹曰：“季宣殆青莲后身也。”相与颜其阁曰“青莲”。
>
> 季宣叹曰：“未敢然也。吾有友，江以西清远道人，试尝问之。”道人闻而嘻曰：“有是哉！古今人不相及，亦其时耳。世有有情之天下，有有法之天下。唐人受陈、隋风流，君臣游幸，率以才情自胜，则可以共浴华清，从阶升，娭广寒。令白也生今之世，滔荡零落，尚不能得一中县而治。彼诚遇有情之天下也。今天下大致灭才情而尊吏法，故季宣低眉而在此。假生白时，其才气凌厉一世，倒骑驴，就巾拭面，岂足道哉！”海风江月，千古如斯。[2]

---

[1] 张廷玉等撰：《明史》，卷一百四十七，中华书局，1999年，第2739页。

[2] 汤显祖：《汤显祖集全编》（三），上海古籍出版社，2015年，第1578—1579页。句读标点，引者有所改动，略异于原文。

在汤显祖看来，天下分两种：一种是“有情之天下”，一种是“有法之天下”。有情之天下，是有人情味的，给人活路和尊严的；而有法之天下，却是冷酷的，拿人不当人，让人们艰于呼吸，让英雄进退失据。唐代就属于“有情之天下”，而他自己的时代则属于“有法之天下”。

在所谓“有法之天下”，人没有尊严；人的个性和才情，也都要被扭曲和毁灭。所以，假如李白生于此时，也必束肩敛息，小心翼翼，毫无作为；反过来，假如让季宣生活在唐代，那么，他一定会有机会发挥才能，凌厉一世。从这篇文章可以看出，汤显祖不仅对自己的时代极为不满，而且还言无禁忌，尖锐地表达了自己的抗议和不满。在血腥味很浓的朱明王朝，他的这些大逆不道的话，属于典型的“妄言罪”和“诽谤罪”，一旦被有司盯上，是很有可能被抓起来杀头的。

然而，汤显祖在《论辅臣科臣疏》中所表现出来的硬气和亢直，却比这更加令人惊叹和倾服。这回，他直接批评了万历皇帝朱翊钧和他的几位股肱大臣。

明神宗朱翊钧是一个典型的朱姓皇帝，性格中充满了由朱元璋那里遗传下来的狭隘、多疑、刚愎、颟顸和冷酷的东西。不仅如此，他身上还有几千年来中国的暴君和昏君都有的坏毛病，例如，纵情声色，不理朝政，贪得无厌，巧取豪夺，文过而饰非，近小人而远君子，等等。糟糕的心性与败坏的生活，最终导致他气昏志惰，力倦神疲，近乎尸居余气。万历十七年，公元 1589 年，陕西泾阳人、大理寺评事雒于仁曾上疏献四箴，尖锐地批评了万历皇帝政治上的窳败和生活上的混乱：

臣备官岁馀，仅朝见陛下者三。此外惟闻圣体违和，一切传免。郊祀庙享遣官代行，政事不亲，讲筵久辍。臣知陛下之疾，所以致之者有由也。臣闻嗜酒则腐肠，恋色则伐性，贪财则丧志，尚气则戕生。陛下八珍在御，觞酌是耽，卜昼不足，继以长夜。此其病在嗜酒也。宠“十俊”以启幸门，溺郑妃，靡言不听。忠谋摈斥，储位久虚。此其病在恋色也。传索帑金，括取币帛。甚且掠问宦官，有献则已，无则谴怒。李沂之疮痍未平，而张鲸之赀贿复入。此其病在贪财也。今日搒宫女，明日挟中官，罪状未明，立毙杖下。又宿怨藏怒于直臣，如范儁、姜应麟、孙如法辈，皆一诎不申，赐环无日。此其病在尚气也。四者之病，胶绕身心，岂药石所可治？今陛下春秋鼎盛，犹经年不朝，过此以往，更当何如？

孟轲有取于法家拂士，今邹元标其人也。陛下弃而置之，臣有以得其故矣。元标入朝，必首言圣躬，次及左右。是以明知其贤，忌而弗用。独不思直臣不利于陛下，不便于左右，深有利于宗社哉！陛下之溺此四者，不曰操生杀之权，人畏之而不敢言，则曰居邃密之地，人莫知而不能言。不知鼓钟于宫，声闻于外，幽独之中，指视所集。且保禄全躯之士可以威权惧之，若怀忠守义者，即鼎锯何避焉。臣今敢以四箴献。若陛下肯用臣言，即立诛臣身，臣虽死犹生也。惟陛下垂察。[1]

朱翊钧读罢“震怒”，欲将雒于仁“置之重典”。在申时行等人的“委曲慰解”下，才从轻发落，将他“斥为民”。这样的皇帝，气度实在太小，既不足与谋，亦不可与庄语。

迥远而神秘的上天，大概是——除了那些天不怕地不怕的“无所畏惧”者之外——几乎所有傲慢的统治者唯一敬畏的对象。虽然，对人间的事物，万历皇帝素来无所畏惧，但是，对头顶上的神秘的苍天，他还是心怀虔敬和忌惮。几千年来，中国的最高统治者大都如此：不在乎近而可察的民心，不倾听切中弊害的谏言，却在乎高不可问的天意。至于那些既不恤人言又不畏天命的暴君，那些视一切伟大事物皆

[1] 张廷玉等撰：《明史》，卷二百三十四，列传一百二十二，中华书局，1999年，第4073—4074页。

为戋戋小物的独裁者，就更是等而下之，无足论矣。唉！他们必给人间带来无穷无尽的灾难和难以根除的祸患，也必将成为虽万死不足以赎其罪、引江海不足以浣其污的千古罪人。

是的，在我们生活的这个星球上，无论在中国还是在外国，无论是威势赫赫的最高统治者还是地位卑微的底层百姓，都对上天心怀敬畏，都对异常的天象和异象，心存恐惧。莎士比亚就描写过异常天象在人物心里所造成的微妙而巨大的影响。在《约翰王》中，“天空中有五个月亮同时出现，四个停着不动，还有一个围绕着那四个飞快地旋转”；身边的近臣赫伯特告诉约翰王说，“老头子和老婆子们都在街道上对这种怪现象发出危险的预言”[1]。这样的天象和人们的反应，让约翰王极为吃惊和恐惧，也使他立即开始自我反思，表现出悔过迁善的内心冲动。在《李尔王》中，葛罗斯特将日食月食同接踵而来的“天灾人祸”联系起来，认为这是“上天对人们所施的惩罚”[2]。在《裘力斯·凯撒》中，凯撒的妻子凯尔弗妮娅则对凯撒说：“我从来不讲究什么禁忌，可是现在却有些惴惴不安。里边有一个人，他除了我们所听到看到的一切之外，还讲给我听巡夜的人所看见的许多可怕的异象。一头母狮在街道上生产；坟墓裂开了口，放鬼魂出来；凶猛的骑士在云端里列队交战，他们的血洒到了圣庙的屋上；战斗的声音在空中震响，人们听见马的嘶鸣、濒死者的呻吟，还有在街道上悲号的鬼魂。凯撒啊！这些事情都是从来不曾有过的，我害怕得很哩。”[3]正像英国的戏剧理论家尼柯尔所说的那样：“莎士比亚在他的所有悲剧内，都暗示出一种超自然的力量，但是，正如我们所看到的，他却很少有意识地对它加以确切的说明。”[4]莎士比亚虽然不曾刻意渲染，

[1] 莎士比亚：《莎士比亚全集》，朱生豪等译，第4卷，人民文学出版社，1978年，第274页。
[2] 莎士比亚：《莎士比亚全集》，朱生豪等译，第9卷，人民文学出版社，1978年，第163页。
[3] 莎士比亚：《莎士比亚全集》，朱生豪等译，第8卷，人民文学出版社，1978年，第242页。
[4] 阿·尼柯尔：《西欧戏剧理论》，徐士瑚译，中国戏剧出版社，1985年，第218页。

但他所写到的超自然力量，如星变、鬼魂、噩梦，依然给人带来极为强烈的恐惧感，并为自己的戏剧冲突，提供了一种巨大的推动力。

却说，万历十九年，即公元1591年，天呈异象：有星如彗，长尺余；历胃、室、壁，长二尺；闰月，丙寅朔，彗星入娄。这个所谓“彗星”，即古人所说的“妖星”，也就是俗话所说的“扫帚星”，是可怕的不祥之兆。这些异象让朱翊钧心绪烦乱，惴惴不安。按照官方的天象解释学，他一定是在德行上有什么过失，老天才如此警示他。

于是，朱翊钧便连下了两道与此有关的诏书。丁丑的“上谕”是：“兹者星象示异，天戒垂仁，咎在朕躬，深用儆惕。诸司大小臣工，各宜奉公率职，宣力分猷。一切怠玩私邪，虚文积弊，务加洗涤，以称朕实修应天至意。修省事宜，尔礼部查照举行。”[1]紧接着，又下了一道己卯“上谕”：“迩来风尚贿嘱，事尚趋赴，内之参，外之劾，甚无公直，好生欺蔽。且前者天垂星变群奸不道，汝等职司言责，何无一喙之忠，以免瘝旷之罪？汝等市恩取誉，辄借风闻之语讪上要直。至于鬻货欺君，嗜利不轨，汝等何独无言？且尔等岂不闻宫府中事皆一体之语乎？何每以揄扬君恶，沽名速迁为也？尔等受何人之爵，食何人之禄？至于长奸酿乱，傍观避祸，无斥奸去逆之忠，职任何在？本都该拿问重治，姑且从轻各罚俸一年。”[2]

如果说，在前一个“上谕”里，朱翊钧还虚虚地说了一句“咎在朕躬”的话，那么，在后一道“圣旨”里，他完全忘了这异常的天象，只与他有关系，不过是上天对他这个“天子”失望和不满的表示。也许是因为极度恐惧，感受到了心灵上难以承受之重，他便转而迁怒于自己的“大小臣工”。他说自己臣下的一切所为，都是为了“市恩取誉”，为了“沽名速迁”；责骂他们简直是一群心肠恶毒的坏人，所

[1] 毛效同编：《汤显祖研究资料汇编》（上），上海古籍出版社，1986年，第111页。
[2] 毛效同编：《汤显祖研究资料汇编》（上），上海古籍出版社，1986年，第111—112页。

谓“讪上要直”“鬻货欺君”“嗜利不轨”“长奸酿乱”“傍观避祸”，全都是居心不良之宵小，全都是落井下石、幸灾乐祸的恶徒。

因为朱翊钧不懂得“纳税人”这个概念，所以，他也就不明白，每个劳动者吃的都是自己的饭，而不是官家和“寡人”的饭，更不可能毫无来由地砸他朱家的锅，坏他朱家的事，因而，他的“尔等食何人之爵，受何人之禄”的斥责，也就近乎毫无道理的胡搅蛮缠。尔俸尔禄，民膏民脂，你们吃着百姓的饭，反以百姓的恩主自居，不觉得羞愧吗？没有从百姓那里搜求来的脂膏，哪里谈得上你朱家的“爵”和“禄”？唉！昏愚颟顸，亦云极矣。

由这两个“上谕”可以看出，朱翊钧是一个性格和心性都很恶劣的皇帝。他雄猜多忌，一味切责，缺乏宽容博厚之心，显然是一个心胸狭隘、意识阴暗的人。他虽然年近而立，但其心智却几乎停留在未成年人的状态。他不知道，一个人在责备别人的时候，是很容易显示出自己的德行和人格的。他太喜欢用反问句，竟然一连用了四个，显得咄咄逼人，毫无涵养，使人看见他刻薄寡恩的德行。至于将六科十三道切责“罚俸一年”，就更没有道理——这种动辄就说“我们停他的饭”的任性做法，近乎无赖手段，实在太小家子气！

对这种弱智而又颟顸的“上谕”，一个稍有判断力的人，便可看出中间的问题，而对付它的最佳策略，就是采取“等因奉此”，虚应故事的办法，实在用不着老老实实地回应它。天资聪颖、识见过人的汤显祖，肯定能看出万历皇帝的心性和德行上的问题。早在《天下之政出于一》中，汤显祖就将皇帝分为两种：一种是“时主”，一种是“明决之主”。前者其实就是低能的庸君：“极物而养，备官而使，雕几欲綦采，台观欲甚除，音舞欲嚣昌，那姱芷罣欲烈，喜恶欲其应而给，言欲谀而动欲机。”[1] 万历官家不正是这样的皇帝吗？昏庸如此，你

[1] 汤显祖：《汤显祖集全编》（四），上海古籍出版社，2015 年，第 2202 页。

对他还能存什么幻想呢？然而，也许是汤显祖看到的问题，实在太多太严重，于是便很想借这个难得的机会，把自己的意见表达出来，冀幸自己的亢直之言，能使皇帝有所觉悟，最终起到扫除积弊、端正风气的作用：“令中时行急因星警，痛自改悔，无负厚恩。辅臣许国等，坚正相规，无取观望，以隳时政。”[1]

于是，汤显祖便写了著名的《论辅臣科臣疏》，上呈给国家元首朱翊钧。1591年的闰三月二十五日，汤显祖接到“汝等何独无言”的邸报，四月二十五日前，他的上疏就送到了神宗的手上。此疏写得非常精彩，端庄而又跳脱，沉雄而又犀利。这是一个四十二岁的非凡的能臣，写给一个二十九岁的平庸皇帝的掏心窝子的谏言。

先来解释文中涉及的两个官名。辅臣是指辅弼之臣，后多用以称宰相，在汤显祖的疏文中，具体是指申维时和张居正等人；所谓科臣，即科道官，也称监察御史，掌管监察百官、巡视郡县、纠正刑狱、肃整朝仪等事务，唐、宋两代仅为八品官，明代为正七品，清代为从五品。

开头第一段，汤显祖按惯例引用了朱翊钧的己卯“上谕”，然后，加上了自己的评语：“大哉王言，正君臣之义，诛邪佞之心，严矣粲矣。”

第二段一开始，汤显祖这样说道：“南部诸臣，捧读之余，不知所以。有云，此必言官以星变责难皇上，致有此谕。”这说明，朱翊钧所发的一通无名火，确实很不理性的，很不合乎常情常理，以至于人们要猜测：他为何要说出这样一些狠话来？汤显祖巧妙地提到了朱翊钧曾对雒于仁等人的“狂愚直言，犹赐矜恕”，既然如此，那么，即使“言官有过言，必见温纳”。

汤显祖注意到，科道诸臣欺君徇私，而辅臣申时行则将“皇上威福之柄”移归己有。为什么会这样呢？汤显祖坦白地说，这是因为人臣若非“天性公直”，则必然“要取富贵而已”。而申时行就是利用

[1] 蒋士铨：《蒋士铨戏曲集》，中华书局，1993年第241页。

辅臣之大权，一手遮天，为自己豪取富贵。他为其子得中进士，大搞科场欺蔽。儿子考试“奏捷”，前来送礼的络绎不绝，“有牛马不计其数”。汤显祖查了日历，发现申时行为儿子“宴功之晨，正星象示儆之夕也”。

那么，对这种现象，是不是就没有人站出来批评呢？或者像朱翊钧责备的那样，“何无一喙之忠”呢？当然不是的。事实上，御史丁此吕就曾“首发科场欺蔽”，揭发申时行科举考试作弊——汤显祖说：“此知上恩，效一喙之忠者也”；同样，御史万国钦，也曾批评过“边镇欺蔽”——在汤显祖看来，“此亦知上恩，效一喙之忠者也”[1]。然而，这二人却被申时行利用关系，贬谪到边远的地方。申时行还利用“年例及不时补外二法”，来“牵耸众言官”，最终使那些正直的官员都“回心敛气”，而申时行“得以滔然无台谏之虞矣”。这就等于批评皇帝朱翊钧，既不了解官场腐败的具体情况和严重程度，也不了解那些正直的官员的“一喙之忠”，而只知道逞口舌之快，不分青红皂白，一通乱骂，大失为君之体。

问题是，申时行这样的辅臣为什么会如此横行无忌呢？汤显祖行文中隐含的判断是：因为皇帝低能和不作为。申时行儿子的事情一被揭发，他就向皇帝“旋行祈请”，朱翊钧不仅知道此事，而且根本未予追究。汤显祖重重地责诘道：“无乃要君甚乎！”[2]这句话，既是责备申时行，也是责备朱翊钧的。

更为严重的是言官的腐败，所谓“嘱贿附势，盛作不忠之事，躐窃富贵者，往往而是”。其中像杨文举这样的吏科官员，贪污尤其严重，几乎到了“所过鸡犬一空”的程度；不仅如此，他竟然还“刻掠饥民之膏余，攒挪赈籴之派数”。而这些申时行明明知道，却听之任

[1] 汤显祖：《汤显祖集全编》（四），上海古籍出版社，2015年，第1702—1703页。句读标点，引者有所改动，略异于原文。

[2] 汤显祖：《汤显祖集全编》（四），上海古籍出版社，2015年，第1703页。

之。而杨文举更是借着申时行的势力，阻塞言路，“腆颜奏禁诸臣言事矣”[1]。总之，这一切都是辅臣申时行对皇上“欺蔽”的结果。

如果说，这篇上疏对皇帝朱翊钧的批评还是委婉的，那么，到了最后一部分，汤显祖所说的“臣谓皇上可惜者有四”——皇上之爵禄可惜，皇上之人才可惜，皇上之法度可惜，皇上大有为之时可惜——就等于直接批评皇上实在太低能，连自己最宝贵的资源，都守护不住，竟至于为人所欺夺。尤其最后一个“可惜”，彰显了这样一个极为严峻的问题：皇帝虽然“经营天下十二年于兹矣”，但“前十年之政，张居正刚而有欲，以群私人嚣然坏之。后十年之政，时行柔而有欲，又以群私人靡然坏之”，皇帝的权力基本上处于一种被架空的状态。他建议皇上严厉处理申时行、杨文举和胡汝宁等人，并特别赞扬了“谨守宪令”的别谕都御史李世达，提醒皇帝：这样的人，“务令在内言事，在外宣风”。

事实上，明神宗朱翊钧的问题，远比汤显祖所批评的要严重。他懒于朝政，于上朝事，多有怠忽，至万历末年，“怠荒日甚，官缺多不补”。他贪于财货，与民夺利，因矿税之害，引发多次暴力抗争。赵翼历数此害，并总结道：“……诸税监益骄，所至肆虐，民不聊生，随地激变。迨帝崩，始用遗诏罢之，而毒痡已遍天下。论者谓明之亡，不亡于崇祯，而亡于万历云。”[2]《明史》也批评朱翊钧：“因循牵制，晏处深宫，纲纪废弛，君臣否隔。于是小人好权趋利者驰骛追逐，与名节之士为仇雠，门户纷然角立。驯至悊、愍，邪党滋蔓。在廷正类无深识远虑以折其机牙，而不胜忿激，交相攻讦。以致人主蓄疑，贤奸杂用，溃败决裂，不可振救。故论者谓明之亡，实亡于神宗，岂不谅欤。”[3]

汤显祖所说的问题，有具体人的权力腐败，也有重大的君权与相

---

[1] 汤显祖：《汤显祖集全编》（四），上海古籍出版社，2015 年，第 1704 页

[2] 赵翼：《廿二史劄记》，凤凰出版社，2008 年，第 534 页。

[3] 张廷玉等撰：《明史》，卷二十一，本纪第二十一，中华书局，1999 年，第 195 页。

权的冲突，应该说全都是严峻而迫切的现实问题。倘若朱翊钧能够大度“温纳”，那么，晚明的很多社会问题，都会随之解决；而在 1591 年至 1620 年的二十九年间，种种社会问题，断不至于糜烂到不可收拾的地步。

然而，朱翊钧既没有接受批评的“雅量”，也没有辨别是非的眼光。他先是诱使“大小臣工”给自己提意见，引人入彀，但等说真话的“一喙之忠”来了的时候，他却龙颜一怒，“秋后算账”，“围而歼之”，对进谏言的人毒施辣手，打击报复——将汤显祖贬谪到边鄙之地，做了一个可有可无的编外小官——“帝怒，谪徐闻县典史”；“稍迁遂昌知县。二十六年上计京师，投劾归。又明年大计，主者议黜之”[1]。汤显祖在上疏中所批评的当路在势的贪官污吏，皆获朱官家优抚，一时无恙；而汤显祖竟被“夺官”，回到家里度过了二十年既自在又困窘的日子。

有意思的是，伊丽莎白一世女王也曾遭遇过与朱翊钧相似的考验情境。快七十多岁的时候，她批准了一项“专利者名单”，因此在下议院遭到了前所未有的批评。女王得知，立即把下院议长召来：“议长胆战心惊，然而女王态度极为和蔼可亲，使得他如释重负。她对他说，她刚获悉，她所批准的‘一些专利权’使得她的臣民‘很有怨言’，这件事‘甚至在十分重要的时刻’也压在她的心头，必须尽快加以纠正。”[2] 先前牢骚满腹的下议院很快派来一个代表团，跪在女王面前，表示感谢。她让跪着的代表团起来。她表示，“我要让那些奴才、恶棍，那些滥用我的恩泽的家伙知道，我不能容忍这样的事情。议长先生，请你转告下议院，我从他们那里知道了这些事情，我非常感谢他们”。接下来，她又说了这样一通“比较实在的话”：

---

[1] 张廷玉等撰：《明史》，卷一百三十，列传第一百十八，中华书局，1999 年，第 4015 页。

[2] 安妮·T. 鲁宾斯坦：《英国文学的伟大传统：从莎士比亚到奥斯丁》（上），陈安全等译，上海译文出版社，1998 年，第 23 页。

> 关于我自己，我应该这样说，我从来不是一个贪婪的吝啬鬼，既不是一毛不拔，也不挥霍浪费。我从不醉心于追求财产，只为百姓谋福利……
>
> 虽然以前曾经有过，将来也可能还会有许多比我伟大、比我英明的君主坐在这个宝座上，但是你们以前从来没有过，将来也不会有一个比我更加热爱你们的人。[1]

难怪培根，著名的哲学家，伊丽莎白一世女王的同时代人，会在伊丽莎白一世女王逝世后，专门写了一篇长文赞美她，并将此文上呈给新一任国王詹姆士。他在文章中这样写道："伊丽莎白是一个天性极好、运气绝佳的女人，一位值得纪念的君主……自古以来，女人当政实属罕见；当政而又治理得当尤其罕见；治理得当而又经久不衰更是绝无仅有。然而这位女王统治了四十四年，朝政依然靖明……"[2]

然而，这样的帝德，这样的境界和情怀，我们在有明一代几乎所有戾气十足的皇帝身上，做梦也别想看到。不仅如此，即便在自秦以后的两千多年的时间里，我们也很难看到这样一位文质彬彬、有情有义的君主。唉！中国人何其不幸。"天地闭，贤人隐，王者不作而乱贼盈天下。其狡且黠者，挟诈力以欺凌人世，一或得志，即肆意妄行，君不君，臣不臣，父不父，子不子。铤而走险，夷虏犹尊亲也，急则生变，虽骨肉犹仇敌也。元首如弈棋，国家若传舍，生民膏血涂草野，骸骼暴原隰，而私斗尚无已时。天欤人欤？"[3]狡黠善欺者，凶暴嗜杀者，

[1] 安妮·T. 鲁宾斯坦：《英国文学的伟大传统：从莎士比亚到奥斯丁》（上），陈安全等译，上海译文出版社，1998 年，第 24 页。

[2] 安妮·T. 鲁宾斯坦：《英国文学的伟大传统：从莎士比亚到奥斯丁》（上），陈安全等译，上海译文出版社，1998 年，第 14 页。

[3] 蔡东藩：《五代史演义》自序，华夏出版社，2007 年。

恣睢虐民者，往往而得天下，履九尊。唉，中国人何其不幸也！

《论辅臣科臣疏》虽然写得心诚而事信，亢直而不挠，但却不仅不为被最高统治者所理解和“温纳”，还给汤显祖带来了巨大的政治灾难，使他一生蹭蹬偃蹇，穷困潦倒。然而，事虽不成，这篇上疏却足以彰显出作者伟大之人格与端直之气骨。从他正直而坦率的表达中，我们看见了充满道德诗意的正义感，看见了绝不阿意顺旨的人格尊严，正像王国维所评价的那样：“义仍应举时，拒江陵之招，甘于沉滞。登第后，又抗疏，劾申时行。不肯讲学，又不附和王、李。在明之文人中，可谓特立独行之士！”[1]

汤显祖在《蕲水朱康侯行义记》中说：“人之大致，惟侠与儒。而人生大患，莫急于有生而无食，尤莫急于有士才而蒙世难。庸庶人视之，曰：‘此皆无与吾事也。’天下皆若人之见，则人尽可以饿死而我独饱，天下才士皆可辱可杀，而我独颀然以生。推类以尽，天下宁复有兄弟宗党朋友相拯绝寄妻子之事耶。此侠者之所不欲闻，而亦非儒者之所欲见也。”[2]由这段话，亦可窥见汤显祖之志念与抱负。他亦尝有意于道家与佛家事，然而，却终生颠沛于儒与侠之间，无论做官，还是为文，皆磊磊然有奇士之风，浩浩然有伟丈夫之气概。这样的襟抱与境界，无疑具有历之百代不废的价值。对比之下，今天的那些多如过江之鲫的“精致的利己主义者”，那些为了一己之私而强取豪夺的贪官污吏，那些视民命如草芥的面目狰狞的暴力执法者，那些只知道争“课题”而不知道“真理”为何物的学者，那些为了一点好处便信口胡说的文化官僚和伪批评家，岂不羞煞，宁不愧死！

总之，汤显祖的《论辅臣科臣疏》，实在就是另一种形态的诗，就是像“临川四梦”一样伟大的文本。它们是同一棵精神之树上绽放

---

[1] 王国维：《王国维文集》，第一卷，中国文史出版社，1997年，第504页。引文标点，另作处理，与原文颇异。

[2] 汤显祖：《汤显祖集全编》（三），上海古籍出版社，2015年，第1571—1572页。

的花朵，结出的果实，因而有着一样的芬芳，一样的滋味。如果说一切伟大的作品，都是对我们这冰冷世界的安慰，那么，汤显祖的作品——包括《论辅臣科臣疏》在内——所带给我们的，则不单是情感上的安慰，还有道义上的支持和精神上的激励。它给我们提供了捍卫正义的信心和说出真话的勇气。

四、评价：“死文学”还是“活文学”

1912 年 2 月，在日本京都，汉学家青木正儿见到了中国著名学者王国维。他写了一篇题为《元曲研究》的大学毕业论文，“大欲向先生有所就教”。当他发现王国维其实并不爱看戏，“于音律更无所顾”，于是便“妄目先生为迂儒，往来一二次即止，遂不叩其蕴蓄，于今悔之”。1925 年春，负笈北京期间，他前往清华园，再次谒见王国维：

> 先生问余曰：“此次游学，欲专攻何物欤？”对曰：“欲观戏剧，宋元之戏曲史，虽有先生名著足陈具备，而明以后尚无人着手，晚生愿致微力于此。”先生冷然曰：“明以后无足取，元曲为活文学，明清之曲，死文学也。”余默然无以对。噫，明清之曲为先生所唾弃，然谈戏曲者，岂可缺之哉！况今歌场中，元曲既灭，明清之曲尚行，则元曲为死剧，而明清之曲为活剧也，先生既饱珍羞，著《宋元戏曲史》，余尝其余沥，以编《明清戏曲史》，固分所宜然也，苟起先生于九原，而呈鄙著一册，未必不为之破颜一笑也。[1]

[1] 青木正儿：《中国近世戏曲史·原序》，王古鲁译，中华书局，2010 年，第 1 页。

这是一段很重要的记录。它之所以值得重视，原因有三：可以看见王国维对明以后戏曲的尖锐批评；可以看见青木正儿为明以后戏曲的辩护；启发我们深入分析，以回答静庵先生所提出的“活文学”与“死文学”的问题。

那么，王国维为何说元曲为“活文学”而明清之曲为“死文学”呢？

若欲回答这一问题，须得先来考察王国维的文学趣味和文学理念。

王国维的文学观里，有一核心概念，那就是“真”。1906 年，他写了《文学小言》一文，认为文学有二“原质”：曰景，曰情。唯有抒发真情、描写真景的文学，才有可能是第一流的文学。写作要师法造化，追求抒情写物的“自然”效果：“诗人体物之妙，侔于造化，然皆出于离人孽子征夫之口，故知感情真者，其观物亦真。”[1]1908 年，他又陆续写了六十多则词话，辑为《人间词话》，进一步阐释了自己的诗学理念和鉴赏标准。其第五十六则云：“大家之作，其言情也必沁人心脾，其写景也必豁人耳目。其辞脱口而出，无娇揉妆束之态。以其所见者真，所知者深也。诗词皆然。持此以衡古今之作者，可无大误矣。”[2]其第五十七则云：“人能于诗词中不为美刺投赠之篇，不使隶事之句，不用粉饰之字，则于此道已过半矣。”[3]

在王国维的词话理论中，从修辞和表达的角度看，“真”即自然，不做作，不堆砌典故，卖弄知识；“真”即“不隔”，不扞格，不滞涩，不使人读之觉得别扭和难解。关于“隔”他并没有用理论性的表述，给出一个明确的界定；他采取例证的策略来解决问题：“‘生年不满百，常怀千岁忧。昼短苦夜长，何不秉烛游。’‘服食求神仙，多为药所误。不如饮美酒，被服纨与素。’写情如此，方为不隔。‘采菊东篱下，悠然见南山。山气日夕佳，飞鸟相与还。’‘天似穹庐，笼盖四野。

[1] 王国维：《王国维文集》，第一卷，中国文史出版社，1997 年，第 27 页。
[2] 王国维：《王国维文集》，第一卷，中国文史出版社，1997 年，第 154 页。
[3] 王国维：《王国维文集》，第一卷，中国文史出版社，1997 年，第 155 页。

天苍苍，野茫茫，风吹草低见牛羊。’写景如此，方为不隔。”[1]显然，所谓“不隔”，就是强调抒情和写景的自然亲切和形象可感。

按照这种“真”的标准来衡量，元曲便是最值得称道的作品。在《宋元戏曲考》中，王国维高度评价了元剧和元曲的真诚、真实而又自然的内在品质：

> 元曲之佳处何在？一言以蔽之，曰：自然而已矣。古今之大文学，无不以自然胜，而莫著于元曲。盖元剧之作者，其人均非有名位学问也；其作剧也，非有藏之名山，传之其人之意也。彼以意兴之所至为之，以自娱娱人，关目之拙劣，所不问也；思想之卑陋，所不讳也；人物之矛盾，所不顾也；彼但摹写其胸中之感想，与时代之情状，而真挚之理，与秀杰之气，时流露于其间。故谓元曲为中国最自然之文学，无不可也。若其文字之自然，则又为其必然之结果，抑其次也。[2]

王国维又拈出“意境”一词来概括这种文学上的美质和“佳处”，认为元曲之妙，“亦一言以蔽之，曰：有意境而已矣”。何谓有意境？就是感人、真切、自然，用王国维的话来回答，就是：“写情则沁人心脾，写景则在人耳目，述事则如其口出是也。古诗词之佳者，无不如是。元曲亦然。”[3]他胪列关汉卿、马致远、郑光祖和无名氏等多人作品中的范例，来证明自己的文学观念和基本判断：

> 马致远《任风子》第二折：
>
> ［正宫·端正好］添酒力晚风凉，助杀气秋云暮，尚兀自脚

[1] 王国维：《王国维文集》，第一卷，中国文史出版社，1997年，第151页。
[2] 王国维：《王国维文集》，第一卷，中国文史出版社，1997年，第389页。
[3] 王国维：《王国维文集》，第一卷，中国文史出版社，1997年，第389页。

趔趄醉眼模糊；他化的我一方之地都食素，单则俺杀生的无缘度。

语语明白如画，而言外有无穷之意。又如《窦娥冤》第二折：

〔斗虾蟆〕空悲戚，没理会，人生死，是轮回。感着这般病疾，值着这般时势，可是风寒暑湿，或是饥饱劳役，各人证候自知。人命关天关地，别人怎生替得，寿数非干一世，相守三朝五夕。说甚一家一计，又无羊酒缎匹，又无花红财礼，把手为活过日，撒手如同休弃。不是窦娥忤逆，生怕旁人论议。不如听咱劝你，认个自家悔气，割舍的一具棺材，停置几件布帛，收拾出了咱家门里，送入他家坟地。这不是你那从小儿年纪，指脚的夫妻，我其实不关亲，无半点凄怆泪。休得要心如醉，意似痴，便这等嗟嗟怨怨，哭哭啼啼。

此一曲直是宾白，令人忘其为曲。元初所谓当行家，大率如此；至中叶以后，已罕觏矣。[1]

王国维还评价马致远之《汉宫秋》第三折之〔梅花酒〕、〔收江南〕、〔鸳鸯煞〕说：“以上数曲，真所谓写情则沁人心脾，写景则在人耳目，述事则如其口出者。第一期之元剧，虽浅深大小不同，而莫不有此意境也。”[2] 在他看来，“北剧南戏，皆至元而大成，其发达，亦至元代而止”。以元剧作比较的框架和批评的坐标，此后的明代杂剧，虽然不是一无是处，但是，“元人生气，至是顿尽”，实在没有什么太大的文学价值。他批评几位明代的剧作家，认为他们或“失元人法度”，

---

[1] 王国维：《王国维文集》，第一卷，中国文史出版社，1997 年，第 390 页。

[2] 王国维：《王国维文集》，第一卷，中国文史出版社，1997 年，第 391 页。

或“不逮元人远甚”，或“其词亦无足观”，总之，都不令人满意。他也提到了汤显祖，评价略有肯定，但否定也很尖锐：“汤氏才思，诚一时之隽；然较之元人，显有人工与自然之别。故余谓北剧南戏限于元代，非过为苛论也。”[1]显然，在王国维看来，汤显祖虽然很有才华，但并不属于那种“自然派”的作家。

那么，在语言风格和修辞技巧上，汤显祖到底存在什么样的问题呢？他的作品到底是不是“死文学”？

若要回答这一问题，还须将话题绕开去，从汤显祖与沈璟的戏曲理念的差别入手，从他们在写作模式选择上的冲突说起。

就写作戏曲的态度看，作为“临川派”的领袖，汤显祖属于所谓的直写性灵的“本色派”，也就是青木正儿所说的“创造派”[2]。他这一派，与以沈璟为代表的“吴江派”谨守律则的“当行派”，无论在戏曲理念上，还是在写作风格上，都迥然各异，甚至背道而驰。他崇尚放手写情，但也追求文章之美。他的作品语言绮丽，书卷气极浓。他对曲律也很不在意，有时甚至决然抵拒“吴江派”所定的规范。他因为“尚趣”，故“直是横行”，“屈曲聱牙，多令歌者齰舌”，“余意所至，不妨拗折天下人嗓子”[3]。敢在“音律”上冒天下之大不韪，这也是需要勇气的。

汤显祖与沈璟的这种冲突，实乃一种文学史上常见的现象，其本质是模式化与独创性的冲突，是服从规约与追求自由的冲突。本·琼生（亦译“琼森”“琼斯”，1573—1637）就曾像沈璟批评汤显祖那样批评过莎士比亚总是“喜欢夸大其词，过分渲染”。阿诺德也曾借用法国历史学家基佐的话，批评莎士比亚的语言不够朴

[1] 王国维：《王国维文集》，第一卷，中国文史出版社，1997年，第414页。

[2] 青木正儿：《中国文学思想史》，孟庆文译，春风文艺出版社，1988年，第101页。

[3] 王骥德：《王骥德曲律》，湖南人民出版社，1983年，第227页；另见《汤显祖集全编》（四），上海古籍出版社，2015年，第1849页。

素："莎士比亚在语言中似乎尝试过各种风格，唯独没有尝试质朴无华的风格。他没有古典作家那种严格的、审慎的自我约束力。"[1]本·琼森的批评，在哈兹里特看来，是不能成立的："本·琼森艰涩、雕琢，莎士比亚则随意发挥、大气磅礴，我们对于后者的喜爱远远超过前者。"[2]

关于自己在传奇写作的"舛律"问题，汤显祖前前后后，多次向人解释，试图从客观上寻绎其成因。他在《答凌初成》的信中说，自己"智意短陋，加以举业之耗，道学之牵，不得一意横绝流畅于文赋律吕之事"，以致对律吕一事，"少而习之，衰而未融"[3]。其实，他的"未融"，恐怕也不全然是事有所拘牵，力有所不逮，而是因为他二十七岁那年（万历四年，1576年），便接受了梅禹金的"律多累气"[4]的观点，认为曲词律则，倘过于严苛，必将大大有害于传奇创作，因此，便故意弃置不顾，甚至反其道而行之。汤显祖在《与喻叔虞》中说："学律诗必从古体始乃成，从律起终为山人律诗耳。学古诗必从汉魏来，学唐人古诗，终成山人古诗耳。"[5]可见，汤显祖是很懂诗律的，而他的不肯卑己就律，殆有害怕受其所缚、"终成山人"之虞，存乎其间耳。

按照"吴江派"的曲律，汤显祖在音律上，的确是有问题的。他的同时代人王骥德就曾批评他说："世所谓才士之曲，如王弇州、汪南溟、屠赤水辈，皆非当行。仅一汤海若称射雕手，而音律复不谐。曲岂容易哉！"[6]事实上，在王骥德看来，汤显祖不仅在音律上存在问题，语言上的问题也颇为严重："临川汤奉常之曲，当置'法'字无论，

---

[1] 《十九世纪英国文论选》，吴苏敬等译，人民文学出版社，1986年，第192页。
[2] 威廉·哈兹里特：《莎士比亚戏剧中的人物》，顾钧译，华东师范大学出版社，2009年，第200页。
[3] 汤显祖：《汤显祖集全编》（四），上海古籍出版社，2015年，第1913页。
[4] 汤显祖：《汤显祖集全编》（四），上海古籍出版社，2015年，第1874页。
[5] 汤显祖：《汤显祖集全编》（四），上海古籍出版社，2015年，第2033页。
[6] 王骥德：《王骥德曲律》，湖南人民出版社，1983年，第268页。

尽是案头异书。所作五传，《紫箫》《紫钗》第修藻艳，语多琐屑，不成篇章；《还魂》妙处种种，奇丽动人，然无奈腐木败草，时时缠绕笔端。至《南柯》《邯郸》二记，则渐削芜颣，俯就矩度，布格既新，遣词复俊，其掇拾本色，参错丽语，境往神来，巧凑妙合，又视元人别一溪径。技出天纵，匪由人造。使其约束和鸾，稍闲声律，汰其剩字累语，规之全瑜，可令前无作者，后鲜来哲。二百年来，一人而已！”[1]

所谓“腐木败草”，就是指汤显祖太喜欢堆砌用典，獭祭了很多虽然文雅却不自然的东西。这无疑正是王国维所批评的“隔”和“无境界”一类的问题。当代学者章诒和也曾指出，汤显祖“在语言上自然也带着先天的疤痕：晦涩冷僻的典故，生硬牵强的比附，卖弄才情的词藻，琢磨未净的瑕疵以及一些色情污秽的俚语，低级庸俗的科诨等等”[2]。这些批评无疑都是对的。但是，尽管如此，汤显祖作品的价值，却不会因此而丧失，就像现代学者卢冀野所说的那样，“‘四梦’决未因此少减其声光”[3]。

当然，也有不遗余力替汤显祖辩护的人。在王思任看来，汤显祖的戏曲几乎毫无瑕疵。他在《批点玉茗堂〈牡丹亭〉叙》中说：“至其文冶丹融，词珠露合，古今雅俗，泚笔皆佳。沛公殆天授，非人力乎！若夫绰影布桥，食肉带刺，冷哨打世，边鼓挝人，不痛不痒处，皆文人空四海，坟五岳，习气所在，不足为若士病也。”[4]这种辩护，因为爱其人，便于其残缺处，也一例爱了起来，无疑是要不得的。

张友鸾则从创造自由的角度，为汤显祖打破曲律束缚进行辩护：“……度曲只顾音谱，那便成了死文学，因为曲的节调，实在太烦琐，

[1] 王骥德：《王骥德曲律》，湖南人民出版社，1983年，第226—227页。
[2] 江西文学艺术研究所编：《汤显祖研究论文集》，中国戏剧出版社，1984年，第211页。
[3] 卢冀野编著：《中国戏剧概论》，世界书局，1934年，172页。
[4] 王思任：《批点玉茗堂〈牡丹亭〉叙》，《王思任批评本〈牡丹亭〉》，凤凰出版社，2011年，第2页。

诗词只要平仄调叶就成了，而曲则‘三仄应须分上去，两平还要辨阴阳。’（黄九烟说。）一个字不能随便，刻板得厉害。……下等的作家，是愿意削足适履的；上流的作家，他们却不愿如此，他们虽会勉强以履就足，实在就不上，也就率由他去了。便拿《牡丹亭》来说罢，他的词句绝妙一时，而他的音谱却为人所诟病，汤显祖自己何尝不知道其中缘故，但他只是不肯牺牲。”[1] 这样的辩护，颇为任二北（半塘）先生所质疑：“夫坏话所在，今日‘不去听他’固可，当时若照汤氏原曲歌唱，民众亦大都曰‘不去听他’，奈何！余于汤氏之曲，每憾其有句无章，有深刻而无壮阔，不能驰骋，从何学《董西厢》？”[2]

然而，任半塘只注意了“听”，而忽视了“读”，似乎亦非允当之论。事实上，就阅读效果来看，过度重视曲律，并无多大意义，即使在明代，人们也不接受沈璟按照曲律改写过的《牡丹亭》刻本，而更愿意接受汤显祖的原作：“于是，汤显祖原作时的样貌慢慢被恢复，终于形成了增订版的《牡丹亭还魂记》。”[3]

在王骥德和王国维之间，还有一个汤显祖的批评者。此人就是清代的大学问家和大批评家李渔。

李渔批评的主题，涉及汤显祖戏曲的语言问题，也涉及他在写作文体上的错位——拿本该平易亲切的“传奇”，当铺采摛文的“文章”来写。他的批评两面话都说，细致具体，且很有见地，但也很尖锐，很不留情面：

曲文之词采，与诗文之词采非但不同，且要判然相反。何也？诗文之词采，贵典雅而贱粗俗，宜蕴藉而忌分明。词曲不然，话

[1] 张友鸾：《汤显祖及其牡丹亭》，上海光华书局，1930年，第74页。

[2] 张友鸾：《汤显祖及其牡丹亭·任序》，上海光华书局，1930年，第2—3页。

[3] 根山彻编校：《牡丹亭还魂记汇校·〈牡丹亭还魂记〉版本系统试探（代序）》，山东大学出版社，2015年，第46页。

则本之街谈巷议，事则取其直说明言。凡读传奇而有令人费解，或初阅不见其佳，深思而后得其意之所在者，便非绝妙好词，不问而知为今曲，非元曲也。元人非不读书，而所制之曲，绝无一毫书本气，以其有书而不用，非当用而无书也，后人之曲则满纸皆书矣。元人非不深心，而所填之词，皆觉过于浅近，以其深而出之以浅，非借浅以文其不深也，后人之词则心口皆深矣。无论其他，即汤若士《还魂》一剧，世以配飨元人，宜也。问其精华所在，则以《惊梦》、《寻梦》二折对。予谓二折虽佳，犹是今曲，非元曲也。《惊梦》首句云："袅晴丝，吹来闲庭院，摇漾春如线。"以游丝一缕，逗起情丝，发端一语，即费如许深心，可谓惨淡经营矣。然听歌《牡丹亭》者，百人之中有一二人解出此意否？若谓制曲初心并不在此，不过因所见以起兴，则瞥见游丝，不妨直说，何须曲而又曲，由晴丝而说及春，由春与晴丝而悟其如线也？若云作此原有深心，则恐索解人不易得矣。索解人既不易得，又何必奏之歌筵，俾雅人俗子同闻而共见乎？其余"停半晌，整花钿，没揣菱花，偷人半面"及"良辰美景奈何天，赏心乐事谁家院""遍青山，啼红了杜鹃"等语，字字俱费经营，字字皆欠明爽。至如末幅"似虫儿般蠢动把风情扇"，与"恨不得肉儿般团成片也，逗的个日下胭脂雨上鲜"，《寻梦》曲云"明放着白日青天，猛教人抓不到梦魂前""是这答儿压黄金钏匾"，此等曲则去元人不远矣。而予最赏心者，不专在《惊梦》、《寻梦》二折，谓其心花笔蕊，散见于前后各折之中。《诊祟》曲云："看你春归何处归，春睡何曾睡，气丝儿，怎度的长天日。""梦去知他实实谁，病来只送得个虚虚的你。做行云，先渴倒在巫阳会。""又不得困人天气，中酒心期，魆魆的常如醉。""承尊觑，何时何日，来看这女颜回？"《忆女》曲云："地老天昏，没处把老娘安顿。""你怎撇得下万里无儿白发亲。""赏春香还是你旧罗裙。"《玩真》

> 曲云："如愁欲语，只少口气儿呵。""叫的你喷嚏似天花唾。动凌波，盈盈欲下，不见影儿那。"此等曲，则纯乎元人，置之《百种》前后，几不能辨，以其意深词浅，全无一毫书本气也。[1]

李渔真是了得！他是第一流的鉴赏家，也是第一流的批评家。他的批评是深入肌理的文本细读。他合乎实际地肯定了汤显祖的文学才华和写作成就，但也通过比较，揭示了汤显祖的剧作在语言上存在的问题——用心过深，以致"字字俱费经营，字字皆欠明爽。此等妙语，止可作文字观，不得作传奇观"[2]。他从文类差异性的角度，分析了诗文与词曲艺术的特点——前者贵典雅而宜蕴藉，后者则追求一种通俗而浅显的修辞效果，最忌故作高深和晦涩难懂。由于强调"传奇"的不同于"文章"的浅显性，所以，他坚决反对在戏曲写作中过分"填塞"：

> 填塞之病有三：多引古事，迭用人名，直书成句。其所以致病之由亦有三：借典核以明博雅，假脂粉以见风姿，取现成以免思索。而总此三病与致病之由之故，则在一语。一语维何？曰：从未经人道破。一经道破，则俗语云"说破不值半文钱"，再犯此病者鲜矣。……总而言之，传奇不比文章，文章做与读书人看，故不怪其深，戏文做与读书人与不读书人同看，又与不读书之妇人小儿同看，故贵浅不贵深。使文章之设，亦为与读书人、不读书人及妇人小儿同看，则古来圣贤所作之经传，亦只浅而不深，如今世之为小说矣。人曰：文人之传奇与著书无别，假此以见其才也，浅则才于何见？予曰：能于浅处见才，方是文章高手。施耐庵之《水浒》，王实甫之《西厢》，世人尽作戏文小说看，金

[1] 李渔：《闲情偶寄》，中州古籍出版社，2013 年，第 52 页。
[2] 李渔：《闲情偶寄》，中州古籍出版社，2013 年，第 52 页。

圣叹特标其名曰“五才子书”、“六才子书”者，其意何居？盖愤天下之小视其道，不知为古今来绝大文章，故作此等惊人语以标其目。噫，知言哉！[1]

从以元曲为圭臬、强调曲词的通俗性、反对过度雕饰等角度看，李渔实为王国维的先驱。只是，比较起来，李渔允执厥中，好坏美丑，一并指出，不像王国维那样，笼统而彻底地否定汤显祖的传奇写作。

由上可见，自明代王骥德开始，中经李渔，后来再到王国维，对汤显祖戏曲写作的语言问题和文体问题的质疑和批评，从未消歇。

王骥德注意到了“本色”与“文调”的矛盾，在论“家数”的时候，试图调和这两者的冲突：“夫曲以模写物情，体贴人理，所取委曲宛转，以代说词；一涉藻缋，便蔽本来。然文人学士，积习未忘，不胜其靡，此体遂不能废；……大抵纯用本色，易觉寂寥；纯用文调，复伤雕镂。”[2]因为，理解“本色之弊，易流俚腐；文词之病，每苦太文；雅俗深浅之辨，介在微茫”，所以，他评价的尺度比较宽缓。他鼓励作家读书，但又提醒他们要将知识都消化掉，从而“令声乐自肥肠满脑中流出，自然纵横该洽，与剿袭口耳者不同。……至卖弄学问，堆垛陈腐，以吓三家村人，又是种种恶道”[3]。显然，王骥德既不像李渔那样，将文章与曲词对立起来；也不像王国维那样，将一种风格和一个时代的文学，当作绝对尺度，进而否定了新的文学探索的意义和价值。

那么，换个角度来看，《牡丹亭》是不是真的不可以“舛律”呢？或者，换句话说，汤显祖的不肯按律填词，有没有合理性呢？其实质是什么呢？

其实，长期以来，为汤显祖的所谓“音律不谐”辩护的学者，代

[1] 李渔：《闲情偶寄》，中州古籍出版社，2013年，第58—59页。

[2] 王骥德：《王骥德曲律》，湖南人民出版社，1983年，第118页。

[3] 王骥德：《王骥德曲律》，湖南人民出版社，1983年，第116—117页。

不乏人。

戏曲理论家吴梅认为，汤显祖“四梦”的“文字之佳”，“直是赵璧随珠，一语一字，皆耐人寻味”[1]；有些评论家之所以批评《牡丹亭》的音律问题，是因为他们都忽略了这样一个至关重要的问题，那就是，汤显祖的《牡丹亭》，不是按“南词法”填写的，而是按“北词法”来创作的：“记中以北词法填南曲，其精处直驾元人而上之。自有词家，无人能敌也。吕玉绳、臧懋循辈以南词法绳之，又何怪凿枘也。世人不知玉茗之所自，交口言其舛律，此少雅所以为之订谱与？”[2]俞平伯在《论作曲》中，则从“神明变化”的独创性的角度，替汤显祖的不按律来写作辩护：“作曲兼度曲固较难，然亦不可畏难而竟辍”[3]；对汤显祖这样的天才来讲，刻板的戒律，是可以弃之不顾的，“神明变化，即偶有未谐，在临川则可，我辈决不可也。何则？我辈未必有临川之才情也，非特无其才，并无其学也”[4]。在他看来，“神明”与“规矩”是相生相克的，而汤显祖的“神明”是可以越“规矩”而行的。

赵景深则以莎士比亚的打破“三一律”为例，来为汤显祖辩护：“莎士比亚死后两个多世纪，英人常因他的‘不驯’和‘不守正规’引为可羞，这就是说，他不合古典天才。到后来德国批评家莱森（今译“莱辛”——引者注）和他的门生英人辜律勒己（今译“柯勒律治”——引者注）才指出莎士比亚自有一种和合，远胜多虚饰的Seneca和法国的古典的定律。汤显祖也是不肯遵守规矩的。他所有的曲常与曲律不合……莎士比亚不遵守三一律，汤显祖不遵守音律，都是不受羁勒的天才。”[5]

---

[1] 吴梅：《中国戏曲概论》，冯统一点校，中国人民大学出版社，2004年，第31页。
[2] 毛效同：《汤显祖研究资料汇编》（下），上海古籍出版社，1986年，第975—976页。
[3] 毛效同：《汤显祖研究资料汇编》（下），上海古籍出版社，1986年，第722—723页。
[4] 毛效同：《汤显祖研究资料汇编》（下），上海古籍出版社，1986年，第723页。
[5] 毛效同：《汤显祖研究资料汇编》（下），上海古籍出版社，1986年，第731—732页。

当代学者黄振林也为汤显祖的“直是横行”辩护，认为沈璟煞费苦心制作的曲谱“不仅没有成为文人创作的规范，反而造成传奇的灾难”[1]；而创作个性极强的汤显祖，绝不会亦步亦趋地受其牵绊。关于“曲律”，汤显祖也有自己的一套看法。他在读了沈璟的曲论之后，大不以为然，认为他的“唱曲当知，作曲不尽当知也”一语，“大可轩渠”，于是便反驳道：“凡文以意趣神色为主。四者到时，或有丽词俊音可用。尔时能一一顾九宫四声否？如必按字摸声，即有窒滞迸拽之苦，恐不能成句矣。”[2]显然，在他看来，写作时的内心体验更为重要，而格律是附丽于对这种体验的表现的，因此，他首先要考虑的是内在的“意趣神色”，而不是外在的“九宫四声”。

郑培凯则认为“戏曲艺术”与“曲律”分属不同的范畴：“前者涉及音乐的整体戏剧表演艺术，后者则是配合乐曲而填词的音律技术。曲律的掌握固然重要，但对一个传统戏曲家来说，这只是一个次要的技术问题。”[3]由于认识不到这一点，有的批评家“便无形中夸大了属于技术范畴的曲律与戏剧作品之间的关系，反而对于曲文作为戏剧基本文本的理解产生了偏差，甚至忘记了曲文的文辞创作与戏剧整体气氛的艺术渲染关系”[4]。

其实，关于汤显祖的评价的冲突，说穿了，就是“文学评价”与“戏曲评价”的冲突。从“曲律”的角度看，汤显祖的戏曲写作，也许的确有“舛律”的地方；但是，从文学的角度看，他的“自由化倾向”恰恰是一种突破陈规的创造精神，极大地解放了自己的写作，并显示出一种更具个性的文学风格。就此而言，他天才的写作自信和创造能力，是很值得肯定的。汤显祖对自己的创作风格，也颇为自信，极力

[1] 黄振林主编：《汤显祖研究集刊》（创刊号），中国社会科学出版社，2015年，第90页。
[2] 汤显祖：《汤显祖集全编》（四），上海古籍出版社，2015年，第1735—1736页。
[3] 郑培凯：《汤显祖：戏梦人生与文化求索》，上海人民出版社，2015年，第212页。
[4] 郑培凯：《汤显祖：戏梦人生与文化求索》，上海人民出版社，2015年，第213页。

捍卫，绝不允许别人随便改易。沈璟点窜《牡丹亭》，令汤显祖很是不满，看到吕胤昌寄来的改写本，便写信给罗章二说：“《牡丹亭记》，要依我原本，其吕家改的，切不可从。虽是增减一二字以便俗唱，却与我原做的意趣大不同了。”[1]

那么，是不是像王国维所说的那样，包括汤显祖的作品在内的明清戏曲文学，全都是所谓的“死文学”呢？

当然不是了。

如果说，元曲是醇香有味的淡酒，那么，明清传奇尤其汤显祖的某些剧作，就是味道很冲的浓酒；如果说，元曲的雕饰尽去、家常亲切，是一种宝贵的美学品质，那么，汤显祖的书香满纸、粲然可观，也是一种有价值的风格。《牡丹亭》其实就是一篇大文章，就是文章化的戏剧，就是戏剧化的文章！李慈铭在《越缦堂读书记》中说：“临川此书，全是楚骚支流余裔，不得以寻常曲子视之。”[2]曹雪芹和他笔下的人物，都是懂得文章之美的博雅通人，也都是将《牡丹亭》当文章来欣赏的。《红楼梦》第二十三回这样写道：

这里林黛玉见宝玉去了，又听见众姊妹也不在房，自己闷闷的正欲回房，刚走到梨香院墙角上，只听墙内笛韵悠扬，歌声婉转。林黛玉便知是那十二个女孩子演习戏文呢。只是林黛玉素昔不大喜看戏文，便不留心，只管往前走。偶然两句只吹到耳内，明明白白，一字不落，唱道是：“原来姹紫嫣红开遍，似这般都付与断井颓垣。”林黛玉听了，倒也十分感慨缠绵，便止住步侧耳细听，又听唱道是：“良辰美景奈何天，赏心乐事谁家院。”听了这两句，不觉点头自叹，心下自思道：“原来戏上也有好文章。可惜世人

[1] 汤显祖：《汤显祖集全编》（四），上海古籍出版社，2015年，第2011页。
[2] 毛效同：《汤显祖研究资料汇编》（下），上海古籍出版社，1986年，第960页。

只知看戏，未必能领略这其中的趣味。”想毕，又后悔不该胡想，耽误了听曲子。又侧耳时，只听唱道：“则为你如花美眷，似水流年……”林黛玉听了这两句，不觉心动神摇。又听道：“你在幽闺自怜”等句，一发如醉如痴，站立不住，便一蹲身坐在一块山子石上，细嚼“如花美眷，似水流年”八个字的滋味。忽又想起前日见古人诗中有“水流花谢两无情”之句，再又有词中有“流水落花春去也，天上人间”之句，又兼方才所见《西厢记》中“花落水流红，闲愁万种”之句，都一时想起来，凑聚在一处。仔细忖度，不觉心痛神痴，眼中落泪。[1]

黛玉的看法很对。戏曲里也有好文章，只是人们只知看戏，未能领略它的文章之美。在她的细腻而深刻的审美体验中，《牡丹亭》中的文章之美，是充满了丰富的诗性与情感内涵的，是可与古人的诗词一起来比较鉴赏的。如此说来，明代传奇与元代杂剧的一个不同，大概就是文章化色彩更浓了吧。

后代的戏曲写作，固然应该吸纳元曲的明白如话、清新自然的经验，但是，切不可将元曲的经验绝对化，进而固化为一种绝对模式，否则，这必将导致戏曲写作模式和风格的封闭和单一。在某种程度上讲，王国维这种简单化的主张，助长了“新文学”在白话文运动中的极端主张——文言文是“死的语言”，是可诅咒的；文言文文学是“死的文学”，也是活该灭亡的。最近一个世纪，文章道弊，逶迤颓靡，究其原因，那种对另一种文学简单否定、赶尽杀绝的文化极端主义，是难辞其咎的。

就其一贯的文化立场来看，王国维当然不是那种狂妄自大、欺师灭祖的极端反传统主义者，但是，他将包括汤显祖作品在内的明清戏

[1] 曹雪芹、高鹗：《红楼梦》，俞平伯校，启功注，人民文学出版社，2000年，第242页。

曲当作“死文学”，显然是一个不能成立的文学偏见。这多多少少也反映着他在文学趣味上的狭隘性。

事实上，如果透过表象，往深里看，这种将戏曲文章化的写作方式，也许反映着汤显祖内心深处的一个情结。正像日本学者岩成秀夫所指出的那样：“在中国，不把小说戏曲看作正统文学样式的时代，持续得很长。明代一些著名的读书人戏曲剧本写得十分拿手，但总的来说，还是将戏曲作为诗文的余技来考虑的。但是汤显祖，却把戏曲与学问等量齐观，看得具有同等的价值，他是怀着远大的抱负和充分的自信，专心致志地制作戏曲的。”中国学者邹元江并不同意这位日本学者的“等量齐观”的判断。[1]确实，在汤显祖从来不满足于以戏曲立名，而是“托契于‘不足为’的‘大记’‘小文’。‘文家虽小技’，可直到晚年，他‘托契良在兹，深心延不朽’的仍在‘文章之道’”[2]。既然视文章为“大宗”，那么，对于戏曲，也就要拿它当文章来写。因为要在戏曲写作上显示自己写文章的才华和学识，所以，他在早期的两部剧作中，就偏离了戏曲写作的通俗平易的路子，走到了过度文章化的极端——堆垛典故，铺排词藻，炫示才华，虽然开了戏曲写作的新路，但也颇受诟病，帅惟审就批评他的《紫箫记》说“此案头之书，非台上之曲也”[3]。应该注意的是，在尖锐的质疑和批评声音中，汤显祖也调整了自己的写作模式和修辞策略，至《南柯记》（作于万历二十八年，公元 1600 年）和《邯郸记》（作于万历二十九年，公元 1601 年），就显得本色多了，对此，清人陈栋在《北泾草堂曲论》中有很高的评价：“《南柯》、《邯郸》二种，敛才就范，风格遒上，实足前无古人，后无来者。”[4]

---

[1] 黄振林主编：《汤显祖研究集刊》（创刊号），中国社会科学出版社，2015 年，第 60 页。

[2] 黄振林主编：《汤显祖研究集刊》（创刊号），中国社会科学出版社，2015 年，第 64 页。

[3] 汤显祖：《汤显祖集全编》（三），上海古籍出版社，2015 年，第 1558 页。

[4] 毛效同：《汤显祖研究资料汇编》（下），上海古籍出版社，1986 年，第 690 页。

平心而论，作家的风格，都有一个渐趋成熟的过程，也往往是一个复杂的多元构成。一个作家越是伟大，他的多元性和复杂性就越强。即便是莎士比亚，也有过自己的探索期，在写作中也曾存在像汤显祖一样的问题。约翰逊博士就曾批评他说：“……当他乞援于自己的小聪明或滥用自己的才能时，他绞尽脑汁的结果往往是浮夸、臃肿、平凡、冗长而晦涩。在叙述时，莎士比亚喜欢用过多的浮夸华丽的字眼和令人厌倦的迂回曲折的长句，能够用几句话把一个事件平易地说了出来，他却费了很多话来说，但仍没有把它说好。……对莎士比亚来说，叙述是一种负担，他并不用简练的办法来减轻这个负担，反而努力使它庄严华丽，以便讨得读者欢心。”[1]王骥德、李渔和王国维所不满于汤显祖的，不就是这类问题吗？但是，约翰逊博士似乎并没有夸大其词，以点带面，否定莎士比亚的所有作品，并视之为“死文学”。

文学上的问题和残缺，无论存在于哪个作家的写作和文本里，批评家都没有无原则地替他文过饰非的责任。坦率而尖锐的批评，永远是批评伦理中的一种美好德行。但是，需要时时警惕的是，面对伟大而复杂的文学现象，任何不容置疑的绝对肯定和毫不宽假的绝对否定，都有可能是无效甚至有害的。

---

[1] 杨周翰编选：《莎士比亚评论汇编》（上），中国社会科学出版社，1979年，第49页。

第四章　汤显祖的戏剧写作与精神向度

从《紫钗记》到《牡丹亭》，从《牡丹亭》到《南柯记》，再从《南柯记》到《邯郸记》，汤显祖戏剧写作方法上的写实性，呈现出一种不断弱化的趋势，但精神上的现实感和批判性，却显示出不断强化的趋势。除了《紫钗记》，其余三部作品所写，皆梦境中事。这既是一种被动的选择，也是一种自觉的修辞。在一个缇骑四出、特务治国的社会，写作者随时都有可能陷入“文字狱”的深渊。既然还有“做梦”的自由，还有写梦的自由，那就索性借“梦中话”来道“醒世语”吧。

稍加考察，人们便会发现，汤显祖之反复写梦，绝非率尔为之，绝非为了写梦而写梦，殆有深意存乎其间耳。深意何在？在乎反讽，更直白地说，在乎讽世。他的戏剧作品写“梦境”的虚拟性越来越强，但“药人寿世”或者说“药人救世”的反讽性，也随之越来越深刻，越来越尖锐。他的反讽深入到社会结构和人性的内部，指向欲望、权力与人性等重要的主题，显示出一种隐蔽而智慧的反讽策略和反讽风格。

汤显祖的内心深处，有两个“情意结”：一个是“政治清明”情结，一个是“精神解脱”情结；前者指向介入社会的积极的生活态度，后者是指向解救自我的复杂的心情态度。“复杂性”是我们理解和阐释汤显祖后一个情结的关键词和切入点。“复杂”意味着多样，是一种正常的精神状态，不可对它做简单化的阐释，下简单化的判断。

对宗教、战争、儿童和女性的态度，是我们考察和评价作家精神高标的几个重要尺度。所有精神健全的伟大的作家，全都是尊重女性的人，甚至，干脆就是所谓的女性崇拜者。荷马、但丁、莎士比亚、歌德、马尔克斯，几乎都是女性崇拜者，而在中国作家中，司马迁、杜甫、关汉卿、汤显祖和曹雪芹，也都是对女性充满同情、敬意甚至爱意的人。汤显祖的四部作品，塑造了一系列令人难忘的女性人物形象。从这些人物身上，我们可以清晰地看见作者的精神向度。

一、梦境：被动的境遇与积极的策略

从文学精神来看，汤显祖无疑属于现实主义作家。但是，从写作方法来看，汤显祖的“临川四梦”，除了《紫钗记》大体上是用写实的方法创作出来的，其他三部全都是象征主义性质的作品，就此而言，可以说，他是用象征主义方法来写作的现实主义作家。

汤显祖的象征主义写作既是被动的，也是自觉的。外在地看，作家选择用什么样的方法和技巧写作，似乎纯粹是自己的事情——他完全可以根据具体的需要，来自主决定用哪种技巧和方法来进行叙事和描写，就像他在走出家门的时候，可以自由地选择先迈左腿，还是先迈右腿。然而，问题却并不那么简单。在一个异常的写作环境里，士人和作家常常被视为一群需要驯服的人。权力会以极其严酷的方式，例如，通过“文字狱”等恐吓性的手段，控制人们的情感方式、思维方式和表现方式，有效地限制作家的叙事边界，规范他们的叙事态度和写作立场，从而获得它所需要的现实效果，实现它所设定的功利目的。所以，很多时候，作家在写作方法上的选择，完全是被动的。也就是说，在技巧的背后，人们可以看见强大的皇权专制，可以看见意识形态诡异的面影。在一个极端形态的专制社会里，真正意义上的幽默和讽刺，是很难看到的；自由而充满个性的抒情和叙事，也是极为少见的。

真理是专制天然的敌人，真相是暴政最大的禁忌。真正的现实主义文学，本质上都是以勇敢的精神追求真理的文学，以挑战的姿态批判现实的文学，以求真的态度发现和揭示真相的文学。所以，在任何专制主义的写作环境里，现实主义都是一种被敌视和压制的写作方法。也就是说，对现实无节制的粉饰和赞美，是允许的；对琐碎的私人生活近乎无聊的描写，是允许的；玩弄形式主义的“叙事圈套”，也是允许的，但是，真实而客观地叙述苦难和描写真相，却是绝对不允许的。

于是，身处艰难境遇的作家，便开始寻找一种安全而有效的方式来写作。每当缺乏最起码的写作安全和表达自由的时候，那种朦胧、含混甚至晦涩的写作方式，就成了许多作家无奈的选择。英国哲学家约翰·穆勒说：“专制使人们变成冷嘲。”在鲁迅看来，这是在英国才有的事情，“古来只能‘道路以目’的人们是不敢的”[1]。于是，许多中国的作家，便只剩下了“瞒”和“骗”两件事可做。可以避开“瞒”和“骗”的老路，从而“分途异治”的办法，大概就是做梦了，即在对梦的象征性叙事中，隐蔽性地完成自己的批判性叙事。

就写作环境来看，就像我们在第一章第三节所讨论过的那样，明代现实主义文学的生存条件，无疑是很恶劣的，甚至比蒙元时代的写作环境还要糟糕。

元代的专制统治也很黑暗和严重，知识分子的地位也很低，在宋末谢枋得的描述中，是居于社会最底层的：“七匠、八娼、九儒、十丐，后之者，贱之也；贱之者，谓其无益于国也。嗟乎！卑哉！介乎娼之下、丐之上者也，今之儒也。”[2]但是，作家和艺人的自由空间，却要大得多。元代统治的八九十年间，几乎没有搞什么“文字狱”，“只是偶尔闪现一下文祸的影子”[3]，最后也都不予深究，不了了之。

正因为钳制较松，文祸较少，所以，在元代的散曲和杂剧中，才会有尖锐批判现实的锋芒。有的作品，将讽刺的矛头，直接对准最高

[1] 鲁迅：《鲁迅全集》，第4卷，人民文学出版社，1981年，第500页。
[2] 胡奇光：《中国文祸史》，上海人民出版社，2006年，第89页。
[3] 胡奇光：《中国文祸史》，上海人民出版社，2006年，第90页。

统治者。例如，《窦娥冤》第三折中【滚绣球】就这样唱道：“有日月朝暮悬，有鬼神掌着生死权。天地也只合把清浊分辨，可怎生糊突了盗跖颜渊：为善的受贫穷更命短，造恶的享富贵又寿延。天地也，做得个怕硬欺软，却元来也这般顺水推船。地也，你不分好歹何为地。天也，你错勘贤愚枉做天！哎，只落得两泪涟涟。”[1]在中国的话语体系中，“天”和“太阳”这样的意象，从来就是最高统治者的象征。关汉卿如此痛快淋漓诅咒天地，属于严重的“犯上”行为。如果放在明代或别的暴虐时代，他的下场一定会很悲惨的。

相比而言，明代社会的思想天空就要黑暗得多，文化的生态环境就要恶劣得多。这是一个纯粹意义上的前现代社会。它最鲜明的特点就是野蛮和血腥。自由和尊严在这里没有太大的生存空间。理性被奴性的绳子紧紧缚住。用理性的眼睛看世界，用理性的头脑思考生活，用理性的尺度分析和评价生活，都是不允许的。然而，做梦是可以的，醉生梦死，花天酒地是可以的。清醒的生活是危险的，但混沌的生活是安全的。迷离惝恍的梦境，就是混沌生活的象征。汤显祖之所以始终以梦作为自己的叙事内容，就是因为，作为一种不明朗的事象，梦可以被象征化，可以被转化为一种安全而积极的叙事策略，正像汤显祖研究专家郭纪金所指出的那样：“翻开汤显祖的作品集，可以发现包括诗、文、赋、书札、传奇在内的许多作品都有梦幻描写。其中传奇和诗写梦最为突出。”[2]汤显祖喜欢写梦境，写梦境中的奇人异事。梦境中事，子虚乌有，容易打马虎眼，总不至于轻易被安上“诽谤”的罪名，砍了脑袋。

然而，醒着做梦，并不简单；而写梦中之事，也很不容易。

按照19世纪心理学家杰森的极为全面的解释，梦的发生和内容，

[1] 王季思主编：《全元戏曲》，第一卷，人民文学出版社，1990年，第198页。

[2] 江西文学艺术研究所编：《汤显祖研究论文集》，中国戏剧出版社，1984年，第383页。

似乎并不神秘："梦的内容往往决定于梦者的人格，决定于他的年龄、性别、阶级、教育标准和生活习惯方式，以及决定于他的整个过去生活的事件和体验。"[1]这显然是一个传统的理性主义释梦者的观点。弗洛伊德的看法，就完全不同了。他将分析的解剖刀，探入人的潜意识领域，并将"力比多"当作人的一切行为的最终根源，因而，所谓"梦的内容"，也就不过是"欲望的满足"[2]而已。谚语中问："鹅梦见什么？"回答："玉米。"在他看来，"梦是欲望的满足的全部理论都包含在这两句话中了"[3]。他还说，"任何梦都由利己主义的动机所驱使"[4]。作家的梦，则纯粹是"白日梦"；而作家的作品，则"像一场白日梦一样，是童年时代曾做过的游戏的继续和代替物"[5]。弗洛伊德的释梦理论，也许很深刻，但也很狭隘。因为，人不是鹅，也不只需要"玉米"，成年后，也不总是在继续做童年的梦；而且，更重要的，除了欲望，人还有更庄严的思想，更深刻的痛苦，更伟大的诉求。

就汤显祖自己的经验来讲，做梦纯然是一个情感活动，按他的话说，就是"梦生于情，情生于适"。他在《赴帅生梦》的序中说：他的师友帅惟审梦见他来，便在梦中聚饮。由于汤显祖穿着官服，帅惟审就拿了唤作"山巾"的便帽让他戴，结果不大不小，刚刚合适。后来，他们果真见面，帅惟审果真送他山巾，山巾他戴着果真合适，"不差分寸，旁客骇叹"[6]。他写了一首很长的诗，记录了这次梦里梦外虚实相契的美好经验。

总之，用弗洛伊德的"释梦"理论，并不能有效地解释汤显祖的

---

[1] 弗洛伊德：《释梦》，孙名之译，商务印书馆，2002年，第7页。
[2] 弗洛伊德：《释梦》，孙名之译，商务印书馆，2002年，第115页。
[3] 弗洛伊德：《释梦》，孙名之译，商务印书馆，2002年，第129页。
[4] 弗洛伊德：《释梦》，孙名之译，商务印书馆，2002年，第441页。
[5] 弗洛伊德：《弗洛伊德论美文选》，张唤民等译，知识出版社，1987年，第36页。
[6] 汤显祖：《汤显祖集全编》（一），上海古籍出版社，2015年，第431—432页。

创作动机和他的作品所表现的主题，因为，在汤显祖戏剧的叙事世界，梦是一种修辞工具；而剧中人所做的梦，也不过是一个形象体系，一个包含着叙事者的理性设计和修辞目的的形象体系罢了。也就是说，汤显祖笔下的梦，不是本能意义上的“欲望”之梦，并不是对人物的含混梦境的简单记录，而是一个智性的叙事建构和自觉的修辞选择。他要通过对梦叙事的文本建构，来表达自己的生活理念，来曲折地反映自己时代的现实情状，进而实现反讽和劝谕的双重目的。

从“临川四梦”的题材来源来看，这四部作品全都取材于传说或唐代的传奇——《紫钗记》取材于蒋防的小说《霍小玉传》，《南柯记》取材于李公佐的小说《南柯太守传》，《邯郸记》则取材于沈既济的《枕中记》，《牡丹亭》也与陈玄祐的《离魂记》有点关系，总之，没有一部是直接从当下发生的现实生活中获取写作资源的。然而，这些貌似离奇的鬼蜮故事，却并不虚幻，而是具有丰富的隐喻性，每每使人联想到人间，引发人们的现实性想象。汤显祖在《紫钗记题词》中说：“往余所游谢九紫、吴拾芝、曾粤祥诸君，度新词与戏，未成，而是非蜂起，讹言四方。诸君子有危心，略取所草具词梓之，明无所与于时也。”[1]这里的所谓“是非”和“讹言”，就是其现实性的一种曲折反映。

如果我们从写作风格流变的角度，对汤显祖的四部戏曲作品进行深入考察，就会发现这样一个有趣的现象：就叙事策略和写作方法来看，汤显祖的四部剧作的写实性越来越弱，但是，它们的批判性和现实感，却也越来越强。如果说，《紫钗记》是正剧——“霍小玉能作有情痴，黄衣客能作无名豪，余人微各有致”[2]，《牡丹亭》是悲喜剧——杜丽娘死而后生，虽历磨难，但最终花好月圆，诸事顺遂，那么，《南

[1] 汤显祖：《汤显祖集全编》（三），上海古籍出版社，2015年，第1558页。
[2] 汤显祖：《汤显祖集全编》（三），上海古籍出版社，2015年，第1558页。

柯记》和《邯郸记》就大体上可以被视为讽刺剧。它们完全是对现实生活的隐喻性展示，内中充满了尖锐的讽刺和辛辣的嘲笑。

在《南柯记》和《邯郸记》这“后二记”里，几乎全写梦境中事。“人生若梦”，汤显祖赋予这句感叹以更丰富的社会内容。不仅“人生”如梦，而且，一切貌似正大庄严的东西，都无不虚无如梦，荒诞如梦，可笑如梦。汤显祖用“梦境”消解了“神圣帝国”虚假而夸张的庄严性，否定了帝国中那些傲慢而贪婪的人，嘲笑了蝇营狗苟的虚妄和可笑。透过作者所建构的象征主义的事象，人们可以清晰地看到：在这个社会里，到处都是庸俗和龌龊的人，很少见到高尚和有尊严的人；就精神生活而言，这个社会的人们，并没有摆脱动物性，几乎个个都是欲望的奴隶，都以攫取金钱、名望和利益，作为自己人生的全部目标。米尔斯基说：“果戈理的作品并非客观的讽刺，而是主观的讽刺。其人物并非关于外在世界的现实主义漫画，而是对其内心活动的反省式讽刺描摹。”[1]一切象征主义的讽刺文学，大体上都属于这种主观的讽刺，本质上都是对人物及其时代的精神状况所作的“反省式讽刺描摹”。它是主观的，但却是一种积极的策略和自觉的修辞，本质上是真实和深刻的。

在“前二记”，即《紫钗记》和《牡丹亭》里，皇帝还扮演着一个调停者的角色，会在最关键的时候现身，利用自己的绝对权威，伸张正义，解决问题。例如，在《紫钗记》里，刘节镇就在最后宣读了皇帝的诏书：“皇帝诏曰：朕惟伉俪之义，末世所轻；任侠之风，昔贤所重。每观图史，在意斯人。若尔参军李益，冠世文才，惊人武略，不婚权艳，甚晓夫纲。可封贤集殿学士、鸾台侍郎。霍小玉怜才誓死，有望夫石不语之心；破产回生，有怀清台卫足之智。可封太原郡夫人。郑氏相夫翦桐叶而王，择婿显桃夭之女。慈而能训，老益幽贞。可进

[1] 米尔斯基：《俄国文学史》（上卷），刘文飞译，人民出版社，2013年，第202页。

封荥阳郡太夫人。卢太尉徒以势压郎才，强其奠雁，几乎威逼人命，碎此团鸾。宜削太尉之衔，以申少妇之气。其黄衣豪客，援钗幽淑女，有助纲常；提剑不平人，无伤律令，可遥封无名郡公。呜呼！凡赞相于王风，皆扬名于白日。受兹敕命。钦哉。”[1]于是，大家“跪听宣读”，皆大欢喜，叩头谢恩。即使《牡丹亭》也未脱此套路。

然而，到了“后二记”里，皇帝就不再被捧得这么高了。不仅如此，作者还将这些最高统治者置于被批判和讽刺的位置，多有讽刺和批评。这说明，随着人生经验的丰富和对现实认识的深入，汤显祖已经不再把那些平庸的皇帝，奉为伟大而智慧的神明。

总之，汤显祖的梦境叙事，是一种自觉的修辞建构，充满了丰富的文化意味和社会内容，包含着尖锐的批判精神和深刻的主题意蕴，值得从多个角度进行解读和阐释。

二、反讽：欲望与权力的虚幻图景

反讽是一个优秀作家最基本的精神姿态，也是伟大的文学作品最重要的精神品质。一个没有反讽激情和勇气的作家，不可能成为伟大的作家；一部毫无反讽力量的作品，不可能成为伟大的作品。

汤显祖是一个内倾型的抒情型作家，也是外倾型的反讽型作家。他具有悲剧意识，也具有喜剧天赋；有时是感伤的，有时则是激愤的。感伤的时候，他抒情；激愤的时候，他讽刺。如果说，他的《紫钗记》是爱情正剧，《牡丹亭》是略带感伤的爱情悲喜剧，那么，后来的“二记”——《南柯记》和《邯郸记》，则大体上可归入反讽型的喜剧范畴。他很善于通过巧妙的隐蔽手段，来表现对现实生活中的种种庸俗现象

[1] 汤显祖：《汤显祖集全编》（五），上海古籍出版社，2015年，第2600—2601页。

的讽刺和批判。

人不能没有欲望，但人的欲望不可没有理性的节制。过度的欲望，是烦恼和不幸的根源。如果一个社会过度功利主义，只是培养人们对权力、金钱、荣誉的贪婪，那么，这个社会的人们的幸福指数，就不会很高，这个社会的文明指数也不会很高。个人会因为过度贪婪，而闷闷不乐、郁郁不得志，政府也会因贪欲无艺，而沦为一个牟取利益的机器，甚至，为了与民争利，手段无所不用其极。

生命是一个有限的过程。世间没有不死的人，就此而言，所谓“寿比南山”“万寿无疆”的祝语，简直就是对人们的充满讽刺意味的嘲弄。对于生命长度的过分追求，既是贪婪的，也是卑怯的，反映着生命意识上的蒙昧状态。这种对长寿的非理性欲望，本质上不是对生命的热爱和尊敬，而是对它的傲慢和无知。

然而，中国自古以来，偏偏就有为数甚夥的人，对于长生不老，汲汲以求。而且，越是有权势的人，越是对黄白之术感兴趣。为了寻得驻颜的妙方，很多人陷入狂悖状态，有人甚至丢了性命。在《邯郸记》中，卢生后来被召回朝，甚得恩宠，终于实现了“建功树名，出将入相，列鼎而食，选声而听”的梦想，就像他对夫人所说的那样：“吾今可谓得意极矣。”他半推半就地接受了皇帝送来的二十位女乐。他开始做起了“黄粱美梦”。他特别渴望自己能永生不死，永远享有这些荣华富贵。于是，他开始迷恋“采战”，结果弄得自己一病缠绵，折了阳寿，一命呜呼。

有必要指出的是，汤显祖的这一反讽，绝非虚说一通，而是确有所指。他所批评的，就是在明代上层社会颇为流行的愚昧的养生方式。如果说，有明一代的统治者在政治上是法家的门徒，选择以猛治国，惯弄苛酷法术，那么，在生活上，他们就是道家的信徒，认为人若能得奇术奇方，就可以得道成仙，长生不老。如明世宗嘉靖皇帝朱厚熜就相信“采战”之说，服丹纵欲，结果呜呼哀哉，丢了性命。首辅张居正也迷信这一套，因为沉湎“房中术”而丧生。近代著名学者吴梅在《邯郸记跋》中说：“记中备述人世险诈之情，是明季官场习气，足以考镜万历年间仕途之况，勿粗鲁读过。”[1]确乎如此。汤显祖笔下的反讽总是充满了时代性和现实感。嘉靖皇帝“斋醮”事，具见于《明史》之《郑岳列传》和《海瑞列传》。[2]海瑞批评他的语气，很是尖锐：“一意修真，是陛下之心惑。过于苛断，是陛下之情偏。……陛下受术于陶仲文，以师称之。仲文则既死矣，彼不长生，而陛下何独求之。至于仙桃天药，妄怪尤甚。”[3]蔡东藩《明史演义》对此亦述之甚详。[4]

如果说，权力之恶是社会之恶的主要形态，那么，对一部深刻的文学作品来讲，政治性是反讽必不可少的一个向度。关于这一点，汤显祖即便没有现代性的理性认知，也不妨碍他在自己的作品中大量而形象地揭示这一点。他在最早的《紫钗记》中写了卢太尉这样一个人物。从矛盾冲突的角度看，他是霍小玉和李益爱情痛苦的直接制造者；从揭示整个权力关系的角度看，他则是起着折射作用和代表作用的人物，就像他自己所说的那样：“只手擎天势独尊，锦袍玉带照青春。洛阳贵将多陪席，鲁国诸生半在门。自家卢太尉，长随玉辇，协理朝纲。圣驾洛阳开试，咱已号令中式士子，都来咱府相见。”[5]在汤显祖的叙述中，权力显得傲慢而任性，自私而又自负，完全不在乎别人的尊严和感受。他对权力的这种看法和叙述，与自己被张居正、申时行等权臣折辱的遭遇，有着深隐而密切的因果关系。

极权主义社会的权力之恶，首先就是作为最高统治者的帝王的德行之恶。“临川四梦”中的皇帝，大都没有什么可称道的。其中好点的，

---

[1] 毛效同：《汤显祖研究资料汇编》（下），上海古籍出版社，1986年，第1266页。

[2] 张廷玉等：《明史》，卷二百三，卷二百二十六，中华书局，1999年，第3566、3955—3957页。

[3] 张廷玉等：《明史》，卷二百二十六，中华书局，1999年，第3956页。

[4] 蔡东藩：《明史演义》，文化艺术出版社，2003年，第476—478页。

[5] 汤显祖：《汤显祖集全编》（五），上海古籍出版社，2015年，第2481页。

可称为“影子皇帝”。到了矛盾冲突不可开交的时候，他会像影子一样飘忽而过，发一道圣旨，便将所有问题都轻松解决了——这也不过是做戏的需要而已，当不得真的。更多的时候，所谓英明伟大的皇帝，不过是低能的庸人和凶暴的恶人——他们昏聩自负，雄猜多疑，冷酷无情，连人格健全和能力正常的普通人都比不上。《南柯记》中的国王，几乎就是右相段功手中的玩偶。他听信段功的谗言，将自己的驸马外放，连累公主差点被檀萝国的强敌掳走，导致她最终丢了性命；最后，甚至将淳于棼罢官，幽禁于私室，使他受尽了屈辱和痛苦，以至于发出了这样的感叹和悲诉：

〔生素服愁容上〕太行之路能摧车，若比君心是坦途。黄河之水能覆舟，若比君心是安流。君不见大槐淳于尚主时，连柯并蒂作门楣。珊瑚叶上鸳鸯鸟，凤凰窠裏鹓雏儿。叶碎柯残坐消歇，宝镜无光履声绝。千岁红颜何足论，一朝负谴辞丹阙。自家淳于棼，久为国王贵婿，近因公主销亡，辞郡而归，同朝甚喜。不知半月之内，忽动天威，禁俺私室之中，绝其朝请。天呵！公主生天几日，俺淳于入地无门。若止如此，已自忧能伤人；再有其他，咳，真个生为寄客。天呵！淳于棼有何罪过也。[1]

淳于棼的日子过得提心吊胆，惊魂难定。尽管于私，他曾为“半子”；于公，他“守郡多年，曾无败政”，但最后还是被国王赶出了大槐安国。王后心疼女婿，在国王面前为他缓颊，哭着反问他：“老天呵，不看女儿一面？”但是，多疑的国王心如坚冰，还是将“诸甥留此”，将他赶走了，使他家庭破散。用汤显祖的“至情”标准来衡量，这种无情无义的最高统治者，作为严重缺乏正常人性的人，本质上是一种非

[1] 汤显祖：《汤显祖集全编》（六），上海古籍出版社，2015 年，第 2948 页。

人的怪物。在这种怪物的统治下，人民很难过上幸福而有尊严的日子。

事实上，有明一代的皇帝，自朱元璋开始，就开始诛杀功臣，迫害知识分子，虽然时时将“百姓”的福祉挂在嘴上，但却常常以恶法虐民，给人民带来无尽的痛苦和灾难。最为令人费解的是，他们对全社会的精英分子，都充满难以消释的敌意，必欲除灭而后快：朱元璋将农村的社会秩序弄得非常混乱，将那里的社会气氛搞得非常紧张，“……又连兴大狱，打击官僚、缙绅、地方等高级人士，从朝廷内的高级官员直到民间的殷实富户，株连极广。据有的历史学家估计，因之丧生者有逾十万”[1]。可以说，明代后来的皇帝，大都遗传了朱元璋的政治基因，大都是这种狭隘、多疑、残忍、低能的人。

统治者的价值观往往起着主宰性的作用。一个社会的道德意识和生活方式，必然会受到统治者的道德主张和行为方式的极大影响。楚王好细腰，宫中多饿死；上有所好者，下必甚焉矣。高层的道德堕落和权力腐败，必然会像病毒一样，传染到全社会。在《南柯记》中，汤显祖尖锐地批判了大槐安国的腐败而黑暗的现实。在第二十一出《录摄》中，府幕官与小吏的一段对话，堪称经典：

〔丑跪，扶吏起介〕我从来衙里，没有本《大明律》，可要他不要？〔吏〕可有，可无。〔丑〕问词讼可要银子不要？〔吏〕可有，可无。〔丑恼介〕不要银子，做官么？〔吏〕爷既要银子，怎不买本《大明律》看？书底有黄金。[2]

汤显祖的这一段对话描写，非常大胆和尖锐，竟然忽略语境限制，直接提及《大明律》，毫不避讳地表达了对自己时代的讽刺态度。这样

[1] 黄仁宇：《万历十五年》，中华书局，1985 年，第 146 页。
[2] 汤显祖：《汤显祖集全编》（六），上海古籍出版社，2015 年，第 2884 页。

的不加掩饰的“直刺”，简直有点使人惊骇。汤显祖的反讽话语，彰明较著地传递着这样的信息：体现统治者政治意志的《大明律》的“书底”，埋藏着某种能让人获取利益但也导致腐败的秘密。

在中国漫长的极权主义时代，科举考试制度是遴选人才的主要方式。为了保障考试的合法和安全，统治者制定了严酷的法律。但是，即便如此，几乎在任何一个朝代，各种花样的考试腐败，都层出不穷。在《邯郸记》第六出《赠试》中，汤显祖就指桑骂槐地尖锐讽刺了明代考试制度的脆弱：

> 〔旦〕说豪门贵党，也怪不的他。则你交游不多，才名未广，以致淹迟。奴家四门亲戚，多在要津，你去长安，都须拜在门下。〔生〕领教了。〔旦〕还一件来，公门要路，能勾容易近他？奴家再着一家兄相帮引进，取状元如反掌耳。〔生〕令兄有这样行止？〔旦〕从来如此了。
>
> 【前腔】〔旦〕有家兄打圆就方，非奴家数白论黄。少了他呵，紫阁金门路渺茫，上天梯有了他气长。
>
> 〔合前〕〔生〕这等，小生到不曾拜得令兄。〔旦〕你道家兄是谁？家兄者，钱也。奴家所有金钱，尽你前途贿赂。〔生笑介〕原来如此，感谢娘子厚意。听的黄榜招贤，尽把所赠金资，引动朝贵，则小生之文字珠玉矣。〔旦〕正当如此。梅香，取酒送行。[1]

在这部戏里，满朝权贵，包括皇帝和太监，都被“家兄”收买了，于是，上上下下，皆为卢生夺魁，大开方便之门。就反讽的现实性来看，这些情节倒也不是向壁虚构出来的，也不是借了唐代的故事来对明代社会进行捕风捉影的怨毒污蔑。事实上，仅在万历一朝，这样的恶劣事件，

[1] 汤显祖：《汤显祖集全编》（六），上海古籍出版社，2015 年，第 2997 页。

就频有发生。张居正的三个儿子，以及张四维、吕调阳、申时行等几位辅臣的儿子，都是利用他们的权力资源，才得以折桂夺魁，金榜题名。皇帝朱翊钧虽然接到了揭露张居正等首辅儿子科举作弊的上疏，但却压了下来，最终使其得逞——这与崔氏和卢生利用“家兄”打通关节，本质上并无两样，甚至更为严重和恶劣。

人的精神世界是由善恶两种元素构成的。如果一个社会压抑人向善的天性，而鼓励人从恶的冲动，那么，这个社会就是一个反人性的畸形的社会，而人性之恶就会导致普遍而严重的社会问题。对明代社会的人性之恶，如嫉妒、贪婪、势利、残忍、欺诈等等，汤显祖的戏剧作品也有严肃而深刻的反讽和批评。

《南柯记》中的右相段功，心胸狭窄，妒贤嫉能，虚伪狡诈，人品极坏。为了加害于淳于棼，他机关算尽，给被害人带来极大的痛苦。《邯郸记》中的唐朝左仆射兼检括天下租庸使宇文融，就因为卢生不曾“钻刺”他，“不肯拜他门下”，便心生怨恨，用各种手段来报复他，先是将他“外补”，后来派遣他这样一个素不知兵的人率军解救边患，到最后又以“通敌”来构陷他——若非崔氏到高力士那里哭诉，得了他的同情，并向皇帝求情，卢生的头颅早就被砍掉了。在流放崖州的过程中，卢生吃尽了苦头——“朝承恩，暮赐死。行路难，有如此。我卢生，身居将相，立大功劳。免死投荒，无人敢近。一路乞食而來，直到潭州”[1]；在流放地，他受尽了侮辱，差点被崖州司户打死。

我们从这样的事象中，分明可以看见汤显祖自己时代的影子，甚至可以看见汤显祖自己的遭遇。他不就是因为不肯拜在张居正和申时行等人的门下，所以才大倒其霉的吗？他不就是因为上疏批评首辅和皇帝，才被贬到大陆最南端的徐闻县的吗？

一个恶时代的道德堕落和人性败坏，几乎是普遍的、无孔不入的。

[1] 汤显祖：《汤显祖集全编》（六），上海古籍出版社，2015 年，第 3055 页。

社会各个阶层的人性都在败坏。普通百姓失掉了内心本来就很稀薄的纯朴天性，知识分子失去了求知的热情和人格上的特操，公正的执法者成为肆无忌惮的犯法者，保卫人们安全的人成了危害人们安全的群体。掌握权力资源的官吏阶层，更是如虎而冠，将虐民害物当作一种习惯。《邯郸记》的崖州司户这个人物，虽然着墨不多，但却极具典型性。这是一个毫无人性的冷血动物。他最突出的性格特点，就是可怕的冷酷，就是极端的势利，就是庸俗的市侩人格。卢生落难，成了他刀俎上的鱼肉。他完全拿卢生不当人，百般威胁、凌辱和折磨：

> 【红衲袄】打你个老头皮不向我门下参，打你个硬骹儿不向我庭下跕。打你个蠢流民尽着喽，打你个暗通番该万斩。〔生〕宇文融可恨，可恨。〔丑〕宇文相公甚么样好人，你也骂他？打你个骂当朝一古子的谈。〔生〕不要哩，朝廷有用我之时。〔丑〕打你个仗当今一块子的胆。〔生笑介丑〕打的你皮皮开肉绽还气岩岩也。打了呵，还待火烙你个皮铁寸嵌。[1]

然而，等到朝廷“召还”卢生的圣谕一到，他立即就换了一副嘴脸：自己将自己绑缚阶前，跪在地上，低三下四地求卢生恕罪。卢生倒也通达，笑着说：“起来，此亦世情之常耳。”崖州司户这一形象，显示了汤显祖在讽刺艺术方面的巨大才能——寥寥几笔，就将一个“合法的施暴者”塑造得入木三分，形神毕肖，使人过目难忘，四百年后读来，仿佛冷水浇背，犹觉寒气扑面。这是一个灵魂已经卖给魔鬼的人。他生来就是权力的奴才，只看上司的眼色行事，只相信刀和剑的力量——这样的爪牙，分明就是一个虐杀无辜者的恶徒。

---

[1] 汤显祖：《汤显祖集全编》（六），上海古籍出版社，2015年，第3070页。引文标点，有所改动，与原文略异。

三、情结：政治理想与精神解脱

汤显祖年轻的时候，也曾怀有满腔经天纬地的济世热情，就像他在《答余中宇先生》中所说的那样："某颇有区区之略，可以变化天下。恨不见吾师言之，言之又似迂者然，今之世卒卒不可得行。惟吾师此时宜益以直道绳引天下，万无以前名自喜。"[1]蒋士铨也在《玉茗先生传》中评价汤显祖说："显祖志意高昂，风节遒劲，平生以天下为己任；因执政所抑，遂穷老而殁，天下惜之。"[2]

然而，汤显祖的这些热情和抱负，都因为那个著名的《论辅臣科臣疏》而破灭了。一朝被贬，岭海投荒，他虽然努力"不负初心"，替百姓做了一些好事，但是，最终却在中央政府"上计"时，被彻底淘汰出了体制。对于这样的结局，他似乎早就有预感，于是，索性提前致仕还家，过起了读书写作的生活。虽然在那样的时代，这种生活是许多读书人最后的逃路，但内心的挫败感和孤独感，依然时时噬啮着他的心，使他不得安宁。纵然如此，他也拒绝朋友邀他做官的好意，彻底切断了与官家体制的一切功利性联系。

汤显祖的政治理想，说来也很简单，就是经世致用，造福百姓，使人人冻馁无虞，安居乐业；使人人乐于向善，民德归于淳厚。在他看来，士大夫要先正其身，然后才能正人，而政治是否清明，老百姓日子是否好过，最终取决于士大夫和官员的素质，取决于他们的德行和修养。他曾经代拟过一篇《为士大夫喻东粤守令文》，寄望于士大夫能以身作则，领袖群伦，监督官吏；而官吏也要洁身自好，免遭诟

[1] 汤显祖：《汤显祖集全编》（四），上海古籍出版社，2015 年，第 1758 页。
[2] 毛效同编：《汤显祖研究资料汇编》（上），上海古籍出版社，1986 年，第 93 页。

病，有所作为：“酌石门之泉，士大夫必不争渡矣；还合浦之珠，士大夫必不怀珠矣。是故清吏之法亦清，浊吏之法亦浊。清吏之法法身，而浊吏之法法人也。且汝见汝食民脂膏，为天子持法，然已贪废若此，岂必士大夫言汝乎？然则自为清吏而已，无患士大夫不保汝矣。”[1]他所提出的“清吏”与“浊吏”两个概念，并不新鲜。但是，他接下来的“法身”和“法人”的说法，却极为深刻，精辟地揭示了中国自古以来统治者的一种普遍的德行：他们置身于法律之上，拿自己当法外的“特选之民”，高人一等，飞扬跋扈；他们的道德的绳墨，只是用来裁制百姓；他们法律的刀斧，也只是用来宰割人民——他们教别人不要“利己”，他们却很少“利人”；教别人要“利人”，他们却专门“利己”。

然而，汤显祖却实实在在是一个“清吏”。对自己提出的道德主张，他认认真真地身体力行。在任遂昌知县的五年间，他勤政爱民，抑制豪强，消除虎患，遣囚度岁，就像明人邹迪光在《临川汤先生传》中所评价的那样，“一意乳哺而卵翼之，用得民和。日进青衿子秀，扬榷议论质义，斧藻切劘之为兢兢，一时醇吏声为两浙冠”[2]；清人蒋士铨也在《玉茗先生传》中高度评价他：“灭虎放囚，诚信及物，翕然称循吏。”[3]这样的古之仁人，即便放到今天，也是可以归入“上上品”的优秀干部。当他得知遂昌人为他建祠，非常感动，在给门人时君可的信中说：“平昌祀我，我以何祀平昌也？昔人云，天下太平，必须不要钱不惜死。生或不愧此文官耶！”[4]直到晚年，他还在给陕西泾阳人牛春宇的信中说：“天下忘吾属易，吾属忘天下难也。”[5]

---

[1] 汤显祖：《汤显祖集全编》(三)，上海古籍出版社，2015年，第1633页。引文标点，有所改动，与原文略异。

[2] 毛效同编：《汤显祖研究资料汇编》(上)，上海古籍出版社，1986年，第82页。

[3] 毛效同编：《汤显祖研究资料汇编》(上)，上海古籍出版社，1986年，第93页。

[4] 汤显祖：《汤显祖集全编》(四)，上海古籍出版社，2015年，第1937页。

[5] 汤显祖：《汤显祖集全编》(四)，上海古籍出版社，2015年，第1947页。

汤显祖到死都是一个将“天下”放在心里的人。

在汤显祖看来，吃饭是老百姓的头等大事，而农业生产则是一个官员必须关心的头等大事。他做官期间，曾多次下到乡里，劝农励耕。他曾经在诗里记录过自己这方面的活动。在《丙申平昌迎春，晓云如金，有喜》里，他这样写道：“仙县春来仕女前，插花堂上领春鞭。青郊一出同人笑，黄气三书有大年。”[1]《班春二首》写的也是这件事，其一云：“今日班春也不迟，瑞牛山色雨晴时。迎门竞带春鞭去，更与春花插两枝。”其二云：“家家官里给春鞭，要尔鞭牛学种田。盛与花枝各留赏，迎头喜盛在新年。”[2]可见，为了督促和鼓励农民耕地种田，他确实很用了一番心思。“桑无附枝，麦穗两岐，张君为政，乐不可支”[3]，汤显祖的政绩，不仅当时就赢得了人民的敬意，为他建了“生祠”，直到清代顺治年间，遂昌知县缪之弼还为他建了“遗爱祠”。

在汤显祖的戏剧作品中，有一个经常出现的母题，那就是常常会写到官员造福一方的“政绩”。《牡丹亭》第八出，写到了南安太守杜宝“劝农”的事象。为了弄清楚“远乡僻坞，有抛荒游懒的”，杜宝吩咐“该县置买花酒”，自己作为太守，则亲自下乡劝农，赠花送酒。作者通过农人之口，赞扬杜宝“管治三年，慈祥端正，弊绝风清。凡各村乡约保甲，义仓社学。无不举行。极是地方有福。现今亲自各乡劝农，不免官亭伺候。那祗候们扛抬花酒到来也”[4]。从戏剧结构的严整性来看，这一出几乎是多余的；但是，对有着政治理想的汤显祖来讲，这种利民的惠政，也是另一种形态的“至情”，是值得赞赏和大书特书的。汤显祖以诗意的语言，描写了一幅南安郡政治清明、

[1] 汤显祖：《汤显祖集全编》（二），上海古籍出版社，2015 年，第 724 页。
[2] 汤显祖：《汤显祖集全编》（二），上海古籍出版社，2015 年，第 780 页。
[3] 范晔：《后汉书》，卷三十一，《张堪传》，中华书局，1999 年，第 739 页。
[4] 汤显祖：《汤显祖集全编》（五），上海古籍出版社，2015 年，第 2630 页。

人民安乐的生活图景：

〔长相思〕你看：山也清，水也清，人在山阴道上行。春云处处生。〔生末〕正是：官也清，吏也清，村民无事到公庭。农歌三两声。〔外〕父老，知我春游之意乎？

【八声甘州】平原麦洒，翠波摇翦翦，绿畴如画。如酥嫩雨，绕塍春色䔧苴。趁江南土疏田脉佳。怕人户们抛荒力不加。还怕，有那无头官事误了你好生涯。〔父老〕以前昼有公差，夜有盗警。老爷到后啊，

【前腔】千村转岁华。愚父老香盆，儿童竹马。阳春有脚，经过百姓人家。月明无犬吠黄花，雨过有人耕绿野。真个，村村雨露桑麻。〔内歌《泥滑喇》介〕〔外〕前村田歌可听。[1]

在汤显祖对理想政治的想象中，生活就应该是这个样子：官吏清廉，人民和睦，世界清平；“月明无犬吠黄花，雨过有人耕绿野”，农民可以不受干扰地劳动和生活。这当然是一个有良心的官吏的美好想象。有人也许会觉得这样的政治理想，水准实在太低了，然而，就是这等低水准的幸福生活，中国人民能够享受的时候，其实也并不多。事实上，几千年来，人们受官和匪侵害的日子，远远多于正常而安宁的日子。对照路遥在《平凡的世界》所写的那种像囚犯一样被押送到工地劳动的情形，[2]谁还敢说汤显祖的理想太低了呢？谁还敢说他笔下的南安郡的那些农人，不是很幸福的呢？在那部著名的小说里，路遥这样写道：“对于黄土高原千千万万的农民来说，他们每天面对的却是另一个真正强大的敌人：饥饿。生产队一年打下的那点粮食，‘兼顾’了

[1] 汤显祖：《汤显祖集全编》（五），上海古籍出版社，2015 年，第 2631—2632 页。

[2] 路遥：《平凡的世界》，第一部，人民文学出版社，2004 年，第 30 页。

国家和集体以外，到社员头上就实在没有多少了。试想一想，一个满年出山的庄稼人，一天还不能平均到一斤口粮，叫他们怎样活下去呢？有更为可怜的地方，一个人一年的口粮才有几十斤，人们就只能出去讨吃要饭了……”[1]中国人民需要付出千百年的巨大代价，才终于明白了这样一个道理：个别“有脚阳春”带来的恩惠，只能是一时一地的；如果没有强大而先进的制度保障，任何人的房子、土地、劳动的自由，甚至最基本的人身安全，都会在一夜之间被剥夺得干干净净。然而，在这样的伟大理想实现之前，汤显祖朴实的理想，也自有其不容否定的意义和价值。

在《南柯记》第二十四出《风谣》中，汤显祖再次表达了对理想的政治图景的想象。淳于棼将南柯郡治理得像世外桃源，得到了几乎所有人的赞美和感谢。父老捧香赞美：“征徭薄，米谷多，官民易亲风景和。老的醉颜酡，后生们鼓腹歌”；秀才捧香赞美：“行乡约，制雅歌，家尊五伦人四科。因他俺切磋，他将俺琢磨”；妇女捧香赞美：“多风化，无暴苛，俺婚姻以时歌伐柯。家家老小和，家家男女多”；商人捧香赞美：“平税课，不起科，商人离家来安乐窝。关津任你过，昼夜总无他。……淳于爷到任二十年，人间夜户不闭，狗足生毛。便是俺们商旅，也往来安乐，知恩报恩。……你是不知。这南柯郡自这太爷到任以来，雨顺风调，民安国泰。终年则是游嬉过日，口里都是德政歌谣，各乡村多写着太爷牌位儿供养。则这是大生祠，祠宇前后九进，堂高三丈，立有一丈五尺高的几座德政碑。碑上记他行过德政。二十年中，便一日行一件，也有七千二百多条，言之不尽。”就连前来探视公主和淳于棼的官员“紫衣走马”，也连连感叹道：“奇哉奇哉。真个有这等得民心的官府。”[2]到最后，当淳于棼要离开的

---

[1] 路遥：《平凡的世界》，第一部，人民文学出版社，2004年，第121页。

[2] 汤显祖：《汤显祖集全编》（六），上海古籍出版社，2015年，第2893—2894页。

时候，这些满腔感恩的百姓，竟然当路“卧辙”，想挽留他继续主政南柯郡。然而，更多的时候，这样的美好图景，只存在于善良人的想象中。汤显祖之所以反复描写这样的图景，似乎也不过是表达自己的另一个“梦”而已。

如果说，外在的政治理想，是汤显祖的一个情结，那么，摆脱内心的困扰，寻找心灵的解脱和安宁，就是他的另外一个情结。

陷入严重的精神困境，继而苦苦寻找出路，这是很多作家晚年写作共同的精神特点。1600 年前后，莎士比亚进入了人生的晚期阶段，心态和创作风格随之丕变，“从以乐观自信的喜剧和历史剧为主，转变为以悲剧和悲喜剧的创作为主”[1]。人到晚年，历尽坎坷，饱看沧桑，心境难免悲凉，困惑与焦虑，亦复不少，于是，便倾向于以哀矜和悲剧的眼光看人生，也会产生为自己和人们安顿心灵的念头，从而创造一种与生活和解的“和谐”图景。

如果说，汤显祖早期的两部剧作的主题，在探讨“至情”，那么，他晚年的写作，则在强化了反讽力度的同时，致力于寻求精神出路——解决自己的精神困境，回答那些与生活哲学有关的重大问题。也就是说，汤显祖后期的“二梦”，是一种缘于精神焦虑的写作。

汤显祖的一生，几乎就在几种选择的困扰中度过。他年轻时候的家庭影响，就是冲突性甚至分裂性的。他在《和大父游城西魏夫人坛故址诗》的序中说：“家大父蚤综籍于精黉，晚言筌于道术。捐情末世，托契高云。家君恒督我以检儒，大父辄要我以仙游。”[2] 从感性上说，他更认同祖父的生活方式，从“捐情末世，托契高云”八个字，便可见出端倪；但是，就理性而言，他又无法不接受父亲的“检儒”之督，因为，他也觉得只有进入社会，才能建功立业，有所作为。他在《寄

[1] 中国莎士比亚研究会编：《莎士比亚研究》（创刊号），浙江人民出版社，1983 年，第 73 页。
[2] 汤显祖：《汤显祖集全编》（一），上海古籍出版社，2015 年，第 124—125 页。

司明府（并序）》中，也表达过同样的进退两难的焦虑：“仆今退不能守雌游牝，绝爱基以完性；进不及雄飞牡决，极酒内以酬情。空为陈人而已。羝羊触藩，鄙人之谓。”[1]事实上，终其一生，汤显祖的精神，都处于这种出世与入世的矛盾和困扰之中。

曾经，汤显祖试图在“情感”的世界里寻找出路，寻找心灵的慰藉，然而，后来，他感觉到，仅仅在情感里，似乎很难找到解决问题的办法。心灵无所归依的漂泊状态，折磨着他敏感的灵魂，让他特别焦虑。佛家的“慈悲”接近自己的“至情”，但它的“五蕴皆空”，可信不可信呢？道家的“天地不仁”，接近自己民胞物与的同情心，但是，它近乎冷漠的“超然”，可取不可取呢？现在，他要在“信念”的领域，来思考和探求解决这些沉重而复杂的根本性问题。

那么，人生最终的解脱和自由是否可能？如何才能获得？汤显祖在《邯郸梦记题词》中说：“士方穷苦无聊，倏然而与语出将入相之事，未尝不怃然太息，庶几一遇之也。及夫身都将相，饱厌浓醒之奉，迫束形势之务，倏然而语以神仙之道，清微闲旷，又未尝不欣然而叹，惝然若有遗。譬若清泉之活其目，而凉风之拂其躯也。又况乎有不意之忧，难言之事者乎。回首神仙，盖亦英雄之大致矣。”[2]在梦境中，淳于棼过着一种贪婪而混乱的生活，到死都不曾觉悟。然而，在《南柯记》中，经历过梦中的一番教训，“知梦游醒”，梦醒之后的卢生终于觉悟了，他对吕洞宾说：“老翁，老翁，卢生如今醒悟了。人生眷属，亦犹是尔。岂有真实相乎，其间宠辱之数，得丧之理，生死之情，尽知之矣。”[3]他最后放弃了梦中的求仙，跟着师傅吕洞宾，在现实生活中寻“证盟师”去了。这样的解脱和出路，似乎启发了《红楼梦》中的贾宝玉——他也随着那一僧一道，飘然而去了。但是，对汤显祖

[1] 汤显祖：《汤显祖集全编》（一），上海古籍出版社，2015年，第188—189页。
[2] 汤显祖：《汤显祖集全编》（三），上海古籍出版社，2015年，第1554页。
[3] 汤显祖：《汤显祖集全编》（六），上海古籍出版社，2015年，第3088页。

来讲，有着内在的觉悟，也就够了；舍下生活中的一切人情物事，掉臂而去，他很难做到，这是因为，他终究还是一个有情人。

如果说，“临川四梦”的“前二记”——《紫钗记》和《牡丹亭》，表现的是对“情”的执着，是通过“梦”而走进“情”的世界，而体验“情”的真与美，那么，到了“后二记”——《南柯记》和《邯郸记》，则表现的是“觉”，是通过“梦”而走进“觉”的世界，从而在理性的意义上，认识到人性和生活的真谛。这无疑是汤显祖敏感而丰富的灵魂深刻体验和痛苦思索的结果。他既爱这世界和人生，但又觉得仅有这爱的感情是不够的。他想超越和摆脱这爱的痛苦，但是，却仍然带着自己的痛苦，眷恋着这个世界，爱着这个世界。只是，有了“梦了”之后的“觉”，他对这世界的“情”，显得更为理性和阔大而已。总之，就像吴梅在《中国戏曲概论》中总论“四梦”时所说的那样：“明之中叶，士大夫好谈性理，而多矫饰，科第利禄之见，深入骨髓。若士（汤显祖——引者注）一切鄙弃，故假曼倩诙谐，东坡笑骂，为色庄中热者，下一针砭。”[1]

关于汤显祖思想的“复杂性”，邹元江先生的分析和判断，是很有道理的，也是合乎实际的：“从汤显祖一生的政治思想和人生观来看，儒家积极入世的思想对他影响最大。但他时常也在‘检儒’与‘仙游’之间矛盾痛苦，道家出世思想对他也有一定影响。”[2]这种复杂性情形，其实也是一种正常状态。在不受主流意识形态强力干扰的环境里，一个正常人所接触和吸纳的思想，一定是丰富而多样的。不同的思想，满足着他不同的精神需要，解决他不同时期或不同层面的情感和思想问题。只有头脑简单的“单向度的人”，才会一辈子只接触一种思想，只接受一种思想。事实上，一个一辈子只知道一种思想的人，不可能

[1] 吴梅：《吴梅词曲论著四种》，商务印书馆，2010年，第283页。

[2] 邹元江：《汤显祖的情与梦》，南京出版社，1998年，第230页。

成为情感丰富和思想活跃的人，也不可能成为视野开阔、有创造力的人，就像只吃一种食物的人不可能成为营养均衡、体魄健康的人。

班固父子批评司马迁“论大道则先黄老而后六经”[1]，那是完全说错了，因为，在司马迁那里，各家思想都有其合理的部分，都有其可取之处，所以，他对所接触到的思想都有吸纳，而他的“网罗天下放失旧闻”，也就可以被转换性地表达为“吸纳天下百家思想”。如此说来，关于汤显祖思想的复杂性，我们不仅无须把它看成多大的问题；而且，还要认识到，正是这种复杂性，才形成了汤显祖作品的斑斓而丰饶的特点。

四、态度：对女性的尊重与赞美

如果说，考察作品所表现的对女性的态度，是我们衡量一个作家是否文明的尺度，那么，汤显祖显然属于像曹雪芹一样少见的具有很高文明修养的作家。他不仅不歧视女性，而且，还从她们身上看到了许多男性都不具备的气概和美德。

如果说，“有情”是汤显祖评价人物的一个重要标准，那么，他的戏剧文本中主要的女性人物，无论《紫钗记》中的霍小玉与《牡丹亭》中的杜丽娘，还是《南柯记》中的瑶芳公主与《邯郸记》中的崔氏，几乎全都是“有情”之人。其中两部偏重于写实的剧作中的女主人公，都很有灵性和才华——霍小玉会写诗，杜丽娘会写真，都属于蕙心兰质的人。她们的内心，甚至有着许多男人都不具备的豪侠之气——杜丽娘的慨然赴死，霍小玉的散财寻夫，皆非大气魄不办。即便是《南柯记》中的瑶芳公主，到了外寇来侮的危急关头，也能一改往日的蒲

[1] 班固：《汉书》，卷六十二，中华书局，1999年，第2070页。

柳弱姿，一面组织瑶台的妇女们布阵御敌，一面亲自披挂上阵，准备挺身而斗。汤显祖的描写，可谓浓墨重彩，光芒照人：

【梁州第七】怎便把颤嵬嵬兜鍪平戴？且先脱下这软设设的绣袜弓鞋，小靴尖忒逼的金莲窄。把盔缨一拍，臂鞲双抬。宫罗细揣，这绣甲松裁。明晃晃护心镜月偃分排，齐臻臻茜血裙风影吹开。少不得女天魔排阵势，撒连连金锁枪榍。女由基扣雕弓，厮琅琅金泥箭袋。女孙膑施号令，明朗朗的金字旗牌。〔众喝采介〕〔旦〕奇哉！你待喝采。小宫腰控着狮蛮带，粉将军把旗势摆。你看我一朵红云上将台，他望眼孩咍。[1]

汤显祖笔下的瑶芳公主形象，英姿飒爽，气概不凡，上承《木兰辞》中花木兰之勇武精神，下导《红楼梦》姽婳将军林四娘之先路，使人观之，耳目一新，精神顿旺。

对女性的命运，汤显祖抱着关切和同情的态度，对她们在爱情上的执着和勇敢，则极为欣赏，大加赞扬。从《紫钗记》和《牡丹亭》等作品里，我们分明可以感受到作者对女性的激赏态度。

汤显祖《紫钗记》和《牡丹亭》中的女性人物，都是在爱情上很认真的人。一旦爱上一个人，她们一下子就变得很勇敢，很有牺牲精神，甚至表现出许多男性都不具备的豪侠气概。《紫钗记》中的霍小玉，对自己的生活境遇很了解，因此，向自己的爱人李益提出了一个几乎不可思议的要求：

〔旦〕李郎，以君才貌名声，人家景慕，愿结婚媾，固亦众矣。离思萦怀，归期未卜。官身转徙，或就佳姻。盟约之言，恐成虚语。

[1] 汤显祖：《汤显祖集全编》（六），上海古籍出版社，2015 年，第 2910 页。

> 然妾有短愿，欲辄指陈。未委君心，复能听否？〔生惊怪介〕有何罪过？忽发此辞。试说所言，必当敬奉。〔旦〕妾年始十八，君才二十有二。逮君壮室之秋，犹有八岁。一生欢爱，愿毕此期。然后妙选高门，以求秦晋，亦未为晚。妾便舍弃人事，翦发披缁。夙昔之愿。于此足矣。[1]

这是一段很值得注意的对话。蒋防原作中本来就有，汤显祖一字不落地用了进来。为什么这段话值得注意呢？因为从中可以看见霍小玉清醒的理性意识，看见她恢廓大度、异乎常人的心胸。她对人性是了解的，对自己的处境也是了解的，所以，她就试图以这种理性的约定，来主导自己的爱情和未来的生活。这是一个奇女子才会有的想法和做法。

有学者指出，在汤显祖的作品中，“女性不再是可有可无的次要陪衬，而是在社会政治领域扮演着重要角色，对男主角的性格和情节的展开起着推动作用。这些女性形象似乎比起作品中的男性更能产生震撼人心的效果，更令人过目难忘”[2]。《紫钗记》中的霍小玉就属于这样的人物。在爱情上，她不仅是坚贞的，而且还表现出一般女子身上少见的豪侠气概。一旦自己的爱情遇到阻挠，陷入困境，她并不是长吁短叹，而是积极行动，想办法解决问题。她委托李益的朋友崔生打探爱人的消息，并告诉他：“寻常金币不着你求，咱家私要的是有。《毛诗》云：丈夫之友，将杂佩以赠之。杂佩因何赠投，望看承报琼玖。”[3]她毅然拿出自己的钱财，甚至“冻卖珠钗”，不计代价地卖掉了自己非常珍贵的紫钗。难怪崔生由不得感叹道：“这女子贤哉！女侠丛中他可也出的手。”

为了塑造霍小玉的温柔而坚贞的性格，为了写出她在爱情上的理

[1] 汤显祖：《汤显祖集全编》（五），上海古籍出版社，2015 年，第 2493 页。

[2] 张玲：《汤显祖和莎士比亚的女性观与性别意识》，中国传媒大学出版社，2013 年，第 145—146 页。

[3] 汤显祖：《汤显祖集全编》（五），上海古籍出版社，2015 年，第 2502 页。

性的态度，汤显祖极大地改变了蒋防原作的主要情节元素。例如，为了强化戏剧冲突，建构更为严峻的考验情景，他改变了原作将冲突局限于家庭内部的封闭性，添加了卢太尉这样一个跋扈而恣睢的人物形象——他不仅有“立海飞山的权势”，还以“不上望京楼”的诗句挟持李益，视之为可以锻炼成罪的把柄。这就不仅使整个戏剧的叙事视野更开阔，冲突也显得更有深度和强度，而且还有助于深刻地揭示世情的黑暗和人心的险恶。

同样，为了使霍小玉的形象显得更加完美和合乎人性，汤显祖改变了她的娼家出身；为了叙述李益和霍小玉的爱情故事的真诚和美好，他改变了李益无情无义的负心汉形象，删除了那些令人恐怖的复仇情节。在《霍小玉传》中，小玉临死之前，满怀恨意地对李益说：

> 我为女子，薄命如斯！君是丈夫，负心若此！韶颜稚齿，饮恨而终。慈母在堂，不能供养。绮罗弦管，从此永休。征痛黄泉，皆君所致。李君李君，今当永诀！我死之后，必为厉鬼，使君妻妾，终日不安！[1]

在蒋防的小说文本中，霍小玉的复仇极具毁灭性，搞得李益家里鬼气森森，鸡犬不宁，“大凡生所见妇人，辄加猜忌，至于三娶，率皆如初焉”[2]。然而，在汤显祖的戏剧作品中，霍小玉的性格，却焕然一新，显得更有人性内容和人情味，其中最大的变化，就是她总是将话说到明处，把事做到亮处，充满敢作敢当的侠义精神，没有哪怕一丝一毫阴暗的狭隘心理和阴毒的报复心理。她对自己三年未见的爱人，主要是通过爱来感化对方的心，用自己的真心来换取爱：

---

[1] 鲁迅：《鲁迅辑录古籍丛编》，第二卷，人民文学出版社，1999年，第69页。

[2] 鲁迅：《鲁迅辑录古籍丛编》，第二卷，人民文学出版社，1999年，第70页。

蓝叶郁重重，蓝花石榴色。
少妇归少年，光华自相得。
爱如寒炉火，弃若秋风扇。
山岳起面前，相看不相见。
春至草亦生，谁能无别情。
殷勤展心素，见亲莫忘故。
遥望孟门山，殷勤报君子。
既为随阳雁，勿学西流水。[1]

在这首写给李益的诗里，她表达了自己极为复杂的心绪和情感，其中有得遇知音的喜悦，有被抛弃的忧虑，但更多的，是对不见久矣的爱人深深的思念之情、殷殷的劝勉之意。

当然，在严峻得几乎令人绝望的现实面前，霍小玉也有情绪低落的时候，也会表现出女性的感伤，但那情感本质上是细腻而温柔的，充满了令人觉得亲切的诗意性：

【河满子】露冷莲房坠粉，霜清竹院余香。偏照画堂秋思朗，垂帘半卷潇湘。几回断鸿影里，无言立尽斜阳。奴家自别李郎，三秋杳无一字。正是：丛菊两开人不至，北书不寄雁无情也。〔浣〕早晚佳音，不须烦恼。

【桂枝香】〔旦〕水云天淡，弄妆晴晚。映清虚倚定屏山，畅好处被闲愁占断。减香温一半，减香温一半。洞房清叹，影阑珊。几般儿夜色无人玩，着甚秋光不耐看？[2]

[1] 汤显祖：《汤显祖集全编》（五），上海古籍出版社，2015 年，第 2543—2544 页。
[2] 汤显祖：《汤显祖集全编》（五），上海古籍出版社，2015 年，第 2529 页。

这种充满诗意的描写，将人物内心的情感，充分地表现了出来，使读者看见了一个侠骨柔肠的女性形象。钱英郁先生评价说：“这个霍小玉比较原著者蒋防笔下的温良柔顺的郡主，在性格刻画上起了质的变化，其性情志趣分明带上了强劲的侠气，读之令人神旺。”[1]说得实在是很对的。

至于杜丽娘形象所体现的情感态度和精神气质，更是汤显祖所反复予以赞美和讴歌的。她为了爱情，可以付出一切，正像汤显祖在《牡丹亭题词》中所赞扬的那样：“如丽娘者，乃可谓之有情人耳！情不知所起，一往而深，生者可以死，死可以生。生而不可与死，死而不可复生者，皆非情之至也。”[2]杜丽娘完美地体现着汤显祖对人情和人性的理想主义价值观。在汤显祖戏剧的人物形象体系中，她是一个具有神性光辉的美好人物。她像一束明亮而有热力的光，照亮了汤显祖戏剧的整个叙事世界。如果说，杜丽娘善感略似林黛玉，那么，霍小玉豪爽很像史湘云——她们与大观园中人物相去，可谓亦不甚远。就此而言，汤显祖对女性的揄扬，大可以视为《红楼梦》同情和褒赞“彼裙钗”的先声。

事实上，汤显祖笔下的丫鬟们，也不再是那种功能性的刻板人物，而是很有个性光彩的可爱人物。《紫钗记》中的丫鬟浣纱是活泼的，总是说些似乎出格但又不十分出格的调皮话，给人们带来了笑声，打破了生活的沉闷。《牡丹亭》中的春香，更显伶俐和淘气。她因为替杜丽娘遮掩，受到了老大人的教训，但是，她自有对付办法，那就是，不予理睬，依然故我：“敢再跟娘胡撞，教春香即世里不见儿郎。虽然一时抵对，乌鸦管的凤凰？一夜小姐焦躁，起来促水朝妆。由他自

---

[1] 江西文学艺术研究所编：《汤显祖研究论文集》，中国戏剧出版社，1984年，第26页。
[2] 汤显祖：《汤显祖集全编》（三），上海古籍出版社，2015年，第1552页。

言自语，日高花影纱窗。”[1]她在杜丽娘面前，也是活泼调皮的，总是把小姐试图遮掩的话点破，分寸却又拿捏得好，不使人觉得过分和尴尬；她有情有义，算得上是汤显祖心目中的上上人物。如果这两部戏里没有这些可爱的丫鬟，字里行间的人间气息和快乐氛围，不知要消减多少。

美国研究莎士比亚的学者科琳说：“莎士比亚笔下的女性角色具有男性特征，而男性角色则具有女性特征。”[2]这句话，用来评价汤显祖戏剧作品中的人物，也大体不差。汤显祖笔下的男性主人公，都属于对女性有情有义的人，而在温柔多情方面，也颇近于女性。无论李益和柳梦梅，还是《南柯记》中的淳于棼，他们的性格也许不够坚强，有时，甚至是软弱的——李益慑于卢太尉之淫威，淳于棼惑于“三女”之引诱，但本质上却都是接近贾宝玉气质的人，都对自己所爱的人，一往情深。其中，淳于棼向着天界，乞求与自己“大槐安国”的妻子再次相会的描写，特别感人：

〔内风起介生〕这阵风好不香哩。〔听介〕你听云霄隐隐环佩之声，的是公主到也。〔拱望三次还叹，风起介〕〔旦扮公主上〕

北【新水令】则那睡龙山高处彩鸾飞，这又是一程天地。金莲云上踹，宝扇月中移，辗破琉璃。我这里顺天风响霞帔。

〔生哭介〕兀那天上走动的，莫非是我妻瑶芳公主么。〔旦〕是我淳郎夫也。久别夫君，奴在这云端稽首了。我为妻不了误夫君。〔生〕廿载南柯恩爱分。〔旦〕今夕相逢多少恨。〔合〕万层心事一层云。〔生叩头介〕公主。感恩不尽了。你去后我受多少磨折，你可不知。〔旦〕都知道了。

---

[1] 汤显祖：《汤显祖集全编》（五），上海古籍出版社，2015 年，第 2645 页。

[2] 张玲：《汤显祖和莎士比亚的女性观与性别意识》，中国传媒大学出版社，2013 年，第 159 页。

南【步步娇】〔生〕受不尽百千段东君气，和你二十载南柯裹，无端两拆离。则一答龙冈，到把天重会。恰些时弄影彩云西，还只似瑶台立着多娇媚。

〔生〕公主妻呵，快下来，有话说。〔旦〕我下不来。〔生〕怎下不来也？妻。[1]

过去，我们因为对《南柯记》和《邯郸记》评价太低，忽略了其中对情感的描写。事实上，这样的细节，充满了汤显祖所赞美的“至情”，具有特别打动人心的感染力。这简直就是中国古典版的《人鬼情未了》。

总之，从对待和塑造女性人物形象的角度看，汤显祖也是一位很有教养和情怀的作家。就此而言，他不仅极大地超越了同时代的《金瓶梅》等作品的作者，也比某些完全不知道尊重女性的中国当代作家高出很多。

唉，我们时代的“消极写作”，本质上就是无情的写作，也是不懂得尊重女性的写作。他们以恣纵的方式，以做作的修辞，以低俗的格调，渲染着“无情时代”的冷酷和粗野，鉴赏着“娱乐时代”的无耻和堕落。以汤显祖为比较的坐标和自审的镜子，那些沉溺于“欲望化写作”的作家，应该心生愧怍、有所憬悟吧？

[1] 汤显祖：《汤显祖集全编》（六），上海古籍出版社，2015 年，第 2968—2969 页。

第五章　莎士比亚戏剧的意义世界及其表现

在莎士比亚的时代，文学与生活保持着自然而正常的关联。文学天然地就是伦理问题和哲学问题，而不只是纯粹的美学问题。文学从不以高傲的唯美主义态度，排斥道德和政治问题，借以显示自己独特的价值和独尊的地位。

莎士比亚的戏剧具有成熟的人文主义精神，充满探索意义世界的热情。对人的情感的关注和表现，对权力问题和政治生活的强烈兴趣，对正义原则的敏感和坚执，在在体现着莎士比亚戏剧世界的内在深度和精神高度。

从表现形式来看，莎士比亚的戏剧表现出完美的客观性效果和适宜性效果；而他获取这些效果的“他者镜像法”“两面并观法”“肺腑自语法”，以及具体的修辞技巧，尤其是绝妙的比喻修辞技巧，都运用得出神入化，成为后世取用不竭的经验资源。

一、真、善与美：莎士比亚的理念与经验

按照一种被普遍认可的区划，人类高级形态的精神活动，可以分为三大类：一类是哲学的求真，一类是伦理学的求善，一类是艺术哲学的求美。这种划分虽然有助于人们认识不同学科的特点，以及研究的特殊领域，但是，对包括文学在内的艺术活动来讲，如果将它教条化和绝对化，就有可能导致认识和实践上的偏失。因为，作家是以情、知、意三种主体因素共同介入的方式感受生活，是以整体性的方式来把握生活，而作为文学创作的最终成果，文学作品的内容世界，更是

一个包含着道德意味、认知内容和审美体验在内的复杂的多元构成。就像汉密尔顿在谈到希腊艺术时所说的那样："美和理性在其中同时显现。他们发现精神的结论和理性的结论并不是互相冲突的。理性和感情不是对立的。诗的真理和科学的真理都是真理。"[1]

事实上，不只艺术和文学，几乎一切人类的智性的活动，都与人的精神生活密切相关，都要发挥将人们的生活向上升华的作用，就像爱因斯坦在《道德衰败》中所说的那样："一切宗教、艺术和科学都是同一株树的各个分枝。所有这些志向都是为着使人类的生活趋于高尚，把它从单纯的生理上的生存的境界提高，并且把个人导向自由。"[2]与那些过分强调艺术的特殊性的理论相比，爱因斯坦的思想无疑更具真理性，因而也更为重要。

是的，近代以来，文学理论和实践上的一个严重问题，就是主张文学的纯化，即追求"纯诗""纯文学"和"纯艺术"，反对诗歌和艺术在伦理方面的介入，将"善"与"真"当作文学实现其纯化价值的累赘和障碍，认为要求文学和艺术承担"教育"的责任是"反诗"和"反艺术"的。这种貌似清高脱俗的文学主张，究其实，不过是一种短视而偏颇的文学理念。

所谓"纯艺术"和"纯文学"，本质上是一种狭隘的形式主义文学观和庸俗的个人主义文学观，就像梁实秋在《文学的严重性》中所指出的那样：作为一种缺乏严肃性的文学主张，它"有技巧而无思想，注意技巧而不着重思想"[3]；它全然没有搞明白，"有史以来，凡是健全的文学家没有不把人生与艺术联络在一起的，只有堕落派的颓废文人才创出那'为艺术的艺术'的谬说！"[4]在《文学的美》一文中，

[1] 伊迪丝·汉密尔顿：《希腊精神》，葛海滨译，华夏出版社，2008 年，第 28 页。

[2] 爱因斯坦：《爱因斯坦文集》，第三卷，许良英等编译，商务印书馆，2012 年，第 176 页。

[3] 梁实秋：《梁实秋文集》，第 1 卷，鹭江出版社，2002 年，第 345 页。

[4] 梁实秋：《梁实秋文集》，第 1 卷，鹭江出版社，2002 年，第 346 页。

梁实秋进一步论述了文学价值构成的整体性特点："批评家而（如）忽略美学与心理学诚然是很大的遗憾，但是若忽略了理解人生所必需的最低限度的理论学、政治学、社会学、经济学以及历史的智识，那当是更大的缺憾！"[1]在《文学讲话》中，他将善置于首要的位置："如果以真、善、美为文学的最高境界，文学当是最注重'善'。在西洋文学思想的传统里，文学一直是被认为'严重的'……但是到了十九世纪浪漫主义的末流，……却矫枉过正的揭橥了'为艺术而艺术'的主张，以为艺术与实际人生无关，应以'美'为指归。"[2]梁实秋的美学理念和艺术观，具有开阔的文化视野和成熟的人文精神，远比那些偏执一隅之见的见解要高明。

雅克·巴尔赞注意到了追求"纯粹"的艺术家的狭隘性和极端性，并且进行了尖锐的批评："审美人士对一切东西都虎视眈眈，类似于在他之前出现的政治人士、宗教人士、经济人士。所以，人们必须摆脱他。以上种种角色全是帝国主义式人物，希望整个宇宙像一条穿过他们的单一小孔的铁丝。……这样的艺术家永远是平庸的，粗俗的，对其环境采取视而不见的态度。在过去这半个世纪中，艺术已经使实际的人失去其本来的品质。"[3]事实上，到了"现代主义"阶段，文学上的"分离主义"倾向，显得更加严重，以至于丹尼尔·贝尔称之为一场"动乱"："现代主义扰乱了文化的一统天下。动乱来自三个方面：对艺术与道德分治的坚持，对创新和实验的推崇，以及把自我（热衷于原创和独特性的自我）奉为鉴定文化的准绳。"[4]现代主义文化"强调反认知和反智模式，它们都渴望回到表现最初的本能"[5]。

---

[1] 梁实秋：《梁实秋文集》，第1卷，鹭江出版社，2002年，第510页。

[2] 梁实秋：《梁实秋文集》，第1卷，鹭江出版社，2002年，第575页。

[3] 雅克·巴尔赞：《艺术的用途和滥用》，严忠志译，浙江大学出版社，2009年，第181—182页。

[4] 丹尼尔·贝尔：《资本主义文化矛盾》，赵一凡、蒲隆、任晓晋译，三联书店，1989年，第30页。

[5] 丹尼尔·贝尔：《资本主义文化矛盾》，赵一凡、蒲隆、任晓晋译，三联书店，1989年，第132页。

作为一种“主宰性的价值观”，“现代主义”的这种“扩大艺术的自治、反对道德约束”的“文化霸权”（cultural hegemony），“已使文化日趋粗鄙无聊”[1]。在丹尼尔·贝尔看来，现代主义的文学和艺术，要接受“限制”，要承认“有限性”：“现代人的傲慢就表现在拒不承认有限性，坚持不断地扩张，现代世界也就为自己规定了一种永远超越的命运——超越道德，超越悲剧，超越文化。”[2]贝尔所批评的现代主义，以一种激进主义的“先锋”姿态，颠覆了固有的文化秩序和文学价值观，严重地撕裂了古典文学所提供的真善美三位一体的伟大经验。

美国政治学家阿兰·布鲁姆是一个对文学和艺术有着很高鉴赏力的学者。他从政治学的角度，发现了现代艺术和文学在观念上存在的严重问题：“自浪漫主义运动以来，人们对诗的本质的理解产生了变化。诗是大自然之镜，诗歌意在教化，这些观念被视为对艺术圣殿的玷污。人们相信诗没有意图，而史诗和戏剧是独特的，不应当由市民社会或宗教标准来评判。这个世界存在许多重大的问题，使行动中的人类心潮澎湃，如果仅仅把莎士比亚戏剧当作文学作品，它们将与这些重大的问题失去联系。”[3]事实上，诗与“教化”并不是不兼容的对立关系。文学的意义和价值，很大程度上，就取决于作者有什么样的“意图”，就取决于这样的“意图”与人们的生活有多大的关联性。

所以，阿兰·布鲁姆就强调文学与生活和意义世界的关联，强调诗人必须关心那些重大的问题：“诗人面临双重任务——了解他试图表现的对象，同时了解他与之对话的观众。他必须把握真正永恒的人类问题，否则作品将渺小而易逝。他谈论的事物与观众最关注的话题必须有所呼应，否则作品不过是展示了娴熟的技巧。面对伟大的书，

---

[1] 丹尼尔·贝尔：《资本主义文化矛盾》，赵一凡、蒲隆、任晓晋译，三联书店，1989年，第37页。

[2] 丹尼尔·贝尔：《资本主义文化矛盾》，赵一凡、蒲隆、任晓晋译，三联书店，1989年，第96页。

[3] 阿兰·布鲁姆、哈瑞·雅法：《莎士比亚的政治》，潘望译，江苏人民出版社，2009年，第2页。

一个人意识不到技巧甚至艺术家的存在，他只会感受到手段与目的的完美契合，词语之美不过是事物之美的反映，诗人沉浸在事物之中，那才是真正的美的唯一来源。”[1]政治本身就是一种特殊的情感体验，就是值得诗人关注和表现的生活内容。正因为这样，布鲁姆才说，“政治与诗在当代的对立是我们时代的产物，它促使我们想到另一种哲学——敏感地谈论人类事物的哲学，和另一种诗——结合激情之魅与智性之力的诗。”[2]最理想的文学，是真、善与美融为一体的文学——哲学之思和伦理之意应该具有诗性之美，诗意之美应该包含着求真和求善的热忱。文学的创造活动，应该是统一和完整的，而不应该是分裂和残缺的。

在阿兰·布鲁姆心目中，莎士比亚就是真正意义上的伟大作家。他是第一流的诗人，也是第一流的政治学家和伦理学家。他将政治体验和道德体验当作戏剧写作的重要主题内容。正因为这样，政治哲学就是进入莎士比亚作品的一个入口，也是阐释莎士比亚作品的重要角度：“简而言之，莎士比亚是一位卓越的政治作家。这种观点大大不同于当下的信仰或偏见，因为不论政治哲学还是心理学都被理解为诗的对立面，某种程度而言，研习这两门学问只会使人错失诗歌的真谛。……根据现代观念，诗超越了对政治基本的公共的关注，艺术家更像是反政治的波希米亚人，而不是彬彬有礼的政客。一旦有人从政治角度诠释诗歌，他要么被怀疑把诗当作意识形态的武器，要么被怀疑试图进口外来学说——比如马克思和弗洛伊德——于是莎士比亚被当作他们无意识的先驱。当这一切发生时，被遗忘的恰恰是戏剧本身。”[3]文学所面对的世界是一个整体。这个世界是由很多东西构成的，拿掉其中的任何一个部分，都将影响文学的完整性和生命力。作家应

[1] 阿兰·布鲁姆、哈瑞·雅法：《莎士比亚的政治》，潘望译，江苏人民出版社，2009年，第5页。
[2] 阿兰·布鲁姆、哈瑞·雅法：《莎士比亚的政治》，潘望译，江苏人民出版社，2009年，第5页。
[3] 阿兰·布鲁姆、哈瑞·雅法：《莎士比亚的政治》，潘望译，江苏人民出版社，2009年，第4页。

该以开放的心态和开阔的视野面对这个完整的世界。

总之，真善美是一个水乳交融、血肉相连的有机整体，是很难被简单地切割开来的。文学从来就不是纯粹“求美”的审美现象，而是广泛涉及人类生活的极其丰富的文化现象和精神现象。真正伟大的作家，都是那种完整而深刻地了解和叙述人类生活的作家，而不是那种在狭隘的一隅，满足于摆弄形式主义或趣味主义小玩意的作家。在对文学的理解和态度上，他们属于健全意义上的功利主义者：“与唯美主义不同，功利主义具有外向的、开放的倾向，往往站在社会的立场，把文学当做具有强大社会影响力的精神现象，因而强调作家的责任感，强调文学的伦理精神和道德关怀，倾向于限制作家的个人主义倾向，批判文学上的纵欲主义、拜金主义等一切反文化的文学现象。从气质类型来看，态度积极、富有力量感的人，很容易成为文学上的功利主义者。”[1]

莎士比亚无疑就属于这种健全意义上的功利主义作家。他把文学看作一种追求美的艺术现象，也把它看作求真的认知现象和求善的伦理现象。在《雅典的泰门》中，一位诗人告诉一起聊天的商人和宝石匠说：

> 诗句当为美善而歌颂，
> 倘因贪利而赞美丑恶，
> 就会降低风雅的声价。[2]

在剧中的这位诗人看来，诗歌是灵感的自然激发，就像树脂从树干上分泌出来一样自然。他所传递的，其实就是莎士比亚的声音和理念。

---

[1] 李建军：《文学因何而伟大：论经典的条件与大师的修养》，华夏出版社，2010 年，第 27 页。
[2] 莎士比亚：《莎士比亚全集》，朱生豪等译，第 8 卷，人民文学出版社，1978 年，第 120 页。

在《十四行诗》的第一〇五首诗中，莎士比亚更加昭彰而深刻地阐释了他的诗学思想：

> 不要把我的爱叫作偶像崇拜，
> 也不要把我的爱人当偶像看，
> 既然所有我的歌和我的赞美
> 都献给一个、为一个，永无变换。
> 我的爱今天仁慈，明天也仁慈，
> 有着惊人的美德，永远不变心，
> 所以我的诗也一样坚贞不渝，
> 全省掉差异，只叙述一件事情。
> “美、善和真”，就是我全部的题材，
> “美、善和真”，用不同的词句表现；
> 我的创造就在这变化上演才，
> 三题一体，它的境界可真无限。
> 　　过去“美、善和真”常常分道扬镳，
> 　　到今天才在一个人身上协调。[1]

莎士比亚的“三位一体”文学理念，包含着一个真正伟大作家成熟的人生经验和文学经验。就像夏洛克没有办法按照鲍西娅的要求，割下一磅不带血的肉一样，一个真正以人生经验为内容的作家，也没有办法写出一部不含道德内容和认知内容的作品。美学上的健康与伦理学上的健康有着内在的同构性，也就是说，它们本质上是一致的。伦理精神和道德情感完全病态，但却能够在美感上吸引和征服所有读者的事情，几乎是不可能发生的。

---

[1] 莎士比亚：《莎士比亚全集》，朱生豪等译，第 11 卷，人民文学出版社，1978 年，第 263 页。

在莎士比亚的美学理念中，美应该是内外统一的有机整体。如果仅有形式上的美，那么，它的力量和生命，就是有限的。在《十四行诗》的第五十四首诗中，他通过对野蔷薇与玫瑰的比较，说明了这一点：

哦，美看起来要更美得多少倍，
若再有真加给它温馨的装潢！
玫瑰花很美，但我们觉得它更美，
因为它吐出一缕甜蜜的芳香。
野蔷薇的姿色也是同样旖旎，
比起玫瑰的芳馥四溢的姣颜，
同挂在树上，同样会搔首弄姿，
当夏天呼息使它的嫩蕊轻展：
但它们唯一的美德只在色相，
开时无人眷恋，萎谢也无人理；
寂寞地死去。香的玫瑰却两样；
她那温馨的死可以酿成香液：
　　你也如此，美丽而可爱的青春，
　　当韶华雕谢，诗提取你的纯精。[1]

由于野玫瑰只有“色相”之美，所以，就无法真正赢得人们的关注和欣赏，而玫瑰却有更内在的价值，有可供人们提取的“纯精”，所以，它就让人觉得“更美”和更“可爱”。在原诗里，不同形式的“温馨”（sweet）总共出现了四次，“芳馨”（sweet odour）和“纯精”（sweetest odours）各出现了一次，“气息”（tincture）出现了一次。而这几个词都是与玫瑰的精神性的内在品质，密切关联在一起。显然，这些内

[1] 莎士比亚：《莎士比亚全集》，朱生豪等译，第11卷，人民文学出版社，1978年，第212页。

在的品质有着利人的性质，有着善的意味。莎士比亚的这首诗，是关于爱情的赞美诗，也是关于真善美的哲理诗。

莎士比亚无疑就是人类文学花园中的美丽而芬芳的玫瑰。在他看来，文学也应该有玫瑰的品质。他自己的伟大和影响力，一方面，固然来自他的文学才华和创造美的能力，但是，也同时来自这种精神上的“芳馨”，来自他认知上的深刻和道德上的健康。英国20世纪的莎士比亚研究专家斯图厄特在《莎士比亚的人物和他们的道德观》(1949)一文中说：“维多利亚时代的人很喜欢向我们保证，莎士比亚在道德方面是十分健康的。毫无疑义，他们是正确的。……我们应当得到的结论是：莎士比亚是彻底健康的。有些剧本令人感到暗影重重。但其空气是清新的，土壤是肥美的，其丰足景象（和乔叟的诗一样）显然是上帝那里才有的。”[1]具体而深入的阅读，使我们有充分的理由相信，莎士比亚自己清醒地意识到了求善对于自己戏剧写作的意义，所以，他从来不单为了满足“纯艺术性的需要”而写作，正像斯图厄特所指出的那样：“在某种意义上，他无时无刻不在处理道德问题。在所有的戏剧中没有一段话，没有一首歌不接触到伦理的情绪。他总在处理道德，但他向来不是一个道学家。他不为我们解决道德问题，然而在他离开我们这些有道德感的生物时，我们比未见到他的时候更有警惕性了。”[2]伦理强化美感。伟大的道德本身就含有美的意味。一切真正有力量的美，都会带给我们道德上的愉快感受和积极体验。

毫无疑问，莎士比亚将人类生活看作一个相互关联的整体。他内心从未产生过为了显示“文学”的价值而割裂这种整体性的企图。在他看来，人和社会的主要问题，很大程度上，就是道德问题和政治问题。哈兹里特在评论《一报还一报》的时候，曾经说过这样一句话：

[1] 杨周翰编选：《莎士比亚评论汇编》（下），中国社会科学出版社，1981年，第222页。
[2] 杨周翰编选：《莎士比亚评论汇编》（下），中国社会科学出版社，1981年，第221页。

“在任何一出戏中莎士比亚几乎从来不压低自己‘响亮的道德议论’，它或者出现在激情的间隙，或者与刚强有力的性格冲动混为一体。”[1]莎士比亚也曾在《哈姆雷特》的第三幕第二场，借人物之口，表达过这样的思想：“自有戏剧以来，它的目的始终是反映自然，显示善恶的本来面目，给它的时代看一看它自己演变发展的模型。”[2]莎士比亚以极大的热情关注人物所面临的道德困境，也试图在特定的道德冲突和道德氛围里来展开叙事。

在莎士比亚的观念里，美是无法脱离善和真的，否则，它就是苍白和脆弱的。《第十二夜》中的安东尼奥说：

> 可是唉！这个天神一样的人，原来却是个邪魔外道！西巴斯辛，你未免太羞辱了你这副好相貌了。
>
> 心上的瑕疵是真的垢污；
> 无情的人才是残废之徒。
> 善即是美；但美丽的奸恶，
> 是魔鬼雕就文彩的空椟。[3]

剧中人物所表达的美学观，也可以看作莎士比亚自己的美学思想和价值理念。美的形式，应该与美的内涵相统一；美的“相貌”，应该与有情的心灵相匹配。否则，那“美丽”就有可能是“奸恶”的，是徒有其表的“空椟”。

伦理上的善是莎士比亚所有作品的精神光辉，也是他的作品之所以打动和吸引读者的一股内在力量。阿兰·布鲁姆说：“莎士比亚仍

[1] 威廉·哈兹里特：《莎士比亚戏剧中的人物》，顾钧译，华东师范大学出版社，2009年，第257页。
[2] 莎士比亚：《莎士比亚全集》，朱生豪等译，第9卷，人民文学出版社，1978年，第68页。
[3] 莎士比亚：《莎士比亚全集》，朱生豪等译，第4卷，人民文学出版社，1978年，第73—74页。

然可以作为我们的教育资源，提供人类美德和高贵人生的必要课程。”[1]是的，在他的作品中，善的旗帜一直飘扬在精神的天空。《威尼斯商人》中的鲍西娅说：“慈悲不是出于勉强，它是像甘霖一样从天上降下尘世；它不但给幸福于受施的人，也同样给幸福于施与的人；它有超乎一切的无上威力，比皇冠更足以显出一个帝王的高贵：御杖不过象征着俗世的威权，使人民对于君上的尊严凛然生畏；慈悲的力量却高出于权力之上，它深藏在帝王的内心，是一种属于上帝的德性，执法的人倘能把慈悲调剂着公道，人间的权力就和上帝的神力没有差别。所以，犹太人，虽然你所要求的是公道，可是请你想一想，要是真的按照公道执行起赏罚来，谁也没有死后得救的希望；我们既然祈祷着上帝的慈悲，就应该按照祈祷的指点，自己做一些慈悲的事。”[2]莎士比亚借自己作品中最优雅和智慧的人物之口，表达了自己的道德情感和伦理思想，显示出高贵而伟大的境界和高尚而慈悲的善意。

在莎士比亚的作品中，就连已经陷入绝境的李尔，也会在某些时候，表现出博大的善意和同情心：“请你自己进去，找一个躲身的地方吧。这暴风雨不肯让我仔细思想种种的事情；那些事情我越想下去，越会增加我的痛苦。可是我要进去。（向弄人）进去，孩子，你先走。你们这些无家可归的人——你进去吧。我要祈祷，然后我要睡一会儿。（弄人入内）衣不蔽体的不幸的人们，无论你们在什么地方，都得忍受着这样无情的暴风雨的袭击，你们的头上没有片瓦遮身，你们的腹中饥肠雷动，你们的衣服千疮百孔，怎么抵挡得了这样的气候呢？啊！我一向太没有想到这种事情了。安享荣华的人们啊，睁开你们的眼睛来，到外面来体味一下穷人所忍受的苦，分一些你们享用不了的福泽给他们，让上天知道你们不是全无心肝的人吧！”[3]这一段话，初看

[1] 阿兰·布鲁姆、哈瑞·雅法：《莎士比亚的政治》，潘望译，江苏人民出版社，2009年，第2页。

[2] 莎士比亚：《莎士比亚全集》，朱生豪等译，第3卷，人民文学出版社，1978年，第76页。

[3] 莎士比亚：《莎士比亚全集》，朱生豪等译，第9卷，人民文学出版社，1978年，第213—214页。

时很有些出人意表：昏庸老迈、怒气冲冲、怨天尤人的李尔王，怎么会突然想到“穷人”？然而，再一深想，就觉得这是一个极为自然的心理反应：触景生情，由己及人，往往而是，毫不奇怪。这种刹那间流露出来的真情和善意，极大地强化了《李尔王》的悲剧感，也极大地提升了这部悲剧的人文精神，甚至赋予了它以超越庸常的道德境界。

像《圣经》的作者一样，莎士比亚也是以宗教般神圣的态度来写作的作家。从真善美的角度看，从对善和爱的态度看，他的作品简直就是文学形态的《圣经》：“莎士比亚注重的是圣经中那个充满‘爱’的世界的和谐完善，以及失去‘爱’以后仇恨带来的混乱无序。于是他从中吸取了博爱、仁慈的精神理念，‘将仁慈、怜悯、和平与爱作为人性的真实写照’，在创作中编织了一个个爱的梦想，使‘爱’成为一种对社会和人的终极关怀，在他的众多角色身上闪烁出最耀眼的光芒。”[1] 他的全部写作几乎都有着自觉的伦理目的和伟大抱负。他将写作看作影响和建构生活的伟大手段。他试图在智力、道德观念、情感方式和生活态度等方面影响自己的观众和读者。他想帮助人们了解人类生活的历史和现状，帮助人们更好地认识自己和把握生活。

莎士比亚的作品的确具有强大的道德感召力。他的叙事会极大地影响到读者的心灵生活。一个人在阅读了他的作品之后，会在很多方面都不同于以往，思想会变得更深刻，情感会变得更丰富和细腻。就像《莎士比亚的政治》的作者所说的那样：“当莎士比亚被更本真地阅读，当他最生动而广泛地展现出暴君的命运、明主的性格、朋友的情谊和公民的责任时，他触动了读者的灵魂。读者意识到自己对生命的理解因莎士比亚而更深刻，于是他成为不朽的领路人和同行者。他扮演着《圣经》曾经扮演的角色，人们通过他的眼睛观看到更加丰富多彩的世界，这恰恰是我们已然失落的视角。只有教导人们莎士比亚

[1] 梁工主编：《莎士比亚与圣经》，商务印书馆，2006年，第736页。

真正说过什么，莎士比亚才能重新影响亟需他影响的这一代人——在最重要的问题上为我们提供深谋远虑的意见。因此，批评的正确作用在于复兴莎士比亚的教诲，并且成为他在盎格鲁－撒克逊世界的永久训导的代理人。”[1]

是的，莎士比亚的成功不是偶然的，他的作品巨大而普遍的影响力，也不是因为偶然的因素才获得的。如果一个作家没有伟大的伦理精神，缺乏高远的目标追求，仅仅出于美学目的而追求“纯文学”，那么，他就不可能凭着纯粹的意外和偶然的机遇而获得如此巨大的成功，他的作品也不可能在几百年的时间里，持续对全世界的读者产生如此巨大的吸引力和影响力。

在莎士比亚的时代，人的内心世界尚未分裂。一切都是和谐的。正如阿兰·布鲁姆所说的那样：“一个自由人，一个优秀的公民必须在知识与激情之间拥有自然的和谐，这才是有修养之人的含义，但我们的时代似乎无法造就这样的心灵。我们知道，不理解道德现象的政治科学是粗鄙的，而不为正义之情所激发的艺术是琐屑的。在莎士比亚写作的时代，这些事物尚未分崩离析，我们感到他不仅拥有明澈的思想，还拥有充沛的感情，并且它们没有相互抵触、彼此削弱。如果静心聆听莎士比亚，我们也许能够重获生命的完满，也许能够重新发现通往失落的和谐的道路。”[2]

是的，莎士比亚的充满“美”的精致形式，充满“善”的伦理光辉，充满“真”的认知内容的伟大经验，确实包含着“道路”的意义。今天和未来的文学家，倘若想有所成就，想创造出有价值的伟大作品，那么，他就必须像莎士比亚那样写作，必须将莎士比亚的完美经验，当作自己依循的方向和依赖的资源。

---

[1] 阿兰·布鲁姆、哈瑞·雅法：《莎士比亚的政治》，潘望译，江苏人民出版社，2009年，第2—3页。

[2] 阿兰·布鲁姆、哈瑞·雅法：《莎士比亚的政治》，潘望译，江苏人民出版社，2009年，第10—11页。

二、情感教育：人类应该如何相爱和相处

“文学是人生教科书”这句话曾经流行一时，而今却备受冷落。看过了那些“高大全”和“假大空”的文学把戏，人们自然会觉得这种说辞，总是显得有点假正经，不值得再拿它当回事。唉，这是那些高调而虚假的文学，留给这个时代的后遗症。

对消费主义时代的读者来讲，文学阅读就是为了消遣，甚至就是为了跟上文学时尚的潮流，不让自己显得很鄙陋，很不入时。但是，他们也并不十分信任那些蔑视“意义世界”的“先锋作家”，也不信任自己时代的那些聪明而软弱的作家，所以，也就很少以认真的态度，从文学中汲取生活的智慧。20 世纪的现代主义文学，尤其是 90 年代以来的中国当代文学，得此报应，也是活该。那些思想浅薄、格调很低、内容贫乏的文学，只配得到这样的轻蔑和不信任。

然而，莎士比亚的伟大戏剧，却配得上“人生教科书”这样的赞美和荣誉。莎士比亚的戏剧是哲学，它教人学会思考，变得更加明哲；是历史，叫人了解真相和事实，使人的人生经验更加丰富；是诗歌，充满了天才的想象和优美的表达，使人的想象更加活跃，感觉更加细腻。但是，更重要的，它还是一个学校，一个对读者进行情感教育的学校，一个会对我们的人格和情感世界发生深刻影响的学校。

德·斯太尔夫人（亦译“斯达尔夫人”）说：“戏剧对人类有很大的影响：一出使灵魂高尚的悲剧、一出描绘世态人情的喜剧，对一个国家的人民所发生的影响，几乎不亚于一个真实的事件。”[1] 莎士比亚的几乎每一部戏剧，都能对人们的内心产生巨大的影响。他了解

[1] 德·斯太尔夫人：《德国的文学与艺术》，丁世中译，人民文学出版社，1981 年，第 87 页。

人类情感的几乎所有秘密，懂得爱情与友情的微妙差别，正像约翰逊博士所说的那样："友谊在本质上既是德行又是激情；爱情本质是激情，偶尔才是德行；好性情导致友谊，柔婉导致爱情。莎士比亚有一颗通天之心，能够了解一切人物和激情……"[1]莎士比亚的作品涉及了人生可能面临的几乎所有重要问题，完美而深刻地表达了几乎所有重要的个人情感内容和社会经验内容。他以感性和诗意的方式展示生活，以思想化和启示录的方式来回答问题。人们应该如何相爱？人对人应不应该仁慈和怜悯？人与人之间的相处之道是什么？一个国王怎样成为好国王？……可以说，莎士比亚的作品，就是一部回答此类问题的可靠经典。就像英国的莎学专家蒂利亚德所说的那样："尽管政治兴趣是莎士比亚早期作品里最明显的特点，而且他的表达具有最为严肃的外表，有关教育的主题出现了不止一次。在《驯悍记》里一个男人教育了一个女人，《爱的徒劳》里四个女人教育了四个男人。……《亨利四世》里对国王的教育是条主线；《李尔王》的首要主题是教育李尔认识自己和别人。"[2]

只有深刻地体验过爱和深刻地理解了爱的人，才有资格谈论爱和教人爱。莎士比亚自己的情感世界是正常而健康的，毫无极端而狭隘的病态表现。在《李尔王》中，在全部悲剧就要落下帷幕的时候，正直的奥本尼说了这样一句话："感情是我们唯一的语言。"[3]这无疑也是莎士比亚自己的观点。莎士比亚以有情的眼睛看世界，以"自居"的心态对人物，置自己于作品中人物的处境，同情他们的不幸，甚至同情他们的罪孽。

是的，莎士比亚几乎同情所有出现在作品里的人，无论他是无辜的，还是有罪的；是贵族，还是平民；是富人，还是穷人，在理解和

[1] 杨周翰编选：《莎士比亚评论汇编》（上），中国社会科学出版社，1979年，第33页。

[2] 蒂利亚德：《莎士比亚的历史剧》，牟芳芳译，华夏出版社，2016年，第166—167页。

[3] 莎士比亚：《莎士比亚全集》，朱生豪等译，第9卷，人民文学出版社，1978年，第273页。

把握人物的情感世界的时候，他有自己的辩证法：他要从卑污中发现那些微的洁白，要在罪孽中发现那残存的善念，要在欢乐中看见即将到来的悲哀，要在绝望处看见依稀闪烁的希望。博大的同情心和包容态度，使他在喜剧里加入认真和庄严，在悲剧里加入轻松和幽默，最终把生活应该有的丰富性，把人性应该有的多样性，都完整而又完美地表现了出来。

莎士比亚肯定人追求和表达情感的自由天性，但是，他从不将情感与理性对立起来。他将理性视为情感的盟友，而不是敌人。所以，他在作品中总是强调理性控制对于情感生活的重要性。例如，哈姆雷特对他的挚友霍拉旭说："能够把感情和理智调整得那么适当，命运不能把他玩弄于指掌之间，那样的人是有福的。"[1]《一报还一报》中的克劳狄奥说："过度的饱食有伤胃口，毫无节制的放纵，结果会使人失去自由。"[2]就写作中的情感处理来看，莎士比亚近乎完美地平衡着自己的情感与理性。例如，固然他也讽刺，但却从不肆意挖苦，而是谑而不虐，以极有教养和智慧的方式表达自己对丑恶事象的嘲笑。他的讽刺的锋芒，绝不越过羞辱人物的人格尊严这条底线。健康的情感和人格，赋予了莎士比亚这样一种能力，那就是，无论面对多么复杂的情感，他都能用最完美的方式来处理，都能将人性的丰富性尤其是美好的一面写出来。

莎士比亚在情感上的自然和健康，首先得归功于他的父母——他们的性格和心性，都是很好的。"莎士比亚的父母对孩子都很慈爱，这一点我们没有理由怀疑。研究父子冲突的经典著作《众生之路》的作者塞缪尔·巴特勒指出，莎剧中父亲与儿子永远是友好的。"[3]而在现实生活中，大量事实证明，莎士比亚对自己的父母，也非常敬爱。

---

[1] 莎士比亚：《莎士比亚全集》，朱生豪等译，第9卷，人民文学出版社，1978年，第69—70页。
[2] 莎士比亚：《莎士比亚全集》，朱生豪等译，第1卷，人民文学出版社，1978年，第291页。
[3] 安东尼·伯吉斯：《莎士比亚传》，王嘉龄、王占梅译，天津人民出版社，1985年，第14页。

这可能会让弗洛伊德派的对“弑父”和“恋母”情结颇感兴趣的研究者失望，但无疑会让那些心理正常的普通读者觉得欣慰。

人类的情感是一个伦理学问题，更是一个心理学问题。莎士比亚是一个伟大的心理学家，是研究和描写人类情感的大师。他了解人类最美好的情感，也了解人类最丑恶的情感；了解人类情感的光明面，也了解人类情感的阴暗面。在他的作品中，几乎没有一种属于人的情感，不曾被他观察过、思考过和表现过。爱与恨、快乐与悲伤、希望与绝望、仁慈与残暴、勇敢与怯懦、同情与冷漠、谦逊与傲慢、大度与嫉妒、真诚与虚伪、欣忭与忧郁、慷慨与悭吝、复仇与宽恕，无论多么隐蔽和深微的情感，他都能准确地观察和分析，都能细致而完美地进行表现。

爱是一种最伟大的情感。它是人类向包括自己的同类在内的、一切值得爱的对象，所表现出来的积极的心情和态度。它会使人变得更敏感，更温柔，甚至更有牺牲精神，正像雷欧提斯看到自己坠入爱河的妹妹奥菲利娅时所说的那样：“人类的天性由于爱情而格外敏感，因为是敏感的，所以会把自己最珍贵的部分舍弃给所爱的事物。”[1]爱意味着欣赏、同情或者怜悯，也意味着对被爱者的接受、肯定和包容。爱与被爱都是人的精神需要。如果一个人失去了爱的能力，那么，就意味着他在精神生活上，业已陷入悲惨的境地。一个不能正常地给予爱的人，也就不能充分地体验到被爱的快乐，就像朱丽叶所说的那样：

> 为了表示我的慷慨，我要把它重新给你。可是我只愿意要我已有的东西：我的慷慨像海一样浩渺，我的爱情也像海一样深沉；我给你的越多，我自己也越是富有，因为这两者都是没有穷尽的。（乳媪在内呼唤）我听见里面有人在叫；亲爱的，再会吧！——

[1] 莎士比亚：《莎士比亚全集》，朱生豪等译，第9卷，人民文学出版社，1978年，第108页。

就来了，好奶妈！——亲爱的蒙太古，愿你不要负心。再等一会儿，我就会来的。（自上方下。）[1]

阿兰·布鲁姆说："反思莎士比亚笔下的爱，我们必须从《罗密欧与朱丽叶》开始，因为它似乎就是对爱的现象最纯洁的描述，是对爱在这个世界中的命运的刻画。"[2]《罗密欧与朱丽叶》之所以值得研究，是因为它表现了爱（而不仅是爱情）最本质和最动人的东西——激情、诗意与牺牲一切的勇气。真正伟大的爱，从来是慷慨的，甚至是无缘无故的，是指向一切人的；那种排斥性、功利性和封闭性的爱，只向某一类人和某一特定对象敞开的爱，本质上是一种狭隘的情感，并非健全意义上的爱，因为，它不仅不能点燃爱和激发爱，而且，必然要以对另一些人的歧视、仇恨和伤害，作为前提和代价。

爱是莎士比亚戏剧的具有核心意义的主题。他笔下的爱，包括爱情、亲情、友情以及其他多种样式的情感。有必要特别指出的是，莎士比亚所肯定和赞美的爱，还有一个宗教的向度。他不像俄罗斯作家那样，以极端的方式来表达人与上帝的关系，但是，在他辽阔的文学原野上，我们举目四望，就可以看见神圣的宗教情感之花，遍地盛开，无比灿烂："站在信徒的立场，莎士比亚更着力于表现世人对上帝的爱，在莎剧中信爱上帝的基督徒形象不胜枚举，他们中贵至王侯将相，贱至市井百姓，都扮演着上帝忠实追随者的形象。"[3]英国学者海伦·加德纳也指出："莎士比亚戏剧的确以最为优美的形式表现了显然是基督教的观念，而在我看来，伊丽莎白时代其他剧作家都没有做到这一点。"[4]她还进一步具体指出："在莎士比亚悲剧的道德倾向里，在

[1] 莎士比亚：《莎士比亚全集》，朱生豪等译，第8卷，人民文学出版社，1978年，第39页。

[2] 阿兰·布鲁姆：《莎士比亚笔下的爱与友谊》，马涛红译，华夏出版社，2012年，第3页。

[3] 梁工主编：《莎士比亚与圣经》，商务印书馆，2006年，第737页。

[4] 海伦·加德纳：《宗教与文学》，江先春、沈弘译，四川人民出版社，1998年，第75页。

它强调怜悯是人类的伟大美德并始终如一地把爱表现为给予而不是索取的意象里，我还发现了关于人类之善的典型的基督观念。”[1]根据加德纳所提供的判断和启示，我们可以发现，莎剧所表现的宗教观和宗教情感，过去确实被严重忽略了。从宗教精神的角度来看，哈姆雷特复仇时的复杂的内心矛盾，是不是也有宗教情感的因素在起作用呢？

事实上，无论是对世俗意义的爱，还是宗教意义上的爱，莎士比亚都有深刻的理解。他试图通过自己的戏剧叙事，帮助人们深刻地理解爱的情感，柔化人们硬化的心灵，进而形成爱的态度和能力。就像布鲁姆所指出的那样：“对莎士比亚来说，爱当然不是生命的全部，但它的确突出了人的某些最可贵的理想。把人最大的快乐与最高级的活动，以及最高贵而美丽的言行合二为一，还有什么比这更好？这，就是爱的理想。”[2]布鲁姆所谈论的是爱情，但是，他的观点也适用于对莎剧中的其他性质的爱的认识和阐释。

在莎士比亚的笔下，友谊是一种极为重要的人类情感，一种与爱情一样让人珍惜的情感。事实上，“对友谊的热爱也算是文艺复兴的标志之一，在伊丽莎白时代，英语中的‘爱情’和‘爱人’常常被用作‘友谊’和‘朋友’之意”[3]。友谊不是亲情，不靠血缘关系来维持；不像爱情，具有极强的排他性。它是志趣相同的人彼此之间在精神上的认同和吸引。友谊的产生、发展和巩固，主要决定于人格、教养、趣味和价值观的接近和一致，所谓“物以类聚，人以群分”，所谓“同声相应，同气相求”，说的就是这个道理，就像鲍西娅所指出的那样：“……凡是经常在一块儿谈心游戏的朋友，彼此之间都有一重相互的友爱，他们在容貌上、风度上、习性上，也必定相去不远。”[4]《哈

[1] 海伦·加德纳：《宗教与文学》，江先春、沈弘译，四川人民出版社，1998年，第84页。
[2] 阿兰·布鲁姆：《莎士比亚笔下的爱与友谊》，马涛红译，华夏出版社，2012年，第5页。
[3] 弗兰克·哈里斯：《莎士比亚及其悲剧人生》，许昕译，第179页，江西教育出版社，2013年。
[4] 莎士比亚：《莎士比亚全集》，朱生豪等译，第3卷，人民文学出版社，1978年，第64页。

姆雷特》中哈姆雷特与霍拉旭的友谊[1]，《第十二夜》中西巴斯辛与海盗船长安东尼奥的友谊，《威尼斯商人》中巴萨尼奥与安东尼奥的友谊，《罗密欧与朱丽叶》中罗密欧与茂丘西奥的友谊，《冬天的故事》中赫米温妮与宝丽娜的友谊，《皆大欢喜》中罗瑟琳与西莉娅的友谊，都给读者留下深刻而美好的印象。这与莎士比亚时代人们对友谊的理解和态度密切相关，人们将友谊“视为纯粹高尚之爱，不掺杂欲望之爱。人们认为，这种爱能使朋友透过各自的投射改善自我”[2]。

爱情是封闭地对一个人所表达的爱和善意，而友情则是开放地对所有志趣、性格和价值观相契的人所表达的爱和善意。在莎士比亚的戏剧中，友情几乎是与爱情一样重要的情感和主题。在《第十二夜》中，两位朋友之间，有这样两段对话：

安东尼奥　我抛不下你；我的愿望比磨过的刀还要锐利地驱迫着我。虽然为了要看见你，再远的路我也会跟着你去；可并不全然为着这个理由：我担心你在这些地方是个陌生人，路上也许会碰到些什么；一路没人领导没有朋友的异乡客，出门总有许多不方便。我的诚心的爱，再加上这样使我忧虑的理由，迫使我来追赶你。

西巴斯辛　我的善良的安东尼奥，除了感谢、感谢、永远的感谢之外，再没有别的话好回答你了。一件好事常常只换得一声空口的道谢；可是我的钱财假如能跟我的衷心的感谢一样多，你的好心一定不会得不到重重的酬报。我们干些什么呢？要不要去瞧瞧这城里的古迹？[3]

---

[1] 哈姆雷特对霍拉旭说：“你是我所交接的人们中间最正直的一个人。”（莎士比亚：《莎士比亚全集》，朱生豪等译，第9卷，人民文学出版社，1978年，第69页）

[2] 英国DK出版社著：《莎士比亚百科》，徐嘉等译，电子工业出版社，2016年，第28页

[3] 莎士比亚：《莎士比亚全集》，朱生豪等译，第4卷，人民文学出版社，1978年，第59—60页。

这就是那种纯粹而热烈的友谊。它似乎更多地存在于二十多岁的年轻人之间。他们害怕孤单，渴望交流，追求快乐。而朋友之间的交往，无可替代地满足了这些精神需求。在他们的内心深处，直到爱情来临之前，这种友情都牢牢地占据着极为重要的一席之地。莎士比亚揭示了这种友谊的美好性质。

爱情与死亡是人类文学的永恒主题，也是莎士比亚作品的基本主题。莎士比亚写了大量的爱情故事，甚至可以说，在他的戏剧作品中，几乎没有一部不涉及爱情，或者不赞美爱情。他探讨了爱情伦理中那些至关重要的问题，例如，美貌、品质、才华、热情、信任、朴实、慷慨、勇敢甚至牺牲精神，都是获得爱情和维系爱情的重要条件。他大体上也接受这样的观念：爱情要求双方条件的基本对等和匹配，所以，他描写了大量门当户对的爱情。但是，内在的对等性，即气质、性格和教养等，无疑更为重要。如果智力和内在修养相互匹配，那么，外在的个人身世和家庭背景，甚至权势和财富，都是可以蔑弃不顾的。《辛白林》中的伊摩琴就是一个具有这种纯粹的爱情精神的人。当她的爱情，因为所爱的波塞摩斯·里奥纳托斯出身低微，而受到父亲的阻挠的时候。父女之间的冲突极为尖锐，她的态度也十分决绝：

> 辛白林　啊，不孝的东西！你本该安慰我的晚景，使我回复青春；可是你却偏偏干出这种事来，加老我的年龄。
>
> 伊摩琴　父亲，请您不要气坏了自己的身体。对于您的愤怒，我是完全漠然的；一种更希有的感情征服了一切的痛苦、一切的恐惧。
>
> 辛白林　羞耻也可以不顾，服从父母的道理也可以不讲了吗？
>
> 伊摩琴　一切希望都消沉了，还有什么羞耻？
>
> 辛白林　放着我的王后的独生子不要！

伊摩琴　啊，我幸而没有成为他的妻子！我选中了一只神鹰，避开了一只鹞子。

辛白林　你选中了一个叫化子；你要让卑贱之人占据我的王座。

伊摩琴　不，我要使它格外增加光彩。

辛白林　啊，你这可恶的东西！

伊摩琴　父亲，都是您的错处，我才会爱上了波塞摩斯，您把他抚养长大，叫他做我的游侣；他是一个配得上无论哪个女子的男人，我把整个身心给了他，还抵不上他付给我的他自身的价值。

辛白林　嘿！你疯了吗？

伊摩琴　差不多疯了，父亲；愿上天恢复我的理智！我愿做一个牧牛人的女儿，我愿里奥那托斯是我们邻家牧羊人的儿子！

辛白林　你这傻瓜！[1]

从“神鹰”“鹞子”“卑贱”“价值”这样的比喻性或判断性的话语中，我们可以窥见伊摩琴爱情选择的标准——她更看重的，是一个人的内在品质，是他的精神品质，而不是身份和财富等外在的东西。从实际的功利角度来看，她的确像父亲所责骂的那样，简直“疯了”，确实是“傻瓜”；但是，从爱情本身来看，伊摩琴的选择，则是完全正确的，是非常理性和智慧的。

同样，在《冬天的故事》中，波西米亚王子弗罗利泽在爱上潘迪塔的时候，并不知道她的公主身份，只知道她是“牧羊人”的女儿，但这丝毫也没有影响他的爱情。他对潘迪塔的爱慕是纯粹的，是被她的内在的气质和魅力所吸引和征服的结果。

莎士比亚的爱情叙事，既是甜蜜的，也是苦涩的；既是浪漫主义

---

[1] 莎士比亚：《莎士比亚全集》，朱生豪等译，第10卷，人民文学出版社，1978年，第140—141页。

的，也是现实主义的；既有诗性的激情，也有哲学性质的深刻。《仲夏夜之梦》充满了关于爱情的深刻论述。海丽娜说："……一切卑劣的弱点，在恋爱中都成为无足重轻，而变成美满和庄严。爱情是不用眼睛而用心灵看着的，因此生着翅膀的丘匹德常被描成盲目；而且爱情的判断全然没有理性，光有翅膀，不生眼睛，一味表示出卤莽的急躁，因此爱神便据说是一个孩儿，因为在选择方面他常会弄错。正如顽皮的孩子惯爱发假誓一样，司爱情的小儿也到处赌着口不应心的咒。"[1]这句话虽然表达了海丽娜对爱情的失望和困惑，但是，也包含着深刻的哲理内涵。而拉山德与赫米娅的爱情观，就充满了严肃的性质和现实主义态度：

> 拉山德　或者，即使彼此两情悦服，但战争、死亡或疾病却侵害着它，使它像一个声音、一片影子、一段梦、黑夜中的一道闪电那样短促，在一刹那间展现了天堂和地狱，但还来不及说一声"瞧啊！"黑暗早已张开口把它吞噬了。光明的事物，总是那样很快地变成了混沌。
>
> 赫米娅　既然真心的恋人们永远要受磨折似乎已是一条命运的定律，那么让我们练习着忍耐吧；因为这种磨折，正和忆念、幻梦、叹息、希望和哭泣一样，都是可怜的爱情缺不了的随从者。[2]

既然爱情并不总是一帆风顺的，既然对它的威胁无所不在，将它吞噬的黑暗，也如影随形，那么，相爱就意味着受苦，就要练习忍耐，就要做好承受折磨的准备。这样的爱情理念，就其本质而言，是坚强的

[1] 莎士比亚：《莎士比亚全集》，朱生豪等译，第2卷，人民文学出版社，1978年，第296页。
[2] 莎士比亚：《莎士比亚全集》，朱生豪等译，第2卷，人民文学出版社，1978年，第293页。

现实主义，而不是软弱的悲观主义。它无疑有助于人们更深刻地认识爱情，也有助于鼓励人们更坚强地相爱。

如果说，友情是对一些人的情感，爱情是对一个人的情感，那么，仁慈则是指向所有人的爱和善意。如果说，《仲夏夜之梦》是关于爱情的叙事文本，《哈姆莱特》和《第十二夜》等作品部分地以友谊为主题，那么，《暴风雨》的最具核心意义的主题，就是仁慈和宽恕，就是更博大的爱的情感。

《暴风雨》是莎士比亚晚年创作的最后一部浪漫传奇剧。这是一个关于伤害和饶恕的故事，也是一个关于仇恨如何转换为仁慈的故事。普洛斯彼罗原本是意大利北部米兰城邦的公爵，但是，他的野心勃勃的弟弟安东尼奥，在那不勒斯国王阿隆索的帮助下，夺走了自己的王位。他和三岁的小公主米兰达，历尽艰险，漂流到一个海中小岛上。他利用魔法把岛上的精灵和妖怪变成了自己的朋友，并与他们和谐相处。几年后，普洛斯彼罗又用魔术唤起一阵风暴，使他的弟弟和那不勒国王的船触礁而沉，船上的人却安然无恙。然而，他们登岸后却依然钩心斗角。普洛斯彼罗用魔法降服了他的弟弟和阿隆索，使他们答应恢复他的爵位。最后大家一起回到了意大利。

莎士比亚以充满诗意的叙事，歌颂了纯真的爱情、友谊，赞美了人与人之间和谐而亲善的关系。其中的一个叫爱丽儿的精灵，仿佛爱的化身，表现出一种甚至在人类身上都少见的仁慈态度和纯真情感，话语中充满了对不幸者的怜悯：

普洛斯彼罗　当我刚兴起这场的时候，我曾经这样说过。告诉我，我的精灵，国王和他的从者们怎么样啦？

爱丽儿　按照着你的吩咐，他们仍旧照样囚禁在一起，同你离开他们的时候一样，在荫蔽着你的洞室的那一列大菩提树底下聚集着这一群囚徒；你要是不把他们释放，他们便一步路也不能移动。国王、他的弟弟和你的弟弟，三个人都疯了；其余的人在为他们悲泣，充满了忧伤和惊骇；尤其是那位你所称为“善良的老大臣贡柴罗”的，他的眼泪一直从他的胡须上淋了下来，就像从茅檐上流下来的冬天的滴水一样。你在他们身上所施的魔术的力量是这么大，要是你现在看见了他们，你的心也一定会软下来。

普洛斯彼罗　你这样想吗，精灵？

爱丽儿　如果我是人类，主人，我会觉得不忍的。

普洛斯彼罗　我的心也将会觉得不忍。你不过是一阵空气罢了，居然也会感觉到他们的痛苦；我是他们的同类，跟他们一样敏锐地感到一切，和他们有着同样的感情，难道我的心反会比你硬吗？虽然他们给我这样大的迫害，使我痛心切齿，但是我宁愿压伏我的愤恨而听从我的更高尚的理性；道德的行动较之仇恨的行动是可贵得多的。要是他们已经悔过，我的唯一的目的也就达到终点，不再对他们更有一点怨恨。去把他们释放了吧，爱丽儿。我要给他们解去我的魔法，唤醒他们的知觉，让他们仍旧恢复本来的面目。

爱丽儿　我去领他们来，主人。（下。）[1]

普洛斯彼罗所说的“国王”，就是篡夺自己王位的弟弟。他对弟弟虽有恨意，但并无敌意。在爱丽儿的影响下，他的伟大的人性，终于全面战胜了内心的消极情绪。他饶恕了弟弟安东尼奥和西巴斯辛等人，“最卑劣的罪恶，一切全不计较了”[2]。哈兹里特说：“爱丽儿是一种想象的力量，是敏捷思维的人格化。”[3]其实，她更是一种高度人

[1] 莎士比亚：《莎士比亚全集》，朱生豪等译，第1卷，人民文学出版社，1978年，第73—74页。
[2] 莎士比亚：《莎士比亚全集》，朱生豪等译，第1卷，人民文学出版社，1978年，第77页。
[3] 威廉·哈兹里特：《莎士比亚戏剧中的人物》，顾钧译，华东师范大学出版社，2009年，第95页。

性化的情感的象征，集中地体现着人性的善良和美好的一面。这是一种纯真的人类情感。它的本质就是善和爱。它对人性怀着一种善意的态度，倾向于发现人身上一切美好的方面，肯定人身上一切值得肯定的东西，就像米兰达所表达的那样："神奇啊！这里有多少好看的人！人类是多么美丽！啊，新奇的世界，有这么出色的人物！"[1]

作为莎士比亚的最后一部作品，《暴风雨》实在可以被看作他留给人类的一份特殊的遗书。他似乎要通过它启示人们：爱自己的同类吧！即便对那些伤害过自己的人，也要努力宽恕，并且去爱他。因为，仇恨滋生仇恨，暴力激发暴力，冤冤相报，终无了局；因为，只有通过爱，通过宽恕，人类才能最终过上和谐而美好的生活。

如果说，《暴风雨》是从正面启示爱的可能和美好，那么，《李尔王》则从背面证明"无爱"的可怕。如果说，爱可以创造和谐的氛围，可以强化人们的幸福感，那么，"无爱"则很容易转化为仇恨和伤害，是一股巨大的破坏性甚至毁灭性的力量。

《李尔王》是一部本不该发生，但却不仅发生而且极为悲惨的悲剧。它的主题很复杂，可以从很多角度进行阐释。它固然可以被看作是对家庭内部的病态关系的揭示，可以被理解为对人性恶的反思，可以被视为对攫取权力和财富的贪婪心理的批判，但是，换一个角度，说它包含着爱的哲学，是对爱的情感的启示录，亦未尝不可。

是的，《李尔王》的悲剧，就是在爱的情感方面低能和贫困所造成的悲剧。李尔王虽然年届垂老，但是没有一个好性格，很容易暴躁发怒，在爱的情感上，则像一个心智完全不成熟的人。按说，父亲与女儿之间的关系，生来就是一种自然而亲近的关系。正常的父女之间，对彼此性格和心理，以及相爱的程度，应该是最了解的。然而，李尔王与女儿们之间，却是隔膜的。他对三个女儿的性格，完全不了解；

[1] 莎士比亚：《莎士比亚全集》，朱生豪等译，第1卷，人民文学出版社，1978年，第79页。

对女儿爱自己到什么程度，也完全没有把握。他显然不是一个懂得爱且能充分表达爱的父亲。莎士比亚完全没有提及李尔王的妻子。根据推测，他的妻子要么生下三个女儿后，早早就离开了人世；要么无法忍受他的暴脾气，逃向别处去了。因而，很有可能，他的三个女儿，既没有得到充分的母爱，也没有得到足够的父爱，导致她们在爱的情感能力上，出现了严重的问题。

戏剧一开始，李尔王因为感觉自己年老，“决心摆脱一切世务的牵萦，把责任交卸给年轻力壮之人，让自己松一松肩，好安安心心地等死”。他把自己的国土分成三部分，准备分给三个女儿。然而，他却提出了一个让人觉得匪夷所思的问题：“孩子们，在我还没有把我的政权、领土和国事的重任全部放弃以前，告诉我，你们中间哪一个人最爱我？我要看看谁最有孝心、最有贤德，我就给她最大的恩惠。高纳里尔，我的大女儿，你先说。”

这似乎是一个极为低级、非常幼稚的问题，但却真实地反映着一个内心虚弱的老年人的担忧和恐惧。就像一个暴君，越是独裁和冷酷，就越是孤独、脆弱和不自信，也就越是要求人们对他喊万岁和表忠心一样，一个不太会与儿女相处的老人，也总是要求儿女不断在口头上向他表达孝心。一般来讲，只有无爱的人，只有不懂得爱的人，才会这样要求人们以“话语”的形式，向自己纳“情感税”。他也许会获得一种虚假的满足，但最终将受到严重的欺骗和伤害。虚假的要求，只能换来虚假的回应。大女儿高纳里尔知道怎样糊弄自己的父亲，于是，便这样回答道：

父亲，我对您的爱，不是言语所能表达的；我爱您胜过自己的眼睛、整个的空间和广大的自由；超越一切可以估价的贵重稀有的事物；不亚于赋有淑德、健康、美貌和荣誉的生命；不曾有一个儿女这样爱过他的父亲，也不曾有一个父亲这样被他的儿女所爱；这一种爱可以使唇舌无能为力，辩才失去效用；我爱您是不可以数量计算的。[1]

这显然是李尔王期待的一个答案。于是，他划一块土地给她，上面有“浓密的森林、膏腴的平原、富庶的河流、广大的牧场”。二女儿里根的回答，像姐姐一样浮桴不实、言不由衷，但她也得到了一块沃壤，“和高纳里尔所得到的一份同样广大、同样富庶，也同样佳美”。

然而，三女儿考狄利娅是一个正直而孝顺的姑娘。她看不惯情感表达上的不诚实。在她看来，情感表达的夸张和虚假，就意味着情感本身的不诚实，甚至意味着情感上的欺诈。她深信自己的“爱心”比“口才”更富有。于是，与两位姐姐不同，她甚至故意用最简单的话来表达自己对父亲的爱：“我是个笨拙的人，不会把我的心涌上我的嘴里；我爱您只是按照我的名分，一分不多，一分不少。”[2]她真诚而含蓄的表达，让李尔王大失所望，大为光火。他完全感觉不到小女儿话语里的理性和诚意。就像一个大搞“个人崇拜”的暴君不能容忍理性的态度一样，李尔王也将女儿得体的表白，看作对他极大的不敬和伤害。他剥夺了考狄利娅的继承权。她只得“裸嫁”给真心喜爱自己的法兰西国王。

事实上，从交流的有效性的角度看，小女儿考狄利娅的表达，也是很有问题的。她完全忽略了对话的语境性，没有考虑到父亲需要抚慰的特殊心理需要。她似乎为了刻意与两位姐姐不同，而说了一通极大地冒犯父亲的话，从而把问题搞得非常僵。如果她说话得体，处置得当，最后的一家人全部毁灭的悲剧，是完全有可能避免的。这足以说明，她对自己的父亲，也缺乏了解；与两位姐姐平素就唇枪舌剑，

[1] 莎士比亚：《莎士比亚全集》，朱生豪等译，第 9 卷，人民文学出版社，1978 年，第 151 页。
[2] 莎士比亚：《莎士比亚全集》，朱生豪等译，第 9 卷，人民文学出版社，1978 年，第 152 页。

矛盾重重。有人将考狄利娅的“说真话”，说成是“标明了是反封建的资产阶级倾向的解放思想”[1]，显然属于不着边际的过度诠释。这种夸大其词的狭隘的意识形态观念，跟作品的实际，大相剌谬。还有人将她当作“人文理想的象征人物”，甚至于认为她“代表一个原则，代表一种社会”[2]，似乎都属于脱离语境的刻意拔高。一切都不过寻常意义上的人性冲突而已，实在用不着如此张大其词。

接下来所发生的种种事情，证明两位女儿的花言巧语和甜言蜜语，纯粹是华丽的修辞行为，全然是口惠而实不至的作秀。她们与父亲的关系，只不过是赤裸裸的利益关系。对父亲晚年的孤凄，她们毫无同情。不仅如此，她们还一起合谋，将父亲赶出了自己的家门，使他流离失所，直至失性发疯。

两个女儿极端形态的忤逆和不孝，甚至引发了一场惩罚性的战争。李尔王的小女儿从法国调集军队，征讨两个大逆不道的姐姐，替自己的父亲伸张正义。然而，战争的结果，却是巨大的毁灭。三个女儿和李尔王都死了，还连累很多相干和不相干的人，也一同丢了性命。

显然，造成悲剧后果的原因，主要来自李尔王父女的情感世界。父亲在情感生活上是贪婪而任性的，两个大女儿对父亲的情感则是虚伪而冷酷的。在他们之间，根本就不曾建立起健全而牢固的亲情关系。他们的关系本质上是一种冷冰冰的利益关系。他们根本不理解爱为何物，一旦发生利害冲突，便义断而恩绝。父亲喋喋不休地抱怨女儿的不孝，称她们为“枭獍不如的东西”，以令人惊骇的恶语，怒气冲冲地诅咒她们——他诅咒大女儿高纳里尔：“听着，造化的女神，听我的吁诉！要是你想使这畜生生男育女，请你改变你的意旨吧！取消她的生殖的能力，干涸她的产育的器官，让她的下贱的肉体里永远生不

[1] 卞之琳：《莎士比亚悲剧论痕》，三联书店，1989 年，第 219 页。

[2] 张泗洋、徐斌、张晓阳：《莎士比亚引论》（上），中国戏剧出版社，1989 年，第 444 页。

出一个子女来抬高她的身价！要是她必须生产，请你让她生下一个忤逆狂悖的孩子，使她终身受苦！让她年轻的额角上很早就刻了皱纹；眼泪流下她的面颊，磨成一道道的沟渠；她的鞠育的辛劳，只换到一声冷笑和一个白眼；让她也感觉到一个负心的孩子，比毒蛇的牙齿还要多么使人痛入骨髓！去，去！”[1]

李尔王以浸了毒汁的语言，发泄对两个女儿的愤怒和不满：“神啊，你们看见我在这儿，一个可怜的老头子，被忧伤和老迈折磨得好苦！假如是你们鼓动这两个女儿的心，使她们忤逆她们的父亲，那么请你们不要尽是愚弄我，叫我默然忍受吧；让我的心里激起了刚强的怒火，别让妇人所恃为武器的泪点玷污我的男子汉的面颊！不，你们这两个不孝的妖妇，我要向你们复仇，我要做出一些使全世界惊怖的事情来，虽然我现在还不知道我要怎么做。你们以为我将要哭泣；不，我不愿哭泣，我虽然有充分的哭泣的理由，可是我宁愿让这颗心碎成万片，也不愿流下一滴泪来。啊，傻瓜！我要发疯了！”[2]

这样的怨毒和疯狂确实使人惊怖！也许是因为对亲人之间的无情和背叛，揭露得过于尖锐和深刻，《李尔王》竟而成为“莎翁四大悲剧中最不受欢迎的一部。一般读者很少读这部悲剧，虽然他们承认它的伟大，但谈及时仍不免露出讨厌的神色”[3]。

《奥赛罗》也是一部充满心理内容和哲理深度的关于爱的叙事。如果说，李尔王的爱的低能，表现在缺乏纯真的态度和慷慨的无私，那么，作为一部同样从背面揭示“爱”的真谛的作品，《奥赛罗》则表现了理性的匮乏可能带来的灾难。爱固然是一种情感甚至激情，但它应该是一种理性的激情。它必须通过理性，建构起信任。奥赛罗对苔丝狄蒙娜的爱，充满了嫉妒和猜疑，属于缺乏理性和信任的爱。缺

---

[1] 莎士比亚：《莎士比亚全集》，朱生豪等译，第9卷，人民文学出版社，1978年，第178页。
[2] 莎士比亚：《莎士比亚全集》，朱生豪等译，第9卷，人民文学出版社，1978年，第204页。
[3] 安·塞·布雷德利：《莎士比亚悲剧》，张国强等译，上海译文出版社，1992年，第224页。

乏理性，就缺乏信任；缺乏信任，就不存在真正意义上的爱。这，大概就是莎士比亚想告诉我们的一个关于爱的真理吧。

几个世纪以来，莎士比亚的戏剧对人类的心灵世界和情感生活，产生了巨大而普遍的影响。它启发人们理解爱的真谛，理解人性的本质。它给绝望者以信心，给孤独者以安慰，给怯懦者以勇气，给缺乏爱的心灵以爱的抚慰。就像一位英国学者所说的那样："无论是在华沙的隔都（纳粹设置的犹太人隔离区——引者注），还是在南非的监狱，莎剧对于动荡的现代社会的呈现能力几乎可以说是独一无二。对于那些身处历史黑暗瞬间的人们，以及那些探索狂野或甜蜜爱情彼岸的人们，莎士比亚的语言同时具备了抚慰、激励、启迪和质询的功用。说得简单些，它为我们捕捉到了动荡世界中动荡人生的精髓。"[1]

可以肯定的是，在未来的也许同样动荡不宁的世纪里，只要人们仍然保持阅读经典的良好习惯，那么，莎士比亚就会一如既往地影响着他们的心灵生活，就像太阳会一如既往地从东方升起，照耀着辽阔的大地一样。

三、政治生活：具有核心意义的叙事内容

人类是一种政治性的动物。无论在什么地方，无论在什么时代，政治都占据着人类生活的重要位置，甚至核心位置。政治意味着人的基本尊严和权利，也意味着积极的参与和建构——它是人们实现自我价值和建构理想生活的重要途径。参与政治生活，享有政治权利，对任何一个渴望介入社会生活的人来讲，都是一种正常而迫切的精神需要。一个社会的现代化程度越高，人们的政治热情和政治理想也就越

---

[1] 尼尔·麦克格雷格：《莎士比亚的动荡世界》，范浩译，河南大学出版社，2016年，第325页。

高。没有政治向度的生活，是不完整的，也是不健全的。

政治既是文学的叙事内容，也是文学写作激情的力量之源。对文学来讲，政治不是一部分人的特殊权利，而是所有人的寻常的生活内容，而作家表现自己的政治态度和政治情绪，则是一件像呼吸一样自然和重要的事情。乔治·奥威尔在《我为什么写作》中说："……'政治'一词，指的是其最广泛的含义。想让世界朝着某个方向发展，想要改变其他人对自己正为之奋斗的那个社会的看法。每一本书都不可能摆脱政治偏见。有人说，艺术跟政治完全无关，这种看法本身就是一种政治态度。"[1]在他看来，文学总是反映着作家的政治情绪和政治态度，所以，在《对文学的阻碍》一文中，他特别强调，压根就"没有所谓的纯粹非政治的文学"[2]。他也曾指出，没有政治性的文学，往往流于苍白和乏味。

然而，文学上的"去政治化"则是20世纪比较严重的问题。有的人"去政治化"，是因为对个人主义写作的陶醉；有的人"去政治化"，则是因为对异化政治的厌恶。罗素将这种"去政治化"看作是一种"疯狂"："疯狂之在文学、哲学以及政治上的得势，是我们时代的特征之一，而疯狂的成功形式几乎完全是从权力欲的冲动中产生出来的。"[3]无论由于什么原因，这种对政治的排斥态度，都将从根本上减弱文学的力量，甚至极大地减损其价值。现在的很多文学作品为什么缺乏吸引力和意义感？一个很重要的原因，就是作家们缺乏介入政治的激情和勇气，缺乏表现政治的智慧和深刻。

阿兰·布鲁姆试图通过阐释莎士比亚的文学经验，来恢复文学与政治的关系。在他看来，政治是人类生活中的核心内容，是许多充满梦想和激情的人物的舞台，也是最能产生诗性激情和传奇故事的地方：

[1] 乔治·奥威尔：《政治与文学》，李存捧译，译林出版社，2011年，第412—413页。
[2] 乔治·奥威尔：《政治与文学》，李存捧译，译林出版社，2011年，第401页。
[3] 勃兰特·罗素：《权力论》，吴友三译，商务印书馆，1998年，第184页。

“在政治生活中，不仅普通的品德被投射到更大的背景之上，全新的才能亦被搬上舞台。政治为所有人性提供自由发展的框架，吸引着最有趣的激情和人物。因此，渴望完美描绘人类的剧作家往往选择政治英雄作为他的对象。”[1]正因为这样，政治一直就是诗歌重要的主题，“在古典的意义上，它是演绎最广阔、最深沉、最高贵的激情与美德的舞台，而政治人物似乎也曾是诗歌最有趣的主题”[2]。在他看来，莎士比亚是很懂政治的人，甚至简直就是第一流的政治哲学家。只有具备较高的政治素养的人，才能深刻理解莎士比亚和他的伟大作品：“我们认为富有政治激情、受过政治教育的人比纯粹的个体化的人更能理解莎士比亚。伴随着这种认知，一个全新的视角被开启了，它观察的对象不仅是戏剧，还有我们的政治信念。”[3]布鲁姆的观点，证明了这样一个阐释学规律的有效性：一个批评家如果与作家差距太大，便很难发现和评价他的作品的意义和价值；谁若想准确而深刻理解但丁，就首先要努力把自己提高到接近但丁的水平。

莎士比亚是一个政治意识很强的作家。他的很多作品，尤其是《哈姆莱特》和《麦克白》等悲剧与《亨利八世》《理查三世》《裘力斯·凯撒》《科利奥兰纳斯》和《安东尼与克莉奥佩特拉》等几乎所有的英国和古罗马题材的历史剧，都可以同时被当作“政治剧”来看。他的戏剧中的“政治叙事”，启发了叔本华和罗素等人的政治思维，启发他们形成了自己的一些政治判断。例如，叔本华在阐释君主政体的“朕即国家”理念的时候，在论及英法国王见面互以国名相称的时候，所依据的具体事实，就来自莎士比亚的历史戏剧。[4]

质疑和否定，是文学在政治伦理上的基本态度和立场。面对权力

[1] 阿兰·布鲁姆、哈瑞·雅法：《莎士比亚的政治》，潘望译，江苏人民出版社，2009年，第8页。
[2] 阿兰·布鲁姆、哈瑞·雅法：《莎士比亚的政治》，潘望译，江苏人民出版社，2009年，第4页。
[3] 阿兰·布鲁姆、哈瑞·雅法：《莎士比亚的政治》，潘望译，江苏人民出版社，2009年，第4—5页。
[4] 叔本华：《叔本华论说文集》，范进等译，商务印书馆，2000年，第551页。

和政治性的叙事内容，一旦作家选择纯然赞美的态度和肯定性的立场，那么，他的写作注定是异化性的，注定要背叛真理和正义，注定写不出真正有价值的作品。《李自成》《雍正皇帝》和《大秦帝国》之类的作品之所以没有价值，究其原因，盖在于此。

然而，莎士比亚无疑是懂得这一真理的。他也许会理解和同情政治人物，但绝不仰视和赞美他们。他的戏剧写作的政治性，鲜明而尖锐地体现于他对社会的批判上。他关注一个社会的政治文明状况，不仅对黑暗和腐败、堕落和无耻，深恶痛绝，而且，有勇气将自己所观察和发现的政治上的严重问题，毫不避讳地揭示出来。

在他的几部历史剧作里，“莎士比亚似乎在强调：一个国王要想合法地统治就必须得到被统治者的赞同，无论他们是贵族还是平民”，然而，莎士比亚的全部剧作似乎都在揭示这样一个事实：“那些统治者们更经常地履行不了自己的道德责任、社团责任和治理责任。”[1]在《麦克白》中，正直的麦克德夫夫人被逼得走投无路，愤怒地说：“叫我逃到哪儿去呢？我没做过害人的事。可我记起来了，我是在这个世上，这世上做了恶事才会被人恭维赞美，做了好事反会被人当作危险的傻瓜；那么，唉！我为什么还要用这种婆子气的话替自己辩护，说是我没有做过害人的事呢？”[2]《哈姆莱特》所反映的时代，也是一个污浊而混乱的破烂时代；在这样的时代里，阘茸尊显，奸邪横行，英俊埋没，正义不彰，正像哈姆莱特安慰他母亲时所说的那样：“……在这万恶的时世，正义必须向罪恶乞恕，它必须俯首屈膝，要求人家接纳他的善意的箴规。”[3]

外在地看，《李尔王》所叙述的，不过是家庭内部的矛盾冲突，

[1] 安德鲁·桑德斯：《牛津简明英国文学史》，谷启楠等译，人民文学出版社，2000年，第164页。
[2] 莎士比亚：《莎士比亚全集》，朱生豪等译，第8卷，人民文学出版社，1978年，第367—368页。
[3] 威廉·哈兹里特：《莎士比亚戏剧中的人物》，顾钧译，华东师范大学出版社，2009年，第191—192页。

本并不具有很强的政治性，但是，葛罗斯特的一段话，为这个家庭伦理冲突，提供了一个政治性的背景，赋予它以丰富的社会内容和政治内容：

> 最近这一些日蚀月蚀果然不是好兆；虽然人们凭着天赋的智慧，可以对它们作种种合理的解释，可是接踵而来的天灾人祸，却不能否认是上天对人们所施的惩罚。亲爱的人互相疏远，朋友变为陌路，兄弟化成仇雠；城市里有暴动，国家发生内乱，宫廷之内潜藏着逆谋；父不父，子不子，纲常伦纪完全破灭。我这畜生也是上应天数；有他这样逆亲犯上的儿子，也就有像我们王上一样不慈不爱的父亲。我们最好的日子已经过去；现在只有一些阴谋、欺诈、叛逆、纷乱，追随在我们的背后，把我们赶下坟墓里去。爱德蒙，去把这畜生侦查个明白；那对你不会有什么妨害的；你只要自己留心一点就是了。——忠心的肯特又放逐了！他的罪名是正直！怪事，怪事！（下。）[1]

这是一幅令人震惊的道德生活图景和政治生活图景。在这里，是非和善恶是颠倒的。从家庭到宫廷，几乎一切形式的人际关系都是混乱的。李尔王家庭的矛盾和冲突，无非是这种“大环境”的一个缩影。莎士比亚的政治批判，如此深刻，如此具有概括性和普遍性，以至于我们简直可以将它看作对古往今来所有末世的风气和人心的批判。

在《雅典的泰门》中，泰门的痛苦和绝望、愤怒和诅咒，也主要是针对世态的炎凉、人情的浇薄，具体地说，是发泄对那些势利的“朋友”和卑贱的“食客”的不满：

---

[1] 莎士比亚：《莎士比亚全集》，朱生豪等译，第9卷，人民文学出版社，1978年，第163—164页。

让我回头瞧瞧你。城啊，你包藏着如许的豺狼，快快陆沉吧，不要再替雅典做藩篱！已婚的妇人们，淫荡起来吧！子女们不要听父母的话！奴才们和傻瓜们，把那些年高德劭的元老们拉下来，你们自己坐上他们的位置吧！娇嫩的处女变成人尽可夫的娼妓，当着你们父母的眼前跟别人通奸吧！破产的人，不要偿还你们的欠款，用刀子割破你们债主的咽喉吧！仆人们，放手偷窃吧！你们庄严的主人都是借着法律的名义杀人越货的大盗。婢女们，睡到你们主人的床上去吧；你们的主妇已经做卖淫妇去了！十六岁的儿子，夺下你步履龙钟的老父手里的拐杖，把他的脑浆敲出来吧！孝亲敬神的美德、和平公义的正道、齐家睦邻的要义、教育、礼仪、百工的技巧、尊卑的品秩、风俗、习惯，一起陷于混乱吧！加害于人身的各种瘟疫，向雅典伸展你们的毒手，播散你们猖獗传染的热病！让风湿钻进我们那些元老的骨髓，使他们手脚瘫痪！让淫欲放荡占领我们那些少年人的心，使他们反抗道德，沉溺在狂乱之中！每一个雅典人身上播下了疥癣疮毒的种子，让他们一个个害起癞病！让他们的呼吸中都含着毒素，谁和他们来往做朋友都会中毒而死！除了我这赤裸裸的一身以外，我什么也不带走，你这可憎的城市！我给你的只有无穷的咒诅！泰门要到树林里去，和最凶恶的野兽做伴侣，比起无情的人类来，它们是要善良得多了。天上一切神明，听着我，把那城墙内外的雅典人一起毁灭了吧！求你们让泰门把他的仇恨扩展到全体人类，不分贵贱高低！阿门。[1]

但是，在他对个人境遇的抱怨和诅咒中，分明也表现出了丰富的政治内容。单单“你们庄严的主人都是借着法律的名义杀人越货的大盗”

[1] 莎士比亚：《莎士比亚全集》，朱生豪等译，第8卷，人民文学出版社，1978年，第172—173页。

一句，就包含着极为真实的信息，也表达着对社会现实和统治阶级的尖锐批判。

被无情无义的朋友们激怒的泰门，简直就是一个洞烛幽微的社会观察家和政治批判家。他的这一段著名的詈骂，也同样值得从政治的角度来分析：

> 在我们万恶的天性之中，一切都是歪曲偏斜的，一切都是奸邪淫恶。所以，让我永远厌弃人类的社会吧！泰门憎恨形状像人一样的东西，他也憎恨他自己；愿毁灭吞噬整个人类！泥土，给我一些树根充饥吧！（掘地）谁要是希望你给他一些更好的东西，你就用你最猛烈的毒物餍足他的口味吧！咦，这是什么？金子！黄黄的、发光的、宝贵的金子！不，天神们啊，我不是一个游手好闲的信徒；我只要你们给我一些树根！这东西，只这一点点儿，就可以使黑的变成白的，丑的变成美的，错的变成对的，卑贱变成尊贵，老人变成少年，懦夫变成勇士。嘿！你们这些天神们啊，为什么要给我这东西呢？嘿，这东西会把你们的祭司和仆人从你们的身旁拉走，把壮士头颅底下的枕垫抽去；这黄色的奴隶可以使异教联盟，同宗分裂；它可以使受咒诅的人得福，使害着灰白色的癞病的人为众人所敬爱；它可以使窃贼得到高爵显位，和元老们分庭抗礼；它可以使鸡皮黄脸的寡妇重做新娘，即使她的尊容会使身染恶疮的人见了呕吐，有了这东西也会恢复三春的娇艳。来，该死的土块，你这人尽可夫的娼妇，你惯会在乱七八糟的列国之间挑起纷争，我倒要让你去施展一下你的神通。[1]

显然，在泰门所诅咒的这个世界，金钱已经成了主宰一切的巨大力量。

---

[1] 莎士比亚：《莎士比亚全集》，朱生豪等译，第8卷，人民文学出版社，1978年，第175—176页。

它彻底地改变了人们的道德状况，改变了人与人之间的关系，不仅渗透到了日常生活的褶皱里，深入到了人们的情感生活之中，甚至还介入到了政治生活的核心领域，控制了社会的权力分配——“它可以使窃贼得到高爵显位，和元老们分庭抗礼”。

莎士比亚的充满批判性的政治叙事，绝不是“发思古之幽情”，而是“发讽今之浩叹”，具有很强的现实针对性。是的，他的写作总是充满丰富的现实感和时代性内容。他的最具现实性的戏剧作品，大概非《亨利八世》莫属。其中的主要人物亨利八世，就是他自己的时代的最高统治者伊丽莎白一世女王的父亲。莎士比亚尖锐而真实地写出了亨利八世性格上的弱点、德行上的残缺以及情感上的病态。他冷酷无情，直接害死了至少两个妻子——凯瑟琳王后和安·波琳王后。

关于亨利八世的性格和人格，哈兹里特的分析极为精彩，堪称经典：“亨利八世这个人物被莎士比亚用一种真实有力的笔触进行了描绘，手笔虽然是大师的手笔，但人物本身并不让人愉快。亨利八世粗俗的外表、狂暴的举止，他的庸俗，他的傲慢，他的好色，他的残忍，他的虚伪，他的不威不重、不仁不义都被莎士比亚细致地刻画出来。再加上他常在发号施令时所说的那个‘哈！’，整个形象便栩栩如生了。这个他用来表示恼怒和惊讶的感叹词‘哈！’在别人听起来仿佛是云层中爆发出来的第一声惊雷。他是我们历史上所有帝王中最让人讨厌的一个，因为在他身上集中了文明人和野蛮人的所有罪恶，而没有丝毫的美德。”[1]斯宾诺莎说：“愈是将国家的权利毫无保留地交付给一个君主，这个君主就愈不享有自己的权利，而其国民的情况就愈是不幸。”[2]毫无疑问，这也是莎士比亚想在《亨利八世》这部巨作中表达的看法。

---

[1] 威廉·哈兹里特：《莎士比亚戏剧中的人物》，顾钧译，华东师范大学出版社，2009年，第191—192页。

[2] 斯宾诺莎：《政治论》，冯炳昆译，商务印书馆，2003年，第49页。

莎士比亚以暴君为主人公的政治题材的戏剧，很大程度上，就是关于这类政客的变态人格和变态心理的病理解剖书，是可以当作独裁者的心理分析报告来看的。在他的叙事中，一切极端性质的暴君，都是情感和人格上的病人。他们没有正常的情感能力，不懂得爱和怜悯的意义，也不懂得同情和宽容的价值。他们雄猜多忌，怀疑一切，敌视一切，对一切善良的德行和美好的事物，都抱着强烈的排斥态度。他们既傲慢又自卑，对别人的赞美和崇拜，有一种极其病态的渴望和需求。他们既机智又愚蠢，虽然能凭借狡黠的伎俩和阴毒的手段战胜一切对手，夺得最后的权力，但是，作为极端傲慢和自负的唯意志论者，作为道德和真理的敌人，他们貌似英明和智慧，实则刚愎而无知，根本不可能将机巧的奸诈升华为伟大的智慧，也就是说，他们不可能发现并拥有那些朴素而永恒的真理。他们内心充满破坏的恶意，颠覆固有秩序，迫害正直之士，无论死掉多少人，毁掉多少财富，他们都毫不怜惜，毫不措意——他们甚至从折磨人和屠杀人的暴行中，获得巨大的快感。

独裁者无法忍受和平与安静的生活，因为，对他们来讲，这种生活简直就是无趣和无意义的；于是，他们总是喜欢人为地制造灾难和危机，把残酷的战争当作狂欢的节日，把人民的眼泪当作甜美的酒浆，把隆隆的炮声和急骤的枪声当作令人陶醉的音乐。一旦生活陷入紧张的混乱状态，他们便情绪高昂，心花怒放，饭也吃得香了，觉也睡得甜了。然而，在给别人制造不幸和灾难的同时，他们也将自己拖入了万劫不复的深渊。理查三世无疑就是这类暴君的典型；暴君的所有坏德行——阴鸷、冷酷、无情、恣睢、好斗、虚伪、荒淫、无耻、自卑、虚荣，几乎全都集中体现在他的身上。他是一个典型的马基雅维利分子，极其狡狯和卑鄙，为达目的不择手段，能随意置任何他所不喜欢的人于死地。但是，天道好还，他最后也将自己逼上绝路，受到了严厉的惩罚。他在生命最后时刻的精神煎熬和内心独白，反映着所有末日来临的独裁者共同的心态：

> 再给我一匹马！把我的伤口包扎好！饶恕我，耶稣！且慢！莫非是场梦。呵，良心是个懦夫，你惊扰得我好苦！蓝色的微光。这正是死沉沉的午夜。寒冷的汗珠挂在我皮肉上发抖。怎么！我难道会怕我自己吗？旁边并无别人哪：理查爱理查；那就是说，我就是我。这儿有凶手在吗？没有。有，我就是；那就逃命吧。怎么！逃避我自己的手吗？大有道理，否则我要对自己报复。怎么！自己报复自己吗？呀！我爱我自己。有什么可爱的？为了我自己我曾经做过什么好事吗？呵！没有。呀！我其实恨我自己，因为我自己干下了可恨的罪行。我是个罪犯。不对，我在乱说了；我不是个罪犯。蠢东西，你自己还该讲自己好呀；蠢才，不要自以为是啦。我这颗良心伸出了千万条舌头，每条舌头提出了不同的申诉，每一申诉都指控我是个罪犯。犯的是伪誓罪，伪誓罪，罪大恶极；谋杀罪，残酷的谋杀罪，罪无可恕；种种罪行，大大小小，拥上公堂来，齐声嚷道，“有罪！有罪！”我只有绝望了。天下无人爱怜我了；我即便死去，也没有一个人会来同情我；当然，我自己都找不出一点值得我自己怜惜的东西，何况旁人呢？我似乎看到我所杀死的人们都来我帐中显灵；一个个威吓着明天要在我理查头上报仇。[1]

暴君也会恐惧。其实，他们一直生活在恐惧中。对生活的暴虐态度，对他人的迫害狂行为，很大程度上，就是虚弱的恐惧心理所造成的。他们也知道自己是作恶多端的凶手，所以，努力遮蔽一切与真相有关的信息。他们从一开始就知道自己是“罪犯”，因为，他们从一开始

[1] 莎士比亚：《莎士比亚全集》，朱生豪等译，第6卷，人民文学出版社，1978年，第451页。

就在犯罪。他们的一生，就是不断犯罪的一生。在某一刻，他们自己也会感觉良心不安，也会审判自己，甚至会自己厌恶自己，那厌恶的结果便是——“我只有绝望了”。绝望使他们成为彻底的虚无主义者，历史领域的虚无主义者——视一切皆粪土，过去种种皆无意义，历史从我开始，时间从我开始；使他们成为价值领域的虚无主义者——什么仁慈，什么善良，什么爱和怜悯，通通是空洞的话语幻想，通通是骗人的谎言。

因为暴君不爱任何人，所以，也就不可能得到任何人的爱——“天下无人爱怜我了；我即便死去，也没有一个人会来同情我”。理查三世说：“我自己都找不出一点值得我自己怜惜的东西，何况旁人呢？”事实上，暴君几乎个个都是“自我厌恶症”患者。他们知道自己是可恶的，所以，别人的赞美越是热烈和极端，他们越是觉得无聊和空虚；反过来，他们越是觉得无聊和空虚，就越是需要那种虚假的忠诚、夸张的赞美和荒谬的崇拜。然而，清算和复仇的时刻终于到了，理查三世终于被反抗的军队杀死了。“我似乎看到我所杀死的人们都来我帐中显灵；一个个威吓着明天要在我理查头上报仇”——每一个暴君，都无法逃脱这样的清算和审判。审判或许会迟来，但绝不会不来。所以，最后的结论便是：暴君是一种巨大的恶，是一种可怕的破坏性力量；他们都是有罪的，都不配有、也不会有好下场。

莎士比亚的政治哲学，集中而深入表现在《科利奥兰纳斯》(1607年)里。这部剧作所处理的，是古罗马历史题材。在莎士比亚的剧作中，它是唯一的纯政治主题的作品。哈兹里特对它评价很高：“在这出戏中，莎士比亚显示了他对历史和国家事务的熟稔。在科利奥兰纳斯的身上集中了各种政治事件。仔细地研读这出戏可以省却我们许多精力，我们可以不必再费力地去读伯克的《思想录》、潘恩的《人权论》，或者法国大革命以及我们英国革命后上下两院的辩论。莎士比亚以一种诗人的热情和哲学家的敏锐讨论了一系列的问题：贵族统治和民主政治，少数人的特权和多数人的要求，自由和奴役，权力和滥用权力，和平和战争。”[1]哈兹里特这段话说明了这样一个事实，那就是，莎士比亚这部作品，不仅提出了政治学上的很多重要问题，而且还以形象化的方式表达了作者对这些问题的思考。

《科利奥兰纳斯》中的政治体制是一种不健全的民主制。它是贵族专制和市民民主的奇怪的混合物。形式上的市民民主，被几个护民官巧妙地玩弄于股掌之上。政治权利和社会财富的分配权绝对地掌握在贵族手中。哈兹里特认为，这出戏给人的“教训”是，“贫穷的人将会更贫穷，而富有的人将会拿走别人更多的东西。人民是贫穷的，因此他们应当挨饿。他们是奴隶，因此他们应该被鞭打。他们辛辛苦苦地工作，因此他们必须像牛马一样被对待”[2]。其实，它给人更大的启示，似乎就在于这样一点：在健全的现代民主实现之前，一切半吊子的民主，都不过是狡猾的政治欺诈，不过是维护统治者和既得利益者的工具和手段罢了。

《科利奥兰纳斯》的叙事在市民与贵族围绕粮价的冲突中拉开序幕。市民阶层对贵族主导下的罗马社会极度不满，怨气冲天：“我们都是苦百姓，贵族才是好市民。那些有权有势的人吃饱了，装不下的东西就可以救济我们。他们只要把吃剩下来的东西趁着新鲜的时候赏给我们，我们就会以为他们是出于人道之心来救济我们；可是在他们看来，我们都是不值得救济的。我们的痛苦饥寒，我们的枯瘦憔悴，就像是列载着他们的富裕的一张清单；他们享福就是靠了我们受苦。让我们举起我们的武器来复仇，趁我们还没有瘦得只剩几根骨头。天神知道我说这样的话，只是迫于没有面包吃的饥饿，不是因为渴于复仇。”[3]掌握权力的权贵阶层唯利是图，完全不顾及底层社会的困窘

[1] 威廉·哈兹里特：《莎士比亚戏剧中的人物》，顾钧译，华东师范大学出版社，2009年，第55页。
[2] 威廉·哈兹里特：《莎士比亚戏剧中的人物》，顾钧译，华东师范大学出版社，2009年，第58页。
[3] 莎士比亚：《莎士比亚全集》，朱生豪等译，第7卷，人民文学出版社，1978年，第251—252页。

状况，导致穷人与富人之间的贫富差距越来越大。主政者声称对人民的生活“非常关切”，“像慈父一样爱护你们”，但是，老百姓却并不这样认为：“爱护我们！真的！他们从来没有爱护过我们：让我们忍受饥寒，他们的仓库里却堆满了谷粒；颁布保护高利贷的法令；每天都在忙着取消那些不利于富人的正当的法律，重新制定束缚穷人的苛酷的条文。我们要是不死在战争里，也会死在他们手里；这就是他们对我们的爱护！”[1]一面是严重的大饥饿，一面是堆积如山的粮食。这样的现实，使人不由得要怀疑：让人民食不果腹，甚至饿殍遍野，简直就是统治者的一种道德故意。

就是在这样的冲突情境里，科利奥兰纳斯从与伏尔斯人作战的前线凯旋，并被推荐为罗马“执政”的候选人。他战功赫赫，声望正如日中天，当选应该是毫无悬念的。然而，他对权力的欲望并不强烈。他对急切盼望自己主宰罗马的母亲伏伦妮娅说：“好妈妈，您要知道，我宁愿照我自己的意思做他们的仆人，不愿擅权弄势，和他们在一起做主人。”[2]他天生就是个职业军人，而不是政治家。他是正直的，甚至高贵的，但是，过于傲慢，特别瞧不起市民阶层，将自己的鄙夷态度，不加遮掩地表现了出来。他有一般贵族身上少见的诚实和对自己内心的忠诚。他甚至是谦虚的，丝毫不喜欢别人流于形式的赞美，对虚情假意的恭维尤其厌恶。他也许确实像米尼涅斯所说的那样：“他的天性太高贵了，不适宜于这一个世界。”[3]但是，他的政治意识也实在不够成熟。他对自己城邦的民主制度的规则和意义，缺乏充分的了解和认同。他对市民阶层的轻视和敌视，完全是错误的。由于这种态度，他完全不愿意妥协。他不知道，政治的艺术，说穿了，就是让步和妥协的艺术。他对罗马市民阶层的夹杂着傲慢和偏见的态度，给

[1] 莎士比亚：《莎士比亚全集》，朱生豪等译，第7卷，人民文学出版社，1978年，第253—254页。
[2] 莎士比亚：《莎士比亚全集》，朱生豪等译，第7卷，人民文学出版社，1978年，第288页。
[3] 莎士比亚：《莎士比亚全集》，朱生豪等译，第7卷，人民文学出版社，1978年，第317页。

了勃鲁托斯和西西涅斯这样的政客击败他的机会。

科利奥兰纳斯对由罗马市民来表决是否要选择他做执政的制度和“仪式”非常反感。在获得市民的支持之前，他必须向他们宣示自己的德行和功业，证明自己确实配得上人们的信任和支持。然而，在科利奥兰纳斯看来，对自己的炫耀，对市民们的讨好，都是让人难为情的甚至可耻的事情：“向他们夸口，说我做过这样的事，那样的事；把应当藏匿起来的没有痛楚的伤疤给他们看，好像我受了这些伤，只是为了换得他们的一声赞叹！”[1]不过，他最终还是答应去对市民发表演讲。因为自尊和自大，他竟然在言语上与市民们起了冲突，断然声明自己“从来不愿意向穷人求乞”。一个罗马市民责备他“对平民一向没有好感”。这大大地激怒了他：

> 您应该格外敬重我，因为我没有滥卖人情。先生，为了博取人民的欢心，我愿意向我这些誓同生死的同胞们谄媚，这是他们所认为温良恭顺的行为。既然他们所需要的，只是我的脱帽致敬，不是我的竭忠尽瘁，那么我可以学习一套卑躬屈节的本领，尽量向他们装腔作势；那就是说，先生，我要学学那些善于笼络人心的贵人，谁喜欢这一套，我可以大量奉送。所以我请求你们，让我做执政吧。[2]

由此可见，科利奥兰纳斯的确算得上是诚实和正直的。他对勃鲁托斯（与《裘力斯·凯撒》中的勃鲁托斯同姓）和西西涅斯这样的言不由衷、惯弄手段的政客深恶痛绝：“瞧！这两个是护民官，平民大众的喉舌；我瞧不起他们，因为他们擅作威福，简直到了叫人忍无可忍的地步。”[3]

---

[1] 莎士比亚：《莎士比亚全集》，朱生豪等译，第7卷，人民文学出版社，1978年，第296页。
[2] 莎士比亚：《莎士比亚全集》，朱生豪等译，第7卷，人民文学出版社，1978年，第300页。
[3] 莎士比亚：《莎士比亚全集》，朱生豪等译，第7卷，人民文学出版社，1978年，第308页。

这些政客内心很傲慢，根本瞧不起群众。但是，他们很会在口头上讨好市民阶层，知道如何利用“群众的力量”[1]，怎样骗取他们的选票和支持。他们将“人民”二字挂在嘴上，动辄就说“用人民的名义”[2]。他们知道科利奥兰纳斯骨子里是正直的，所以就很害怕他当选“执政”，视他的当选为“纵虎出柙”。他们上下其手，故意制造矛盾，激化科利奥兰纳斯与市民之间的矛盾，从而最终达到借市民之手将科利奥兰纳斯赶出罗马的目的。西西涅斯为了惹怒科利奥兰纳斯，刺激他说出更多的过激之言，竟然污蔑他说：“你企图推翻一切罗马相传已久的政制，造成个人专权独裁的地位，所以我们宣布你是人民的叛徒。”西西涅斯得逞了。科利奥兰纳斯被彻底激怒了。他终于说出了政敌想让他说的话：

科利奥兰纳斯　地狱底层的烈火把这些人民吞了去！说我是他们的叛徒！你这害人的护民官！在你的眼睛里藏着二万个死亡，在你的两手中握着二千万种杀人的毒计，在你说谎的舌头上含着无数杀人的阴谋，我要用向神明祈祷一样坦白的声音，向你说，“你说谎！”

西西涅斯　民众，你们听见他的话吗？

众市民　把他送到山岩上去！把他送到山岩上去！[3]

在莎士比亚的戏剧场面中，我们分明看见了罗素曾经分析过“集体兴奋的快感”。在热烈的公共集会上，认同集会宗旨的普通人，会体验到极大的“得意之感”：“集体的兴奋是一种美妙的陶醉状态，身处其中，很容易忘却稳健、人情甚至自卫，而残暴的屠杀与英勇

[1] 莎士比亚：《莎士比亚全集》，朱生豪等译，第7卷，人民文学出版社，1978年，第318页。
[2] 莎士比亚：《莎士比亚全集》，朱生豪等译，第7卷，人民文学出版社，1978年，第330页。
[3] 莎士比亚：《莎士比亚全集》，朱生豪等译，第7卷，人民文学出版社，1978年，第329页。

的殉道是同样可能发生的。”在罗素看来，“集体兴奋的快感”乃是“形成领袖权力的一个重要因素”，但是，领袖并不一定也要具有他所激起的那种情感；它可以像莎士比亚剧本中的安东尼那样暗自思量：

> “现在让它闹起来吧；一场乱事已经发生，随它怎样发展下去吧！”
>
> 但是，领袖除非有能力控制其追随者，否则是难以成功的。因此他势必要择取易于使他成功的形势和群众。最好的形势是有相当严重危险的形势，这种危险足以使迎危向上者觉得自己勇敢，但又不十分可怕，不至于使恐惧占上风。[1]

像《裘力斯·凯撒》中的安东尼一样，勃鲁托斯和西西涅斯也巧妙地控制住了罗马市民的“集体兴奋的快感”，并将这种快感成功地转化为巨大的政治力量。借助这股人为调动起来的愤怒和不满，他们将科利奥兰纳斯驱逐出了罗马。

科利奥兰纳斯视自己的被逐为不堪忍受的奇耻大辱。为了报仇雪恨，他投入自己的敌国伏尔斯人的阵营。后来，在母亲的劝说下，他放弃了对罗马的攻击，但也因此最终被伏尔斯人杀死了。

有评论说：“通过科利奥兰纳斯的悲剧，莎士比亚比他的同时代人更深刻地显示出了个人主义的反人民性质。科利奥兰纳斯固然是一个杰出的将领，国家干城，但他却是一个个人主义者。”[2]这样的判断，并不确切。“个人主义”的标签似是而非，大而无当。科利奥兰纳斯的悲剧，从他自己的角度看，是由两个原因造成的：一个来自他褊狭

[1] 勃兰特·罗素：《权力论》，吴友三译，商务印书馆，1998年，第17—18页。
[2] 张泗洋、徐斌、张晓阳：《莎士比亚引论》（上），中国戏剧出版社，1989年，第333页。

的个性——过于僵硬和固执，缺乏包容的气度和妥协的能力；一个是由于他缺乏成熟的政治意识，对城邦的民主制尤其缺乏了解，这造成了他对市民社会的排斥态度，最终因此失去了民众的支持，在与政敌的较量中，轻易就被打败了。

但是，换一个角度来看，可以说，科利奥兰纳斯的悲剧根本上是由民粹化的民主制度造成的。所以，莎士比亚的深刻性，恰在于深刻地揭示了这样一个事实：科利奥兰纳斯的悲剧，主要是由罗马的政治制度造成的；在城邦民主制度下，政客与市民很容易在消极的意义上达成默契，最终通过一种简单化的粗暴方式，将本质上更优秀的人淘汰出局。

《科利奥兰纳斯》揭示了畸形民主制度下政治的黑暗和险恶。人性在这里很容易被扭曲。无情无义是政客们面对世界的基本态度，而不择手段是政客们生存的基本法则。莎士比亚借历史性的叙事，来批判现实，启示未来。

莎士比亚的几乎所有政治叙事，都有一个最高的价值指向，那就是通过直接或隐喻的方式，来表达对暴虐、阴谋、专制和腐败的谴责，对人的自由、尊严、权利和反抗精神的肯定。他的《裘力斯·凯撒》就是这种半是谴责、半是赞美的作品。

莎士比亚笔下的凯撒，虽然文韬武略，功劳盖世，但是，从性格来看，却与常人无异，就像对他知之甚深的凯歇斯所说的那样："神啊，像这样一个心神软弱的人，却会征服这个伟大的世界，独占着胜利的光荣，真是我再也想不到的事。"[1]他毫无民主的意识，本质上是一个自负而专制的暴君，宁愿让所有人匍匐在他脚下，"他像一个巨人似的跨越这狭隘的世界；我们这些渺小的凡人一个个在他粗大的两腿

[1] 莎士比亚：《莎士比亚全集》，朱生豪等译，第8卷，人民文学出版社，1978年，第217—218页。

下行走，四处张望着，替自己寻找不光荣的坟墓”[1]。凯歇斯无疑是罗马政坛上最有洞察力的人。他在政治意识上远比勃鲁托斯要成熟，既能看到问题的本质，也有勇气将自己的看法表达出来：

> 那么为什么要让凯撒做一个暴君呢？可怜的人！我知道他只是因为看见罗马人都是绵羊，所以才做一头狼；罗马人倘不是一群鹿，他就不会成为一头狮子。谁要是急于生起一场旺火来，必须先用柔弱的草秆点燃；罗马是一些什么不中用的糠屑草料，要去点亮像凯撒这样一个卑劣庸碌的人物！可是唉，糟了！你引得我说出些什么话来啦？也许我是在一个甘心做奴隶的人的面前讲这种话，那么我知道我必须因此而受祸；可是我已经准备好了，一切危险我都不以为意。[2]

凯歇斯的意思很明白：暴君之所以强大，是因为人民太柔弱；统治者之所以无所畏惧，是因为被统治者都逆来顺受。凯歇斯揭示了凯撒独裁得以实现的一个秘密，也给了罗马人反抗独裁的勇气和信心。

勃鲁托斯也是反对独裁的人。在行动能力上，他超过哈姆莱特；在仁慈和教养上，则接近哈姆莱特。他无法容忍“这时代的腐恶”，故而有杀死凯撒的决心；他也有不让自己诛求过深、杀伐太甚的仁慈，拒绝接受凯歇斯的将安东尼一并清除的建议：

> 卡厄斯·凯歇斯，我们割下了头，再去切断肢体，不但泄愤于生前，并且迁怒于死后，那瞧上去未免太残忍了；因为安东尼不过是凯撒的一只胳臂。让我们做献祭的人，不要做屠夫，卡尼斯。

---

[1] 莎士比亚：《莎士比亚全集》，朱生豪等译，第8卷，人民文学出版社，1978年，第218页。
[2] 莎士比亚：《莎士比亚全集》，朱生豪等译，第8卷，人民文学出版社，1978年，第227—228页。

我们一致奋起反对凯撒的精神，我们的目的并不是要他流血；啊！要是我们能够直接战胜凯撒的精神，我们就可以不必戕害他的身体。可是唉！凯撒必须因此而流血。所以，善良的朋友们，让我们勇敢地，却不是残暴地，把他杀死；让我们把他当作一盘祭神的牺牲而宰割，不要把他当作一具饲犬的腐尸而脔切；让我们的心像聪明的主人一样，在鼓动他们的仆人去行暴以后，再在表面上装作责备他们的神气。这样可以昭示世人，使他们知道我们采取如此步骤，只是迫不得已，并不是出于私心的嫉恨；在世人的眼中，我们将被认为恶势力的清扫者，而不是杀人的凶手。至于玛克·安东尼，我们尽可不必把他放在心上，因为凯撒的头要是落了地，他这条凯撒的胳臂是无能为力的。[1]

勃鲁托斯是将自由和尊严看得像生命一样宝贵的人。他是为了罗马的自由，才挺身而出，反对并刺杀凯撒。他尊敬凯撒，但是，不能容忍他在政治上对所有罗马人的傲慢和不敬，更不能接受“做一个奴隶”的屈辱。他在广场上对罗马市民的演讲，足以说明他人格上的高尚和政治伦理上的文明：

各位罗马人，各位亲爱的同胞们！请你们静静地听我解释。为了我的名誉，请你们相信我；尊重我的名誉，这样你们就会相信我的话。用你们的智慧批评我；唤起你们的理智，给我一个公正的评断。要是在今天在场的群众中间，有什么人是凯撒的好朋友，我要对他说，勃鲁托斯也是和他同样地爱着凯撒。要是那位朋友问我为什么勃鲁托斯要起来反对凯撒，这就是我的回答：并不是我不爱凯撒，可是我更爱罗马。你们宁愿让凯撒活在世上，

---

[1] 莎士比亚：《莎士比亚全集》，朱生豪等译，第8卷，人民文学出版社，1978年，第235—236页。

大家作奴隶而死呢，还是让凯撒死去，大家作自由人而生？因为凯撒爱我，所以我为他流泪；因为他是幸运的，所以我为他欣慰；因为他是勇敢的，所以我尊敬他；因为他有野心，所以我杀死他。我用眼泪报答他的友谊，用喜悦庆祝他的幸运，用尊敬崇扬他的勇敢，用死亡惩戒他的野心。这儿有谁愿意自甘卑贱，做一个奴隶？要是有这样的人，请说出来；因为我已经得罪他了。这儿有谁愿意自居化外，不愿做一个罗马人？要是有这样的人，请说出来；因为我已经得罪他了。这儿有谁愿意自处下流，不爱他的国家？要是有这样的人，请说出来；因为我已经得罪他了。我等待着答复。[1]

在“自由”和“奴隶”之间，他只有一种选择。他必须为了“自由”而除掉野心勃勃的暴君。然而，勃鲁托斯的理想，最终却并没有实现。他没有认识到安东尼的本质，没有认识到他是诡诈的政客，因而也是“自由”的敌人和罗马民主的威胁——安东尼将罗马的市民的情绪煽惑得“十分激昂”，并且不负责任地说：“现在让它闹起来吧；一场乱事已经发生，随它怎样发展下去吧！”[2]勃鲁托斯被安东尼和他煽动起来的群众赶出了罗马，最后被迫自杀。他从暴政中解救罗马的计划，终于失败了。

勃鲁托斯之所以失败，并不是因为他没有胜利的机会，而是因为他太过仁慈，也没有认识到罗马市民在政治上的摇摆和不成熟，就像哈兹里特所分析的那样：“事情总是这样。那些出于良好愿望的人也把别人想得很好，结果成为这种想法的牺牲品。那些出于仁爱和正直之心反抗不公和暴政的人们常常对付不了那些狡猾和有权势的对手。

---

[1] 莎士比亚：《莎士比亚全集》，朱生豪等译，第8卷，人民文学出版社，1978年，第260—261页。
[2] 莎士比亚：《莎士比亚全集》，朱生豪等译，第8卷，人民文学出版社，1978年，第268页。

自由之友相信别人的表白，因为他们自己是真诚的，他们在争取大众福利的时候尽可能少地损害敌人的利益，但是这些敌人一心只要实现自己的目的，并且会不择手段。”[1]这是罗马人的悲剧，也是在世界上其他国家和民族数见不鲜的悲剧。

作为莎士比亚心目中理想的政治人物，勃鲁托斯有远远高出一般政客的政治理想，因此不能容忍凯撒的独裁，挺身而出，与之对抗。他笃于友道，坦率磊落，勇于自责；他对妻子鲍西娅，情深意重，对她的离世，悲恸不已；他对自己的仆人路歇斯也很和善和慈爱，不忍在他熟睡时将他唤醒；他对自己的政敌，也心存仁念，不以无度嗜杀为自保之道。无论支持他的人，还是反对他的人，都赞赏他在精神上的伟大和人格上的高贵。

德国浪漫主义批评家史雷格尔对勃鲁托斯评价非常高。他认为，在“现代文学的全部成绩中”，像勃鲁托斯“那样的伟大可亲的人格，优美无缺的德行，像他那样接近完善的美，合乎希腊古代的道德和品格美的人物，恐怕没有第二个”[2]。显然，在这个虽败犹荣的自由和民主的守护者身上，寄寓着莎士比亚自己的政治理想。即使到了21世纪的今天，莎士比亚的政治理想，以及体现这理想的伟大的悲剧人物，依然能够为我们带来智慧上的启迪和道义上的支持。

有人在评价莎士比亚戏剧的影响力的时候说：“直到今日他的历史剧还继续影响着英国人对民族的过去和民族的本质的看法。它们仍然是具有某种生命力的政治声明和爱国主义声明。”[3]事实上，几百年来，他的所有包含着政治思想和政治激情的悲剧和历史剧，也一直影响着全世界读者的政治意识和政治理想。它们就是充满深刻的思想和强大的生命力的政治启蒙书。

---

[1] 威廉·哈兹里特：《莎士比亚戏剧中的人物》，顾钧译，华东师范大学出版社，2009年，第31页。
[2] 杨周翰编选：《莎士比亚评论汇编》（上），中国社会科学出版社，1979年，第313页。
[3] 安德鲁·桑德斯：《牛津简明英国文学史》，谷启楠等译，人民文学出版社，2000年，第161页。

四、正义精神：生活与叙事的伦理准则

正义是人类生活的首要原则和首要价值，也是全社会所有人生存的安全保障。如果一个社会完全失去了正义，人们普遍失去了维护正义的热情和勇气，那么，它注定要陷入灾难的深渊。在这样的社会里，任何邪恶的事情都可能发生，无论谁都有可能受到伤害。

正义意味着公正和公平。它尊重所有人的基本权利，维护所有人的人格平等。它认为每一个人的生命权和社会权利，都具有不容忽视和侵犯的神圣性，正像罗尔斯所指出的那样："正义是社会制度的首要价值，正像真理是思想体系的首要价值。……每个人都拥有基于正义的不可侵犯性，这种不可侵犯性即使以社会整体利益之名也不能逾越。因此正义否认了一些人分享更大利益而剥夺另一些人的自由是正当的，不承认许多人享受的较大的利益能绰绰有余地补偿强加于少数人的牺牲。……作为人类的首要价值，真理和正义是决不妥协的。"[1]

正义是一种具有规约性的道德理念和行为原则。它积极地规范着人们的意识和行为，引导人们按照正确的方式，进行交往与合作，追求自己的理想，实现自己的目标。罗尔斯说："在目标互异的个人中间，一种共有的正义观建立起公民友谊的纽带，对正义的普遍欲望限制着对其他目标的追逐。我们可以设想一种公开的正义观，正是它构成了一个组织良好的人类联合体的基本条件。"[2] 显然，如果没有可靠的正义观，一个良好而安全的社会，是不可能建立起来的。罗尔斯试图建构的是这样一种正义观，无论对人们的道德意识，还是人们的道德

[1] 约翰·罗尔斯：《正义论》，何怀宏等译，中国社会科学出版社，1988 年，第 3—4 页。
[2] 约翰·罗尔斯：《正义论》，何怀宏等译，中国社会科学出版社，1988 年，第 5 页。

行为，它均可起到指导作用："我希望强调，正义观只是一种理论，一种有关道德情感（重复一个十八世纪的题目）的理论，它旨在建立指导我们的道德能力，或更确切地说，指导我们的正义感的原则。"[1]

一个完全丧失了正义感的人，就是一个在道德情感和道德行为中陷入混乱状态的人，就不会正确地爱，也不会正确地恨。也就是说，无论在私人生活领域，还是在公共生活领域，他都将是一个严重的"问题人物"，正像罗尔斯所深刻地指出的那样："一个缺乏正义感的人，一个除非出于自私利益和权宜之计的考虑否则就从不履行正义要求的人，不仅没有友谊、情感和相互信任的联系，而且也不能够体验到不满和义愤。他缺乏某种自然态度和一种极其基本的道德情感。换言之，一个缺乏正义感的人也缺乏包含在人性这一概念之下的某些基本的态度和功能。"[2]

文学是一种与人的道德情感联系非常密切的精神现象。写作是一种体现正义精神的创造性活动。一个作家在处理人物矛盾和情节冲突的时候，必然会将作者的情感态度隐含其中，总会不可避免地显示着他的价值倾向。在善与恶的冲突中，在是与非的纠缠中，他必须依据可靠的正义原则来展开叙事。他可以写出恶的复杂性，甚至可以用含蓄的方式来处理问题，但是，无论如何不能用赞美的态度叙述它。伟大的作家，不仅在美学的意义上是伟大的，而且在伦理的意义上也同样是伟大的。伦理精神上的伟大，就意味着他是一个正义的有良知的作家，就意味着他不仅正确地处理了善与恶的关系问题，而且还积极而恰当地表达了他自己对一切形式的恶的道德义愤。

莎士比亚无疑是一个充满正义感的伟大作家。正义是他许多作品的潜在主题。就伦理精神来看，他的作品几乎是无可挑剔的。个人与

[1] 约翰·罗尔斯：《正义论》，何怀宏等译，中国社会科学出版社，1988 年，第 50 页。
[2] 约翰·罗尔斯：《正义论》，何怀宏等译，中国社会科学出版社，1988 年，第 490—491 页。

国家的关系，是一种重要的政治关系；个人如何在国家面前显示自己的态度和立场，往往体现着他的政治意识和正义精神。一个以积极的态度对待国家的人，不仅会热情地关心国家命运，而且还勇于指出国家的病因，包扎流血的伤口。在《麦克白》中，苏格兰贵族洛斯就曾这样表达了自己对国家命运的忧患和焦虑，对国家现状的失望和不满：

> 唉！可怜的祖国！它简直不敢认识它自己。它不能再称为我们的母亲，只是我们的坟墓；在那边，除了浑浑噩噩、一无所知的人以外，谁的脸上也不曾有过一丝笑容；叹息、呻吟、震撼天空的呼号，都是日常听惯的声音，不能再引起人们的注意；剧烈的悲哀变成一般的风气；葬钟敲响的时候，谁也不再关心它是为谁而鸣；善良人的生命往往在他们帽上的花朵还没有枯萎以前就化为朝露。[1]

从这段话里，我们看到了国家形势的混乱景象，看见了人民境遇的悲惨状况——国家已经异化为人民的对立面，成为苦难和不幸的制造者；痛苦和悲哀成为全社会日常性的经验内容，无奈和绝望则成为人民的一种普遍的情绪，而长久的悲惨境遇则使人们普遍沦为麻木不仁的冷漠状态。在这段文字中，我们看到了人物的悲哀和沉痛的情感，但也看到了作者高尚的正义精神。

在戏剧写作中，正义意味着公正地处理善恶之间的冲突，正确地处理善恶之间的关系。《一报还一报》中的伊莎贝拉说："卑劣的恕罪和大度的宽赦是两件不同的事情；合法的慈悲，是不可和肮脏的徇从同日而语的。"[2]选择以什么样的态度面对邪恶，以什么样的尺度

---

[1] 莎士比亚：《莎士比亚全集》，朱生豪等译，第8卷，人民文学出版社，1978年，第374页。
[2] 莎士比亚：《莎士比亚全集》，朱生豪等译，第1卷，人民文学出版社，1978年，第320页。

评价邪恶，这的确是一件考验人的正义感的事情；它不允许作家以错误甚至含混的方式来处理善恶问题。

莎士比亚无疑是在写作中处理正义问题的典范。无论人物性格和矛盾冲突有多么复杂，他用以判断是非的“正义尺度”，却从不发生偏差，也就是说，他能根据问题的性质和严重程度，在温和的批评和严厉的谴责之间，准确地显示自己的“正义感”——既不失之于太轻，也不失之于太重；既不失之于严苛，也不失之于宽纵。

在早期的《维洛那二绅士》中，维洛那的凡伦丁和普洛丟斯，是两个很好的朋友。凡伦丁为了见世面，告别了朋友和家人，来到米兰公爵府做事，并爱上了公爵美丽的女儿西尔维娅。后来，他的朋友普洛丟斯，也来到了米兰公爵府。他迅速把自己的女友朱利娅抛在了脑后，也爱上了西尔维娅。为了得到西尔维娅，普洛丟斯把凡伦丁和西尔维娅准备私奔的计划，透露给了公爵，导致凡伦丁被公爵驱逐出境。凡伦丁最后在森林中与打劫他的强盗们成了朋友。后来，在森林中，凡伦丁与西尔维娅、普洛丟斯和朱利娅碰到了一起。普洛丟斯对自己的过失深感羞愧，进行了忏悔。最后，他们的爱情和友情，都有一个完满的结局。公爵也赦免了森林中的强盗，放他们各回各家。

在这部剧作里，普洛丟斯抛弃旧爱和出卖朋友的行为，都是不义的，但是，考虑到这一切都是出于年轻人的少不更事，而且，动机上没有十分严重的恶意，也并未酿成严重的后果，所以，莎士比亚并未对普洛丟斯进行严厉的嘲弄和谴责。随着普洛丟斯对自己的良心谴责，以及在道德行为上的调整，莎士比亚让针对他的正义性批评，以温和的方式体现了自己的存在。莎士比亚晚期所写的浪漫传奇剧《冬天的故事》（1611）和《暴风雨》（他的最后一部作品），也都属于这种以温和的方式显示正义感的戏剧作品——犯有罪错的人，最后幡然悔悟，弃恶从善，生活恢复了新的秩序，人们的关系也得到了修复。伟大的正义最终通向伟大的和谐。

当然，莎士比亚也用极为严肃和严厉的方式，来显示叙事的正义精神。只不过，他所采用的方式，是高明的戏剧化的手法。这一点，在《奥赛罗》中，有着近乎完美的表现。

《奥赛罗》悲剧发生的全部心理原因是嫉妒。伊阿古嫉妒奥赛罗，然后，设计破坏他的婚姻。他通过自己的妻子爱米利娅，拿到了苔丝狄蒙娜的手帕，并以此刺激奥赛罗的猜疑和嫉妒，使他陷入疯狂状态。婚姻内部的伴随着猜疑的嫉妒，往往会带来灾难性的后果。奥赛罗必须为苔丝狄蒙娜的死和自己的死，负一部分责任——他缺乏成熟的理性意识和起码的自制力。但是，他本质上是善良的，对自己的不智行为也有反省："要是你们愿意，不妨说我是一个正直的凶手，因为我所干的事，都是出于荣誉的观念，不是出于猜嫌的私恨。"[1]

显然，悲剧和灾难的几乎全部的罪责，都得由存心险恶的伊阿古来担当。他在人格上的卑鄙和行为上的邪恶，是极端形态的和不可原谅的。他甚至带着极大的快意来欣赏自己导演的恶作剧：

> 不要说出来；我自有用处。去，离开我。（爱米利娅下）我要把这手帕丢在凯西奥的寓所里，让他找到它。像空气一样轻的小事，对于一个嫉妒的人，也会变成天书一样坚强的确证；也许这就可以引起一场是非。这摩尔人已经中了我的毒药的毒，他的心理上已经发生变化了；危险的思想本来就是一种毒药，虽然在开始的时候尝不到什么苦涩的味道，可是渐渐地在血液里活动起来，就会像硫矿一样轰然爆发。我的话果然不差；瞧，他又来了！[2]

他对自己的作恶手段以及可能造成的后果，都有明确的设计和准确的

---

[1] 莎士比亚：《莎士比亚全集》，朱生豪等译，第9卷，人民文学出版社，1978年，第400页。

[2] 莎士比亚：《莎士比亚全集》，朱生豪等译，第9卷，人民文学出版社，1978年，第342—343页。

判断。根据设定的目标来有条不紊地作恶，乃是一种极其邪恶的道德故意，是一种不可饶恕的巨大的恶。莎士比亚用冷静的戏剧化方式，让人物通过自己的语言和行动，来显示自己的道德本质。他最后被觉醒的奥赛罗刺伤——莎士比亚用这种颇具象征意义的方式，体现了正义对邪恶的惩罚。受伤而未死的伊阿古，注定要受到正义的严厉审判和惩罚。

作者写作的正义性，既见之于对所有人物的同情和理解的态度，也体现于对所有人物的客观而公正的描写。也就是说，正义性的写作，要求作者尊重每一个人物的人格尊严，拒绝任何形式的偏见和简单化。

在《威尼斯商人》中，外在地看，正义与邪恶的冲突的情形，似乎是一目了然的，因而对人物品质和行为的评价，也同样是一件很容易的事情。但是，莎士比亚却不那样认为。他看到了事情的复杂性。发现正义并不总是固定不变地存在于某一方，或表现在哪一个人物身上。换一个角度看，正义就会以另外一种方式呈现出来。

所以，一方面，莎士比亚批评了夏洛克的狭隘、贪婪和残忍，但是，另一方面，他也公正地揭示了这样一个事实：作为一个备受歧视和伤害的犹太人，夏洛克的愤怒和报复，也是有来由的。他所受到的歧视和伤害，使他的境遇和极端形式的反抗，就显得不那么难以理解，甚至有些让人同情，就像哈兹里特所分析的那样："在人们的心目中，莎士比亚笔下邪恶的犹太人形象比坎伯兰笔下的善良的犹太人形象要长久得多。夏洛克已经不再是一个千夫所指的恶人，一些有思辨头脑的观众逐渐地有点喜欢上了他，他们倾向于认为这个犹太人对基督徒的报复与他受到的伤害至少是相当的。夏洛克是一个有理有据的怀恨者，一个被别人侵犯的程度与自己犯罪的程度相当的人。如果说他实施报复的手段有些过激的话，他确实有充足的理由，解释自己为什么'对于安东尼奥抱着久积的仇恨和深刻的反感'的那段话是非常具有说服力的。他似乎代表着自己的种族进行复仇。……在他充满恶意的怨恨中有一种强烈和深刻的正义感。”[1] 虽然并非一个犹太人作家，但哈兹里特却像夏洛克的同胞一样，对他的屈辱、愤怒和反抗，有着深刻的理解和强烈的共鸣。他对夏洛克报复心理的分析，不仅合情合理，而且也显示出很强的正义感。

夏洛克的愤怒和报复，听起来很残忍和不可思议，但是，我们从他对安东尼奥的朋友萨莱尼奥的反驳中，的确可以感受到他的仇恨包含着极大的正当性，甚至具有很强的“正义感”：

> 他曾经羞辱过我，夺去我几十万块钱的生意，讥笑着我的亏蚀，挖苦着我的盈余，侮蔑我的民族，破坏我的买卖，离间我的朋友，煽动我的仇敌；他的理由是什么？只因为我是一个犹太人。难道犹太人没有眼睛吗？难道犹太人没有五官四肢、没有知觉、没有感情、没有血气吗？他不是吃着同样的食物，同样的武器可以伤害他，同样的医药可以疗治他，冬天同样会冷，夏天同样会热，就像一个基督徒一样吗？你们要是用刀剑刺我们，我们不是也会出血的吗？你们要是搔我们的痒，我们不是也会笑起来的吗？你们要是用毒药谋害我们，我们不是也会死的吗？那么要是你们欺侮了我们，我们难道不会复仇吗？要是在别的地方我们都跟你们一样，那么在这一点上也是彼此相同的。要是一个犹太人欺侮了一个基督徒，那基督徒怎样表现他的谦逊？报仇。要是一个基督徒欺侮了一个犹太人，那么照着基督徒的榜样，那犹太人应该怎样表现他的宽容？报仇。你们已经把残虐的手段教给我，我一定会照着你们的教训实行，而且还要加倍奉敬哩。[2]

---

[1] 威廉·哈兹里特:《莎士比亚戏剧中的人物》，顾钧译，华东师范大学出版社，2009 年，第 216 页。

[2] 莎士比亚：《莎士比亚全集》，朱生豪等译，第 3 卷，人民文学出版社，1978 年，第 49 页。

这也许是人类文学中最令人五味杂陈、感受复杂的一段话。夏洛克的复仇，已经不是一个人对一个人的复仇，而是一个被侮辱的民族，对另一个加害和侮辱他们的民族的复仇。对夏洛克的不满和反诘，莎士比亚的戏剧化表现，是客观的，也是同情的。他甚至赋予了这部戏剧以悲剧的性质。德国伟大的犹太诗人海因里希·海涅，曾经记录了这样一幕："我在德瑞街剧院观此剧时，包厢后面立着一个面色灰白而秀丽的不列颠人，到了第四幕临完之际痛哭起来，叹着气说了好几声：'那个可怜的人是受冤抑了！'那人的脸有高贵的希腊风度，眼大而黑。我永不能忘一双为夏洛克而流泪的大黑眼！"[1]海涅接着说道："我一忆起那些眼泪，我就要把《威尼斯商人》列在悲剧一类。"海涅自己就是犹太人，所以，他的感受自然会大有不同，自然会从这出戏里看出更多的悲剧意味。

从夏洛克形象的塑造，人们可以看出，莎士比亚在处理正义问题的时候，的确达到了极高的境界。他对人物内心哪怕是极其细微的心理反应，都有准确的认识和把握，进而选择了那种几乎是唯一正确和完美的方式，来处理人物之间的关系，来让每一个人物都发出属于自己的声音。在莎士比亚笔下，每一个人物，都是有尊严的人，都受到了作者公正的对待。莎士比亚良好的正义感，使他将自己的文本，缔造成一个伟大的民主世界。在这里，每一个人物都享有自由和平等的机会，都享有为自己辩护的权利。

很多时候，在自己的作品中，莎士比亚总会安排这样一个人物：作为可靠的观察者和批评者，他出现在戏剧的重要场景中，向人们传递正义的声音，提供可靠的判断。有的时候，他通过小丑、女巫、幽灵、诗人、预言家、老人等功能性角色，来实现传递正义性声音的修辞目的。有的时候，则通过剧中的次要人物，来显示正义的力量和光芒，来告

[1] 梁实秋：《永恒的剧场——莎士比亚》，时报文化出版事业有限公司，1983年，第108页。

诉人们，正义的光芒并未被愚昧和邪恶的黑暗所吞没。

在《李尔王》中，肯特和奥本尼都扮演着正义的批评者的角色——前者批评李尔，向他提供正义的判断："君主不顾自己的尊严，干下了愚蠢的事情，在朝的端人正士只好直言极谏。保留你的权力，仔细考虑一下你的举措，收回这种卤莽灭裂的成命。你的小女儿并不是最不孝顺你；有人不会口若悬河，说得天花乱坠，可并不就是无情无义。我的判断要是有错，你尽管取我的命。"[1]后者则站在"正义"的立场，向李尔的两个无情无义的女儿，发出了严厉的质疑："智慧和仁义在恶人眼中看来都是恶的；下流的人只喜欢下流的事。你们干下了些什么事情？你们是猛虎，不是女儿，你们干了些什么事啦？这样一位父亲，这样一位仁慈的老人家，一头野熊见了他也会俯首贴耳，你们这些蛮横下贱的女儿，却把他激成了疯狂！难道我那位贤襟兄竟会让你们这样胡闹吗？他也是个堂堂汉子，一邦的君主，又受过他这样的深恩厚德！要是上天不立刻降下一些明显的灾祸来，惩罚这种万恶的行为，那么人类快要像深海的怪物一样自相吞食了。"[2]

在《安东尼与克莉奥佩特拉》中，安东尼的随从人员爱诺巴勃斯虽然背叛了他自己的主人，但他的两次"旁白"[3]，却可以被视为正义的声音。《辛白林》中的考尼律斯，也是向人们提供"正义"声音的人。他警告试图加害于伊摩琴的王后说："娘娘，这种试验的结果，不过使您的心肠变硬；而且中毒的动物不但恶臭异常，还容易把疫气传染到人们身上。"[4]语气里含着明显的谴责意味。他拒绝做王后的帮凶，以"旁白"的方式，表达了自己的态度，向观众揭示了关于"毒药"至关重要的秘密："我不喜欢她。她以为她手里有慢性的毒药；

[1] 莎士比亚：《莎士比亚全集》，朱生豪等译，第9卷，人民文学出版社，1978年，第154页。
[2] 莎士比亚：《莎士比亚全集》，朱生豪等译，第9卷，人民文学出版社，1978年，第235页。
[3] 莎士比亚：《莎士比亚全集》，朱生豪等译，第10卷，人民文学出版社，1978年，第80、86页。
[4] 莎士比亚：《莎士比亚全集》，朱生豪等译，第10卷，人民文学出版社，1978年，第152页。

可是我知道她的心意，我怎么也不会让她把这种危险的药物拿去害人的。我刚才给她的那种药，可以使感觉暂时麻木昏迷；也许她最初在猫狗身上试验，然后再进一步实行她的计划；可是虽然它会使人陷入死亡的状态，其实并无危险，不过暂时把精神封锁起来，一到清醒之后，反而比原来格外精力饱满。她不知道我已经用假药骗她上了当，可是我要是不骗她，我自己也就成了奸党了。”[1]《泰尔亲王配力克里斯》中的传递“正义”声音的功能角色是赫力堪纳斯。他不仅为人正直、忠诚，而且也非常练达和睿智——他关于向权力谄媚的一段议论[2]，一针见血，极其深刻。

《冬天的故事》几乎就是一部探讨“正义”问题的戏剧作品。其中的大臣安提哥纳斯，把“合乎正义”当作行事的原则，所以并没有服从国王的杀死婴儿的命令，而是放她一条生路，自己为此被熊咬死，付出了生命的代价。另一个体现“正义”的功能性角色，则由正直而忠于友谊的宝丽娜来担任。她为自己的朋友、受冤屈的王后赫米温妮辩护；她把刚刚出生的公主抱给里昂提斯看，希望他能回心转意，解除对王后的误会；她将“死亡”的王后，硬是在自己家里藏了十六年。她甚至与国王里昂提斯唇枪舌剑，毫不留情地批评他的昏愚和冷酷：

宝丽娜　好王后，陛下，好王后；我说是好王后，假如我是男人，那么即使我毫无武艺，也愿意跟人决斗证明她是个好王后。

里昂提斯　把她赶出去！

宝丽娜　谁要是向我动一动手，那就叫他留心着自己的眼珠吧。我要走的时候自己会走，可是必须先把我的事情办好。您的好王后，她真是一位好王后，已经给您添下一位公主了；这

[1] 莎士比亚：《莎士比亚全集》，朱生豪等译，第10卷，人民文学出版社，1978年，第153页。
[2] 莎士比亚：《莎士比亚全集》，朱生豪等译，第10卷，人民文学出版社，1978年，第280页。

便是，希望您给她祝福。（将小儿放下。）

里昂提斯　出去！大胆的妖妇！把她撵出去！不要脸的老鸨！

宝丽娜　我不是；我不懂你加给我这种称呼的意思。你自己才是昏了头了；我是个正直的女人，正像你是个疯子一样；我敢说和你的疯狂同等程度的正直，在这个世界上应该算过得去的。

里昂提斯　你们这些奸贼！你们不肯把她推出去吗？把那野种给她抱出去。（向安提哥纳斯）你这不中用的汉子！你是个怕老婆的，那个母夜叉把你吓倒了吗？把那野种捡起来；对你说，把她捡起来；还给你那头老母羊去。

宝丽娜　要是你服从了他的暴力的乱命，把这孩子拿起来，你的手便永远是不洁的了！

里昂提斯　他怕他的妻子！

宝丽娜　我希望你也怕你的妻子，那么你一定会把你的孩子认为是亲生的了。

里昂提斯　都是一群奸党！

安提哥纳斯　天日在上，我不是奸党。

宝丽娜　我也不是；谁都不是；只有这里的一个人才是，那就是他自己。因为他用比刀剑还厉害的谰言来中伤他自己的、他的王后的、他的有前途的儿子的和他的婴孩的神圣的荣名；可恨的是没有人能够强迫他除去他那种龌龊不堪的猜疑。

里昂提斯　这个长舌的泼妇，刚打过她丈夫，现在却来向我寻事了！这小畜生不是我的；她是波力克希尼斯的孩子；把她拿出去跟那母狗一起烧死了吧！

宝丽娜　她是你的；正像古话所说，“她这么像你，才真倒霉！”瞧，列位大人，虽然是副缩小的版子，那父亲的全副相貌，都抄了下来了；那眼睛、鼻子、嘴唇、皱眉头的神气、那额角，以至于颊上的可爱的酒涡儿，那笑容、手哪、指甲哪、手指哪，都是一副模型里造出来的。慈悲的天神哪！你把她造得这么像她的生身的父亲，如果你使她的性情也像她的父亲，但愿你不要让她也有一颗嫉妒的心；否则也许她也要像他一样疑心她的孩子不是她丈夫的儿子呢。

里昂提斯　好一个蠢俗的妖婆！你这不中用的汉子，你不能叫她闭嘴，你也是该死的。

安提哥纳斯　要是把在这件工作上无能为力的丈夫们都吊死了，那么您恐怕连一个臣子也没有了。

里昂提斯　我再吩咐一次，把她撵出去！

宝丽娜　最无道的忍心害理的昏君也不能做出比你更恶的事来。

里昂提斯　我要把你烧死。

宝丽娜　我不怕；生起火来的人才是个异教徒，而不是被烧死的人。我不愿把你叫作暴君；可是你对于你的王后这种残酷的凌辱，只凭着自己的一点毫无根据的想像就随便加以诬蔑，不能不说有一点暴君的味道；它会叫你丢脸，给全世界所耻笑的。

里昂提斯　你们要是还有一点忠心的话，快给我把她带出去吧！假如我是个暴君，她还活得了吗？她要是真知道我是个暴君，决不敢这样叫我的。把她带出去！

宝丽娜　请你们不用推我，我自己会走的。陛下，好好照顾您的孩子吧；她是您的。愿上帝给她一个更好的守护神！你们用手揪住我做什么？你们眼看他做着傻事而不敢有什么举动，全都是些没有用处的饭桶！好，好；再见！我们走了。（下。）[1]

这实在是一场难得的好戏！之所以要连篇累牍地将它引用在这里，是

[1] 莎士比亚：《莎士比亚全集》，朱生豪等译，第4卷，人民文学出版社，1978年，第131—134页。

因为宝丽娜的形象卓然不凡，光彩照人，值得我们反复观赏，细细品味。国王里昂提斯心胸狭隘，性情暴躁，有一颗像冬天一样寒冷的心，然而，逢彼之怒，宝丽娜却无所畏惧，痛快淋漓地挫其锋芒，批其逆鳞。她说里昂提斯对王后的猜疑，是“龌龊不堪的猜疑”，认为他的行为比“最无道的忍心害理的昏君”还要“更恶”。他斥责那些眼看国王“做着傻事”却不劝阻的人“全都是些没有用处的饭桶”。宝丽娜简直就是正义的化身。她所表现出来的勇气和辩锋，使人油然联想到蔺相如廷斥秦昭王的无畏和机智。

莎士比亚还有一个表达正义感的策略，那就是让那些犯有罪错的人，通过内心独白的方式，进行自我反省，甚至自己审判自己。例如，在《约翰王》中，约翰王就明确地知道自己的行为有多么不义，自己的罪孽有多么严重：“他们一个个怒火中烧。我好后悔。建立在血泊中的基础是不会稳固的，靠着他人的死亡换到的生命也绝不会确立不败。”[1]他为自己所犯的谋杀罪而惴惴不安：“我的贵族们抛弃了我；外国的军队已经威胁到我的国门之前；在我这肉体的躯壳之内，战争和骚乱也在破坏这血液与呼吸之王国的平和。我的天良因为我杀死我的侄儿，正在向我兴起问罪之师。”[2]他的自我忏悔，并没有使人陷入对“同情”或“厌恶”依违难决的矛盾状态，而是更强烈地感到了他的罪恶之深重，以及正义力量之巨大。正像哈兹里特所分析的那样：“也许因为他对自己罪恶的企图表示后悔，反而使我们的是非感大大增加而使我们更加地憎恨他。他所说的话使我们相信他的想法一定是非常丑恶的，他本人也对此感到害怕。”[3]也就是说，让犯罪者自己说出来比别人说出来，体现正义感的效果更好。让他们的心灵感受到巨大的不安和痛苦，让他们为自己的罪孽而惶恐不安，从而强烈地感

[1] 莎士比亚：《莎士比亚全集》，朱生豪等译，第4卷，人民文学出版社，1978年，第271页。
[2] 莎士比亚：《莎士比亚全集》，朱生豪等译，第4卷，人民文学出版社，1978年，第276页。
[3] 威廉·哈兹里特：《莎士比亚戏剧中的人物》，顾钧译，华东师范大学出版社，2009年，第194页。

受到正义的惩罚力量对自己的精神重压，这是莎士比亚特别伟大的叙事成就。

在莎士比亚的所有剧作中，最具有政治上的现代性正义感的作品，也许非写于1599年的《裘力斯·凯撒》莫属。作为悲剧，它比《哈姆莱特》《麦克白》《李尔王》《安东尼与克莉奥佩特拉》和《罗密欧与朱丽叶》毫不逊色，甚至，按照我的趣味和尺度，它完全可以排在莎士比亚的几大悲剧之首。就探索民主和正义主题来看，它的重要性，几乎没有哪一部莎剧可以与之相比并。

在这部作品中，莎士比亚探讨了很多重要的问题——共和的理念，权力的本质，极权的危害，民粹的危险，反抗的意义，慈悲的边界，民众的觉悟，等等。它最令人神旺的激情，来自对暴政的警惕，来自对暴君的反抗。凯歇斯说：

> 凯歇斯将要从奴隶的羁缚之下把凯歇斯解放出来。就在这种地方，神啊，你们使弱者变成最强壮的；就在这种地方，神啊，你们把暴君击败。无论铜墙石塔、密不透风的牢狱或是坚不可摧的锁链，都不能拘囚坚强的心灵；生命在厌倦于这些尘世的束缚以后，决不会缺少解脱它自身的力量。要是我知道我也肩负着一部分暴力的压迫，我就可以立刻挣脱这一种压力。（雷声继续。）

> 那么为什么要让凯撒做一个暴君呢？可怜的人！我知道他只是因为看见罗马人都是绵羊，所以才做一头狼；罗马人倘不是一群鹿，他就不会成为一头狮子。谁要是急于生起一场旺火来，必须先用柔弱的草秆点燃；罗马是一些什么不中用的糠屑草料，要去点亮像凯撒这样一个卑劣庸碌的人物！可是唉，糟了！你引得我说出些什么话来啦？也许我是在一个甘心做奴隶的人的面前讲这种话，那么我知道我必须因此而受祸；可是我已经准备好了，

一切危险我都不以为意。[1]

这是一段特别令人振奋的启蒙话语。它揭示了暴政和专制形成的秘密：正是被统治者的软弱、低能和愚昧，纵容了暴君们的野心，助长了他们的傲慢，成就了他们的黑暗而残暴的事业。暴君是平庸的，因为，他赖以存在的力量和德行，都是平庸的。无论凯歇斯的性格多么复杂，就冲他对暴政的这种深刻认识和反抗勇气，我们每一个读者都应该向他致敬。他的内心充满了热爱自由的激情和捍卫民主的牺牲精神。从反抗凯撒的专制威胁的角度看，他无疑是正义精神的化身，是一个充满男子气概的英雄式的悲剧人物。

勃鲁托斯（Marcus Brutus, 公元前 85 年—公元前 42 年）也是一个坚定的共和主义者，一个充满正义精神的罗马民主制度的捍卫者。他为人正直，武功赫赫。在政治上，他像凯歇斯一样头脑清醒。他从凯撒的傲慢中，从群众的盲目和狂热中，看到了凯撒成为专制暴君的危机，看到了凯撒对罗马民主的威胁。

事实上，正像古罗马历史学家苏维托尼乌斯所记载的那样，作为一个国家最高领导人，凯撒确实是“恶多于善”的：“他被认为是滥用了职权，他的被杀是罪有应得。因为他不仅接受了过分的尊荣，诸如连任执政官、终身独裁官和公民道德督查，尤其是‘英白多拉’（‘统帅’）的头衔、‘祖国之父’的尊号，他的塑像与诸王并列，在剧场中坐高人一等的座位。不仅如此，而且他还容许授予自己只有神才配享用的东西。”[2] 显然，凯撒已经背叛了共和主义，完全蜕变为一个妄自尊大的独裁者。“共和国治下，个人崇拜是被禁止的，长久以来

[1] 莎士比亚：《莎士比亚全集》，朱生豪等译，第 8 卷，人民文学出版社，1978 年，第 227 页。
[2] 苏维托尼乌斯：《罗马十二帝王传》，张竹明等译，商务印书馆，1995 年，第 37 页。

的传统，甚至总督也不允许在广场树立自己的雕像。”[1]所以，凯撒的个人崇拜，就惹起了所有共和主义者的反感、不安和愤怒。

个人崇拜不仅是一种病态的心理现象，反映着独裁者严重的自卑心理和傲慢倾向，更是一种极其肮脏的政治现象，是对所有公民肆无忌惮的人格羞辱和厚颜无耻的精神掠夺。一般来讲，个人崇拜与共和政治是格格不入的，所以，哪里有个人崇拜，哪里就不会有真正的共和政治。勃鲁托斯虽然颇受凯撒器重，但是，他还是克服了心理上的障碍和情感上的牵绊，坚定了铲除暴君、捍卫共和的决心：

> 只有叫他死这一个办法；我自己对他并没有私怨，只是为了大众的利益。他将要戴上王冠；那会不会改变他的性格是一个问题；蝮蛇是在光天化日之下出现的，所以步行的人必须刻刻提防。让他戴上王冠？——不！那等于我们把一个毒刺给了他，使他可以随意加害于人。把不忍之心和威权分开，那威权就会被人误用；讲到凯撒这个人，说一句公平话，我还不曾知道他什么时候曾经一味感情用事，不受理智的支配。可是微贱往往是初期野心的阶梯，凭借着它一步步爬上了高处；当他一旦登上了最高的一级之后，他便不再回顾那梯子，他的眼光仰望着云霄，瞧不起他从前所恃为凭借的低下的阶段。凯撒何尝不会这样？所以，为了怕他有这一天，必须早一点防备。既然我们反对他的理由，不是因为他现在有什么可以指责的地方，所以就得这样说：照他现在的地位要是再扩大些权力，一定会引起这样这样的后患；我们应当把他当作一颗蛇蛋，与其让他孵出以后害人，不如趁他还在壳里的时候就把他杀死。[2]

[1] 沙乌尔·巴锡、阿尔贝托·托索·费：《莎士比亚在威尼斯》，王一禾译，人民出版社，2014年，第62页。

[2] 莎士比亚：《莎士比亚全集》，朱生豪等译，第8卷，人民文学出版社，1978年，第230—231页。

冷酷和傲慢是暴君的两个最恶劣的德行。冷酷使他感受不到别人的痛苦，视人命如草芥，嗜杀成性，残暴地剥夺无辜者的一切；傲慢则使他蔑视他人的尊严，陶醉于一种严重歪曲的自我想象和自我评价，甚至使他将自己想象成无所不能的超人，想象成人类命运的绝对意义上的拯救者和主宰者。凯撒不仅无情地放逐坡勃律斯·辛伯，而且还要把为自己兄弟求情的麦泰勒斯“像狗一样踢开”。虽然凯歇斯、勃鲁托斯等人一起替辛伯兄弟求情，但凯撒仍然不为所动：

> 要是我也跟你们一样，我就会被你们所感动；要是我也能够用哀求打动别人的心，那么你们的哀求也会打动我的心；可是我是像北极星一样坚定，它的不可动摇的性质，在天宇中是无与伦比的。天上布满了无数的星辰，每一个星辰都是一个火球，都有它各自的光辉，可是在众星之中，只有一个星卓立不动。在人世间也是这样；无数的人生活在这世间，他们都是有血肉有知觉的，可是我知道只有一个人能够确保他的不可侵犯的地位，任何力量都不能使他动摇。我就是他；让我在这件小小的事上向你们证明，我既然已经决定把辛伯放逐，就要贯彻我的意旨，毫不含糊地执行这一个成命，而且永远不让他再回到罗马来。[1]

正是在这种情形下，勃鲁托斯才毅然引刀刺死了他。他这样为自己的行为辩解：“我们因为不忍看见罗马的人民受到暴力的压迫，所以才不得已把凯撒杀死；正像一场大火把小火吞没一样，更大的怜悯使我们放弃了小小的不忍之心。”[2]他将“正义”当作自己行动的绝对原则，

---

[1] 莎士比亚：《莎士比亚全集》，朱生豪等译，第8卷，人民文学出版社，1978年，第251—252页。
[2] 莎士比亚：《莎士比亚全集》，朱生豪等译，第8卷，人民文学出版社，1978年，第255页。

也将它当作自己追求的伟大理想："伟大的凯撒不是为了正义的缘故而流血吗？倘不是为了正义，哪一个恶人可以加害他的身体？什么！我们曾经打倒全世界首屈一指的人物，因为他庇护盗贼；难道就在我们中间，竟有人甘心让卑污的贿赂玷污他的手指，为了盈握的废物，出卖我们伟大的荣誉吗？我宁愿做一头向月亮狂吠的狗，也不愿做这样一个罗马人。"[1] 正义的人，爱惜自己的"伟大的荣誉"，也有勇气捍卫自己的人格尊严。这样的人，就是一个高尚而值得尊敬的人，即便失败了，也是一个伟大的英雄，一个正义的战士。卓越的西塞罗在自己的著作中说："所有善良的人都竭力要杀恺撒，有些是缺乏计谋，有些是缺乏勇气，还有些是缺乏机会，但没有一个是缺乏这种愿望的。……在这个城中，甚至是在全世界，还有什么行为比这更伟大、更光荣、更值得人类永远纪念呢？"[2] 他认为，人们刺杀一个暴君天经地义，所以，根本不存在"任何人由于杀死恺撒而遭到了报应"[3] 的事情。

是的，勃鲁托斯就像中国的荆轲一样，是一个值得人类永远赞美的英雄。他们是暴君的噩梦，但却是人民的希望，是追求正义和体现正义精神的伟大典范，就像柳无忌先生所说的那样："他获得了我们的同情心，使我们尊敬他，仰慕他，也惋惜他——尊敬，为着他的高贵的人格；仰慕，为着他的崇高的理想；惋惜，为着他在这个庸俗自私的世界内一些不合时宜的怀抱，最后铸定了他的悲惨的结局。"[4] 他虽死犹生，虽败犹荣，是人类精神的天幕上永远不落的一颗璀璨星辰。

虽然普鲁塔克按照当时的政治意识形态，将勃鲁托斯和狄昂一起，归入"弑杀君父者"，但是，却对他的人格和德行高度赞扬，说他"拥

[1] 莎士比亚：《莎士比亚全集》，朱生豪等译，第8卷，人民文学出版社，1978年，第277页。
[2] 弥尔顿：《为英国人民声辩》，何宁译，商务印书馆，1958年，第129页。
[3] 弥尔顿：《为英国人民声辩》，何宁译，商务印书馆，1958年，第133页。
[4] 柳无忌：《西洋文学研究》，中国友谊出版公司，1985年，第103页。

有善良的个性，因为学习和研究哲学，能够达到悲天悯人的境界，先天的禀赋受到激励，培养出严肃和温和的气质，从事政治和处理公务能将这种气质发挥得淋漓尽致，好像他是为实践德行而塑造出完美的人格”[1]。也就是说，他对凯撒的诛杀，根本就是正义的，因为，一个精神如此高尚、人格如此伟大的人，不可能做出完全不符合道义原则的事情。

比较起来，安东尼就是一个缺乏正义感的政客。他能言善辩，巧舌如簧，属于天才的修辞家和演说家。他虽然通过夹杂着反语和嘲弄的演说，煽动群众赶走了勃鲁托斯和凯歇斯，夺得了罗马的最高权领导权，但是，从正义的角度看，他是一个完全意义上的失败者，是一个可耻的出卖者和偷窃者。

总之，在莎士比亚的剧作里，正义就是最明亮的北斗，是最热烈的火焰。用这颗星辰，莎士比亚给黑暗时代的人们以方向；用这团火焰，他给恐怖时代的人们以力量和信心。在他的文本世界的上空，回响着正义的高亢而雄壮的旋律。

然而，正义感的麻木和正义精神的失落，却是当代中国文学陷入困境的原因之一。

我们的某些作家的道义尺度是歪曲甚至颠倒的。

我们对捍卫正义和人的尊严这类重大的问题，态度极度冷淡，就像爱因斯坦所担忧的那样：“人们好像失去了追求正义和尊严的热情，不再欣赏更可称颂的那些时代的人们以空前的牺牲所取得的成就了。有时好像是永远在走下坡路。甚至在理智的努力中，虚假的成功往往抑制了真正的关键性的努力。”[2]

我们时代的一些作家，甚至失去了准确地判断善恶的能力。他们

---

[1] 普鲁塔克：《希腊罗马名人传》，席代岳译，吉林出版集团有限责任公司，2009 年，第 1752 页。

[2] 爱因斯坦：《爱因斯坦文集》，第一卷，许良英等编译，商务印书馆，2012 年，第 470 页。

将邪恶审美化，常常沉迷于、陶醉于对暴力等黑暗事象的欣赏和描写。

他们歌颂“大秦帝国”。

他们赞美“雍正皇帝”。

他们“怀念狼”。

他们崇拜“狼图腾”。

对照莎士比亚的伟大作品，他们的精神病象，会更加清晰地彰显出来。

唉！他们的写作实在太势利、太俗气，既缺乏深刻的思想，也缺乏高贵的气质。

爱默生说：“正义比私情美丽。”[1]希望我们时代的那些以“私人写作”和“消极写作”为模式的作家，能明白爱默生的这句话所包含的真理性内容，能看见它足以照亮人心的思想光芒。

但愿他们能从莎士比亚的典范文本中，获得摆脱困境所需要的丰富的经验资源。

五、完美境界：戏剧魔力与修辞效果

戏剧是一种古老的文学样式，也是冲突最激烈、最吸引人的一种体裁。由于受到时间和空间的制约，戏剧对情节的组织更为集中和紧凑。所以，正如朱生豪所说，读戏剧，比读小说还要有趣，因为，“所谓‘戏剧的’一语，必然含有‘强烈的’‘反平铺直叙’的意味”[2]。

好的小说也需要有戏剧的张力和魅力。毫无戏剧性的小说，往往会流于乏味。就此而言，小说性天然地包含着戏剧性；好的小说就是“有

[1] 爱默生：《爱默生集：论文与讲演录》（上），赵一凡等译，三联书店，1993年，第801页。

[2] 宋清如编：《寄在信封里的灵魂——朱生豪书信集》，东方出版社，1995年，第330页。

好戏看”的小说。所以，第一流的叙事大师和小说家，都是懂得戏剧奥秘的人，都会在小说中写出经典性的戏剧场面——看看《史记》里有多少戏剧情景，看看《红楼梦》中有多少戏剧冲突。没有戏剧修养的人，根本就不可能成为第一流的小说家和叙事大师。很多第一流的小说家，同时就是第一流的戏剧家。果戈理、托尔斯泰、契诃夫、雨果、狄更斯和马克·吐温都写过戏剧。鲁迅的《过客》不也是迷你型的戏剧吗?

戏剧本质上接近诗。它以最客观的形式，包蕴最热烈的诗情。伟大的戏剧家都是伟大的诗人，而且还是第一流的抒情诗人。就像梁实秋先生在《戏剧艺术辨正》中所说的那样："自古至今，没有伟大的戏剧家不是诗人。因为戏剧就是诗的一种，也可说是最高的一种。"[1]王实甫是第一流的戏剧家，也是第一流的诗人；关汉卿是戏剧大师，也可以说是了不起的诗人。契诃夫戏剧中的诗意，比他的小说中的诗意似乎更浓；我们从汤显祖的戏剧中所感受到的诗情，简直比从他的诗歌中所感受到的还要多。

然而，戏剧家并不是直接抒情。他要抑制自己直抒胸臆的冲动。他必须追求客观性。因为，戏剧是客观型的文学样式，而且还是最高级形态的客观型文学。它以直观而又客观的形式，把人物的性格和命运，把生活的本质和面目，呈现给观众和读者看。戏剧的魔力就来自这种客观化效果。同史诗和小说比起来，戏剧对作者的自我控制能力，有着更高的要求。戏剧排斥作者的任何形式的主观化介入。作者任性的主观化，会破坏戏剧的真实感，会从根本上毁掉一部戏剧。

戏剧是对话的艺术。戏剧世界的一切，都要通过人物的动作和话语来呈现和展示。众声喧嚣的对话性，是戏剧世界的正常状态。声音象征着人格和思想。有独立人格和自己思想的人，都应该发出自己的

[1] 梁实秋：《梁实秋文集》，第1卷，鹭江出版社，2002年，第59页。

声音。一出戏中有多少个性格各异的人物，就应该有多少种声音。如果人们从一出戏中只听到一种声音，他们就有理由怀疑它不是一部成功的作品。例如，在“文革”期间的所谓“样板戏”中，人物没有自己的独立人格，没有自己的思想，没有参与对话的权利，没有发出自己声音的自由，所以，他们就只不过是苍白的符号和飘忽的影子；所发出的声音也是别人的声音，是一种虚假而空洞的声音。

莎士比亚的戏剧具有最高程度的客观性。他的写作可谓客观缜密，一丝不苟。美国学者理查德·保罗·罗写了一本很有意思的书——《寻找莎士比亚：寻访莎剧中的意大利》。作者通过实地考察，发现莎士比亚戏剧中所写的意大利城市的具体环境和风物，全都是客观和准确的。朱丽叶所生活的维洛那城，确实像莎士比亚所描写的那样，有一片槭树；作者还找到了剧中出现过的圣彼得教堂：“它和剧中给出的每一个要素都极其吻合；而只有我们的剧作家一人提到了它；这几乎可说是《罗密欧与朱丽叶》里隐藏的密码。”[1]虽然莎士比亚一辈子不曾离开过英格兰，但是，此书的作者断定他一定亲自来过意大利——我们可以把这看作是对莎士比亚戏剧的客观性效果的巧妙赞扬。

如果说，诗歌是君主独裁的文体，小说是君主立宪制的文体，那么，戏剧则是绝对意义上的民主政体。好的戏剧家，就像华盛顿一样，是一个高尚而无私的立国者——他建立了国家，赢得了自由和独立，但是，却默默地退出舞台，把一切权力都交给人民；人民享有一切权利，一切都由人民自己来选择和决断。戏剧艺术只接受这样的建国者，坚决反对文本领域内的一切暴君和个人崇拜。就此而言，戏剧就是一个文本意义上的共和国。所有人物都体面地生活这个绝对自由的国度里面。人物是戏剧世界的绝对主人和主角。他们按照自己的性格和愿

[1] 理查德·保罗·罗：《寻找莎士比亚：寻访莎剧中的意大利》，韦春晓译，上海译文出版社，2014年，第31页。

望自由地思考，自由地言说，自由地行动。

在戏剧文本里，作者只是一个旁观者和见证者，或者说，只是一个高明的组织者和指导者。一个没有谦逊、诚实、克制、公正之美德的人，是做不了第一流的戏剧家的。成功而不骄矜，创造而不占有，这就是伟大戏剧家的德行。泰纳在《莎士比亚论》中说：“莎士比亚笔下的人物都是血气方刚的，他们无法控制自己，一下子就淹没在自己的悲伤、愤怒、爱情之中，一下子就冲向他们的情欲使他们所驰往的陡峭斜坡。”[1]这样的判断，显然有点简单化，但是，却也说明了这样一个事实：莎剧中的人物是自己情感的主宰，而不是任何他者手中任人摆布的傀儡。

不仅如此，莎士比亚还将作者的粗暴介入，悬为“厉禁”——他不允许自己以简单化的方式显示“立场”，或以情绪化的方式妄下判断，“莎士比亚并不对人滥作论断，也不下道德判断。即使是那些行为不端的角色，比如《终成眷属》中的帕洛，又如（也许是不正经的角色）《亨利四世》（上）、（下）中的福斯塔夫，就算是杀人恶棍麦克白，莎士比亚都能让我们感到他们所感，而非妄论他们的恶”[2]。这当然不是说莎士比亚完全没有自己的价值立场和对善恶的态度，而是说，他能以真正的戏剧化的手段和富有教养的方式，来表达自己的立场和态度。

莎士比亚无疑属于那种足以被称作典范的伟大戏剧家。他像上帝一样创造了一个美好的世界，却把自己完全隐藏了起来，从不让自己的身影在作品中随意显现；他知道，在文本领域内制造对作者的个人崇拜，不仅是美学意义上的犯罪，而且是人格上极大的卑贱和智力上严重的愚蠢。在看戏和读剧本的过程中，我们压根意识不到作者的存

[1] 歌德等著：《莎剧解读》，张可、元化译，上海教育出版社，1998 年，第 35 页。
[2] 英国 DK 出版社著：《莎士比亚百科》，徐嘉等译，电子工业出版社，2016 年，第 18 页。

在；直到一切都结束了，幕布拉上了，书页合上了，我们才意识到，这部戏剧是那个叫莎士比亚的人写出来的；而且，不是按照随意的想象或自我表现的需要写出来的，而是照着人物和生活本来的样子、按照人类普遍与永恒的样子，写下来的。在评论《麦克白》的时候，哈兹里特又从读者的角度，强调了莎士比亚在描写人物性格方面所获得的非凡效果："在自然的无穷变化中，莎士比亚独具与自然竞争的天才。他是我们唯一的悲剧作家。他的剧作作用于精神和理智，给人以真实感。他所描写的东西深入我们的心灵，并作为我们个人经验的一部分铭刻在我们的记忆中，仿佛我们早已熟知他所描写的人，亲眼见过这些地方并亲身经历过这些事情。"[1]

莎士比亚戏剧写作的一个重要的艺术特点，就是适切性。所谓适切性，就是描写与事实高度的契合与严格的对应。作者所描写的样子，就是人物的性格、心理和行为本来的样子，就是按照必然律和生活逻辑来看，细节描写和情节叙述唯一可能的情形和状态。它带给读者的是毋庸置疑的准确性和完整性。他从不把人物写成简单、苍白而虚假的符号，而是将他们的性格、情感和思想的复杂性与丰富性，生动地呈现出来，即使像《安东尼与克莉奥佩特拉》中的两个非凡的主人公，莎士比亚也要将他们刻画成有血有肉的人："作为一对恋人，他们是英雄气的、宏大的，但同时也是低劣的、荒谬的、怯懦的、浑浑噩噩的。不管是作为个人，还是作为情侣，莎翁将他们用一种丰富而又难忘的方式呈现出来，观众既能看到好的部分，也能看到坏的、肮脏的部分。"[2]这种丰富而真实的艺术效果，就是我所说的"适切性"。

莎士比亚善于利用一切方法和手段，来获得这种在人物心理描写、性格塑造上的适切性效果。他常用的一种方法就是"他者镜像法"。

[1] 威廉·哈兹里特:《莎士比亚戏剧中的人物》，顾钧译，华东师范大学出版社，2009年，第12—13页。
[2] 英国DK出版社著：《莎士比亚百科》，徐嘉等译，电子工业出版社，2016年，第280—281页。

所谓“他者镜像法”，是我发明出来的一个概念，用以概括这样一种描写人物的方法——从一个人物的口之所言、目之所见，来揭示另外一个人物幽隐的内心世界。在莎剧的特定语境里，人物之间互为镜像。他们互相对话，也互相观察和评价，就像《裘力斯·凯撒》中的勃鲁托斯对凯歇斯所说的那样：“因为眼睛不能瞧见它自己，必须借着反射，借着外物的力量。”[1] 莎士比亚非常善于利用人物来分析人物和评价人物。例如，在《裘力斯·凯撒》中，关于凯歇斯，凯撒与安东尼有这样一番对话：

凯撒　我要那些身体长得胖胖的、头发梳得光光的、夜里睡得好好的人在我的左右。那个凯歇斯有一张消瘦憔悴的脸；他用心思太多；这种人是危险的。

安东尼　别怕他，凯撒，他没有什么危险；他是一个高贵的罗马人，有很好的天赋。

凯撒　我希望他再胖一点！可是我不怕他；不过要是我的名字可以和恐惧连在一起的话，那么我不知道还有谁比那个瘦瘦的凯歇斯更应该避得远远的了。他读过许多书；他的眼光很厉害，能够窥测他人的行动；他不像你，安东尼，那样喜欢游戏；他从来不听音乐；他不大露笑容，笑起来的时候，那神气之间，好像在讥笑他自己竟会被一些琐屑的事情所引笑。像他这种人，要是看见有人高过他们，心里就会觉得不舒服，所以他们是很危险的。我现在不过告诉你哪一种人是可怕的，并不是说我惧怕他们，因为我永远是凯撒。跑到我的右边来，因为这一只耳朵是聋的；实实在在告诉我你觉得他这个人怎

[1] 莎士比亚：《莎士比亚全集》，朱生豪等译，第 8 卷，人民文学出版社，1978 年，第 215 页。

么样。[1]

这一段对话，固然显示着凯撒的傲慢，但也显示着他的世故练达，心思缜密，以及谙于知人——凯撒自己就像凯歇斯一样，很善于“窥测他人的行动”。他对凯歇斯的心理分析和性格评价，全都基于那些很容易被人忽略的精微细节，包括脸上瞬间闪现的笑容和神态。他竟然能从那笑容里读解出凯歇斯自己对自己的“讪笑”。这已经不是简单的“表情分析学”，而是深层的“心理分析学”。难怪哈兹里特对莎士比亚的描写赞不绝口：“我们不知道还有什么其他段落可以比这一段更好地表现莎士比亚的天才。仿佛他就在现场，洞察每一个人的性格和想法，然后将他听到和看到的每个人的表情、语言、动作原原本本记录了下来。”[2]

《麦克白》展示的是一出弑君的悲剧。然而，莎士比亚没有将焦点和重心放在谋杀的外在过程，而是集中在麦克白和麦克白夫人的内心世界，着重表现他们在整个罪恶过程的残忍而又虚弱、大胆而又恐惧的复杂心理。莎士比亚正是借助“他者镜像法”来达到这一目的的。作为麦克白的“镜像”，麦克白夫人的话语之镜，清晰地“反映”着乃夫的性格：

> 你本是葛莱密斯爵士，现在又做了考特爵士，将来还会达到那预言所告诉你的那样高位。可是我却为你的天性忧虑：它充满了太多的人情的乳臭，使你不敢采取最近的捷径；你希望做一个伟大的人物，你不是没有野心，可是你却缺少和那种野心相联属的奸恶；你的欲望很大，但又希望只用正当的手段；一方面不愿

[1] 莎士比亚：《莎士比亚全集》，朱生豪等译，第8卷，人民文学出版社，1978年，第220页。
[2] 威廉·哈兹里特：《莎士比亚戏剧中的人物》，顾钧译，华东师范大学出版社，2009年，第30页。

玩弄机诈，一方面却又要作非分的攫夺；伟大的爵士，你想要的那东西正在喊：“你要到手，就得这样干！”你也不是不肯这样干，而是怕干。赶快回来吧，让我把我的精神力量倾注在你的耳中；命运和玄奇的力量分明已经准备把黄金的宝冠罩在你的头上，让我用舌尖的勇气，把那阻止你得到那顶王冠的一切障碍驱扫一空吧。[1]

从这段话中，我们不仅可以看到麦克白复杂的性格，而且理解了麦克白为何在谋杀之后，会在心理上有那么强烈的消极反应。他实实在在就是善恶各半的人物，有攫取权力的野心，但也有不忍之心，甚至还有点正直感和明察世事的练达。他对弑君之后的善恶报应，深信不疑：“可是在这种事情上，我们往往逃不过现世的裁判；我们树立下血的榜样，教会别人杀人，结果反而自己被人所杀；把毒药投入酒杯里的人，结果也会自己饮鸩而死，这就是一丝不爽的报应。”[2]然而，他的善念和理性，还不足以压倒他的野心和冲动，并使他最终远祸全身。由于这种性格和道德上的复杂性，他注定不会是一个若无其事、心安理得的作恶者。他必然会不安和恐惧。谋杀国王邓肯之后，他的心灵几乎一刻也不曾安宁，总是被可怕的幻觉和狞厉的鬼魂折磨着。麦克白夫人的这一通蛊惑色彩和怂恿性质的话，有助于我们更深入地了解了麦克白，让我们看清他幽暗不明的内心世界。

在《理查二世》中，理查王想看见自己失去王位和君王的威严以后，“还有一副怎样的面孔”，于是，便吩咐人拿一面镜子给自己：

把镜子给我，我要借着它阅读我自己。还不曾有深一些的皱

[1] 莎士比亚：《莎士比亚全集》，朱生豪等译，第8卷，人民文学出版社，1978年，第320页。
[2] 莎士比亚：《莎士比亚全集》，朱生豪等译，第8卷，人民文学出版社，1978年，第324页。

纹吗？悲哀把这许多打击加在我的脸上，却没有留下深刻的伤痕吗？啊，谄媚的镜子！正像在我荣盛的时候跟随我的那些人们一样，你欺骗了我。这就是每天有一万个人托庇于他的广厦之下的那张脸吗？这就是像太阳一般使人不敢仰视的那张脸吗？这就是曾经"赏脸"给许多荒唐的愚行、最后却在波林勃洛克之前黯然失色的那张脸吗？一道脆弱的光辉闪耀在这脸上，这脸儿也正像不可恃的荣光一般脆弱，（以镜猛掷地上）瞧它经不起用力一掷，就碎成片片了。沉默的国王，注意这一场小小的游戏中所含的教训吧，瞧我的悲哀怎样在片刻之间毁灭了我的容颜。[1]

嘿！这简直是神来之笔！镜子意味着对一个人的容貌和内心的"阅读"。莎士比亚用一面小小的镜子，照出了人物的内心世界，并让人物和读者一起，透过镜子看清了巨大的痛苦留下的外在痕迹，看见了那极不平静的内心世界。镜子中的映象，引发了人物强烈的心理反应。他看见了自己的脸，也看见了自己的屈辱和悲惨。他既恼怒，又自怜。查理王的这一通话，可以看作他对镜像中的自己的回应，其中充满了对背叛者的愤怒和不满。我们由此看见了他的性格特点——敏感，软弱，愚蠢，缺乏真正的男子汉气魄和精神上的力量感。

莎士比亚另一个塑造人物的方法，是"两面并观法"。这也是我提领出来的一个概念。所谓"并观"，来自司马迁的《史记》。《鲁仲连邹阳列传》中有句话，叫作"公听并观，垂名当世"[2]。这"并观"二字，用得很有讲究，指的是论人衡物，要将美丑、是非、善恶两方面，都照顾到，这才能做到公正和全面，才不至于诬枉好人，也不至于丑化坏人。

---

[1] 莎士比亚：《莎士比亚全集》，朱生豪等译，第 4 卷，人民文学出版社，1978 年，第 343 页。
[2] 司马迁：《史记》，卷八十三，中华书局，1999 年，第 1928 页。

司马迁自己塑造人物，用的就是这方法。无论多坏的暴君和酷吏，无论多么无行的大猾和说客，他都要写出他的一些优点，写出他性格上的完整性，所谓“列其行事，次其时序，毋令独蒙恶声焉”[1]。他甚至写出了最残暴的酷吏身上几乎可以忽略不计的优点。

莎士比亚也是这样来写人物的。他经常会写坏人的善念和良心上的不安。这不是一个刻意的修辞行为，而是一个伟大的观察家和心灵分析师，关于自己洞幽烛微的结果，所书写的客观报告。在《威尼斯商人》中，他一方面揭示犹太商人夏洛克复仇的残忍、内心的阴暗，同时，也让夏洛克为自己辩护，从而提醒人们，夏洛克的敌意和仇恨，并非造衅之始因，而是受害之结果——是威尼斯的贵族安东尼奥们的长期敌视和侮辱，才造成了他内心的屈辱和仇恨。在戏剧情节发展的微妙时刻，莎士比亚的同情心，公正地倾向了夏洛克，也给观众和读者提供了更全面的人性视野和生活图景。

莎士比亚最经典的“两面并观法”技巧，见之于著名的悲剧《麦克白》。他受野心勃勃的妻子怂恿，杀了仁慈而深孚众望的国王邓肯。他的良心很少安宁，精神上的痛苦强烈地折磨着他：

> 我对于班柯怀着深切的恐惧，他的高贵的天性中有一种使我生畏的东西；他是个敢作敢为的人，在他的无畏的精神上，又加上深沉的智虑，指导他的大勇在确有把握的时机行动。除了他以外，我什么人都不怕，只有他的存在却使我惴惴不安；我的星宿给他罩住了，就像凯撒罩住了安东尼的星宿。当那些女巫们最初称我为王的时候，他呵斥她们，叫她们对他说话；她们就像先知似的说他的子孙将相继为王，她们把一顶没有后嗣的王冠戴在我的头上，把一根没有人继承的御杖放在我的手里，然后再从我的

[1] 司马迁：《史记》，卷六十九，中华书局，1999 年，第 1796 页。

手里夺去，我自己的子孙却得不到继承。要是果然是这样，那么我玷污了我的手，只是为了班柯后裔的好处；我为了他们暗杀了仁慈的邓肯；为了他们良心上负着重大的罪疚和不安；我把我的永生的灵魂送给了人类的公敌，只是为了使他们可以登上王座，使班柯的种子登上王座！不，我不能忍受这样的事，宁愿接受命运的挑战！[1]

麦克白并不像《理查三世》中的国王理查三世，也不像《泰尔亲王配力克里斯》中的国王安提奥克斯——这两个恶人，生来就冷酷残忍，可以毫无痛苦和心理障碍地做任何恶事，甚至可以在犯罪中体验到巨大的快乐。麦克白的良心的眼睛，始终是睁开着的。从上面的这段文字中，我们可以清楚地看到，麦克白确实在承受着良心的煎熬。他清楚地知道自己的罪错有多么严重。他无法克制自己被妻子裹挟犯罪的冲动，但也同样无法抑制自己在道德上自我谴责的痛苦。这就使我们看到了他内心尚未泯灭的人性。直到垂老之年，麦克白的精神痛苦，也未尝稍稍减轻：

不要让我看见你的脸。（仆人下）西登！——我心里很不舒服，当我看见——喂，西登！——这一次的战争也许可以使我从此高枕无忧，也许可以立刻把我倾复（应为“覆”——引者注）。我已经活得够长久了；我的生命已经日就枯萎，像一片凋谢的黄叶；凡是老年人所应该享有的尊荣、敬爱、服从和一大群的朋友，我是没有希望再得到的了；代替这一切的，只有低声而深刻的咒诅，口头上的恭维和一些违心的假话。[2]

---

[1] 莎士比亚：《莎士比亚全集》，朱生豪等译，第8卷，人民文学出版社，1978年，第343页。
[2] 莎士比亚：《莎士比亚全集》，朱生豪等译，第8卷，人民文学出版社，1978年，第383页。

老年的麦克白几乎就是自己的道德审判官。他对自己的指责如此严肃和感伤，足以引动我们的同情心。即便麦克白夫人这种极其狠毒的人，莎士比亚也不视之为恶魔，而是要捕捉到她内心刹那间闪现的人性之光，并将它表现出来："费尽了一切，结果还是一无所得，我们的目的虽然达到，却一点不感觉满足。要是用毁灭他人的手段，使自己置身在充满着疑虑的欢娱里，那么还不如那被我们所害的人，倒落得无忧无虑。"[1]从这段话中，我们当然无法看到善的东西，但却可以看见一丝连她自己都没有觉察的悔意。将那些作恶多端的人物内心深处稍纵即逝的善念和悔意写出来，这就是莎士比亚像司马迁一样特别伟大的地方，甚至是比陀思妥耶夫斯基还要伟大的地方。因为，在陀思妥耶夫斯基小说中，人物的"灵魂拷问"，多多少少都给人一种病态而极端的印象；然而，在莎士比亚这里，一切都充满了真实的人间气息和日常生活气息。我们会觉得麦克白这样的人，离我们更近，也更亲切。

在人物塑造上，莎士比亚还有一个绝妙的方法，那就是"肺腑自语法"。中国有一句用来表达真诚之意的套话，叫作"肺腑之言"；中国还有一句俗话，道是："山川如能语，葬师食无所；肺腑而能语，医师色如土。"可见，多数时候，人的"肺腑"都是沉默的，而所谓"肺腑之言"，也是难得听到的。然而，在莎士比亚的戏剧中，人物的"肺腑"，不仅会发出声音，而且还会发出那种特别具有内在深度的声音。这是一种理性的批评的声音，是另一个内在的自己，对这一个外在的自己的分析和评价。例如，《泰特斯·安德洛尼克斯》中的艾伦，是一个极端邪恶的人。罗马皇室和泰特斯·安德洛尼克斯全家的灾难，都是他教唆情人塔摩拉和她的两个儿子制造出来的：

---

[1] 莎士比亚：《莎士比亚全集》，朱生豪等译，第8卷，人民文学出版社，1978年，第346页。

不错，我正是教导他们的师傅哩。他们那一副好色的天性是他们的母亲传给他们的，那杀人作恶的心肠，却是从我这儿学去的；他们是风月场中猎艳的能手，也是两条不怕血腥气味的猘犬。好，让我的行为证明我的本领吧。我把你那两个兄弟诱到了躺着巴西安纳斯尸首的洞里；我写下那封被你父亲拾到的信，把那信上提到的金子埋在树下，皇后和她的两个儿子都是我的同谋；凡是你所引为痛心的事情，哪一件没有我在里边捣鬼？我设计诓骗你的父亲，叫他砍去了自己的手，当他的手拿来给我的时候，我躲在一旁，几乎把肚子都笑破了。当他牺牲了一只手，换到了他两个儿子的头颅的时候，我从墙缝里偷看他哭得好不伤心，把我笑个不住，我的眼睛里也像他一样充满眼泪了。后来我把这笑话告诉皇后，她听见这样有趣的故事，简直乐得晕过去了，为了我这好消息，她还赏给我二十个吻哩。[1]

这是一个恶人在暗夜里独处时，才会有的阴暗的心理活动。但是，莎士比亚偏要让他在舞台上，对着观众的眼睛，把自己的心思，全都讲出来。这种艺术手法所获得的修辞效果，的确是令人骇叹的；艾伦的充满恶意的心思，倘然由其他人“揭发”出来，便很难获得如此真实和令人震撼的效果。在《理查三世》中，两位小王子被杀的情景，“一桩血腥的暴行”，却是在第四幕第三场，由行刑的刽子手提瑞尔在无人处、独白时，生动逼真而颇含悔意地道出，给人一种仿佛亲眼目睹的现场感和惊心动魄的震撼感，难怪哈兹里特赞叹说：“这种对于人心中爆发出的真实情感的精彩描绘只有莎士比亚才能做到的，他的描

[1] 莎士比亚：《莎士比亚全集》，朱生豪等译，第7卷，人民文学出版社，1978年，第457—458页。

绘既充满想象，又朴素自然。”[1]

然而，在莎士比亚的戏剧中，最为精彩的“肺腑自语”，也许还要数《哈姆莱特》第三幕第三场克劳狄斯在忏悔前讲的一段话了：

啊！我的罪恶的戾气已经上达于天；我的灵魂上负着一个元始以来最初的咒诅，杀害兄弟的暴行！我不能祈祷，虽然我的愿望像决心一样强烈；我的更坚强的罪恶击败了我的坚强的意愿。像一个人同时要做两件事情，我因为不知道应该先从什么地方下手而徘徊歧途，结果反弄得一事无成。要是这一只可咒诅的手上染满了一层比它本身还厚的兄弟的血，难道天上所有的甘霖，都不能把它洗涤得像雪一样洁白吗？慈悲的使命，不就是宽宥罪恶吗？祈祷的目的，不是一方面预防我们的堕落，一方面救拔我们于已堕落之后吗？那么我要仰望上天；我的过失已经犯下了。可是唉！哪一种祈祷才是我所适用的呢？“求上帝赦免我的杀人重罪”吗？那不能，因为我现在还占有着那些引起我的犯罪动机的目的物，我的王冠、我的野心和我的王后。非分攫取的利益还在手里，就可以幸邀宽恕吗？在这贪污的人世，罪恶的镀金的手也许可以把公道推开不顾，暴徒的赃物往往成为枉法的贿赂；可是天上却不是这样的，在那边一切都无可遁避，任何行动都要显现它的真相，我们必须当面为我们自己的罪恶作证。那么怎么办呢？还有什么法子好想呢？试一试忏悔的力量吧。什么事情是忏悔所不能做到的？可是对于一个不能忏悔的人，它又有什么用呢？啊，不幸的处境！啊，像死亡一样黑暗的心胸！啊，越是挣扎，越是不能脱身的胶住了的灵魂！救救我，天使们！试一试吧：屈下来，顽强的膝盖；钢丝一样的心弦，变得像新生之婴的筋肉一样柔嫩

[1] 威廉·哈兹里特：《莎士比亚戏剧中的人物》，顾钧译，华东师范大学出版社，2009年，第188页。

吧！但愿一切转祸为福！（退后跪祷。）[1]

莎士比亚的高明之处，就是把每一个人物都当作有灵魂的人。他不仅能看见这些人的意识和行为，而且，还要让人物的眼睛看见“自己灵魂的深处”，“看见我灵魂里那些洗拭不去的黑色的污点”[2]。克劳狄斯对自己的灵魂，看得比任何人都清楚。事实上，无论多么缺乏理性意识的人，都比别人更了解自己的愿望、动机和苦恼。因此，他的作品中的人物，与其说因别人的批评而觉得懊恼，还不如说因为看到了自己内心的残缺和污点而觉得不安和难过。只不过有的人将这不安和难过，转化为自新和向善的动力，有的人则因为极度的惶恐，而选择文过饰非，甚至用一连串更严重的错误和罪恶，来掩盖自己的罪孽，来克服内心的焦虑和恐惧，使自己避免来自良心和法律的清算；更严重的犯罪者，甚至以充满欺诈的夸张而虚假的形式，使自己显得无比光荣，无比正确。克劳狄斯无疑就属于后一类人。

莎士比亚剧作的魅力和魔力，除了来自这些塑造人物的方法，还来自它的语言。文学作品的语言效果取决于两个因素：一个是词汇量，一个是修辞技巧。前者决定了语言表达的丰富性和准确性；后者影响着语言表达的形象程度和生动程度，影响着读者的审美想象和审美体验。

莎士比亚的语言不仅词汇量巨大，而且，修辞技巧也高超得近乎完美，尤其是他的比喻修辞，绚丽多彩，奇妙无比，令人一见惊心，过目难忘，就像泰纳所描述的那样：“它们是这样出人意外，不是迟缓地吃力地一个跟着一个而来，而是流畅地大量地成千上万蜂拥而来，犹如泉水涌出无数水泡，簇拥在一起，纷纭杂沓，层出不穷，使人来

---

[1] 莎士比亚：《莎士比亚全集》，朱生豪等译，第9卷，人民文学出版社，1978年，第84—85页。
[2] 莎士比亚：《莎士比亚全集》，朱生豪等译，第9卷，人民文学出版社，1978年，第89页。

不及看到它们的扩展，也来不及看到它们的消失。”[1]

词汇量是我们评价作家的语言才华和写作能力的重要尺度。几乎所有第一流的作家，都是拥有大量词汇的人，而他们的作品，则简直可以被视为别样形态的词典甚至百科全书。一个作家，只有储备足够多的词汇，才能保证写作的有效性，才能获得最理想的文学性效果——精微准确，灵活多变，富有新意和美感。中国作家如司马迁、杜甫、苏东坡、汤显祖、曹雪芹、蒲松龄和鲁迅，都是词汇储存极为丰富的作家。阅读他们的作品，你会留下这样一个印象：若非出于修辞上的需要，他们很少反复用同一个词汇描写同一个动作。杜甫在《江上值水如海势聊短述》中说：“为人性僻耽佳句，语不惊人死不休。”[2]又在《戏为六绝句》中说：“不薄今人爱古人，清词丽句必为邻。”[3]在那些真正伟大的作家看来，词汇的贫乏和修辞的单调，不仅是写作行为上的懒惰，而且简直就是写作伦理上的不道德。

我曾在一篇文章说过这样一段话：“阅读影响着写作。阅读的广度和深度，决定着写作的高度。由一个人读过什么样的书，大体可以判断他能写出什么样的作品。有些作家写作能力低下，语言粗糙无味，究其缘由，很大程度上，是因为他们读书太少太浅。”[4]词汇量的积累主要来自阅读。作家应该是博学多闻的人。一个读书很少的人，必然是知识和词汇量都很贫乏的人，注定成不了好作家。然而，写得多，读书少，正是当代中国作家的通病。“词汇贫乏症”的病因，端在读书太少，积累不够耳。

莎士比亚也许是古往今来最有知识、词汇量最大的英语文学作家。

---

[1] 歌德等著：《莎剧解读》，张可、元化译，上海教育出版社，1998年，第28—29页。

[2] 浦起龙：《读杜心解》，下册，中华书局，1961年，第620页。

[3] 浦起龙：《读杜心解》，下册，中华书局，1961年，第842页。

[4] 李建军：《在“会己”与“异我”之间——论孙犁对〈史记〉的阅读与会解》，《文艺研究》2016年第7期。

他的词汇像词典一样丰富。据说，“莎士比亚的戏剧和诗歌中共使用了 17000 多个不同的词汇，而现在一般一个受过良好教育的人所掌握的词汇量大约是 4000。在《牛津英语词典》里，近 3000 个词条都会提到莎士比亚的名字，声称是他将这些词汇引入了现代语言”[1]。另有资料显示，“过去一般估计，莎士比亚的词汇量大约在 15000 个单词左右，估计最高的也不过 24000 个。弥尔顿的诗歌不过才用了 8000 个单词，英语的《钦定圣经》才用了 6500 个单词。直到 70 年代中期，有学者借助电子计算机，才精确地统计出莎士比亚的全部词汇量达 29066 个。仅从这个庞大的数目来看，即可看出莎氏语言的丰富性”[2]。莎士比亚的词汇量丰富的“早期近代英语”（early modern English），很难被直接转化成现代汉语——“就英语发展史而言，当时近代英语的规模虽已大备，但词形、词义、用法尚未固定，词汇中还包含有不少中世纪英语的成分，甚至还残留着古英语的孑遗”[3]；朱生豪的莎剧翻译，粲然可观，臻于化境，首先得归功于朱生豪的汉语修养好，汉语词汇量丰富。关于莎士比亚的词汇量，我们也无须词费，太过饶舌。

词汇意味着知识。文学修辞，尤其是比喻修辞，要求作家博闻多识，应该是动物学、植物学、地理学、气象学等方面的博物学家，要对鸟兽、虫鱼、花草、山水、河海、日月、风云，知之甚详，否则，就无法建构生动的喻体，就不可能创造出新鲜、别致而富有美感的比喻和象征的修辞意境。莎士比亚就是一个真正的博物学家。《冬天的故事》中的潘狄塔说：

唉，别说了吧！您会消瘦到一阵正月的风可以把您吹来吹去的。（向弗罗利泽）现在，我的最美的朋友，我希望我有几枝春

[1] Roni Jay：《莎士比亚：活着，还是死去》，王蕾译，大连理工大学出版社，2008 年，第 31 页。
[2] 张泗洋、徐斌、张晓阳：《莎士比亚引论》（下），中国戏剧出版社，1989 年，第 242 页。
[3] 刘炳善编纂：《英汉双解莎士比亚大辞典·自序》，河南人民出版社，2002 年，第 4 页。

> 天的花朵，可以适合你的年纪——还有你，还有你，在你们处女的嫩枝上花儿尚含苞未放。普洛塞庇那啊！现在所需要的正是你在惊惶中从狄斯的车上堕下的花朵！在燕子尚未归来之前，就已经大胆开放，丰姿招展地迎着三月之和风的水仙花；比朱诺的眼睑，或是西塞利娅的气息更为甜美的暗色的紫罗兰；像一般薄命的女郎一样，还不曾看见光明的福玻斯在中天大放荣辉，便以未嫁之身奄然长逝的樱草花；勇武的，皇冠一样的莲香花；以及各种的百合花，包括着泽兰。唉！我没有这些花朵来给你们扎成花圈；再把它们洒遍你，我的好友的全身！[1]

在这段话里，潘狄塔一口气提到了六种花，或准确交代它们开放的时间，或像画家一样，描述它们的色彩和风致，都显得准确而生动，给人一种满目花开的绚烂景象。人物的知识，取决于作者的知识；潘狄塔在修辞上的优雅，就是莎士比亚在修辞上的优雅。

接下来，让我们进入莎士比亚戏剧文本的内部，细细考察其中的绝妙修辞。

修辞属于文学语言中不易变形和流失的部分，而且大都以最直观的形象呈现出来，所以，读者可以直接感受到其技巧的巧拙与效果的好坏。莎士比亚戏剧中的修辞样式很多，那些重要的修辞技巧，他大都会用的。如果说，在所有修辞技巧中，比喻是最重要的，那么，在莎士比亚的作品中，它也具有同样重要的地位。可以说，莎剧给人留下深刻而美好印象的，首先就是他的比喻修辞：

> 我看见他像猎囿里的一座小屋似的，一个人孤零零地在这儿发呆，我就对他说——我想我对他说的是真话——您已经得到这

[1] 莎士比亚：《莎士比亚全集》，朱生豪等译，第4卷，人民文学出版社，1978年，第163页。

位姑娘的芳心了。[1]

这是《无事生非》中培尼迪克说的一句话。他将一个孤独的人比作“猎囿里的一座小屋”，很是新鲜别致。就像英国诗人托马斯·格莱所说的那样，莎士比亚的“每一句话都是一幅图画”。俄罗斯的莎士比亚翻译家和研究专家莫罗佐夫将诗人的这句话，转化为一个更具理论性的判断：“莎士比亚以其全部不可抑制的力量和满腔的热情表现了形象的物质性，这是因为当时的人文主义作家一般都倾向于形象的物质性。”[2] 事实上，物质性是比喻修辞的本质特点，而不单是某一时代作家的“倾向”。我们需要分析的是：莎士比亚的比喻修辞为何如此具有形象可感的“物质性”？

“物质性”即“物象性”，也就是将人的抽象的情感、思想、感受，或将事物的抽象的特点和性质，转化为具体的有意味的物象。在《裘力斯·凯撒》中，凯歇斯对安东尼说：

安东尼，我们还没有领教过您的剑法；可是我们知道您的舌头上涂满了蜜，蜂巢里的蜜都给你偷光了。[3]

这个比喻，不仅极为生动和形象，而且也非常准确和贴切。安东尼确实是一个口蜜腹剑的人，很会察言观色和说好听话。在凯撒被刺，罗马人心浮动的微妙时刻，他果然就像这里的比喻所说的那样，抓住机会，利用罗马市民的轻信和盲从，偷走了罗马权力“蜂巢”的全部的蜂蜜。

《驯悍记》中的彼特鲁乔要彻底锉掉“悍妇”凯瑟丽娜的锋芒，

[1] 莎士比亚：《莎士比亚全集》，朱生豪等译，第2卷，人民文学出版社，1978年，第97页。
[2] 莫罗佐夫：《论莎士比亚》，朱富扬译，文化艺术出版社，1987年，第104页。
[3] 莎士比亚：《莎士比亚全集》，朱生豪等译，第8卷，人民文学出版社，1978年，第290页。

便从日常生活中最基本的细节入手，将她的过去的生活习惯和生活方式，全都来了个天翻地覆的改变。为了说服脾气火爆的新婚妻子穿粗布衣裳，他这样说道：

> 好吧，来，我的凯德，我们就老老实实穿着这身家常便服，到你爸爸家里去吧。只要我们袋里有钱，身上穿得寒酸一点，又有什么关系？因为使身体阔气，还要靠心灵。正像太阳会从乌云中探出头来一样，布衣粗服，可以格外显出一个人的正直。樫鸟并不因为羽毛的美丽，而比云雀更为珍贵；蝮蛇并不因为皮肉的光泽，而比鳗鲡更有用处。所以，好凯德，你穿着这一身敝旧的衣服，也并不因此而降低了你的身价。[1]

这里的比喻，拿太阳来做文章，似乎有点小题大做，鲁莽灭裂，但细细一想，反觉它“想落天外”，让人忍俊不禁。彼特鲁乔的“布衣粗服，可以格外显出一个人的正直”的逻辑，本来就不成立，然而，他却不管不顾，继续用樫鸟和蝮蛇来作比喻，强化自己的修辞目的和修辞效果。他在修辞上不加撙节的铺张，与他所大力推尚的“俭德”，构成一种有趣的对照。

在《特洛伊罗斯与克瑞西达》中，攻打特洛伊的元帅阿伽门农，对不愿参战的阿喀琉斯极为不满，对着前来回话的帕特洛克罗斯抱怨道：

> 他这个人不是没有可取的地方，可是因为自恃己长的缘故，他的优点已经开始在我们的眼中失去光彩，正像一枚很好的鲜果，因为放在龌龊的盆子里，没有人要去吃它，只好听任它腐烂。你去对他说，我们要来找他说话；你尽管大胆告诉他，说我们认为

[1] 莎士比亚：《莎士比亚全集》，朱生豪等译，第3卷，人民文学出版社，1978年，第279页。

他太骄傲，也不够爽气，自以为了不起，其实说不上什么明智；他故意摆出一股威风，装模作样，目中无人，反而自鸣得意；他横行霸道，喜怒无常，好像天下大事都要由他摆布。你去把这些话告诉他，要是他把自己估价得这么高，那么我们也用不着他这么一个人，只好让他像一架无法拖曳的重炮一样，搁在武器库里生锈；对他说，我们宁愿重用一个活跃的侏儒，不要一个贪睡的巨人。[1]

在这段话里，阿伽门农用了两个比喻：前一个形象而新鲜，极为妥帖得体，有效地表达了自己的态度和观点；后一个则就近取譬，拿战场上的“重炮”来作比，也同样属于巧妙的比喻，让人印象深刻。

在《李尔王》中，李尔因为受了两个不孝的女儿的伤害，流离失所，吃尽苦头，对人世间的不公和败坏，有了更多的了解；对底层人的苦难和不幸，也有了更多的同情。他对陪在自己身边的葛罗斯特说：

你还看见那家伙怎样给那条狗赶走吗？从这一件事情上面，你就可以看到威权的伟大的影子；一条得势的狗，也可以使人家唯命是从。你这可恶的教吏，停住你的残忍的手！为什么你要鞭打那个妓女？向你自己的背上着力抽下去吧；你自己心里和她犯奸淫，却因为她跟人家犯奸淫而鞭打她。那放高利贷的家伙却把那骗子判了死刑。褴褛的衣衫遮不住小小的过失；披上锦袍裘服，便可以隐匿一切。罪恶镀了金，公道的坚强的枪刺戳在上面也会折断；把它用破烂的布条裹起来，一根侏儒的稻草就可以戳破它。[2]

---

[1] 莎士比亚：《莎士比亚全集》，朱生豪等译，第7卷，人民文学出版社，1978年，第165页。
[2] 莎士比亚：《莎士比亚全集》，朱生豪等译，第9卷，人民文学出版社，1978年，第248页。

从这段充满怨尤和锋芒的话语里，我们可以强烈地感受到，他对作威作福的权势者的厌恶，对唯利是图的市侩习气的不屑。他讽刺“威权的伟大的影子”，直斥“得势的狗”和“可恶的教吏”，都让人觉得痛快淋漓。然而，其中最有力量的修辞，还是最后部分的关于“褴褛的衣衫”和“锦袍裘服”的隐喻修辞；如此他犹嫌不够，又将四个隐喻，排比在一起，从而构成气势沛然的博喻，最终营造出一种很有力道和意味的修辞效果。

《哈姆莱特》的比喻修辞，更是琳琅满目，使人目不暇给。其中最精彩的当属哈姆莱特在第三幕第四场讽刺他母亲的一段话：

> 我不能禁止您不再让那肥猪似的僭王引诱您和他同床，让他拧您的脸，叫您做他的小耗子；我也不能禁止您因为他给了您一两个恶臭的吻，或是用他万恶的手指抚摩您的颈项，就把您所知道的事情一起说了出来，告诉他我实在是装疯，不是真疯。您应该让他知道的；因为哪一个美貌聪明懂事的王后，愿意隐藏着这样重大的消息，不去告诉一只蛤蟆、一只蝙蝠、一只老雄猫知道呢？不，虽然理性警告您保守秘密，您尽管学那寓言中的猴子，因为受了好奇心的驱使，到屋顶上去开了笼门，把鸟儿放走，自己钻进笼里去，结果连笼子一起掉下来跌死吧。[1]

他一连用“蛤蟆”“蝙蝠”和“老雄猫”构成的博喻，表达了自己对母亲的不满和揶揄，对犯有篡弑罪的克劳狄斯的厌恶；尤其是那个关于猴子的“事喻”[2]，不仅很能暗示人物的命运和戏剧情节的结局，

---

[1] 莎士比亚：《莎士比亚全集》，朱生豪等译，第 9 卷，人民文学出版社，1978 年，第 92—93 页。

[2] 在我的理解中，所谓事喻，就是通过描写和叙述来建构一个事象的比喻。它有简单的情节，通过对画面和事件变化过程的呈现，来达到比喻修辞的目的。它近乎隐喻，但比隐喻更有叙事性和画面感。

而且也很能引发观众和读者的想象，并给他们留下极为深刻的印象。莎士比亚的这种“混杂的比喻”修辞，充满了运动感，或者说动作性。它与古典主义的单一结构的静态修辞完全不同：“莎士比亚通常被认为是和古典主义者相对立的，是三一律（时间、地点、情节）的破坏者。其实，他是作为‘四一律’（即加上比喻一律）的破坏者，而和古典主义者对立的。难怪莎士比亚的‘混杂的比喻’使古典主义者的代表人物感到那么厌恶。……古典主义是静止的，莎士比亚是运动的。”[1]唔，此论精辟，说得实在是很对的。他们的比喻都是鱼肉，但那新鲜的程度，却很不一样：古典主义盘子里的鱼肉，是从生锈的罐头盒里倒出来的；莎士比亚盘子里的鱼肉，是从流动的水里刚刚打捞上来的。

由于戏剧作品的比喻修辞，无一例外，全都是经由人物之口讲出来的，所以，剧作家就必须接受这样一个限制，那就是，一定要让它与说出这些比喻的人物的性格、身份、教养和学识相契合。《哈姆莱特》中的霍拉旭，除了见到鬼魂后，说了一段具有比喻修辞色彩的话，其他时间，都很少使用比喻修辞，因为，他是一个质实而内敛的学者，喜欢用直接而准确的陈述句，来表达自己的思想和情感。《罗密欧与朱丽叶》中的茂丘西奥喜欢打趣，是一个很爱说话、也很会说话的人，他说罗密欧“为了爱，急得涕零满脸，就像一个天生的傻子，奔上奔下，找洞儿藏他的棍儿”[2]，并将恋爱中的“孤零零”的罗密欧，比作“一条风干的咸鱼”。唉！他硬是用比喻的抓挠，把人胳肢得笑出声来了：

> 啊，你这块肉呀，你是怎样变成了鱼的！现在他又要念起彼特拉克的诗句来了：罗拉比起他的情人来不过是个灶下的丫头，虽然她有一个会做诗的爱人；狄多是个蓬头垢面的村妇；克莉奥

---

[1] 莫罗佐夫：《论莎士比亚》，朱富扬译，文化艺术出版社，1987年，第107页。
[2] 莎士比亚：《莎士比亚全集》，朱生豪等译，第8卷，人民文学出版社，1978年，第48页。

佩特拉是个吉卜赛姑娘；海伦、希罗都是下流的娼妓；提斯柏也许有一双美丽的灰色眼睛，可是也不配相提并论。罗密欧先生，给你个法国式的敬礼！[1]

显然，他的比喻，不仅尖新、幽默，而且，背后还蕴藏着丰富的知识和过人的智慧。朱丽叶的乳媪也用比喻，但所取的喻象，皆是日常生活中多见的事象，例如，对着朱丽叶，她说懂礼貌的罗密欧“温柔得就像一头羔羊”[2]，说提尔伯特的尸体“像灰一样白”[3]。她的这些比喻，近取诸身，与她的身份和见识，很是吻合。而《哈姆莱特》中的奥菲利娅的修辞，正像她的心灵和性格一样，是纯洁、朴素而明朗的。《奥赛罗》中的苔丝狄蒙娜似乎也属于修辞上的朴素派，很少使用色彩浓烈的修辞。

古罗马题材的莎剧中人物，除了奥克泰维斯·凯撒——“凯撒的语言冷酷无情，带着政治家口吻，他缺乏埃及式的对诗意的讲究，倾向于语言的纯功能性，用语短小、简洁”[4]，大都是在修辞上很奢靡的人物——他们的语言，就像他们的衣服，一定要穿得华丽而气派，才能显得出他们的高贵来。在这些人中间，克莉奥佩特拉的语言，尤其华丽和奢靡，也最具修辞上的色彩和意味。

克莉奥佩特拉是一个举止和言谈都特别有魅力的女王。据普鲁塔克的记述，她“并没有沉鱼落雁的容貌，更谈不上倾城倾国的体态，但是她有一种无可抗拒的魅力，与她相处像是如沐春风，俏丽的仪容配合动人的谈吐，流露于言语和行为之间一种特有的气质，的确是能够颠倒众生。单单听她那甜美的声音，就令人感到是一种赏心乐事，

---

[1] 莎士比亚：《莎士比亚全集》，朱生豪等译，第8卷，人民文学出版社，1978年，第46页。
[2] 莎士比亚：《莎士比亚全集》，朱生豪等译，第8卷，人民文学出版社，1978年，第54页。
[3] 莎士比亚：《莎士比亚全集》，朱生豪等译，第8卷，人民文学出版社，1978年，第67页。
[4] 英国DK出版社著：《莎士比亚百科》，徐嘉等译，电子工业出版社，2016年，第283页。

她的口齿宛如最精巧的乐器，可以随时转换不同的语言”[1]。然而，克莉奥佩特拉到底如何说话，究竟有过什么样的巧妙不俗的“谈吐”，普鲁塔克却没有一言半语的记载。

普鲁塔克是历史学家，他的任务主要是通过一般的叙述，记录事件发生的原因与过程；莎士比亚是诗人和戏剧家，享有想象和虚构的特权，他的任务是通过具体的细节，来描写和展示人在特定场景里的情感、思想和行为。莎士比亚用丰富的细节和有声有色的描写，赋予普鲁塔克的抽象判断和笼统叙述，以丰满的血肉和鲜活的气息。莎士比亚以过人的才华，完成了一个难度极大的挑战——他给普鲁塔克的“历史”的空箱子里，装满了文学修辞的奇异珍宝；使普鲁塔克花瓶里干枯的绢花，散发出了令人陶醉的芳香。

莎士比亚笔下的克莉奥佩特拉，简直就是一个修辞大师！乔治·斯坦纳说：“我们说话的时候，语词似乎就是钢琴的半个音符；而莎士比亚笔下人物说话的时候，语词似乎是完整的交响曲。”[2]克莉奥佩特拉就是这样的人物呀。她的舌灿莲花的谈吐，的确令人折服。总之，就像俄罗斯的莎士比亚专家莫罗佐夫所总结的那样：“莎士比亚笔下的人物说的都是自己的话，而不是作者的话，每个人物的比喻，都有自己的题目。”[3]

说到这里，作为一个中国人，我实在忍不住想饶舌几句：中国的司马迁，不仅是伟大的历史学家，而且还是伟大的诗人、小说家和戏剧家；作为戏剧家，他有能力将人物的抽象品质，用具体的细节和戏剧化的场面呈现出来，完全无须劳中国的“莎士比亚”们的大驾。他的《廉颇蔺相如列传》《魏其武安侯列传》《淮南衡山列传》《淮阴

[1] 普鲁塔克：《希腊罗马名人传》，席代岳译，吉林出版集团有限责任公司，2009年，第1658页。
[2] 乔治·斯坦纳：《语言与沉默：论语言、文学与非人道》，李小均译，上海人民出版社，2013年，第238页。
[3] 莫罗佐夫：《论莎士比亚》，朱富扬译，文化艺术出版社，1987年，第233页。

侯列传》《项羽本纪》等，简直就是别样形式的戏剧。是的，我要说的是，他既是普鲁塔克，又是莎士比亚；既是荷马，又是托尔斯泰。他是最能代表人类文学杰出才能和世界文学最高成就的几个最伟大作家之一。假如莎士比亚能读到司马迁的《史记》，他一定会感兴趣的，很有可能会从中取材，写出几部东方题材的历史剧来的。

接着说莎士比亚和他的克莉奥佩特拉。

深陷爱河的人，往往体验着一种互相冲突的情感，既很幸福和快乐，又容易感到孤独和忧伤。于是，克莉奥佩特拉告诉她的侍从说："给我奏一些音乐；对于我们这些以恋爱为职业的人，音乐是我们忧郁的食粮。"[1]将让人愉悦的音乐，比作"忧郁的食粮"，这也只有她这个非凡的女人才说得出；也只有莎士比亚这样的天才作家，才写得出。

克莉奥佩特拉对负了重伤的安东尼说："嗳哟！我的主是多么的重！我们的力量都已变成重量了，所以才如此沉重。要是我有天后朱诺的神力，我一定要叫羽翼坚劲的麦鸠利负着你上来，把你放在乔武的身旁。可是只有呆子才存着这种无聊的愿望。上来点儿了。啊！来，来，来；（众举安东尼上至克莉奥佩特拉前）欢迎，欢迎！死在你曾经生活过的地方；要是我的嘴唇能够给你生命，我愿意把它吻到枯焦。"[2]对一个即将离开这个世界的恋人来说，这样的将神话和抒情融合为一体的修辞，的确具有极强的表现力，也无疑会给需要临终爱抚的人带来巨大的安慰。

埃及与罗马的战争失败了，安东尼也死了。对于克莉奥佩特拉来说，一切的欢乐和希望、尊严与荣耀，都烟消云散了。为了避免作为俘虏而受到凯撒、安东尼之妻和罗马市民的侮辱，她坚定地选择自杀。她对自己说："我的孤寂已经开始使我得到了一个更好的生活。做凯

---

[1] 莎士比亚：《莎士比亚全集》，朱生豪等译，第10卷，人民文学出版社，1978年，第39页。
[2] 莎士比亚：《莎士比亚全集》，朱生豪等译，第10卷，人民文学出版社，1978年，第110页。

撒这样一个人是一件无聊的事；他既然不是命运，他就不过是命运的奴仆，执行着她的意志。干那件结束一切行动的行动，从此不受灾祸变故的侵犯，酣然睡去，不必再吮吸那同样滋养着乞丐和凯撒的乳头，那才是最有意义的。”[1]从修辞的角度看，这段话讲得也非常精彩——语调虽然凝重，但那想象力，却是活跃的；通过拟人、指代和比喻等多种修辞，她巧妙而有力地表达了自己对孤独的思考，对凯撒的不屑，对命运的反抗，以及面对死亡的镇定和勇敢。

从修辞能力看，安东尼也是克莉奥佩特拉一流的人物。但是，在普鲁塔克的笔下，他的能力只是在评价性的叙述话语中被提及："在把凯撒的遗体安葬之前，安东尼按照惯例在罗马广场发表丧礼演说，发现自己所讲的话在听众之间发挥很大的影响力，便趁着这个机会，从赞美凯撒的词句之中加上悲伤的语句，对于所发生的事情表示极大的愤慨；演讲快结束的时候，他撩起死者的内衣，让大家看看斑斑血迹以及刀剑戳出许多洞眼。”[2]然而，莎士比亚却凭着他伟大的才华，生动地描写出了安东尼具体的演讲内容。安东尼在罗马大市场对罗马市民的演讲，如此成功和经典，简直可以被收录进讲解演讲术和修辞术的教科书：

> 各位朋友，各位罗马人，各位同胞，请你们听我说；我是来埋葬凯撒，不是来赞美他。人们做了恶事，死后免不了遭人唾骂，可是他们所做的善事，往往随着他们的尸骨一齐入土；让凯撒也这样吧。尊贵的勃鲁托斯已经对你们说过，凯撒是有野心的；要是真有这样的事，那诚然是一个重大的过失，凯撒也为了它付出惨酷的代价了。现在我得到勃鲁托斯和他的同志们的允许——因

[1] 莎士比亚：《莎士比亚全集》，朱生豪等译，第10卷，人民文学出版社，1978年，第110页。

[2] 普鲁塔克：《希腊罗马名人传》，席代岳译，吉林出版集团有限责任公司，2009年，第1648页。

为勃鲁托斯是一个正人君子，他们也都是正人君子——到这儿来在凯撒的丧礼中说几句话。他是我的朋友，他对我是那么忠诚公正；然而勃鲁托斯却说他是有野心的，而勃鲁托斯是一个正人君子。他曾经带许多俘虏回到罗马来，他们的赎金都充实了公家的财库；这可以说是野心者的行径吗？穷苦的人哀哭的时候，凯撒曾经为他们流泪；野心者是不应当这样仁慈的。然而勃鲁托斯却说他是有野心的，而勃鲁托斯是一个正人君子。你们大家看见在卢柏克节的那天，我三次献给他一顶王冠，他三次都拒绝了；这难道是野心吗？然而勃鲁托斯却说他是有野心的，而勃鲁托斯的的确确是一个正人君子。我不是要推翻勃鲁托斯所说的话，我所说的只是我自己所知道的事实。你们过去都曾爱过他，那并不是没有理由的；那么什么理由阻止你们现在哀悼他呢？唉，理性啊！你已经遁入了野兽的心中，人们已经失去辨别是非的能力了。原谅我；我的心现在是跟凯撒一起在他的棺木之内，我必须停顿片刻，等它回到我自己的胸腔里。[1]

在这段著名的演讲中，安东尼如虎搏兔，在进退、疾徐、抑扬、顿挫等方面，皆很有法度，先后调动了对比、反语、排比、夸张、反问、拟人、感叹等多种修辞技巧，颠倒是非，混淆善恶，成功地实现了“话语”对“事实”的歪曲，不仅将勃鲁托斯等人的正义之举，说成是严重的不义行为，而且有效地控制住了罗马市民的情绪，几乎在一瞬间，就将形势翻转了过来。可以说，安东尼在政治上的胜利，就是修辞上的胜利，而不是道义上的胜利；是巧智的胜利，而不是德行的胜利。戴玉镯的人反而瞧不起冒着危险采玉的人，摘桃子的人反而振振有词地责备种桃树的人。唉！古往今来，这种靠着华丽的修辞和巧滑的欺

[1] 莎士比亚：《莎士比亚全集》，朱生豪等译，第8卷，人民文学出版社，1978年，第262—263页。

诈而得了天下的政客，可谓比比者皆是也，岂少见哉，岂少见哉！

总之，莎士比亚戏剧的魔力，固然来自内容上的重要，来自主题上的深刻，来自它所弘扬的正义精神，来自它在真善美追求上所达到的高度，但是，也来自它的完美的技巧，来自它的粲然可观的修辞。就此而言，莎士比亚像《圣经》与古希腊的神话和悲剧一样，像《史记》、杜诗、《牡丹亭》和《红楼梦》一样，必将成为人类共享的伟大的文学财富，成为后代作家汲取艺术灵感和人文精神滋养的不竭源泉。

第六章　崇仰与焦虑：阐释莎士比亚的态度

面对莎士比亚和他的伟大作品，文学批评通常会有两种典型的反应模式：一种是共鸣和接受，一种是逆反和拒斥；前者引发的是欣快，后者引发的是焦虑。

对于莎士比亚的逆反和拒斥的反应，原因比较复杂，有价值观、美学理念或信仰层面的冲突（托尔斯泰之否定莎士比亚，便属此类）；有文化偏见导致的排斥感（夏多布里昂等人的否定莎士比亚，便属此类）；也有所谓“影响的焦虑”——经典作品太过完美，从而使接受者（主要是作家）产生了心理上的压迫感和无力感，并对作品作出消极的反应和评价，萧伯纳之贬抑莎士比亚，殆属此类。

梳理和研究莎士比亚在世界各国的接受史和阐释史，是一件很有意思的事情。阅读和批评彰显着阅读者和批评家的选择能力、趣味倾向、鉴赏水平和文化素质。关于莎士比亚的解读和批评，则像一面清晰的镜子，映现出了不同国家莎学研究者的文学趋尚和文化选择，也在一定程度上彰显着特殊时代的文学潮流和文化倾向。

面对自己民族的伟大作家，英国人所表现出来的冷静和低调，使爱默生大为吃惊和赞叹。英国的莎士比亚研究整体上显示出客观的求真精神，体现着不列颠民族严谨而克制的民族性格。无论从规模和数量看，还是从深度和有效性看，英国的莎士比亚研究都占据着执牛耳的重要地位。

法国文学界在前期阶段对莎士比亚的排斥和贬低，确实耐人寻味。而司汤达和雨果后来对莎士比亚的极度揄扬，则将法国阐释莎士比亚的方向扭转了过来——这既是莎士比亚对古典主义者的傲慢与偏见的胜利，也是现实主义文学精神对古典主义文学原则的胜利。

俄国文学界对莎士比亚基本上是以高度共鸣的方式全盘接受的，几位批评家对莎剧的评价尤其中肯和深刻；而屠格涅夫与托尔斯泰的严重误读和尖锐质疑，亦自有其值得探寻的内在因由。

德国与美国的知识分子对莎士比亚的接受和阐释，基本都是积极性质的反应。前者凭着高度发达的理性，准确地判断出了莎士比亚的价值；后者则以文化上的“同源性”，毫无障碍地将莎士比亚当作自己的精神财富。

中国古典文学与英国古典文学之间，存在着潜在的共通性。例如，它们都推崇和谐美，都强调文学的道德意味和正义精神。这就使我们在理解和接受莎士比亚的时候，容易产生同鸣共振。然而，遗憾的是，由于文化偏见和意识形态等因素的外部阻滞，自现代以来，我们对莎士比亚的认识和接受，长期处于低水平的层次——这不是莎士比亚的悲哀，而是中国文学的悲哀。梁实秋强调理性和普遍性的莎学研究，无疑属于特别值得重视的成果。

一、冷静的热爱：英国莎学研究的客观与邃密

一般来讲，一个作家的心照神交的知音和批评者，一定是对自己的情感、思想和境遇，有充分了解和深刻理解的人。这样的知根知底的人，很多时候，似乎只能是自己的同胞，甚至只能是自己的同时代人。所谓沿波讨源，所谓以意逆志，毕竟是以知人论世为前提的。于“世”所感甚真，于“人”所知甚深，苟非同一国人或同时代人，孰能至此？

尽管自 18 世纪以来，莎士比亚已然成为世界性的文学现象，而莎学研究则成为世界性的“显学”，但是，在很长的时间里，执莎学研究之牛耳者，似乎仍然是英国人。仅就杨周翰所编选的权威选本《莎士比亚评论汇编》（中国社会科学出版社，上册，1979；下册，

1981）来看，有影响的评论，大半出于英人之手。该选编下册所选的20世纪的作者共有二十六位，其中二十一位是英国学者；入选的莎学论文总共三十二篇，其中二十五篇是英国学者所写。据此，大体可以说，莎士比亚在英国，莎士比亚研究亦在英国。

莎士比亚代表着英国文学的最高成就。他是英国有史以来最令英国人自豪和骄傲的伟大作家。无论是文学才华和创造力，还是所享有的声誉和所拥有的影响力，他都超过了任何一位英国作家。所以，如何分析和揭示他的伟大的创作经验，如何阐释莎剧的巨大魅力、普遍意义和永恒价值，如何认识他在戏剧艺术和语言修辞方面的特点和问题，就成了英国的学者和批评家特别感兴趣的问题。虽然莎士比亚也曾在英国受到较长时间的漠视，但是，他最终还是赢得了英国人民的普遍热爱，得到了英国学术界和批评界的高度评价。

1623年，在莎士比亚离世七年之际，他的同时代诗人本·琼生，在长诗《题威廉·莎士比亚先生的遗著，纪念吾敬爱的作者》（“To the Memory of My Beloved the Author, Mr. William Shakespeare and What He Hath Left Us”）中写道：

> 莎士比亚，不是想给你的名字招嫉妒，
> 我这样竭力赞扬你的名字和书；
> 说你的作品简直是超凡入圣，
> 人和神怎样夸也不会过分。
> …………
> 因此我可以开言。时代的灵魂！
> 我们所击节称赏的戏剧元勋！
> …………
> 得意吧，我的不列颠，你拿得出一个人，
> 他可以折服欧罗巴全部的戏文。

他不属于一个时代而属于所有的世纪！[1]

在充满热情和诗性的表达中，琼生不仅肯定了莎士比亚在艺术上力侔造化、巧夺天工的杰出成就，而且，还揭示了他对于自己时代的精神意义，称他为“时代的灵魂”；不仅如此，因为莎剧包含着普遍而永恒的价值，所以莎士比亚已不再是一个时代性的现象，而是一个超时代的、属于所有时代的现象；同样，他也不仅仅是属于英国人的文化财富，而且还必将成为全人类共同的精神财富——琼生此诗语境中的所谓“欧罗巴”，是可以被视为“全世界”的象征符号的。

琼生对莎士比亚的评价，就像给英国的学者和批评家出了一道论证题：是什么成就了莎士比亚的伟大？他赖以不朽的原因到底是什么？他那迷人的魅力是从哪里来的？

琼生之后，英国的学者和批评家的莎学研究，似乎都在回答他提出的这些问题。

约翰·德莱登（亦译“德莱顿”，1631—1700）是第一个关注莎士比亚的英国批评家。在《悲剧的基础》（1679）中，他根据亚里士多德的悲剧理念，来研究和评论莎士比亚戏剧。他接受这样的理念，即“悲剧的目的或范围”，是“改正或消除我们的激情——恐怖和怜悯”；悲剧通过引起恐惧，而减少我们的骄傲；又通过调动我们的怜悯心，而“无意中就导致我们去帮助和关怀受难者，那正是最高贵、最神圣的美德”[2]。在他看来，莎士比亚就是符合这种悲剧原则的戏剧家。他“有一种更为男性的、大胆而剽悍的天才”，而他的作品则“引起更多的恐怖感”。同时，他的人物塑造也是成功的——“他的人物性格常常是鲜明的，你看得到他们的意向和倾向”[3]；“与莎士比亚相比，

[1] 杨周翰编选：《莎士比亚评论汇编》（上），中国社会科学出版社，1979 年，第 11—13 页。

[2] 杨周翰编选：《莎士比亚评论汇编》（上），中国社会科学出版社，1979 年，第 18 页。

[3] 杨周翰编选：《莎士比亚评论汇编》（上），中国社会科学出版社，1979 年，第 24 页。

弗莱彻的人物是可怜而狭隘的”[1]。在他看来，“莎士比亚有一颗通天之心，能够了解一切人物和激情”[2]。总之，莎士比亚之所以伟大，之所以令人着迷，其原因就在于他是一个伟大的天才，而他的天才又符合悲剧的原则，能对我们的心灵生活产生积极的影响。

如果说，德莱登主要从作者的个人才华与悲剧原则的角度，来阐释莎士比亚和他的作品，那么，塞缪尔·约翰逊博士（亦译“约翰生”，1709—1784）的视野就更为开阔——他从典型、普遍人性、观察力、真实感和独创性等角度，揭示了莎士比亚戏剧创作的特点，揭示了他的作品之所以令人喜爱和得以永恒的原因。

作为18世纪英国最重要的批评家，作为莎学研究影响最大的学者，约翰逊博士花费九年心血，编订了八卷本的《莎士比亚戏剧集》，并于1765年，即莎士比亚去世一百五十年之际，为这部戏剧集写了一篇著名的序言。他的这篇序言，“以客观的态度、合理的标准、辩证的方法、精辟的分析对莎士比亚的艺术进行了总体上的评价与总结”[3]；它不仅是文学批评的典范之作，而且，还为确立莎士比亚研究奠定了基础，对确立莎士比亚的伟大地位，起了极为重要的作用。

在约翰逊博士看来，在英国作家中，莎士比亚的文学成就、重要性和影响力，无人可比。似乎是为了暗暗回应琼生对莎士比亚的评价，他给自己提出了这样一个需要回答的问题：“由于哪些特殊的优点，莎士比亚才赢得了，并且维持住他本国人民对他的喜爱。”[4]

对一位作家来讲，观察能力是一种至为重要的能力。想象力的有效性，也决定于观察的准确度和广泛性。对一切皆视而不见的人，或所见不深的人，很难成为一位优秀的作家。莎士比亚属于那种特别善

---

[1] 杨周翰编选：《莎士比亚评论汇编》（上），中国社会科学出版社，1979年，第26页。

[2] 杨周翰编选：《莎士比亚评论汇编》（上），中国社会科学出版社，1979年，第33页。

[3] 张泗洋、徐斌、张晓阳：《莎士比亚引论》（下），中国戏剧出版社，1989年，第401页。

[4] 杨周翰编选：《莎士比亚评论汇编》（上），中国社会科学出版社，1979年，第38页。

于观察的人。他不仅能看见人物内心的秘密，而且，还能看见那些没有生命的事物的心思，例如大海的情绪，月亮的悲伤，等等。正因为具有这样的能力，所以他才能“真实地描写生活的本来面貌”[1]。观察也是知识之源。莎士比亚提供给读者的知识和人生经验，似乎超过所有英国作家所能提供的总和：“从他之后的一切作家身上可能收集的理论知识和实用处世法则是否超过他一个人所给予英国的数量，也还是个疑问。”[2]

然而，真正意义上的观察，意味着选择和建构。莎士比亚善于观察，也善于选择和建构。他要选择那些重要的人类情感和经验来进行表现。重要的情感即普遍性的情感，是与所有人的经验有关联的。莎士比亚作品的魅力和价值，根本上讲，不是来自那些极端而怪异的特殊性，而是来自能引发所有人的兴趣和共鸣的普遍性，正像约翰逊博士所指出的那样：“除了给具有普遍性的事物以正确的表现之外，没有任何东西能够被许多人所喜爱，并且长期受人喜爱。特殊的风俗习惯之可能是少数人所熟悉的，因此只有少数人才能够判断它们模仿的逼真程度。幻想的虚构所产生的畸形结合可能由于新奇而暂时给人以快感，我们大家共同感到生活的平淡乏味，这种感觉促使我们去追求新奇事物；但是突然的惊讶所供给我们的快感不久就枯竭了，因此我们的理智只能把真理的稳固性作为他自己的依靠。”[3]

约翰逊博士眼里的莎士比亚，就属于这种“超越所有作家之上”的、“独一无二的自然诗人”：“他是一位向他的读者举起风俗习惯和生活的真实镜子的诗人；他的人物不受特殊地区的世界上别处没有的风俗习惯的限制；也不受学业或职业的特殊性的限制，这种特殊性只能在少数人身上发生作用；他的人物更不受一时风尚或暂时流行的意见

[1] 杨周翰编选：《莎士比亚评论汇编》（上），中国社会科学出版社，1979 年，第 65 页。
[2] 杨周翰编选：《莎士比亚评论汇编》（上），中国社会科学出版社，1979 年，第 66 页。
[3] 杨周翰编选：《莎士比亚评论汇编》（上），中国社会科学出版社，1979 年，第 38—39 页。

所具有的偶然性所限制；他们是共同人性的真正儿女，是我们的世界永远会供给，我们的观察永远会发现的一些人物。他的剧中角色行动和说话都是受了那些具有普遍性的感情和原则影响的结果，这些感情和原则能够震动各式各样人们的心灵，并且使生活的整个有机体继续不停地运动。在其他诗人的作品里，一个人物往往不过是一个个人；在莎士比亚的作品里，他通常代表一个类型。”[1]共同人性和普遍性，是约翰逊博士阐释莎士比亚的关键词，也是他从莎士比亚的作品中提领出来的核心理念。

约翰逊关于人性和普遍性的论述和判断，是具有重要价值的文学思想。它属于深刻的常识和朴素的真理，有助于我们认识什么是伟大的文学，什么是平庸的文学。莎士比亚之所以不朽，是因为他只对“共同人性”感兴趣，是因为他真实而富有诗意地写出了普遍性的人性内容。那些短命而平庸的文学之所以缺乏生命力和影响力，一个致命的原因，就是它们只对“特殊性”感兴趣，立志要与众不同，要一鸣惊人，或者，只表现某一时代、阶级、社团、地域、种族、性别和年龄的人们才会感兴趣的情感和经验。只为某一阶级而写作的作品，阶级关系变化了，它的生命也就枯萎了；只为某一时代而写作的作品，时代过去了，它的价值也就荡然无存。至于那些仅仅为了赞美某一场战争、某一个人物、某一个事件、某一场运动而写出来的作品，即那些因为一时的特殊原因和特殊需要而创作出来的作品，其价值和命运，亦可作如是观，也逃不出这个规律。

约翰逊博士还通过与其他诗人的比较，揭示了莎士比亚的写作在美学上的这样一些重要特点，那就是自然朴素和真实可信。那些喜欢标新立异的作家，“不惜违反可能性，歪曲生活，败坏语言”，但是，莎士比亚不是这样——他的思想，“来自活的世界，所表现的东西也

[1] 杨周翰编选：《莎士比亚评论汇编》（上），中国社会科学出版社，1979年，第39页。

不外乎他实际看到的事物”[1]。莎士比亚按照人性本来的样子写人，无论是多么非同寻常的人物，无论他多么有权有势，即便像凯撒那样炙手可热、不可冒犯，莎士比亚也要剥去他们的华衮，将他们还原为普通人——他们像任何人一样，都会有贪婪的欲望、对爱的需要、对惩罚的恐惧，都会有悲伤的情绪、绝望的时刻、死亡的结局。

莎士比亚既不高傲地俯视人物，也不卑微地仰视人物，而是公正地平视人物，真实地描写人物：“莎士比亚没有英雄人物；在他所写的场面上活动的只是这样一些人，他们的言行正是读者想象自己在同样的情况下所要说的、所要做的那样。即使鬼神在他的作品里出现，他们的言谈也只是人间的话语。其他的作家把最自然的感情和最常见的事件加以伪装，以至于谁要在书本里认识了这些东西，到了实际生活里却完全不相识了。莎士比亚把遥远的东西带到我们的身边，使奇特的事物变为我们熟悉的东西；他所表现的事件可能不会发生，但是，假如真正发生了这个事件，那么它所引起的效果很可能正如莎士比亚所刻划的那样。”[2]正因为这样，他的剧本就不可以被简单地归类，“既不是悲剧，也不是喜剧，而是一种特殊类型的创作；它表现普通人性的真实状态，既有善也有恶，亦喜亦悲，而且错综复杂，变化无穷，……莎士比亚不仅本人兼有引起读者发笑和悲伤的本领，而且能在同一作品里达到这样的效果。几乎在他全部剧作里都是严肃的和可笑的人物平分秋色，而且在情节的先后发展过程中，时而引起严肃和悲伤的情感，时而令人心情轻快，大笑不止”[3]。显然，像生活一样真实而自然的描写效果，让人感受复杂甚至悲喜交加的情感效果，这正是莎士比亚在艺术上的特点，也是他受到读者和观众喜爱的原因。

像约翰逊博士一样，柯尔律治（亦译“柯勒律治”，1772—

[1] 杨周翰编选：《莎士比亚评论汇编》（上），中国社会科学出版社，1979年，第40页。
[2] 杨周翰编选：《莎士比亚评论汇编》（上），中国社会科学出版社，1979年，第41页。
[3] 杨周翰编选：《莎士比亚评论汇编》（上），中国社会科学出版社，1979年，第43页。

1834）的莎学研究和评论，也致力于揭示莎士比亚的天才的性质，以及他的作品之所以伟大的秘密。他是如此热爱莎士比亚，以至于，在他看来，研究莎士比亚的前提，首先不是保持理性的距离，而是要有对这位伟大作家的认同的态度和敬爱的情感。

柯尔律治在《关于莎士比亚的演讲》（1818）中说："的确，对莎士比亚的批评，唯有那些表示尊敬的，才是亲切的。一个英国人能够没有敬意，没有一种骄傲而又深情的敬意地来谈论威廉·莎士比亚的名字，就没有资格做批评家的工作。"[1]他的这篇长长的演讲，简直就是献给莎士比亚的赞美诗。他称莎士比亚为"天才"，那种按照自己的法则来创造的天才——"他本身是赋予了人性的自然，是一个天才的理解力，自觉地指挥一种力量和一种比我们的意识更为深刻的含蓄的智慧。"[2]他通过与古希腊悲剧和别的戏剧诗人的比较，揭示了莎士比亚戏剧创作的这样一些特点和美质：一、"期待胜于惊讶"；二、"突出地遵守所有对立面相生相克这条伟大的自然法则"；三、"永远保持着高尚的生活"——"他既不刺激热情，也不阿谀热情，以致使热情的主人翁降低人格；他不用错误的事情达到错误的目的，也不以对不幸者的病态的同情为媒介，而使邪恶的事情看起来不邪恶，而以此与美德作战"；四、"戏剧的兴趣不依赖结构"——他总是突出人物，将人物放在中心位置；五、"戏剧的兴趣不依赖故事作为结构的基础"——莎士比亚从来不费事去编故事，而是致力于塑造人物，即使那些曾经在别的作品中出现过的人物，经他一写，就会给我们一种第一次认识的效果；六、"抒情（它的本质本身是诗意的）部分的渗入"；七、"登场人物的性格，像实际生活中人的性格一样，要由读者自行推断，不是听别人叙述"。[3]

---

[1] 杨周翰编选：《莎士比亚评论汇编》（上），中国社会科学出版社，1979年，第125页。

[2] 杨周翰编选：《莎士比亚评论汇编》（上），中国社会科学出版社，1979年，第128页。

[3] 杨周翰编选：《莎士比亚评论汇编》（上），中国社会科学出版社，1979年，第132—136页。

柯尔律治所总结出来的莎士比亚戏剧创作的七条特点，准确地揭示了莎士比亚写作的伟大而丰富的经验。对于叙事文学来讲，其中的一些经验，是具有普遍意义的，因为，我们在与莎士比亚一样伟大的作家那里，也可以看得到。例如，我们在司马迁、汤显祖和曹雪芹的伟大叙事中，也可以看到同样的一些“特点”。例如，关于第七条，“要由读者自行推断”，就是指莎士比亚笔下的人物，从不同的角度去看，或者，听作品中人物的朋友或敌人所说的话，你都有可能受骗，“甚至人物自己通过他自己的性格作为媒介来看自己，也不能确实了解他本人。要看到全面，不漏掉弄臣或傻瓜的每一个机灵的暗示，也许你的印象会是正确的；通过那个接受了诗人自己的思想的光芒，由反映出这种思想而证实了它的真实性的讲话的全部内容，你才可能知道你是否真正发现了诗人自己的思想”[1]。事实上，在司马迁的《史记》中，我们也可以看到同样的情形。例如，汉高祖的形象就非常复杂——倘若从他自己的角度看，或者从司马迁叙事的外在语境看，他似乎就是一个恢宏大度、从谏如流、英明伟大的农民革命领袖；但是，换一个角度，从叙事的内在语境，从文本内人物的多重角度，譬如从萧何的角度，从韩信的角度，从项羽的角度，从夏侯婴的角度，从陈平的角度，从樊哙的角度，你就会看见一个大言无实、人格卑鄙、冷酷无情、猜忌多疑、荒淫无度的近乎流氓无赖的形象。也就是说，在司马迁笔下，人物形象从来就是复杂的，也同样需要读者通过细心而全面的阅读，才能认识他的真面目，才能真正发现司马迁自己的态度和思想。

如果说，柯尔律治对莎士比亚的研究是高度概括性的，注重于总结他的经验的特点，那么，威廉·哈兹里特（亦译“赫士列特”，1778—1830）的研究，就是高度具体化的，往往深入到文本内部，通过对情节和人物性格的细致的分析，来揭示莎士比亚天才之表现，揭

[1] 杨周翰编选：《莎士比亚评论汇编》（上），中国社会科学出版社，1979年，第136—137页。

示其作品魅力之所在。当然，这不是说，柯尔律治完全不顾及作品，而哈兹里特则完全没有概括性的批评。事实上，在《莎士比亚与弥尔顿》（1818）一文中，哈兹里特就像柯尔律治一样，通过与弥尔顿和现代的“湖畔派”诗人的比较，概括性地阐释了莎士比亚创作的一般特点和他的经验的重要价值。“湖畔派”诗人“剥去诗歌想象的光辉与人类感情，把最卑贱的东西放在作者自己思想中的阴郁情感与吞噬一切的自我主义的包围之中”，然而，弥尔顿和莎士比亚，却不是这样，“他们之所以有左右人心的能力，在于他们比别人更深刻地理解在自然事物中何者是壮丽的，在人情世态中何者是感人的。但是对于说到的那些人（指“湖畔派”诗人——引者注），除了他们自己以外再没有有趣的东西、英雄的东西”[1]。

哈兹里特莎剧研究的特点和成就，集中地体现在《莎士比亚戏剧中的人物》（1817）一书中。在这部业已成为莎学研究经典的著作里，哈兹里特分析和评价了除《泰特斯·安德洛尼克斯》和《泰尔亲王配力克里斯》之外的所有莎剧。作者态度上的亲切和文风上的平实，赋予此书以引人入胜的魅力，以至于莎剧的普通读者，完全可以拿它作导读手册来看；而作者学识的广博和见解的深刻，又使它具有学术上的深度和价值，因而，莎学的专业读者，亦可拿它作学术指南来看。

哈兹里特莎学研究的特点，首先表现在精细深入而又举重若轻的文本分析上。他像一个认真的旅游者，一丝不苟地欣赏了莎剧中的几乎所有美妙的风景。他把自己放进去，将自己主观的情绪反应与理性的分析，近乎完美地结合起来，既让读者看见了作品的形象世界，也看见了批评家自己的心象世界。他说：“奥菲利娅太完美了，太令人可惜了，我们不想多说。她是五月的玫瑰，一朵过早凋零的花朵！她的爱，她的死，

[1] 杨周翰编选：《莎士比亚评论汇编》（上），中国社会科学出版社，1979年，第191页。

都被莎士比亚用一种真正温柔、哀婉的笔触描绘出来。”[1]事实上，在这样的充满诗意的表达里，我们也看见了哈兹里特自己的温柔态度和哀婉的笔触。他用自己的心，来感受人物和作者的情绪，然后，用有温度的文字，将自己的融感性与理性为一体的复杂体验表达了出来。

哈兹里特的批评，具体入微，平易亲切，毫无枯燥而僵硬的学院派习气。他的批评之所以让人觉得鲜活与有趣，很大程度上，是因为他善于引用作品中的精彩细节和对话。引用作品看似毫无难度，是近乎“文抄公”的故技，实则很不容易，考验着批评家的眼光和判断力。第一流的文学批评，都善于引用作品，从而使自己的批评文本，像一面清晰的镜子，映照出作品的风姿和作者的气质。真正优秀的批评家，从来不怕详细地引用作品的描写和叙述，因为，高明的引文可以使读者看到原作的样貌，品尝到原作的滋味，正如古人所说：“尝一脔肉而知一镬之味。”别林斯基对作品的引用非常繁富，哈兹里特也是这样；别林斯基的文学批评的篮子里，装满了从果戈理和柯尔卓夫等人的橘树上采摘下来的金橘，哈兹里特的莎剧批评的果篮里，也盛满了从莎士比亚那里采摘下来的草莓、菠萝、桃子、苹果、石榴和葡萄——他从《李尔王》《罗密欧与朱丽叶》《奥赛罗》《裘力斯·凯撒》和《安东尼与克莉奥佩特拉》等作品中所引用的对话描写，就足以使我们闻到从莎士比亚的文字里飘来的浓浓的果香。

人物是戏剧世界的绝对核心，也是哈兹里特的莎剧研究聚焦的对象。莎士比亚擅长塑造人物，哈兹里特则擅长分析人物——他对麦克白夫人性格的分析，[2]对伊阿古性格的分析，[3]对夏洛克性格的分析，[4]

---

[1] 威廉·哈兹里特：《莎士比亚戏剧中的人物》，顾钧译，华东师范大学出版社，2009年，第89页。

[2] 威廉·哈兹里特：《莎士比亚戏剧中的人物》，顾钧译，华东师范大学出版社，2009年，第14—15页。

[3] 威廉·哈兹里特：《莎士比亚戏剧中的人物》，顾钧译，华东师范大学出版社，2009年，第44页。

[4] 威廉·哈兹里特：《莎士比亚戏剧中的人物》，顾钧译，华东师范大学出版社，2009年，第216页。

对哈姆莱特性格的分析，[1]都精微细致，直中肯綮，堪称典范；他善于通过对比来分析同一类人物之间的差异，例如，他将麦克白与理查王放在一起比较，[2]将罗密欧与哈姆莱特放在一起比较，就很有眼光，也很有效果——通过比较，人物之间各自的性格特点和微妙差异，彰彰明甚地显示了出来。你看，莎剧中两个最可爱也最不幸的青年："罗密欧是恋爱中的哈姆雷特。一个情感丰富，一个思想丰富。两个人都与外部世界有些脱节，而活在自己的想象世界中。哈姆雷特对什么都心不在焉，罗密欧除了爱情，对其他都心不在焉，他沉浸在爱情之中。他'很少思考，也很少猜疑'，只是怀着希望——'梦寐中的幻景'。"[3]就像两根蜡烛放在一起，可以增加光照的亮度一样，将两个人放在一起，也可以使人们更清楚地看见他们的面影和内心。在莎士比亚的文本世界里，哈兹里特给我们燃起了两根很亮的蜡烛。

哈兹里特留意总结莎士比亚的伟大经验，着意揭示他不同于众的文学天才。在《裘力斯·凯撒》中，他通过对细节的分析，肯定了莎士比亚善于洞察人物个性和思想的能力："仿佛他就在现场"[4]；"莎士比亚不仅能够深入日常生活，也能深入大的事件和政治人物的内心"[5]。凭着非凡的"天才"，莎士比亚赋予变化而无序的世界以固定的秩序，赋予苍白的生活以华美的色彩：《安东尼与克莉奥佩特拉》第四幕第十二场中安东尼与爱洛斯的对话，是"莎士比亚最美妙、最华丽的诗行。那些飘荡在现实世界之上的如诗如画的景物是一闪即逝难以把握的，它们虚假的外表就像人生的伟大计划一样说变就变。……莎士比亚的天才给整个剧本带来一种华美的色彩，就像尼罗河水滋养

[1] 威廉·哈兹里特：《莎士比亚戏剧中的人物》，顾钧译，华东师范大学出版社，2009年，第85页。
[2] 威廉·哈兹里特：《莎士比亚戏剧中的人物》，顾钧译，华东师范大学出版社，2009年，第21页。
[3] 威廉·哈兹里特：《莎士比亚戏剧中的人物》，顾钧译，华东师范大学出版社，2009年，第114页。
[4] 威廉·哈兹里特：《莎士比亚戏剧中的人物》，顾钧译，华东师范大学出版社，2009年，第30页。
[5] 威廉·哈兹里特：《莎士比亚戏剧中的人物》，顾钧译，华东师范大学出版社，2009年，第31页。

了周边肥沃的土地一样”[1]。哈兹里特发现，莎士比亚既能自谦地学习自然，又能自信地驾驭自然：“在莎士比亚的诗歌中，想象似乎是自然的婢女，而自然又似乎是想象的玩物。莎士比亚好像就是所有的人物，好像就在他所描绘的现场，他如果不是知道在场所有人的情绪，就一定是把自己的语言天才借给了这些人物。这是莎士比亚的过人之处。”[2]他敏锐地发现并准确地概括出了莎士比亚悲剧的特点。他在评论《奥赛罗》的时候说：“悲剧产生一种平衡的情绪。它让我们成为生活中各种现象的思考者和观察者。它是一个精致的剧种，一个以人性为研究对象的学科。”[3]他认为《奥赛罗》就属于典范性的悲剧作品，因为，“它大大地激发了我们的同情心。它所传达的教训比莎士比亚其他剧本所传达的教训更适用于解决人生问题。它说到了人们的心坎上”[4]。事实上，他的这一概括和判断，不只适用于《奥赛罗》，也适用于对莎士比亚几乎所有作品的评价。

哈兹里特虽然是一个用志不分的学者和批评家，但是，他从来就不是心态封闭的两耳不闻窗外事的自了汉；他是从政治角度解读莎士比亚的阿兰·布鲁姆的先驱，而不是哈罗德·布鲁姆式的唯美主义者和专业主义者的同盟军。他关注现实，充满政治热情，对一切形式的暴政和极权，都深恶痛绝。他的批评既是文学批评，也是社会批评；既是诗学性质的，也是政治学性质的。对现实的批判性和介入性，是他莎剧研究的卓然可见的特点。

哈兹里特有极强的民主意识和成熟的现代政治理念。他对权力没有好感和信任感，始终保持着对它的怀疑态度和批判态度。在分析《科利奥兰纳斯》的时候，他笔锋犀利、气势沛然地批评道：

---

[1] 威廉·哈兹里特：《莎士比亚戏剧中的人物》，顾钧译，华东师范大学出版社，2009年，第82页。
[2] 威廉·哈兹里特：《莎士比亚戏剧中的人物》，顾钧译，华东师范大学出版社，2009年，第160页。
[3] 威廉·哈兹里特：《莎士比亚戏剧中的人物》，顾钧译，华东师范大学出版社，2009年，第34页。
[4] 威廉·哈兹里特：《莎士比亚戏剧中的人物》，顾钧译，华东师范大学出版社，2009年，第35页。

大人物有他们私人的感情，对此民众的利益和正义的要求必须让步。他们的利益与大众的利益是迥然不同的，甚至是完全相反的，他们的权力建立在我们的软弱之上，他们的财富建立在我们的贫穷之上，他们的高傲建立在我们的低微之上，他们的显赫建立在我们的悲惨之上，他们的暴政建立在我们的奴役之上。如果他们有更先进的知识（实际上他们没有），那么这些知识只会使他们变得更加可怕，只会把他们从天神转变成魔鬼。……这构成了思想情感中的一种逻辑，这种思想感情试图夸大权力和财富，蔑视不幸和苦难，它将权力提升为暴政，将统治转化为专制，它将底层的人压迫得更低，使不幸的人濒临绝望，它将普通官员擢升为帝王，将帝王擢升为天神，它将臣民降格为奴隶，将奴隶降格为猪狗的同类。人类的历史是一部传奇，一个面具，一出悲剧，一出依据扬善惩恶原则构思出来的悲剧。它又像是皇家的狩猎，多数的死亡带来少数的欢娱，观看狩猎的人为强者对弱者的追逐和攻击而欢呼雀跃，虽然他们根本不能分享猎获物。[1]

这段因莎士比亚的描写而引发的议论，仿佛出自莎剧中的充满民主激情和自由精神的英雄人物之口，充满强烈的正义感和感染力。哈兹里特的批评，不仅具有很强的现实感，是对英国的权力腐败和社会不公的谴责，而且，还具有很强的普遍性，是对世界上古往今来一切残暴的独裁政治不稍宽假的抗议，是对一切虚伪的不平等制度不留情面的讽刺。

哈兹里特在政治上的批判性锋芒，甚至比莎士比亚还要尖锐。在他的眼里，所谓君主和最高统治者，简直没有一个是好东西，没有一

[1] 威廉·哈兹里特:《莎士比亚戏剧中的人物》，顾钧译，华东师范大学出版社，2009年，第58—59页。

个是道德上值得赞赏的人物。他完全不赞同莎剧《亨利五世》的赞美倾向和理想主义色彩，反对莎士比亚为亨利五世所作的“辩护”。在他看来，“这样做是不值得的”。因为，“亨利五世是一个好战、喜欢和狐群狗党为伍的君主。他轻率、放荡、野心勃勃，他要么游手好闲，要么就恶作剧”[1]。同样，国王理查三世和亨利八世，属于亨利五世道德上的兄弟，也是令人厌恶的暴君。

哈兹里特甚至很极端地认为，“国王永远不应该出现在舞台上。一般来说，他们不会成为令人愉快的角色，他们只有在活着的时候才是最好的国王，他们的权力、他们的奢华让民众目眩神迷，他们的恩威让臣属诚惶诚恐，无暇多想。但是死亡取消了臣民对他们的忠诚和兴趣，当人们回顾他们的功业时，他们的权力变得既丑陋不堪又荒唐可笑。有人指责现代哲学有害于忠诚的观念，但这是不正当的，因为反对效忠观念的还有其他很多东西。阅读历史的人没有一个会喜欢帝王”[2]。他的批判权力的剑戟，直指自己的时代。在分析《无事生非》的时候，他从剧中人物身上，看见了自己时代的面影，“莎士比亚显然是取材于实际生活，而这一类人在两百年后似乎已经从最低的职位爬上了我们国家的最高职位”[3]。难怪海涅称他为“卓越的莎士比亚评论家”，认为他是“一位思想深刻的卓越天才，充满革命的思想激情和光辉的艺术才华、洋溢着智慧和活力的狄德罗和别尔内的结晶”[4]。

就道德激情来看，哈兹里特是伟大的；就历史理性来看，莎士比亚是正确的。因为，问题的实质并不在于要不要写帝王，而在于如何写——不仅要公正地写出他们身上的罪孽，还要写出他们境遇的悲惨

[1] 威廉·哈兹里特：《莎士比亚戏剧中的人物》，顾钧译，华东师范大学出版社，2009年，第162页。
[2] 威廉·哈兹里特：《莎士比亚戏剧中的人物》，顾钧译，华东师范大学出版社，2009年，第192页。
[3] 威廉·哈兹里特：《莎士比亚戏剧中的人物》，顾钧译，华东师范大学出版社，2009年，第244页。
[4] 海涅：《莎士比亚笔下的女角》，温健译，上海译文出版社，1981年，第11页。

和内心的恐惧，甚至要给他们一些适度的怜悯和同情。过度的仇恨导致歧视和偏见。莎士比亚的内心没有偏见，没有仇恨，只有公正和怜悯。有人说："世界上没有无缘无故的爱。"然而，对莎士比亚来讲，真正的人性化的爱，就是超越性的，就是无缘无故的。因此，任何人物，只要到了莎士比亚的笔下，都会享受到这种无缘无故的爱，都会受到尊重甚至怜悯，都会被当作人来写。这正是莎士比亚之所以伟大的地方。

然而，哈兹里特对权力，尤其是对最高权力的批判态度，还是充满正义感和启蒙意味的。他为我们认识中国当代文学，提供了一个有效的参照体系。他对极权和暴君的批判意识和批判态度，与中国当代文学和艺术作品的崇拜皇权的叙事倾向，构成了极为尖锐的反讽性对照。在我们这里的文学和影视形式的"权力叙事"中，在《英雄》《大秦帝国》和《雍正王朝》等作品中，毒蛇变成了鸽子，荨麻变成了玫瑰，暴虐的帝王们，如嬴政啦，爱新觉罗·胤禛啦，俱皆威仪赫赫，道德高尚，人格完美，像天上的太阳一样给人民带来恩泽，像无边的春风一样给人民带来温暖，唔，简直就是"春风十里不如你"；而芸芸众生的唯一权利，就是对他们感激涕零地表示忠诚和感谢。于是，在信奉"拜权教"的作家和艺术家的叙事里，那些恣睢而残忍的暴君，因为我们时代的作家和艺术家的怂恿和纵容，变得更加恣睢和凶暴，更加浅薄和贪婪，竟然以高亢的声音，唱出了这样的心声——"我真的还想再活五百年"！够了，够了，活了两千多年了，实在太长了，早该寿终正寝了。

对照莎士比亚的充满人文精神的戏剧叙事，对照哈兹里特充满民主激情的文学批评，我们的作家和艺术家，能无愧乎？我们的那些赞美秦始皇和雍正皇帝的作家，不觉得自己是在进行文化犯罪吗？唉！老调子何时才能唱完？我们充满现代人文精神的启蒙主义文学，何时才能达到莎士比亚和哈兹里特那样的水平？

言归正传，接着说卡莱尔对莎士比亚的认识和评价。

托马斯·卡莱尔（1795—1881）在《英雄和英雄崇拜——卡莱尔讲演集》（1840）中确立了莎士比亚“诗人英雄”的地位。在他看来，莎士比亚比但丁还要伟大，甚至认为他是“迄今为止的一切诗人的领袖”[1]。

卡莱尔的批评具有很浓的浪漫主义色彩。他的莎士比亚研究充满了热烈的激情，甚至含着一些自然主义甚至神秘主义的因子。他说，“无价的莎士比亚是自然的慷慨礼物，是完全默默地产生的”[2]；莎士比亚的才能，“不是习惯或偶然机会的结果，而是大自然本身的赠予”[3]。他也强调观察力和德行在莎士比亚戏剧创作中的作用，认为一个没有德行的人根本就不可能认识真理，但是，他却同时将它们推入非理性的范畴，笼统地称之为“无意识的智慧”，因而，莎士比亚的艺术以及它的“最高贵的价值”，就不是属于人的情感和智慧活动的结果，而纯粹是一个自然主义的现象：“它是通过这个高贵而真诚的灵魂从自然的深处成长起来的，而这灵魂就是大自然的声音。”[4]这样的批评虽然有助于提醒我们重视对莎士比亚的创造力的研究，但是，却无助于人们理性地研究和认识莎士比亚。

卡莱尔的莎士比亚研究有三个很著名的观点。

第一个是镜子之喻——“他决不是变形的、可怜的凸凹镜，反映着凸面和凹面的一切对象，而是一面完全平面的镜子；这也就是说，如果我们能理解的话，他是一个公正地同万物和人相关联的人，一个好人。这个伟大的灵魂确是一面高贵的镜子，能容纳各种人和对象，法尔斯塔夫、奥赛罗、朱丽叶、科利奥兰努斯，都以其圆满的完美性呈现在我们面前，像可爱的、正义的、完全平等的兄弟。”[5]

---

[1] 卡莱尔：《英雄和英雄崇拜——卡莱尔讲演集》，张峰、吕霞译，上海三联书店，1988年，第171页。
[2] 卡莱尔：《英雄和英雄崇拜——卡莱尔讲演集》，张峰、吕霞译，上海三联书店，1988年，第170页。
[3] 卡莱尔：《英雄和英雄崇拜——卡莱尔讲演集》，张峰、吕霞译，上海三联书店，1988年，第175页。
[4] 卡莱尔：《英雄和英雄崇拜——卡莱尔讲演集》，张峰、吕霞译，上海三联书店，1988年，第178页。
[5] 卡莱尔：《英雄和英雄崇拜——卡莱尔讲演集》，张峰、吕霞译，上海三联书店，1988年，第173页。

第二个是将莎士比亚当作最伟大、最重要的英国人——他在莎士比亚与印度帝国之间设置了一个两难选择："如果有人问我们，你们英国人是愿意放弃你们的印度帝国，还是愿放弃你们的莎士比亚；要么不再有印度帝国，要么不再有莎士比亚？"卡莱尔的回答干脆利落："有无印度帝国我们不管，但我们不能没有莎士比亚！无论如何，总有一天印度帝国将会失掉，但这个莎士比亚不会走开，他永远和我们存在下去；我们不能放弃我们的莎士比亚！"[1]第二次世界大战期间，丘吉尔曾经在一个场合表达过卡莱尔的这个观点，很多人因此将他当作原作者而不是引用者。

第三个是将莎士比亚当作历之百代而不废的万王之王。他说："这里有一个英国国王，任何时代或机会，任何国会或议会联合体都不能推翻他的王位！这就是国王莎士比亚。他不是以有皇冠的统治权作为最高贵、最温和然而最有力的集合信号照耀着我们大家吗？他是不可摧毁的，在这一点上比其他任何手段或用具更有价值！"[2]

如果说，17 世纪的琼生是莎学的先声，提出了对莎士比亚的基本评价，18 世纪的约翰逊是莎学的奠基者，为未来的莎学研究提供了可靠的判断，19 世纪的柯尔律治、哈兹里特和卡莱尔是推进者，将莎学研究引入新的层面，那么，进入 20 世纪伊始，布雷德利的莎学研究，则显示出崭新的气象。

安·塞·布雷德利（亦译"布拉德雷"，1851—1935）的《莎士比亚悲剧》（1904），是一部在莎学研究上具有里程碑意义的杰作。此书以亚里士多德和黑格尔的悲剧理念为基础，来考察莎士比亚的悲剧的基本性质。根据亚里士多德的理论，他将悲剧阐释为"行动"；根据黑格尔的理论，他将悲剧理解为"冲突"。从悲剧主人公来看，

---

[1] 卡莱尔：《英雄和英雄崇拜——卡莱尔讲演集》，张峰、吕霞译，上海三联书店，1988 年，第 187 页。
[2] 卡莱尔：《英雄和英雄崇拜——卡莱尔讲演集》，张峰、吕霞译，上海三联书店，1988 年，第 188 页。

莎剧总是选择那些“身居高位”的人，因为他们的命运极大地影响着整个国家的命运——这一观点，显然比哈兹里特敌视权贵阶层的情绪性反应要深刻，所以，莎士比亚的悲剧，“可以称为导致一个大人物最终死去的大灾大难的故事”[1]。而这种灾难和悲剧，不是神秘的命运造成的，而是来自人的行动。是人物自己在某一环境的行动，引发了另一些别的行动，并最终导致了毁灭性的灾难后果。

布雷德利试图将人以及他的行动，作为悲剧的根源。人物的发疯等反常行为，是他们的行动所造成的悲剧冲突的结果，而不是冲突的原因；莎士比亚所写到的超自然因素，虽然有助于行动的展开，但是，它并不单独发挥作用，而是与人物的性格联系在一起；那些偶然事件看似神秘，其实也不过是人的行动的合乎因果关系的结果。在几乎所有莎士比亚笔下的悲剧人物身上，“我们都能看到一种明显的单一性，即朝向某一特定方向的癖性；一种在某些环境下完全无力抗拒趋向这一方向的那股力量；一种把一样兴趣、一个目标、一种热情或心情看成是整个存在的致命的倾向。对莎士比亚来说，这一点看起来就是基本的悲剧特征”[2]。总之，“悲剧的灾难主要产生于行动，产生于人们的所作所为”[3]，而不是任何别的超自然的东西。

在布雷德利悲剧理论中，“冲突”是一个具有核心意义的关键词。人与人之间的关系和冲突，是悲剧理论应该研究的根本性的问题，因为，“产生悲剧的苦难和死亡的冲突，并不是同命运或一种不可捉摸的力量相冲突，而是同一种道义力量相冲突，一种同我们自己在人物身上所敬仰和崇尚的一切十分相近的力量”[4]。悲剧就是两个人或两个集团的对抗冲突，并以主人公的失败告终。冲突有外部冲突和内部

---

[1] 安·塞·布雷德利：《莎士比亚悲剧》，张国强等译，上海译文出版社，1992年，第7页。
[2] 安·塞·布雷德利：《莎士比亚悲剧》，张国强等译，上海译文出版社，1992年，第16页。
[3] 安·塞·布雷德利：《莎士比亚悲剧》，张国强等译，上海译文出版社，1992年，第7页。
[4] 安·塞·布雷德利：《莎士比亚悲剧》，张国强等译，上海译文出版社，1992年，第31页。

冲突两种。可用“精神力量”这一概念将这两种冲突概括地表达出来。

莎士比亚的主人公，就其天性而言，是异乎寻常的，但却不是怪物，也不是圣人。他们身上有一种“显著的片面性”。这种片面性也是他们悲剧的一个根源，所以，“把主人公看成完全是被外部力量摧毁的，这对于莎士比亚是全然格格不入的；认为我们看不出有任何缺点的行为促进了主人公的灭亡，这对于莎士比亚也是完全背道而驰的”[1]。人物的意愿和思想，并不足以帮助他们摆脱困境，避免灾难，人在某种程度上，就是“自己毁灭的原因”。在他看来，恶是悲剧的动力和根源，包括主人公的缺点和短处，都属于“广义的恶”：“悲剧排除了恶，就不成其为悲剧，因为悲剧包含着善的被糟蹋。”[2]总之，作为善的伴生物，恶是无处不在的，这也许就是人类的宿命：“这个世界为了达到完美的境地而劳苦不休，同时却连同光荣的善一起产生出恶来，而这个恶，它只能靠自我折磨和自我糟蹋才能够加以克服。这个事实或现象就是悲剧。”[3]这样的结论，有哲理内涵和思想深度，但也多多少少有点命定论的味道。他将恶当作悲剧发生的“根源”，甚至认为《裘力斯·凯撒》中对暴君的反抗，也属于恶。这就属于没有边界的“泛恶论”了，其后果，是将复杂的悲剧问题简单化和教条化。

布雷德利的悲剧理论，是一种静态的理论。他感兴趣的是悲剧的性质和悲剧冲突的结构。他通过静态的结构分析，来揭示悲剧的秘密。因为，具有现代的人文主义精神，并将人的性格与行为当作悲剧研究的核心，所以，他极大地克服了莎学研究上的神秘主义和宿命论倾向。他试图在“性格”“善恶”“道德秩序”“精神力量”“外部冲突”和“内部冲突”等概念体系里，阐释悲剧的产生及其性质。作为纯粹观念活动的产物，布雷德利的理论只能产生理念意义上的成果。完整

---

[1] 杨周翰编选：《莎士比亚评论汇编》（下），中国社会科学出版社，1981年，第35页。
[2] 杨周翰编选：《莎士比亚评论汇编》（下），中国社会科学出版社，1981年，第49页。
[3] 杨周翰编选：《莎士比亚评论汇编》（下），中国社会科学出版社，1981年，第51页。

的悲剧理论，还需要一个历史主义的阐释语境，还需要在具体的时代性和社会差异性中，来分析文本特殊的悲剧性质与具体的主题内容，就像斯图厄特在批评这种莎剧研究模式时所说的那样："批评家似乎没有感到莎士比亚是伊丽莎白时代的人，他是在一定环境中成长和写作的，也没有感到他是为某一特定剧院，在特定舞台传统内进行写作的。批评趋于绝对化，信心很强，不考虑莎士比亚写作的历史环境。"[1]

虽然存在明显的局限和问题，但是，布雷德利的莎学研究，依然是20世纪莎士比亚研究的重要成果，仍然具有无可替代的意义和价值："布拉德雷的名字标志着20世纪莎评的光辉起点。他在1904年发表的《莎士比亚的悲剧》一书是一部集浪漫派莎评之大成的杰作。作为一个学者，他运用亚里士多德和黑格尔的悲剧理论来阐述和总结莎士比亚的悲剧作品，这就使人们对莎剧的美学价值和反映历史进程的本质有了更明确的了解。"[2]韦勒克也高度肯定他在莎学研究上的贡献："在关于（莎剧）主题的解释中，在对人物、场面及整个剧的评价中，在关于莎士比亚悲剧的定义中，抓住了某些真正的东西。"[3]

然而，关于莎士比亚，英国学者和批评家并不是一味说好而不说坏的。他们的批评意识是高度成熟的。他们将客观和公正当作文学批评的首要原则；他们倾向于接受这样的文学批评理念，那就是，无论多么伟大的作家，无论多么伟大的作品，一定存在可以讨论的问题和可以指出的瑕疵。1751年2月5日，约翰逊博士在《批评的成见与善变》中说："众所承认的优秀作家如果作品存有缺陷，往往危害较大，因为他们作为榜样的影响更广泛；而学术的要务就在于先将优秀的作家挖掘出来，再从他们身上寻找'污痕'，如此方能把他们确立为经

[1] 杨周翰编选：《莎士比亚评论汇编》（下），中国社会科学出版社，1981年，第210页。

[2] 张泗洋、徐斌、张晓阳：《莎士比亚引论》（下），中国戏剧出版社，1989年，第438页

[3] 雷纳·韦勒克：《现代文学批评史》（1750—1950），第五卷，章安祺、杨恒达译，中国人民大学出版社，1991年，第59页。

典的作家、权威不容置疑的前辈。”[1]这大体上可以视为所有英国批评家的文学共识。

英国的文学批评家对莎士比亚的热爱，是冷静和理性的。他们既热情地赞美他，也严肃地批评他。也就是说，他们绝不会用情感代替理智，面对莎士比亚的缺点和问题，全都视而不见，甚至巧为回护。不列颠民族在对待莎士比亚上所表现出来的克制和理性，赢得了爱默生的极高评价：“文学史上绝无仅有的事实，即对莎士比亚的不动声色的欢迎——他的发迹证明了他深受欢迎；缺乏同时代人的赞扬证明了对他的冷淡——似乎证明了人民思想的高超。一个民族越伟大，相形之下它的伟人就显得越渺小。”[2]

英国批评家对莎士比亚的质疑，固然有萧伯纳式的全盘而绝对的否定，但更多的是理性而辩证的批评；固然有约翰逊博士的道德向度的尖锐批评，但更多的，却是将焦点指向他华丽的语言风格，指向他的充满想象和夸饰性的修辞。

德莱登特别强调法则的意义。法则建立在“明快的感性和正确的理性之上”，是任何一个诗人都应该服从的。根据严格的“法则”来审视，莎士比亚“也有他的缺点”。这些缺点主要见之于他的修辞和表现方式：“他常常以辞害意，有时使得意义不可理解。我不愿意说这样伟大的诗人分不清什么是膨胀臃肿的风格，什么是真正的雄伟；但我可以冒昧地说他那狂热的幻想常常使他超出理智的界限，或是铸造新词异句，或是硬把日常使用的字句粗暴地误用。这倒不是因为我想破坏应用比喻去描述激情，因为朗吉纳斯认为要引起激情比喻是必需的；但字字都用它们，无话不用隐喻、明喻、意象或描写，我担心未免过分像演悲剧了。”[3]他还胪列出《哈姆莱特》中“火一样燃烧的天的

[1] 塞缪尔·约翰逊：《饥渴的想象：约翰逊散文作品选》，叶丽贤译，三联书店，2015年，第80页。
[2] 爱默生：《爱默生集：论文与讲演录》（下），赵一凡等译，三联书店，1993年，第987页。
[3] 杨周翰编选：《莎士比亚评论汇编》（上），中国社会科学出版社，1979年，第30页。

眼睛也就湿漉漉”等句子，批评莎士比亚“为了加强表现琐屑的思想”，“制造了多么大的骚乱”：“诗人使燃烧的天的眼睛变得湿漉漉，这也异想天开得可以了，我想在他以前没有人曾经从眼睛里吸出奶汁来，但是奇上加奇的是那双眼睛还在燃烧着。”[1]他对莎士比亚色彩浓烈的修辞，很不认同，很不欣赏：“如果把莎士比亚描写激情的夸张之词全部删去，而用最庸俗的字句来表现它，我们仍能发现留下来的美丽的思想；如果把他的虚文都烧尽了，熔炉的底里仍旧有着银子。”[2]总之，“如果幻想不受节制，那末它仅仅是乖僻之物，完全不能创造合理而明智的诗篇”[3]。

莎士比亚在修辞上的具体错误，的确存在，但是，大醇而小疵，白璧而微瑕，我们无妨将它当作缺陷美（beauty of defect），宽宏大度地接受下来。至于莎士比亚的文体风格和修辞方式上的问题，似乎也无须苛责。即便他确乎有过于雕饰和夸张失度的问题，那也不失为一种风格，也自有其独特的价值和魅力。在这一点上，雨果的态度，似乎是最为明智的：“我对这些伟大的施善者绝不吹毛求疵。你们称之为缺点的，我称之为长处。我接受过来，并表示感谢。……人家送我一匹诗人的飞马。我不会去琢磨缰绳的优劣。……我赞赏莎士比亚。我赞赏这‘威廉’。我接受福尔斯太太，我赞赏《哈姆雷特》中的双关语；我赞赏《麦克白》中的大屠杀。我欣赏那些女巫。我欣赏‘黑夜的屁股’。我不比这一切更有才智。”[4]是啊，要相信，莎士比亚总比我们高明。在具体的修辞处理上，他不需要我们建议他该如何写。我们最明智的态度和选择，就是——全都拿过来，慢慢地欣赏。

约翰逊博士针对莎士比亚的指瑕性批评力求客观。他说自己将“根

[1] 杨周翰编选：《莎士比亚评论汇编》（上），中国社会科学出版社，1979年，第31页。
[2] 杨周翰编选：《莎士比亚评论汇编》（上），中国社会科学出版社，1979年，第33页。
[3] 杨周翰编选：《莎士比亚评论汇编》（上），中国社会科学出版社，1979年，第34页。
[4] 维克多·雨果：《威廉·莎士比亚》，丁世忠译，团结出版社，2001年，第193—194页。

据我所见到的那些缺点，把它们介绍给读者，实事求是，既不恶意中伤，也不迷信崇拜”。在他看来，莎士比亚的戏剧写作不仅有缺点，而且还“相当多”，“以至于埋没、压倒任何其他优点”。这些缺点，主要见之于两个方面：一个是没有道德目的，一个是语言夸张失度。就前者说，“他牺牲美德，迁就权宜，他如此看重给读者以快感，而不大考虑给读者以教导，因此他的写作似乎没有任何道德目的。……他没有给善恶以公平合理的分布，也不随时注意使好人表示不赞成坏人；他使他的人物无动于衷地经历了是和非，最后让他们自生自灭，再不过问，使他们的榜样凭着偶然性去影响读者”[1]。如果“牺牲美德”确乎是莎士比亚的缺点，那么，他简直就是不可原谅的，不仅约翰逊博士所给予他的那些荣誉，都该收回来，而且，还要接受世人严肃的批评。在我看来，约翰逊博士对他的指责，完全不符合事实。事实上，恰恰相反，莎士比亚很善于采取巧妙的方法，来显示作品中人物和作者自己的正义感和善恶态度——关于这一点，前文在谈及“正义”问题的时候，论析甚详，此处不赘。在约翰逊博士如此杰出的莎士比亚批评里，竟然存在一个如此严重的判断失误，实在是一件令人费解的事情。

约翰逊博士对莎士比亚的道德问题的批评，在叔本华看来，简直就是不讲道理的挑剔：“在沙缪尔·约翰逊博士对莎士比亚某些剧本的评论中竟出现了这种颟顸的要求，他颇天真地埋怨（剧本里）根本忽略了这一要求。”[2]英国学者斯图厄特在他的论文《莎士比亚的人物和他们的道德观》（1949）中，也反驳了约翰逊博士对莎士比亚“缺乏道德目的”的指责。在他看来，莎士比亚固然不是“道德上的健将”和“伦理上的智囊”，但是，“在某种意义上，他无时无刻不在处理

[1] 杨周翰编选：《莎士比亚评论汇编》（上），中国社会科学出版社，1979年，第47页。
[2] 叔本华：《作为意志和表象的世界》，石冲白译，商务印书馆，1982年，第351页。

道德问题。在所有的戏剧中没有一段话，没有一首歌不接触到伦理的情绪。他总在处理道德问题，但他向来不是一个道学家”[1]。他最后的结论是：“我们应当得到的结论是：莎士比亚是彻底健康的。有些剧本令人感到暗影重重。但其空气是清新的，土壤是肥美的，其丰足景象（和乔叟的诗一样）显然是上帝那里才有的。”[2]他的意见是，约翰逊博士对莎士比亚的批评，不仅与莎士比亚作品的实际情形大相刺谬，而且还颇有些道学家气息，简直是近乎吹毛求疵的。

约翰逊博士所批评的莎士比亚的第二个方面的缺点，是美学方面的，具体地说，是艺术性和语言上的问题。他批评莎士比亚不遵守“三一律”，“不重视时间或地点的区别”；还“使他的人物用俏皮话互相攻击”，很不得体，是否反映了伊丽莎白时代的“庄严、隆重、严肃”的一般风尚，很令人怀疑。不仅如此，莎士比亚的语言问题更为严重，“往往是浮夸、臃肿、平凡、冗长而晦涩”的：“在叙述时，莎士比亚喜欢用过多的浮夸华丽的字眼和令人厌倦的迂回曲折的长句，能够用几句话把一个事件平易地说了出来，他却费了很多话来说它，但仍没有把它说好。……对莎士比亚来说，叙述是一种负担，但他并不用简练的办法来减轻这个负担，反而努力使它庄严华丽，以便讨得读者欢心。”[3]他的这段批评有说对的地方，也有说错的地方。说莎士比亚喜欢用华丽的字眼和长句，这固然不错；说这些长句容易使人疲劳和厌倦，大体上也是对的。但是，从修辞效果来看，莎士比亚的这种用语风格和句式结构，自有其无可替代的魅力，即使转化成汉语，让人读来，依然感觉气韵沛然，极富美感。尽管如此，约翰逊博士严肃的批评风格，还是应该受到人们的称赞。从他也许过于严厉的批评话语里，我们看到了不列颠民族的理性精神和求真态度。

---

[1] 杨周翰编选：《莎士比亚评论汇编》（下），中国社会科学出版社，1981 年，第 221 页。

[2] 杨周翰编选：《莎士比亚评论汇编》（下），中国社会科学出版社，1981 年，第 222 页。

[3] 杨周翰编选：《莎士比亚评论汇编》（上），中国社会科学出版社，1979 年，第 49 页。

哈兹里特虽然对莎士比亚评价极高，认为他的“《仲夏夜之梦》一出戏中所包含的愉快和优美的描写就超过了所有法国诗歌的总和”[1]，但是，他也能理性地发现莎士比亚的问题，指出其不足。他说莎士比亚具有“满而溢”的特点，“他堆砌词藻，过分铺陈。这是他的最大缺点。对他来说唯一的危险——借他自己的话来说——就是‘在无边的构思之中失去一切的知觉’”[2]。看来，在修辞上，莎士比亚汪洋恣肆的早期现代英语，确实与现代的英语大有不同——它也许太有活力，太过浓烈。这在现代的温顺而敛抑的英语读者看来，实在有些太出格、太恣纵了吧。

布雷德利对莎士比亚也有批评。在他看来，莎士比亚对《威尼斯商人》的结局的处理，就不能令人满意。原因是，“夏洛克是一个悲剧的人物，我们不能相信他接受了失败和强加在他身上的种种条件。这是一个实例。表明莎士比亚的想象力开小差了，因而他刻画了一个不能与注定的愉快结局和谐一致的人物”[3]。这样的指责，不能说毫无道理，但是，莎士比亚事实上已经巧妙地表现了对夏洛克的悲剧命运的同情，也给了夏洛克为犹太人的屈辱境遇辩护的权利——在一个发生过大规模的“排犹”运动的国家，在一个仍然存在强烈“反犹”情绪的时代，莎士比亚的这种公正的戏剧处理，已经是很了不起的事情。

英国学者和批评家对莎士比亚的质疑和批评，大都显得理性而节制，而且大都是针对具体问题和局部现象的，从来没有人从整体上怀疑他的伟大，或者从根本上否定他作品的价值。然而，到了19世纪末期，一个彻底怀疑和否定莎士比亚的人出现了，英国莎学领域的极端形态的事件发生了。这个人就是英国戏剧作家萧伯纳。

萧伯纳（1856—1950）从小熟读莎士比亚，自云可将《哈姆莱特》

---

[1] 威廉·哈兹里特：《莎士比亚戏剧中的人物》，顾钧译，华东师范大学出版社，2009年，第102页。

[2] 威廉·哈兹里特：《莎士比亚戏剧中的人物》，顾钧译，华东师范大学出版社，2009年，第67—68页。

[3] 杨周翰编选：《莎士比亚评论汇编》（下），中国社会科学出版社，1981年，第34页。

完整地背出来。他说：“我十二岁的时候就熟悉莎士比亚作品中的每一个人物，从哈姆雷特起到阿伯霍逊（Abhorson），对他们比活着的同时代人还要熟习。”从1895年开始，他为伦敦的《周六评论》撰写关于莎剧的评论文章，迄止1949年，总共写了五十多万字。也许是familiarity breeds contempt（熟生狎——熟悉了就轻视）的缘故，他对莎士比亚的好感和敬意，竟荡然无存，只剩下无量的不屑和极端的轻蔑。

萧伯纳立志要打破英国人对莎士比亚的迷信和崇拜：“我努力要使英国人睁开眼睛，看到莎士比亚的哲学上的空虚，道德的肤浅陈腐，思想上的贫乏和混乱，他的势利，他的庸俗的偏见，他的无知，以及他和他在哲学上优越的虚名的不相称。”[1]他认为莎士比亚的戏剧写得庸俗而又肤浅，缺乏约翰逊博士所说的“道德目的”。

在萧伯纳看来，莎士比亚远远比不上易卜生：“易卜生是个巨人，莎士比亚是个侏儒。易卜生是一个伟大的社会改革家，在作品里提出重大的社会问题，而莎士比亚的作品则毫无内容。”[2]他似乎完全不知道，易卜生就是莎士比亚文学遗产的继承者，是在莎士比亚的经验支持下进行写作的。正像英国学者哈尔夫旦·寇特在《莎士比亚与易卜生》中所总结的那样：在很多方面，“易卜生都努力扩大和丰富心理戏剧，也即从莎士比亚那儿作为遗产继承下来的东西。在那里边展现了他本人天才的自然领域，而那是莎士比亚帮他找到的”[3]。在某种程度上，完全可以说，没有莎士比亚，就没有易卜生。

萧伯纳批评莎士比亚因为欲壑难填，便从一个享乐主义者，变成了灰心丧气的悲观主义者。他甚至与琼生唱对台戏，恶作剧似的断言，“莎士比亚并不属于所有的时代，而只属于一个下午”[4]。他甚至称莎士比

[1] 佛朗·霍尔：《西方文学批评简史》，张月超译，南京大学出版社，1987年，第254页。

[2] 佛朗·霍尔：《西方文学批评简史》，张月超译，南京大学出版社，1987年，第255页。

[3] 张泗洋、孟宪强主编：《莎士比亚在我们的时代》，吉林大学出版社，1991年，第270页。

[4] 张泗洋、徐斌、张晓阳：《莎士比亚引论》（下），中国戏剧出版社，1989年，第432页。

亚为“绝对正经的势利小人”[1]。这已经不是一个学者在庄严地说话，而是一个解构主义者在进行快意的文化颠覆和恣意的话语狂欢。

萧伯纳对莎士比亚的批评，简直就是一个貌似严肃的玩笑，简直就是一场貌似认真的胡闹。《萧伯纳传》的作者亨德森（A. Hendeson）认为他对莎士比亚的批评，至少存在三个失误：以“易卜生主义”和“费边社”的理念做尺度来评价莎士比亚，缺乏历史主义的客观态度；将剧中人物的态度和观点加诸莎士比亚，根据剧中人物的一言半语，对他们的创造者进行整体性的评价，这难免以偏概全；他本来欣赏莎士比亚的语言艺术，但在评价过程中，却只谈思想，不谈艺术，难免片面。

另一部《萧伯纳传》的作者、萧伯纳的朋友佛兰克·赫里斯，则从萧伯纳对莎士比亚的态度里，看到了同情心的严重匮乏：“我在萧的身上看到一种英格兰人的冷酷态度，我以为这种冷酷态度是由于缺乏热情和感情而造成的。”[2]莎士比亚把克莉奥佩特拉塑造成一个性格鲜明的人，一个充满热情和活力的人，然而，因为缺乏正常的同情心，萧伯纳却在《凯撒与克莉奥佩特拉》中将她“塑造成一只没有心肝的、没有灵魂的、残酷的小猫。我相信萧——这个社会主义的清教徒——想象不出克莉奥佩屈拉的真正形象”[3]。雷纳·韦勒克也认为萧伯纳的莎士比亚批评“名声不佳”，“走到荒唐的地步”[4]；“他由于不具历史眼光，从而无从领会莎士比亚实际的，可以确定的思想和态度”[5]。显然，萧伯纳对莎士比亚的批评，几乎完全不被人们认同和接受。

---

[1] 雷纳·韦勒克：《近代文学批评史》，第四卷，杨自武译，上海译文出版社，2009年，第586页。
[2] 佛兰克·赫里斯：《萧伯纳传》，外国文学出版社，1983年，第263页。
[3] 佛兰克·赫里斯：《萧伯纳传》，外国文学出版社，1983年，第270页。
[4] 雷纳·韦勒克：《近代文学批评史》，第四卷，杨自武译，上海译文出版社，2009年，第585页。
[5] 雷纳·韦勒克：《近代文学批评史》，第四卷，杨自武译，上海译文出版社，2009年，第586页。

然而，萧伯纳却自以为做了一件功德无量的事情：“我已使得莎士比亚大众化了，把他从宝座上打翻在地，踢来踢去，叫人们认识到他并不是个神，而是个戏剧家。”他曾经说过这样一段话：“当我开始写作的时候，威廉（莎士比亚）是一个神，一个讨人厌的东西，现在他成为我们一个同类的人了。”[1]通过这句话，他不经意间透露了自己极端否定莎士比亚的隐秘的心理原因。这个原因就是“影响的焦虑”。这是作家面对比自己卓越和强大的同行，通常会有的心理反应。有的人通过竞争性的写作，来克服这种焦虑；有的则通过否定伟大的同行，来缓释它。所以，从文学心理学的角度看，萧伯纳的过激反应，是完全可以理解的。但是，从文学批评的角度看，他对莎士比亚的质疑和否定，是完全站不住脚的，甚至是可笑的，应该受到指责的。

如果说，为了培养人类爱的情感，为了遏抑人类傲慢的心性，为了替心灵生活寻找可靠的方向，我们不能没有可供崇拜和尊奉的神祇，那么，与其将暴君和独裁者供进神龛，并对他顶礼膜拜，感恩戴德，还不如把荷马、莎士比亚、屈原、司马迁、杜甫、苏东坡、汤显祖、曹雪芹、雨果、果戈理、陀思妥耶夫斯基、托尔斯泰和契诃夫这样的伟大作家和诗人，推尚为人们的崇拜对象。因为，对暴君的崇拜，是一件非常有害的事情，必然导致巨大的灾难，必然使人民蒙受人格上的羞辱；而对伟大诗人的热爱和崇拜，就不仅不存在这样的危险，而且，还是有百利而无一害的。

形象地说，暴君如毒蛇，诗人如鸽子——无论毒蛇的皮肤多么光滑，多么炫目，你都不能用手触摸；而面对一只鸽子，你却可以放心地接近它们，放心地摩挲它们洁白而柔软的羽毛。雨果对暴君深恶痛绝，但却崇拜自荷马到莎士比亚的所有伟大的诗人。在他看来，“暴君不是人，而是物。……即使作为活人的暴君也是物。沙皇的种种暴

---

[1] 佛朗·霍尔：《西方文学批评简史》，张月超译，南京大学出版社，1987年，第256页。

行，表明他们是疯子，而人群是蛮子”[1]。如此说来，对任何暴君的个人崇拜，都是对物的崇拜，都是非人性的拜物教；而对诗人的崇拜，则是人与人之间正常的情感表达，是一种美好的情感体验和高尚的文化行为，因为它给人尊严感和自由感，本质上是从精神上解放人和升华人的精神力量。

总之，英国的莎学研究是成熟和理性的，显示出一种严肃的求真精神。除了个别例外，他们很少用那种绝对的态度和极端的方法来解决问题。他们在莎学研究上所表现出来的，是一种很高的文化教养，是一种健全的批评精神。

二、轻诋与推重：法国文学界的两种认知态度

性格是具有核心意义的稳定的个性心理特征。它显示着一个人对生活和他人的态度，以及独特的思维方式和行为方式。民族性格则反映着一个民族稳定的个性特点，以及特殊的情感方式和行为方式。一个民族的文学，往往微妙而深刻地折射着它的性格特点和精神气质。

法国人的民族性格，从正面说，具有热情、浪漫、勇敢的特点，崇尚自由，性喜反抗，对一切形式的压迫和奴役都非常敏感；从负面说，则有傲慢、好斗、虚荣、轻浮的特点，耻居人后，争强好胜，喜欢标新立异，但缺乏实干精神，具有强烈的自我中心主义倾向和根深蒂固的沙文主义传统。高卢雄鸡便是它傲慢和好斗性格的象征。

自 17 世纪新古典主义兴起以来，法国便主导着欧洲文化的时尚，引领着欧洲文学的方向。巴黎像美艳的玛格丽特，穿着华丽，行为前卫，爱好交际，浪漫的高脚酒杯里，盛满了激情的香槟酒。法兰西的

[1] 维克多·雨果：《威廉·莎士比亚》，丁世忠译，团结出版社，2001 年，第 277 页。

革命激情和造反精神，它的审美新潮和文化时尚，时时牵动着欧洲知识分子的神经，紧紧吸引着他们的注意力。德国人一只眼睛盯着书本，另一只眼睛盯着巴黎，就连康德这样的几乎与世隔绝的人，也因为关注闹哄哄的法国革命，而罕见地打破了作息的规律。法国的文化风尚，更是俄罗斯人亦步亦趋的模仿对象。这一点，你只要读读托尔斯泰的《战争与和平》，读读他的《童年　少年　青年》，看看他对沙龙和舞会上俄罗斯贵族们的言谈举止的描写，便可知其大概。

法国与英国属于不同的民族谱系。属于拉丁民族的法国与属于日耳曼民族的英国之间，无论在政治上还是在文化上，始终存在着微妙的紧张关系，甚至时时发生着紧张的对立和冲突。

丹纳在他的《艺术哲学》中，就将法国的拉丁气质的文学，与英国的日耳曼气质的文学对立起来。在他的描述中，法国的拉丁气质文学是古典的，讲究纯净、高尚、修饰、比例，体现着高度的修养；相反，英国的日耳曼文学，则是浪漫的，“最大的杰作莎士比亚的戏剧，是现实生活的完全而露骨的表现，包括一切残酷，下贱和平凡的细节，一切崇高而又野蛮的本能，一切人的特征；文体有时亲切到流于猥琐，有时诗意浓郁，达到抒情的境界，永远不受规律束缚，夸张过火，前后脱节，但是有一种无比的力量，能够把火热激昂的情欲灌注到人的心里”[1]。在貌似客观和辩证的评价里，隐隐然透露着对英国文学的傲慢和偏见。

事实上，拉丁民族的文化优越感和傲慢自大的倾向，是普遍地存在于许多法国作家身上的。如果说，就像约翰逊博士所说的，确实存在一种叫作“文学爱国主义”的东西——“各国的人在看待本国作家时无一例外都存有亲切的好感，他们抬高这些作家不仅因为他们有知

[1] 丹纳：《艺术哲学》，傅雷译，人民文学出版社，1963年，第157页。

识或有才情，还因为他们有相同的国籍”[1]，那么，法国的作家和批评家大都患有“文学爱国主义”综合征。他们崇仰自己民族的文学，同时，贬低别的民族的文学。他们不大瞧得起俄罗斯，甚至瞧不起不列颠民族——伏尔泰、斯达尔夫人和夏多布里昂谈起英国，鄙夷之情，溢于言表；即便像雨果这样的伟大作家，在赞美莎士比亚的同时，也不忘狠狠讽刺英国几句，以表达对这个“落后国家”的不屑。

法国人在文学上的光荣和傲慢，与他们的新古典主义文学有关。他们将拉辛、高乃依的古典主义作品奉为最高的典范，将布瓦洛所制订的“三一律”当作绝对的原则。他们站在法国古典主义的高山上俯视欧洲，“一览众山小”，感觉很美妙。但是，一旦看到比法国古典主义更高的文学山峰，他们就难免怏怏不快，甚至拒绝承认其高度。他们对莎士比亚的质疑和贬低，就是这种顽固的古典主义情结在作祟。

当然，也有法国作家因为不买古典主义的账，而力挺莎士比亚者。18 世纪至 19 世纪的法国莎士比亚批评史，几乎就是以古典主义否定莎士比亚和以莎士比亚来对抗古典主义的历史——属于前一类的批评家，有态度游移的伏尔泰、略显含蓄的斯达尔夫人和情绪极端的夏多布里昂；属于后一类的代表，则是法国伟大的小说家司汤达和雨果。对抗的结果，是高举莎士比亚旗帜的两位小说家占了上风。古典主义进入了自己的黄昏，而现实主义则迎来了自己的黎明——戴着“浪漫主义”标签的现实主义，它开始了自己主宰法国文学的新时代。

1726 年至 1729 年，伏尔泰居住在英国。期间，他大概没少在剧院里看莎士比亚的戏剧。莎士比亚的确让这位杰出的法国知识分子骇叹不已。你可以想象伏尔泰最初读到莎士比亚作品的神情——惊讶里夹杂着困惑，大半天回不过神来。他几乎难以置信：这个莎士比亚，他的精神视野，实在太开阔了；古希腊文明的精髓，古罗马时期的历

---

[1] 塞缪尔·约翰逊：《饥渴的想象：约翰逊散文作品选》，叶丽贤译，三联书店，2015 年，第 78—79 页。

史和文化，他不仅全都了解，而且还将它们创造性地吸纳到了自己的创作之中。唔，这是一座真正的文化奥林波斯山！可是，唉，他怎么会是英国人呢？英国怎么会产生如此伟大的作家呢？这样的困惑和郁闷，海涅也曾悻悻然地表达过，但他并不因此而贬低莎士比亚，只是说英国不配拥有如此伟大的诗人。伏尔泰却忍不住要把莎士比亚跟他的国家和时代，一起贬损几句；在他眼里，与法国的高乃依相比，莎士比亚简直黯淡无光——“高乃依犹如贵胄子弟；莎士比亚则像寻常百姓。”[1]至于夏多布里昂对莎士比亚的批评，就更出格了——他将自己对英国与莎士比亚的偏见和不屑，一股脑儿、不管不顾地宣泄了出来。这个被虚荣心折磨着的诗人，简直失态到失控的地步了！

然而，伏尔泰毕竟是一个理性的哲学家。他觉得有必要让法国的读者了解莎士比亚，于是，便翻译了莎剧的“许多片段”。他的翻译并不高明，对莎士比亚的评价，也含含糊糊，态度暧昧，似是而非。他的莎评里，充满了“但书”，就像一个孩子，把礼物分给玩伴以后，又有些舍不得，竟将那礼物的一半，又从对方的手中拿了回来。

在《哲学通信》的第十八封信中，伏尔泰这样评价莎士比亚：“……他创造性地发展了戏剧。他具有充沛的活力和自然而卓绝的天才，但毫无高尚的趣味，也丝毫不懂戏剧艺术的规律。”[2]在译介了《哈姆莱特》的一段台词之后，他随即批评道：“……他们的剧本，几乎全是野蛮的，缺乏节度，缺乏条理，缺乏逼真，过度抄袭了希伯莱作家们亚洲式的夸大，但也应该承认那种引申文笔的铺张堆砌——英国语言正以此为矫饰——却十分提高了精神，虽则进度不是规律的。”[3]他对《哈姆莱特》的矛盾得近乎颠三倒四的评价，见之于《〈塞米拉米斯〉序》中：一方面，他将莎士比亚的这部名著贬得一钱不值，认为“这是个既粗俗

[1] 伏尔泰：《伏尔泰论文艺》，丁世中译，人民文学出版社，1993年，第506页。
[2] 杨周翰编选：《莎士比亚评论汇编》（上），中国社会科学出版社，1979年，第347页。
[3] 杨周翰编选：《莎士比亚评论汇编》（上），中国社会科学出版社，1979年，第350页。

又野蛮的剧本，它甚至不会得到法国和意大利最卑微的贱民的支持”；另一方面，他又说，“在《哈姆雷特》里，我们还可以发现一些无愧于最伟大天才的崇高特点。好像造化故意在莎士比亚的头脑中把一切都汇聚了起来，这里既有着人们所能想象的最有力、最伟大的东西，也有着比那些没有灵魂的粗俗性格所能包容的更为粗鄙、更令人憎恶的东西”[1]。莎士比亚戏剧在内容和风格构成上的复杂性，本来是一个了不起的优点，是艺术上的伟大的创造，但是，伏尔泰却完全不能用正常的心态来接受，用正常的思维来理解，用正常的尺度来评价。

《裘力斯·凯撒》是莎士比亚最伟大的悲剧，也是一部价值被严重低估的经典。它与《哈姆莱特》《罗密欧与朱丽叶》《麦克白》《李尔王》《奥赛罗》和《安东尼与克莉奥佩特拉》一起，构成了莎士比亚七部最伟大的悲剧经典。它是在艺术性和主题内容两方面都引人入胜的作品。然而，伏尔泰却对莎士比亚和他的这部作品非常不满。他不赞同“剧本里比比皆是的粗野而不合章法的笔墨”；讥笑莎士比亚“连拉丁文也不懂，全凭一己之天才指引便一挥而就！”[2]他在以第三者语气所写的《〈凯撒之死〉序》（1763）中说：“莎士比亚是伟大的天才，但他生活在粗野的时代，在他的戏剧中迸露出了这个时代的粗野性；这种粗野性大大超过了作者的天才；伏尔泰不去翻译莎士比亚这部荒诞的作品，而是按照英国人的趣味写出了我们现在出版的《裘力斯·凯撒》。”[3]“不去翻译”，而是改写！怎么能这样对待“伟大的天才”的伟大作品？这种文化上的傲慢，简直到了匪夷所思的程度！伏尔泰将莎士比亚的时代定性为“粗野的时代”，也是一种不符合事实的武断；他将作者的“天才”与他的时代的“粗野”简单地对立起来，在它们之间建构一种简单的对应关系，这本身就是一种文化

[1] 杨周翰编选：《莎士比亚评论汇编》（上），中国社会科学出版社，1979年，第352—352页。
[2] 伏尔泰：《伏尔泰论文艺》，丁世中译，人民文学出版社，1993年，第402页。
[3] 杨周翰编选：《莎士比亚评论汇编》（上），中国社会科学出版社，1979年，第354页。

上的“粗野”表现。

1768年，在给英国人贺拉斯·沃尔波尔的信中，伏尔泰再次谈到了个人的天才与时代的矛盾，谈到了莎士比亚作品的被虚构出来的矛盾：“他的天才是属于他的，而他的错处是属于他的时代的。依我看，他恰恰和西班牙的洛贝·法·维加·加尔德隆一样，这是高尚的性格，但很粗野；既不规律，也不典雅，更不艺术。卑贱与伟大相交，滑稽与恐怖共处：这是悲剧的混沌世界，其中却有万道金光。”[1]这是文学批评上的典型的机械论。作家与时代之间，肯定存在一种张力，但他们的关系，并不必然是一种消极的关系。有好的时代，有坏的时代。在好的时代里，作家与时代的关系就没有那么紧张。一般来讲，作家都是自己时代的精神之子。无论在什么样的时代里，作家都难免会受到影响——不是积极的影响，就是消极的影响。一个作家之所以伟大，正在于他能挣脱时代的羁绊，克服时代的消极影响，从而使自己的天才和正义感得以表现出来，最终创造出伟大的作品。也就是说，他也是自己时代的对抗者和批评者。对于伟大的作家来讲，“坏时代”是一种压抑性的力量，但也是一个可以被超越的对象——他绝不会匍匐在它的脚下，让它成为主宰的力量，听任它把一堆“错处”像廉价的礼物一样，不由分说地塞给自己。

事实上，莎士比亚与自己时代的关系，并不那么紧张；因为，他的时代并不像伏尔泰所说的那样，是一个“粗野的时代”，而是一个让歌德羡慕不已的、近乎伟大的好时代。莎士比亚从自己的时代获得了充分的自由，获得了创作的热情和动力。可以肯定地说，没有伊丽莎白一世时代的伟大，莎士比亚也许仍然是伟大的，但肯定会是另外一种样子，而不是现在的这个令人满意的样子。莎士比亚的伟大，很大程度上，得归功于他的时代的伟大。

[1] 杨周翰编选：《莎士比亚评论汇编》（上），中国社会科学出版社，1979年，第358页。

伏尔泰对莎士比亚又喜爱又不满。喜爱反映着他的教养，而不满则显示着他的狭隘。“无上光辉的莎士比亚戏剧里的怪异人物，较之现代人的贤智更千百倍的令人喜爱。直到现在，许多天才的英国诗人就像一棵茂盛的树，野生着，而偶然地发射出千百枝嫩枝，有力地不平衡地生长着；如果您想强制它自然的生长；而像马尔里花园中树木那样去修剪它，它就非死不可。”[1]瞧瞧，伏尔泰的心理有多么矛盾，思想有多么混乱——既然它那么“令人喜爱”，又是自然地成长起来的，这不是很好的事情吗？为什么想要“强制”地干预这种自然的成长呢？为什么要像法国的“马尔里花园中树木那样去修剪它”呢？

伏尔泰对莎士比亚的态度，反映着法国古典主义美学对英国的人文主义美学的态度，反映着时尚的巴黎对朴素的伦敦的态度。傲慢的文化心态和僵化的美学理念，导致了伏尔泰内心的严重分裂，也使他不能理性而公正地评价莎士比亚。英国 18 世纪著名的文艺沙龙的组织者伊丽莎白·蒙太古夫人，属于最早反驳伏尔泰的人。1769 年，她写了题为《论莎士比亚的创作与天才》的文章，表达了对伏尔泰的教条主义文艺批评的不满，她认为“在评价作品时，艺术效果是第一位的，而是否合乎规则则是微不足道的”；她“嘲讽伏尔泰所推崇的法国戏剧，认为它们枯燥无味；只有对话缺少行动；充满无病呻吟而没有生动的描绘；只表现表面身份上的得体，而不能反映形形色色的情欲。莎士比亚在这些方面远远胜过法国戏剧，而且在塑造人物上超过了荷马”[2]。法国批评家巴西蒂也站出来为莎士比亚辩护。1777 年，他写了一篇题为《莎士比亚与伏尔泰》的文章，反驳了伏尔泰对莎士比亚的指责，反对他用“三一律”来束缚戏剧创作。他毫不客气地批评伏尔泰的英语水平太差，“不足以正确地翻译莎剧，好端端的《哈姆雷特》

---

[1] 杨周翰编选：《莎士比亚评论汇编》（上），中国社会科学出版社，1979 年，第 351—352 页。

[2] 张泗洋、徐斌、张晓阳：《莎士比亚引论》（下），中国戏剧出版社，1989 年，第 408—409 页。

被他译得乱糟糟，依据这种被曲解的译文来对莎作品头论足是很不妥当的。他认为莎士比亚有三条最大的长处：对人性通晓，富有创造力和想象力。这些长处使他创造出了激动人心的诗篇。莎士比亚的戏剧语言自然而具有普遍性，而拉辛、高乃依和伏尔泰本人的语言却是刻意雕琢的”[1]。两位英法批评家的反驳足以说明，伏尔泰对莎士比亚的否定性批评，基本上是偏见的产物，与作品的实际情形相去甚远，正像约翰逊博士所指出的那样：“只要我们理解莎士比亚的创作意图，莱莫和伏尔泰的批判大多都不攻自破”[2]；“违背习俗所立的规矩，这恰与莎士比亚经天纬地的才华相匹配，而批判莎士比亚违背三一律，这恰与伏尔泰细碎轻薄的批评相吻合”[3]。

斯达尔夫人对莎士比亚的认识和评价，也多多少少存在着伏尔泰式的偏见。在《论莎士比亚的悲剧》中，她赞扬莎士比亚“开创了一种新的文学”，“推动了英国文学，使得英国的戏剧艺术具有自己的特色”；她从情感表现的角度，肯定了莎士比亚的创造性。她认为，莎士比亚很善于表现“恐惧”和“怜悯”。他是“把精神痛苦描绘得淋漓尽致的第一人”[4]。尤其是在表现死亡恐惧的时候，希腊人因为宗教信仰和坚韧精神，而很少渲染恐惧的倾向，但是，莎士比亚却“从各个方面把它表现出来了。它使人体会到一个人正在生命力旺盛之际忽然得知他行将死亡时所感到的那种可怕的印象，那种不寒而栗的感觉”[5]。怜悯是悲剧所要表现的一种很重要的情感，但是，“只有莎士比亚在舞台上才加以表现”；他将这种情感加之于各种身份的悲剧人物，“我们为我们悲剧中具有崇高性格的人物流泪，这位英国作家

[1] 张泗洋、徐斌、张晓阳：《莎士比亚引论》（下），中国戏剧出版社，1989年，第397页。

[2] 塞缪尔·约翰逊：《饥渴的想象：约翰逊散文作品选》，叶丽贤译，三联书店，2015年，第244页。

[3] 塞缪尔·约翰逊：《饥渴的想象：约翰逊散文作品选》，叶丽贤译，三联书店，2015年，第255页。

[4] 斯达尔夫人：《论文学》，徐继曾译，人民文学出版社，1986年，第158页。

[5] 斯达尔夫人：《论文学》，徐继曾译，人民文学出版社，1986年，第159页。

却使观众为默默无闻的、平平常常的苦难，为不具有一定的生活经验就不可能在他的作品中辨认出来的一连串不幸遭遇而流泪。”[1]这就等于说，莎士比亚的悲剧，具有正视恐惧的勇气，具有更广泛的同情心和更普遍的感染力。

然而，在解读和评价莎士比亚的具体作品的时候，斯达尔夫人却表现出一种法国式的傲慢和偏见。她暗示莎士比亚模仿意大利文学，认为他的《罗密欧与朱丽叶》“重复了意大利文学的缺点”[2]。她像伏尔泰一样，喜欢用“粗野”这个概念，只不过伏尔泰将它加之于莎士比亚的时代，而斯达尔夫人却径直将它加之于莎士比亚和他的戏剧：“莎士比亚在他的悲剧中照顾了思想粗俗的人们。由于他是大众狂热崇拜的对象，才得以免遭趣味高雅的人士的批评。在这种情况下，他的行为像一个能干的党派领袖，而不像是一个优秀的作家。”[3]她不仅批评莎士比亚过多地表现了“人物生理上的痛苦”，而且对他的艺术成就评价也不高：“莎士比亚的最大缺点之一，就是精彩的段落之间衔接不够自然。当他缺乏才气的时候，它常常矫揉造作。他缺乏足够的艺术来贯彻始终，也就是说，他写过渡的场景时不能像在描写心灵活动的美妙场面时那样顺乎自然。”[4]就像一个闲居终日的贵妇，看惯了巧于学舌的鹦鹉，便视它为世间最可爱的玩物，即使看见自天外翩然飞来的天鹅，也认识不到它的非凡和美丽。不仅如此，斯达尔夫人还怀着深深的厌恶，絮絮叨叨地编派了它一大堆不是。

正像伏尔泰以法国的古典主义的美学理念作尺度，来批评莎士比亚一样，斯达尔夫人批评的尺度，也是来自带有“法国”标签的僵硬规则：“在法国戏剧中，为使作家写得得体，立下了许多严格的规则，

---

[1] 斯达尔夫人：《论文学》，徐继曾译，人民文学出版社，1986 年，第 160 页。
[2] 斯达尔夫人：《论文学》，徐继曾译，人民文学出版社，1986 年，第 162 页。
[3] 斯达尔夫人：《论文学》，徐继曾译，人民文学出版社，1986 年，第 164—165 页。
[4] 斯达尔夫人：《论文学》，徐继曾译，人民文学出版社，1986 年，第 167 页。

对痛苦之情的刻画也不例外。在舞台上，痛苦无端自来，朋友来为这痛苦凑热闹，敌人则来冷眼旁观。……但英国人有力的、阴郁的想象力却为我们表现了由于厄运而被隔离（就像在可怕的瘟疫中那样）的不幸者——没有人注意他，没有人想起他，没有一个朋友来看望他。在大自然让他死去以前，社会就已经剥夺去了他的生命。”[1]这段话潜含的批评锋芒，其实非常尖锐，但却很容易被人轻忽过去。事实上，斯达尔夫人这段话，等于在法国与英国的对照中，从情感态度和伦理精神的角度，质疑并否定了以莎士比亚为代表的英国戏剧：嘿，他们的戏剧根本上就是病态的嘛！她对英国和莎士比亚戏剧的否定，在接下来的这段话里，似乎就表现得更加昭然若揭：“共和制法国的戏剧现在能不能像英国戏剧那样，容许在刻画英雄人物的同时刻画他们的缺点，表现美德的同时表现跟美德相背的言行，描写最崇高的情景时也描写粗俗的场面呢？总之，悲剧人物究竟是从历史往事中产生，还是从作家的想象中产生，是来自生活还是来自理想之美？”[2]她自己提供的答案，显然是否定性质的。也就是说，法兰西的戏剧一定不能像“英国戏剧”那样“粗野”，亦即不能像莎士比亚那样“粗野”，那样把“粗俗的故事”也附带进来，因为，伟大的戏剧还是要“根源于理想之美”。

如果说，法国批评家的傲慢，在伏尔泰和斯达尔夫人那里，还是以“但书”和隐约的方式，闪闪烁烁、半遮半掩地表现出来，那么，到了夏多布里昂那里，鄙夷而轻诋的话语，就像阳光下轻骑兵的刀尖那样，闪耀着刺眼的光芒。

在历史上，有三个人尖锐地质疑并彻底否定莎士比亚。其中影响最大的，是俄国作家托尔斯泰；持续时间最长的，写文章最多的，是

---

[1] 斯达尔夫人：《论文学》，徐继曾译，人民文学出版社，1986 年，第 168—169 页。

[2] 斯达尔夫人：《论文学》，徐继曾译，人民文学出版社，1986 年，第 169 页。

英国作家萧伯纳——他前后花了几十年、写了几十万字的专栏文章批评莎士比亚；但发难最早的，却是法国浪漫主义诗人夏多布里昂。在这三人里，托尔斯泰的批评，最严肃；萧伯纳的批评，最轻佻；夏多布里昂的批评，则最狭隘。

1801年，莎士比亚在欧洲的影响越来越大，声誉越来越高，然而，夏多布里昂却大不以为然，遂写了一篇题为《论莎士比亚》的文章，表达了自己对莎士比亚戏剧的质疑性的看法和否定性的评价。

夏多布里昂对莎士比亚的批评，不是基于理性的认知，而是源于狭隘的美学偏见和民族情绪。他对英国的鄙夷，对莎士比亚的偏见，简直使人无法理解：一个有着良好文化教养的人，怎么会如此极端和情绪化？

文章一开头，夏多布里昂就将莎士比亚定性为“在文学界造成了分裂的人”——“他被他的祖国奉为神明，在整个北欧受到普遍赞赏，被某些法国人置于高乃依和拉辛之上。”[1]他责备伏尔泰不该把莎士比亚捧得那么高：“……他这就想回过头来，攻击他焚香膜拜的对象；可是为时已经太晚了，他徒然后悔曾经为平庸敞开了大门，曾经就像他自己所说的那样，在把这个怪物抬上祭坛的时候出了力。伏尔泰把当时本来不太著名的英国鼓吹成是一个绝妙的国度，他在这个国度里安排了他可能需要的英雄人物和思想见解。”接下来，他历数那些否定莎士比亚的批评家——可称为“否莎派”，历数那些称赞莎士比亚的各国批评家——可称为“赞莎派”，毫不含蓄地表达了自己对“否莎派”的欣赏、对“赞莎派”的不满。

德阿拉普先生，在分析《暴风雨》的时候，“把莎士比亚的粗暴越轨之处揭露无遗，从而为法国戏剧出了口气”——唔，这很好！“至

[1] 杨周翰编选：《莎士比亚评论汇编》（上），中国社会科学出版社，1979年，第373页。

于英国的批评家，他们对他们所宠爱的诗人很少说实话”[1]——唔，这要不得！

在夏多布里昂看来，任何人，只要他加入“赞莎派”，只要他开始赞扬莎士比亚，就一准要出问题：“约翰逊博士本来是个头脑健全，很有才气的人，可是当他谈到莎士比亚的时候，他的头脑和才气似乎抛弃了他。”[2]夏多布里昂嘲笑莎士比亚，因为他“是个没有受过教育、没有文学修养的人”；他鄙视莎士比亚，因为他曾经靠着看马和当演员谋生：咳，卑卑如此，何足齿数！

然而，一旦进入具体作品，夏多布里昂就会情不自禁地说起莎士比亚的好话来。他赞叹《麦克白》第四幕第三场：“对苏格兰的不幸，描写得多么真实，多么有力！”[3]他欣赏罗密欧与朱丽叶在第三幕第五场告别的“美妙场面”：“清晨的美景和这对青年夫妇的最后的欢乐，同即将随之而来的可怕的灾难之间的对比，是多么动人心弦！这比希腊悲剧更纯真……”他还提醒批评家应该“费一番心血去发现哪些优美之处应该归之于这位非凡的人”[4]。

吊诡的是，一旦掩卷，离开作品，夏多布里昂就继续贬损莎士比亚，就像一个脾气火爆的客人，刚从主人的客厅喝完上佳的咖啡出来，就把人家的咖啡贬得一钱不值，连同主人的德行，也一起受到他的攻击。

在夏多布里昂看来，莎士比亚简直就是一个毫无才华的庸人。这个英国人没有自己的个性。他几乎什么都不懂。他几乎就是意大利作家的拙劣的模仿者：“与他同时代的意大利作家的一切缺点，他都应有尽有；他的文笔极不简练。他的描写臃肿冗长，拐弯抹角，读者经常可以从那里面感觉出一个没有受过良好教育的人，他既不懂得什么

[1] 杨周翰编选：《莎士比亚评论汇编》（上），中国社会科学出版社，1979年，第374页。
[2] 杨周翰编选：《莎士比亚评论汇编》（上），中国社会科学出版社，1979年，第375页。
[3] 杨周翰编选：《莎士比亚评论汇编》（上），中国社会科学出版社，1979年，第380页。
[4] 杨周翰编选：《莎士比亚评论汇编》（上），中国社会科学出版社，1979年，第382页。

叫做体裁、口吻、题材，也不知道字眼的确切意义，凭兴之所至，在最粗俚的东西当中插进了诗的语言。”[1] 夏多布里昂之所以如此严苛地批评和否定莎士比亚，几乎把他说得一无是处，既跟他的狭隘的民族情绪有关，也是由他的艺术理念造成的。

19 世纪的法国批评家，大多都是古典主义规则的捍卫者。夏多布里昂也是一个绝对意义上的古典主义者。他认为，法国文学已经分裂成两部分：一部分只欣赏外国作品，蔑弃自己的传统；一部分则“坚持我们古老的流派”。“前一部分人抛弃一切规则，后一部分人却要恢复一切规则”[2]。他自己就是要恢复和捍卫规则的人，因为，艺术必然是一种体裁，而体裁必然有一定的规则；一旦失去规则，抛弃那些伟大的范本，艺术就会失去方向。约翰逊博士说，莎士比亚将喜剧与悲剧、欢乐与痛苦、善与恶调和在了一起；他认为这是莎士比亚了不起的地方。然而，夏多布里昂断然拒绝接受这样的分析和评价：“这就是拥护莎士比亚的人们在文学上的伟大的谬论。这种论断企图说明根本没有什么戏剧规则可言，或者企图说明艺术不是艺术。”[3] 夏多布里昂似乎忘了艺术还有另外一个规则，那就是，规则也是可变的和发展的，即旧的规则本身就孕育着新的规则——伟大的写作者会在旧规则的启发下，甚至因为对旧规则的不满，而选择新的方向，开辟新的道路，创造新的规则。

关于法国古典主义者对莎士比亚的批评，有一点很容易被人忽略，那就是，他们的批评本质上是“执今以律古”的批评，即以今天的标准苛责古人的批评。是的，从时间顺序来看，莎士比亚（1564—1616）是所有法国古典主义者的“奔逸绝尘”的前辈，而高乃依（1606—1684）、布瓦洛（1636—1711）、拉辛（1639—1699）、伏尔泰（1694—

[1] 杨周翰编选：《莎士比亚评论汇编》（上），中国社会科学出版社，1979 年，第 385 页。
[2] 杨周翰编选：《莎士比亚评论汇编》（上），中国社会科学出版社，1979 年，第 388 页。
[3] 杨周翰编选：《莎士比亚评论汇编》（上），中国社会科学出版社，1979 年，第 386 页。

1778）、斯达尔夫人（1766—1817）、夏多布里昂（1768—1848）等人，则全是莎士比亚的“瞠乎其后”的晚辈。也就是说，1674年，当布瓦洛在《诗艺》中标举古典主义“三一律”的时候，莎士比亚的戏剧作品已经问世将近一个世纪了。

用后来的理论来批评莎士比亚的古典作品，不是不可以，但是，根据这些僵硬的“规则”对他横加指责，批评他不该这样写、不该那样写，则是完全错误和荒谬的，其荒谬程度，有如责备孔雀不会像麻雀一样啁啾，有如抱怨石榴树上没有结出芒果。中国清代的伟大学者魏源说：“古乃有古，执古以绳今，是为诬今；执今以律古，是为诬古；诬今不可以为治，诬古不可以语学。”[1]法国之古典主义者之妄责莎士比亚，实“诬古”之亚也，属于典型的教条主义批评。

总之，夏多布里昂对莎士比亚的否定，其实就是旧的古典主义对新的戏剧创作模式的否定，是僵硬的“规则”对天才的个性和创造的否定。这种基于古典主义的否定倾向，一旦与民族情绪搅和到一起，就会将一个批评家降低为怒气冲冲的讽刺家——对一切不符合自己“规则”的作家和作品，不仅拒绝认同和接受，而且极尽讽刺挖苦之能事，必欲将它贬得一钱不值而后快。

然而，一切以极端的方式否定莎士比亚的人，其实就是在否定自己；一切蔑视和羞辱莎士比亚的人，其实就是在降低和减损自己的尊严。中国古代有个叔孙武叔，老是当着子贡的面诋毁孔子。子贡劝导他说：“无以为也！仲尼不可毁也。他人之贤者，丘陵也，犹可逾也；仲尼，日月也，无得而逾焉。人虽欲自绝，其何伤于日月乎？多见其不知量也。”[2]子贡的这一席话，也可以用来劝导法国的那些诋毁莎士比亚的“叔孙武叔”。

---

[1] 魏源：《默觚·治篇五》，辽宁人民出版社，1994年，第55页。

[2] 《论语·子张第十九》。

然而，夏多布里昂和他的“否莎派”先驱，终于要接受来自法国伟大作家的正本清源的反驳。

一个挑战法国古典主义的强大对手登场了。

他要用莎士比亚的伟大经验和自己的文学理念，来批判伏尔泰和夏多布里昂们所捍卫的旧规则。

这个人就是法国19世纪伟大的小说家司汤达。

1823年，他写了一本小册子《拉辛与莎士比亚》。

题目中两个作者的名字，象征着两种文学理念：一个是浪漫主义，一个是古典主义。事实上，“浪漫主义”是一个名不副实的表达，是一个能指与所指严重错位的表达：“浪漫主义”是其形式和能指，“现实主义”才是其实质和所指；司汤达所说的“浪漫主义”，即通常所说的“现实主义”。

书名隐含着作者的命意：他要根据莎士比亚的经验资源，来批评法国的沙文主义文学倾向，来彻底反思和批判以拉辛为象征符号的古典主义。

廉价的爱国主义必然会养成一种狭隘的国家意识和极其幼稚的人格。法国文学界的自大倾向和沙文主义爱国情绪，则造成了这样一种国家认知上的幼稚病：只要是法国的，就是高级的、优雅的；只要是英国或别国的，就一定是低下的、可笑的。针对法国人在文学上的“爱国主义”，针对法国“古典主义”与莎士比亚的冲突，司汤达这样说道：

> 我要毫无畏惧地向走在歧途上的青年一代讲话。他们因为莎士比亚是英国人，就对莎士比亚大喝倒彩。他们认为这就是爱国主义，就是维护国家荣誉。勤勉的青年人是法兰西的希望，我十分尊重他们，所以我必须以真理的严正语言来和他们谈话。
>
> 关于拉辛和莎士比亚的全部争论，归结起来，就是遵照地点整一律和时间整一律，是不是就能创作出19世纪观众感兴趣，使

他们流眼泪、激动的剧本……我要说，这种整一律对于产生深刻的情绪和真正的戏剧效果，是完全不必要的。[1]

司汤达之所以要写这部文学批评著作，就是要站在世界主义的高度，来批评文学上的保守的沙文主义；就是要站在现实主义的立场，解决古典主义与现实主义的冲突。

司汤达坦率地表达自己对法国古典主义作家的不满。在谈到“笑”的时候，他批评莫里哀的喜剧“浸透讽刺太多，以致往往不能提供愉快的笑的感受”[2]。司汤达道出了许多读者的感受。确实，比较起来，莎士比亚的喜剧显得谑而不虐，给人一种丰富而平衡的感受；而拉伯雷、莫里哀等人的讽刺文学，则给人一种苍白而残缺的印象——讽刺的锋芒和力量，固然尖锐而猛烈，但色彩太单一，形式太夸张，缺少必要的克制和平衡感。

“浪漫主义”和“古典主义”，显然是司汤达这部批评著作的核心概念。司汤达是这样理解和界定这两个概念的：

浪漫主义是为人民提供文学作品的艺术。这种文学符合当前人民的习惯和信仰，所以它们能给人民以最大的愉快。

古典主义则相反。古典主义提供的文学是给他们的祖先以最大的愉快。[3]

在他看来，作家应该属于自己的时代，应该介入当下的现实生活，而不应该脱离现实，转而模仿古人：“一切伟大的作家都是他们时代的浪漫主义者。在他们死后一个世纪，不去睁开眼睛看，不去模仿自然，

[1] 司汤达：《拉辛与莎士比亚》，王道乾译，上海译文出版社，1979 年，第 6—7 页。
[2] 司汤达：《拉辛与莎士比亚》，王道乾译，上海译文出版社，1979 年，第 21 页。
[3] 司汤达：《拉辛与莎士比亚》，王道乾译，上海译文出版社，1979 年，第 26 页。

而只知抄袭他们的人，就是古典主义者。”[1]按照刻板的律条模仿古人的文学，如同按照意识形态标准“反映生活”一样，都是扼杀文学生机并使文学与真的人生隔绝开来的歧路。

显然，时代性、人民性和介入性，乃是新的文学原则的重要特征。它是自由的和创造的，是指向现实和未来的。而古典主义则是奴役性和依附性的。它脱离现实，服从教条主义规范的制约。

以这样的标准来衡量，莎士比亚就是真正的现实主义者，“因为他首先给1590年的英国人表现了内战所带来的流血灾难，并且，为展示这种悲惨场面，他又大量细致地描写了人的心灵的激荡和热情的最精细的变化”[2]。莎士比亚的现实主义戏剧，是正视苦难和现实的文学，是具有时代性的启蒙主义文学。他对英国内战——包括著名的“玫瑰战争”——的描写，确乎具有深刻的历史感和真正的爱国情感。他宣达着这样的人道主义真理：内战无论如何都是一个民族的灾难和不幸；它意味着流血、眼泪，意味着家破人亡、妻离子散，意味着儿童的失怙失恃和老人的孤独无依；因而，任何赞美内战的文学，都是严重麻木和冷漠的文学。至于为了战争上廉价的“胜利”，而随随便便将自己的同胞界定为“敌人”，进而心安理得、毫不手软地进行屠杀，这无疑是巨大的人道主义灾难，是对自己国家的严重犯罪。一切以赞美的态度，叙述这种灾难和犯罪的文学，都是背叛人道主义精神的文学，都是背叛真正的爱国主义精神的文学。所以，莎士比亚从来不简单化地歌颂内战，简单化地赞美胜利的一方，而是将它如其所是地写成巨大的灾难和不幸。

由于这种新的文学是介入性和批评性的，甚至是挑战性的，所以，司汤达说，“要做浪漫主义者，就必须勇敢，因为，这是必须冒险的”[3]。

---

[1] 司汤达：《拉辛与莎士比亚》，王道乾译，上海译文出版社，1979年，第63页。
[2] 司汤达：《拉辛与莎士比亚》，王道乾译，上海译文出版社，1979年，第27页。
[3] 司汤达：《拉辛与莎士比亚》，王道乾译，上海译文出版社，1979年，第27页。

而所谓古典主义文学，本质上就是妥协的文学，不冒险的文学——不仅在批判性上不冒险，甚至在写作方法上，也是墨守成规和缺乏创造激情的，也是怯懦和拒绝冒险的。

那么，我们到底应该向莎士比亚学习什么呢？

司汤达的回答是："我们应该向这位伟大人物学习的是：对我们生活于其中的世界的研究方法，和为我们同时代人创造他们所需要的悲剧艺术。"[1]清楚点说，就是向莎士比亚学习观察和表现生活的充满活力的现实主义方法，就是向他学习为满足时代的迫切需要而创作的自觉的写作精神。或者，一句话，向他学习如何创作鲜活的属于自己时代而又属于所有时代的不朽的文学。

总之，莎士比亚与古典主义意味着：在19世纪的法国文学界，存在两种不同的路向，两种不同的文学态度，两种不同的写作方法。是选择莎士比亚，还是选择古典主义，这不仅是一个如何正确理解和评价莎士比亚的问题，也是一个关乎未来法国文学何去何从的问题。只有选择莎士比亚，新的法国文学才有未来和希望。面对法国古典主义，新的现实主义的作家的回答只有一个：不能走那条路。就像一位法国文学批评史专家所指出的那样，司汤达"为思想和文学的一种真正解放开辟着道路"[2]。应该强调的是，他的行动的勇气和力量，很大程度上，是从莎士比亚那里获得的。

如果说，司汤达的批评，已经让法国的"否莎派"辙乱旗靡、气沮色挠，那么，雨果的《威廉·莎士比亚》一出，形势更是为之一变，法国古典主义的理论根基，就被彻底动摇了；而莱辛的信徒们对莎士比亚的轻忽、误读和贬低，也都得到了彻底的纠正和廓清。

在19世纪的法国作家中，雨果无疑是最热爱莎士比亚，也最理

[1] 司汤达：《拉辛与莎士比亚》，王道乾译，上海译文出版社，1979年，第31页。
[2] 罗杰·法约尔：《法国文学评论史》，怀宇译，四川文艺出版社，1992年，第151页。

解莎士比亚的人。他说："莎士比亚这名字表达了整个英国。"[1]他眼里的莎士比亚，简直就是文学世界的拿破仑："他鄙视规则，而以天才的特权来代替它们。诗人如今以一个英雄，一个横扫三军的拿破仑的姿态出现在舞台上。"[2]莎士比亚无疑就是这样的天才和英雄。可以说，直到雨果出现，法国才有机会完整而全面评价莎士比亚。

比较起来，司汤达还只是在与古典主义的对抗语境中，来阐释莎士比亚的文学经验的意义，来肯定他超越一切束缚的天才的创造力；而雨果的莎士比亚评论的阐释语境，则更加开阔，评价也更加全面和深入。

一位英国经济学家不喜欢莎士比亚。他认为莎士比亚不能"生存"，"因为他的题材不是外国，便是古代的，如《哈姆雷特》、《奥赛罗》、《罗密欧与朱丽叶》、《麦克白》、《李尔王》、《裘力斯·凯撒》、《科利奥兰纳斯》、《雅典的泰门》等等。而文学上能存在的东西，必须是能直接观察的东西，必须是当代题材的作品"[3]。这是对文学的骇人的无知。这是一种冒犯常识的无知。

雨果很生气，但是，没有反驳他。

我们可以替雨果来反驳他。

题材本身并没有决定的意义。"当代题材"也一样。它只是一个对象，一个需要被理解和被赋予意义的对象。它等待作者的发现和创造。如果作者不能剥去掩盖它的虚假的遮盖物，不能向它灌注普遍和永恒性的情感内容和思想内容，那么，随着时间的推移和"当代性"的丧失，它就有可能一钱不值。中国当代文学中这种热闹一时的垃圾作品，汗牛充栋，亦云夥矣。《创业史》和《铁木前传》已经失去了它二分之一的价值，《金光大道》和《上海的早晨》已经失去了它五

[1] 雨果：《雨果文集》，第十一卷，程增厚译，人民文学出版社，2002年，第524页。

[2] 佛朗·霍尔：《西方文学批评简史》，张月超译，南京大学出版社，1987年，第102页。

[3] 维克多·雨果：《威廉·莎士比亚》，丁世忠译，团结出版社，2001年，第257页。

分之四的价值，而《高玉宝》和《虹南作战史》则失去了几乎全部的价值。

雨果观察莎士比亚的视野，极大地超越了这种狭隘的“当代性”。他在人类文明的发展历程和整体结构中，来阐释莎士比亚的意义，来确定他的文化地位和文学地位。他说：“莎士比亚是但丁的兄弟。他们相互补充。但丁体现了全部超自然，莎士比亚体现了全部大自然。”[1]这是一个意味深长的比较和判断。超自然的文学，是一个纯粹的象征结构，主要诉诸人的理解力；而大自然的文学，却是一个将写实、象征、隐喻等几乎所有表现方式都调动起来的复杂结构，而且，诉诸人的几乎所有的感觉系统。

雨果将莎士比亚与荷马看作同一类人：“在文明方面，荷马标志着亚洲的终结和欧洲的发端；莎士比亚标志着中世纪的终结。结束中世纪，拉伯雷和塞万提斯也做了这件事。但由于他们仅限于冷嘲热讽，就只反映了事物的一面；莎士比亚的精神是一个整体。像荷马一样，莎士比亚是一个周而复始的人。”[2]莎士比亚对生活和人性的表现，的确更完整，更深刻，更博大。拉伯雷和塞万提斯着力表现生活的某一侧面，而且还是以极为夸张的方式表现出来的；虽然他们的作品也足以给人留下深刻的印象，但总归是单薄和简单的。莎士比亚却将整体呈现给我们。我们从他的作品里看见了生活和人性的全景。正因为这样，雨果才将莎士比亚比作大地：“在莎士比亚作品中，百鸟在歌唱，灌木在抽叶，人们心心相印、息息相通；云彩在游荡，天气时冷时热，晨钟暮鼓，朝发夕至，森林窃窃私语，人们促膝交谈。广阔而永恒的梦轻轻飘浮。液汁与鲜血、多样形态的事实、种种行动与思想、人与人类、活着的人及其生活、孤独的境界、大小城池、钻石珍珠、粪土

[1] 维克多·雨果：《威廉·莎士比亚》，丁世忠译，团结出版社，2001年，第63页。
[2] 维克多·雨果：《威廉·莎士比亚》，丁世忠译，团结出版社，2001年，第63页。

垃圾人群的熙来攘往、人群去留的足迹……，所有这一切都在莎士比亚身上、都在莎士比亚心中。”[1]

有趣的是，德国批评家弗·史雷格尔也在《论哈姆雷特》中将莎士比亚比作大自然：“莎士比亚跟大自然一样，让美丑并举，不分彼此，同样茂盛地生长着。”[2]显然，莎士比亚的戏剧呈现出的是一个无比辽阔而又多姿多彩的世界。在他的作品里，我们看见了人类、大自然甚至奇异的梦境，看见了时光的流逝，看见了一切与人相关的生命和事物。

莎士比亚不仅是精神和人性意义上的大自然，而且还是美学意义上的大自然。他像大自然一样充满活力，也像大自然一样朴素简单，又一样美妙无比：

> 我们已说过：诗人即大自然。细致入微、做工精巧、毫发不爽，一如大自然；广阔无垠，一如大自然。不含蓄、不保留、不吝惜。纯粹是妙不可言。让我们阐述一下这个词：简单。
>
> 诗歌的平淡意味着贫乏；简单却是伟大的。给每件事物以适合它的空间，既不多，也不少，此所谓简单。简单就是恰如其分。趣味的全部规则尽在其中。每件事物各得其所、并且一语中的。只要保持某种内在的平衡、维持某种神秘的比例，最奇特的复杂事物，不论在风格方面还是总体上，都可以化为简单。这正是伟大艺术的奥秘。只有高尚的批评从满腔热情出发，才能体察和理解这些深刻的规律。富裕、充足、光芒万丈，全都可以是简单的。太阳就很简单。[3]

---

[1] 维克多·雨果：《威廉·莎士比亚》，丁世忠译，团结出版社，2001年，第251—252页。
[2] 杨周翰编选：《莎士比亚评论汇编》（上），中国社会科学出版社，1979年，第314页。
[3] 维克多·雨果：《威廉·莎士比亚》，丁世忠译，团结出版社，2001年，第143页。

天行有常。道法自然。“子曰：‘予欲无言。’子贡曰：‘子如不言，则小子何述焉？’子曰：‘天何言哉？四时行焉，百物生焉，天何言哉？’”[1]大自然是简单的，也是自由的。它逍遥自在，普运周流，从不接受任何昏乱的指导和颟顸的羁縻。任何以愚昧而傲慢的方式向大自然施暴的人，都将受到严厉的惩罚。“人定胜天”，这是人类最可悲的无知和最浅薄的傲慢。

莎士比亚像大自然一样充满力量。他按照自己的自然天性自由地写作。他服从内在的永恒的规律，蔑视一切外在的“规则”：“……他勇往直前，他把追随者甩得老远、气喘吁吁也望尘莫及；他跨越种种规矩守则；他踢翻了亚里士多德的《诗学》；他把各派教会搅得天地翻覆；他弄得宗教改革家们七荤八素；他勇敢、大胆、有闯劲儿、好斗、直抒胸臆。他的文具箱如火山喷口那样烟雾腾腾。他无时无刻不在工作、不在尽职、不在发热、不在进军。他手握如椽巨笔、头上喷出火焰、躯干附上了魔鬼！……”[2]如此元气淋漓、真力弥满的作家，怎么会驯顺地向僵硬的“规则”低头，怎么会恂恂然接受“古典主义”的羁勒？而古典主义者们对他的无端指责和贬低，不是显得既可笑又浅薄吗？

雨果系统地研究了“否莎派”对莎士比亚的批评，细细地梳理了他们的千篇一律的责难和诋毁：“文字游戏、一语双关。不真实、荒诞、荒谬、淫乱、幼稚、夸大、言过其实、胡吹。做作、悲天悯人。追求概念、文体做作。滥用对比和比喻。不必要的精雕细刻。不道德。写给下等人看的。不恤工本讨好群氓。以恐怖为乐趣。毫无风度。毫无魅力。过犹不及。聪明过头。谈不上聪明。冒充伟人。硬充好汉。”[3]几乎所有加之于莎士比亚的“罪名”，都被雨果罗列在这里了；法国

[1] 《论语·阳货第十七》。
[2] 维克多·雨果：《威廉·莎士比亚》，丁世忠译，团结出版社，2001年，第144页。
[3] 维克多·雨果：《威廉·莎士比亚》，丁世忠译，团结出版社，2001年，第123页。

古典主义者给莎士比亚制作的“帽子”，也都一顶不落地记录在册了。他对伏尔泰批评莎士比亚的观点，考察最为详细：“伏尔泰对莎士比亚有几分惊恐”，曾先后用“愚不可及”“白痴”“蛮子”“可恶的闹剧”“笑料而已”来评价莎士比亚。伏尔泰造成的消极影响是巨大的，以至于“一位健在的大学究，最近还写道：‘莎士比亚之类的二流作家和低级诗人’”[1]。

然而，在雨果看来，莎士比亚不仅是优秀的诗人和作家，而且还是第一流的。他具有“三重身份”：他是诗人，同时还是历史学家和哲学家。他有能力控制并征服读者：“他那威严的恐怖君临一切、不可抗拒。他酌情加进魅力，那是强者高贵的魅力，高于奥维德等人软弱的柔情、脆薄的媚态和诸如此类的魅力。”[2]他像荷马一样，拥有“美好的雄伟”。他的高级形态的优雅，与病态的优雅完全不同：“那是一种明暗对比的光焰。唯有现代的天才，在微笑中才兼有深沉，这微笑展露的不仅是优雅，而同时却有万丈深渊。”[3]也就是说，这是一种充满深度和复杂性的优雅。

文学研究人的情感活动，分析人的精神结构。伟大的诗人，大都善于观察和表现人性，善于挖掘人的灵魂：“人的内心世界是莎士比亚的专长。他无时无刻不从中造出意外情节。他从意识中掏出全部不可思议的东西。在此心灵探索中，难有诗人超过他。他指明了人类灵魂最奇特的一些特点。”[4]这是了不起的文学成就。一个伟大的作家，就是伟大的心灵分析师。他能察知人类最微妙的心理活动。他能捕捉到连人物自己都未曾感觉到的情绪。他甚至能听懂人物在梦境中模糊的呓语。莎士比亚就是这样的高明的“心灵猎手”。

---

[1] 维克多·雨果：《威廉·莎士比亚》，丁世忠译，团结出版社，2001年，第125—126页。
[2] 维克多·雨果：《威廉·莎士比亚》，丁世忠译，团结出版社，2001年，第128页。
[3] 维克多·雨果：《威廉·莎士比亚》，丁世忠译，团结出版社，2001年，第129页。
[4] 维克多·雨果：《威廉·莎士比亚》，丁世忠译，团结出版社，2001年，第133页。

雨果自己喜欢在强烈的对比中展开叙事和描写。善与恶、美与丑、纯洁与卑污，在他的作品中，构成了相互对抗和依存的关系。他从莎士比亚的作品中也看到了同样的方法和效果。他发现莎士比亚善于描写生活和人性的两面性。他称之为“对偶”：“莎士比亚的对偶是普照一切的对偶；时时运用、无处不往；这是二律背反的普遍性。”[1]一个诗人，如果看不到这种“对偶”，那就是致命的盲视；如果表现不出这种“对偶”，那就是严重的低能。

雨果强调典型的意义。作品中的一个人物，不应该是一个人，而应该是一群人的总和，应该是一个典型：“‘高利贷’的总和，即夏洛克。夏洛克就是犹太人，他也是犹太教；他代表了整个民族，上层下层、信念与欺骗；只因为他概括了被压迫出来的整个一族人，所以夏洛克是伟大的。”[2]他认为《哈姆莱特》是莎士比亚最好的作品。他细致地分析了哈姆莱特的性格。他准确而深刻地解释了丹麦王子“装疯”的复杂原因。他说：“莎士比亚笔下的哈姆雷特是一位哲学家。这典型人物是一个突出的特征。哈姆雷特一点不是抽象的说教，他上过大学堂。他具有丹麦人的粗犷，又因得之于意大利人的礼貌而不露锋芒。他身材矮小、肥胖、有点儿神经质。他击剑技术不错，但很容易气喘咻咻。他不愿多喝水，可能是怕在比武时汗流浃背。诗人先使人物充满了生活的实感，接着便可将他推入‘理想’的境界。”[3]这是他的外在的样子和性格特点。

那么，他的内在的精神特点是什么呢?

雨果这样分析道：“哈姆雷特虽然多病，却表现了人的一种经常状态。他代表着灵魂的不舒适，因为生活未能完全适应他的需要。鞋不合脚，又要走路，他体现的就是这个。鞋就是躯体。莎士比亚让他

[1] 维克多·雨果：《威廉·莎士比亚》，丁世忠译，团结出版社，2001 年，第 137 页。

[2] 维克多·雨果：《威廉·莎士比亚》，丁世忠译，团结出版社，2001 年，第 153 页。

[3] 维克多·雨果：《威廉·莎士比亚》，丁世忠译，团结出版社，2001 年，第 160—161 页。

摆脱了躯体。并且做得对。哈姆雷特当王子可以，当国王则不行。哈姆雷特没有能力统治一国人民，他生存在一切事物之外。何况他做得比‘称王’要更多；他存在着。……哈姆雷特很了不起，但他并不妨碍他冷嘲热讽。他拥有生命的双重侧影。”[1]这样的分析，将作家精微的感觉，与心理学家敏锐的洞察，完美地结合起来，还原了一个既很有感性特征，又很有心理深度的哈姆莱特形象。在对哈姆莱特的理解和分析上，很少有学者和批评家，能达到雨果这样的细致而深入的程度。他对《麦克白》《奥赛罗》和《李尔王》的分析，也同样精彩。

人即文，文即人；文与人相悖的例外是存在的，但文如其人规律也是成立的。作品映现着作者的人格，伟大的作品则映现着作者的全部人格。一个写出伟大作品的人，本身就是伟大的人。雨果将莎士比亚与英国历史上最杰出的几个人物放在一起，进行比较，并将他推为最伟大的英国人，甚至称他为“人类”的代表：

> 莎士比亚是英国的殊荣。英国在政治上有克伦威尔，在哲学上有培根，在科学上有牛顿。但克伦威尔有残暴的污点；培根风格低下；至于牛顿，他的体系现在正摇摇晃晃。莎士比亚很纯净，克伦威尔和培根绝非如此；莎士比亚不可动摇，牛顿并非如此。况且，作为天才他的地位更高一级。牛顿之上有哥白尼和伽利略；克伦威尔之上有丹东和波拿巴；莎士比亚之上没有任何人。莎士比亚有平起平坐者，却没有高于其人者。一片国土，载有这等人物真是特殊的荣誉。莎士比亚诞生的城市是优胜之地。永恒的光辉照耀着这只摇篮。它的光荣确凿无疑，荷马的诞生地却有七座城市竞争。
>
> 莎士比亚是人类的才智之士，也是英国的才智之士。他极具

[1] 维克多·雨果：《威廉·莎士比亚》，丁世忠译，团结出版社，2001年，第162—163页。

英国派头，过于具有此种派头。他的英国特色到了使那些被他搬上舞台的伟大英王逊色的程度。但这位英国诗人是人类的天才。莎士比亚是可以这样说的少数人之一：他就是人类。[1]

纯净的人格。伟大的天才。“人类的天才”。“他就是人类”。是的，莎士比亚是一个罕见的属于全人类的作家。无论什么身份的人物，在他笔下，都是一个代表人类的一个个体。他们从不同侧面，表现着复杂多样的人性内容，表现着共同而复杂的人类经验——人类共同的痛苦和忧伤、希望和梦想，共有的傲慢和怯懦、残忍和狭隘。

凭着伟大的人类性，莎士比亚的作品征服了时间的距离，克服了国家之间的隔阂，消泯了阶级之间的界线，跨过了性别和种族的界碑，超越了意识形态的偏见，最终将爱的精神、怜悯的温柔、正义的力量传递到了全世界读者的内心。在这个世界上，无论黑人还是白人，无论棕色人种还是黄色人种，无论是基督教徒还是天主教徒，无论印度教徒还是佛教徒，只要他有基本的阅读能力和理解力，只要他有健全的人类情感，他就能从莎士比亚的作品中感受到春天的温暖，体验到最高形态的美，学习到几乎涉及一切人类生活主要方面的智慧。

美学意义上的永恒光荣，只能来自审美创造者自己，来自他的伟大的创造物。诗人的最大的荣耀，不是来自国家的奖赏；而国家的不朽的光荣，则来自伟大诗人的创造。平庸的诗人汲汲以求地从国家那里获取荣誉，最终却侮辱了自己的人格，也侮辱了国家的尊严。国家对于诗人的义务，是给他自由和尊严；诗人对于国家的义务，是给他正义和美。美是自由之子。只有在自由状态下，诗人才能听见真理的跫音，才能看见诗神的真容，才能正常地感受和表达。英国给了莎士比亚自由，而它所得到的回报，却是永恒而无量的光荣。

[1] 维克多·雨果：《威廉·莎士比亚》，丁世忠译，团结出版社，2001 年，第 251—252 页。

在雨果看来，英国的国家性格黯淡无光，甚至很令人不满：“英国是自私的。自私自利即孤岛。英国埋头于私事，引起别国人民侧目相视。它所欠缺的，正是那种具有无私精神的伟大。莎士比亚赋予了它。他将这光荣加在了他祖国的双肩上。他在天才方面博采众长，在声威方面远播四海。他从四面八方溢出那孤岛、超越那自私心理。试将莎士比亚从英国取走，请看这个国家的光辉一下子就会削弱多少！莎士比亚使英国的容貌变美。他减少了英国与野蛮国家的相似点。”[1] 雨果的话，并不全对。他被自己的祖国放逐了，于是，想象英国也一定同样虐待莎士比亚。

英国也许并不完美，甚至，也可能像雨果批评的那样，真的有点“自私”，但是，它的确不曾薄待莎士比亚。一切安好如常，莎士比亚自由地往来于伦敦和斯特拉特福，甚至受到国王的礼遇。倘若没有这份自由，正常的写作尚且不可能，遑论其他。

莎士比亚带给英国巨大的荣耀。英国应该公平地给莎士比亚以他应享的尊敬。雨果认为英国对莎士比亚不公平，远远不够尊重。他建议英国给莎士比亚立一座纪念碑：“假定有纪念碑、假定举行揭幕典礼。贵族们莅临，下院议员参加，主教们司祭，王公们结队，女王也到了广场。举国敬仰的女王在思想的威严面前低下了代表物质威严的头。英国女王向莎士比亚致敬。……”[2]在雨果的充满想象和诗意的描述中，这场典礼很盛大，很隆重，充分显示了人们对神圣的精神威严的虔诚和热爱。

这才是一个国家的文明。

这才是一个民族的教养。

这比追求金钱和崇拜权力，要文明千万倍，要高贵千万倍。

[1] 维克多·雨果：《威廉·莎士比亚》，丁世忠译，团结出版社，2001年，第252页。
[2] 维克多·雨果：《威廉·莎士比亚》，丁世忠译，团结出版社，2001年，第260页。

因为，权力，就其本质而言，象征着人性中的虚荣、傲慢和攻击本能，象征着奴役人的非理性冲动，因而，任何对权力的崇拜，就是对无意义的东西的盲目崇拜和热爱——这种崇拜和热爱，只能让人感受到耻辱和恐惧，只会让人失去人性中最可宝贵东西，要么变成毫无理性的疯子，要么变成毫无尊严的奴才。

总之，从伏尔泰、斯达尔夫人和夏多布里昂，到司汤达和雨果，莎士比亚经历了他在法国的从被误解和轻诋，到被认同和赞美的历程。

莎士比亚终于歆享了他本该收获的尊敬和荣耀。

自此以后，在追求时尚的法国，再也没有人敢冒天下之大不韪，根据僵硬的“规则”来苛责他，嘲笑他，贬低他。

这一切当然首先要归功于他自己的伟大，但也要归功于司汤达和雨果的伟大。

莎士比亚是伟大而不朽的，司汤达和雨果则是伟大而幸福的。

有机会赞美真正伟大的人和事物，就是一种巨大的光荣和幸福，就像被迫赞美邪恶的人和丑恶的事物，是一种巨大的耻辱和不幸一样。

三、理性的宾服：德国学者和作家的真诚崇拜

德国是一个理性的国度。这是一种像大理石一样坚硬的理性，一种像九十度角一样规则的理性。

德国人敬畏浩瀚之星空，关念绝对之命令，强烈渴望了解事物的本质和宇宙的秩序。

德意志几乎就是“哲学”的同义词，就如同法兰西是“浪漫”的同义词，英格兰是“绅士”的同义词一样。

也许因为太过理性和严肃，德意志民族素来缺乏活泼的幽默感。它固然也讽刺，但那态度，却是极冷峻的，很少见到拉伯雷式的极度

戏谑、果戈理式的尖锐反讽、马克·吐温式的无情嘲弄。

德国也有第一流的音乐家，但是，它的音乐——尤其是贝多芬的作品，也深蕴着哲学的意味，表现着庄严的态度、深沉的思想和崇高的境界。当然，还有激情。聆听《欢乐颂》而不心情激动，几欲下泪者，宁非石人耶？

总之，思想上的深刻性和精神上的力量感，乃是德意志民族性格中最为突出的特点。

按说，这样一个民族最为崇拜的，必然是哲学家，而不太可能是作家。

然而，它却特别热爱莎士比亚。

海涅说："德国人比英国人更加理解莎士比亚。"[1]

"更加理解"，很不好说，但同样热爱，却是肯定的。

几乎所有德国作家和批评家，都喜欢莎士比亚。这不是普通意义上的欣赏，而是五体投地的崇拜。

德国人对莎士比亚的热爱，即使没有超过英国人，至少也是一样热烈："在许多国家里，莎士比亚所受到的重视和欢迎甚至超过本国任何一个作家。在德国，莎士比亚影响最大，人们提起他，都会亲切地称他为'我们的莎士比亚'。1917年一年内在德国就演出莎剧990场，第二年增至1035场，第三年更多，为1349场。1958年23个莎剧被搬上舞台，共演出2674场，使莎士比亚经常出现在德国舞台上。与话剧演出同时，还上演了以莎剧为主题的6个歌剧，3个芭蕾舞剧，加在一起，上演总数竟达3057场。在这同一年中，庆祝席勒200周年诞辰，也仅仅演了席勒戏剧2653场，数量远在莎士比亚之后。1961年在德国120家剧院演出莎剧2653次，而演出莱辛戏剧则为1436次。"[2]

---

[1] 海涅：《莎士比亚笔下的女角》，温健译，上海译文出版社，1981年，第11页。

[2] 张泗洋、徐斌、张晓阳：《莎士比亚引论》（下），中国戏剧出版社，1989年，第511页。

德国对莎士比亚的爱，显然是一种强烈的共鸣体验，一种臻于极致程度的热爱。

那么，这个沉思的民族，为什么如此热爱莎士比亚？

细细想来，也不奇怪。

因为，莎士比亚的戏剧作品，不仅内蕴着庄严的伦理精神，充满丰沛的诗意，而且还有一种成熟而深沉的哲学气质。

德国浪漫主义批评家弗·史雷格尔在《论哈姆雷特》中认为，莎士比亚的戏剧属于“哲理悲剧”。尼采也在《出自艺术家和作家的灵魂》中说，莎士比亚“思想丰富”，“在精致的形式中包含着十分严肃的思想”[1]。

也许，正是莎剧的这些性质和特点，与德意志性格有着深层的契合，这才极大地吸引了德国戏剧观众，彻底地征服了德国知识界。

有人说，“18 世纪末莱辛和赫尔德首开欧洲大陆上的莎评”[2]。这种说法其实是不准确的。可以说，德国学者和批评家对莎士比亚的共鸣度和认同度，无疑是最高的，但是，从时间顺序来看，他们的莎评，却略晚于法国的莎士比亚译介和评论。以伏尔泰的莎评作参照，德国人晚了整整三十四年。正因为这样，德国早期的莎评家，才常常提及伏尔泰，对他的莎评多有商兑和批评。

法国古典主义者的戏剧理论，他们对莎士比亚的误读和贬低，很难得到德国人的认同和赞许。德国学者并不反对古典和传统，但是，他们反对法国人的泥古的教条主义，反对他们根据僵硬的教条贬低伟大的作家。所以，在德国莎评家与法国古典主义莎评家之间，始终存在着微妙而紧张的对话关系甚至对抗关系。在某种程度上，德国的莎士比亚研究和评论，可以看作是针对法国“否莎派”而展开的理性的反思和正本清源的批判。

[1] 尼采：《悲剧的诞生：尼采美学文选》，周国平译，三联书店，1986 年，第 191 页。

[2] 张泗洋、徐斌、张晓阳：《莎士比亚引论》（下），中国戏剧出版社，1989 年，第 409 页。

在德国，最早对莎士比亚进行评论的文学批评家是高特荷德·莱辛（1729—1781）。在《汉堡剧评》（1767—1768）中，他以亚里士多德的诗学理论为基础和奥援，通过对法国古典主义和伏尔泰的反驳，根据对莎士比亚的戏剧经验的分析，表达了自己对莎剧的阅读感受和评价。

要确立莎士比亚伟大作品的经典地位，发掘他的独创性的价值，就必须对被欧洲奉为玉律的法国古典主义戏剧进行重估，必须对他们加之于莎士比亚的误读和误评，进行必要的分析和批评。

莱辛并不认为法国的古典主义戏剧已经达到了经典的高度，“法国人还没有可能有的东西——真正的悲剧……他们之所以没有，是因为他们自以为早已有了。由于如此自信，自然就越发觉得自己比别的民族优越；但是，这并非自然的才能，而是他们的虚荣心引起的”[1]。法国古典主义的成就，在很大程度上是一种虚幻的自我想象。它远未达到理想的状态。因而，将它当作完美经验来推崇，并要人效法，就是一个不得不正视的问题：“高乃依尚未使他们的戏剧稍微摆脱未开化状态，他们便自诩已经十分接近完美的境界了。在他们看来，拉辛使他们的戏剧最后臻于完美无缺。……而后辈作家的全部努力，都必须局限于要么仿效高乃依，要么仿效拉辛。一百年来，他们自己及其部分邻国的人都受了欺骗。”[2]总之，法国古典主义不成熟，它的经验也不可靠。

那么，戏剧艺术的可靠经验在哪里呢？

在莎士比亚那里，在他伟大的经典作品里。

莱辛通过与伏尔泰的比较，肯定了莎士比亚的戏剧写作的高超技巧和引人入胜的感染力，指出了伏尔泰的戏剧写作的严重缺点和问题。

---

[1] 莱辛：《汉堡剧评》，张黎译，上海译文出版社，1981年，第412页。
[2] 莱辛：《汉堡剧评》，张黎译，上海译文出版社，1981年，第413页。

莱辛在《汉堡剧评》的第七十三篇中指出："莎士比亚作品的各个部分，甚至连最细微的地方，都是按照历史剧的宏大篇幅剪裁的，这跟具有法国趣味的悲剧相比，犹如一幅广阔的壁画和一幅绘在戒指上的小品画。"[1] 莎士比亚塑造人物的能力也是第一流的。莱辛同意小说家维兰对莎士比亚的评价："自荷马以来在所有作家中，只有他对人，上自国王下至乞丐，上自尤利乌斯·凯撒下至杰克·福斯塔夫，了解得最全面，以神秘的直观方式观察得最透彻。"[2] 莎士比亚的作品大含细入、气势恢宏，在对所有人物的塑造上，都表现出一种独诣其极的完整、深刻和透彻。

爱情是一种美好的情感，对文学叙事来讲，也是一种很有描写难度的情感。对于爱情的理解和描写，往往考验着一个作家情感的细腻度和敏锐度，也考验着他的文学才华。可以这样说，看一个作家是不是好作家，可以将爱情叙事的能力作为一个衡量的尺度。

莎士比亚无疑是描写爱情的大师，与他相比，伏尔泰直须退避三舍，实在望尘莫及："一个艺术批评家说得很风雅：爱情唆使伏尔泰创作了《扎伊尔》。如果说得更正确些：是风流艳遇。我只知道一种悲剧，其中只有爱情在帮助发挥作用，这就是莎士比亚的《罗密欧与朱丽叶》。确实，伏尔泰让他的处于热恋中的扎伊尔，非常细腻、非常恰如其分地表现自己的情感。但是，这种表现较之莎士比亚那种生动活泼的描绘，算得了什么呢？在莎士比亚的作品里，最微妙、最隐晦曲折的机巧，使爱情悄悄地潜入我们的心灵；在莎士比亚的作品里，爱情在不知不觉之中取得了优势地位；在莎士比亚的作品里，一切艺术手法都是为了控制其他的热情，直至爱情成为左右我们的全部好恶的唯一主宰。"[3]

[1] 莱辛：《汉堡剧评》，张黎译，上海译文出版社，1981 年，第 375 页。
[2] 莱辛：《汉堡剧评》，张黎译，上海译文出版社，1981 年，第 353 页。
[3] 莱辛：《汉堡剧评》，张黎译，上海译文出版社，1981 年，第 80 页。

在莱辛的眼里，莎士比亚几乎是独一无二的作家。因为，他不仅善于写现实生活中的人，而且善于写非人的神秘现象，或者说，善于写令人胆寒的鬼魂："不论你信或是不信，在他的《哈姆雷特》里的鬼魂面前是要毛骨悚然的。封·伏尔泰先生所描写的鬼魂则一点都不成功，他自己和他的尼努斯的鬼魂都令人感到可笑。"他还进一步分析了二者之优劣与高下所形成的原因："……莎士比亚的鬼魂是从那个环境里产生的。因为它出现在庄严肃穆的时刻，出现在恐怖的寂静的夜间，出现在充满着忧郁、神秘气氛的环境中，犹如我们当年和乳母在一起等待和想象鬼魂时一样。然而，伏尔泰笔下的幽灵连用来吓孩子的怪物都不如。"[1]而莎士比亚之所以能写好鬼魂，是因为他深刻地了解了它，并能赋予它以人性内容和人的情感。所以，莱辛才说：莎士比亚笔下的"鬼魂在我们身上产生的效果，主要的还是通过他，而并非通过鬼魂自己。他对于鬼魂的印象传达给我们，其效果就像我们怀疑不寻常的原因一样非常明显，非常强烈。伏尔泰对这种艺术手法的了解是何等肤浅啊！"[2]

于是，最终的结果就是，莎士比亚笔下的"鬼魂"成了人，还是不只让人害怕，而且让人怜悯的人；而伏尔泰的戏剧中的鬼魂，却没有能够摆脱物的性质，获得人的生命和魅力："伏尔泰的鬼魂只是一部艺术机器，它只是为情节而存在，我们对它丝毫不感兴趣。莎士比亚的鬼魂则相反，是一个真正行动的人，我们关心它的命运，它唤起恐怖，但也唤起怜悯。"[3]唉！莎士比亚的鬼魂，简直就是一个折光体，它折射着作者的精神世界；它使我们看到了作者对人性的深刻理解，看到了作者自己幽邃而丰富的情感世界。莎士比亚一往情深，爱愿不仅及于人，亦且能接通幽明，而及于物。就此而言，莎士比亚也是中

[1] 莱辛：《汉堡剧评》，张黎译，上海译文出版社，1981 年，第 61 页。
[2] 莱辛：《汉堡剧评》，张黎译，上海译文出版社，1981 年，第 62 页。
[3] 莱辛：《汉堡剧评》，张黎译，上海译文出版社，1981 年，第 64 页。

国汤显祖的同道中人，同属于至情至性的懂得人类情感的人。

赫尔德是与莱辛同时代的批评家，他的《莎士比亚》（1771）则是一篇很有深度和分量的莎评文章。他反对简单化地否定莎士比亚或崇拜莎士比亚。他试图纠正莎学研究上的幼稚的简单化倾向。

赫尔德通过与古希腊悲剧的比较，反驳了法国古典主义的“三一律”原则——“除了法国人以外，世界上任何人都没有地点的整一性、时间和场面的限度”[1]；他认为亚里士多德对古希腊悲剧的理论概括是正确的，但是，后来的法国古典主义者“硬要从他的著作里抽出清规戒律作为舞台上的八股，对于这些幼稚的、限制人的琐屑无聊的东西，亚里士多德是丝毫没有责任的”[2]。因为，生活在变化，戏剧的表现方式也会随之变化，所以，“世界形势、习俗、共和国情况、英雄时代的传统、信仰，甚至音乐、文词、幻觉的程度都在变化，情节的材料，创造的时机，提出特定目的的原因，也就自然地消失了”[3]。高乃依、拉辛和伏尔泰虽然善于模仿希腊戏剧，但是，他们的戏剧仍然不是希腊戏剧，“连最偏颇的崇敬法国人的人，如果他了解希腊人的戏剧的话，也不能否认这一点”[4]。于是，最后的结论就是：亦步亦趋地模仿古典作品，不是一个正确的选择。莎士比亚没有按照希腊悲剧的方式来写作，却达到了与古希腊悲剧一样伟大的境界。因而，法国古典主义就不能再按照僵硬的原则，来苛责莎士比亚。

戏剧的美和力量，不只关乎形式，而且别有所在。就形式来看，伏尔泰的戏剧作品，不可谓不美，但是，它并不是真正的戏剧作品：“伏尔泰的美妙的诗句、他的风格、内容，在运用比喻上的精简，它的漂亮、力气、哲理——它不是美的诗句么？当然是！它也许是人们能够想象

[1] 杨周翰编选：《莎士比亚评论汇编》（上），中国社会科学出版社，1979 年，第 280 页。
[2] 杨周翰编选：《莎士比亚评论汇编》（上），中国社会科学出版社，1979 年，第 265—266 页。
[3] 杨周翰编选：《莎士比亚评论汇编》（上），中国社会科学出版社，1979 年，第 266 页。
[4] 杨周翰编选：《莎士比亚评论汇编》（上），中国社会科学出版社，1979 年，第 267 页。

出来的最美的诗句；假如我是法国人的话，我会灰心，不敢在伏尔泰之后再写一句诗——但是，美也罢，不美也罢，它并不是戏剧诗句！对于（和法国戏剧不同的）戏剧情节、语言、习俗、激情、目的来说，它是永恒的八股、谎言和胡说。最后，这一切目的是什么？决不是希腊人的目的！”[1]赫尔德认为法国戏剧不能引起观众的“幻觉”，缺乏感动人心的力量。

赫尔德为什么如此尖锐地否定法国古典主义戏剧呢？

为了替莎士比亚辩护。

或者说，为了在比较的语境中，阐释莎士比亚戏剧的伟大和完美。

在他看来，莎士比亚从不模仿，只是天才地、自由地写作，但是，却“达到了和希腊戏剧同样的目的”，产生了同样的效果：恐惧和怜悯。“这个人在他的事业上真是幸运的天之骄子啊！正是这崭新的、初次出现的、完全不同的东西显示出他在本行上的原始力量。”[2]希腊人和北欧人，这是两种不同性格的人，但却各自按照自己的方式，创造出了各具特色的真正完美的戏剧。

赫尔德分析了莎士比亚的《李尔王》和《奥赛罗》等作品。他发现莎士比亚在时间处理上，有自己的特点——他的戏剧中的时间，一开始是缓慢和迟钝的，但是，随着事件的发展和情节的推进，场面的变换越来越快，“最后到了戏剧的末尾，当他看见读者已经完全进入幻觉中，陷入他的世界和激情的深渊中去了，这时候，他变得多么大胆哪！他让事件多么迅速地接连发生啊！考狄利娅死后，李尔就死了，李尔死后，肯特就死了！好像是他的世界的终结，好像世界末日到了，一切风驰电掣急转直下，天幕卷起，山崩地裂；时间的标准消失了”[3]。从情节冲突和人物命运的角度看，莎士比亚在悲剧的节奏安排和幻觉

[1] 杨周翰编选：《莎士比亚评论汇编》（上），中国社会科学出版社，1979 年，第 268 页。
[2] 杨周翰编选：《莎士比亚评论汇编》（上），中国社会科学出版社，1979 年，第 271 页。
[3] 杨周翰编选：《莎士比亚评论汇编》（上），中国社会科学出版社，1979 年，第 282 页。

制造方面，确实达到了无可比拟的完美境界，尤其是到了戏剧发展的最后部分，一股巨大的力量将所有悲剧人物，迅速地逐一推入灾难和毁灭之中，使读者和观众体验到了强烈的震惊感受。

赫尔德用充满激情的语言赞美莎士比亚和他的戏剧："难道这样的作品还不是戏剧？莎士比亚还不是戏剧诗人？他把一件世界大事的一百个场面用胳膊抱住，用目光加以安排，他那个把生命的气息吹进去、使一切都变得生气勃勃的灵魂笼罩着这一切场面，他不是吸引人的注意力，而是自始至终抓住人们的心，抓住一切激情、抓住整个灵魂……这里是一个戏剧情节的世界，和自然一样广，一样深；但是创造者赋予了我们眼睛和观点，使我们能看得这样广、这样深！"[1]也就是说，赋予整个生活画面以灵魂和生命气息，并赋予读者和观众以可以感受这气息的能力，以及能够洞察一切的灵视，这些，正是莎士比亚戏剧之所以伟大和了不起的地方。

就在赫尔德发表《莎士比亚》一文的同一年，即1771年，歌德发表了他的著名的《纪念莎士比亚命名日》。

歌德怀着感激的心情，以几乎无以复加的赞美语气，讲述了自己最初读到莎士比亚作品的高峰体验："他的著作我读了第一页，就被他终生折服；读完他的第一个剧本，我仿佛像一个天生的盲人，瞬息间，有一只神奇的手给我带来了光明。我认识到，并且最强烈地感觉到，我的生存无限扩展；我感到一切都很新鲜，前所未闻，而那异乎寻常的光亮把我的眼睛刺得疼痛难忍。我渐渐学会了观看，我要感谢给我智慧的神灵，至今我依然能清楚地感觉到我当时所获得的东西。"[2]

这也许是自莎士比亚作品问世以来，对莎士比亚最真诚、最高形态的赞赏。而这样的充满感激之情的礼赞，如果出自歌德这样的伟大

---

[1] 杨周翰编选：《莎士比亚评论汇编》（上），中国社会科学出版社，1979年，第275页。

[2] 歌德：《歌德文集》（论文学艺术），第10卷，范大灿等译，人民文学出版社，1999年，第2页。

作家之口，就更容易给人留下近乎震撼的深刻印象。

作为一个读者，歌德对莎士比亚给予自己的惠泽感激不已；作为一个作家，他对莎士比亚的伟大天才心悦诚服："我在莎士比亚面前常常感到羞愧，因为常常出现这样的情况：乍一看，我心里会想，要是我就不会这么写！可是随后我马上认识到，我是一个可怜虫。自然借莎士比亚之口说出了真理，而我写的人物只不过是传奇小说的怪念想吹出来的肥皂泡而已。"[1]他对莎士比亚如此佩服，已然到了套话所说的"五体投地"的程度了："莎士比亚，我的朋友，假如你还活在我们中间，我一定只跟你在一起，假如你是奥瑞斯特斯，我多么乐意当你的配角皮拉德斯。我宁愿如此也不当得尔福神庙中那位受人尊敬的祭司长。"[2]

这样的话语，使人联想到司马迁，联想到他在《管晏列传》中所说的："余虽为之执鞭，所忻慕焉。"[3]

这样的话语，也使人联想到杜甫，联想到他在《咏怀古迹五首》中缅想宋玉时所说的："怅望千秋一洒泪，萧条异代不同时。"[4]

自1771年写了《纪念莎士比亚命名日》之后，歌德仍然没有放弃阅读和研究莎士比亚。在出版于1795年的《威廉·迈斯特的学习时代》中，作品中的"我"屡次谈及莎士比亚和他的作品；写于1813年至1816年间的《说不尽的莎士比亚》（1826），更加深入地阐释了莎士比亚戏剧的巨大力量和伟大意义，他的第一流的洞察人物内心世界的能力，以及他的悲剧与古希腊悲剧的不同之处。

虽然距离歌德在莎士比亚命名日的演讲，已经过去四十多年，但是，时光的风雨，并没有冲淡他最初阅读莎士比亚时所留下的美好印象。

---

[1] 歌德：《歌德文集》（论文学艺术），第10卷，范大灿等译，人民文学出版社，1999年，第5页。
[2] 歌德：《歌德文集》（论文学艺术），第10卷，范大灿等译，人民文学出版社，1999年，第4页。
[3] 司马迁：《史记》，卷六十二，中华书局，1999年，第1609页。
[4] 浦起龙：《读杜心解》，下册，中华书局，1961年，第657页。

歌德一如既往地热爱莎士比亚。他对莎士比亚的理解似乎更加深刻。他认识到了莎士比亚的无可替代的唯一性和照亮人心的伟大力量："如果我们称莎士比亚是最伟大的作家之一，我们必须同时承认，并不是轻而易举地就能找到一个人，他能像莎士比亚那样洞察世界，也并不是轻而易举地就能找到一个人，他能像莎士比亚那样说出自己内心深处的见解，并且让读者跟他一起在更高的程度上领悟世界。我们读了莎士比亚的作品，世界就变得完全透明，我们突然发现，我们对美德与陋习，伟大与渺小，高贵与卑贱都非常熟悉，而且这一切，甚至还不只这一切，都是用最简单的方式实现的。"[1]在这篇莎评中，歌德分析了莎士比亚观察和表现生活的方法——之所以能够创作出如此完美的作品，塑造出如此完美的人物形象，是因为他是通过"内在的感觉"来把握生活的。这是一种"比眼睛更明亮"的感觉能力，因为，"我们的眼睛所看见的东西本身却是外在的，对我们不会产生深刻的影响。莎士比亚完全是对着我们的内在感官说话，通过内在感官想象力所编织的图像世界立即有了生命，像活的一样；于是就产生了一种完整的效应，对这种效应我们不知道如何解释"[2]。

在他看来，莎士比亚的这种"内在的感觉"，似乎已不再是一种凡人的寻常感觉，而是具有神灵的非凡性质："莎士比亚与世界精神结伴，他也像世界精神一样看透了这个世界，什么都不能瞒过他。不过，如果说世界精神的职务是在行动之前，甚至常常是在行动之后保守秘密的话，那么作家的旨意则是将秘密吐露出来，让我们在行动之前，或是在行动过程中相互了解。为非作歹的有权势的人，好心肠的平庸者，被激情牵着走的人和静观世界的人，他们都把自己的心事袒露出来，没有一点含混，每个都能言善谈。总之，秘密一定得吐露，就是

[1] 歌德：《歌德文集》（论文学艺术），第10卷，范大灿等译，人民文学出版社，1999年，第234—235页。

[2] 歌德：《歌德文集》（论文学艺术），第10卷，范大灿等译，人民文学出版社，1999年，第235页。

石头也得吐露秘密。因此，没有生命的东西也蜂拥而至，要吐露秘密，一切次要的附属物都跟着说话，大自然的各种因素，天上，地面和海洋中的现象，雷，电，野兽都在大声呼喊，它们往往看上去是一种比喻，但每一次都参加进来一起行动。”[1]歌德对莎士比亚的创作心理学的分析，极有眼光，极为深刻。

歌德揭示了莎士比亚戏剧创作的一个心理学秘密。这个秘密的实质，就是作家要有本领潜入人物的内心深处，吹起一阵有力的风，让人物心灵之树哗哗地响起来，让他们产生向世界宣吐心声的强烈冲动，把自己最内在的情感和思想表达出来。不仅如此，他还要赋予无生命的事物以生命，并且让它们也把自己最内在的情绪和最隐秘的愿望，也都不遮不掩地表达出来。而这些人和物对自己心灵秘密的表达，不仅是真实的，而且往往包含着令人震惊的内在深度和情感内容，极大地丰富了我们对包括人性在内的复杂的精神现象的了解。

歌德将莎士比亚的戏剧视为人类文学最伟大的成就。在赞美莎士比亚的时候，他几乎用了所有用来赞美一个作家的最高级形态的形容词。1825 年 12 月 25 日，他在与爱克曼的著名的谈话录中说：“……莎士比亚多么无限丰富和伟大呀！他把人类生活中的一切动机都画出来和说出来了！而且显得多么容易，多么自由！……他太丰富，太雄壮了。一个创作家每年只应读一种莎士比亚的剧本，否则他的创作才能就会被莎士比亚压跨。……莎士比亚给我们的是装着银盘的金橘。我们通过学习，拿到了他的银盘，但是我们只能拿土豆来装进盘里。”[2]一年之后，1826 年 7 月 26 日，他再次谈到了莎士比亚：“莎士比亚是一个伟大的心理学家，从他的剧本中我们可以学会懂得人类的思想感情。”[3]

---

[1] 歌德:《歌德文集》(论文学艺术)，第 10 卷，范大灿等译，人民文学出版社，1999 年，第 236 页。

[2] 爱克曼辑录:《歌德谈话录》，朱光潜译，人民文学出版社，1978 年，第 93 页。

[3] 爱克曼辑录:《歌德谈话录》，朱光潜译，人民文学出版社，1978 年，第 99 页。

歌德观察和研究文学有一个稳定的视角,那就是作家与时代的关系。时代像人一样，有自己的性格和气质，有自己的德行和教养，有自己的理想和愿望。

伟大的时代具有理性的意识、谦抑的德行、宽容的精神，给人们思考和表达的自由，大度地包容所有个性鲜明的天才。它不仅很少因为过度的自卑和敏感而视一切人皆是潜在的对手或罪犯，而且，容忍甚至鼓励知识分子和作家的怀疑能力和批判精神。它有着客观的求真精神，小心翼翼地抵抗一切虚假的主观主义倾向和虚浮的浪漫主义倾向。

歌德赞赏这种健康的时代。在他看来，真正伟大的文学，通常都是伟大时代的产物。在《歌德谈话录》中，他多次提到莎士比亚的时代，认为正是他所生活的时代成就了他的写作。

在《说不尽的莎士比亚》中，歌德也从时代和国家的角度，解释了莎士比亚的经典作品诞生的秘密："……莎士比亚的著作是一个广大的，活跃的市场，然而他有这样的财富应该归功于他的祖国。……英格兰无处不在，它四面环海，云雾笼罩，它把活动的足迹伸向了世界各地。作家生活在一个值得尊敬的重要的时代，他把这个时代的文化教养，甚至是不良的教养极其清楚地展现给我们。可以说，假如不是跟他生活的时代融为一体的话，他就不会对我们发生那么大的影响。"[1]

歌德深入地研究了近代悲剧与古代悲剧的不同，以及莎士比亚融合两种悲剧的独创性。他认为，古典悲剧的本质和基础是"应当"（有人译为"天命"[2]，似乎更准确），而近代的悲剧的本质和基础则是"愿望"——"应当使悲剧宏伟有力，愿望使悲剧渺小软弱"。然而，莎士比亚超越了两种悲剧的界限，"热情洋溢地将古今结合起来，在这

[1] 歌德:《歌德文集》(论文学艺术)，第10卷，范大灿等译，人民文学出版社，1999年，第237页。
[2] 杨周翰编选：《莎士比亚评论汇编》（上），中国社会科学出版社，1979年，第303页。

一方面他是独一无二的。在他的剧作中，他竭力使愿望与应当达到平衡，二者进行强烈的抗争，然而，最终总是愿望处于劣势”[1]。如果我们的理解不错的话，歌德所赞扬的，就是莎士比亚将古代的命运悲剧与近代的“愿望悲剧”（即性格悲剧、人格悲剧或意志悲剧），完美地结合了起来；也就是说，他将“人事”与“天命”、“偶然”与“必然”、“经验”与“超验”，完美地结合了起来，让我们在经验生活之上，看见了超验的力量，看见了命运的残酷的面影。

按说，古代的命定论与近代的意志论和科学意识，似乎早已格格不入了。人们似乎不再相信“必然性”和“宿命论”的悲剧叙事了。就像歌德所说的那样：“那种或多或少或者完全排除一切的必然性，再也无法与我们今天的思想相容，可是莎士比亚却以他自己的方式接近于我们今天的思想。他使必然性的东西具有了道德意义，从而把古代世界和近代世界衔接了起来，这令我们愉快和惊讶。如果他有什么可供学习的话，那么，这一点就是我们在他的那个学校里必须学习的东西。……与浪漫派相反，我们应当试图把那个巨大的，似乎不能统一的对立在我们胸中统一起来，尤其因为这是独一无二的伟大大师所为，就更应该如此。”[2]歌德所呼唤的，就是一种消弭了古今之争、超越了古典主义与浪漫主义之争、克服了命运悲剧与性格悲剧之分裂的融合型的悲剧模式和戏剧样式。

席勒（1759—1895）是与歌德同时代的伟大作家。他也像歌德一样热爱莎士比亚。他似乎不曾写过关于莎士比亚的专论，只是在研究剧院、悲剧等问题的时候，顺带论及。

席勒将剧院当作比世俗的法律更有效力的地方。当正义受到威胁时，剧院就拿起宝剑和天平来捍卫它：“幻想和历史，过去和未来的

---

[1] 歌德：《歌德文集》（论文学艺术），第10卷，范大灿等译，人民文学出版社，1999年，第241页。
[2] 歌德：《歌德文集》（论文学艺术），第10卷，人民文学出版社，1999年，第242页。

整个领域都听从剧院的支配。”[1]剧院可以使美德和罪恶都得到彰显。席勒以《麦克白》和《李尔王》为例，说明了戏剧对观众道德情感的巨大影响力：“在剧院这面可怕的镜子里，美德显得非常可爱，同样罪恶也显得无比丑恶。孤身无助，像孩子一样的李尔王在雷电交加的黑夜里，徒劳无功地敲他女儿们的屋门……我们看到，忘恩负义显得多么令人憎厌？我们会多么庄严地发誓一定要孝敬父母！”[2]

在《论悲剧题材产生快感的原因》中，席勒谈到了《科利奥兰纳斯》，通过对该剧主人公行为的分析，得出了这样的结论：“在某种情况下，牺牲生命成为达到道德的手段，生命就该服从道德才是。”[3]在著名的《论天真的诗和感伤的诗》中，席勒也多次论及莎士比亚和他的剧作。他认为，真正的天才都具有严肃的求真精神，有时简直严肃到了麻木不仁和冷酷无情的程度。莎士比亚的《哈姆莱特》《李尔王》《麦克白》就曾因为“冷酷无情”而使席勒“义愤填膺”。

席勒说：“他受到我全心全意的崇敬已有多年，而且多年来他一直是我研究的对象，后来我才逐渐学会爱上这个人。那时我还不会通过直接接触去理解自然。”[4]席勒主要在伦理学范畴对莎剧的道德效果进行阐释。而且，由于他是一个富有道德激情的主观型作家，所以，他对莎士比亚的理解和接受，就不像歌德那样一见倾心，而是经过了一个不断深化的理解过程，才深深地喜欢上了莎士比亚的像大自然一样客观的剧作，才认识到了莎士比亚像荷马一样的伟大。

在德国的莎评家序列中，席勒之后，便是批评家史雷格尔。

作为德国的浪漫主义文学批评家，弗·史雷格尔（亦译“施勒格尔”和“许莱格尔”，1772—1829）研究莎士比亚的焦点，集中在三个方面：

---

[1] 张玉书选编：《席勒文集》（Ⅵ），张佳珏等译，人民文学出版社，2005年，第5页。
[2] 张玉书选编：《席勒文集》（Ⅵ），张佳珏等译，人民文学出版社，2005年，第6页。
[3] 张玉书选编：《席勒文集》（Ⅵ），张佳珏等译，人民文学出版社，2005年，第24页。
[4] 张玉书选编：《席勒文集》（Ⅵ），张佳珏等译，人民文学出版社，2005年，第98页。

莎士比亚剧作的哲理内涵、他的“北方特征”和“浪漫性”。

与法国古典主义的批评家的看法截然相反，史雷格尔不是用古代的尺度衡量莎士比亚和他的作品，而是用现代的眼光，发现了他的超越了时代的现代性。他认为，从文学精神上来看，莎士比亚不仅是近乎完美的作家，而且还是在意识上最接近近代社会的作家：“一切艺术家中，正是莎士比亚最完备、最恰当地刻划着近代文学的精神。他结合着浪漫的英雄武士时代艳丽的爱情花朵，古代北方的鸿蒙时代巨人般的宏伟，跟近代社会最文明的风尚，和最深奥丰富的哲理诗情。就后两点说，他有时好像早已知道并且学会了我们时代的文化。在永不枯竭的有趣事物的涌现上，各样激情的强烈力量上，性格描绘的望尘莫及的真实性上，无比的独创性上，谁能胜过他呢？……说他是近代诗歌的顶峰，并不言过其实。”[1]由于他自己推崇浪漫主义，所以就从莎士比亚的作品中发现了同样的东西：莎士比亚“给他的全部戏剧都注入了浪漫精神，使浪漫精神同深刻的缜密性一道，成为莎剧的最大特色”[2]。但是，他的概括性判断，显然是一隅之见，因为，莎士比亚的精神世界远非“浪漫”二字所能隐括。

史雷格尔认为人们长期忽略了莎士比亚戏剧的“内部关联的根源”，即哲理性内容。在《论哈姆雷特》（1795—1796）一文中，他深入地考察了莎士比亚的这部著名的悲剧，认为它是一部思想性的杰作：“这部具有深邃艺术思想的上乘杰作没有任何一点是疏远，多余，或偶然的。全剧的中心点在于主人公的性格。由于奇异的生活境遇，他高尚的天性中的一切力量都集中在不停思虑的理智上，他行动的能力却完全破坏了。他的心灵好像绑在拷刑板上向不同的方向分裂开来；这个心灵由于无止境地思虑着的理智而陷于覆灭，这种理智使他自己

[1] 杨周翰编选：《莎士比亚评论汇编》（上），中国社会科学出版社，1979年，第313页。

[2] 施勒格尔：《浪漫派风格——施勒格尔批评文集》，李伯杰译，华夏出版社，2005年，第184—185页。

比所有接近他的人遭到更大的痛苦。……这部悲剧的总体印象是：在一个极度败坏的世界中，理智遇到的无比绝望。”[1]史雷格尔对哈姆莱特悲剧性质的分析，纯然是一种德国式思维的体现。他们爱好思考和理性，所以，也就很容易把哈姆莱特看成一个痛苦的思考者甚至哲学家。尽管英国批评家哈兹里特也从哲学的角度来理解哈姆莱特，认为“他是一个思索王国的王子。他希望根据自己精细的想法来实施完美的复仇，否则宁愿彻底放弃”[2]。但是，他只将思索当作解决问题的手段，而不是视之为他的精神本质。

事实上，哈姆莱特并不是一个理性气质的人，而是一个睿智而偏重于感性的人。因而，他的痛苦，并不纯然是“智慧的痛苦”，而是一种更复杂的痛苦；他的悲剧，也不是一种哲学性质的悲剧，而是一种更复杂的悲剧——巨大的权力之恶导致的善和美的毁灭。哈姆莱特的全部痛苦和焦虑，既来自对这种恶的厌恶，也来自对以恶的方式对付恶的不适应和不习惯。要哈姆莱特这样有教养的人去杀人，无论这被杀的对象是谁，哪怕是克劳狄斯这样的恶人，都是一件与他的道德情感相冲突的事情，都是一件痛苦的事情和悲剧性的体验。

那么，莎士比亚为什么会让德国人如此激赏呢？

史雷格尔试图从地域文化的角度进行阐释。

史雷格尔认为德国人身上有着“特殊的北方气质”，而莎士比亚的写作也属于北方气质的写作。

这种“北方气质”，“更亲切地在莎士比亚的作品中出现，直接参预我们的世界，并且又成为生活的现实。因此他理所当然地不止是英国人的最喜爱的诗人，而且也是所有日耳曼民族的最喜欢的诗人……孩童也能了解他，青年受他的吸引，对他感到惊奇，但他

---

[1] 杨周翰编选：《莎士比亚评论汇编》（上），中国社会科学出版社，1979年，第311—312页。

[2] 威廉·哈兹里特：《莎士比亚戏剧中的人物》，顾钧译，华东师范大学出版社，2009年，第86页。

主要是成人的朋友和终身伴侣，是成年人思想上和严肃的情感上的知己”[1]。他通过对《亨利八世》和《理查三世》所塑造的帝王形象的分析，解释了莎士比亚对人，对“人心隐事”，精于观察和描绘的高超能力：“正是这个诗人，他无可比拟地把人的心底隐事和盘托出，震动了我们的心灵，他清楚的理智又掌握了全部奇异复杂的人生。从荷马诗篇以来，绝没有诗人创造过像莎士比亚给我们的那样丰富多彩、生动活泼、包罗万象、却又细节真实的世界画幅来。他是以戏剧形式表现北方的荷马，但这是后期的、有教养的、我们时代的北方；这个北方不仅是被没有羁绊的大自然的力量，而且同时也是为理智所控制，塑造和错综复杂地形成的世界。”[2]他认为莎士比亚属于浪漫主义诗人，但是，他的浪漫超越了粗鄙和无聊，体现出“严肃、深刻和宏伟”的性质，“是最充实、完备意义上的浪漫”。就“基调情感”来说，莎士比亚的这种“更高超的诗歌”，“是北方诸国的、真正德国的诗歌。……”[3]

史雷格尔对莎士比亚的文学地理学阐释，不能说毫无道理，表面上看，似乎也有助于解释北方的德国为什么喜欢莎士比亚，而南方的法国为什么不喜欢他。但是，这种基于地域共同性的阐释方法的效用，其实也很有限，不宜将它过度夸大。

伟大的文学虽然也有地域性特点，但是，它的力量和生命，根本上讲，来自超越了这些特殊性的东西。一部作品，只要它以完美的方式描写了普遍的人性内容，那么，它就可以感动所有的人，无论他是南方人还是北方人，是西方人还是东方人——荷马史诗本属于南方文学，而它却能像莎士比亚一样，引起欧洲北方读者的共鸣，究其原因，就在于它是真正完美和伟大的文学，具有永恒的价值和普遍的人性内容。至于法国的古典主义者们为何贬低莎士比亚，那深层的原因，只

[1] 杨周翰编选：《莎士比亚评论汇编》（上），中国社会科学出版社，1979年，第316—317页。
[2] 杨周翰编选：《莎士比亚评论汇编》（上），中国社会科学出版社，1979年，第319页。
[3] 杨周翰编选：《莎士比亚评论汇编》（上），中国社会科学出版社，1979年，第320页。

能从地域以外的方面去寻找。

哲学家黑格尔也是莎士比亚的理性而含蓄的崇拜者。他不像史雷格尔那样，将研究的焦点集中在地域文化上。他很少涉及“法国古典主义与莎士比亚”的冲突问题，这在19世纪的德国学者，属于少见的例外。他没有写过莎士比亚的专论，只是在《美学》中论述悲剧问题的时候，谈到了作为典范的莎士比亚悲剧。

黑格尔的莎士比亚论，具有深刻的理论内容和高度的概括力。他认为英国人善于刻画性格丰满的人物，而其中戛戛独造、异乎流俗的，则是莎士比亚。因为他善于写出人物的丰富个性，任何时候，都使人物“不失其为一个完整的人”：“他赋予这些人物以智力和想像力，通过形象，使他们把自己当作一种艺术品，对自己进行客观的认知性的观照，也就是使他们自己成了自由的艺术家。通过这种魄力充沛的真实的性格描绘，莎士比亚使我们观众对罪犯们乃至极平庸的粗鲁汉和傻瓜也感到津津有味。莎士比亚对悲剧人物的描写方式的特点是：具有个性的，现实的，生动的，高度多样化的。在必要时他们的语言就显得崇高雄壮，显出内心的深度和创造才能，他们一眨眼就来一个形象和比喻。这里有一种修词术，但不是学院式的修词术，而是出自人物的真实情感和敏锐观察的修词术。就描绘直接生活的生动鲜明与伟大心灵的这种统一性来看，近代戏剧体诗人之中很难找到另一个人能和莎士比亚媲美。”[1]这是一段极有思想含量和学术价值的分析，其中的几乎所有判断，都是准确、深刻而重要的。

长期以来，很多人对莎士比亚的悲剧艺术，存在着严重的误解，表达过尖锐的责备。他们责备他的修辞是不自然的，尤其人物说话的修辞性太强，显得极其做作，完全不像正常人。但是，在黑格尔看来，莎士比亚的悲剧人物的修辞，不仅是自然的，而且是完美的；不仅有

[1] 黑格尔：《美学》，第三卷下册，朱光潜译，人民文学出版社，1981年，第324页。

助于描绘人物的性格，而且使人读来津津有味。[1]黑格尔从塑造人物和读者的阅读体验两个角度，准确地揭示了莎士比亚在修辞上所取得的令别的作家几乎难以企及的成就。他对哈姆莱特、朱丽叶和罗密欧的悲剧命运的必然性的阐释，也是同样深刻的，启人心智的。

在19世纪的德国作家中，像歌德一样对莎士比亚推崇备至的人，是亨利希·海涅（1798—1856）。

海涅也像歌德一样，注重从现实关联和时代精神的角度，阐释莎士比亚的创作。

海涅反对那种与时代隔绝的“所谓客观性”的论调，斥之为“一种乏味的欺骗”。因为，在他看来，“不掺杂半点个人感情去描写过去，是根本不可能的”：“那些所谓保持客观的历史学家，他们的话每一句都针对现实，他们不自觉地在他们的时代精神支配下进行写作，而这一时代精神也在他们的作品中反映出来，正如人们从一封信中不仅可以看出写信人的性格，也可以从中窥见受信人的性格。”[2]海涅的文学创作和文学批评都表现出很强的主体介入姿态，都有很强的主观色彩。

海涅的《莎士比亚笔下的女角》（1838），与哈兹里特的《莎士比亚戏剧中的人物》属于同一批评类型，也以莎剧中的人物形象为研究对象。

海涅是一个充满介入生活和批判现实热情的诗人。他的莎士比亚评论，洋溢着诗性的激情，一切的爱与恨、赞赏和不满，皆不加遮掩地形诸颜色，溢于言表。

因为极度热爱莎士比亚，海涅竟至于对莎士比亚是英国人这件事，恨恨不已：“每当我想到他归根结蒂是个英国人，他原是属于上帝在

---

[1] 黑格尔：《美学》，第三卷下册，朱光潜译，人民文学出版社，1981年，第328—329页。
[2] 海涅：《莎士比亚笔下的女角》，温健译，上海译文出版社，1981年，第7页。

恼火中创造的那个讨厌透顶的民族的人时，我就像泄了气的皮球。……一个多么令人厌恶的民族，一块多么恼人的土地！多么刻板、枯燥、自私、狭隘和英国味！这块土地要是海洋不怕恶心的话，恐怕早就把他吞下了肚……这个民族，这个不断打哈欠的巨怪，喷发出的只是一股浑浊的恶臭和一片令人窒息的无聊，它总有一天会用一根粗大的缆绳去上吊……”[1]

海涅大概忘了，在《理查二世》中，莎士比亚是怎样借兰开斯特公爵约翰·冈特之口赞美英格兰的：“这一个君王们的御座，这一个统于一尊的岛屿，这一片庄严的大地，这一个战神的别邸，这一个新的伊甸——地上的天堂，这一个造化女神为了防御毒害和战祸的侵入而为她自己造下的堡垒，这一个英雄豪杰的诞生之地，这一个小小的世界，这一个镶嵌在银色的海水之中的宝石（那海水就像是一堵围墙，或是一道沿屋的壕沟，杜绝了宵小的觊觎），这一个幸福的国土，这一个英格兰，这一个保姆，这一个繁育着明君贤主的母体（他们的诞生为世人所侧目，他们仗义卫道的功业远震寰宇），这一个像救世主的圣墓一样驰名、孕育着这许多伟大的灵魂的国土，这一个声誉传遍世界、亲爱又亲爱的国土……”[2]

这样一比较，海涅似乎颇有冒犯莎士比亚的嫌疑。

莎士比亚热爱英国。如果他地下有知，听到人家如此诋毁他的祖国，一定会很难过的。

海涅甚至贬低英语，认为它是两种异质元素——罗曼语和日耳曼语组成的，本质上是一种不成熟、不优雅的语言：“它们只是生硬地拼凑在一起，没有能够融为一个有机的整体；它们很容易各自分离，这就很难分清究竟哪一方面是属于正宗的英语。”[3]

---

[1] 海涅：《莎士比亚笔下的女角》，温健译，上海译文出版社，1981 年，第 1 页。

[2] 莎士比亚：《莎士比亚全集》，朱生豪等译，第 4 卷，人民文学出版社，1978 年，第 327—328 页。

[3] 海涅：《莎士比亚笔下的女角》，温健译，上海译文出版社，1981 年，第 46—47 页。

这样的批评，体现着静态的语言观，是缺乏科学性的，完全忽略了英语的发展史以及它已臻于成熟的事实。

就莎士比亚的文体风格来看，海涅所说的两种“异质元素”，已经不再是“生硬地拼凑在一起”的，而是融为一体、相得益彰的：莎士比亚“兼收并蓄，在他的作品中，拉丁词语和日耳曼词语或平行并列或杂糅在一起，如‘The enemy, marching along by them, / By them shall make a fuller number up, / come on refresh'd, new - added add encourag'd ’（敌人一路前来，这些人民一定会加入他们的队伍，增强他们的力量），有时又把具有不同语言渊源的词缀和词根相互嫁接（如他喜欢用‘dishearten’而不用‘discourage’）。拉丁词语的优雅、准确、华丽的特性（，）同日耳曼词语的尖锐有力合在一起（，）使他的语言产生一种独特的韵味”[1]。

英国著名小说家安东尼·伯吉斯就对英语一往情深。在他看来，英语是一种伟大而优美的语言：“英语本身也是在熔炉里熔炼——它不是一成不变的、高雅的、由大学才子们控制的语言，而是粗犷的、丰富的、随时准备进行任何探险使之更加丰富的语言。英语就像是那艘‘金鹿’号航船。”[2]正是这种充满民间气质的、亦文亦野的大众语言，成就了莎士比亚：“英语是一种世人尚未认真对待的语言，莎士比亚爱其粗犷与柔美之心，并无与众不同之处。……威尔若是在学生时代培养了自己对英语的热爱，那不是由于伟大人物曾经用它进行写作，而是由于英语是一种丰富的大众语言，由于他的思想在其间生存。”[3]海涅对英国的种种不屑和厌恶，对它的偏见、仇恨和诅咒，简直令人惊骇。究其缘由，大概与他的犹太人身份有关。要知道，英国历史上曾经是一个极端的反犹和排犹国家，曾经非常严酷地迫害过犹太人。

---

[1] 张泗洋主编：《莎士比亚大辞典》，商务印书馆，2001年，第822页。括号内逗号为引者所加。

[2] 安东尼·伯吉斯：《莎士比亚》，刘国云译，广西师范大学出版社，2015年，第9页。

[3] 安东尼·伯吉斯：《莎士比亚》，刘国云译，广西师范大学出版社，2015年，第54页。

然而，在海涅看来，莎士比亚却丝毫没有英国人的狭隘和冷酷。他完全是另外一种人。他有着博大的心胸和爱心，几乎尊重和热爱一切人。莎士比亚是上帝在夺走英格兰一切美好的事物之后，又给予它的一个“补偿”。海涅将莎士比亚比作英格兰的“太阳”：“他是温暖慈祥地照耀着这块土地的、使之容光焕发的精神太阳。这里的一切都令我想到莎士比亚，哪怕最平凡的琐事一经他的手，即灼然生辉。”[1]

海涅考察和描述了德国知识界接受和批评莎士比亚的历史，发现这个国家所有最伟大的作家——他称之为“显赫的君主”，都愿意臣服于莎士比亚，“一句话，这些显赫的君主一个接着一个地将选票投入票箱，一致选举威廉·莎士比亚为文坛泰斗”[2]。他尖锐地批评了英国批评家在阐释莎士比亚上的低能——“除了威廉·赫兹利特一人以外，英国从未出现过一个卓越的莎士比亚评论家”[3]。他甚至将莎学研究和批评的被普遍认同和接受的权威约翰逊博士称为“博学约翰牛”，责备他“将莎士比亚的角色当作死尸来解剖”[4]——这不仅算不上公允之论，而且简直近乎谩骂和诋毁。

同时，像其他德国学者和批评家一样，海涅常常通过批评法国古典主义和“三一律”，来肯定莎士比亚的独创精神。在他看来，法国人永远无法理解莎士比亚：“对莎士比亚的悲剧，法国人已是很难理解的了，因此对他喜剧的无知便更加不在话下。”[5]长期以来，法国这个“传统趣味和斯文格调的故乡”，习惯于嘲笑英国人“粗野”。虽然，在法国，“当这块土地上爆发了一场政治革命，并由此带来一场较前者更为粗暴的文学革命的当儿，莎士比亚的名字被抬了出来”，

[1] 海涅：《莎士比亚笔下的女角》，温健译，上海译文出版社，1981年，第5页。
[2] 海涅：《莎士比亚笔下的女角》，温健译，上海译文出版社，1981年，第12页。
[3] 海涅：《莎士比亚笔下的女角》，温健译，上海译文出版社，1981年，第11页。
[4] 海涅：《莎士比亚笔下的女角》，温健译，上海译文出版社，1981年，第16页。
[5] 海涅：《莎士比亚笔下的女角》，温健译，上海译文出版社，1981年，第108页。

但是，“这些激动的人是否认真地确实对他有所重视，或者说对他至少有着正确的理解，这是大成问题的”[1]。事实上，到了司汤达和雨果的时代，法国不仅已经克服了古典主义者对莎士比亚的偏见，而且，还将自己的根须扎入莎士比亚伟大经验的沃土，将莎士比亚当作自己时代文学上的不祧之祖。

政治性是海涅的莎士比亚研究的一个稳定视角和特点。他的《莎士比亚笔下的女角》与其说是人物批评，不如说是政治性批评。他对人物的分析，是由头和载体；对政治问题的分析，才是指归和本体。

例如，在谈《裘力斯·凯撒》中的鲍西娅的时候，海涅的兴趣和焦点，似乎并不在这个女性人物身上，而是“民主”和“共和主义”话题。在谈《威尼斯商人》中的杰西卡和鲍西娅的时候，海涅的核心话题，是犹太人问题：“在这出戏里，除了鲍西娅之外，夏洛克是最值得尊敬的人物。”[2]他同情自己的这个备受基督徒侮辱的犹太人同胞：“这个可怜的犹太人到处受排挤，他被逐出社会，逐出基督徒的社交，最后被赶到了一个天伦之乐的小围篱中，在他身上只剩下了一种家庭感情，一种对家人的深厚的爱。”[3]

海涅是那样同情和心疼夏洛克，以至于完全不能容忍杰西卡对父亲夏洛克的背叛——在他看来，杰西卡竟然同那些侮辱自己父亲的人站在一起，说了她父亲的“最坏的坏话”：“……多么可怕的罪行！她缺乏情感，而只是充满了冒险的幻想。”[4]海涅要为犹太人辩护。犹太人之所以经商，成为金融家，是因为他们被迫从事这些在基督徒看来是卑贱的、因而谁也不愿去干的职业。他说：“犹太人是一个贞洁的、节制的甚至可以说是抽象的民族。他和日耳曼民族共同具备着

[1] 海涅：《莎士比亚笔下的女角》，温健译，上海译文出版社，1981年，第104—105页。
[2] 海涅：《莎士比亚笔下的女角》，温健译，上海译文出版社，1981年，第80页。
[3] 海涅：《莎士比亚笔下的女角》，温健译，上海译文出版社，1981年，第81页。
[4] 海涅：《莎士比亚笔下的女角》，温健译，上海译文出版社，1981年，第82页。

这种贞洁的品质。”[1]

海涅将犹太阐释为“世界主义”的“土壤”；他花了很大的力气，试图在犹太民族与日耳曼民族之间建构一种共同性。然而，他大概做梦也没有想到，一百年后，他所赞美的同样“具有巴勒斯坦外貌”的德意志民族中间，会出现一个恶魔式的人物，会出现一个以“工人”和“社会主义”为招牌的“纳粹党”，会将犹太民族视为“劣等民族”，并对它发动了规模巨大、极其残酷的反犹运动，实施了人类有史以来最可怕的种族灭绝。

总之，在从莱辛开始到海涅为止的七十多年的时间里，德国知识界和文学界的重要人物，几乎都曾关注和研究过莎士比亚，都曾对莎士比亚的作品产生过强烈的共鸣和认同。

他们对莎士比亚的深刻阐释和高度评价，纠正了法国学术界对莎士比亚的误读和贬低性评价，扩大了莎士比亚的影响力，对世界范围内的莎剧解读和莎学研究产生了积极的影响。

四、激赏与误读：俄国作家和批评家的两歧反应

就像它的双头鹰国徽所象征的那样，俄罗斯民族的性格具有明显的二重性特点或者说两歧性特点。在地理上，它既属于西方，又属于东方；在心性上，它既天真又世故，既敏感又温情，具有女性般细腻的抒情能力。但是，由于被鞑靼人统治了二百五十年，性格难免受其影响——正如美国纽约州立大学教授欧文所说的那样：“撕下一个俄罗斯人的脸皮，你就会发现一个鞑靼人”[2]，它又表现出冷硬而又粗

[1] 海涅：《莎士比亚笔下的女角》，温健译，上海译文出版社，1981 年，第 83 页。

[2] 《西方为什么称俄国人为“鞑靼人”？》，http://blog.sina.com.cn/s/blog_485dcc670102vx1q.html。

豪的特点。赫鲁晓夫就是一个典型的俄罗斯人——按照雅科夫列夫的概括："他既是乌托邦主义者，又是现实主义者；他既是一个具有鲜明的马尼洛夫式自我表现的人，又是一个地地道道的实用主义者；他机智狡猾，又像小孩那样天真。"[1]

在信仰上，俄罗斯民族极端虔诚，甚至虔诚到近乎自虐的程度，常常捶胸顿足、涕泗横流地忏悔，但是，转眼之间，就又踅入赌场或其他娱乐场所，表现出一种随随便便的不认真态度。即便第一流的伟大人物，也未能免俗——托尔斯泰的日记和陀思妥耶夫斯基的书信，都有关于他们出格行为的具体记载；它既赞美仁慈，又迷信暴力，喜欢用极端的方式解决问题，在大规模的杀戮中（如"江东六十四屯惨案"和"卡廷惨案"等），表现得特别惨无人道。

俄罗斯民族有着良好的艺术感受力，在音乐、舞蹈、绘画和文学方面，都表现出卓尔不群的天赋和才华，但是，理性精神的成熟度，却明显要低一些，缺乏第一流的哲学家和历史学家。它显得很高傲，仿佛在蓝色湖面栖息的天鹅，但却像泰国寺庙里的猴子一样习惯于乞讨——若想了解它的这一劣根性，只要读读契诃夫批评俄国人乞讨现象的文章，[2]就够了。

俄罗斯民族还有一个致命的劣根性，那就是极其病态地崇拜权力。契诃夫对此深恶痛绝，曾尖锐地批评说："俄国是一个官气十足的国家。"[3]关于这一点，苏联意识形态部门领导人雅科夫列夫曾深刻地

[1] 亚·尼·雅科夫列夫：《一杯苦酒：俄罗斯的布尔什维主义和改革运动》，徐葵等译，社会科学文献出版社，2016年，第11—12页。

[2] 契诃夫在《我们的行乞现象》中说："俄国人在给人或向人提供什么东西的时候总是极其怕难为情，可是他们却善于而且喜欢乞求和接受人家的东西，这甚至成了他们的习惯，他们的一种劣根性了。这种品性是社会各阶层的人，不论是街头的乞丐还是他们的施主，在同等的程度上一概都有的。"（《契诃夫文集》，第十三卷，汝龙译，上海译文出版社，1999年，第414页）这与中国人的一掷千金的慷慨和打肿脸充胖子的虚荣，构成了极为有趣的对照。

[3] 契诃夫：《契诃夫文集》，第十三卷，汝龙译，上海译文出版社，1999年，第517页。

反思道："千年以来斯拉夫民族、基辅罗斯、莫斯科维亚、俄罗斯和苏联各族人民崇拜自己的统治者：王公、大人、公爵、沙皇、皇帝、领袖、总书记、总统。人们神化了他们，相信领袖能够给人们带来幸福，驱除灾难，相信只有这些人拥有安排生活的秘诀。……虽然非常令人失望，但这种信念今天继续活在人们心里。"[1]也就是说，直到今天，俄罗斯的这种"权力拜物教"意识，依然未尝稍改，依然像可怕的病毒一样，侵蚀着俄罗斯人的理性意识和人格尊严。

俄罗斯对土地有一种极其强烈的占有欲。它通过战争和外交等扩张手段，攫取了大量别国的领土。但是，它的精神空间，却并没有随之得到扩展——它对外部世界抱有一种过度的不信任感和疑惧心理，至今仍然很难说是一个融入世界文明版图的完全意义上的现代国家。

如果说，俄罗斯对欧洲的态度，也表现出矛盾的两歧性：既向往和效法，又警惕和对抗，那么，它对东方的态度和策略，倒是没有那么复杂——它并不怎么理解东方文化，也缺乏对东方的尊敬和平等意识；而竭力在东方制造有利于自己国家利益的地区冲突和民族分裂，寻找一切可能的机会，将东方变成自己与西方博弈的力量资源。对东方那些屡屡被侵害的国家来讲，俄罗斯从来就是土地和财富的掠夺者，是巨大变局的幕后推手，而不是可信赖的朋友与合作者。

在对西方文化和文学的接受上，俄罗斯倒是有一个突出的优点，那就是，从不拒绝一切真正伟大的艺术和文学。他们接受雨果和司汤达，接受狄更斯和司各特，甚至接受库柏和斯陀夫人。莎士比亚更是受到俄罗斯人普遍的喜爱和欢迎。如果说，莎士比亚的名字，对全世界热爱文学的读者来讲，是"令人喜爱"和"广受欢迎"的同义词，那么，在俄罗斯，"莎士比亚"四个字简直可与"伟大作家"互换——

---

[1] 亚·尼·雅科夫列夫：《一杯苦酒：俄罗斯的布尔什维主义和改革运动》，徐葵等译，社会科学文献出版社，2016年，第372—373页。

莎士比亚在俄罗斯受欢迎的程度，与他在德国受到的礼遇一样热烈和隆盛。

普希金就是一个热爱莎士比亚的读者。莎士比亚的文学世界，是一个充满新奇和魔力的世界。莎剧会极大地影响读者的心情态度，甚至会极大地改变读者关于人性、历史、政治的认知结构，使他们觉得自己在很多方面，都是一个被提高了的、被改变了的新人。莎士比亚带给普希金的阅读感受，就是这样一种包含着震撼和狂喜的“高峰体验”，一种无法自已的陶醉状态。1825 年 7 月，普希金在致小拉耶夫斯基的信中说：“莎士比亚是何等地令人叹服！一提起他，我就不能不为之神魂颠倒。与他相比，悲剧作家是何等渺小啊！”[1] 莎士比亚使普希金看到了一个异乎寻常的世界。1826 年 9 月 26 日，他对波果津说：“读了莎士比亚的作品之后，我感到头昏目眩，我似乎看到了一个深渊。”[2] 所谓“头昏目眩”之说，所谓看到“深渊”之喻，表达的无非是对莎剧魔力的肯定，就像歌德说自己读了莎士比亚的作品，仿佛盲人忽然恢复了视力一样，都是对莎士比亚极高的赞誉。

普希金发现，莎士比亚特别尊重自己作品中的人物，给他们以充分的自由，让他们按照自己的方式行动，并以符合情景规定性的方式说话：“读读莎士比亚的作品吧，他从不怕损害自己剧中的主人公，他任凭他的主人公如同在生活中那样无拘无束地讲话，因为他确信：在特定的时刻和特定的场合，他能给他找到符合人物性格的语言。”[3] 通过与莫里哀的比较，普希金揭示了莎士比亚这样一个天才的能力——特别善于写出人物性格的复杂性，而不是仅仅写出某一方

---

[1] 沈念驹等主编：《普希金全集》(8)，书信卷，吕宗兴、王三隆译，浙江文艺出版社，2012 年，第 190 页。

[2] 普希金：《普希金论文学》，张铁夫、黄弗同译，漓江出版社，1983 年，第 223 页。

[3] 沈念驹等主编：《普希金全集》(8)，书信卷，吕宗兴、王三隆译，浙江文艺出版社，2012 年，第 190 页。

面的性格特点："莫里哀的悭吝人只是悭吝而已；莎士比亚的夏洛克却是悭吝、机灵、复仇心重、热爱子女、而且敏锐多智。"[1]也就是说，在莎士比亚那里，人物是一个真正意义上的人；而在莫里哀那里，人物几乎就是一个象征性的符号。

人民性是普希金的一个重要的文学评价标准。在他看来，一个真正伟大的作家，应该是一个具有人民性的作家。他从莎士比亚的作品中看到了人民性，并在《论文学中的人民性》中，明确无误地肯定了这一点："要否认莎士比亚的《奥赛罗》、《哈姆雷特》和《一报还一报》及其他著作中具有巨大的人民性，恐怕是徒劳的。"[2]他还写过一篇《论莎士比亚的〈罗密欧与朱丽叶〉》的短文，根据"自由、豪放手笔的印记"，断定这部剧作是莎士比亚本人的作品，肯定了这部作品对地域性特色的描写，"富有色彩的语言和奇喻"；还高度赞扬了莎士比亚所塑造的两个多姿多彩的主人公和另外一个"文雅、高尚、重情义"的"青年骑士的典型"[3]。可见，普希金对莎士比亚的作品读得很细致、很深入，多有高明的见解和精辟的判断，就像莫洛佐夫所评价的那样："普希金对莎士比亚的评论不仅是俄国，而且全世界莎士比亚学中的杰出篇章之一。他的评论洞察幽微、包罗万象，其深刻使人惊讶不已。"[4]确实，在俄国作家中，只有普希金对莎士比亚的认识，达到了别林斯基的莎评的高度和深度。

俄国的文学批评家几乎全都是莎士比亚的忠实读者，几乎全都对莎士比亚的作品赞不绝口。在《文学的幻想》中，别林斯基对莎士比亚的赞扬，热情洋溢，简直要到无以复加的程度了："莎士比亚，那

---

[1] 杨周翰编选：《莎士比亚评论汇编》（上），中国社会科学出版社，1979年，第426页。

[2] 沈念驹等主编：《普希金全集》（6），评论卷，邓学禹、孙蕾译，浙江文艺出版社，2012年，第35页。

[3] 沈念驹等主编：《普希金全集》（6），评论卷，邓学禹、孙蕾译，浙江文艺出版社，2012年，第91页。

[4] M. 莫洛佐夫：《莎士比亚传》，许海燕、吴俊忠译，湖南人民出版社，1984年，第208页。

神通广大的、伟大的、不可企及的莎士比亚，却领悟了地狱、人间和天堂；它是大自然的主宰，他同样地考察善与恶，在富有灵感的透视中诊断宇宙脉搏的跳跃！他的每一出戏都是一幅世界的缩影；它不像席勒似的有他所爱的概念，所爱的英雄。"[1]他在《彼得堡文集》一文中，也以同样的语气，高度赞扬莎士比亚："莎士比亚也许是世界上能够见到的所有天才中一个最伟大的人物。"[2]别林斯基反对把莎士比亚仅仅当作"纯粹艺术"现象来谈论和欣赏。在他看来，莎士比亚是一个极大地超越了纯艺术的阈限，是一个极为丰富的文化现象和精神现象："人们通常拿莎士比亚，尤其是拿歌德作为自由的、纯艺术的代表；然而这是一个不能令人信服的说法。莎士比亚是一个最伟大的创作天才，主要是一个诗人，这是没有什么可怀疑的；然而谁要是在莎士比亚的诗里看不出丰富的内容，看不出它们所提供给心理学家、哲学家、历史学家、当政人物等等的教训和事实是一种取之不尽的宝藏，那么他是太不理解莎士比亚了。莎士比亚通过诗歌传达一切，但是他所传达的远远不止属于诗歌一方面的东西。"[3]别林斯基深刻地揭示了莎士比亚作品在内容上的广阔性和丰富性，也揭示了莎士比亚在人文精神上的健全性和知识修养上的全面性。这是一个伟大的批评家对一个伟大作家极为深刻的理解和评价。

杜勃罗留波夫则站在人类文明发展的高度，在开阔的人文视野里，来审视和评价莎士比亚。他将莎士比亚当作自己时代的"认识最高阶段的最充分的代表"："他的剧本中有许多东西，可以叫作人类心灵方面的新发现；他的文学活动把共同的认识推进了好几个阶段，在他之前没有一个人达到过这种阶段，而且只有几个哲学家能够从老远地方把它指出来。这就是莎士比亚所以拥有全世界意义的原因：他指出

---

[1] 别林斯基：《别林斯基选集》，第一卷，满涛译，上海译文出版社，1979 年，第 22 页。

[2] 别林斯基：《别林斯基选集》，第六卷，辛未艾译，上海译文出版社，2006 年，第 246 页。

[3] 别林斯基：《别林斯基选集》，第六卷，辛未艾译，上海译文出版社，2006 年，第 595 页。

了人类发展的几个新阶段。但是莎士比亚就站在平常的作家队伍之外。但丁、歌德、拜伦的名字常常和他的名字结合在一起，可是很难说，他们每个人都是像莎士比亚似的这样充分地标识全人类发展的新阶段。”[1]这样的评价，不仅很有高度，而且也很符合莎士比亚的实际状况——他的确是一个在很多方面提高了人类的认识能力的伟大作家。车尔尼雪夫斯基也同样将莎士比亚当作人类文学的最高典范来研究，在阐释“崇高”和“滑稽”两个美学问题的时候，多次谈及莎士比亚的作品。[2]

卢那察尔斯基对莎士比亚的评论，缺乏别林斯基等俄罗斯文学批评家的专业精神和严肃态度，狭隘的文化偏见不少，有价值的学术观点不多。例如，他在《莎士比亚和他的时代》中说：“被人称为‘童贞女王’的伊丽莎白并不愚笨，但是她性情怪僻，喜怒无常，待人凶恶，而且品行不端。”[3]这简直是对英国人素所爱戴的伟大女王的污蔑，是要在英国触犯众怒的。他说莎士比亚“不仅不相信专制政权，而且无法忍受，认为它是自己的敌人。对于贵族，他有极其深刻的评价，不过他认为它正在土崩瓦解，贵族的时代已经过去”[4]。这简直就是凭着想当然得出的结论。莎士比亚在他的戏剧中所表现出的政治态度，极为复杂，远不像卢氏所说的那样简单。莎士比亚固然批判一切形态的恶，但也会在恶的深处，看见很容易被别的作家视而不见的善，发掘出值得同情的人性内容。他从来就不是一个到处寻找“敌人”的人，更不是一个像保尔·柯察金那样，敢于与全世界为敌的人。即使真的见到一个貌似“敌人”的人，他也必然会以理解的态度批判他，以同

[1] 杜勃罗留波夫：《杜勃罗留波夫选集》，第二卷，辛未艾译，上海译文出版社，1983年，第361页。

[2] 车尔尼雪夫斯基：《车尔尼雪夫斯基论文学》，中卷，辛未艾译，上海译文出版社，1979年，第59—60、62、96—97页。

[3] 卢那察尔斯基：《论欧洲文学》，蒋路、郭家申译，百花文艺出版社，2011年，第351页。

[4] 卢那察尔斯基：《论欧洲文学》，蒋路、郭家申译，百花文艺出版社，2011年，第357页。

情的态度分析他——这正是莎士比亚比苏联作家伟大的地方，也是他比卢那察尔斯基这样的批评家高明的地方。

卢那察尔斯基还批评莎士比亚缺乏“综合概括”生活的能力，不可能对“杂乱无序的激情作个结论”；而在“指路”和寻找“新的意义”方面，莎士比亚也是态度消极和无所作为的：“只有在我们这个时代，人们才找到了这一新的意义。对于我们共产党人来说，我们当前现实的图景是清楚明白的，因为我们知道何谓人类历史，我们了解历史的内在趋势及其发展倾向，知道它要走向哪里，因此也知道我们自身应该做些什么。在这方面，我们时代要幸福得多。”[1]他的这一通“大话”和“新话”，也许真的很深刻，但是，与莎士比亚毫不搭界。莎士比亚在自己时代体验到的“幸福”，并不比谁少；对一个作家来讲，能够自由地写作，就是最大的幸福，而莎士比亚就拥有这样的幸福——他的那些不朽的作品就足以证明这一点。还有，无论谁，只要他认真地读过莎士比亚的作品，且能深刻地理解他的思想，那么，他就不会傲慢和浅薄地贬低他的智慧和理解力。他一定会知道，与那些自以为是、自命不凡的作家比起来，莎士比亚无疑更理解人，更知道何谓人类的历史，更明白人们应该选择什么样的方向，应该按照什么样的方式来生活。

在俄罗斯作家中，有两位大师级的作家——屠格涅夫和托尔斯泰——写过专论莎士比亚的长文。然而，真是奇怪得很，他们对莎士比亚的解读和评价，都存在过度阐释或严重误读的问题。

屠格涅夫对莎士比亚的评价很高，但是，在对具体作品的解读上，却出现了严重的偏差。1860年，他做过一个题为《哈姆雷特与堂吉诃德》的报告。这是一篇很有趣的文章，但也属于典型的“六经注我”式的评论。屠格涅夫对塞万提斯和莎士比亚作品中的两个人物形象的分析

[1] 卢那察尔斯基：《论欧洲文学》，蒋路、郭家申译，百花文艺出版社，2011年，第378页。

和理解，基本上是主观化的——脱离语境的主观推测，远远多于契合细节的客观分析。他显然是要借助塞万提斯和莎士比亚的人物，来表达自己的思想和焦虑，来反思和批判自己时代的俄罗斯社会的精神危机和社会危机。

在这篇演讲文中，屠格涅夫一开始就将堂吉诃德与哈姆莱特对立起来——前者是无私的利他主义的典型，而后者则是自私的利己主义的代表："我觉得在这两个典型中体现了人的天性的两种根本的、对立的特点——即人的天性赖以转动的轴的两端。我觉得所有的人都或多或少地属于这两种类型中的一种，我们每一个人或是与堂吉诃德相像，或是与哈姆雷特相像。不错，现在哈姆雷特要比堂吉诃德多得多，但是堂吉诃德没有绝迹。"[1]他把堂吉诃德当作从"道德理想国"来的完美无缺的道德典范，不吝赞词，大加揄扬；同时，却将莎士比亚作品中的人物哈姆莱特，生生地拽到了自己的时代，让他代表自己时代的那些懦弱、自私、庸俗的人们来接受审判。

在屠格涅夫看来，堂吉诃德就是美德和至善的绝对化身。他的心灵如此纯洁，人格如此完美，态度如此真诚，情感如此热烈——在他的身上，几乎没有一丝一毫的瑕疵。他象征着人们对一切美好东西的向往和追求精神：

> 堂吉诃德究竟表明什么呢？首先表明信仰，对某种永恒的、不可动摇的东西的信仰，对真理的信仰，一句话，对那种处于个人之外的真理的信仰。这种真理不大容易把握，要求为它服务和做出牺牲，但是只要为它服务时持之以恒并且做出大的牺牲，它也是可以掌握的。堂吉诃德整个人充满着对理想的忠诚，为了理想，他准备经受各种艰难困苦，牺牲生命；他珍视自己的生命的

[1] 刘硕良主编：《屠格涅夫全集》，第十一卷，张捷译，河北教育出版社，1994年，第181页。

程度，视其能否成为体现理想、在世界上确立真理和正义的手段而定。有人会说，这个理想是他精神失常后从骑士小说的幻想世界里汲取来的，我同意这种说法，堂吉诃德的可笑的一面就在于此，但是理想本身仍然是完全纯洁的。为自己而生活，只关心自己——堂吉诃德认为这是可耻的。他整个人，如果可以这样说的话，生活在自己之外，活着是为了别人，为了自己的兄弟，为了根除邪恶，为了反对敌视人类的力量——魔法师、巨人，即压迫者。他身上连一点利己主义的痕迹也没有，他不关心自己，他整个人都充满自我牺牲精神——请珍视这个词！——他有信仰而且坚信不疑，义无返顾。因此他无所畏惧，不屈不挠，满足于吃最粗劣的饭食和穿最寒酸的衣服，因为他顾不上这些。他心地温顺，但精神上伟大而勇敢；他息事宁人的虔诚没有对他的自由形成限制；他虽无虚荣心，但他不怀疑自己和自己的使命，甚至不怀疑自己的体力；他的意志是百折不回的意志。一心追求同一个目标，使得他的思想有些单调，思维方式有些片面；他知道得很少，而且他也不需要知道得很多；他知道他的事业是什么，他为了什么活在世上，这就是主要的知识。[1]

屠格涅夫对堂吉诃德的赞美，显然是夸张的，虚妄不实的——这与作者塞万提斯对人物的复杂的叙事态度相去，实在是太远了；与文本所提供的情节事实相去，实在是太远了。塞万提斯对堂吉诃德的讽刺，是昭然可见的，甚至是非常尖锐的。

屠格涅夫将堂吉诃德捧到了道德的“九天之上”，同时，却将哈姆莱特贬到了道德的“九地之下”——哈姆莱特简直就是坏德行和坏人格的典型，几乎就是堂吉诃德在道德上不共戴天的敌人：

---

[1] 刘硕良主编：《屠格涅夫全集》，第十一卷，张捷译，河北教育出版社，1994年，第182—183页。

> 首先是好进行分析和具有利己主义，因而缺乏信仰。他整个人都是为自己而活的，他是一个利己主义者。但是要相信自己，即便是一个利己主义者也是无法做到的；只能相信处于我们之外和我们之上的事物。可是哈姆雷特不相信的这个我，对他来说却是很宝贵的。这是出发点，他不断回到这个点上来，因为在整个世界上他找不到他的灵魂可以依附的任何东西；他是一个怀疑主义者，总是为自己忙忙碌碌，要求别人重视自己；他经常关心的不是自己的责任，而是自己的地位。哈姆雷特怀疑一切，当然也怀疑自己；他的头脑过于发达，以至不能满足于他在自己身上发现的东西；他意识到自己的弱点，但是任何自我意识都是一种力量，由此而产生了他的冷嘲，这是堂吉诃德的热情的对立物。哈姆雷特怀着喜悦的心情夸大其词地责骂自己；他经常观察自己，随时察看自己的内心深处，因此他非常清楚地了解自己的所有缺点并且蔑视它们，蔑视自己，——与此同时，可以说，他靠这种蔑视而生活，靠这种蔑视为生。[1]

屠格涅夫对哈姆莱特的分析，基于严重的误读。他忽略了哈姆莱特的特殊处境，以及在这种处境下才有的复杂而特殊的心情——正是险恶的处境和沉重的压力，造成了哈姆莱特对生活的消极的情感反应，使他半疯半傻，说刻薄的反话和奇怪的疯话。如果说，堂吉诃德几乎是在毫无危险的环境里，过着自由自在的生活，那么，哈姆莱特则过着一种极端危险的生活，到处都是陷阱，或者，用《哈姆莱特》的戏中戏的剧名说，处处都是“捕鼠机”，随时都有生命危险——他差点就被克劳狄斯借英国人之刀杀掉。他并不是一个所谓“怀疑主义者”，

[1] 刘硕良主编：《屠格涅夫全集》，第十一卷，张捷译，河北教育出版社，1994 年，第 183—184 页。

而是一个被巨大的不幸和痛苦压得喘不过气来的正直而单纯的年轻人。他的"冷嘲"不过是缓释这种压力的方式而已。屠格涅夫忽略了哈姆莱特前后生活境遇的变化，忽略了巨大的变故和灾难如何改变了他的性格与命运。

比较起来，英国著名的散文家和批评家查尔斯·兰姆在《论莎士比亚的悲剧是否适于舞台演出》（1811）中的分析和判断，无疑更合乎莎士比亚叙事的实际情况。在他看来，哈姆莱特身上，最引起人兴趣、也最令人痛苦的特征，就是他的"精神痛苦"。正是这种痛苦，"使他对待逢事乱插手的波洛涅斯十分严厉，在同奥菲利娅会面时粗暴刻薄。这都表示他的头脑错乱了（但在奥菲利娅问题上，除了头脑错乱之外，哈姆雷特也巧妙地掩盖了深刻的爱，用假装的粗鲁态度使奥菲利娅疏远他，使此后二人爱情关系的破裂在她思想上有所准备，哈姆莱特此后还有更重要的事要做，爱情不可能占重要地位）。这些头脑错乱的表征正是他性格的组成部分，这就同我们所欣赏的哈姆莱特性格发生了矛盾，要解决这矛盾，就必须极其耐心地考虑他的处境。根据以后发生的事态，我们会原谅他的，也可以根据他总的性格对此加以解释，但在当时他确实表现得粗暴、令人不愉快"[1]。这样的分析和判断，才是周到体贴的，也才是合情合理的。

别林斯基对哈姆莱特（他的文章中文译本译作"汉姆莱脱"）精神世界和生存境遇的分析和理解，也比屠格涅夫更加深刻，更接近事实。他曾在《莎士比亚的剧本〈汉姆莱脱〉》中，细致分析过哈姆莱特的性格内涵："汉姆莱脱！……你懂得这个字眼的意义吗？——他伟大而又深刻：这是人生，这是人，这是你，这是我，这是我们每一个人，或多或少，在那崇高或是可笑、但总是可悯又可悲的意义

[1] 杨周翰编选：《莎士比亚评论汇编》（上），中国社会科学出版社，1979年，第167页。

上……”[1]他准确地揭示了哈姆莱特“软弱”的原因和性质：“它是分裂，是从精神上的幼稚的、不自觉的和谐与自我享乐走向不和谐与斗争去的过渡，而不和谐与斗争又是走向精神上的雄伟的、自觉的和谐与自我享乐的过渡的必要条件。……一个人的精神越崇高，他的分裂就越是可怕，他对自己的有限性的胜利也就越是辉煌，他的幸福也就越是深刻和神圣。这就是汉姆莱脱的软弱的意义。”[2]别林斯基还从哈姆莱特与霍拉旭关于“预兆”和“命运”的一段对话中，得出了这样的结论：“汉姆莱脱不但有一颗美丽的灵魂，并且还有一颗伟大的灵魂：一个人要是善于理解支配世界的天意，这样向它表示屈服，他就一定是一个伟大的人，因为只有力量，不是软弱，才善于这样理解天意并且这样向它表示屈服的。”[3]别林斯基对哈姆莱特的理解，不仅具有心理学的深度，而且还具有丰富的哲学意味，显然比屠格涅夫要更客观，更高明。

在自己的文章中，屠格涅夫提到了桑丘·潘沙与堂吉诃德的友谊，赞美了前者对后者的崇拜和忠诚，并以此来证明堂吉诃德的伟大。但是，他却没有提到霍拉旭，没有公平地分析他与哈姆莱特的近乎伟大的友谊。霍拉旭非常尊敬和喜欢哈姆莱特。按照莎士比亚的文本所提供的信息，他可不是寻常之辈，而是一个特别有学问和有教养的人。一个如此优秀的人，不可能看不出哈姆莱特在德行上的残缺，也不可能喜欢一个极端自私自利的人。霍拉旭之所以尊敬哈姆莱特，之所以与他建立了牢固的友谊，那一定是因为哈姆莱特是高尚的，是值得爱和尊敬的，而断断然不会是屠格涅夫所说的那种极为不堪的样子。

爱情也是屠格涅夫进行批评的一个尺度，是他对哈姆莱特进行否定的又一个道德审判台。毫无疑问，在屠格涅夫主持的两个著名文学

[1] 别林斯基：《别林斯基选集》，第一卷，满涛译，上海译文出版社，1979 年，第 442 页。
[2] 别林斯基：《别林斯基选集》，第一卷，满涛译，上海译文出版社，1979 年，第 496 页。
[3] 别林斯基：《别林斯基选集》，第一卷，满涛译，上海译文出版社，1979 年，第 486 页。

人物之间的道德比赛中，堂吉诃德还要继续得分：

他的爱情高尚、纯洁。他爱得那么高尚，甚至没有想到他所爱的人根本不存在；他爱得那么纯洁，以至于当杜尔西内娅作为一个粗鲁的和肮脏的村姑出现在他面前时，他不相信自己的眼睛，认为这是凶恶的魔法师把她变成这样的。我们自己在一生当中，在我们的漫游中见过这样的人，他们为同样不大可能存在的杜尔西内娅而死，或为某种粗鲁的、经常是肮脏的东西而死，因为他们认为这是他们的理想的实现，他们把它的变形同样归咎于凶恶的——我差一点要说是魔法师了——人和倒霉的偶然性的捉弄。我们见过他们，当这样的人绝迹时，就让历史这本书永远合上吧！其中就没有什么可读的了。堂吉诃德身上没有丝毫肉欲的痕迹，他的所有幻想是羞怯的和纯洁的，他内心深处未必会希望最后与杜尔西内娅结合，他甚至可能对这种结合感到可怕！[1]

屠格涅夫将塞万提斯的所有喜剧性的叙事，全都转换成了庄严而崇高的正剧。在塞万提斯的叙事语境中，堂吉诃德对杜尔西内娅的所谓爱情，简直就是一个辛酸的玩笑、一个辛辣的讽刺，人们从中很难看到真正的爱情所应该具有的情感内容。屠格涅夫知道关于堂吉诃德叙事的虚幻性，但是，他硬是将这些“幻想”，转换成了完全相反的事实，甚至赞美它所包含的禁欲主义。欲望即罪恶。他要根据“禁欲主义”的道德戒律，来裁判堂吉诃德与哈姆莱特的“道德拳击赛”。屠格涅夫必然要对哈姆雷特进行充满偏见的误判：

至于说到哈姆雷特，难道他能够爱吗？难道他的持讥讽态度

[1] 刘硕良主编：《屠格涅夫全集》，第十一卷，张捷译，河北教育出版社，1994年，第189—190页。

的创造者、洞察人的心灵的行家敢于赋予这个浸透着自我分析的具有腐蚀作用的毒汁的利己主义者和怀疑论者一颗爱慕的、忠诚的心吗？莎士比亚没有陷入这样的矛盾之中，细心的读者不费多大力气就会相信，哈姆雷特是一个追求肉欲、甚至暗中好色的人（朝臣罗森格兰兹在听到哈姆雷特说他对女人不发生兴趣时默默地笑了起来，这并不是没有原因的），就会相信我所说的话，即哈姆雷特不爱任何人，只是假装成爱的样子，而且是漫不经心地假装。[1]

“肉欲”？多么吓人的字眼！“好色的人”？多么荒率的定性！“哈姆雷特不爱任何人”？多么武断的判词！哈姆莱特与奥菲利娅的爱情是艰难的、不幸的，但却是真挚的、纯洁的，就仿佛被石头压弯的玫瑰，依然在散发着淡淡的清香一样。按照英国的莎士比亚专家基托在《哈姆雷特》（1956）的说法，“哈姆雷特现在和过去都爱奥菲利娅，奥菲利娅也爱哈姆雷特。（还有一种说法，认为奥菲利娅是个轻佻的女子，哈姆雷特是个玩弄女性的男人；这种说法使我们想起豪斯曼的一句不客气的话：‘这是对人类智力的诬蔑’。）”[2]哈兹里特也曾为哈姆莱特在爱情上的怪异表现进行辩护：“就他所处的环境来说，他对奥菲利娅的所作所为——一种假装的严肃——是正常的。这种假装的严肃来自希望的破灭、痛苦的悔恨和由于突发事件而悬而未决的爱情。当他身处一种极端厌恶的环境时，我们不可能要求他以正常的方式追求爱情。”[3]安·塞·布雷德利则通过极为细致的分析，得出了这样的结论：“哈姆莱特的爱情不仅掺杂着痛苦，而且像他的所有健

[1] 刘硕良主编：《屠格涅夫全集》，第十一卷，张捷译，河北教育出版社，1994年，第190页。

[2] 杨周翰编选：《莎士比亚评论汇编》（下），中国社会科学出版社，1981年，第432—433页。

[3] 威廉·哈兹里特：《莎士比亚戏剧中的人物》，顾钧译，华东师范大学出版社，2009年，第88页。

全的感情一样，因他的忧郁而衰弱、消损了。然而，它远没有泯灭。”[1]这些英国学者和批评家的解释和判断，才是靠得住的，因为它既合乎文本内部的事象，又合乎一般的人情事理。

事实上，哈姆莱特在爱情上是否真诚，是不是“怀疑论者”，是不是“假装成爱的样子”，这得看作为被爱者的奥菲利娅怎么说。然而，屠格涅夫完全没有注意奥菲利娅是如何赞美哈姆莱特的。在那段著名的独白中，奥菲利亚这样赞美自己所爱的人：“啊，一颗多么高贵的心是这样殒落了！朝臣的眼睛、学者的辩舌、军人的利剑、国家所瞩望的一朵娇花；时流的明镜、人伦的雅范、举世注目的中心，这样无可挽回地殒落了！我是一切妇女中间最伤心而不幸的，我曾经从他音乐一般的盟誓中吮吸芬芳的甘蜜，现在却眼看着他的高贵无上的理智，像一串美妙的银铃失去了谐和的音调，无比的青春美貌，在疯狂中凋谢！啊！我好苦，谁料过去的繁华，变作今朝的泥土！”[2]最重要的是，奥菲利娅清楚地知道，哈姆莱特以前并不是现在这样，所以她才祈祷说：“天上的神明啊，让他清醒过来吧！”遗憾的是，这些至关重要的细节，屠格涅夫竟然全都视而不见，全都忽略掉了。

很多时候，人们一旦立志要厌恶一个人，那就一定会不管不顾地厌恶到底的。屠格涅夫最后竟然将哈姆莱特与《浮士德》中的梅菲斯特归为一类。哦！简直就是以恶魔视之了：

> 哈姆雷特就是梅菲斯特，不过是人的天性的实际范围内的梅菲斯特，因此他的否定不是邪恶，它本身是反对邪恶的。哈姆雷特的否定对善有所怀疑，但不怀疑恶，并与恶进行激烈的战斗。它怀疑善，也就是说，它怀疑善的真实和真诚，并对它进行攻击，

[1] 安·塞·布雷德利：《莎士比亚悲剧》，张国强等译，上海译文出版社，1992年，第143页。
[2] 莎士比亚：《莎士比亚全集》，朱生豪等译，第9卷，人民文学出版社，1978年，第66页。

> 不过不是攻击善，而是攻击伪装的善，攻击披着善的外衣、但依然是善的老对头的恶和谎言。哈姆雷特不像梅非斯特那样恶魔般地、毫无同情心地大笑，在他的苦笑中有一种能说明他的痛苦、因此使得人们不与他计较的忧郁。哈姆雷特的怀疑主义也不是一种冷漠，它的意义和优点就在于此。善与恶、真理与谎言、美与丑在他面前不融合成某种偶然的、无声息的、呆滞的东西。哈姆雷特的怀疑主义不相信真理现在可以实现，它是与谎言不可调和地敌对的，因此成了它不能完全相信的真理的主要捍卫者之一。[1]

这样的道德批判，似是而非，缺乏最起码的事实根据。哈姆莱特不曾怀疑过“善的真实和真诚”，更不曾“对它进行攻击”。在哈姆莱特的心里，善与恶的界线，从来就是清楚的；而他对善恶的态度，也没有复杂到如此暧昧不明、纠缠不清的程度。正像俄罗斯的莎士比亚研究专家阿尼克斯特在《论莎士比亚的悲剧〈哈姆雷特〉》中所说的那样：“哈姆雷特的动机，跟堂吉诃德的动机一样，是高贵的，都想要消灭存在在世界上的罪恶。……但堂吉诃德的敌人是臆造的，而哈姆雷特是和真正的敌人打交道。”[2]

虽然屠格涅夫对莎士比亚作品中的人物多有误解和误评，但是，他对莎士比亚本人的认识和评价，却是正确而深刻的。1864 年，为了纪念莎士比亚诞辰三百周年，屠格涅夫写了一篇演讲稿，站在历史的高度和全人类的立场，给予莎士比亚以崇高的评价。

屠格涅夫认为，作为新时代的“充分地代表新的原则的人物之一”，莎士比亚所代表的是这样一种原则——“负有改造整个社会制度的责任，这就是人道的、人性的、自由的原则”[3]。经过三百年的

[1] 刘硕良主编：《屠格涅夫全集》，第十一卷，张捷译，河北教育出版社，1994 年，第 191 页。
[2] 杨周翰编选：《莎士比亚评论汇编》（下），中国社会科学出版社，1981 年，第 516 页。
[3] 刘硕良主编：《屠格涅夫全集》，第十一卷，张捷译，河北教育出版社，1994 年，第 202 页。

时间，莎士比亚已经被全世界普遍接受，他的作品也已成为全人类的共同财富：“可以毫不夸张地说，世界各地都在纪念或者都记得今天这个日子。……在遥远的美洲、澳洲和南非，在西伯利亚的密林里，在印度半岛的神圣的大河岸边，如同在整个欧洲一样，人们怀着热爱和感激之情呼唤着莎士比亚的名字。……呼唤这名字的有老年人和年轻人，有成了家的人和单身的人，有说出它感到快乐的幸福的人，也有说出它得到安慰的不幸者。……整个世界都被他征服了：他的胜利要比拿破仑和恺撒们的胜利更牢靠。每天，像涨潮时的潮水一样，都有他的新的臣民涌来，——这人潮一天天地变得愈来愈声势浩大。在最近一百年，没有一个形象像莎士比亚的形象那样变得如此高大，——并且还将无限地增高。……是的，唯一能与这位新世界最伟大的诗人一争高下的是古代世界最伟大的诗人荷马，荷马活在人们心中已快到三千年，保持着永不衰竭的青春活力而放射出永世不灭的光辉，莎士比亚具备永世长存的条件——他将永远活着。”[1]在屠格涅夫看来，在欧洲最近几百年的历史上，莎士比亚是唯一可与古希腊的伟大诗人荷马相提并论的人。他将莎士比亚比作亲切、和谐而又神秘的大自然：“莎士比亚像大自然一样，人人都可接近，每个人应当像研究大自然一样来研究他。他像大自然一样，既简单又复杂，他整个人如同常说的那样，一目了然，同时又深不可测，自由地砸碎了任何镣铐，经常充满着内在的和谐，充满着作为一切生物的基础的不可动摇的合理性和合乎逻辑的必然性。”[2]这些诗意的表达，虽然略显夸张，却彰彰明甚地显示着屠格涅夫对莎士比亚的毫无保留的认同态度。

如果说，屠格涅夫对莎士比亚基本是肯定的，只是对哈姆莱特的形象的解读大谬不然，那么，托尔斯泰对莎士比亚则基本是否定的，

---

[1] 刘硕良主编：《屠格涅夫全集》，第十一卷，张捷译，河北教育出版社，1994 年，第 203 页。

[2] 刘硕良主编：《屠格涅夫全集》，第十一卷，张捷译，河北教育出版社，1994 年，第 205 页。

对他所有作品的理解和评价，都存在严重的偏差；如果说，屠格涅夫的误读，是局部性和简单化的，也很容易分辨和反驳，那么，托尔斯泰对莎士比亚的误解，则是整体性和复杂化的，需要进行认真而审慎的分析才行。

托尔斯泰从年轻时候开始就不喜欢莎士比亚。1857年1月，比他年长十岁的屠格涅夫，以文坛前辈的身份，以循循善诱的语气，劝诫他要冷静而客观地阅读和理解莎士比亚："……对不起，我仿佛在抚摸您的头，因为我比您年长十岁；而且，一般地说，我感到自己正在变成一个爱唠叨的大叔。"[1]接下来，屠格涅夫以极有教养的语体，小心翼翼而又不乏幽默地写道："您对莎士比亚作品的了解，更确切地说，您对莎氏作品的进一步熟悉着实令我高兴。他如同大自然，有时候会显现出一副令人厌恶的面孔（就好比我们草原上那霪雨霏霏、道路黏滑难行的十月天）；不过，即使这样，大自然也有其必然性、真实性和（请作好准备，您会吓得头发都竖起来的）合理性。请您进一步熟读他的《哈姆雷特》、《尤利乌斯·凯撒》、《克里奥兰》、《亨利四世》、《麦克白》和《奥赛罗》，不要看到表面上不合理的东西而改变自己的初衷，要深入其创作中，透彻地理解其作品的核心。这样您就会对这位伟大天才所表达的和谐而深刻的真实而惊叹不已。我在这里也可以看到您在阅读这些作品时露出的微笑。不过，请您想一想，也许屠格涅夫是对的。什么巧事都可能有的！"[2]然而，他的话似乎并没有对收信人产生预期的效力。

1903年，托尔斯泰已经是七十五岁的老人了。他决定对困扰了自己五十多年的"莎士比亚问题"，来一番系统的研究和彻底的清理。为了"再一次检验自己的看法"，他进行了充分的准备，用至少俄文、

[1] 刘硕良主编：《屠格涅夫全集》，第十二卷，张捷译，河北教育出版社，1994年，第279页。

[2] 刘硕良主编：《屠格涅夫全集》，第十二卷，张捷译，河北教育出版社，1994年，第280—281页。

英文、德文三种文字，重读了莎士比亚的全部作品，还阅读了大量关于莎士比亚戏剧的评论。

1898年，托尔斯泰在《什么是艺术？》中，系统地梳理和批评了欧洲几乎所有重要的美学家的观点，也坦率而明晰地表达了自己对艺术的理解。在他看来，艺术就是人与人之间交流情感的方式。艺术的优秀程度，与它的感染力强度成正比。而艺术的感染程度，则取决于下列三个条件：所传达的感情具有多大的独特性；这种感情的传达有多清晰；艺术家的真挚程度。在他看来，“艺术家越是从心灵深处汲取感情，感情越是诚恳、真挚，那么它就越是独特。而这种真挚就能使艺术家为他所要传达的感情找到清晰的表达”[1]。此外，他还有一个附加的、但是却同样重要的尺度，那就是宗教情感和宗教意识：“不论在过去或现在，每个社会里都有一种宗教意识。艺术所表达的情感的好坏都是根据这种宗教意识加以评定的。”[2]这些尺度，我称之为“三加一标准”，是他根据自己的文学写作总结出来的，包含着一个伟大艺术家的美学经验和宗教体验，无疑具有丰富的真理内容。但是，任何尺度，尤其是宗教尺度一旦被绝对化，就必然会表现出极强的排斥性，或者说，必然会丧失对多样化的艺术和文学的包容精神。托尔斯泰对莎士比亚的不满和否定，就与他的尺度的封闭化和固态化分不开。

本来，托尔斯泰诚心诚意，准备接受别人的观点和影响，“要使自己对莎士比亚的看法同基督教世界一切有识之士的定见趋于一致”[3]。然而，他久已形成的关于莎士比亚作品的定见，并没有改变——“这见解同全欧有关他的定论是截然相反的”，而且，他还更加“坚定无疑地确信：莎士比亚所享有的无可争辩的天才的伟大作家的声望，以及他迫使当代作家向他效颦，迫使读者和观众歪曲了自己的审美的

[1] 托尔斯泰：《列夫·托尔斯泰文集》，第十四卷，陈燊等译，人民文学出版社，1992年，第274页。
[2] 托尔斯泰：《列夫·托尔斯泰文集》，第十四卷，陈燊等译，人民文学出版社，1992年，第277页。
[3] 托尔斯泰：《列夫·托尔斯泰文集》，第十四卷，陈燊等译，人民文学出版社，1992年，第333页。

和伦理的见解，在他的作品中寻找不存在的优点，像所有的谎言一样，是巨大的祸害”[1]。在他看来，“不仅不能把莎士比亚看作伟大的、天才的作家，甚至不能看作最平常的文人”[2]。

为了表达自己对莎士比亚作品的质疑性的批评意见，托尔斯泰撰写了一篇题为《论莎士比亚和戏剧》的长文。他行文的语气，固然尖锐，不留情面，对莎士比亚的否定，也非常彻底，不稍宽假，但那批评的态度，却是极其严肃和认真的。

托尔斯泰首先胪列并反驳了约翰逊博士、哈兹里特、哈勒姆、雪莱、斯温伯恩和勃兰兑斯等人的观点，然后，根据自己关于艺术评价的“三加一”标准，以细胞解剖式的精细，分析了广受喜爱和好评的《李尔王》。他通过对细节、对话、人物性格和人物关系的细致分析，批评了莎士比亚此剧的“不合理”“不自然”和“不可信”等问题。在他看来，李尔王与三个女儿的感情和关系，是不自然和不真实的，格罗斯特与私生子的感情和关系，也同样是不自然和不真实的。他屡次用“不自然”“不恰当”“夸张而缺乏个性”“荒唐”“紊乱”“胡言乱语”来评价《李尔王》，而其中所展开的“矛盾”和“斗争”，则“不是本乎性格，而是出于作者十分任意的安排，因此不能让读者产生构成艺术主要条件的那种幻觉”[3]；不仅这部作品，在莎士比亚的其他所有戏剧作品中，“一切人物的生活方式、思想、言论和行为，同他们所生活的时间和地点全不符合”[4]；“莎士比亚笔下的所有人物，说的不是自己的语言，而常常是千篇一律的莎士比亚式的、刻意求工、矫揉造作的语言，而这些语言，不仅被塑造出的剧中人物，就是任何

---

[1] 托尔斯泰：《列夫·托尔斯泰文集》，第十四卷，陈桑等译，人民文学出版社，1992年，第334页。
[2] 托尔斯泰：《列夫·托尔斯泰文集》，第十四卷，陈桑等译，人民文学出版社，1992年，第334—335页。
[3] 托尔斯泰：《列夫·托尔斯泰文集》，第十四卷，陈桑等译，人民文学出版社，1992年，第358页。
[4] 托尔斯泰：《列夫·托尔斯泰文集》，第十四卷，陈桑等译，人民文学出版社，1992年，第359页。

活人在任何时间和任何地点也都不可能说的”[1]。通过细致的比较和分析，他发现，莎士比亚对佚名作者的《李尔王》、意大利小说《奥赛罗》、哈姆莱特古老故事的改写，皆远不如他所依据的原作高明。

在托尔斯泰看来，“分寸感”决定着一部作品的成败，也是人们判断一个作家是不是艺术家的唯一标准。然而，“无可怀疑的是，莎士比亚不是艺术家，他的作品也不是艺术品。正像没有节奏感就没有音乐家一样，没有分寸感从来没有、也不会有艺术家”[2]。他最后的结论是：莎士比亚的作品“是抄袭的，肤浅地、人为地七拼八凑而成、即兴臆想出来的文字，与艺术和诗毫无共同之处”[3]。不仅如此，从道德、伦理和宗教的角度看，用“真诚”的尺度来衡量，莎士比亚的全部作品都缺乏“真诚”；而他的剧作的内容，则“是一种最低下最庸俗的世界观，这种世界观把权贵的外表的高尚看作人们真正的优越性，蔑视群氓，即劳动阶级，否定任何志在改变现存制度的意图，不仅宗教方面的，也是人文方面的意图。……莎士比亚的作品不符合任何一种艺术的要求，而且它们的倾向还是极其低下、极不道德的”[4]。在他看来，“不仅不能把莎士比亚看作伟大的、天才的作家，甚至不能看作最平常的文人”[5]。同时，他却对法国古典主义戏剧大加赞赏：“只有因严格遵循古希腊典范,尤其是三一律而与众不同的法国戏剧，由于语言的优美和作家的才华而享有普遍的声誉。”[6]

最后，托尔斯泰再次分析了莎士比亚之所以得以普遍流行的原因。这次，他批郤导窾，扫穴犁庭，将矛头直接对准了歌德，对准了这个

[1] 托尔斯泰：《列夫·托尔斯泰文集》，第十四卷，陈燊等译，人民文学出版社，1992年，第360页。
[2] 托尔斯泰：《列夫·托尔斯泰文集》，第十四卷，陈燊等译，人民文学出版社，1992年，第375页。
[3] 托尔斯泰：《列夫·托尔斯泰文集》，第十四卷，陈燊等译，人民文学出版社，1992年，第376页。
[4] 托尔斯泰：《列夫·托尔斯泰文集》，第十四卷，陈燊等译，人民文学出版社，1992年，第383页。
[5] 托尔斯泰：《列夫·托尔斯泰文集》，第十四卷，陈燊等译，人民文学出版社，1992年，第334—335页。
[6] 托尔斯泰：《列夫·托尔斯泰文集》，第十四卷，陈燊等译，人民文学出版社，1992年，第390页。

对莎士比亚高度评价和极力推崇的德国文豪。他称歌德是“当时舆论的独裁者”。由于有了他在莎士比亚评价上的“谎言”，那些“不懂艺术的美学评论家们”，“就像乌鸦攫食兽尸那样，争相附和，开始在莎士比亚的作品中寻找本不存在的美，并且大加赞扬。这些德国的美学评论家，大多毫无审美感，不懂得那种朴素而直接的艺术印象……这些人的做法无异于在自己反复翻过的石子堆里竭力摸索着寻找钻石的盲人。正如盲人长时间多次地翻弄小石子，到头来除了说所有石子都是珍贵的，而特别珍贵的是那些光滑无比的石子之外，不能得出任何别的结论，那些没有艺术感受的美学评论家对于莎士比亚也只能得出这样的结论”[1]。最后的结果就是欧洲几乎所有重要的作家都开始照着莎士比亚的样子来写作：“……不仅不要宗教内容，而且不要道德内容，于是所有剧作家便都去模仿他，开始编写出内容空洞的戏剧，如歌德、席勒、雨果和我们的普希金的戏剧，奥斯特洛夫斯基和阿列克谢·托尔斯泰的历史剧，以及充斥一切剧院的、由那些凡是萌生写剧本的思想和愿望的人接二连三地制造出来的、难以胜数的多少有点名气的剧作。”[2]托尔斯泰这已经不是在否定莎士比亚了，而是在整体性地否定德国、法国和俄国最伟大或最重要的作家了。

虽然托尔斯泰的态度极其认真，对作品的解读也非常细致和深入，但是，他对莎士比亚的基本评价，全然是不符合实际的，甚至是完全错误的。

他用以评价莎士比亚的尺度，与莎士比亚的作品圆凿方枘，严重不对称。

他几乎是用戥子来称量玫瑰花的芬芳。

他完全忘了这样一点：就像他是为文学和艺术立法的人一样，莎

[1] 托尔斯泰：《列夫·托尔斯泰文集》，第十四卷，陈燊等译，人民文学出版社，1992年，第391页。

[2] 托尔斯泰：《列夫·托尔斯泰文集》，第十四卷，陈燊等译，人民文学出版社，1992年，第396页。

士比亚也是文学的伟大的立法者。

美学的法律是应该相互兼容的，是可以并存不废的。一切基于伟大经验的美学法律，都是有效的。他们之间应该会通所长，建构一种互补关系。

也就是说，美学法律的建立者和实施者，要为自己划定边界。他要尊重别人的存在，不能随便越界侵入他者的领地。如果谁试图越出边界，用自己的伟大的美学法律，来否定另一个同样伟大的美学法律，他就注定要犯极大的错误。

那么，是什么原因造成了如此严重的误读和如此错位的诠释呢？

是托尔斯泰的美学思想、文学理念和宗教观念。

托尔斯泰的美学思想和艺术观念属于“规则现实主义”[1]，而他自己则是一个严格意义上的现实主义作家。现实主义强调意识与认知对象的绝对同一性，强调描写与事实的高度一致性，要求主观性服从客观性、想象服从事实，从而获得描写和叙事的事实感、亲切感和真实效果。对这种严格的现实主义的美学来讲，艺术处理上合乎分寸与准确可信，是具有核心意义的写作原则和评价标准，因而，一切超出现实逻辑和日常经验的想象与描写，都是荒谬的、不可接受的。

如果站在托尔斯泰自己的这种现实主义立场来看，他的批评是很专业的，他的分析也非常细致和严密。他的精细的文本批评和严格的现实主义理念，有助于培养读者的艺术感受力和审美批评能力，也有助于人们认识莎士比亚的戏剧写作事实上存在的问题，正像梁实秋先生所说的那样，托尔斯泰所指出的两点，“一是文字浮夸，一是情节

[1] 所谓“规则现实主义”和“不规则现实主义”是我提出的两个概念。前者是指托尔斯泰的现实主义小说，它有着纯粹的写实倾向、严格的写实方法、严肃的道德态度和明确的宗教立场；后者是指莎士比亚的现实主义戏剧，它融合了写实主义、象征主义和浪漫主义等多种写作方式和修辞策略，具有更为宽阔的道德视野，表现出更加宽平中正的生活态度，对宗教的态度也不那么绝对和极端。

牵强，却值得我们于赞叹之余一再思索”[1]。

莎士比亚当然不是不讲分寸的艺术家。他有自己的分寸。那不是一种外在的分寸，而是一种内在的分寸；不是客观的物象世界的分寸，而是主观的想象世界的分寸。他的戏剧叙事和描写，常常会变形、会夸张，甚至具有很大的虚拟性和象征性。例如，《李尔王》显然就是一部脱离了外部分寸规约的戏剧。它以夸张和象征的方式，凸显和强调了人物的性格特点、人格倾向和情感冲突。刚刚进入莎士比亚所设置的语境和叙事结构，我们也许会产生托尔斯泰式的疑问——质疑《李尔王》在某些细节和情节处理上的合理性问题，但是，最终我们还是会接受莎士比亚异常化的叙事安排，会在另一种意义上，将他所讲述的一切，都当作绝对真实可信的故事接受下来。

就像泰晤士河不同于涅瓦河一样，莎士比亚的文学精神和文学气质，也完全不同于托尔斯泰。莎士比亚的不规则现实主义戏剧理念和写作模式，远远超出了托尔斯泰的规则现实主义范畴，完全无法用 19 世纪严格的现实主义文学尺度来衡量。

托尔斯泰的现实主义，有着俄罗斯式的虔诚的宗教意识和严苛的道德要求；而莎士比亚的现实主义，则纯乎是自然主义的。

这是一种积极而活跃的自然主义。

它有着大自然的气质，倾向于以开放和理解的态度，认识一切，包容一切。

以动物作譬，托尔斯泰的封闭的规则现实主义，是一种贴着大地行走的陆栖动物。但是，莎士比亚的开放的不规则现实主义，却既能在地上跑，也能在水中游，还能在空中飞。

在莎士比亚的文学世界里，生与死之间、人与鬼之间、人与神之间、此岸与彼岸之间、幻想与现实之间的界线，几乎是不存在的。

[1] 梁实秋：《永恒的剧场——莎士比亚》，时报文化出版事业有限公司，1983 年，第 219 页。

莎士比亚的戏剧世界，是夜晚，也是白昼；是冰山，也是火山；是现实，也是梦境。在这里，一切对立的东西，都和谐地融为一体，生活以一种近乎混沌的状态和极为神奇的方式呈现了出来。

总之，托尔斯泰与莎士比亚的冲突，就是绝对的一元化现实主义与相对的多元化现实主义的冲突，是有边界的现实主义与无边界的现实主义的冲突，是严格的现实主义与自由的现实主义的冲突。

莎士比亚的文学世界，是一个以开放的现实主义为底色，但同时又杂糅着浪漫主义、象征主义甚至神秘主义的变幻莫测、神奇绚丽的世界，是一个需要以开放的态度和多元的尺度来审视和阐释的文本世界。

对于这样一个世界，托尔斯泰的绝对化的单一尺度，显然是不够的，必然会造成严重的误读。

宗教是托尔斯泰观察文学和评价作家的另外一个角度和尺度。在他看来，莎士比亚仅仅是一个热衷于娱乐的庸俗作家，缺乏自觉的宗教意识和热诚的宗教精神；这可不是一个等闲视之的小问题，而是一个严重的大问题："假如当代每一个步入生活的青年心目中的道德上的完美典范，不是人类的宗教导师和道德导师，而首先是莎士比亚（博学之人确认他是人世间最伟大的诗人和最伟大的导师，并以此作为无可争辩的真理代代相传），那么青年人是无法不受这种有害的影响的。"[1]他希望人们尽快摆脱对莎士比亚的"不合实际的赞美"。而且，还要明白这样一点：宗教是艺术的基础和灵魂，也是戏剧的基础和灵魂，"不以宗教为基础的戏剧，不仅不像如今大家所想象的那样，是重要和美好的事业，而且是最庸俗最可鄙夷的"[2]。显然，托尔斯泰对莎士比亚的不满和否定，反映着他的深刻的宗教意识和强烈的宗教

[1] 托尔斯泰：《列夫·托尔斯泰文集》，第十四卷，陈燊等译，人民文学出版社，1992年，第397页。
[2] 托尔斯泰：《列夫·托尔斯泰文集》，第十四卷，陈燊等译，人民文学出版社，1992年，第398页。

情绪。

事实上，爱和善也是莎士比亚许多作品的灵魂和主题，莎士比亚的作品也表现着作者自己的宗教情感。只不过，莎士比亚的宗教精神是相对的，以一种隐微的形式，表现在日常生活的细节里，仿佛春天刚刚升起的初日一样温煦。也就是说，莎士比亚并不特别强化自己的宗教情绪，也几乎从不以极端的形式，将宗教思想灌注进作品的主题。然而，托尔斯泰的宗教精神，则是绝对的、强烈的；他赋予自己的写作以宗教探索的性质，常常以极端强调的方式，将自己的宗教情感表现了出来，恰似夏天正午的太阳一样热烈。

在我看来，托尔斯泰的宗教经验，属于爱因斯坦所说的第二个阶段的宗教经验——“道德宗教”；它是人类从第一阶段的“恐惧宗教”提升而来的，而且，像第一个阶段的宗教体验一样，它也具有“上帝概念的拟人化”特征，“一般地说，只有具有非凡天才个人和具有特别高尚品格的集体，才能大大地超出这个水平”[1]。而莎士比亚的宗教经验则属于第三个阶段，即“宇宙宗教感情”。

爱因斯坦这样来描述“宇宙宗教感情”这个概念：“人们感觉到人的愿望和目的都属徒然，而又感觉到自然界里和思维世界里却显示出崇高庄严和不可思议的秩序。个人的生活给他的感受好像监狱一样，他要求把宇宙作为一个单一的有意义的整体来体验。……一切时代的天才之所以超凡出众，就在于他们具有这种宗教情感，这种宗教情感不知道什么教条……”[2]我们在莎士比亚的戏剧作品中，就可以感受到这样的宗教情绪和宗教体验。在自己的戏剧作品中，莎士比亚试图通过无限丰富的，甚至充满神秘色彩的事象，表达人在命运面前的无力感，揭示某种永恒而庄严的秩序的存在。托尔斯泰虽然也会写到命

---

[1] 爱因斯坦：《爱因斯坦文集》，第一卷，许良英等编译，商务印书馆，2012 年，第 404 页。

[2] 爱因斯坦：《爱因斯坦文集》，第一卷，许良英等编译，商务印书馆，2012 年，第 405 页。

运的偶然性力量，但是，他因为相信拟人化的上帝，相信信仰可以征服一切、创造奇迹，所以便很少将命运的偶然性提升到莎士比亚那样的高度，拒绝像莎士比亚那样赋予它以超验性的绝对力量。如此一来，他就无法深刻地感受莎士比亚戏剧中的高级形态的宗教经验，也不可能客观地认识并深刻地揭示其意义和价值，最后，便只剩下对莎士比亚基于误解的抵拒和否定了。

也许，有人会问：怎么，关于他们之间的冲突，只能这样解释了吗？托尔斯泰如此否定莎士比亚，难道没有别的深隐的心理动机？

有一种庸俗的心理学解释，颇为流行。他们的回答是：唔，嫉妒，根本就是嫉妒心在作祟嘛！根本就是莎士比亚的像荷马一样的声誉和影响力，让托尔斯泰很不自在，心生妒意和恨意嘛！于是，他便要来“臭他一臭”，从而克服自己内心的焦虑，获得心理的平衡嘛！

乔治·奥威尔就曾半遮半掩地说道：“他憎恶和嫉妒莎士比亚，使他采取了一定程度的弄虚作假的做法，或者至少有意视而不见。但是这一切都无关宏旨。总的来说，托尔斯泰说的话，按其自身逻辑来说，是言之有据的，在当时也许起了纠正流行的盲目崇仰莎士比亚的作用。”[1] 这段话的后半部分，很有道理；但那前半部分，就很有些无厘头。

以“嫉妒”来解释托尔斯泰批评莎士比亚之动机的，还有哈罗德·布鲁姆。这位美国教授对包括托尔斯泰在内的文学批评上的所谓“憎恨学派”（School of Resentment），充满了偏见和敌意，批评起他们来，态度极为颟顸，笔锋甚是尖利，颇有置之死地而后快之恨意。在他看来，托尔斯泰之所以批评莎士比亚，并不是一个纯粹的学术行为，而是非理性的嫉妒心驱动的结果：“显然，托尔斯泰《何为艺术？》之类的文章是一个灾难，并使人不禁要问一个严肃的问题：为什么这样

[1] 乔治·奥威尔：《在鲸腹中》，董乐山等译，北京燕山出版社，2015 年，第 141 页。

一个大作家会如此错谬？……托尔斯泰对美学的反叛有一个次要原因就是创作上的嫉妒。托尔斯泰对莎士比亚与荷马共享的荣耀并不认可，并抱有一种特别的激愤；托尔斯泰认为只有自己的《战争与和平》够格与荷马比肩。”[1] 这样的揣测和推断，给人一种极为消极的感受——这不是严肃的文学批评，而是婆婆妈妈的飞短流长。托尔斯泰的莎士比亚评论，尽管的确存在问题，但他的态度，却是十分严肃的，就像韦勒克所说的那样：“较之当世任何人，可能托尔斯泰更清楚地提出了艺术家脱离群众这个问题，即产生通俗而具有普遍意义的文学作品这一难题。”[2] 重视文学的可接受性以及它对读者的巨大影响力，这无论如何都是一个重要而严肃的话题。

总之，从俄国文学界对莎士比亚的评价来看，批评家与作家呈现出一种有趣的“两歧反应”状态。批评家，如别林斯基、赫尔岑、杜勃罗留波夫等，几乎全都赞赏有加，高度肯定；而两位大作家的解读和批评，则要么像屠格涅夫那样，郢书燕说，牵文本以就己意，要么像托尔斯泰那样，用绝对化的单一尺度，进行细致的分析和简单化的否定。由此可见，俄罗斯的文学批评家具有开阔的文学视野和成熟的判断力；而两位俄罗斯作家则表现出这样一种局限性：想象力高于理解力，主观性超过客观性。

刘勰《文心雕龙·知音》云：“知多偏好，人莫圆该。”纵使天才的俄罗斯文学大师，也未能超越这样的局限。“知音其难哉！音实难知，知实难逢。”刘勰的这一声感叹，意味如此深长，千百年后，我们从许多作家和批评家那里，依然可以清晰地听到它的回声。

---

[1] 哈罗德·布鲁姆：《西方正典——伟大作家和不朽作品》，江宁康译，译林出版社，2005 年，第 42 页。

[2] 雷纳·韦勒克：《近代文学批评史》，第四卷，杨自武译，上海译文出版社，2009 年，第 396 页。

五、精神的还乡：美国批评家的共鸣与认同

美国是从英国这棵老树上长出来的一棵新树。它从政治上摆脱了英国的统治，赢得了独立，成为一个全新意义上的现代国家。

但是，在文化上，它却从来不曾敌视英国。

它也有重建属于自己的新文化和新文明的雄心，但却并不拒绝学习英国的文明。

不仅如此，它始终对母国的文化抱有深深的敬意。

它的全方面的进步和强大，与它对英国和欧洲的古老文明的虔敬态度，是分不开的。

为了认识英国和英国文化，为了替美国文化的发展寻求启示和经验，爱默生曾专程赴英，对这个文化母国进行了细致的考察。

爱默生发现，一个国家的进步和强大，并不总是依赖于“变化”，而是，很大程度上，决定于他们有没有定力拒绝破坏性的“变化”，坚持和保护那些真正伟大的文化遗产：“英国的力量也表现在他们厌恶变迁。”[1]

爱默生从英国人身上看到一种不同于法国人的严谨、质朴、坚实的精神，正是这种踏实的“精神上的唯物主义”，使英国作家选择“用老虎钳般的执着把一种心灵中的意象摆在眼前”的方法，并且造成了许多英国作家的“超验天才的价值”：“这种撒克逊的唯物主义和偏狭升华到智力领域，便造就了莎士比亚和弥尔顿的天才。”[2]他从英国人对莎士比亚的“冷淡”和“不动声色”的欢迎中，发现了这样一个真理：“一个民族越伟大，相形之下它的伟人就显得越渺小。”[3]

对爱默生来讲，理解英国文明的性质和特点，并不很难；阅读和

---

[1] 爱默生：《爱默生集：论文与讲演录》（下），赵一凡等译，三联书店，1993年，第910页。

[2] 爱默生：《爱默生集：论文与讲演录》（下），赵一凡等译，三联书店，1993年，第985页。

[3] 爱默生：《爱默生集：论文与讲演录》（下），赵一凡等译，三联书店，1993年，第987页。

接受莎士比亚，也同样容易。在他的心目中，莎士比亚从来就是伟大而亲切的；他不仅属于英国，而且属于美国。在《代表人物》一书中，爱默生将莎士比亚与柏拉图、蒙田、拿破仑和歌德并列在一起，视之为人类历史上不可等闲视之的“代表人物”。

爱默生的《诗人莎士比亚》，是一篇充满对莎士比亚的崇敬之情和深刻认识的重要文献。他对莎士比亚的研究和评价，很能代表美国人的一般态度和看法。

在爱默生看来，伟大的创造性的工作，不可能是个人的、偶然的现象，而是一个融合了前人和同时代人的才华与经验的合成型的现象。所以，一个人若想有所成就，就不能师心自用，而必须像“转益多师”，或者，用爱默生的话说，“伟人的特点与其说在于独创，毋宁说在于广博”。更重要的是，诗人写作，并不是为了与人不同，而是为了表达人们的普遍愿望。他不是随心所欲，想写什么就随随便便地写什么，“不，诗人是与他的时代和国家声应气求的一颗心。在他的创作中没有什么想入非非的东西，而只有甜美和忧伤的认真，充满了最重要的信仰，指向最坚定的目标，这都是他那个时代的任何人任何阶级所了解的”[1]。莎士比亚是自己时代的产物。他紧紧贴近这个时代的脉搏，感受着它的活力、热情、痛苦和愿望。他了解自己时代的问题和需要。他为自己满足公众的需要而写作：“利用舞台，牢牢抓住公众的心，对于为大众而写作的诗人来说是至关重要的。他不在无益的实验上浪费光阴。”[2]总之，“显示天才的伟大力量根本不在于独创；而在于全盘接受，在于让世界做一切，让时代精神畅通无阻地穿过心灵”[3]。在他看来，莎士比亚就是这种伟大的天才作家，而美国人民则必须“全盘接受”他。

---

[1] 爱默生：《爱默生集：论文与讲演录》（上），赵一凡等译，三联书店，1993年，第783页。
[2] 爱默生：《爱默生集：论文与讲演录》（上），赵一凡等译，三联书店，1993年，第785页。
[3] 爱默生：《爱默生集：论文与讲演录》（上），赵一凡等译，三联书店，1993年，第784页。

莎士比亚吸纳前辈的经验，吸纳历史的题材，吸纳一切有用的东西。他才不把形式上的“独创”当回事。他知道如何将固有的属于别人的东西，升华为一种全新的、更有价值的、属于他自己的东西：“世界上天才的杰作或壮举，不是一个人的劳动，而是在万众一心的情况下通过广泛的社会劳动取得的。”[1]然而，早在自己的时代，莎士比亚就曾受到自己的某些同行的指责。他们指责他“窃取”别人的创作成果。爱默生将这种“拿来”看作自然而正常的事情：“每一本书都给它的时代提供了一句好话；提供了每一种国内法，每一种行业，每一种当代的愚蠢行为，而普遍的天才不害怕也不羞于把他的独创归功于所有的人的独创，到了下一个时代，那就成了他自己的独创的记录和体现了。”[2]

虽然莎士比亚曾经被他自己的时代误解甚至忽视，虽然直到19世纪，在歌德等人那里，才开始出现对他的“精当的批评”，但是，这完全不影响他对后代的巨大的影响力：“现在，文学、哲学、思想都莎士比亚化了。他的心灵还是我们目前望不过去的天边。他的节奏训练我们的耳朵有欣赏音乐的能力。……他的卓绝的力量和美，像基督教一样，限定了那个时代，一切有教养的心灵在默默地欣赏着它。”[3]

莎士比亚的作品包含着丰富的人生经验，深蕴着人人皆可吸纳的教益。莎士比亚向我们提供了很多“坚定不移的信念”——“关于生死，关于爱情，关于贫富，关于人生的目的，以及我们达到它们的手段”，等等，等等。“道德问题，风俗问题，经济问题，哲学问题，宗教问题，趣味问题，生活方式问题，有哪一个他没有解决呢？有什么秘密他不知道呢？什么职责，什么功能，或人的什么工作领域他不记得呢？哪一个国王他没有像塔尔玛教拿破仑那样教治国之方呢？哪一位少女

[1] 爱默生：《爱默生集：论文与讲演录》（上），赵一凡等译，三联书店，1993年，第789页。
[2] 爱默生：《爱默生集：论文与讲演录》（上），赵一凡等译，三联书店，1993年，第790页。
[3] 爱默生：《爱默生集：论文与讲演录》（上），赵一凡等译，三联书店，1993年，第792页。

没有发现他比自己更娇嫩？他爱得不比哪一个情人深？他看得不比哪一个圣人远？哪一位绅士没有受到他的粗鲁行为的引导？”[1]

爱默生高度评价莎士比亚的能力和才华，认为他的“创造力”是“独一无二的”，“谁也别想超过他”：“他是与个人相容的敏感性的极致——最敏锐的作家，刚好在创作的可能范围之内。跟这种人生智慧不相上下的是想象和抒情的才具。他给他的传奇的造物赋予了形式和感情，仿佛他们就生活在他的家里一样；真正的人很少像这些虚构的人那样留下那样独特的性格。他们说起话来娓娓动听，又恰到好处。……他不拘一格，他没有明显的自我中心论，伟大他就讲得伟大，渺小他就讲得低下。他聪明，既不用强调，也不用坚持；他强大得像大自然一样。”[2]“事物反映在他的诗歌里，毫无损失，绝不模糊；他能准确地把美好的事物画出来，谨慎地把伟大的事物画出来；能无动于衷地把悲剧性的和喜剧性的东西画出来，既不歪曲，也不粉饰。他把他有力的技巧运用到微小的细节上。毫发不爽，完成一根睫毛或一个波纹就像画一座大山一样严格；而这些，就像大自然的事物一样，将经得起太阳显微镜的检查。”[3]

诗是苦闷的象征，是痛苦的精神之树结出的甜蜜果实。它需要泪水的滋润。感伤和哀愁构成了诗歌灰暗的色调。诗人通常都有秋天的悲郁心境。然而，就像中国的伟大诗人杜甫一样，莎士比亚也是一个在情感体验上具有完整的“四季”特性的诗人。也就是说，他们的诗歌除了秋天的悲伤和冬天的痛苦，还有春天的欢乐和夏天的热烈。

莎士比亚的作品里，包含着人类几乎所有性质和所有形态的情感。爱默生发现并揭示了他的“乐观主义”：“诗人还有一个更加高贵的特点。我指的是他的乐天性格，没有它，谁也当不了诗人——因为美

[1] 爱默生：《爱默生集：论文与讲演录》（上），赵一凡等译，三联书店，1993 年，第 795 页。

[2] 爱默生：《爱默生集：论文与讲演录》（上），赵一凡等译，三联书店，1993 年，第 797 页。

[3] 爱默生：《爱默生集：论文与讲演录》（上），赵一凡等译，三联书店，1993 年，第 797—798 页。

是他的目标。他热爱美德，不是为了它的义务，而是为了它的恩惠。他喜欢世界，喜欢男人，喜欢女人，因为从他们身上闪耀出明媚的光辉。他把美——欢乐的精神——撒遍宇宙。……真正的诗人都以他们坚定欢乐的气质而闻名于世。荷马沐浴着阳光，乔叟快乐而坚毅；萨迪说，‘外面传说我表示后悔；可是我悔恨什么呢？’莎士比亚的语调在尊贵和欢乐方面有过之而无不及。他的名字向人们的心暗示出了欢乐和解放。如果他出现在任何一类人类灵魂中，谁不愿跟他为伍呢？”[1]爱默生的分析很有深度，判断也完全合乎事实。莎士比亚的戏剧作品在情感态度上的一个重要特点，确实就是对生活的坚定而热情的乐观态度，即便在那些极其悲惨的悲剧作品中，他最终都能营造出一种既很自然又很美好的乐观主义氛围，使人对生活和人生继续保持充满希望的积极态度。

像爱默生一样，爱尔兰裔美国小说家弗兰克·哈里斯（1856—1931），也对英国一往情深，几乎是拿它当祖国一样来爱的。他出版过被视为西方《金瓶梅》的《我的生活与爱情》，也是对莎士比亚有专门研究的学者。19 世纪 90 年代，他在《星期六评论》上发表了一系列关于莎士比亚的文章。1909 年，他将这些文章整理出版了。他将自己的这部著作命名为《莎士比亚及其悲剧人生》。

哈里斯在《莎士比亚及其悲剧人生》的“前言”里说，他潜心研读了不计其数的莎士比亚评论，发现所有评论都无一例外地遗漏了莎士比亚本人和他的故事。他要还原莎士比亚的形象。他的策略是通过对莎士比亚戏剧文本的解读，来建构一个真实的莎士比亚：“我首先想要做的是证明莎士比亚在他的作品中曾经多次详细地刻画他从年轻到年老各个阶段的形象；然后我会分析他的小小的虚荣心和羞耻心是如何将他的形象理想化的，从而真实地展现出他无与伦比的智力和轻

---

[1] 爱默生：《爱默生集：论文与讲演录》（上），赵一凡等译，三联书店，1993 年，第 799 页。

微的自命不凡、严重的缺点和微不足道的自欺欺人，以及甜蜜的温柔和持久的折磨。”[1]

然而，完全依照想象性的作品来还原作者自己的生活，是一件非常冒险的事情，很容易流入随意的揣测和任性的附会。哈里斯基于文本细节的分析和描述，充满丰富的想象力、细腻的感受力，以及引人入胜的叙事魅力。但是，很多时候，他的这部以给莎士比亚画像为目的的著作，更像是一部试图获得学术认可的小说作品。

本来，研究文本与作者的内在关系，是一种历史悠久且非常重要的文学批评范式，但是，与其他类型的文学研究比起来，却也是难度最大的文学批评方法。这种常常被称作“传记批评”或“作者题旨批评”的模式，在20世纪受到了严重的蔑弃和否定——作者已死，读者当道，随意诠释，随便乱闹。

以还原作者形象和探究作者主旨为目的的批评模式，要求研究者严格控制自己的主观任意性，切勿将作品中人物的生活与作品外作者自己的生活，搅在一起，混为一谈。也就是说，作者与文本的“人文互证”模式，应该服从可靠事实材料的规约，要经得住分析和还原。而且，一般来讲，作品中所显示的作者形象，更多的应该是意义和理念形态的，而不是经验和细节形态的。

然而，哈里斯的作者形象还原批评，虽然有助于我们深刻地理解作品，理解人物的性格，但基本无助于我们全面认识莎士比亚。他的言之凿凿的独断论倾向，实在是太严重了。作品中的人物和细节，完全成了他任意驱遣的材料。

哈里斯说：“我敢断言，我们最初在罗密欧和杰奎斯，然后在哈姆雷特以及最后在麦克白身上发现的都是莎士比亚自己的肖像。通过

[1] 弗兰克·哈里斯：《莎士比亚及其悲剧人生》，许昕译，江西教育出版社，2013年，“前言”第6页。

对这三个阶段的研究，我们可以追踪莎士比亚个人的成长轨迹。”[1]而《一报还一报》中的文森修“就是莎士比亚的另外一幅面具”[2]，“文森修的怀疑主义思想事实上就是莎士比亚的怀疑主义的一种表现”[3]。

哈里斯甚至根据对哈姆莱特等人物形象的分析，得出了这样的结论：“莎士比亚甚至比哈姆雷特还要优柔寡断，郁郁寡欢。”[4]他还从《第十二夜》中的奥西诺公爵身上，看见了莎士比亚的身影，认为莎士比亚借助这个人物，“为我们创作了一幅相当私密而详尽的自画像，在这一点上，可以说它超越了《哈姆雷特》和《麦克白》之外的任何一部戏”[5]。

哈里斯认为，《错误的喜剧》中的从乡下来到伦敦的大安提福勒斯，就是“年轻的莎士比亚的化身，经历也都来自莎士比亚”[6]。梁实秋先生曾经批评过美国作家辛克莱尔，认为他在《拜金艺术》中，以“阶级论”为圭臬，严重误读了莎士比亚：“辛克莱尔没有懂得莎士比亚，只是从皮毛的知识而遽下论断。”在研究莎士比亚的时候，辛克莱尔选择了最省力但也最无效的办法，随随便便就根据一句话来下判断，他不明白，“抓住剧中一两句话或一两桩事是不能遽然推论为莎士比亚的主张”[7]。将梁先生的这些见道之语，移过来批评哈里斯，亦可收直中肯綮、一针见血之效。

哈里斯从《威尼斯商人》《哈姆莱特》和《罗密欧与朱丽叶》等作品中概括出了莎士比亚仁慈、慷慨、敌视金钱的性格特点和道德倾向，又从那些描写帝王和贵族的作品中，概括出了莎士比亚性格和人

[1] 弗兰克·哈里斯：《莎士比亚及其悲剧人生》，许昕译，江西教育出版社，2013年，第27页。
[2] 弗兰克·哈里斯：《莎士比亚及其悲剧人生》，许昕译，江西教育出版社，2013年，第30页。
[3] 弗兰克·哈里斯：《莎士比亚及其悲剧人生》，许昕译，江西教育出版社，2013年，第31页。
[4] 弗兰克·哈里斯：《莎士比亚及其悲剧人生》，许昕译，江西教育出版社，2013年，第35页。
[5] 弗兰克·哈里斯：《莎士比亚及其悲剧人生》，许昕译，江西教育出版社，2013年，第103页。
[6] 弗兰克·哈里斯：《莎士比亚及其悲剧人生》，许昕译，江西教育出版社，2013年，第129页。
[7] 梁实秋：《梁实秋文集》，第1卷，鹭江出版社，2002年，第370页。

格上的另一方面的“显著特点”——“势利谄媚”。他尖锐地批评道：“想必每位读者都感到莎士比亚对这些贵族的偏爱，他赋予他们诗人般的气质和魅力。下层社会则充当了莎士比亚喜剧或滑稽剧的素材；他不会严肃认真地对待他们。”[1]

这样的判断，显然是肤浅、轻率甚至荒唐的，显示着庸俗的“阶级论”文学观的偏见和浅薄。哈里斯完全忽略了这样一些事实：莎士比亚只是按照不同阶层人物真实的样子来塑造他们；很多时候，他对贵族们的讽刺和批判，往往更不留情面，更使人惊心动魄。

哈里斯根据莎士比亚的十四行诗中涉及赫伯特的相关话语，而怀疑起了莎士比亚的人格和“清白”，最终发现了一个非常糟糕的莎士比亚：“莎士比亚拥有文学史上最美好的灵魂、最杰出的心智，竟然自甘堕落，佯装爱恋放荡的赫伯特，给后世留下了毁誉的口实，着实令人难过。得知莎士比亚竟然谄媚到如此地步，更令人寒心，但不管如何，这也是人们对他最坏的毁誉了，这总比人们被误导而轻信谣传要好得多。”[2]他似乎完全没有意识到，这种捕风捉影式的道德批判，实在是近乎诋毁的，实在比为他所不屑的“谄媚”好不了多少。

本来，哈里斯对莎士比亚戏剧的幽默艺术特点的概括，非常准确和精彩：“他的幽默几乎不带讽刺，完全去除了轻蔑，源于爱，无关仇恨，充满了怜悯，就像是没有雷声的闪电，美丽却无害。”[3]但是，他似乎觉得这样的概括，总显得抽象，于是，便忍不住将人物的幽默话语，都派给莎士比亚。他说福斯塔夫的话，就是莎士比亚的话，是莎士比亚借福斯塔夫之口来传递自己的声音。这样的判断，不能说是，也不能说不是，属于无法证实和证伪的猜测之词——在哈里斯的整部书中，充满了“也许”“很可能”“或许是”“似乎”这样的猜测之词。

---

[1] 弗兰克·哈里斯：《莎士比亚及其悲剧人生》，许昕译，江西教育出版社，2013年，第171页。
[2] 弗兰克·哈里斯：《莎士比亚及其悲剧人生》，许昕译，江西教育出版社，2013年，第182页。
[3] 弗兰克·哈里斯：《莎士比亚及其悲剧人生》，许昕译，江西教育出版社，2013年，第110页。

他的猜测和推断，不能说完全无意义，但对于文学批评来讲，总归是缺乏可靠的客观性的。

总之，弗兰克·哈里斯最后的结论是，莎士比亚是一个彻底的失败者："他的每部伟大的悲剧都隐含着同一种基调，那就是莎士比亚觉得自己在生活中很失败，失败得一塌糊涂。"[1]

这真是一部"二十四史"，让人不知从何说起！

我敢肯定，人们完全可以根据莎士比亚作品里的欢乐、和谐、智慧的描写，证明莎士比亚不仅智商很高，而且情商也同样不低——作为一个人类历史上罕见的伟大戏剧家，他绝不会不知道自己的价值，绝对不会对自己的伟大的成功懵懂无知，且等闲视之。

事业就是生活的一部分。一个创造了如此辉煌的文学成就的人，就是一个成功的人，一个可以心安理得地安度晚年和告慰平生的人。什么"很失败"，什么"一塌糊涂"，不过是批评家自己不着边际的"妄议"罢了。

不错，作品中的人物，确乎是作者的人格镜像。我们从作者对人物的描写中，可以看见作者自己的趣味倾向和价值立场，甚至可以看见他的人格风貌。但是，这种倾向、立场和风貌，是以隐约的总体性的形式表现出来的，只可以被概括性地描述，无法一一对应地还原到具体的细节上。

如果说，由于作者介入的叙述性，小说中的作者形象还不难概括，那么，对戏剧这种高度客观性文本来讲，对作者形象的传记批评式的还原，就更加艰难，甚至几乎不可能。正像梁实秋先生所说的那样，从《红楼梦》中找出曹雪芹的思想不难，但是，很难从莎士比亚的所有作品中概括出他的"思想体系"。所以，我们"不能用贾宝玉与曹雪芹的原则来为莎士比亚找化身。因为在他三十七本戏里所出现的人

[1] 弗兰克·哈里斯：《莎士比亚及其悲剧人生》，许昕译，江西教育出版社，2013年，第223页。

物，有武士，有懦夫，有英雄豪杰，有贩夫走卒，有挥金如土的，也有视钱如命的，而且每一个在故事中露面的人物，一言一动，都莫不是有他不可或缺与不可以第二人相替的分量。所以，我们根本就不能武断而轻率地指出哪一本戏里的哪一个角色就是莎士比亚，我们更不能凭个人的爱恶去假定莎士比亚就像哪一个角色……或是谁像莎士比亚，这正如在逻辑学的观点上，我们不能说苹果像什么一样”[1]。

倘若弗兰克·哈里斯有机会读到梁实秋先生的这段话，不知他会作何感想？他也许会大不以为然的吧。然而，倘若他能理性地想一想，他会给自己的这部研究莎士比亚的著作，加一个切实的副标题——“一个小说家对莎士比亚形象的想象和描绘”。或者，他会像英国著名作家安东尼·伯吉斯那样，做一个并不多余的声明：“我打算任凭自己的意思异想天开一番，头脑冷静的读者完全可以不理睬。”[2]

在对莎士比亚的态度上，乔治·斯坦纳显然也像爱默生一样充满高度的文化认同感，但是，在研究的方法上，却与弗兰克·哈里斯的小说家的放纵想象的主观模式，判然两路——作为一个严谨的学者和严肃的批评家，他将自己关于莎士比亚的每一个判断，都建立在可靠的基础上。

1964 年，在莎士比亚诞辰四百周年的时候，乔治·斯坦纳写了一篇题为《莎士比亚 400 年》的堪称经典的文章，虔诚地表达了他对莎士比亚的热爱和敬意，并深入地分析了莎士比亚在文学上的伟大成就和特点。

乔治·斯坦纳一开始就表达了自己对莎士比亚由衷的赞美：“我们辛苦找来向他致敬的语词，他都用过。我们找来新的赞语，找到的却是他的回声。莎士比亚对我们话语精髓的掌控，无与伦比。他塑造

[1] 梁实秋：《梁实秋文集》，第 3 卷，鹭江出版社，2002 年，第 124—125 页。
[2] 安东尼·伯吉斯：《莎士比亚》，刘国云译，广西师范大学出版社，2015 年，第 88 页。

的生命形态，道出了我们的心声。……莎士比亚是我们的共同家园。他代表我们看得真切、多端；他在广阔的人生经验王国中，拨响心声；他为所见与所感找到了权威表述——他的语词不只是真实的一面镜子，而且成为语言永不枯竭的源泉——我们在情感的每个角落都能碰到他的声音。甚至连我们的哭笑都只有部分属于我们自己；我们总能在他留下哭笑的地方哭笑。”[1]在他看来，对莎士比亚进行质疑和否定是一件危险的事情，并用“熊熊烈焰”和“小小飞蛾”来比喻莎士比亚与质疑者之间的力量悬殊：“那些挑战莎士比亚的人，摆脱不了背叛的焦虑。”[2]他的赞美是热情而慷慨的，也是真诚和恰当的；他对莎士比亚的批评者的讽刺，有点刻薄，但也并不离谱。

除了对莎士比亚的绝对肯定、赞美和致敬，乔治·斯坦纳的莎士比亚研究和批评，还有两个方面的贡献：一个是揭示了莎士比亚的写作与中世纪文化的积极关系，一是深入考察了莎士比亚戏剧的语言问题。

乔治·斯坦纳敏锐地发现，莎士比亚的写作与中世纪并不是对抗和断裂的关系，而是继承和融汇的关系：“1580年到1640年间的英国，情感和智慧力量神奇地聚集。随着封建制度的衰落，新的商业社会和中央集权悄然兴起，但古老的中世纪情感模式、意象和比喻的习惯，以及解剖世界的深邃复杂的思想，仍然具有活力。……伊丽莎白时代戏剧的发达，很大程度上根源于中世纪大众价值观的存续；伊丽莎白时代舞台上将闹剧和严肃悲剧结合的特征，人为自然界里的暴风雨、荒原和流星等象征着人之命运，这些很大程度上也是受到中世纪价值观的影响。”[3]这就从文化渊源的角度，解释了莎士比亚剧作的传奇

---

[1] 乔治·斯坦纳：《语言与沉默：论语言、文学与非人道》，李小均译，上海人民出版社，2013年，第227页。

[2] 乔治·斯坦纳：《语言与沉默：论语言、文学与非人道》，李小均译，上海人民出版社，2013年，第229页。

[3] 乔治·斯坦纳：《语言与沉默：论语言、文学与非人道》，李小均译，上海人民出版社，2013年，第230页。

性和神秘感的来源。要知道，莎剧的魅力，与这些超自然的事象有着极为密切的关系。

在莎士比亚那里，写作的精神资源既来自自己的时代，也来自中世纪的文化，正像乔治·斯坦纳指出的那样："莎士比亚可以随意汲取中世纪和现代的养分，可以汲取传统的复杂织体和知识界的前进动力。他的手法和陈规都依赖于这两者的同时冲动。"[1]乔治·斯坦纳的这一论断，有助于纠正那些将莎士比亚与中世纪的意识形态简单对抗起来的观点——在中国，这种谬论甚嚣尘上，误人不浅。现在我们大可以模仿时髦的表达，来问他一句：没有中世纪，何来莎士比亚?

乔治·斯坦纳的另一贡献，是分析了莎士比亚戏剧写作的"语言条件"和风格特点。

在他看来，莎士比亚的语言，也得中世纪之勖助不少："英语的激进节奏、动词的力量和强烈的庄严，都传承于中世纪和创办英国第一家印刷所的卡克斯顿（William Caxton）。"[2]而莎士比亚的语言的活力和魅力，一个很重要的原因，就是那个时代的语言还未曾与具体的生活经验脱节，因而，"在莎士比亚的英语中，无论车轮修造工还是水手，士兵还是药剂师，法律办事员还是接生婆，他们所用的词汇都特别精确有力。每一个词都体现出了密切观察和体会到的现实"[3]。这样的语言条件，对莎士比亚的戏剧写作有着极大的影响，因为戏剧比其他文学样式更依赖这一条件。莎士比亚由此得以积累大量的鲜活而富有表现力的词汇，并将它们用之于对人物性格的生动描写中。莎士比亚的语言感觉和语言意识，也是第一流的。"使用每一个词时，

[1] 乔治·斯坦纳：《语言与沉默：论语言、文学与非人道》，李小均译，上海人民出版社，2013年，第231页。

[2] 乔治·斯坦纳：《语言与沉默：论语言、文学与非人道》，李小均译，上海人民出版社，2013年，第233页。

[3] 乔治·斯坦纳：《语言与沉默：论语言、文学与非人道》，李小均译，上海人民出版社，2013年，第235页。

莎士比亚不只是把词典中给出的定义和通用的用法的范围纳入控制的活动，他似乎还在每一个词语周围听到它所有的弦外之音、内涵和回声。其中的比喻将会非常微妙和敏锐，只有莎士比亚那最具音乐性的耳朵才能听到。只有对莎士比亚来说，每一个词语才是核心，周围都是复杂的能量场”[1]。

与此构成对照的是我们时代的语言与经验的严重分裂：我们吃面包，却不知道面包的由来与焙制过程；“我们相互交流；然而我们交流的方式是二手的、抽象的，并不能建构一个共同体。”[2]乔治·斯坦纳的语言分析，很有学术价值，但是，也很让人沮丧。因为，进入21世纪，语言与经验的分裂不仅没有弥合，反而更加严重。语言系统受到了消费主义文化和意识形态话语的双重污染，已经变得既轻浮、浅薄，又虚伪、僵硬。恢复语言与人的内心世界和外在的经验世界的自然而亲切的关系，无疑将是一个艰难而漫长的过程。在这样的情势下，莎士比亚的价值和意义，显得空前突出。莎士比亚永远不会过时。他将成为我们进行反思的重要参照和稳定坐标，就像乔治·斯坦纳所说的那样：“不同的时代对莎士比亚有不同的看法，每个时代都会从莎士比亚成就的罗盘中选取最切合时代心性的东西。”[3]

在乔治·斯坦纳之后，到了1994年，随着《西方正典——伟大作家和不朽作品》的出版，哈罗德·布鲁姆的莎士比亚研究和批评，产生了很大的影响，而他也就成为美国莎学研究的一个重要学者。

哈罗德·布鲁姆仿佛站在“纯文学”的城堡上守护“正典”的“黄昏清兵卫”。在古典文化和古典文学日渐寥落之际，他的使命意识颇

---

[1] 乔治·斯坦纳：《语言与沉默：论语言、文学与非人道》，李小均译，上海人民出版社，2013年，第237页。

[2] 乔治·斯坦纳：《语言与沉默：论语言、文学与非人道》，李小均译，上海人民出版社，2013年，第235页。

[3] 乔治·斯坦纳：《语言与沉默：论语言、文学与非人道》，李小均译，上海人民出版社，2013年，第240页。

有几分悲壮的色彩："作为一种普遍的世情，文化过时现象在美国尤为突出。我们是西方传统的最后继承者。"[1]

哈罗德·布鲁姆将莎士比亚当作"西方传统"的麦加和耶路撒冷。他对莎士比亚态度非常虔诚，评价也非常高。他在自己的类乎文学史的著作中，将莎士比亚摆放到遴选出的二十六位作家甚至是整个欧洲作家的最高位置，奉之为"贵族时代的第一人"与"西方经典的核心人物"。

哈罗德·布鲁姆在赞美莎士比亚的时候，是不吝赞词的："莎士比亚就是文学经典。他设立了文学的标准和限度。"[2]他从莎士比亚的作品里，感受到了一种类似精神故乡的感觉："作为迄今为止最伟大的一位文学巨匠，莎士比亚却经常给我们相反的印象：他让我们不论在外地还是在异国都有回乡之感。他的感化和浸染能力无人可比，这对世界上的表演和批评构成了一种永久的挑战。"[3]

哈罗德·布鲁姆自己虽然是拒绝教化的傲慢的唯美主义者，但也承认莎士比亚"创造了我们"："无论怎样，我们不能抛弃莎士比亚，或抛弃以他为中心的经典。我们常常忘记的是莎士比亚在很大程度上创造了我们，如果再加上经典的其他部分，那就是莎氏与经典一起塑造了我们。"[4]此处的表达虽然给人一种抒情的诗意感，但他的情感态度，倒也不显虚假；他也许就是要用这种极而言之的话语，来抒发自己对莎士比亚的热爱之情。

然而，哈罗德·布鲁姆对莎士比亚的解读和评价是狭隘的。他强调文学作为"高雅艺术"的"内在性"。文学研究和文学批评必须服从这种"内在性"的要求："从传统内部着手绝非意识形态之举或让

---

[1] 哈罗德·布鲁姆：《西方正典——伟大作家和不朽作品》，江宁康译，译林出版社，2005年，第23页。

[2] 哈罗德·布鲁姆：《西方正典——伟大作家和不朽作品》，江宁康译，译林出版社，2005年，第36页。

[3] 哈罗德·布鲁姆：《西方正典——伟大作家和不朽作品》，江宁康译，译林出版社，2005年，第2页。

[4] 哈罗德·布鲁姆：《西方正典——伟大作家和不朽作品》，江宁康译，译林出版社，2005年，第28—29页。

传统为任何社会目的服务，即使这目的在道德上令人赞赏。只有审美的力量才能透入经典，而这力量主要是一种混合力：娴熟的形象语言、原创性、认知能力、知识以及丰富的词汇。”[1]他就将莎士比亚当作这样一个纯粹的、可以让审美的力量透入的审美现象。同时，他通过跨越时空的“统一战线”手段，将莎士比亚拉入自己的阵营，让莎士比亚跟自己一道抵抗“憎恨学派”的反扑和进攻：“我确信莎士比亚的卓越会是憎恨学派最终无法逾越的巨石。”[2]他否定莎士比亚的社会意义和教育功能：“文学研究无论怎样进行也拯救不了任何人，也改善不了任何社会。莎士比亚不会使我们变好或变坏，但他可以教导我们如何在自省时听到自我。接着，他也许会教我们如何接受自我及他人的内在变化，也许包括变化的最终形式。”[3]

这段话的认知是混乱的，语气是横恣的，判断是任性的。文学研究是否能改善社会，这不是一个简单的问题。它不能以立竿见影的方式直接改善社会，但是却有助于改变那些能够改善社会的人们的意识世界，所以，它在某种程度上，也确实在以自己的方式“改善社会”。阿诺德认为作家应该像古典作家学习，原因是，“当他深入伟大的经典著作的精神之中，他渐渐地意识到它们深刻的意义、高尚的质朴和深沉的悲怆时，他将会相信，古典诗人所孜孜以求的正是这种道德的效果，道德效果的统一性和深刻性；正是这一点构成了他们作品的伟大，并使它们成为不朽”[4]。伟大的作家都将道德效果放在重要位置的，因为，他们相信文学可以对人们的道德意识和精神气质产生积极的影响。

《西方正典》的作者观察莎士比亚的孔道如此细小，就仿佛是用

[1] 哈罗德·布鲁姆:《西方正典——伟大作家和不朽作品》,江宁康译,译林出版社,2005年,第20页。
[2] 哈罗德·布鲁姆:《西方正典——伟大作家和不朽作品》,江宁康译,译林出版社,2005年,第18页。
[3] 哈罗德·布鲁姆:《西方正典——伟大作家和不朽作品》,江宁康译,译林出版社,2005年,第22页。
[4] 《十九世纪英国文论选》，吴苏敬等译，人民文学出版社，1986年，第194页。

显微镜来瞭望喜马拉雅山。这必然导致对莎士比亚的肢解和误解，也必然置自己于被动的境地。因为，莎士比亚实在太辽阔了，太深邃了，太丰富了；用“纯审美”的概念来概括他，就像要把一匹骏马赶进山羊的窝棚里，就像要把一只孔雀塞进鹦鹉的笼子里。

文学远比“纯审美”理论的倡导者所看到的，要丰富和复杂。事实上，就像别林斯基所批评的那样，“纯艺术究竟是什么东西，连它的拥护者都不是很了解。因此，这在他们那里无非是一种理想，而在实际上是不存在的。在实质上，这种纯艺术论不过是另一种坏的极端中的坏的极端而已，也就是说，从艺术是惩恶扬善的、是教训人的、冷漠的、枯燥的、僵死的转向另一极端，它的作品无非是命题作文的修辞练习罢了”[1]。

哈罗德·布鲁姆几乎是在论战的语境和氛围里，完成了自己将莎士比亚供上“正典”殿堂的仪式。他制造出了“憎恨学派”（School of Resenment）这样一个近乎污名化的概念，用以指代所有那些试图从政治、道德、宗教、女权主义等角度阐释莎士比亚的人。从托尔斯泰到所有非审美化的批评家和学者，全都被扣到了这顶大帽子的下面。这是一个接近学术上的“阶级敌人”的概念，也是一个极其粗暴的修辞行为和极其简单化的命名行为。对了，“敌人”和“阶级斗争”也是他特别喜欢动用的重量级“大词”。

哈罗德·布鲁姆极力把文学的个人性与社会性、审美性与有用性对立起来。他认为，“审美只是个人的而非社会的关切”[2]，而“莎士比亚位居经典核心的秘密部分地在于非功利性”[3]。在他看来，“莎氏评论已经完全背离了莎作的审美价值，并试图将他降低到英国文艺

[1] 别林斯基：《别林斯基选集》，第六卷，辛未艾译，上海译文出版社，2006年，第585—586页。
[2] 哈罗德·布鲁姆：《西方正典——伟大作家和不朽作品》，江宁康译，译林出版社，2005年，第12页。
[3] 哈罗德·布鲁姆：《西方正典——伟大作家和不朽作品》，江宁康译，译林出版社，2005年，第41页。

复兴时期的‘社会动力’层面上去”[1]。

哈罗德·布鲁姆说自己写作《西方正典》一书的部分目的，“就是要挑战左的和右的文化政治学，因为它们正在摧毁批评，也许随之还在摧毁文学本身”[2]。他认为，“审美与认知标准的最大敌人是那些对我们唠叨文学的政治和道德价值的所谓卫道者。……莎剧的功能与公共道德和社会正义几乎毫无关联”[3]。解剖他的这些与常识完全拧着来的理念，反驳他的与事实完全捍格不入的观点，不用特别大费周章，只要将他的《西方正典》，与他的本家阿兰·布鲁姆的经典之作《莎士比亚的政治》[4]对读，就可以解决问题了。

我们会心悦诚服地接受阿兰·布鲁姆的深刻判断：莎士比亚不仅是审美的，还是政治的；也就是说，一个完整的莎士比亚，意味着他有一个不可或缺的构成部分——政治的莎士比亚。

我们也会发现这样一个事实：伦理性与政治性的文学批评，与审美性的文学批评一样重要，而难度却一点儿也不比后者更低，价值也不比后者更小。

哈罗德·布鲁姆对所谓的“憎恨学派”的批评，充满了尖刻的讽刺甚至人身攻击。他随意揣度批评家的人格和动机。例如，托尔斯泰作为“憎恨学派”的头号“大右派”，就被他骂得很不堪。

在哈罗德·布鲁姆看来，托尔斯泰之所以批评莎士比亚，完全是因为嫉妒心在作祟：“显然，托尔斯泰《何为艺术？》之类的文章是一个灾难，并使人不禁要问一个严肃的问题：为什么这样一个大作家会如此错谬？……托尔斯泰对美学的反叛有一个次要原因就是创作上的嫉妒。托尔斯泰对莎士比亚与荷马共享的荣耀并不认可，并抱有一

[1] 哈罗德·布鲁姆:《西方正典——伟大作家和不朽作品》,江宁康译,译林出版社,2005年,第2页。
[2] 哈罗德·布鲁姆:《西方正典——伟大作家和不朽作品》,江宁康译,译林出版社,2005年,第45页。
[3] 哈罗德·布鲁姆:《西方正典——伟大作家和不朽作品》,江宁康译,译林出版社,2005年,第28页。
[4] 关于此书，我在本书第五章《莎士比亚戏剧的意义世界及其表现》中多有征引。

种特别的激愤；托尔斯泰认为只有自己的《战争与和平》够格与荷马比肩。”[1]

这样的赦事诛意、深文周纳的批评，简直令人惊骇。这哪像一个大学教授说的话？哈罗德·布鲁姆完全没有看到这样一点：无论托尔斯泰对莎士比亚的评价有多么偏颇，它都是一个涉及宗教信仰、文学理念和文化差异的复杂的理论问题，而不是什么琐碎无聊的“嫉妒心”的问题。

只有狮子才能激怒狮子，而被激怒的狮子也无须自惭形秽，更不用怀疑这样一个事实，那就是：自己也是一头真正的狮子。

总之，哈罗德·布鲁姆的莎士比亚研究和批评，虽然有助于我们从审美的角度，发现莎剧的价值，但是，他的学术视野，显然是狭窄的；他的研究方法，则是绝对化和一元论的，缺乏多元的包容精神，带有明显的文化霸权主义色彩，客观上不利于莎士比亚的多元化发展和多样化繁荣。

无论在东方，还是在西方，他的那种傲慢的、唯我独尊的学术态度，都是有害的，都是要不得的。

只有在不设栅栏的地方，才能训练出“所向无空阔，真堪托死生”[2]的千里马；同样，只有在多元和包容的学术环境里，才能真正产生繁荣的莎学研究。

六、理性与人性：梁实秋莎学研究的路向与意义

20世纪20年代末期至80年代末期，中国的文学理论和写作模式，主要有两个外来的路向选择和经验资源：一个是苏俄的文学路向和经

[1] 哈罗德·布鲁姆：《西方正典——伟大作家和不朽作品》，江宁康译，译林出版社，2005年，第42页。
[2] 浦起龙：《读杜心解》，下册，中华书局，1961年，第336页。

验，一个是英美的文学路向和经验。

伟大的俄罗斯文学传统，经过苏联的对抗和改造（外国的古典文学，也经过同样严格的意识形态化过滤[1]），已变成结构单一的苏维埃文学。它具有激进主义的倾向和很浓的意识形态色彩，强调文学的功利性和阶级性，遏抑作家的个性意识，否定普遍人性和世界意识，怀疑传统文化的价值，否定古典文学的经验，要求作家接受一种被严格规约的写作模式。

英美文学则具有明显的保守主义倾向。它继承了自文艺复兴以来的人文主义精神，肯定普遍人性，珍惜传统或持久事物（things that last）的价值，对古典文学充满敬意，尊重作家的个性自由和文学的独立地位，鼓励作家按照符合自己个性的方式进行写作。

由于外在的社会性原因，苏俄文学显然占了上风，自 20 世纪 30 年代开始，渐成风气，逐渐拓展自己的边界；到了 40 年代初期，遂以绝对的优势，主宰了中国现当代文学的发展路向。这种“新文学运动”，打倒了中国固有的文学标准，又不曾建设“新标准”；他们有两个特点，一个是“流于颓废主义”，一个是“假理想主义”：“真理想主义与

[1] 苏联的文化界领导人卢那察尔斯基公开宣称：“任务是明确的，在我们的文明社会中要用一切年轻的、新鲜的和健康的东西来创造崇高的社会主义艺术，来复活莎士比亚、席勒和许多其他的以往的巨人，以便把伟大的艺术和未来的主人——人民联系在一起。”［张泗洋、徐斌、张晓阳：《莎士比亚引论》（下），中国戏剧出版社，1989 年，第 512—513 页］所谓“复活”，显然是一种极其傲慢的表达，似乎莎士比亚们“已经死了”，需要别人来将他起死回生；由此可以看出他们对伟大的古典文学的排斥态度，也分明显示着两种文学路向和精神谱系的紧张关系。他在论及普希金的时候说：“僵死的、贵族的东西将从他身上扫除掉，变成历史研究的对象，但是有生命的东西将得到发扬。普希金宝库里留存的每颗种子，会在每个公民的生活中长出一朵社会主义的玫瑰或者一串社会主义的葡萄。”（卢那察尔斯基：《论文学》，蒋路译，人民文学出版社，1978 年，第 158 页）他似乎完全忽略了这样一个问题：假如将“贵族的东西”都扫除掉，那么，普希金身上还能剩下什么有价值的东西？一旦斩断了根系，玫瑰将不再开花，葡萄藤上也将结不出任何果实。他还在评论陀思妥耶夫斯基的时候说：“我们绝不可以向陀思妥耶夫斯基学习。不可以同情他的心境，不刻意模仿他的风格。谁要这样做，即是说，谁要向陀思妥耶夫斯基学习，他就不能成为建设事业的助手，他就是落后的、腐朽的社会阶层的表现者。”（同前，第 220 页）

假理想主义的分别，就是柏拉图与卢梭的分别。现代中国的总趋势是推崇情感，在质一方面的弊病是趋于颓废。间有一二作家，是趋于假理想主义。”[1]

梁实秋属于英美文学传统在中国的继承者和宣传者，也是这一类学者和批评家中成就最高和影响最大的一位。他在《现代文学论》中说：“我们现在惟一的出路便是参考西洋文学了。”[2]又说：“欲救中国文学之弊，最好是采用西洋的健全的理论，而其最健全的中心思想，可以‘人本主义’一名词来包括。”[3]他所说的“西洋文学”和“健全的理论”，很大程度上，就是英国和莎士比亚的文学经验。

在长篇论文《现代文学论》中，梁实秋反对鲁迅等人只介绍“北欧的小说”和“日本的小说”，因为，这“很容易令人以为要写好小说必须读东欧及日本作品，并且不可读西欧、南欧及美国的作品”；他进一步陈述自己反对的理由，“据我看，如要读外国小说，英国的小说也是不可忽略的一部。俄国、法国小说，翻成中文的不少，但真正好的英国小说翻译的并不多。我觉得英国维多利亚时代的小说依然有给我们现在的小说家作参考的价值。英国文学的特性之一，是它的道德的严重性。这是在法俄小说中比较不常发现的一点。似乎惟有这道德的严重性才能把我们现代小说从纤巧肤浅中挽救出来罢？”[4]其实，在他的文学意识中，莎士比亚的文学经验，才具有更加重要的价值，对中国现代文学的健康发展也有着更大的意义。

作为莎士比亚全部作品的翻译者和莎士比亚研究的专家，梁实秋接受了莎士比亚作品所包含的文学理念和文学价值观。他的文学精神的根须，深深地扎在莎士比亚的厚土上；他的文学篮子里的思想果实，

---

[1] 梁实秋：《梁实秋文集》，第1卷，鹭江出版社，2002年，第43页。
[2] 梁实秋：《梁实秋文集》，第1卷，鹭江出版社，2002年，第398页。
[3] 梁实秋：《梁实秋文集》，第1卷，鹭江出版社，2002年，第399页。
[4] 梁实秋：《梁实秋文集》，第1卷，鹭江出版社，2002年，第417页。

也多是从莎士比亚这棵大树上采撷下来的。就文学而言，他实在可说是莎士比亚的精神之子。

梁实秋的莎士比亚研究和评论，体现出一种严肃的学术态度和独立的学术立场，不激不矫，不卑不亢，不随顺于时风，不屈服于潮流，正如莎学专家李伟昉教授所评价的那样："他对莎士比亚的伟大给予充分认知，却又毫不讳言他的瑕疵。他不极端，不偏激，没有让学术研究迁就于现实政治的直接需要，力求客观全面，表现出了可贵的求真务实的精神。"[1]他的莎学研究具有多元整合的包容性与创造性，器局阔大，视野开阔，"既注重文本，又不惟文本；既注重道德内涵，又反对道德说教；既能主动汲取西方文学批评精华，又能清醒守护本土文论传统血脉，表现出了相当稳健的态度和一种成熟的均衡感。梁实秋对和谐平衡理念的追求，对于中国文学批评界来说尤具借鉴价值和启迪意义"[2]。梁实秋的文化心态理性而开放，中西兼收，古今并取，转益多师，终成正果，确实是极为难得的。

梁实秋的莎学研究和莎剧批评，具有科学的求真精神，绝无骑墙居中、模棱两可、一味说好的平庸习气，敢于提出尖锐的质疑甚至否定的意见，多有直言无隐的指瑕和直中肯綮的断制。例如，他批评《辛白林》"在人物描写上未能充分深入"[3]；批评《哈姆莱特》"伟大，但亦不无缺失"[4]，并细数其具体的错误；他批评《泰特斯·安德洛尼克斯》"紧张刺激，但不深刻"[5]；他批评《温莎的风流娘儿们》"情节近乎闹剧，人物方面亦无突出的描写"[6]；他批评《罗密欧与朱丽叶》

[1] 李伟昉：《梁实秋莎评研究》，商务印书馆，2011年，第246页。
[2] 李伟昉：《梁实秋莎评研究》，商务印书馆，2011年，第247页。
[3] 梁实秋：《永恒的剧场——莎士比亚》，时报文化出版事业有限公司，1983年，第234页。
[4] 梁实秋：《永恒的剧场——莎士比亚》，时报文化出版事业有限公司，1983年，第211页。
[5] 梁实秋：《永恒的剧场——莎士比亚》，时报文化出版事业有限公司，1983年，第187页。
[6] 梁实秋：《永恒的剧场——莎士比亚》，时报文化出版事业有限公司，1983年，第80页。

“全剧虽然火炽，却缺乏深度”[1]。总之，就精神风标和学术造诣来看，梁实秋的莎学研究和文学批评，确乎风格遒上，自成一家，相提而论，那些奉一家之“教条”若上帝之“天条”的“跟跟派”学者，便瞠乎其后，绝难与之比并。

理性意识与人性意识的匮乏，是20世纪中国文学，尤其是20世纪40年代以来的中国文学最为严重的问题。理性意识的匮乏，使人丧失客观的认知能力和公正的评价能力，使人的思想和行为皆趋于褊狭和极端，导致极端主观主义叙事和极端虚浮的抒情化写作的泛滥。人性意识的匮乏，则使人的心灵变得粗糙和冷硬，造成了对人性的无知和写作上的反人性化倾向。

然而，理性问题和人性问题，却是梁实秋的文学研究和文学批评特别关注和反复探讨的两个问题。在梁实秋看来，理性意识的成熟和人格的健全，对任何一个试图成为优秀作家的人来讲，都是特别重要的主体素质。他在《书评两种》中说：“最伟大的作家几乎没有是变态的，都是身心平均发展，无论其如何的感情特别丰富，想象特别发达，总不失其心理上的平衡。大诗人总不是疯子，好作品绝不是梦幻。”[2]理性的文学批评家，也就不能从二流甚至二流以下的变态作家那里，寻求文学批评的标准，而应该到伟大的、正常的作家那里，寻求可靠的标准和尺度：“批评之任务在确定作品之价值，而价值之确定，又有赖乎常态标准之认识。……是故精神分析并不发生批评的价值，而严格的从事批评者，亦不得以精神分析为正当之根据。”[3]今天来看，他的理性主义文学路向和人性化的文学理念，不仅具有先见之明，还有救弊之效。

在研究莎士比亚的过程中，梁实秋发现，无论莎士比亚的创作风

[1] 梁实秋：《永恒的剧场——莎士比亚》，时报文化出版事业有限公司，1983年，第192页。
[2] 梁实秋：《梁实秋文集》，第1卷，鹭江出版社，2002年，第205页。
[3] 梁实秋：《梁实秋文集》，第1卷，鹭江出版社，2002年，第207页。

格多么异彩纷呈，在他的叙事世界里，理性主义始终是不变的底色和路向。关于人性和人的情感，关于政治和道德等等问题，莎士比亚的态度和认识，从不偏执，走向极端，总是表现出理性的意识和平正的态度，总是将和解与和谐当作最后的指归和最高的目标。他所选择的“中庸之道”，使他在写作的时候，能因循理性意识所指示的路向，始终能维持和谐而稳实的状态，正像梁实秋在《莎士比亚的思想》中所指出的那样：“我们看出莎氏的思想是走的一个中间路线，一个实际可行的路线，很稳当。”[1]成熟的理性意识，使人按照适度的原则进行写作，并最终趋向和谐之境。在解析莎士比亚的具体作品的时候，梁实秋注意到了莎士比亚对“和谐”精神的表现。例如，披读《暴风雨》，他发现，此剧“像其他最后时期的作品一样，不能不体会到其中有一种‘和解’的意味，好像是一个老年人阅世已深，无复轻浮凌厉之气，乃复归于冲淡平和之境”[2]。总之，就理性精神而言，莎士比亚无疑属于那种能给作家和批评家提供可靠经验的伟大作家。

梁实秋自己的文学观念和文学路向，就属于莎士比亚的文学谱系，属于遵循中庸之道的理性主义。这种基源于莎士比亚的文学精神和文学传统，长期被误解，被遮蔽，因而造成了很多人对它的误解，留下了极为消极的“刻板印象”。对长期迷失路向的当代文学来说，这种从莎士比亚那里开掘出来的文学理念，深蕴着“垂方法，立津梁”的意义，所以，很有必要把话语的边界，往外拓展一下，对梁实秋的理性主义和普遍人性论的文学思想，稍微细致地加以梳理和考察。

像所有那些成熟的理性主义者一样，梁实秋的文学意识也是包容性和开放性的，并不排斥和否定人的情感。在他的理解中，情与理是相互依存的关系，“浪漫”与“古典”是一种兼容关系，是两种可以

---

[1] 梁实秋：《梁实秋文集》，第1卷，鹭江出版社，2002年，第665页。
[2] 梁实秋：《永恒的剧场——莎士比亚》，时报文化出版事业有限公司，1983年，第73—74页。

并存甚至互相依存的文学品质和写作风格，正像他在《文艺批评论》中所说的那样："'古典的'与'浪漫的'两个名词不过是标明文学里最根本的两种质地。这两种不同的质地可以在同一时代、同一国土、同一作家甚至同一作品里同时存在。"[1] 按照他在《文学的纪律》中的说法，"有时在一国的文学里，在一时代的文学里，甚至在一个人的文学里，都可以看出一方面是开扩的情感的主观的力量，一方面是集中的理性的客观的力量，互相激荡。纯正的古典观察点，是要在二者之间体会得一个中庸之道"[2]。显然，他的理性不是僵硬与颟顸的，而是温和而冷静的；它不是要用理性压倒人的感性和感情，而是要让理性参与进来，帮助人的精神生活臻至一种平衡而和谐的状态。

也就是说，在梁实秋看来，在感性与理性之间，理性负有更大的责任，因为，"人性是很复杂的，……惟因其复杂，所以才有条理可说，情感想象都要向理性低首"，只有在理性标准规约之下创作出来的文学，"才是有永久价值的文学"[3]。就此而言，理性就是"纪律"的同义词，就像他在《文学与革命》中所说的那样："伟大的文学的力量，不在于表示出多少不羁的狂热，而在于把这不羁的狂热注纳在纪律的轨道里。"[4] 作为"最高的节制机关"，理性能将人的情感控制在合理的范围之内，以免它流于泛滥和狂悖："文学的力量，不在于开扩，而在于集中；不在于放纵，而在于节制。"[5] 节制的目的，恰像古典艺术所注重的，在于健康，而"健康是由于各个成分之合理的发展，不使任何成分呈畸形的现象，要做到这个地步，必须要有一个制裁的总枢纽，那便是理性"[6]。理性意味着准确的判断和可靠的方向，因而，

[1] 梁实秋：《梁实秋文集》，第1卷，鹭江出版社，2002年，第297—298页。
[2] 梁实秋：《梁实秋文集》，第1卷，鹭江出版社，2002年，第135页。
[3] 梁实秋：《梁实秋文集》，第1卷，鹭江出版社，2002年，第143页。
[4] 梁实秋：《梁实秋文集》，第1卷，鹭江出版社，2002年，第317页。
[5] 梁实秋：《梁实秋文集》，第1卷，鹭江出版社，2002年，第139页。
[6] 梁实秋：《梁实秋文集》，第1卷，鹭江出版社，2002年，第140页。

只有理性才能帮助人们实现最终的目标，取得平静而和谐的效果：“伟大的文学者所该致力的是怎样把情感放在理性的缰绳之下。文学的效用不在激发读者的热狂，而在引起读者的情绪之后，予以平和宁静的沉思的一种舒适的感觉。”[1]梁实秋站在尼采和许多现代主义作家的对立面，是那些浪漫而恣纵的艺术家们美学上的敌人——他更向往宁静的日神精神，而不是狂醉的酒神精神。

是的，梁实秋对那种放纵感性的唯情主义和浪漫主义，对那种美学上的消极的自由主义特别警惕。在他看来，中国文学素来就有非常消极的浪漫主义传统；而道家思想，则是“中国文学不健康的症结”，所带来的危害，远较其他形式的文学为甚，所以，当务之急，“不是攻打‘孔家店’，不是反对骈四俪六，而是严正的批评老庄思想，要使这种思想不要全盘占据了中国文学的领域。我并不主张‘打倒’那一派的文学思想，道家思想支配下的文学尽有极好的艺术品，我们不能一笔抹杀，但是这种文学应该屈居在一个次要的位置。……只是今后我们该转变一个方向了”[2]。而现代的浪漫主义，正是这种“道家”浪漫主义的变种。正像梁实秋在《现代中国文学之浪漫的趋势》中所分析的那样，“浪漫主义者的惟一的标准，即是‘无标准’。所以新文学运动，就全部看，是‘浪漫的混乱’。……浪漫主义者最反对者就是常态，他们在心血沸腾的时候，如醉如梦，凭着感情的力量，想象到九霄云外，理性完全失去了统驭的力量”[3]。

怀疑一切，否定一切，推翻一切，从头再来，这种极端的意识和行为，正是中国20世纪的浪漫主义者常有的非理性冲动。他们将自我无限放大，认为自己无所不能，无往不胜，标新立异，羞与人同，专意要干出古今罕觏的大事：“……浪漫主义者专要寻出个人不同处，

[1] 梁实秋：《梁实秋文集》，第1卷，鹭江出版社，2002年，第141页。
[2] 梁实秋：《梁实秋文集》，第1卷，鹭江出版社，2002年，第398页。
[3] 梁实秋：《梁实秋文集》，第1卷，鹭江出版社，2002年，第41—42页。

势必将自己的怪僻的变态极力扩展，以为光荣，实则脱离了人性的中心。‘独创’做到这种地步，实在是极不‘自然’的。”[1]梁实秋的这些洞见和判断，是极有预见性的。对20世纪的中国文学来讲，甚嚣尘上且为害甚烈的，不正是这种藐视一切的“浪漫主义”吗？这是一种毫无理性和事实感的文学意识和写作方式，无论对人的理解还是对生活的想象，它都表现出一种谵妄症式的偏激和狂热——习惯于以极端夸张的方式来抒情，以歪曲和虚假的方式来叙事。现实中处处都是满目疮痍、饿殍遍野的惨象，然而，在这些狂热的浪漫主义者的笔下，却依然是流水潺潺，莲荷田田，物阜民康，四海晏然，一派莺歌燕舞的升平景象。总之，在这种非理性的浪漫主义语境中，梁实秋这种“求常态，求和谐”的理性主义主张，虽然“显得有些不合时宜”[2]，但随着时间的推移和语境的转换，其意义和价值，也更加清晰地彰显了出来。

如果说，极端的浪漫主义者，大都是傲慢的蔑弃传统的未来主义者，那么，成熟的理性主义者，则大都是谦逊的尊重传统的古典主义者。梁实秋就属于尊重传统的古典主义者。古典主义追求一种庄严的美，一种具有永恒性质的理想之美，强调通过“创造的想象”，建构一种含着“普遍之真理”的美。有必要指出的是，他的这种古典主义和理性主义，不仅与唯美主义和形式主义无涉，而且必然是美学领域的道德主义，必然要强调美与伦理道德的密切关系，正像约翰逊博士所说的那样：“……人只要用理性来思考，必然会思考道德问题。”[3]

梁实秋在《文学与道德》《文学的美》等文章中，就反复强调文学与人生的密切关系，强调美与善的融合，美对善的依赖：善居于首要地位，而“美在文学里面只占一个次要的地位”，“如果以真善美

[1] 梁实秋：《梁实秋文集》，第1卷，鹭江出版社，2002年，第50页。

[2] 李伟昉：《梁实秋莎评研究》，商务印书馆，2011年，第150页。

[3] 杨周翰编选：《莎士比亚评论汇编》（上），中国社会科学出版社，1979年，第47页。

为艺术的最高境界，文学最当注重善”；文学“所表现出来的是什么东西，比表现得好不好，是一个更重要的问题”。所以，他在《文学的纪律》中反复强调作家态度上的“严重性”（即“严肃性”）：“在艺术里，态度是紧要的”，无论作家还是读者，“其态度必须是严重的”[1]。一切伟大的作家，都是在写作中有着严肃的道德态度和道德目的的作家，而他们的作品里，也表现着深刻的道德意义：“人生是有道德的，是有道德意味的，所以文学若不离人生，便不离道德，便有道德的价值。不道德的事可以做文学的题材，例如希腊悲剧的母子媾婚、子杀父等等的丑恶事实，但是文学家运用事实的态度是总有道德意味的。试看西洋最伟大的文学杰作，如荷马之《史诗》、歌德之《浮士德》、但丁之《神曲》、莎士比亚之悲剧、斯宾塞之《仙后》、弥尔顿之《失乐园》，哪一部不是有道德的意义？文学家如其诚恳的观察人生，必定是以哲学的态度观察人生，必定是有道德的想象。”[2]

文学作为一种审美化的道德力量，主要作用于读者的人格，而不满足当下的直接的政治需要，所以，他在《文学与革命》中说：“文学家不接受任谁的命令，除了他自己的内心的命令；文学家没有任何使命，除了他自己内心对于真善美的要求使命。”[3]在《现代文学论》中，梁实秋进一步说明，文学其实有自己特殊的使命，这使命就是通过文学来影响读者的“性格”和“态度”：“文学不能救国，更不能御侮，惟健全的文学能陶冶健全的性格，使人养成正视生活之态度，使人对人间得同情谅解之关系。文学之任务，如是而已。”[4]然而，风势极盛的“普罗文学”则反乎此，汲汲焉以政治宣传为务；他与这一派文学的冲突，实由此而起也。

---

[1] 梁实秋：《梁实秋文集》，第1卷，鹭江出版社，2002年，第135页。
[2] 梁实秋：《梁实秋文集》，第1卷，鹭江出版社，2002年，第300页。
[3] 梁实秋：《梁实秋文集》，第1卷，鹭江出版社，2002年，第313页。
[4] 梁实秋：《梁实秋文集》，第1卷，鹭江出版社，2002年，第401页。

虽然反复强调理性与道德，强调和谐与中庸之道，但是，梁实秋并不是那种接受一切固有秩序的驯顺之徒，而是一个具有强烈的自由意识和自由激情的人。也就是说，对他来讲，“中庸”并不等于“平庸”，更不是“奴性”和“服从”的同义词，而不过是对待生活的一种哲学态度和文学态度而已。他强调文艺的独立性，反对文学服从于外在的力量，将自己降低为“宣传”的手段和“斗争”的工具。对古典主义的文化价值的追求，必以捍卫作家的人格独立和个性自由为前提，以反对一切形式的对个性的压抑为前提，以反对限制个人自由的外部力量和“思想统一”为前提。1934 年，他在《论思想统一》中，尖锐地表达了自己对压迫性的异化力量的不满：“近年来在一般的宣言、演说、报章里，时常的看见‘思想统一’的字样，好像要求中国的统一必须先要思想统一的样子，这实在是我们所大惑不解的一件事。思想这件东西，我以为是不能统一的，也是不必统一的。”[1] 思想自由和人格独立，是古典主义的贵族精神的灵魂。在梁实秋的意识中，思想自由是不可能被剥夺的，也是无法扑灭的，而且会在逆境中愈益显出自己的力量：“别种自由可以被恶势力所剥夺净尽，惟有思想自由是永远光芒万丈的。一个暴君可以用武力和金钱使得有思想的人不能发表他的思想，封书铺，封报馆，检查信件，甚而至于加以‘反动’的罪名，枪毙，杀头，夷九族！但是他的思想本身是无法可以扑灭的，并且愈遭阻碍将来流传的愈快愈远。……天下就没有固定的绝对的真理。真理不像许多国的政府似的，可以被一人一家一族所把持霸占。”[2] 他致力于将作家的理性升华为亢直不挠的个性，赖此个性，他便足以在任何浪潮的冲击下独立不迁：“伟大的文学家永远立在时代的前面，就是在革命的时期中，他的眼光也是清晰的、向上的。只有较小的作

[1] 梁实秋：《梁实秋文集》，第 6 卷，鹭江出版社，2002 年，第 429 页。
[2] 梁实秋：《梁实秋文集》，第 6 卷，鹭江出版社，2002 年，第 429—430 页。

家处在革命的时代便被狂热的潮流挟以俱去，不能自持。”[1]如此高亢的反对体制的声音，如此猛烈的批判社会的锋芒，视那些自许为“战士”者，亦不遑稍让。所谓“乏走狗”云云，实在是不合实情的误判，是大水冲了龙王庙式的冲突。

当然，梁实秋也认为文学有自身的特点和独立性，应该以诗性的方式实现自己的道德目的，所以，他反对将文学降低为粗俗的宣传工具和手段。他在研究莎士比亚剧作的时候，也很注意考察他在文学技巧方面的经验。例如，他在研究《罗密欧与朱丽叶》的时候，就发现这是一部“新型的戏剧”，因为莎士比亚“摆脱了说教的态度，以抒情的手法处理了这一段纯粹的爱情的故事”[2]。

“普遍人性”是梁实秋文学价值体系中的另一个具有核心意义的概念，而“人性论文艺思想”则是他对中国现代文论重要的理论贡献。在《莎士比亚之伟大》中，他清清楚楚地概括道：“莎士比亚作品是表现基本的、普遍的人性。……莎士比亚的作品是具有永久性的。”[3]他又在《文学的永久性》中，如此要言不烦地阐释了文学上的“普遍人性”理念：“人性是不变的，情感是没有新旧的，文学是有永久性的，这是铁一般的事实。”[4]像他的理性主义理念一样，他关于文学的“人性论”思想，也来自莎士比亚的伟大的文学经验。例如，他就从《李尔王》里，看到了普遍人性：“这戏的题材伟大，写的是古今中外无人不密切感觉的父母与子女的关系。这人伦关系最足动人，所谓孝道与忤逆原是平凡而又普遍的事。”[5]

对普遍人性的表现，是莎士比亚戏剧最为伟大的地方，是它之所

[1] 梁实秋：《梁实秋文集》，第1卷，鹭江出版社，2002年，第317页。
[2] 梁实秋：《永恒的剧场——莎士比亚》，时报文化出版事业有限公司，1983年，第192页。
[3] 梁实秋：《梁实秋文集》，第8卷，鹭江出版社，2002年，第660页。
[4] 梁实秋：《梁实秋文集》，第1卷，鹭江出版社，2002年，第454页。
[5] 梁实秋：《永恒的剧场——莎士比亚》，时报文化出版事业有限公司，1983年，第217页。

以不朽的原因之一。1944年4月，朱生豪在《〈莎士比亚戏剧全集〉译者自序》中说："于世界文学史中，足以笼罩一世，凌越千古，卓然为词坛之宗匠，诗人之冠冕者，其唯希腊之荷马，意大利之但丁，英之莎士比亚，德之歌德乎。此四子者，各于其不同之时代及环境中，发为不朽之歌声。然荷马史诗中之英雄，既与吾人之现实生活相去过远；但丁之天堂地狱，复与近代思想诸多抵牾，歌德去吾人较近，彼实为近代精神之卓越的代表。然以超脱时空限制一点而论，则莎士比亚之成就，实远在三子之上。盖莎翁笔下之人物，虽多为古代之贵族阶级，然彼所发掘者，实为古今中外贵贱贫富人人所同具之人性。故虽经三百余年以后，不仅其书为全世界文学之士所耽读，其剧本且在各国舞台与银幕历久搬演而弗衰，盖由其作品中具有永久性与普遍性，故能深入人心如此耳。"[1] 他通过对四位伟大的欧洲作家的比较，深刻地揭示了莎士比亚之所以更加伟大、之所以历久而弗衰、之所以更受全世界读者喜爱的根本原因——对"古今中外贵贱贫富人人所同具之人性"的表现。

像朱生豪一样，梁实秋也注意到了莎士比亚戏剧对普遍人性的表现。而他之所以能将自己对莎士比亚作品的散乱印象，升华为成体系的理论，却实实在在是得了约翰逊博士之助。也就是说，他的经验资源来自莎士比亚，而理论启示则来自约翰逊博士的著名的《〈莎士比亚戏剧集〉序言》。

在这篇业已成为文学批评史上重要经典的序言里，约翰逊博士揭示了莎士比亚的戏剧作品之所以广受欢迎和历久不衰的一个重要原因："除了给具有普遍性的事物以正确的表现之外，没有任何东西能够被许多人喜爱，并且长期受人喜爱。特殊的风俗习惯是少数人所熟

[1] 吴洁敏、朱宏达：《朱生豪传》，上海外语教育出版社，1990年，第263页。

悉的，因此只有少数人才能够判断它们模仿的逼真程度。”[1]他说，莎士比亚剧作中的角色，“行动和说话都是受了那些具有普遍性的感情和原则影响的结果，这些感情和原则能够震动各式各样人们的心灵，并且使生活的整个有机体继续不停地运动。在其他诗人的作品里，一个人物往往不过是一个个人；在莎士比亚的作品里，他通常代表一个类型”[2]。约翰逊博士深刻地揭示了一切伟大文学不朽的秘密。对任何一部伟大作品来讲，通过完美的方式表达普遍的人性、普遍的情感和普遍的思想，都是它的魅力和生命力的根本原因。莎士比亚及其作品之所以不朽，其原因在此；司马迁、杜甫、汤显祖和曹雪芹之所以不朽，其原因亦在此。

在梁实秋的理解中，“普遍人性”常常会遭受来自两个方面的威胁：一个是“个性”，一个是“阶级性”。他所说的个性，是一种异常的个性，特指与古典主义相对应的、浪漫主义语境下的畸形的个性：“古典艺术的对象是普遍的，浪漫艺术的对象是个人的。所谓‘普遍的’，即是常态的、中心的；所谓‘个人的’，即是例外的、怪异的，所以说个性与普遍性是两件背道而驰的东西。”[3]这种极端放纵个性的艺术，就是马修·阿诺德所批评的“无政府状态”的艺术，就是“原始主义”的艺术。其根本特点，就是怪异、盲目和疯狂。其典型代表，就是卢梭：“卢梭是一个乱奔乱窜的疯子。他抬起一只脚，他自己不知道要往哪个方向去伸；他说出一句话，他自己也不知道和他的前后主张有没有冲突。”[4]卢梭的永恒不变的哲学，就是“打倒一切”。

文学上的“普遍人性”的另一个对抗因素，就是极力强调“阶级性”的“阶级论”。本来，文学的重心在于写具有普遍性的人性和人情，

[1] 杨周翰编选：《莎士比亚评论汇编》（上），中国社会科学出版社，1979 年，第 38 页。
[2] 杨周翰编选：《莎士比亚评论汇编》（上），中国社会科学出版社，1979 年，第 39 页。
[3] 梁实秋：《梁实秋文集》，第 1 卷，鹭江出版社，2002 年，第 168 页。
[4] 梁实秋：《梁实秋文集》，第 1 卷，鹭江出版社，2002 年，第 173 页。

这是一个最基本的文学律则和文学常识；文学的写作和欣赏，也并不因所谓阶级性，而被人为地割裂为两个难以沟通甚至尖锐对立的世界。正像梁实秋在《文学是有阶级性的吗？》中所说的那样，一个资本家和一个劳动者，“他们的人性并没有两样，他们都感到生老病死的无常，他们都有爱的要求，他们都有怜悯与恐怖的情绪，他们都有伦常的观念，他们都企求身心的愉快。文学就是表现这最基本的人性的艺术。无产阶级的生活的痛苦固然值得描写，但这苦痛如其真是深刻的（，）必定不是属于一阶级的。人生现象有许多方面都是超于阶级的”[1]。这实在是近乎常识的观点，可谓卑之无甚高论。然而，在20世纪的阶级论语境下，这种人性论的文学观念，便很不入时，甚至显示出很强的异端性。因为，那些强调阶级性的人，似乎都没有耐心梳理阶级性与人性之间的复杂关系，只是简单而粗暴地将二者对立起来，视之为一种不兼容的关系。

梁实秋熟悉莎士比亚的伟大经验，也接受约翰逊博士的文学理念，所以，根本无法接受那种否定普遍人性的极端观点。他在《关于莎士比亚》一文中，系统地反驳了那种将作家身份与阶级身份进行简单对应的观点：“把一个作家硬派到某一阶级，从而断定其为某一阶级的代言人，从而断定其作品必系忠于某一阶级，更从而断定其任务必为拥护某一阶级并且反对与某一阶级对抗之阶级，其实是很牵强的。”[2]例如，将莎士比亚硬派给资产阶级，就属于一种完全粗暴的文化行为。因为，莎士比亚并不曾用清晰而系统的理论语言，表达过自己的阶级立场和政治态度，所以，“凡是想从莎士比亚剧本中截取一鳞半爪便妄想构成一套莎士比亚的思想体系，我以为都是荒谬的企图”[3]。他为莎士比亚辩护，反对那些阶级论者随便曲解他的作品，仅仅根据作

[1] 梁实秋：《梁实秋文集》，第1卷，鹭江出版社，2002年，第322页。括号中的逗号为引者所加。
[2] 梁实秋：《梁实秋文集》，第8卷，鹭江出版社，2002年，第641页。
[3] 梁实秋：《梁实秋文集》，第8卷，鹭江出版社，2002年，第642页。

品中人物所说的几句话，就将莎士比亚定性为“资产阶级”或者“群众”的敌人，在他看来，是极其荒唐的，因为，莎士比亚戏剧中的人物，既有骂群众的，也有骂贵族和资产阶级的，根本无法据此判定莎士比亚的阶级立场和阶级态度。

任何一个真正意义上的作家，都要克服自己的主观性和包括“阶级偏见”在内的种种偏见，以便获得一种客观的真实效果和普遍的感染力。梁实秋在《作品与自传》中说：“莎士比亚作品的一个特殊处即是：在作品中他很少鲜明的流露他个人的意见。政治与宗教是当时争执最烈的两个问题，而莎士比亚没有在作品中做相当的反映。我们很难从作品中了解莎士比亚对这些问题的意见。莎士比亚是给社会人生竖起了一面镜子，他不是一个主观的、抒情的、自我中心的诗人。”[1]在《关于莎士比亚》中，他进一步从作家的一般的写作态度切入，说明了这样一个文学上的真理：一个伟大的作家，不仅是不带阶级偏见的，而且根本就是站在“超阶级”的立场上：“任何伟大作家，对于人间疾苦都不能没有深厚的同情，然而他们的胸襟是廓大的，他们的同情是超阶级的。”[2]反过来讲也成立，那就是，任何一个伟大作家，对任何一个阶级的罪孽和缺点，都会给以公正的揭露和批评。所以，梁实秋在《莎士比亚与劳动阶级》一文中说：“莎士比亚讥笑了劳动阶级，如他讥笑了其他阶级一样。任何阶级都有他的弱点，那弱点便都是可以成为文学家的讽刺的对象的。并且我还可以说，莎士比亚时代的观众，里面也杂有劳动阶级，而那时候的劳动阶级很喜欢看莎士比亚的戏，并不感觉到莎士比亚特别的和劳动阶级过不去。”[3]梁实秋不仅从逻辑上，而且用事实证明，那些对莎士比亚和他的作品进行简单化的“阶级论”批评，有多么荒谬和可笑。

[1] 梁实秋：《梁实秋文集》，第8卷，鹭江出版社，2002年，第616页。
[2] 梁实秋：《梁实秋文集》，第8卷，鹭江出版社，2002年，第645页。
[3] 梁实秋：《梁实秋文集》，第8卷，鹭江出版社，2002年，第648页。

事实上，所谓阶级论，本来只不过是人们根据经济状况来划分社会阶层的方法。所以，它只反映人们的经济状况和一定程度的政治态度，而与人们的德行上的善恶毫无关系，与人们的审美趣味和文学鉴赏力更是八竿子打不着，正像梁实秋在《文学与革命》中所说的那样："真正能鉴赏文学，也是一种稀有的幸福，这幸福不是某一阶级所得垄断，贫贱阶级与富贵阶级里都有少数的有文学品味的人，也都有一大半不能鉴赏文学的人。所以就文学作品与读者的关系上言，我们看不见阶级的界限。至于文学作品之产生，更与阶级观念无关。"[1]然而，粗暴而机械的阶级论者，却赋予了"阶级身份"以它本来不具备的性质和内涵。他们根据阶级来对人进行道德评价和人格定位——有产阶级一定是不道德的，人格一定是低下的；无产阶级则一定是道德的，人格一定是高尚的。这就不仅在事实上形成了阶级歧视，而且还导致某些"特选阶级"在心理上的自大、道德上的傲慢和行为上的放纵，导致那些受到歧视和污名化的阶级产生强烈的自卑感和负罪感。

如果更深入地分析，我们就会发现，人是一个极其复杂的精神现象。在人的身上，既有具体的特殊性，也有普遍的共同性；既有人性化的一面，也有动物性的一面；既有随着外部条件的变化而变化的东西，也有无论外部条件如何变化，它都永远不变的东西。例如，个性、性别、年龄、代际、职业、身份、阶级、种族、信仰等等，就属于特殊性的范畴，其中的年龄、阶级、身份、职业、信仰甚至性别，则属于可变的方面。与此不同，对爱情和友谊的渴望，对亲情的需要，对生命的留恋，对衰老的焦虑，对死亡的恐惧，对金钱的贪欲以及嫉妒心、虚荣心、攻击性、控制欲、权力欲、报复冲动等等，则属于人性中不变的方面。只不过，这些不变的人性，在不同的人身上，按照其特殊的个性所决定的情感方式和行为方式"表而出之"罢了。可变的人性

---

[1] 梁实秋：《梁实秋文集》，第1卷，鹭江出版社，2002年，第316页。

内容属于人性的外在结构，不变的人性内容属于人性的内在结构；与外在的、可变的人性相比，内在的、不变的人性无疑更稳定，更具永恒性，正像梁实秋在《人性与阶级性》中所说的那样："阶级性只是表面现象。文学的精髓是人性的描写。人性与阶级性可以同时并存的，但是我们要认清这轻重表里之别。"[1]

然而，在 20 世纪的很长的时期里，我们对于人和人性的认识，有的时候，完全是简单化的，甚至是完全错误和颠倒的。我们只承认外在的可变的方面，甚至只承认外在结构中的个别方面，例如"阶级性"；而对普遍的人性内容，则彻底否定，一概排斥。这也不奇怪。因为，就逻辑层面讲，特殊的阶级性与普遍的人性，确乎是一种矛盾的关系，也确乎有不同的效用：阶级论强调的是差异性，人性论强调的是共同性。阶级论导致排斥性和歧视性，甚至有助于培养一种基于特定阶级立场的爱憎分明的情感态度，从而有助于将人们组织起来介入规模巨大的行动和运动；而人性论，则将人们的意识引向更具包容性的人性视野，有助于人们理解人类的普遍状况，有助于深化人们对自我的人性的认识，有助于培养人对人的怜悯心和同情态度。

当我们把"阶级性"当作人的精神生活的全部内容，并将这种狭隘的理念引入文学创作和文学批评的时候，人与文学事实上就都被局限在一个狭小的精神空间里头了。不仅如此，这还必然导致对人性以及人与人之间关系的歪曲的理解。人被分成不同的社会群落，被贴上易于辨认的外在标签。按照这种简单化的政治化标签，文学创作将通过公式化的叙事，以批量化的规模，生产出一批又一批"脸谱化"的人物形象。他们像影子一样苍白和空洞，没有自己的个性，没有自己的欲望，甚至没有正常人都会有的苦恼和焦虑。他们没有思考的自由和能力，因而没有任何属于自己的思想。他们根本就是一群没有个性

[1] 梁实秋：《梁实秋文集》，第 1 卷，鹭江出版社，2002 年，第 489 页。

和尊严的、似人而非人的怪物。

一个灾难性的后果是，狭隘的“阶级论”一旦成了作家进行写作的基本理念，那么，叙事和描写的虚假，修辞上的失度，对人物的歧视，对生活的臆想，就在所难免；文学的荒芜和衰败，也同样在所难免。直至今日，我们的作家仍然陋于知人心，拙于知人性，在理解和描写人的精神世界方面，依然停留在很低的水平。难怪德国汉学家顾彬（Wolfgang Kubin），在题为《余华、莫言？他们根本不知道人是什么》的访谈中，会有如此尖锐的批评：“中国当代小说家，他们不会写人的内心，他们根本不知道人是什么。他们写的都是人的表象。”[1]他说得很对。大量的中国当代作家都属于这种“不知人为何物”的作家。

但是，究其缘由，这种“不知人为何物”的问题和病象，显然与几十年来否定人性的文学理念和写作模式，脱不了干系。无论从学校的文化教育中，还是从当代的文学经验中，这些著名的中国当代作家，都未能获得成熟的理性意识和爱的能力，未能养成理解人和尊重人的态度，未能学到观察人和描写人的方法。所以，他们虽然写了千百万字的作品，但却几乎写不出多少“常态的人性”。然而，狭隘而极端化的“阶级斗争”叙事，却有效地培养了他们的非理性冲动与仇恨的能力，给他们的内心灌注了对人的极端冷漠、对生活的无量的恶意。于是，他们放纵自己的非理性冲动，放纵自己的“消极浪漫主义”的想象，蔑视那些最基本的规范和纪律，在写作上缺乏最起码的逻辑感和事实感；它们写起残忍而病态的施暴来，写起恋物癖事象来，写起对女性的侮辱来，写起对狼的“怀念”和图腾崇拜来，津津有味，滔滔不绝，连篇累牍，不能自休。

梁实秋在《文学与革命》中说：“就文学论，我们划分文学的种类派别是根据了最根本的性质与倾向，外在的事实如革命运动复辟运

[1] 《中国当代作家根本不知道人是什么》，http://blog.sina.com.cn/s/blog_5d93465d0100ci2y.html。

动都不能借用做衡量文学的标准。并且伟大的文学乃是基于固定的普遍的人性，从人心深处流出来的情思才是好的文学，文学难得的是忠实，——忠于人性；至于与当时的时代潮流发生怎样的关系，是受时代的影响，还是影响到时代，是与革命理论相合，还是为传统思想所束缚，满不相干，对于文学的价值不发生关系。因为人性是测量文学的惟一的标准。”[1]

旨哉言乎！富哉言乎！莎士比亚的作品所包含的全部经验，都证明着梁实秋的这些判断的有效性。

《人生》之所以高于《艳阳天》,《白鹿原》之所以高于《创业史》,《巨流河》之所以高于《高玉宝》，究其原因，盖在于它们摆脱了狭隘的“阶级论”的拘囿，因而，显得更有人性，更有人情味，更有美感和道德诗意。

总之，站在21世纪的十字路口，回望20世纪中国文学的荒原，你的内心无法不生出悲哀的感觉——唉！唉！因为蔑视理性和人性，因为蔑视人本身，我们在生活和写作中付出的代价，实在太多太大了呀。

最后，让我们拿起莎士比亚的书，重温《皆大欢喜》中的一段对话：

公爵　你们可以看到不幸的不只是我们；这个广大的宇宙的舞台上，还有比我们所演出的更悲惨的场景呢。

杰奎斯　全世界是一个舞台，所有的男男女女不过是一些演员；他们都有下场的时候，也都有上场的时候。一个人的一生中扮演着好几个角色，他的表演可以分为七个时期。最初是婴孩，在保姆的怀中啼哭呕吐。然后是背着书包、满脸红光的学童，像蜗牛一样慢腾腾地拖着脚步，不情愿地呜咽着上学堂。然后是情人，像炉灶一样叹着气，写了一首悲哀的诗歌咏着他恋人的眉毛。然后是一个军人，满口发着古怪的誓，

[1] 梁实秋：《梁实秋文集》，第1卷，鹭江出版社，2002年，第312页。

> 胡须长得像豹子一样，爱惜着名誉，动不动就要打架，在炮口上寻求着泡沫一样的荣名。然后是法官，胖胖圆圆的肚子塞满了阉鸡，凛然的眼光，整洁的胡须，满嘴都是格言和老生常谈；他这样扮了他的一个角色。第六个时期变成了精瘦的趿着拖鞋的龙钟老叟，鼻子上架着眼镜，腰边悬着钱袋；他那年轻时候节省下来的长袜子套在他皱瘪的小腿上显得宽大异常；他那朗朗的男子的口音又变成了孩子似的尖声，像是吹着风笛和哨子。终结着这段古怪的多事的历史的最后一场，是孩提时代的再现，全然的遗忘，没有牙齿，没有眼睛，没有口味，没有一切。[1]

从这里，我们看见了什么？我们看见了人，看见了我们自己；看见了童年时代的婉娈可爱，看见了青春期的热情与活力；看见了中年人的凛然和矫饰，看见了老年人的悲哀和凄凉；看见了人生某一阶段的军人式的蛮勇，看见了人生某一阶段的法官式的做作。

最重要的是，我们看见了普遍而永恒的人性。无论你属于什么阶级，你的生命轨迹，全都刻画在这里；你的情感体验和人生况味，全都蕴蓄在这里："思想可以有进化，技术可以有进化，情感是没有进化的。……根据'情感无进化'的前提，我们可以说今不必即胜于古，古亦不必胜于今。情感无进化，亦无退化。"[2]

啊！生命，你仿佛季节的轮回，发芽，开花，生长，盛壮，枯萎，凋零；你仿佛随风而上下飘飞的羽毛，轻轻地从地面飞起，在空中愈飞愈高，然后，开始徐徐下降，直至悄无声息地回落地面。

谁能逃脱人生年轮这四季更替的过程？

---

[1] 莎士比亚：《莎士比亚全集》，朱生豪等译，第3卷，人民文学出版社，1978年，第139—140页。

[2] 梁实秋：《梁实秋文集》，第1卷，鹭江出版社，2002年，第452页。

谁能摆脱这像羽毛一样随风起止的命运？

莎士比亚忠于人性，公正地观察人性，客观地描写人性。

莎士比亚的世界，就是人的世界，就是人性的世界。

因而，它也是伟大的世界，是不朽的世界。

是的，人性，普遍和永恒的人性，乃是文学的生命之源、价值之源、力量之源。

没有人性，就不会有真正的文学。

没有普遍的人性，就不会有永恒的文学。

结论只能是这样。

是的，只能是这样。

第七章　伟大的共同性：人格、人生哲学与再度创作

本章将从人格、人生哲学和再度创作等角度，考察汤显祖与莎士比亚在主体精神和文学经验方面的共同性。

人格在作家的写作中起着决定性的作用。文学的精神品质和基本风貌，都决定于作家的人格。它不仅为作者提供写作的激情和动力，也影响着作家写作的方向感，影响着他们在处理复杂的善恶冲突时的道德意识和伦理选择。一个伟大的作家，必然是一个人格伟大的人。汤显祖和莎士比亚都属于人格伟大的作家。

规制宏大的文学作品，不可避免地表现着作家的生活态度和生活哲学。一个成熟的作家，不仅要给人们提供美学上的愉悦感，而且，还要努力从情感方式和生活态度上积极地影响读者。也就是说，他要为人们提供认识生活的可靠信息和深刻思想，提供有价值的生活理念和人生哲学。

汤显祖和莎士比亚的人生哲学，都包含着丰富的人生经验内容，都具有朴素而低调的性质，都具有自然主义的性质。他们试图帮助人们克服傲慢的倾向和贪婪的妄念，帮助人们克服对权力、金钱、名望和长寿的非理性的欲望。对消费主义时代的异化的价值观和生活观念来讲，他们的作品所宣达的人生哲学，无疑是一副有效的解毒剂。

汤显祖和莎士比亚都不是内心封闭的自我中心主义作家。这一点彰明昭著地表现在他们文学创作的取材上。他们能发现他者文本的价值，也乐意跟别人“合作”，喜欢与前辈作家和历史学家一起创作。他们喜欢根据已有的叙事资源进行创作。他们根本不怕别人责备自己投机取巧，不老老实实“深入生活”；也不怕人家说他们缺乏原创能力，不怕人家责备他们的写作是一种“寄生”性质的现象或“偷窃”性质

的抄袭。

我将他们的具有时代性和升华能力的写作方式，界定为“集体性共创”的写作。与那些面壁虚构和对生活进行歪曲化处理的写作比起来，这种模式的写作显然要更加高明，更能体现文学写作的开放的“共创”性。

一 、人格境界：他们都是真正伟大的人

文学是人格之树绽放的花朵，结出的果实。作家和诗人的美学气质是其人格风度的外化。《橘颂》诗云：“嗟尔幼志，有以异兮。独立不迁，岂不可喜兮。深固难徙，廓其无求兮。苏世独立，横而不流兮。闭心自慎，不终失过兮。秉德无私，参天地兮。”[1] 屈原的伟大诗作，不过是他“独立不迁”和“苏世独立”之人格的外化，是它所绽放的花朵而已，是它所结出的果实而已。

作品风格的文野与良窳，决定于作者的人格；文学的精神意义和内在价值的生成，也全都决定于作者的人格。伟大的人格意味着道德的高尚，情感的健康，对善恶的敏感，对一切美好事物的热爱；意味着可靠的方向和正义的精神；意味着正确的选择和高尚的行动。

人格潜在地规范着作者的写作，影响着他的趣味倾向和价值判断，使他按照与自己的人格相对应的方式进行写作。在王国维看来，即便是文学天才，也需要“济之以学问，帅之以德性，始能产生真正之大文学”。在王国维的语境中，德行与人格几乎是两个可以互换的概念，只是因为后者的意义更宽泛，覆盖面更广，所以常常被他用来阐释作家的主体修养。譬如，在《文学小言》中，他就将人格当作文学的根

[1] 屈原：《屈原选集》，人民文学出版社，1998 年，第 227 页。

本性的决定因素："三代以下之诗人，无过于屈子、渊明、子美、子瞻者。此四子若无文学之天才，其人格亦自足千古。故无高尚伟大之人格，而有高尚伟大文章者，殆未之有也。"[1]人格集中地体现着一个人在道德和伦理上所达到的境界。若无健全之人格，必无健全之文学；若无伟大之人格，必无伟大之文学。

歌德也许是古典作家中对人格问题最为重视，谈论最多的人。在他看来，人格决定性地影响着一个作家的风格；只有人格伟大的人，才会写出风格雄伟的作品："总的来说，一个作家的风格是他的内心生活的准确标志。所以一个人如果想写出明白的风格，他首先就要心里明白；如果想写出雄伟的风格，他也首先要有雄伟的人格。"[2]他对自己时代的某些学者和作家的人格状况很不满，并将人格的欠缺当作导致弊病的根源："一些个别的研究者和作者人格上的欠缺，是最近我们文学界一切弊病的根源。特别在批评方面，这种缺点对世界很有害，因为它不是混淆是非，就是用一种微不足道的真相去取消对我们更好的伟大事物。"[3]

歌德不点名地批评了当时很有名气的作家史雷格尔："凭他的卓越才能和渊博学识本来可以替民族做出很大的贡献。但是由于他没有人格，他没有在我国产生非凡的影响，也没有博得国人的崇敬。"[4]后来，他再次点名批评了史雷格尔，说他"毫不操心去探索一部剧本的作者替我们带来什么样的高尚心灵所应该有的美好生活和高度文化教养。但是一个有才华的人要出一切花招有什么用处，如果从一部剧本里我们看不到作者的可敬爱的伟大人格？只有显出这种伟大人格的作品才

---

[1] 王国维：《静庵文集》，辽宁教育出版社，1997年，第168页。
[2] 爱克曼辑录：《歌德谈话录》，朱光潜译，人民文学出版社，1978年，第39页。
[3] 爱克曼辑录：《歌德谈话录》，朱光潜译，人民文学出版社，1978年，第90页。
[4] 爱克曼辑录：《歌德谈话录》，朱光潜译，人民文学出版社，1978年，第91页。

能为民族文化所吸收”[1]。

在歌德看来，自己所处时代艺术的“通病”，就是软弱，就是缺乏“男子汉的魄力”，而“在过去的一些世纪里，伟大人格是常见的。……在欣赏时艺术家人格的这种雄伟力量开阔了我们的心胸，把我们提升到从来没有过的高度”[2]。关于艺术家的人格问题，他最后的结论，全都浓缩在这句话里：“在艺术和诗里，人格确实就是一切。”[3]文学是一种严肃而高尚的事业，作家则是一群为全社会提供思想智慧和道义力量的人。作家以其作品，甚至以其言行，微妙地影响着一个社会的世道人心，因而，人们对作家的人格就有着很高的要求，用歌德的话说：“一般说来，作者个人的人格比他作为艺术家的才能对听众要起更大的影响。”[4]

汤显祖和莎士比亚无疑就是歌德所赞赏的那种人格伟大的艺术家。他们都属于正直而高尚的人。一个人的行为固然也显示着他的人格，例如，汤显祖拒绝张居正和申时行的利诱，敢于对最高统治者痛下针砭，就证明着他人格的高尚。但是，对一个作家来讲，考察他的人格状况的主要依据，却是他的写作行为的最终成果——文学作品。其人，我们或许不得而见；其行事，我们或许难知其详，譬如，关于莎士比亚，关于他的人生行状的较为可靠的记录，实在惜乎太少。然而，亦何伤乎！作品就是作者的人格镜像。只要有他的作品在，我们可以从中看见他的人格风貌。

汤显祖和莎士比亚的作品，用歌德的绝妙比喻来说，都属于装在银盘里的金橘，能够带给我们持久的审美欣悦和强大的伦理感召。他们培养我们爱的能力——对人和生活的挚爱，对自由和真理的热爱；

---

[1] 爱克曼辑录：《歌德谈话录》，朱光潜译，人民文学出版社，1978年，第126页。

[2] 爱克曼辑录：《歌德谈话录》，朱光潜译，人民文学出版社，1978年，第228—229页。

[3] 爱克曼辑录：《歌德谈话录》，朱光潜译，人民文学出版社，1978年，第229页。

[4] 爱克曼辑录：《歌德谈话录》，朱光潜译，人民文学出版社，1978年，第38页。

培养我们面对权力的超越态度和批判意识；培养我们敢于对抗邪恶的勇敢精神和百折不挠的男子汉气概。

是的，我们正是从汤显祖和莎士比亚的作品中，发现了伟大的共同性。我们看见了高洁的心性，纯正的趣味；看见了对不幸者的同情，对女性的尊敬；看见了对美好事物的热爱，对善恶的正确判断；看见了对爱情、友谊和英雄主义的赞美，对权力的反讽和批判。也就是说，我们从汤显祖和莎士比亚的作品里，看见了两个真正的人。是的，在评价他们的人格的时候，我们完全可以套用安东尼评价勃鲁托斯的话：他们是高贵的中国人和高贵的英国人！

莎士比亚的伟大人格，是在一个健全的时代里自然形成的。他不用承受太大压力，不用付出很大代价，就可以获得伟大的精神成果。然而，汤显祖的情况就不一样了。他的人格是在一个畸形时代艰难地形成的，是以付出巨大的努力和沉重的代价为前提的。所以，就性格来看，莎士比亚因为不曾承受过巨大的压力和屈辱，似乎也就不像汤显祖那样，有一种中国式的狷介和坚硬，甚至有一种中国式的郁结和怨愤。莎士比亚的心性，似乎显得更温和，更宽缓。即使在批判和反讽的时候，他也更显心平气和，尽力在汰除掉刻薄的幽默里，表达着对几乎所有人物的复杂的同情态度。

在莎士比亚的时代，作家不必低首下心地接受权力对知识的奴役。外在的政治文明保障着内在的精神自由。莎士比亚几乎在完全自由的状态下进行写作，不必规行矩步地按照某种给定的模式来如法炮制。他的十四行诗写得多么率性！他的《维纳斯与阿都尼》写得多么大胆！他的十部历史剧，几乎全都涉及英国王室几百年来血腥的权力斗争，有的甚至影射到了当下的最高统治者，然而，却没有谁来找他来声罪致讨。

文学的自由意味着批判的自由。文学的本质就是批判和反讽。莎士比亚的那些充满政治激情的历史剧作，他的多部悲剧作品，全都是批评性和反讽性的，正像沃·罗·埃尔顿在《莎士比亚和当时的时代思想》中所概括的那样："批判精神是莎士比亚的根本特征。"[1]莎士比亚凭借深沉而尖锐的思想，通过高级形态的修辞建构，表达了对最高权力阶层的败坏德行和病态人格的批判、对王公大人的智力上的平庸和行动上的无能的反讽，尖锐地揭示了权力的傲慢而怯懦、任性而愚黯的本质。莎士比亚的高贵精神和伟大人格，就这样在自己的批判性和反讽性的作品中，清晰而完美地表现了出来。

然而，在汤显祖的时代，甚至在他之后极为漫长的黑暗时期，知识分子都是权力的附庸——只有将自己的人格和知识的金币，兑换成权力和体制印行的劣币，他们才能体现出自己的价值，甚至才能有立足之地。知识分子几乎全都被紧紧地捆绑在权力的战车上，很少体验到真正意义上的人格尊严，很少拥有正常意义上的精神自由和写作自由。最可怕的是，作家和诗人的文字，全都被置于文化警察的监管之下，他们常常会根据一篇文章，一句话，甚至一个词语，来对作家课以重罪，使他们身陷牢狱，甚至首身异处。怀疑是不允许的，反思是不允许的，批评是不允许的，就像汤显祖在《悲士不遇赋》中所说的那样："矧法制之毫毛兮，令人回胸而委气。政恶畏人之抵夺兮，重不容人之说有。老死其不一上兮，又孰得安谈而靡悔？"[2]

令人钦敬的是，即便在这样荆天棘地的时代，汤显祖也表现出了高洁的精神与纯粹的人格。他先后数次拒绝张居正和申时行以科举为诱饵的拉拢和收买，这实在是很不容易的事情。要知道，在那时的中国，一旦科场奏捷，就意味着人生巨大的成功，就意味着得享安富尊荣的生活。然而，他却断然拒绝了。更为难得的，也更令人钦敬的，是他写给万历皇帝的《论辅臣科臣疏》。他在写这个上疏的时候，应该知

[1] 张泗洋、孟宪强主编：《莎士比亚在我们的时代》，吉林大学出版社，1991年，第298页。
[2] 汤显祖：《汤显祖集全编》（一），上海古籍出版社，2015年，第291页。

道可能性的后果是什么，但是，他依然义无反顾地写了。此后，他几乎被贬谪到天涯海角，屡受官家欺辱，最终导致他以坎壈去官。

他知道自己生活在什么样的时代。他在给王思任的信中说：“世路良艰，吏道殊迫。”[1]又在给岳石帆的信中说：“顾世局无一处非可笑，兹且日新。”[2]但是，他依然未能忘情“世局”，仍然是一个关心现实的人。他在给丁右武的信中就表达了自己的这种入世的情怀：“乱世思才，治世思德。惟中世无所思。然吾辈不能不为世思也。高卧北窗，亦何可便得。”[3]他以天下为己任，对自己有着很高的道德要求和事业期许。三十七岁那年，他忽然感受到了时间的迅忽和人生的短促，于是便写了一首题为《三十七》的诗以明志自励：

我辰建辛酉，肃皇岁庚戌。
初生手有文，清羸故多疾。
自脱尊慈腹，展转太母膝。
剪角书上口，过目了可帙。
家君有明教，大父能阴骘。
童子诸生中，俊气万人一。
弱冠精华开，上路风云出。
留名佳丽城，希心游侠窟。
历落在世事，慷慨趋王术。
神州虽大局，数着亦可毕。
了此足高谢，别有烟霞质。
何悟星岁迟，去此春华疾。
陪畿非要津，奉常稍中秩。

[1] 汤显祖：《汤显祖集全编》（四），上海古籍出版社，2015年，第1852页。
[2] 汤显祖：《汤显祖集全编》（四），上海古籍出版社，2015年，第1777页。
[3] 汤显祖：《汤显祖集全编》（四），上海古籍出版社，2015年，第1791页。

几时六百石？吾生三十七。
壮心若流水，幽意似秋日。
兴至期上书，媒劳中阁笔。
常恐古人先，乃与今人匹。[1]

这首诗半为自叙，半为言志。虽然将近中年，但汤显祖的青春激情，却依然炽热。他坦率地表达了自己的政治愿望和人生理想，甚至表现出对自己的才华和能力的极大自信。虽然，此时，在某些方面，诗人尚未脱离彼时士人精神生活的范围，但是，从其中的“了此足高谢，别有烟霞质”和“壮心若流水，幽意似秋日”，我们仍然可窥见汤显祖的诗人气质，窥见他最终将摆脱体制束缚和名缰利锁的人格倾向。他在写给司汝霖的信中说：“《语》不云乎，‘斐然成章’。人各有章。偃仰澹淡，历落隐映者，此亦鄙人之章也。”[2]这是一封写得很长的信，内容主要是谈论自己如何不适应北方的气候和生活，如何需要去南京工作，以便照顾父母家人，总之，“长安道上，大有其人，无假于仆”。由此可以看出，他本质上是一个率性的人，一个具有诗性人格的人，而不是将权力看得高于一切、官迷心窍的人。

汤显祖晚年生活很是困窘。他在给王思任的信中，陈述了自己的窘境：“弃宦一年，便有速贫之叹。斗水经营，室人交谪。意志不展，所记书亦尽忘。”[3]王宇泰同情他的境遇，劝他于地方官员处，多多走动，以便夤缘而获救济之惠，至少不要因为态度倨傲，而得罪了这些威加一方的官老爷。汤显祖断然拒绝了他的建议：“来教令仆稍委蛇郡县，或可助三径之资，且不致得嗔。宇泰意良厚。第仆年来衰愦，岁时上谒，每不能如人。且近莅吾土者，多新贵人，气方盛，意未必有所挹。而

[1] 汤显祖：《汤显祖集全编》（一），上海古籍出版社，2015 年，第 409—410 页
[2] 汤显祖：《汤显祖集全编》（四），上海古籍出版社，2015 年，第 1721 页。标点与原文略异。
[3] 汤显祖：《汤显祖集全编》（四），上海古籍出版社，2015 年，第 1852 页。

欲以三十余年进士，六十余岁老人，时与末流后进，鱼贯雁序于郡县之前，却步而行，伺色而声，诚自觉其不类，因以自远。至若应付文字，原非仆所长。必縻肉调饴，作胡同中扁食，令市人尽鼓腹去，又窃自丑，因益以自远。其以远得嗔，仆固甘之矣。所幸鸡肋尊拳，长人者或为我一映耳。然因是益贫。田可耕，子可教，利用安身，仆亦有以观颐也。”[1]君子有所不为。君子行己有耻。拒绝向权力作媚笑，拒绝在权力面前“却步而行，伺色而声”，这种“有所不为”，就是有耻感的表现，甚至就是人格高尚的表现。

汤显祖像他笔下的杜丽娘一样，“一生爱好是天然”，崇尚“真”的境界。他说自己“学殖浅蹇，然语人未尝不尽其诚”[2]。他在写给王肯堂的《答王宇泰太史》一书中说：“门下殆真人耶。世之假人，常为真人苦。真人得意，假人影响而附之，以相得意。真人失意，假人影响而伺之，以自得意。边境有人，其名曰窃。人之所畏，吾得不畏哉！仆不敢自谓圣地中人，亦几乎真者也。南都偶与一二君名人而假者，持平理而论天下大事，其二人裁伺得仆半语，便推衍传说，几为仆大戾。彼假人者，果足与言天下事欤哉！然观今执政之去就，人亦未有以定真假何在也。大势真之得意处少，而假之得意时多。”[3]他立志要做一个真人，心思和言行，皆从一个“真”字上来。然而，怎奈天下多“假人”！彼人因其“假”，而常常“得意”；真人则因其“真”，而常常被构陷和伤害。汤显祖自己“持平理而论天下大事”，却被两个不负责任的“假人”到处添盐加醋地一通乱说，差点被加以“大戾”。

汤显祖的“真”，是一种理性而成熟的人格状态，绝无那种嘲弄一切的犬儒主义做派，绝无那种自命不凡和玩世不恭的习气。他真诚

---

[1] 汤显祖：《汤显祖集全编》（四），上海古籍出版社，2015 年，第 1740—1741 页。标点处理与原文略异。

[2] 汤显祖：《汤显祖集全编》（四），上海古籍出版社，2015 年，第 1875 页。

[3] 汤显祖：《汤显祖集全编》（四），上海古籍出版社，2015 年，第 1739—1740 页。

而又正直。他总是在合适的时候，表达自己的态度和意见，绝不干那种墙倒众人推、鼓破万人捶的事情。例如，万历四年（1582）正月，御史刘台因为弹劾大学士张居正专擅威福，而被削职为民；万历十年，张居正又将刘台流放到广西，大欲置之于死地。居正去世后，刘郎再度来。万历十一年二月，刘台官复原职。此时，很多人争先恐后地凑上来，为刘台鸣不平。汤显祖在北驿寺的墙壁上，看到很多“为故刘侍御台发愤”的诗。汤显祖对这种聪明人的卖乖行为，颇不以为然，便写了一首诗，加以责诘：“江陵罢事刘郎出，冠盖悲伤并一时。为问辽阳严谴日，几人曾作送行诗？”[1]在汤显祖看来，发愤和发声都要当其时。“此君沦放益翩翩”[2]，“我与世人殊恍惚”[3]，当正义被不义屈抑的时候，当真理被权力遮蔽的时候，就是需要人们挺身而出的时候，有所作为的时候。一切都已时过境迁，化为陈迹，却来叽叽喳喳，大发诗兴，只会让人看见世故者的怯懦和无聊。此诗辞气峻切，但义理正大，卓卓然彰显着汤显祖的伟大人格。

是的，汤显祖是一个特立独行、很不买账的人。他的性格和行为纯然是诗性的，全然没有曲意逢迎的庸俗习气。他在《京察后小述》中这样描写自己的心性和生活态度：

邑子久崖柴，长者亦摇簸。
含沙吹几度，鬼弹落一个。
大有拊心叹，不浅知音和。
参差反舌流，倏忽箕星过。
幸免青蝇吊，厌听迁莺贺。
贱子亦如人，壮心委豪惰。

[1] 汤显祖：《汤显祖集全编》（一），上海古籍出版社，2015 年，第 352 页。
[2] 汤显祖：《汤显祖集全编》（一），上海古籍出版社，2015 年，第 373 页。
[3] 汤显祖：《汤显祖集全编》（一），上海古籍出版社，2015 年，第 454 页。

文章好惊俗，曲度自教作。
贪看绣夹舞，惯踏花枝卧。
对人时欠伸，说事偶涕唾。
眠睡忽起笑，宴集常背坐。
敢有轻薄情，只缘迂僻过。
一命淹陵署，六岁逢都课。
“浮噪”今已免，“不谨”前当坐。
有口视三缄，无心嗔八座。
骨相会偏奇，生辰或孤破。
吾心少曲折，古人多顿挫。
脱落慕仙才，点掇希王佐。
咄咄竟何成，冉冉谁能那！[1]

根据明代的制度安排，中央政府的组织部门会对京官六年一察，即以“贪”“酷”“浮躁”“不及”“老”“病”“罢”和“不谨”八个标准，对中央政府直属机关的官员进行考评。其中，“浮躁”和“不谨”二项，所涉及的便是态度和性格。对汤显祖这种个性鲜明、为人正直的官员来讲，最可能被戴上的“帽子”，就是这两顶了。然而，对这样的组织评价，汤显祖显然很不在乎。你看，他的诗里所显示的自我形象和基本态度，岂止是“浮躁”和“不谨”，简直就是“狂狷”和“放诞”嘛，就是对中央政府的轻侮和不满嘛！然而，汤显祖依然我行我素——“眠睡忽起笑，宴集常背坐”，“咄咄竟何成，冉冉谁能那”。呵呵，就这样吧！还是做一个有尊严的、天然的真人，最为紧要。

事实上，像汤显祖这样的“真人”，从来就不曾为了远祸全身，而对自己的意见隐忍不发。他对“天下大事”的批评，如此坦率，

[1] 汤显祖：《汤显祖集全编》（一），上海古籍出版社，2015年，第430页。

如此尖锐，几乎到了完全不留情面的地步。在《论辅臣科臣疏》中，他历数张居正和申时行两位首辅大臣以及多位科臣的罪错，甚至以三个足以使最高统治者汗颜的“可惜”，批评了当朝皇帝在政治上的无能。

皇帝者，天之子也，从来就是伟大而英明的，神圣而不可冒渎的，怎么可以这样申申而责之？这简直就是用蘸了水的鞭子，重重地抽打在万历皇帝的身上嘛。

倘若将汤显祖的《论辅臣科臣疏》，与司马迁的《报任安书》对读，你会发现，汤显祖对万历皇帝的批评，简直比太史公对暴君刘彻的充满善意的劝慰，还要尖锐，更具冒犯性。因而，他最后仅仅被贬官而没有被杀头，实在极为侥幸的事情。

王国维在《教育偶感四则》中说：“试问我国之大文学家，有足以代表全国民之精神，如希腊之鄂谟尔（荷马），英之狭斯丕尔（莎士比亚），德之格代（歌德）者乎？吾人所不能答也。”[1]

回答这个问题，并不那么困难。

答案是肯定的。

我们当然有这样的大文学家。

司马迁、陶渊明、杜甫、苏东坡、关汉卿、汤显祖和曹雪芹，就足以代表中国文学美丽之精神；他们的作品所彰显出来的作者之伟大人格，亦足为千古不磨之懿范。

还是在《教育偶感四则》中，王国维说了这样一段话：“生百政治家，不如生一大文学家。何则？政治家与国民以物质上之利益，而文学家与以精神上之利益。夫精神之于物质，二者孰重？且物质上之利益，一时的也；精神上之利益，永久的也。前人政治上所经营者，后人得一旦而坏之；至古今之大著述，苟其著述一日存，则其遗泽且

[1] 王国维：《静庵文集》，辽宁教育出版社，1997 年，第 125 页。

及于千百世而未沫。”[1]他的这段话，也对，也不对。就一般情形而言，他之所言，大体不差。但是，细究起来，问题也不那么简单。为什么呢？因为，判断一切人物最根本的尺度，就是人格。故而，无论政治家还是文学家，若有伟大之人格，则其政治事业与文学事业，皆可不朽。这就是为什么我们会像尊敬伟大的文学家一样，尊敬华盛顿和林肯这样的政治家。

是的，人格，无论在哪个时代，无论对哪个作家来讲，都具有根本性的意义。文学是良心的事业，是人格所发散的光芒，所以，苟无良心和人格，则其人必不足观，其文亦必龌龊无足数。

二、汤显祖的人生哲学：节制人欲及必要的虚无感

戏剧以直观而生动的方式展示人生世相。每一个戏剧家都有自己的人生哲学；每一部有深度的戏剧作品，也必然表现着作者对生活的理解。莎士比亚在《仲夏夜之梦》中说：“最好的戏剧也不过是人生的一个缩影。”[2]约翰逊博士强调说：“书里没有人生的认识，这种书是没用的，因为书所能教训吾人者除了生活的艺术还有什么呢？”[3]马修·阿诺德则告诉人们：“文学的功用不只在娱乐众人，它最后的目标是人类生活的评衡。文学给于我们生命的安慰与同情，指导我们如何能与人生融洽。”[4]丹纳也说：“一切对待人生的重要观点都有价值。几千年来，多多少少的民族都努力表现这些观点。凡是历史所

[1] 王国维：《静庵文集》，辽宁教育出版社，1997年，第125页。

[2] 莎士比亚：《莎士比亚全集》，朱生豪等译，第2卷，人民文学出版社，1978年，第361页。

[3] 梁实秋：《梁实秋文集》，第8卷，鹭江出版社，2002年，第42页。

[4] 柳无忌：《西洋文学研究》，中国友谊出版公司，1985年，第212页。

暴露的，都由艺术加以概括。”[1]一部有价值的戏剧和文学著作，应该对人们的生活态度和生活理念产生积极的影响，否则，就很难说它是一部具有完整价值的作品。

人生哲学，观其大略，不外乎两种：一种是理性的、低调的，一种是非理性的、高调的。前者是积极的和健全的，后者是消极的和病态的；前者是合乎人性和道德律则的自然主义的生活哲学，后者是悖乎人性和道德律则的反自然的生活哲学。

健全的人生哲学意味着以批判的态度对待权力和金钱，对待一切有可能扭曲人性的异化力量。与此相反，病态的生活哲学则追求那些虚妄的价值，例如权力和金钱，崇拜那些不值得崇拜的人和事物。

就某些最为根本的问题来看，汤显祖和莎士比亚都有着共同的人文精神和人生哲学。

在人文精神上，他们大体属于同一谱系。他们都尊重人本身的价值。他们反对战争，反对在人与人之间制造冲突和仇恨。他们关心人追求幸福的权利和自由，反对压抑人的天性。他们教人理解爱的真谛，要有追求爱的热情和勇气。

就人生哲学看，他们既尊重人的情感，也强调理性的重要，所以，他们不是恣睢的浪漫主义者，更不是任性的纵欲主义者。他们的作品昭示着这样的生活原则：人必须有成熟的理性意识，必须以理性来制约人的欲望，不能放任自己的非理性的贪婪和攫取的冲动，更不能以毁灭一切的方式，追求不切实际的目标。真实而可靠的生活，不应该是云端里缥缈的幻景，而是在大地上的现实事务，是与那些朴素的事物关联在一起的。他们都试图说服人们认同和接受低调的自然主义的生活态度。

一个人的人生哲学，根本上讲，首先是一种生命意识，就是对待

---

[1] 丹纳：《艺术哲学》，傅雷译，人民文学出版社，1963年，第343页。

生命的态度。健全的生命意识，从一方面看，是要珍爱生命，尊重自己和别人的生存权，既不轻易放弃自己的生命，也不以任何貌似正当的理由剥夺别人的生命。从另一方面看，人也需要认识到生命的短暂性和虚无感，并由此抑制那种自大、傲慢和虚妄的生命意识——它完全认识不到生命的有限性，习惯于拿别人的生命做豪赌的投资，做体现自己“壮志”和展现自己“宏图”的牺牲品。

汤显祖有着健全的生命意识。他的内心充满了热情和活力，但也敏锐而深切地感受到了生命的迅忽和脆弱、悲凉和虚无。1577 年 7 月 4 日，也就是汤显祖二十七岁那年，他高高兴兴地跟亲戚一同到城外游玩。他看见了两具枯骨，并将其妥为掩埋。

但是，他的心情却久久不能平静。

他想了很多。

他将自己的充满悲感的心情和感悟，都记录在了一首诗里。

这首诗的名字很长：《七月四日天晴，步出城西门望红泉宝盖，折北而东，偕内戚一濬子樵回翔沙际，见两具枯骨，凄然瘗之，道歌一首》：

方凉秋可游，曳屦城西斜。
曲折自娱悦，顾见成咨嗟。
枯骨遗者谁？撑拄委河沙。
未归魑魅室，空成蝼蚁斜。
生前好肌理，去后饱鸱鸦。
有形尚消靡，安知魂魄涯？
人世露栖草，人生风落花。
欢养有同尽，圣贤讵能赊？
子今离缀宅，余亦昧专车。

其中，尤以“人世露栖草，人生风落花。欢养有同尽，圣贤讵能赊”数语，最为沉痛和深刻。因为，它传达出的是一种低调和切实的生命理念：人的生命譬若朝露，亦同落花，实在是很脆弱的；在生命面前，所有人都是平等的，谁也不应该享受世俗意义上的特权。在《哭友人亭州周二郎弘祁八首》（其七）中，他表达了相同的意绪和感悟：“老天无黑白，吾意觉仓皇。造物终难度，人生太不长。”[2]在《寄前观察许公》一诗的序中，他也说过同样的话：“绝伦好之知，外阴阳之苦。生则浮云，死则委土。造物为此拘拘，众庶方然窃窃。”[3]

汤显祖的生命意识中，蕴含着这样一些深刻的启迪，那就是，面对无限而茫漠的宇宙，每一个人，都要活得低调一些，要有谦卑态度，甚至要有一点无力感和虚无感。不要那么贪婪和恣睢，崇尚贪多务得的功利主义；不要存“人定胜天”的妄念，动辄将“一定”和“必须”挂在嘴上；不要凡事都居之不疑，志得意满，不可一世，蔑视一切。人们要充分认识到自己在知识和能力上的有限性，认识到人的生命的短暂性和需求的有限性，从而最终形成这样的生活态度：对意义世界充满热情，追求自然、美好而高尚的生活；同时，以超越的态度来对待权钱名利等外在的东西，不将它们当作首要或唯一的价值目标来追求。

然而，千百年来，中国人的人生梦想和生活理想，却很少脱离世俗和功利的范围，约言之，不过“权钱名寿”四字而已。一般人心中所悬之鹄的，无非是发财致富、光宗耀祖，是“寿比南山，福如东海”；而读书人汲汲以求的目标，则是“学得百般艺，货与帝王家”，“朝为田舍郎，暮登天子堂”，最大可能地获得体制内的

[1] 汤显祖：《汤显祖集全编》（一），上海古籍出版社，2015年，第167—168页。
[2] 汤显祖：《汤显祖集全编》（一），上海古籍出版社，2015年，第185页。
[3] 汤显祖：《汤显祖集全编》（一），上海古籍出版社，2015年，第265页。

权力、利益和荣誉。汤显祖在致李宗诚的信中说："人生精神不欺，为生息之本，功名即真，犹是梦影，况伪者乎。"[1]又在《南柯记》的题词中，这样说道："世人妄以眷属富贵影像，执为吾想，不知虚空中一大穴也，倏来而去，有何家之可到哉！"[2]他写此剧的目的，就是破此迷障，援引无数眩惑者，出此梦幻，达到觉悟之境界，即所谓"梦了为觉，情了为佛"。

如果说，汤显祖的《牡丹亭》和《紫钗记》更多地表达了他对"情"的理解，肯定了真情的重要性，那么，《南柯记》和《邯郸记》，则更多地表达了对人的欲望的警惕和批判，并以寓言的方式宣达了作者的生活哲学，以反讽性的叙事和修辞，揭示了这样的主题：对权力、功名和长生不死的贪念和追求，不仅具有虚妄的性质，而且几乎总是带来灾难性的后果。

在《邯郸记》中，卢生对吕洞宾谈起自己的梦想，即所谓"得意"，无非就是"大丈夫当建功树名，出将入相，列鼎而食，选声而听，使宗族茂盛而家用肥饶"[3]这一套东西。他的人生哲学，用他自己的一句话说："无过是酒色财气，人之本等哩。"吕洞宾就此跟他有一段充满冲突性的对话：

〔吕〕你说是人之本等，则见使酒的烂了胁肚。〔客〕气呢？〔吕〕使气的腆破胸脯。〔客〕财呢？〔吕〕急财的守着家兄。〔客〕色呢？〔吕〕急色的守着院主。

【上小楼】〔吕〕这四般儿非亲者故，四般儿为人造畜。〔客〕难道。人有了君臣，才是富贵；有儿女家小，才快活。都是酒色财气上来的，怎生住的手？〔吕〕你道是对面君臣，一胞儿女，

[1] 汤显祖：《汤显祖集全编》（四），上海古籍出版社，2015 年，第 1780 页。
[2] 汤显祖：《汤显祖集全编》（三），上海古籍出版社，2015 年，第 1556 页。引文句读，略异于原文。
[3] 汤显祖：《汤显祖集全编》（六），上海古籍出版社，2015 年，第 2988 页。

帖肉妻夫，则那一口气不遂了心，来从何（原文脱漏“从何”二字——引者注）处来？去从何处去？俺替你愁，俺替你想，敢四般儿那时才住。[1]

到第四出，陷入虚浮的人生幻想的卢生，一出场就表现得魂不守舍：“沉障久深，心神难定。因他学成文武之艺，未得售于帝王之家。以此落落其人，闷闷而已，此非口舌所能动也。〔想介〕则除是如此，如此，才有个醒发之处。”[2]也就是说，唯有让他经历过一番梦幻中生活，方可最终让他“有个醒发之处”。

为了打破卢生庸俗的执念，吕洞宾将他置放到一切愿望皆可实现的考验情境中，从而最终让他通过亲身体验，幡然悔悟，认识到自己的人生哲学的虚妄和可笑。具体地说，就是让卢生酣然“入梦”，并将人性的脆弱、权力的恣睢、荣华富贵的虚妄，俱皆来了一番生动的展示和消解。最后，卢生的好梦一一破灭，不得不怅怅然回到了现实中，并且认识到，他所拥有的一切，都不过是“妄想游魂，参成世界”。于是，到第二十九出《生寤》，他便大彻大悟：“老翁，老翁，卢生如今惺悟了。人生眷属，亦犹是耳。岂有真实相乎？其间宠辱之数，得丧之理，生死之情，尽知之矣。”[3]也许是怕卢生心中的心魔，未能尽灭，在第三十出《合仙》，汤显祖继续用喜剧化的讽刺，将他梦中所经营和追求到的成功和荣耀，全都稀里哗啦地消解掉了：

【浪淘沙】〔汉〕甚么大姻亲？太岁花神，粉骷髅门户一时新。那崔氏的人儿何处也？你个痴人。〔生叩头答介〕我是个痴人。

---

[1] 汤显祖：《汤显祖集全编》（六），上海古籍出版社，2015年，第2982页。引文句读标点，与原文颇异。

[2] 汤显祖：《汤显祖集全编》（六），上海古籍出版社，2015年，第2986页。

[3] 汤显祖：《汤显祖集全编》（六），上海古籍出版社，2015年，第3088页。

【前腔】〔曹〕甚么大关津？使着钱神，插宫花御酒笑生春。夺取的状元何处也？你个痴人。〔生叩头答介〕〔合前〕

【前腔】〔李〕甚么大功臣？掘断河津，为开疆展土害了人民。勒石的功名何处也？你个痴人。〔生叩头答介〕〔合前〕

【前腔】〔蓝〕甚么大冤亲？窜贬在烟尘，云阳市斩首泼鲜新。受过的凄惶何处也？你个痴人。〔生叩头答介〕〔合前〕

【前腔】〔韩〕甚么大阶勋？宾客填门，猛金钗十二醉楼春。受用过家园何处也？你个痴人。〔生叩头答介〕〔合前〕

【前腔】〔何〕甚么大恩亲？缠到八旬，还乞恩忍死护儿孙。闹喳喳孝堂何处也？你个痴人。〔生叩头答介〕〔合前〕

〔张〕且住，卢生被众仙真数落，这一会他敢醒也？〔生〕弟子老实醒也。[1]

中国神话传说中的著名的“八仙”对卢生的教训，充满令人发笑的戏谑感。他们的连珠炮似的诘责，一个接着一个，有一种当头棒喝的力量，终于使陷入人生歧路的卢生大彻大悟，迷途知返。

从这段可称为“八仙棒喝”的台词里，我们还听见了与曹雪芹的《好了歌》同调的声音。汤显祖对高调而功利的人生哲学的批判和消解，无疑极大地影响了曹雪芹的小说写作。无论是曹雪芹对“梦境”意象的建构，还是《红楼梦》的语言修辞和主题意蕴，分明在在可见地显示着汤显祖的戏剧作品对这位伟大小说家的影响；而曹雪芹的小说叙事，则分明呼应着汤显祖对极端功利主义的人格和人生哲学的讽刺和批判。

《南柯记》的叙事策略，以及所表现的生活哲学，大略与《邯郸记》相同。作者也设置了一个“考验情境”，让淳于棼像卢生一样，

[1] 汤显祖：《汤显祖集全编》（六），上海古籍出版社，2015年，第3093页。

在梦境中实现了自己的梦想——不仅获得了天子的恩宠，而且，还做了皇帝的乘龙快婿，做了南柯太守。他得意之后的感觉，简直可以用“飘飘欲仙”来形容：“平步忽登天子堂，尚兀自意迷心恍。”他经不住欲望的“槃诱”，最终陷入完全迷乱的生活。

然而，好梦不长，在右相段功的挑唆下，皇帝对淳于棼也冷淡了起来，“少不的唤醒他痴迷还故里”。皇帝甚至很瞧不起自己的这个女婿：“上天如圆盖，下地似棋局。淳于梦中人，安知荣与辱。”经过第四十二出的“寻寤”，第四十三出的“转情”，直到第四十四出的“情尽”，淳于棼才终于从梦中清醒过来：

北【收江南】呀，你则道拔地生天是你的妻，猛抬头在那里？你说识破他是蝼蚁，那讨情来？怎生又是这般缠恋？〔叹介〕你挣着眼大槐宫里睡多时，纸捻儿还不曾打喷嚏。你痴也么痴，你则看犀合内金钗怎的提？

〔生醒起看介〕呀，金钗是槐枝，小盒是槐荚子。啐，要他何用？〔掷弃钗盒介〕我淳于棼这才是醒了。人间君臣眷属，蝼蚁何殊？一切苦乐兴衰，南柯无二。等为梦境，何处生天？小生一向痴迷也。

南【园林好】咱为人被虫蚁儿面欺，一点情千场影戏，做的来无明无记。都则是起处起，教何处立因依？

〔净〕你待怎的？〔生〕我待怎的？求众生身不可得，求天身不可得，便是求佛身也不可得。一切皆空了。〔净喝住介〕空个甚么？〔生拍手笑介〕〔合掌立定不语介〕

北【沽美酒带太平令】〔净〕众生佛无自体，一切相不真实。〔指生介〕马蚁儿倒是你善知识。你梦醒迟，断送人生三不归。可为甚斩眼儿还则痴？有甚的金钗槐叶儿？谁教你孔儿中做下得家资？横枝儿上立些形势？早则白鹦哥泄漏天机，从今把梦蝴蝶掐了羽翅。我呵，也是三生遇奇。还了他当元时塔锥，有这些生天蚁儿。呀，要你众生们看见了普世间因缘如是。

〔众香旛乐器上〕〔同净大叫介〕淳于生立地成佛也。〔行介〕

北【清江引】笑空花眼角无根系，梦境将人殢。长梦不多时，短梦无碑记。普天下梦南柯人似蚁。

〔众拜介〕万事无常。一佛圆满。

春梦无心只似云，一灵今用戒香熏。
不须看尽鱼龙戏，浮世纷纷蚁子群。[1]

如同《邯郸记》一样，《南柯记》的末了，也充满了喜剧性的戏谑，契玄禅师对淳于棼的诘责和教训，也如连珠炮一样，使他很难招架。从功利主义的角度看，契玄禅师将一切都看空的态度，似乎很有点虚无主义的性质，似乎显得太过消极；但是，换一个角度，从理性的“节人欲”的角度看，汤显祖的反讽，却是极为深刻的，未尝不是针对欲望化生存哲学的解毒剂——对那些鬼迷心窍的“拜权主义”信徒和贪得无厌的“拜金主义”信徒来讲，汤显祖的批评和讽刺，无疑有着可以使人警醒的针砭作用。

理性的自我意识和人生哲学，意味着首先要认识到自己的生命、智慧和能力的有限性，尤其要认识到自己的渺小，进而认识到人与人之间、人与其他形式的生命之间的平等。就生命的“佛性”来看，人与一只蚂蚁是平等的，与其他的生命是平等的，此即佛家所说的“众生平等”。汤显祖意欲通过自己的戏剧叙事，打破人们执迷不悟的“梦境”，提醒人们认识到这样一点：人本质上并不比蚂蚁更高贵。他在《南柯梦记题词》中，明确地表达了自己对这一问题的思考：

[1] 汤显祖：《汤显祖集全编》（六），上海古籍出版社，2015 年，第 2970—2971 页。

天下忽然而有唐，有淮南郡。槐之中忽然而有国，有南柯。此何异天下之中有魏，魏之中有王也。李肇赞云："贵极禄位，权倾国都。达人视此，蚁聚何殊！"嗟夫，人之视蚁，细碎营营，去不知所为，行不知所往，意之皆为居食事耳，见其怒而酣斗，岂不映然而笑曰："何为者耶！"天上有人焉，其视下而笑也，亦若是而已矣。白舍人之诗曰："蚁王乞食为臣妾，螺母偷虫作子孙。彼此假名非本物，其间何怨复何恩？"世人妄以眷属富贵影像执为吾想，不知虚空中一大穴也。倏来而去，有何家之可到哉。

吾所微恨者，田子华处士能文，周弁能武，一旦无病而死，其骨肉必下为蝼蚁食无疑矣。又从而役属其魂气以为臣，蝼蚁之威，乃甚于虎狼。此犹死者耳。淳于固俨然人也，靡然而就其征，假以肺腑之亲，藉其枝干之任。昔人云："梦未有乘车入鼠穴者。"此岂不然耶。一往之情，则为所摄。人处六道中，颦笑不可失也。

客曰："人则情耳，玄象何得为彼示儆？"此殆不然。凡所书祲象不应人国者，世儒即疑之，不知其亦为诸虫等国也。盖知因天立地，非偶然者。客曰："所云情摄，微见本传语中。不得有生天成佛之事。"予曰："谓蚁不当上天耶，经云，天中有两足多足等虫。世传活万蚁可得及第，何得度多蚁生天而不作佛。梦了为觉，情了为佛。境有广狭，力有强劣而已。"[1]

显然，在汤显祖看来，人类并不像自己想象的那样，是一切生命形式中最高贵的。事实上，人与蚁之间，本质上并无太大的差别。人类的烦恼和痛苦，很大程度上，就来自不能认识自己的有限性，或者说，来自对自我存在和能力的无限放大。傲慢和自大的倾向，不仅表现为无节制的贪婪和攫取，还表现为对其他生命形式的蔑视和无知——"人

[1] 汤显祖：《汤显祖集全编》（三），上海古籍出版社，2015 年，第 1556—1557 页。

之视蚁，细碎营营，去不知所为，行不知所往，意之皆为居食事耳，见其怒而酣斗，岂不吷然而笑曰：‘何为者耶！’”事实上，在另外一个空间，蝼蚁却是这个世界的主宰，所谓“蝼蚁之威，乃甚于虎狼”，说的就是这个道理。

从众生平等和众生有情的观点看，一切生命都有自己的灵性和价值，都是可以成佛的，蝼蚁也不例外。人们之所以鄙视像蝼蚁这样的微小的动物，是因为人以自己为绝对尺度，看不到它存在的合理性与价值，即所谓“因天立地，非偶然者”。总之，“梦了为觉，情了为佛。境有广狭，力有强劣而已”；人们只要看到并理解了“境有广狭，力有强劣”，那么，也就会理解“梦了为觉，情了为佛”，就会从虚妄的“梦境”中走出来，就会看见一切生命中的佛性，从而最终看见自己内心的佛性，并按照一种符合佛性的原则来生活。

一次，汤显祖在给邹梅宇的信中，谈到了《南柯记》和《邯郸记》：“二《梦》记殊觉恍惚。惟此恍惚，令人怅然。无此一路，则秦皇汉武为驻足之地矣。”[1] 这是两句颇堪玩味的话。“恍惚”一语，使数百年后的读者亦觉恍惚，亦复使数百年后读者为之怅然。不过，深思细味，所谓“恍惚”，似乎表达着独醒者的寂寞和孤独。所以，才有所谓“怅然”一说。而“无此一路”两句，则显示着他对“秦皇汉武”的种种妄念的鄙弃，含着为世人破障指迷的深意。

就现实生活中的行为方式和情感态度来看，中年之后的汤显祖，表现出更加成熟的理性意识，基本按照儒家的自我克制的中庸哲学和道家的清静自守理念来生活。不过，在艺术表现和修辞方式上，他却是一个个性鲜明、棱角分明的诗人和作家，就像一位汤显祖研究专家所说的那样：“汤显祖在道德修养上向往中庸境界，但他在艺术上的追求，离不开真、深、奇。此三者，都有赖于把人情推拓到极偏极倚

[1] 汤显祖：《汤显祖集全编》（四），上海古籍出版社，2015 年，第 1938 页。

处才能获得，而能把人情推拓到极偏极倚处者，又非狂狷莫属，加以汤显祖的天生禀赋，决定他在戏曲创作上，走的是狂狷的路数。”[1]

其实，汤显祖的艺术风格，不仅“真、深、奇”，而且还有“强”的特点。《邯郸记》和《南柯记》中的反讽，属于“强性反讽”[2]的模式，而他的基本风格，则属于“强性风格”：“根据作者修辞介入和批判性介入的强度，根据作者显示自己态度的热情度，根据文体表达的力量感，可将小说叙事区分为四种模式：热情的强性风格、游移的亚型风格、克制的中性风格和冷淡的弱性风格。……所谓强性风格，大体上就是指那种以坚定、明确甚至强烈的态度和方式展开的叙事。”[3]汤显祖的态度是明确而坚定的，而他的修辞方式和风格也是明确而坚定的，毫无故意的含混性和刻意的复杂化。

但是，汤显祖的“强”仍然是克制的。所以，用“狂狷”来界定汤显祖的写作风格和模式，并不十分准确。他的讽刺，固然很尖锐，但他的态度，却并不尖刻，始终是理性而温厚的，基本合乎“中庸”的伦理原则与“中和”的美学原则。

三、莎士比亚的人生哲学：理性而低调的自然主义

尽管他的戏剧妙趣横生，引人入胜，但是，莎士比亚却从来就不单为了“好看”和“好玩”而写作。他将戏剧当作反思历史和探索人生的伟大手段。他之所以显得伟大和让人敬仰，根本上讲，是因为他关注那些与人生相关的重要问题，并且对这些问题有着深刻的思考和庄严的回答，正像柳无忌先生所指出的那样：“莎士比亚的光荣永久

[1] 华玮：《走近汤显祖》，上海人民出版社，2015 年，第 7 页。

[2] 李建军：《小说修辞研究》，中国人民大学出版社，2004 年，第 226—230 页。

[3] 李建军：《中性风格的魅力与局限——平心试论汪曾祺》，《文学评论》2016 年第 4 期。

存在着，因为他懂得人生，人生的微奥；他的作品犹如一个灿烂的宝石圆顶，里边照映着各色的人生及情感。”[1]

莎士比亚的戏剧与汤显祖的戏曲所表现的人生哲学，有着很大的相契之处，甚至可以说，基本属于同一价值谱系。汤显祖将人的“情”和“欲”分开来，高扬“情”的旗帜，拧紧“欲”的阀门，认为过度膨胀的欲望只会给生活带来灾难。莎士比亚也表达过同样的思想，只不过，他更强调理性的作用。

在《哈姆莱特》的第四幕第四场，哈姆莱特尖锐地批评了那种放纵欲望、醉生梦死的生活方式：“一个人要是把生活的幸福和目的，只看作吃吃睡睡，他还算是个什么东西？简直不过是一头畜生！上帝造下我们来，使我们能够这样高谈阔论，瞻前顾后，当然要我们利用他所赋与我们的这一种能力和灵明的理智，不让它们白白废掉。”[2]第三幕第二场，哈姆莱特在赞扬霍拉旭的时候，还说过这样一段话：“自从我能够辨别是非、察择贤愚以后，你就是我灵魂里选中的一个人，因为你虽然经历一切的颠沛，却不曾受到一点伤害，命运的虐待和恩宠，你都是受之泰然；能够把感情和理智调整得那么适当，命运不能把他玩弄于指掌之间，那样的人是有福的。”[3]这是哈姆莱特的肺腑之言，也是莎士比亚的生活观念。有的批评家就认为：“以理智控制情欲是理解莎氏伦理观念的钥匙。”[4]当然，由于文艺复兴和宗教精神的影响，莎士比亚的人生哲学，比汤显祖的人生哲学，显然要复杂得多；所涉及的方面，也更加宽阔和广泛。

在我看来，莎士比亚的生活哲学，可以用“理性而低调的自然主义”

---

[1] 柳无忌：《西洋文学研究》，中国友谊出版公司，1985年，第211页。

[2] 莎士比亚：《莎士比亚全集》，朱生豪等译，第9卷，人民文学出版社，1978年，第101页。

[3] 莎士比亚：《莎士比亚全集》，朱生豪等译，第9卷，人民文学出版社，1978年，第69—70页。

[4] 张泗洋、徐斌、张晓阳：《莎士比亚引论》〈下〉，中国戏剧出版社，1989年，第189页。

来概括。哈兹里特说，“阅读历史的人没有一个会喜欢帝王”[1]；同样，所有将历史悲剧和人生悲剧看透的人，几乎全都认同理性而低调的自然主义人生哲学。

朴素的自然主义，原本就是一种英国气质。如果说，法国是一个浪漫主义的民族，德国是一个理性主义的民族，那么，英国就是一个自然主义的民族，就像勃兰兑斯所说的那样，英国气质的本源，即“生气勃勃的自然主义”[2]。

人生哲学范畴的自然主义是谦卑的。它没有那种野心勃勃地战胜一切的妄念。相反，它承认人的能力和生命的有限性。就像约翰逊博士在《展望死亡》深刻地揭示的那样：“懂得生命短暂的道理，在克制我们喜怒哀乐的同时，也会使我们心中的谋算有所收敛。即使是所向披靡的天才人物和最勤勉不懈的人士，也无法将自身的力量拓展到一定范围之外。强王霸主在心中狂妄地谋划征服世界的伟业，鸿儒大师则荒唐地奢望自己能通晓所有门类的学问；这两类人最终都发现自己所企及的显赫高度是人类绝无可能达到的，他们雄心万丈，痴妄地想着自己能摘下一项殊荣，殊不知天上的神早已颁下法谕，令凡人毕其一生也无法能够得这样的殊荣，他们因此失去许多使自己有用于世、幸福于世的机会。”[3]从莎士比亚的戏剧叙事来看，约翰逊博士所概括的人生哲学，无疑也是莎士比亚所赞同和乐意接受的。

是的，低调的人生哲学，符合英国人的精神“习俗”。在那本著名的《英国特色》中，爱默生曾如此谈论英国人的“习俗”：“浮夸永远是令人讨厌的。他们在衣着和仪态上却走上了低格调的极端。他们避免虚饰，径直进入事物的心里。他们憎恨言不及义、多愁善感和

[1] 威廉·哈兹里特：《莎士比亚戏剧中的人物》，顾钧译，华东师范大学出版社，2009年，第192页。

[2] 勃兰兑斯：《十九世纪文学主流·英国的自然主义》，第四分册，徐式谷等译，人民文学出版社，1984年，第6页。

[3] 塞缪尔·约翰逊：《饥渴的想象：约翰逊散文作品选》，叶丽贤译，三联书店，2015年，第19页。

高谈阔论，他们使用一种处心积虑的平易。甚至他们的花花公子布雷美尔也以衣着简朴为特点。他们在公事方面以没有戏剧性的东西而自豪，在私事方面以简明和中肯而骄傲。”[1]这种追求朴素和自然的文化习俗，不只培养英国人对植物和动物的兴趣和喜爱，也不只是培养了他们对大海的热爱，还培养了他们求真的思维习惯和自然的生活态度。

莎士比亚常常通过对自然的描写，象征性地表达自己的生活哲学。例如，在《暴风雨》和《冬天的故事》等故事中，他就宣达着一种摆脱了功利主义缠绕的自然而又充满诗意的生活情调。在《暴风雨》中，爱丽儿这样唱道：

蜂儿吮啜的地方，我也在那儿吮啜；
在一朵莲香花的冠中我躺着休息；
我安然睡去，当夜枭开始它的呜咽。
骑在蝙蝠背上我快活地飞舞翩翩，
快活地快活地追随着逝去的夏天；
快活地快活地我要如今
向垂在枝头的花底安身。[2]

在《冬天的故事》里，潘狄塔与王子弗罗利泽的爱情受到国王的阻挠。潘狄塔并不想趋炎附势。她明白爱情和尊严的关系，也清楚地知道，在同一个太阳下生活，人们之间是平等的；而生活的意义，也不因地位的差异而有什么不同。所以，她对震怒的国王波力克希尼斯和自己所爱的人说：

---

[1] 爱默生：《爱默生集：论文与讲演录》（下），赵一凡等译，三联书店，1993年，第911页。
[2] 莎士比亚：《莎士比亚全集》，朱生豪等译，第1卷，人民文学出版社，1978年，第76页。

> 虽然一切都完了，我却并不恐惧。不止一次我想要对他明白说：同一的太阳照着他的宫殿，也不曾避过了我们的草屋；日光是一视同仁的。殿下，请您去吧；我对您说过会有什么结果的。请您留心着您自己的地位；我现在已经梦醒，就别再扮什么女王了。让我一路挤着羊奶，一路哀泣吧。[1]

对潘狄塔来讲，能在太阳的平等的照拂下生活，就可以心安理得，就应该觉得幸福和有尊严，就无须在有权力的人面前自惭形秽。这里体现的，其实就是一种朴素的自然主义的生活态度和人生哲学。

很多时候，那些失去了国王地位和最高权力的人，往往会在巨大的绝望和痛苦中，认识到低调的寻常生活的意义。《理查二世》中的理查王被赶下国王宝座之后，大发感慨：

> 国王现在应该怎么办？他必须屈服吗？国王就屈服吧。他必须被人废黜吗？国王就逆来顺受吧。他必须失去国王的名义吗？凭着上帝的名义，让它去吧。我愿意把我的珍宝换一串祈祷的念珠，把我的豪华的宫殿换一所隐居的茅庵，把我的富丽的袍服换一件贫民的布衣，把我的雕刻的酒杯换一只粗劣的木盏，把我的王节换一根游方僧的手杖，把我的人民换一对圣徒的雕像，把我的广大的王国换一座小小的坟墓，一座小小的小小的坟墓，一座荒僻的坟墓……[2]

理查二世本来就是一个残忍的暴君，所以，他的悲惨下场，也许让人震惊，但并不让人同情。一个傲慢的暴君，纵然有可能在某一特殊的

---

[1] 莎士比亚：《莎士比亚全集》，朱生豪等译，第4卷，人民文学出版社，1978年，第175页。
[2] 莎士比亚：《莎士比亚全集》，朱生豪等译，第4卷，人民文学出版社，1978年，第361页。

时刻，发出羡慕底层人的普通生活的感叹，但却不大可能清醒而深刻地认识到自然主义生活的意义。

比较起来，《亨利六世》中的亨利王对人生的认识，就完全不同了。他清楚地知道一个普通人的自然主义生活，有多么自在，有多么惬意。在与叛军战斗的间隙，在战事陷入困境甚至显露出败兆的时刻，他忧心忡忡，百感交集，便发了这样一通感慨：

> ……这场恶斗就形成两不相下的僵局。我在这土岗之上，暂且坐下来歇一会儿。上帝叫谁得胜，就让谁得胜吧！我的御妻玛格莱特和克列福将军都逼着我离开阵地，他们说只要我不在场，他们就有好运。我真宁愿死掉，如果这是符合上帝旨意的话。活在世上除了受苦受难，还有什么别的好处？上帝呵！我宁愿当一个庄稼汉，反倒可以过着幸福的生活。就像我现在这样，坐在山坡上，雕制一个精致的日晷，看着时光一分一秒地消逝。分秒积累为时，时积累为日，日积月累，年复一年，一个人就过了一辈子。若是知道一个人的寿命有多长，就该把一生的岁月好好安排一下；多少时间用于畜牧，多少时间用于休息，多少时间用于沉思，多少时间用于嬉乐。还可以计算一下，母羊怀胎有多少日子，再过多少星期生下小羊，再过几年可以剪下羊毛。这样，一分、一时、一日、一月、一年地安安静静度过去，一直活到白发苍苍，然后悄悄地钻进坟墓。呀，这样的生活是多么令人神往呵！多么甜蜜！多么美妙！牧羊人坐在山楂树下，心旷神怡地看守着驯良的羊群，不比坐在绣花伞盖之下终日害怕人民起来造反的国王，更舒服得多吗？哦，真的，的确是舒服得多，要舒服一千倍。总而言之，我宁愿做个牧羊人，吃着家常的乳酪，喝着葫芦里的淡酒，睡在树荫底下，清清闲闲，无忧无虑，也不愿当那国王，他虽然吃的是山珍海味，喝的是玉液琼浆，盖的是锦衾绣被，可是担惊受怕，

片刻不得安宁。[1]

亨利六世虽然性格复杂，却并非十恶不赦的坏人和暴君，甚至算得上是一个温厚的国王。他缺乏玩弄权力的狡狯和野心，“天生反感野心和权力的搅扰，宁愿在无欲无求的闲散和冥想中度过自己的一生”[2]。所以，他的这段话，就具有足以打动人心的悲剧意味和积极性质，因而，也就与《雅典的泰门》中贵族泰门对金钱的诅咒一样，值得重视，颇堪玩味。它的确在很大程度上反映了莎士比亚自己对权力的看法，也宣示着他朴素而低调的生活哲学。

低调的自然主义生活方式，意味着人们可以轻轻松松地满足自己最基本的需求，例如，可以保障自己有好的睡眠和食欲。然而，绝对权力却是甜美睡眠的敌人。大权在握而又暴虐无度的最高统治者，几乎没有几个不被严重的失眠症所折磨，甚至难免患有消化不良和便秘等“权力病”。

古罗马的暴君卡利古拉最大的痛苦，就是失眠。他“每夜睡眠的连续时间不超过三个小时，而且睡得不实，奇怪的梦境使他惊恐万状，比如有一次梦见一个海怪和他说话。他夜里大部分时间都睁开眼睛躺着，因此心情非常烦躁，一会儿坐起来，一会儿沿着长长的廊柱徘徊，一次又一次呼唤着黎明，盼望着它的来临”[3]。同样残暴的古罗马皇帝克劳狄，也备受失眠的折磨：“他每次的睡眠时间很短，通常在午夜前醒来；因此有时他白天主持庭讯时也打瞌睡，律师有意提高嗓门才好不容易使他醒来。”[4]《亨利四世》（下篇）中的亨利王，显然也被失眠折磨着。他知道，睡眠对普通人更温情，对戴王冠的人很无情：

[1] 莎士比亚：《莎士比亚全集》，朱生豪等译，第6卷，人民文学出版社，1978年，第261—262页。
[2] 威廉·哈兹里特：《莎士比亚戏剧中的人物》，顾钧译，华东师范大学出版社，2009年，第176页。
[3] 苏维托尼乌斯：《罗马十二帝王传》，张竹明等译，商务印书馆，1995年，第183页。
[4] 苏维托尼乌斯：《罗马十二帝王传》，张竹明等译，商务印书馆，1995年，第213页。

我的几千个最贫贱的人民正在这时候酣然熟睡！睡眠啊！柔和的睡眠啊！大自然的温情的保姆，我怎样惊吓了你，你才不愿再替我闭上我的眼皮，把我的感觉沉浸在忘河之中？为什么，睡眠，你宁愿栖身在烟熏的茅屋里，在不舒适的草荐上伸展你的肢体，让嗡嗡作声的蚊虫催着你入梦，却不愿偃息在香雾氤氲的王侯的深宫之中，在华贵的宝帐之下，让最甜美的乐声把你陶醉？啊，你冥漠的神灵！为什么你在污秽的床上和下贱的愚民同寝，却让国王的卧榻变成一个表盒子或是告变的警钟？在巍峨高耸惊心眩目的桅杆上，你不是会使年轻的水手闭住他的眼睛吗？当天风海浪做他的摇篮，那巨大的浪头被风卷上高高的云端，发出震耳欲聋的喧声，即使死神也会被它从睡梦中惊醒的时候。啊，偏心的睡眠！你能够在那样惊险的时候，把你的安息给与一个风吹浪打的水手，可是在最宁静安谧的晚间，最温暖舒适的环境之中，你却不让一个国王享受你的厚惠吗？那么，幸福的卑贱者啊，安睡吧！戴王冠的头是不能安于他的枕席的。[1]

显然，亨利四世只看到了表面现象，却不理解这现象背后的实质和真理。他不知道，缺乏制约的权力，帝王的窳败的德行，不仅会导致社会性的政治混乱，而且，也必然折磨着大权在握的最高统治者的神经，造成他们的精神焦虑和心理混乱，而失眠，实在不过是这种心理混乱的一种结果和表征而已。事实上，在这段话里，莎士比亚不仅揭示了人物的复杂而丰富的心理活动，而且还肯定了低调的自然主义生活态度和人生哲学。也就是说，一个最高统治者，倘若能卑己自牧，而不是高自标树，动辄要人家向他折腰下跪，或对他喊“万岁”，那么，

[1] 莎士比亚：《莎士比亚全集》，朱生豪等译，第5卷，人民文学出版社，1978年，第170—171页。

他的良心就会安宁很多；睡眠这个“温情的保姆”，也会像对待普通人那样，对他温情脉脉，眷顾有加。

关于睡眠，关于人生乐趣，关于权力和伟大，关于尊敬和荣耀，关于“煊赫的排场”，《亨利五世》中的亨利王，也有着深刻的体验，也有过深刻的思考，也发过深深的感慨：

> 做了国王，多少民间所享受的人生乐趣他就得放弃！而人君所享有的，有什么是平民百姓所享受不到的——只除了排场，只除了那众人前的排场？你又算是什么呢——你偶像似的排场？你比崇拜者忍受着更大的忧患，又是什么神明？你收到多少租金，又带来了多少进账？啊，排场，让我看一看你的价值是多少吧！你凭什么法宝叫人这样崇拜？除了地位、名衔、外表引起人们的敬畏与惶恐外——你还有些什么呢？你叫人惶恐，为什么反而不及那班诚惶诚恐的人来得快乐呢？你天天喝下肚去的，除了有毒的谄媚代替了纯洁的尊敬外，还有什么呢？啊，伟大的“伟大”呀，且等你病倒了，吩咐你那套排场来给你治病吧！你可认为那沸烫的发烧，会因为一大堆一味奉承的字眼而退去吗？凭着那打躬作揖，病痛就会霍然而愈吗？当你命令乞丐向你双膝跪下的时候，你能同时命令他把康健献给你吗？不，你妄自尊大的幻梦啊，你这样善于戏弄帝王的安眠。我这一个国王早已看破了你。我明白，无论帝王加冕的圣油、权杖和那金球，也无论那剑、那御杖、那皇冠、那金线织成和珍珠镶嵌的王袍、那加在帝号前头的长长一连串荣衔；无论他高倨的王位，或者是那煊赫尊荣，像声势浩大的潮浪泛滥了整个陆岸——不，不管这一切辉煌无比的排场，也不能让你睡在君王的床上，就像一个卑贱的奴隶那样睡得香甜。一个奴隶，塞饱了肚子，空着脑子，爬上床去——干了一天辛苦活儿，就再不看见那阴森森的、从地狱里产生的黑夜。他倒像是

> 伺候太阳神的一个小厮，从日出到日落，只是在阳光里挥汗，到了晚上，就在乐园里睡个通宵；第二天天一亮，又一骨碌起身，赶着替太阳神把骏马套上了车；年年月月，他就干着这营生，直到进入了坟墓。像这样，一个奴隶，欠缺的就只是煊赫的排场，要不然，他日出而作，日入而息，远远地胜过了做一个皇帝。[1]

这也是一段特别值得注意的台词。亨利五世是一个贤明、能干的国王，也是莎士比亚很喜欢的历史人物。在自己的剧本中，莎士比亚将他塑造成“好人中的国王”，“并极力为他的所作所为辩护”[2]。正是由于莎士比亚将亨利五世当作人格健全的人物来写，所以，上引的这段长长的独白，就不是可以等闲视之的詹言曲说，而是需要认真对待的庄言正论。

在亨利五世看来，做国王的代价，就是放弃正常的人生乐趣。国王可以享受“排场”，但为此他得付出“更大的忧患”。他可以让人们恐惧，却无法令自己快乐。他只会得到虚情假意的逢迎——“有毒的谄媚”，却很少收获真心实意的赞美——“纯洁的尊敬”。虚假的“伟大”不会治愈国王的疾病，不会慷慨地惠赠他健康。最可怕的是，“高倨的王位”和“煊赫尊荣”，反而会搅扰你的睡眠，使他无法“像一个卑贱的奴隶那样睡得香甜”。也就是说，一个奴隶，虽然没有国王的“排场”和“煊赫”，但却享受着那些最基本也最重要的幸福——甜蜜的睡眠和充实的生活。

低调而朴素的自然主义人生哲学，不仅意味着满足人们最基本的需求，而且，还意味着亲近自然，并按照自然所暗示的原则生活。这就是为什么汤显祖和莎士比亚都会不约而同地写到大地上的万物，写

[1] 莎士比亚：《莎士比亚全集》，朱生豪等译，第5卷，人民文学出版社，1978年，第317—318页。
[2] 威廉·哈兹里特：《莎士比亚戏剧中的人物》，顾钧译，华东师范大学出版社，2009年，第162页。

到草木、山水、月亮和太阳，写到最基本的日常生活事象——例如，睡眠和食物。

在《南柯记》中，契玄禅师的生活，就离不开林泉、清风与明月：“老住西峰第几层，琉璃为殿月为灯。终年不语看如意，长守林泉亦未能。……无影树下，弄月嘲风。没缝塔中，安身立命。可以浮沤复水，明月归天。”[1]在《邯郸记》行将结束的时候，吕洞宾用“人世上行眠立盹”[2]表达了这样的意思——朴素而低调的生活，可以使人自如地进入睡眠，进入一种极为自在的生活状态；又用“好香”的“黄粱饭”，嘲笑和否定了卢生汲汲以求的“列鼎而食”的奢靡生活。

就像亨利五世一样，吕洞宾也将享受日常生活中的幸福，视为无权的底层人，尤其是求道之人的专利，而有权力者与势利之徒无与焉：“求道之人，草衣木食，露宿风餐，你做功臣的人怎生享用的？”[3]其实，对这类话的解读，不可拘囿于“道家”的“游仙”的范围，就像我们不能把莎士比亚戏剧所表现的生活，仅仅与国王和贵族这一特殊阶层关联起来。因为，就像莎士比亚用贵族们的故事，表现了人类共同的经验一样，汤显祖也用仙人和禅师的思想，阐释了一种具有普适性的生活哲学，肯定了一种低调的生活态度和健康的生活方式。

事实上，一切深刻的人生哲学，都具有低调和克制的特点。希腊人的生活哲学，也属于这种朴素的自然主义的类型。他们所理解的“自由”，并不是放纵，而是克制，就像汉密尔顿所揭示的那样：“任何英语单词都无法表达希腊文 sophrosuné 一词的涵义，而它却是希腊人最为珍视的品性。尽管它常被译为克己、自制，但它却远超出这个义项。它正是对德尔斐两大神谕精神的界说：‘认识自己’和‘任何事都不要做过头’。傲慢与目空一切是希腊人最为憎恶的两种品性，

[1] 汤显祖：《汤显祖集全编》（六），上海古籍出版社，2015 年，第 2832 页。
[2] 汤显祖：《汤显祖集全编》（六），上海古籍出版社，2015 年，第 3094 页。
[3] 汤显祖：《汤显祖集全编》（六），上海古籍出版社，2015 年，第 3088 页。

sophrosuné 则与之严格对立。正如亚里士多德所说，sophrosuné 本身的含义是，承认潜存于人类共性中的那种持中的美德，限制放纵，规避无节制的冲动，服从和谐与平衡的内在法则。”[1]

然而，19 世纪以来，尤其是在 20 世纪的后五十年和 21 世纪的最近十多年，人类的生活彻底背弃了“和谐与平衡的内在法则”。种种极端主义的社会法则和原教旨主义的生活法则，控制着人们的心理和行为。人们似乎更倾向于认同和接受那种征服一切、攫取一切的高调的人生哲学。

在大自然、时间和种种神圣的事物面前，我们表现出一种极其浅薄的傲慢和肆无忌惮的恣睢。我们以为自己无所不能，战无不胜。我们只追求形式上的成功和虚妄的荣耀。我们先是贪婪地攫取权力，后来就疯狂地攫取金钱。

不再有慷慨的给予和温柔的同情。残忍和冷酷成了一种心理习惯。对别人的不幸和痛苦我们视若无睹。骇人听闻的伤害，恐怖性质的破坏，在在可见。

生活完全失去了方向和目标。生活的技术手段，越来越尖端；但生活哲学和价值体系，却越来越低级，越来越混乱。

重读汤显祖和莎士比亚，也许有助于我们重新认识那种古老而又智慧的人生哲学。

是的，低调而理性的自然主义，实在就是最可靠的生活哲学和最有效的价值体系。

无论对公元前 5 世纪的希腊人，还是对 21 世纪的“新人类”，这样的 sophrosuné，这种低调的自然主义，无疑是仍然是伟大的人生哲学，仍然是我们必须遵从的普遍法则。

舍此之外，别无他途。

---

[1] 伊迪丝·汉密尔顿：《希腊的回声》，曹博译，华夏出版社，2008 年，第 7—8 页。

四、再度创作：时代性、升华性与集体性共创

在写作题材资源的获取方式上，汤显祖与莎士比亚有一个惊人的相似之处，那就是，他们很少直接从现实生活中取材，也很少完全根据自己的经验进行纯粹原创性的创作，而是更多地利用固有的神话传说、历史叙事和文学文本进行再度创作。

汤显祖的《牡丹亭》所依据或受其启发的原始文本，是三国时期曹丕所著《列异传》中的一则故事、唐代佛经《法苑珠林》中的两则故事、陈玄祐的唐传奇《离魂记》、郑光祖的元曲《迷青琐倩女离魂》以及明代话本小说《杜丽娘慕色还魂》；《紫钗记》取材的原始文本是蒋防的《霍小玉传》；《南柯记》取材的原始文本是李公佐的《南柯太守传》；《邯郸记》取材的原始文本是沈既济的《枕中记》。

莎士比亚的原始文本的来源就更加广泛，具有当时情形下的极其开阔的世界视野和历史视野。除了《暴风雨》《温莎的风流娘儿们》《爱的徒劳》等不多的作品属于原创，莎士比亚的绝大部分作品，都是在固有文本基础上的“再度创作”。

《裘力斯·凯撒》《安东尼与克莉奥佩特拉》《科利奥兰纳斯》《雅典的泰门》来自普鲁塔克的《希腊罗马名人传》；《哈姆莱特》取材于13世纪初萨克梭格玛提克斯所著的《丹麦史》卷三和卷四;《奥赛罗》《威尼斯商人》和《罗密欧与朱丽叶》取材于意大利小说；《亨利六世》《理查三世》《理查二世》《约翰王》《亨利四世》《亨利五世》《亨利八世》《麦克白》《辛白林》取材于霍林希德、伯依斯、哈里森和利兰合著的《英格兰、苏格兰爱尔兰编年史》（1577）；奥维德的《变形记》、薄伽丘的《十日谈》和乔叟的《坎特伯雷故事集》也都是莎士比亚获取写作素材的文本资源。

然而，他们的这种再度创作，不仅毫无依傍他人的陈旧之感，而且，给人一种别开生面、别有洞天的全新感觉，就像一件锈迹斑斑、黯淡无光的器皿，经过他们的一番擦拭，立即明亮如新。

固有的文本点燃了他们的灵感，就仿佛火柴点燃了蜡烛，火柴灭了，蜡烛却亮着。

原作中的故事、人物、思想，让汤显祖和莎士比亚怦然心动，灵感便电光石火般迸发出来。

于是，他们开始琢磨这些故事，琢磨故事中的人物。他们的情感、想象和思想的水流，初焉汩汩，继而潺湲，终而飞湍瀑流，砯崖转石，情满于山，意溢于海。

在汤显祖和莎士比亚充满热情和诗意的想象中，人物获得了全新的生命，有了全新的面孔、全新的性格、全新的感情。他们比原来的样子更完美。这些新的人物跃然纸上，呼之欲出。

我们的大师将自己对生活的理解、对人性的观察，将自己的体验、愿望和思想，都灌注到这些固有的人物身上。故事被重新叙述，细节描写更精微，更耐人咀嚼；情节更曲折，更合理，更引人入胜；情感更丰富，更具有普遍的人性内容；对了，还有思想——在他们的再度创作的作品里，充满了对生活和世界的更深刻的认识。

他们的“再度创作”，至少在这样三个方面，给后世的作家提供了有价值的经验资源：一个是时代性；一个是升华性；一个是集体性共创。试分说之。

先说时代性。

任何自觉的写作，都首先针对自己时代的写作。它必须首先立足于当代性，然后再由此上升到超时代的普遍性。一部毫无时代性指涉的作品，不可能成为超越时代的伟大作品；一部不能感动自己时代读者的作品，也很难感动后来时代的读者。

汤显祖和莎士比亚首先是属于自己时代的作家。时代性是他们的

“再度创作”的一个共同特点。也就是说，无论多么古远的题材，他们都要将它转化为关乎时代生活的叙事内容，都要将自己时代的情绪、问题和经验灌注进去。

虽然汤显祖的《紫钗记》《南柯记》和《邯郸记》，皆取材于唐代传奇，但是，在我们读来，在在皆是明代的人物和生活，是汤显祖对自己时代的不满和批判。“临川四梦”中所展示的官场上的钩心斗角，科场上的肆无忌惮的作弊，生活上无节制的攫取和放纵，对长寿的病态的贪婪，以及边患屡起、一夕数惊的形势，凡此种种，都是对明代现实生活中的真实反映。汤显祖自己在科场上和官场上的坎坷际遇，在政治上的抱负和努力，也都被融会到了他的戏曲创作当中。

莎士比亚也是一个充满现实关怀精神的伟大作家。莎士比亚的几乎所有戏剧，都是自己时代的镜像。他说：“自有戏剧以来，它的目的始终是反映自然，显示着善恶的本来面目，给它的时代看一看它的演变发展的模型。”[1]英国几百年来的政治，充满了残酷的斗争，无情的伤害，不知多少人被送上了绞刑架和断头台，不知多少人死于阴险的算计和毒辣的暗杀，不知有多少家庭在战争中妻离子散、家破人亡。他在十部历史剧中，直接展示了英国王室权力斗争的残酷和野蛮——正像英国文学史家哈里·布拉迈尔就曾说过，莎士比亚的历史剧是“伊丽莎白时代人们眼中的政治史”[2]。即使在那些并非直接取材于英国历史的悲剧中，我们也可以看见英国历史的影子。在《麦克白》第四幕第三场，莎士比亚借人物洛斯之口，说了这样一通话：

> 唉！可怜的祖国！它简直不敢认识它自己。它不能再称为我们的母亲，只是我们的坟墓；在那边，除了浑浑噩噩、一无所知

[1] 莎士比亚：《莎士比亚全集》，朱生豪等译，第9卷，人民文学出版社，1978年，第68页。
[2] 哈里·布拉迈尔：《英国文学简史》，濮阳翔等译，四川人民出版社，1987年，第75页。

> 的人以外，谁的脸上也不曾有过一丝笑容；叹息、呻吟、震撼天空的呼号，都是日常听惯的声音，不能再引起人们的注意；剧烈的悲哀变成一般的风气；葬钟敲响的时候，谁也不再关心它是为谁而鸣；善良人的生命往往在他们帽上的花朵还没有枯萎以前就化为朝露。[1]

谁能说这样的感叹里，没有莎士比亚时代的影子？即使在以古罗马题材为内容的“再度创作”中，莎士比亚也将反思的焦点和批判的锋芒，对准了自己的时代。歌德说：“如果诗人只复述历史家的记载，那还要诗人干什么呢？诗人必须比历史家走得远些，写得更好些。索福克勒斯所写的人物都显出那位伟大诗人的高尚心灵。莎士比亚走得更远些，把所写的罗马人变成了英国人。他这样做是对的，否则英国人就不会懂。”[2]其实，更准确的说法应该是：莎士比亚把一切遥远时代的生活，都变成了自己时代的生活，否则，他的同时代人就不会那么感兴趣。事实上，在《安东尼与克莉奥佩特拉》《裘力斯·凯撒》等古罗马题材的悲剧中，我们就可以看见对英国的历史和现实的曲折的反映。

是的，即便处理的是别国的叙事题材，莎士比亚也要将它“当代化”和“英国化”。朱丽叶的悲剧虽然以意大利的维洛那为背景，但是，在很多方面，莎士比亚的“想象力始终贴近亲近熟悉的事物”[3]，以大量的日常生活细节，真实地反映了伊丽莎白一世女王时代的社会风气和等级秩序。一方面，那时个人情感生活的自由度十分大，“在伊丽莎白时代，男女关系十分开放。那时伦敦的女性以‘热情友好’闻名整个欧洲，从外地来的旅者坦言他们对伦敦男女之间交往的自由

---

[1] 莎士比亚：《莎士比亚全集》，朱生豪等译，第 8 卷，人民文学出版社，第 374 页。
[2] 爱克曼辑录：《歌德谈话录》，朱光潜译，人民文学出版社，1978 年，第 114 页。
[3] 斯蒂芬·格林布拉特：《世俗威尔：莎士比亚新传》，辜正坤等译，北京大学出版社，2007 年，第 284 页。

和随意程度感到‘非常吃惊’。而且，不仅在伦敦，英国其他地方的男女关系也很随便”[1]。但是，另一方面，人们的关系又非常僵硬，交往方式也极为刻板，“伊丽莎白时代的社会具有严格、普遍、显著的等级制度：男人的地位高于女性，成年人高于儿童，老人高于青年，富人高于穷人，出身名门者高于平民。任何人若违反这些规则：比如说忘记给地位高于自己的人让座、试图当着地位高于自己的人的面穿过一道门、在教堂或饭桌上马虎地坐在自己不配坐的地方，都会惹上麻烦”[2]。在这样的社会规范里，女儿在家庭中的社会地位，也不会很高。她们将来的婚姻，正像《罗密欧与朱丽叶》中所写的那样，基本由父亲按照自己的意志来决定。所以，朱丽叶的悲剧，也就是伊丽莎白时代许多无名的朱丽叶们的悲剧。

再说升华性。

一切天才的作家，无论面对什么样的题材，他都要从美学和伦理两方面，将原作向上提升，使它更趋完美和深刻。升华性是汤显祖和莎士比亚“再度创作”的又一个共同特点和宝贵经验。他们通过惨淡经营，通过天才的创造，将他们所依本的“原作”，提高到了经典性的高度。

就汤显祖《牡丹亭》来看，其灵感之来，作意之起，自然与《法苑珠林》和《列异传》、陈玄祐之《离魂记》、郑光祖之《迷青琐倩女离魂》及明代话本小说《杜丽娘慕色还魂》，颇有关系。然而，前二作着眼点在肉身的复活，且叙事较为简单；后三者才涉及“离魂”，关注的焦点，也在心灵的煎熬和复活，且叙事较前二作更为详细。在后三者中，陈玄祐小说实为“离魂”叙事的开山之作，且篇幅不长，无妨全文录在这里：

[1] 彼得·艾克洛德：《莎士比亚传》，郭骏、罗淑珍译，国际文化出版公司，2010年，第312页。

[2] 斯蒂芬·格林布拉特：《世俗威尔：莎士比亚新传》，辜正坤等译，北京大学出版社，2007年，第45页。

天授三年，清河张镒，因官家于衡州。性简静，寡知友。无子，有女二人。其长早亡；幼女倩娘，端妍绝伦。镒外甥太原王宙，幼聪悟，美容范。镒常器重，每曰："他时当以倩娘妻之。"后各长成。宙与倩娘常私感想于寤寐，家人莫知其状。后有宾寮之选者求之，镒许焉。女闻而郁抑；宙亦深恚恨，托以当调，请赴京，止之不可，遂厚遣之。宙阴恨悲恸，决别上船。日暮，至山郭数里。夜方半，宙不寐，忽闻岸上有一人行声甚速，须臾至船。问之，乃倩娘徒行跣足而至。宙惊喜发狂，执手问其从来。泣曰："君厚意如此，寝食相感。今将夺我此志，又知君深情不易，思将杀身奉报，是以亡命来奔。"宙非意所望，欣跃特甚。遂匿倩娘于船，连夜遁去。倍道兼行，数月至蜀。凡五年，生两子，与镒绝信。其妻常思父母，涕泣言曰："吾曩日不能相负，弃大义而来奔君。向今五年，恩慈间阻。覆载之下，胡颜独存也？"宙哀之，曰："将归，无苦。"遂俱归衡州。既至，宙独身先镒家，首谢其事。镒曰："倩娘病在闺中数年，何其诡说也！"宙曰："见在舟中！"镒大惊，促使人验之。果见倩娘在船中，颜色怡畅，讯使者曰："大人安否？"家人异之，疾走报镒。室中女闻喜而起，饰妆更衣，笑而不语，出与相迎，翕然而合为一体，其衣裳皆重。其家以事不正，秘之。惟亲戚间有潜知之者。后四十年间，夫妻皆丧。二男并孝廉擢第，至丞尉。玄祐少常闻此说，而多异同，或谓其虚。大历末，遇莱芜县令张仲𫍯，因备述其本末。镒则仲𫍯堂叔祖，而说极备悉，故记之。[1]

这篇传奇词采华美，叙事简洁，允为佳作。但是，它对人物心理的描写，似乎并不深入——无论是张镒的悔婚另媒，还是倩娘的"郁抑"心情，都写得比较简略。

---

[1] 鲁迅：《鲁迅辑录古籍丛编》，第2卷，人民文学出版社，1999年，第22—23页。

到了郑光祖的《迷青琐倩女离魂》，人物关系做了新的调整：张镒“早年间亡化已过”，王宙的名字改为王文举，他与张家的关系不再是甥舅关系，而是世交关系；他与倩娘之间的关系，由原来的长辈对晚辈的“器重”，改为同僚之间的指腹为婚。张母并未拒绝女儿与王文举的婚姻，只是以“俺家三辈儿不招白衣秀士”为借口，给原来的婚约增了附加条件。这就比唐传奇中的近乎无来由的“镒许焉”，更为细致周密，更有说服力。杂剧对倩娘婚姻遇阻后郁闷心情的描写，也较小说文本要细致。倩娘凄凄楚楚地唱道：

【后庭花】我这里翠帘车先控着，他那里黄金灯懒去挑。我泪湿香罗袖，他鞭垂碧玉梢。望迢迢，恨堆满西风古道。想急煎煎人多情人去了，和青湛湛天有情天亦老。俺气氲氲喟然声不定交，助疏剌剌动羁怀风乱扫。滴扑簌簌界残妆粉泪抛，洒细濛濛浥香尘暮雨飘。

【柳叶儿】见淅零零满江干楼阁，我各剌剌坐车儿懒过溪桥，他矻蹬蹬马蹄儿倦上皇州道。我一望望伤怀抱，他一步步待回镳，早一程程水远山遥。

（正末云）小姐放心，小生得了官，便来取你。小姐请上车儿回去罢。（正旦唱）

【赚煞】从今后只合题恨写芭蕉，不索占梦揲蓍草。有甚心肠更珠围翠绕。我这一点真情魂缥缈，他去后不离了前后周遭。厮随着，司马题桥，也不指望驷马高车显荣耀。不争把琼姬弃却，比及盼子高来到，早辜负了碧桃花下凤鸾交。[1]

《牡丹亭》的还魂叙事，显然取材于唐人与元人，但最终却驾而

[1] 王季思主编：《全元戏曲》，第四卷，人民文学出版社，1999 年，第 587—588 页。

上之，更胜一筹。汤显祖并不满足于与古人“比而齐之”，不满足于仅仅从外在视角重复讲述一个传奇故事。他选择的是纯粹的“内视角”，即完全从人物的内心体验来写，努力开掘人物的幽隐而丰富的心理内容，从而将自己的戏剧叙事，升华为具有人性深度的“心理剧”。也就是说，杜丽娘的强烈的精神焦虑，她的沉重而绝望的心灵痛苦，是从无计消除的忧愁中来，从周天匝地的不自由中来，而不单是由某一个人外在的阻挠所致。

《牡丹亭》与《重刻增补燕居笔记》中所载之明人话本小说《杜丽娘慕色还魂》的关系，无疑更为直接。在汤显祖的新作里，人物名字与明人原作一样，情节大体轮廓未变，人物的多处对话，也一仍其旧：“《牡丹亭》的故事情节，在前三十五出中基本上承袭了话本《杜丽娘慕色还魂》，后二十出则从谈生故事得到启发，铺演而成。由于故事情节的承袭，《牡丹亭》在文字上也有大量因袭《杜丽娘慕色还魂》之处。”[1] 汤显祖甚至直接用话本小说的原名来命名自己的剧作。

然而，这两个作品的气质和格调，却全然两样，就像寻常的玉石与粹美的宝玉迥然不同一样。汤显祖将重点放在了对人物的内心经验的分析和表现上。他为杜丽娘拟想的曲文，简直就是在她心弦上弹奏出来的掩抑而缠绵的低诉。他用莲荷一样芬芳、露珠一样洁净、春光一样温柔的文字，将杜丽娘内心深处的苦闷和怅惘、绝望和决绝，淋漓尽致地表现了出来，正像郑培凯教授所说的那样：“汤显祖在剧中着意经营的是大段的曲文，以细腻的文字，优美的词句配合唱腔，铺叙了角色的心境，并且生动地呈现了剧中人物的性格变化，使得这些本来用以推展剧情的宾白成了附属的文字，只有重复说明曲文的作用了。由这一点来说，《牡丹亭》在文字修辞上的成就，与袭自《杜丽

[1] 郑培凯：《汤显祖：戏梦人生与文化求索》，上海人民出版社，2015 年，第 183 页。

娘慕色还魂》的文字，几乎无关。”[1]总之，就曲文的艺术成就来看，“《牡丹亭》当然是超越了原来的话本雏形。至于汤显祖运用说白文字之妙，亦远非《杜丽娘慕色还魂》的作者所能企及”[2]。关于汤显祖对《杜丽娘慕色还魂》的“创造性改编”，江巨荣教授则从“重构主线”“副线新设”“众体皆备”等方面，肯定了改编者天才的创造力，认为“全是意兴所至，不拘格套，而有秀杰之气充溢其间。这样的文字，不是哪个人都可以办到的”[3]。

仿佛把一只麻雀变成一只孔雀，仿佛把一颗醋栗变成一颗石榴，汤显祖在创作《紫钗记》《南柯记》和《邯郸记》的时候，也是对原作进行了脱胎换骨式的改写，赋予它们以更加丰富的人生内容和社会内容，赋予了它们巨大的思想深度和审美感染力。

莎士比亚剧本创作的总量，比汤显祖要多出将近十倍，他的再度写作取材的范围，也更为广泛，已经不局限于自己国家的固有文本，而是在世界范围内寻找可资利用的资源。也就是说，就取材的广泛性来看，莎士比亚的写作，已经是一种世界性的写作了。

然而，就像汤显祖一样，莎士比亚在“再度创作”上，也表现出天才的创造力和升华能力。无论从伦理精神，还是从美学效果来看，莎士比亚对原作的改写都达到了完美的境界。

《李尔王》的故事在英国广为流传，家喻户晓，“到了莎士比亚时代，至少有四十多种作品描写、介绍过李尔王和他三个女儿的曲折经历。莎士比亚的这部杰作的主要情节取自一个题为《李尔王和他三个女儿的真实编年史》的旧剧本”[4]。在霍林希德等人合著的《英格兰、苏格兰爱尔兰编年史》（1577）的叙事中，李尔王被大女儿和二女儿赶

[1] 郑培凯：《汤显祖：戏梦人生与文化求索》，上海人民出版社，2015年，第180页。
[2] 郑培凯：《汤显祖：戏梦人生与文化求索》，上海人民出版社，2015年，第183页。
[3] 江巨荣：《汤显祖研究论集》，上海人民出版社，2015年，第161页。
[4] 郑土生：《莎士比亚研究和考证》，江苏教育出版社，2005年，第148页。

出了家门，但他并没有发疯，而是逃到了欧洲大陆，与小女儿一起领着高卢军队，回到了不列颠，打败了两个不孝的女儿，杀死了两个凶狠的女婿，夺回了王位。“两年后，李尔病故，在位共四十年。李尔去世后，考苔拉（小女儿）就任不列颠女王。”[1]但是，莎士比亚完全改变了原来故事的喜剧结局，将它完全拧过来，写成一个应该胜利的人遭遇彻底失败的悲剧，从而营造出了令人震撼和惊悚的悲剧效果。

完成于1611年的《冬天的故事》，几乎是莎士比亚最后一个剧本。在它所依本的格林的原初文本中，结局是一个悲剧。但是，晚年的莎士比亚心态趋于和谐，宁愿一切冲突都有一个理性而完满的解决，于是，他将王后冤屈而死、国王愧悔自杀的结局，改成了矛盾冲突都得到解决的完满结局：“‘大团圆’的想法是莎氏最后几部作品共同特点之一，他向舞台告别之前表现了浓厚的“和解”（reconciliation）的精神，乖离的父子、兄弟、夫妇都以和好如初的姿态收场，这是结束剧情最有效的办法，也表示了作者自己的心情。”[2]这不是简单的改编，而是深刻意义上的升华，是表达着成熟的人生理念和人文精神的升华。

《裘力斯·凯撒》的材料来自《希腊罗马名人传》。但是，普鲁塔克却并不将勃鲁托斯当作英雄来写，也就是说，并没有写出他捍卫共和的伟大的正义精神。然而，莎士比亚却没有局限于原作的视野。他敏锐地看到了勃鲁托斯身上的伦理价值，看到了他刺杀凯撒的英雄气概和非凡性质。勃鲁托斯牺牲以后，莎士比亚别出心裁地让他的敌人安东尼说了一通赞美他的人格的话：

> 在他们那一群中间，他是一个最高贵的罗马人；除了他一个人以外，所有的叛徒们都是因为妒嫉凯撒而下毒手的；只有他才

---

[1] 郑土生：《莎士比亚研究和考证》，江苏教育出版社，2005年，第150页。

[2] 梁实秋：《梁实秋文集》，第8卷，鹭江出版社，2002年，第154页。

是激于正义的思想，为了大众的利益，而去参加他们的阵线。他一生善良，交织在他身上的各种美德，可以使造物肃然起立，向全世界宣告，“这是一个汉子！”[1]

事实上，在普鲁塔克的传记作品中，安东尼从来就不曾说过这样的话，也不会说出这样的话。他对勃鲁托斯没有好感，对他的死感到高兴。但是，莎士比亚不会让勃鲁托斯死得如此无声无臭。作为反抗暴政、诛杀暴君的英雄，勃鲁托斯需要一个仪式庄严的赞美。莎士比亚出人意表又合乎情理地让安东尼来承担为勃鲁托斯盖棺论定的角色：“莎士比亚所以要虚构这段话，很明显，这是他自己心里要说的话，而且特意让勃鲁托斯的政敌安东尼来说，收到了最佳效果。他的势不两立的敌人都这样热情地颂扬他的高尚品德，可见他的伟大精神感动了所有的人。”[2]莎士比亚真实地写出了勃鲁托斯的复杂性：他过于仁慈、缺乏必要的政治经验，为安东尼所赚，最终失败被杀。但是，他的政治信念是高尚的，人格是伟大的。所以，为了给他一个公正的评价，为了鼓舞人类反抗暴政的勇气，莎士比亚就这样正确地、天才性地对悲剧情节，进行了升华性的再度创造，从而赋予这部悲剧以伟大的性质和积极的力量。

最后，再谈谈集体性共创。

集体性共创是我整合出来的一个概念，其基本内涵是：一切成熟意义上的文学创作，都是以前人或同代人文学经验为基础，是对多种经验吸纳和整合的结果，因而，本质上是集体性的，而非个人性的；是由知名或不知名的人“共同”参与和创造的，而不是由一个人师心自用独自创作出来的。它涉及了对独创、生活和内心封闭性等问题的

[1] 莎士比亚：《莎士比亚全集》，朱生豪等译，第8卷，人民文学出版社，1978年，第302—303页。
[2] 郑土生：《莎士比亚研究和考证》，江苏教育出版社，2005年，第138页。

理解和阐释。

长期以来，我们极端强调“独创性”。很大程度上，这是一种试图摆脱一切依赖、否定一切经验的消极的文学意识，是一种傲慢的写作姿态和无知的写作理念。说它傲慢，是因为它自以为代表了最新的潮流，代表了最有前途的方向；而前人的经验都是陈旧的、无意义的，非“谬种”即“妖孽”，必须“铲除”和“摧毁”之。说它无知，是因为它不知道，所谓纯粹的、前无古人的“独创”，压根儿是不可能和不存在的；而真正意义上的“独创性”，本质上不过是“共创性”，是对前人的经验的创造性吸纳和整合——杜甫和汤显祖都是《昭明文选》的热爱者，都从这部书中受益良多[1]；所以，恶声咒骂“选学妖孽”，必为杜、汤二公所不许。

歌德就反对夸大“独创性”。在他看来，完全属于一个人的“独创性”是不可想象的，因为，真正意义上的“独创性”其实是许多人的经验融合的产物，是集体性创造的结果。他提出了“集体性人物”这样一个概念。在他看来，所有作家其实都是这样的人物。

1832 年 2 月 17 日，歌德对爱克曼说过这样一段话：“事实上我们全都是些集体性人物，不管我们愿意把自己摆在什么地位。严格地说，可以看作我们自己所特有的东西是微乎其微的，就像我们个人是微乎其微的一样。我们全都要从前辈和同辈学习到一些东西。就连最大的天才，如果想单凭他所特有的内在自我去对付一切，他也决不会有多大成就。可是有许多本来很高明的人却不懂这个道理。他们醉心于独创性这种空想，在昏暗中摸索，虚度了半生光阴。我认识过一些艺术家，都自夸没有依傍过什么名师，一切都要归功于自己的天才。

---

[1] 杜甫在《宗武生日》中写道：“诗是吾家事，人传世上情。精熟《文选》理，休觅彩衣轻。”（仇兆鳌：《杜诗详注》，第四册，中华书局，1979 年，第 1477—1478 页）可以见出杜甫对《文选》的态度。汤显祖也是很早就熟读《昭明文选》的；他粲然可观的文采，很大程度上，就是从这部“文章渊薮”中来的。

这班人真蠢！好像世间竟有这种可能似的！……我只不过有一种能力和志愿，去看去听，去区分和选择，用自己的心智灌注生命于所见所闻，然后以适当的技巧把它再现出来，如此而已。我不应把我的作品全归功于自己的智慧，还应归功于我以外向我提供素材的成千上万的事情和人物。”[1]这是一段非常重要的议论，有助于我们反思和纠正极端性质的“创新”理论和“独创”理论。

事实上，对极端的“独创性”理论的质疑和反对，是歌德一贯的立场和观点。早在1825年5月12日，他就曾对爱克曼谈及自己对这一问题的思考：“人们老是在谈独创性，但是什么才是独创性！我们一生下来，世界就对我们发生影响，而这种影响一直要发生下去，直到我们过完了这一生。除掉精力、气力和意志以外，还有什么可以叫做我们自己的呢？如果我们能算一算我应归功于一切伟大的前辈和同辈的东西，此外剩下来的东西也就不多了。”[2]歌德的这些深刻观点，是一个伟大作家的经验之谈。对于我们克服长期流行的关于“独创”和“创新”的错谬观点，确实有补偏救弊之用。由于缺乏对人类文学经验的深刻认知，我们一直鼓励一种盲目的“独创精神”和“创新精神”，最终的结果，却是事与愿违：我们所创造出来的貌似“独创”的东西，其实既不“新鲜”，也不“独特”，往往显得浅薄而陈旧，甚至不过是“沉渣的泛起”而已。

汤显祖和莎士比亚的伟大经验，足以证明现代的所谓“独创性”理念，是靠不住的；“共创性”的创作理念和方法，才是合乎人类文学创作和发展的一般规律的。

汤显祖和莎士比亚的戏剧创作，就是一种“集体性的创作”。他们的文学大树的根，扎在别人经验的土壤里。他们乐意与古人或前辈

---

[1] 爱克曼辑录：《歌德谈话录》，朱光潜译，人民文学出版社，1978年，第250页。

[2] 爱克曼辑录：《歌德谈话录》，朱光潜译，人民文学出版社，1978年，第88页。

作家一起合作，共同创造。他们将自己的生活经验、情感、思想与原始文本融为一体，赋予它们以新的内容和风格。

他们的意识中根本没有狭隘的“独创性”。对他们来讲，无论是固有的素材，还是前人的经验，只要是有用的，就可以通通拿来。

在他们看来，放弃固有的资源和经验，而去向壁虚构，或到压根没有叙事价值的“生活中”去寻找题材内容，简直捧着金饭碗讨饭吃，是再愚蠢不过的了。

他们完全颠覆了现代以来“生活决定论”的僵硬教条。这种理论将“生活”无限放大，甚至使它成为一种压迫着作家的感受力、想象力和判断力的怪物：“‘生活’奴役着文学。在以‘生活’为核心理念的规约模式的束缚下，作家的个性发展、精神自由和创造活力，都受到了严重的压抑和伤害。”[1]

汤显祖和莎士比亚也根本没有“深入生活”这样的意识，因为，他们自己就在生活之中。他们也根本不会被那些关于“生活”的文学教条所困扰，因为，即便在前人既有的历史叙事中，他们也能发现生活的“源泉”，也能汲引到“生活”的清水。

就像歌德所说的那样，在文学上，每一个作家都不过是必须依赖他人经验的“集体人物”。我们应该谦虚地承认个体创造力的有限性，承认天才的“个体人物”是一个不真实的概念。

对文学来讲，很多时候，“独创性”是一个充满陷阱的概念。文学上的完全的“独创”或“创新”，是不可能的。因为，新的经验产生于旧的经验；只有在旧经验的基础上，才最终形成了一种有意味的“亦新亦旧”的经验。在文学上，完全与旧经验没有关系的“新经验”，是不存在的。

总之，文学的价值和力量，决定于健全的人格；文学的深度和影

[1] 李建军：《一双煮得半熟的靴子？——车尔尼雪夫斯基批判》，《文艺理论研究》2016年第3期。

响力，决定于它是否包含着成熟的人生哲学；文学家都是“集体性人物”，因此，必须克服那种蔑视他者和传统的傲慢倾向，甚至有必要在固有经验的基础上，进行多种形态的“再度创作”。只有人格健全、行己有耻，只有尊重传统、转益多师，只有深刻地理解了生活的真谛和人生的意义，一个作家才有可能成为伟大的作家，才有可能写出真正有价值的伟大作品。

这就是汤显祖和莎士比亚的伟大经验提供给我们的启示。

参考书目

1. 汤显祖：《汤显祖集全编》，六卷，上海古籍出版社，2015 年。

2. 王思任：《王思任批评本〈牡丹亭〉》，凤凰出版社，2011 年。

3. 根山彻编校：《牡丹亭还魂记汇校》，山东大学出版社，2015 年。

4. 汤显祖：《紫箫记》，黄仕忠、陈旭耀评注，百花洲文艺出版社，2015 年。

5. 汤显祖：《紫钗记》，周秦、刘玮评注，百花洲文艺出版社，2015 年。

6. 汤显祖：《牡丹亭》，邹自振、董瑞兰评注，百花洲文艺出版社，2015 年。

7. 汤显祖：《南柯记》，胡金望、吕贤平评注，百花洲文艺出版社，2015 年。

8. 汤显祖：《邯郸记》，王德保、尹蓉评注，百花洲文艺出版社，2015 年。

9. 莎士比亚：《莎士比亚全集》，11 卷，朱生豪等译，人民文学出版社，1978 年。

10. 朱雯、张君川主编：《莎士比亚辞典》，安徽文艺出版社，1992 年。

11. 孙家琇主编：《莎士比亚辞典》，河北人民出版社，1993 年。

12. 张泗洋主编：《莎士比亚大辞典》，商务印书馆，2001 年。

13. 刘炳善编纂：《英汉双解莎士比亚大辞典》，河南人民出版社，2002 年。

14. 邓绍基主编：《中国古代戏曲文学辞典》，人民文学出版社，2004年。

15. 司马迁：《史记》，中华书局，1999年。

16.《史记选》（*Selections From Records Of The Historian*），杨宪益、戴乃迭译，外文出版社，1979年。

17. 班固：《汉书》，中华书局，1999年。

18. 范晔：《后汉书》，中华书局，1999年。

19. 张廷玉等撰：《明史》，中华书局，1999年。

20. 吕坤：《吕坤全集》，中华书局，2008年。

21. 王守仁：《王阳明全集》（上），吴光等编校，上海古籍出版社，2011年。

22. 李贽：《焚书　续焚书》，岳麓书社，1990年。

23. 刘大櫆、吴德旋、林纾：《论文偶记　初月楼古文绪论　春觉斋论文》，人民文学出版社，1998年。

24. 赵翼：《廿二史劄记》，凤凰出版社，2008年。

25. 吴晗：《朱元璋传》，人民出版社，1985年。

26. 蔡东藩：《明史演义》，文化艺术出版社，2003年。

27. 黄仁宇：《万历十五年》，中华书局，1985年。

28. 黄人：《中国文学史》，杨旭辉点校，苏州大学出版社，2015年。

29. 胡奇光：《中国文祸史》，上海人民出版社，2006年。

30. 屈原：《屈原选集》，人民文学出版社，1998年。

31.《诸子集成·法言》，第7卷，上海书店，1986年。

32. 李白：《李太白全集》，王琦注，中华书局，1977年。

33. 仇兆鳌：《杜诗详注》，中华书局，1979年。

34. 浦起龙：《读杜心解》，中华书局，1961年。

35. 白居易:《白居易文集校注》,谢思炜校注,中华书局,2011年。
36. 陆游:《陆游集》,中华书局,1976年。
37. 王季思主编:《全元戏曲》,人民文学出版社,1999年。
38. 王实甫:《西厢记》,人民文学出版社,1994年。
39 沈璟:《沈璟集》,上海古籍出版社,1991年。
40. 蒋士铨:《蒋士铨戏曲集》,中华书局,1993年。
41. 曹雪芹、高鹗:《红楼梦》,俞平伯校,启功注,人民文学出版社,2000年。
42. 鲁迅:《鲁迅辑录古籍丛编》,人民文学出版社,1999年。
43. 路遥:《平凡的世界》,第一部,人民文学出版社,2004年。

44. 陆机:《文赋集释》,张少康集释,人民文学出版社,2002年。
45. 刘勰:《文心雕龙》,范文澜注,人民文学出版社,1958年。
46. 焦循:《焦循剧说三种》,韦明铧点校,广陵书社,2008年。
47. 王骥德:《王骥德曲律》,湖南人民出版社,1983年。
48. 李渔:《闲情偶寄》,中州古籍出版社,2013年。
49. 刘熙载:《艺概》,上海古籍出版社,1978年。
50. 吴梅:《吴梅词曲论著四种》,商务印书馆,2010年。
51. 吴梅:《中国戏曲概论》,冯统一点校,中国人民大学出版社,2004年。
52. 王国维:《王国维文集》,中国文史出版社,1997年。
53. 王国维:《静庵文集》,辽宁教育出版社,1997年。
54. 卢冀野编著:《中国戏剧概论》,世界书局,1934年。
55. 青木正儿:《中国近世戏曲史》,王古鲁译,中华书局,2010年。
56. 徐慕云:《中国戏剧史》,东方出版中心,2011年。
57. 陈世襄:《中国文学的抒情传统》,三联书店,2015年。
58. 姚一苇:《艺术的奥秘》,漓江出版社,1987年。

59. 章诒和：《伶人往事——写给不看戏的人看》，明报出版社，2006 年。

60. 张友鸾：《汤显祖及其牡丹亭》，上海光华书局，1930 年。
61. 江西文学艺术研究所编：《汤显祖研究论文集》，中国戏剧出版社，1984 年。
62. 毛效同：《汤显祖研究资料汇编》（上、下），上海古籍出版社，1986 年。
63. 周育德：《汤显祖论稿》，文化艺术出版社，1991 年。
64. 徐朔方：《汤显祖评传》，南京大学出版社，1993 年。
65. 邹元江：《汤显祖的情与梦》，南京出版社，1998 年。
66. 陈瘦竹：《陈瘦竹戏剧论集》（上、中、下），江苏教育出版社，1999 年。
67. 郑培凯：《汤显祖：戏梦人生与文化求索》，上海人民出版社，2015 年。
68. 华玮：《走近汤显祖》，上海人民出版社，2015 年。
69. 江巨荣：《汤显祖研究论集》，上海人民出版社，2015 年。
70. 黄振林主编：《汤显祖研究集刊》（创刊号），中国社会科学出版社，2015 年。

71. 普鲁塔克：《希腊罗马名人传》，席代岳译，吉林出版集团有限责任公司，2009 年。
72. 苏维托尼乌斯：《罗马十二帝王传》，张竹明等译，商务印书馆，1995 年。
73. 伊迪丝·汉密尔顿：《希腊精神》，葛海滨译，华夏出版社，2008 年。
74. 伊迪丝·汉密尔顿：《希腊的回声》，曹博译，华夏出版社，

2008 年。

75. 雅各布 · 布克哈特：《意大利文艺复兴时期的文化》，何新译，商务印书馆，1979 年。

76. 斯宾诺莎：《政治论》，冯炳昆译，商务印书馆，2003 年。

77. 弥尔顿：《为英国人民声辩》，何宁译，商务印书馆，1958 年。

78. 爱因斯坦：《爱因斯坦文集》，第三卷，许良英等编译，商务印书馆，2012 年。

79. 勃兰特 · 罗素：《权力论》，吴友三译，商务印书馆，1998 年。

80. 约翰 · 罗尔斯：《正义论》，何怀宏等译，中国社会科学出版社，1988 年。

81. 亚 · 尼 · 雅科夫列夫：《一杯苦酒：俄罗斯的布尔什维主义和改革运动》，徐葵等译，社会科学文献出版社，2016 年。

82. F. E. 霍利迪：《简明英国史》，洪永珊译，江西人民出版社，1985 年。

83. 斯塔夫里阿诺斯：《全球通史：1500 年以前的世界》，吴象婴、梁赤民译，上海社会科学院出版社，1999 年。

84. 斯塔夫里阿诺斯：《全球通史：1500 年以后的世界》，吴象婴、梁赤民译，上海社会科学院出版社，1999 年。

85. 克莱顿 · 罗伯茨等著：《英国史》，上册，史前—1714 年，潘兴明等译，商务印书馆，2013 年。

86. J. E. 尼尔：《女王伊丽莎白一世传》，聂文杞译，商务印书馆，1992 年。

87. 利顿 · 斯特雷奇：《伊丽莎白女王与埃塞克斯伯爵》，戴子钦译，上海译文出版社，2013 年。

88. 艾莉森 · 威尔：《伊丽莎白女王》，董晏廷译，社会科学文献出版社，2014 年。

89. 勃兰兑斯：《十九世纪文学主流·英国的自然主义》，第四分册，徐式谷等译，人民文学出版社，1984 年。

90. 安德鲁 · 桑德斯：《牛津简明英国文学史》，谷启楠等译，人民文学出版社，2000 年。

91. 安妮 · T. 鲁宾斯坦：《英国文学的伟大传统：从莎士比亚到奥斯丁》（上），陈安全等译，上海译文出版社，1998 年。

92. 哈里 · 布拉迈尔：《英国文学简史》，濮阳翔等译，四川人民出版社，1987 年。

93. 雷纳 · 韦勒克：《现代文学批评史（1750—1950）》，第五卷，章安祺、杨恒达译，中国人民大学出版社，1991 年。

94. 雷纳 · 韦勒克：《近代文学批评史》，第四卷，杨自武译，上海译文出版社，2009 年。

95. 佛朗 · 霍尔 ：《西方文学批评简史》，张月超译，南京大学出版社，1987 年。

96. 罗杰·法约尔：《法国文学评论史》，怀宇译，四川文艺出版社，1992 年。

97. 米尔斯基：《俄国文学史》（上卷），刘文飞译，人民出版社，2013 年。

98. 丹尼尔 · 贝尔 ：《资本主义文化矛盾》，赵一凡、蒲隆、任晓晋译，三联书店，1989 年。

99. 亚里斯多德、贺拉斯：《诗学　诗艺》，罗念生、杨周翰译，人民文学出版社，1962 年。

100. 阿 · 尼柯尔：《西欧戏剧理论》，徐士瑚译，中国戏剧出版社，1985 年。

101.《十九世纪英国文论选》，吴苏敬等译，人民文学出版社，1986 年。

102. 尼采：《悲剧的诞生：尼采美学文选》，周国平译，三联书店，

1986 年。

103. 弗洛伊德：《释梦》，孙名之译，商务印书馆，2002 年。

104. 弗洛伊德：《弗洛伊德论美文选》，张唤民等译，知识出版社，1987 年。

105. 诺思洛普 · 弗莱 ：《批评的剖析》，陈慧等译，百花文艺出版社，1998 年。

106. 雅克 · 巴尔赞：《艺术的用途和滥用》，严忠志译，浙江大学出版社，2009 年。

107. 埃斯库罗斯等：《古希腊戏剧选》，人民文学出版社，1998 年。

108. 奥维德：《变形记》，杨周翰译，人民文学出版社，1984 年。

109. 薄伽丘：《十日谈》，王永年译，人民文学出版社，1994。

110. 塞万提斯：《塞万提斯全集》，人民文学出版社，1996 年。

111. 蔡蓉、吕晶编：《吕同六全集 · 意大利中、短篇小说》，第十卷，世界知识出版社，2015 年。

112. 哈里台：《莎士比亚》，赵澧译，浙江文艺出版社，1983 年。

113. M. 莫洛佐夫：《莎士比亚传》，许海燕、吴俊忠译，湖南人民出版社，1984 年。

114. 斯蒂芬 · 格林布拉特：《世俗威尔：莎士比亚新传》，辜正坤等译，北京大学出版社，2007 年。

115. 格里尔：《思想家莎士比亚》，毛亮译，外语教学与研究出版社，2007 年。

116. Roni Jay：《莎士比亚：活着，还是死去》，王蕾译，大连理工大学出版社，2008 年。

117. 安东尼 · 伯吉斯：《莎士比亚》，刘国云译，广西师范大学出版社，2015 年。

118. 彼得 · 艾克洛德：《莎士比亚传》，郭骏、罗淑珍译，国际文化出版公司，2010 年。

119. 英国 DK 出版社著：《莎士比亚百科》，徐嘉等译，电子工业出版社，2016 年。

120. 尼尔·麦克格雷格：《莎士比亚的动荡世界》，范浩译，河南大学出版社，2016 年。

121. 沙乌尔·巴锡、阿尔贝托·托索·费：《莎士比亚在威尼斯》，王一禾译，人民出版社，2014 年。

122. 理查德·保罗·罗：《寻找莎士比亚：寻访莎剧中的意大利》，韦春晓译，上海译文出版社，2014 年。

123. 塞缪尔·约翰逊：《饥渴的想象：约翰逊散文作品选》，叶丽贤译，三联书店，2015 年。

124. 托马斯·卡莱尔：《英雄和英雄崇拜——卡莱尔讲演集》，张峰、吕霞译，上海三联书店，1988 年。

125. 托马斯·卡莱尔：《卡莱尔文学史演讲集》，姜智芹译，广西师范大学出版社，2005 年。

126. 安·塞·布雷德利：《莎士比亚悲剧》，张国强等译，上海译文出版社，1992 年。

127. 佛兰克·赫里斯：《萧伯纳传》，外国文学出版社，1983 年。

128. 乔治·奥威尔：《政治与文学》，李存捧译，译林出版社，2011 年。

129. 乔治·奥威尔：《在鲸腹中》，董乐山等译，北京燕山出版社，2015 年。

130. 蒂利亚德：《莎士比亚的历史剧》，牟芳芳译，华夏出版社，2016 年。

131. 伏尔泰：《伏尔泰论文艺》，丁世中译，人民文学出版社，

1993 年。

132. 斯达尔夫人：《论文学》，徐继曾译，人民文学出版社，1986 年。

133. 德·斯太尔夫人：《德国的文学与艺术》，丁世中译，人民文学出版社，1981 年。

134. 司汤达：《拉辛与莎士比亚》，王道乾译，上海译文出版社，1979 年。

135. 维克多·雨果：《雨果文集》，第十一卷，程增厚译，人民文学出版社，2002 年。

136. 维克多·雨果：《威廉·莎士比亚》，丁世忠译，团结出版社，2001 年。

137. 丹纳：《艺术哲学》，傅雷译，人民文学出版社，1963 年。

138. 莱辛：《汉堡剧评》，张黎译，上海译文出版社，1981 年。

139. 歌德：《歌德文集》，范大灿译，人民文学出版社，1999 年。

140. 爱克曼辑录：《歌德谈话录》，朱光潜译，人民文学出版社，1978 年。

141. 张玉书选编：《席勒文集》，张佳珏等译，人民文学出版社，2005 年。

142. 施勒格尔：《浪漫派风格——施勒格尔批评文集》，李伯杰译，华夏出版社，2005 年。

143. 叔本华：《作为意志和表象的世界》，石冲白译，商务印书馆，1982 年。

144. 叔本华：《叔本华论说文集》，范进等译，商务印书馆，2000 年。

145. 黑格尔：《美学》，第三卷下册，朱光潜译，人民文学出版社，1981 年。

146. 海涅：《莎士比亚笔下的女角》，温健译，上海译文出版社，1981 年。

147. 威廉·哈兹里特：《莎士比亚戏剧中的人物》，顾钧译，华东师范大学出版社，2009年。

148. 海伦·加德纳：《宗教与文学》，江先春、沈弘译，四川人民出版社，1998年。

149. 沈念驹等主编：《普希金全集》（6），评论卷，邓学禹、孙蕾译，浙江文艺出版社，2012年。

150. 沈念驹等主编：《普希金全集》（8），书信卷，吕宗兴、王三隆译，浙江文艺出版社，2012年。

151. 普希金：《普希金论文学》，张铁夫、黄弗同译，漓江出版社，1983年。

152. 别林斯基：《别林斯基选集》，第一卷，满涛译，上海译文出版社，1979年。

153. 别林斯基：《别林斯基选集》，第六卷，辛未艾译，上海译文出版社，2006年。

154. 刘硕良主编：《屠格涅夫全集》，第十一卷，张捷译，河北教育出版社，1994年。

155. 刘硕良主编：《屠格涅夫全集》，第十二卷，张捷译，河北教育出版社，1994年。

156. 托尔斯泰：《列夫·托尔斯泰文集》，第十四卷，陈燊等译，人民文学出版社，1992年。

157. 车尔尼雪夫斯基：《车尔尼雪夫斯基论文学》，中卷，辛未艾译，上海译文出版社，1979年。

158. 杜勃罗留波夫：《杜勃罗留波夫选集》，第二卷，辛未艾译，上海译文出版社，1983年。

159. 契诃夫：《契诃夫文集》，第十三卷，汝龙译，上海译文出版社，1999年。

160. 卢那察尔斯基：《论欧洲文学》，蒋路、郭家申译，百花文艺出版社，2011 年。

161. 莫罗佐夫：《论莎士比亚》，朱富扬译，文化艺术出版社，1987 年。

162. 爱默生：《爱默生集：论文与讲演录》（上、下），赵一凡等译，三联书店，1993 年。

163. 弗兰克·哈里斯：《莎士比亚及其悲剧人生》，许昕译，江西教育出版社，2013 年。

164. 乔治·斯坦纳：《语言与沉默：论语言、文学与非人道》，李小均译，上海人民出版社，2013 年。

165. 阿兰·布鲁姆、哈瑞·雅法：《莎士比亚的政治》，潘望译，江苏人民出版社，2009 年。

166. 阿兰·布鲁姆：《莎士比亚笔下的爱与友谊》，马涛红译，华夏出版社，2012 年。

167. 哈罗德·布鲁姆：《西方正典——伟大作家和不朽作品》，江宁康译，译林出版社，2005 年。

168. 梁实秋：《永恒的剧场——莎士比亚》，时报文化出版事业有限公司，1983 年。

169. 梁实秋：《梁实秋文集》，第 1 卷，鹭江出版社，2002 年。

170. 梁实秋：《梁实秋文集》，第 3 卷，鹭江出版社，2002 年。

171. 梁实秋：《梁实秋文集》，第 6 卷，鹭江出版社，2002 年。

172. 梁实秋：《梁实秋文集》，第 8 卷，鹭江出版社，2002 年。

173. 杨周翰编选：《莎士比亚评论汇编》（上），中国社会科学出版社，1979 年。

174. 杨周翰编选：《莎士比亚评论汇编》（下），中国社会科学出版社，1981 年。

175. 中国莎士比亚研究会编：《莎士比亚研究》（创刊号），浙江人民出版社，1983 年。

176. 陆谷孙主编：《莎士比亚专辑》，复旦大学出版社，1984 年。

177. 柳无忌：《西洋文学研究》，中国友谊出版公司，1985 年。

178. 张泗洋、徐斌、张晓阳：《莎士比亚引论》（上、下），中国戏剧出版社，1989 年。

179. 卞之琳：《莎士比亚悲剧论痕》，三联书店，1989 年。

180. 吴洁敏、朱宏达：《朱生豪传》，上海外语教育出版社，1990 年。

181. 张泗洋、孟宪强主编：《莎士比亚在我们的时代》，吉林大学出版社，1991 年。

182. 宋清如编：《寄在信封里的灵魂——朱生豪书信集》，东方出版社，1995 年。

183. 郑土生：《莎士比亚研究和考证》，江苏教育出版社，2005 年。

184. 梁工主编：《莎士比亚与圣经》，商务印书馆，2006 年。

185. 孟宪强：《三色堇——〈哈姆莱特〉解读》，商务印书馆，2007 年。

186. 李伟昉：《梁实秋莎评研究》，商务印书馆，2011 年。

187. 张玲：《汤显祖和莎士比亚的女性观与性别意识》，中国传媒大学出版社，2013 年。

188. 段自力：《朱生豪莎剧翻译经典化研究》，浙江大学出版社，2015 年。

后　记

去冬今春的某一天，二十一世纪出版社集团总经理张秋林先生来信说，2016年是汤显祖和莎士比亚去世四百周年，作为江西的出版社，他们责无旁贷，想出一本关于两位戏剧家的研究著作，以表达纪念之情。最后的意思是，希望我能共襄盛举，揽下这个活——写一本关于汤显祖和莎士比亚的书。

我有些动心，也有些犹豫。

动心，是因为汤显祖和莎士比亚都是我喜欢的作家，对他们的作品，也比较熟悉。

平时，我就比较留意莎士比亚的研究动态，见到有关他的传记和论著，总是毫不犹豫地买下来。所以，莎士比亚的传记作品，我这里就颇有几种；关于他的研究资料和工具书，也比较齐全。

为何又犹豫不决呢？

最近两年，我将大部的分时间和精力，都用在了《苦难与自由：重估俄苏文学》一书的写作上。我想对20世纪三四十年代以来，中国现当代文学发展过程中的经验和教训，做一番较为深入和系统的反思与总结。在我看来，20世纪的中国文学，对俄苏文学亦步亦趋，几乎就是它的翻版，是它所投下的影子，是它所漾出的涟漪。所以，反思俄苏文学，某种程度上讲，就是反思中国文学。

我在《名作欣赏》开了一个专栏，题目就叫《重估俄苏文学》，一月一篇。我的关于俄苏文学的文章，大都发在这个专栏上面。狮子搏兔，亦用全力；庸驽如我辈者，自然更须用志不分，毕力而为，如此才能保障专栏不致难乎为继，文章质量也不至于十分低劣。

而且，单是相关资料的搜集和阅读，就会花去大量的时间和精力。例如，为了写好《革命文学的"革命代数学"——托洛茨基文学思想批判》《一双煮得半熟的靴子？——车尔尼雪夫斯基批判》和《一元决定论与灰色阐释学——普列汉诺夫的美学理念与文学批评》，我就将中国社会科学院图书馆的犄角旮旯翻了个遍，凡能找到的托洛茨基、车尔尼雪夫斯基和普列汉诺夫的汉译著作，全都细细地读了一遍。

于是，我便对秋林先生坦言相告，说我在写完《重估俄苏文学》之前，恐怕没有时间和精力来做别的事。我告诉他，先物色别的人选，如果万一找不到合适的人，再说。

过了些天，他又打电话来，说找不到合适的人，还是想让我来。我依然没敢应承，只说"我再想想"。

4 月 17 日，我到上海，参加由二十一世纪出版社集团和复旦大学中文系主办的纪念《悦读 MOOK》主编褚钰泉先生的座谈会。会后，秋林先生来房间聊天，再次谈到撰写纪念汤显祖与莎士比亚一书的事情，态度很是恳切。我就答应了下来。

回到北京，一切就按部就班地展开了。

第一步，就是阅读两位作家的全部作品。《汤显祖集全编》，六卷本，繁体竖排，上海古籍出版社出版；《莎士比亚全集》，十一卷本，人民文学出版社出版。这些作品全都得细细地读，要边读边做标识和笔记。重要作品要反复读。

第二步，就是梳理关于汤显祖和莎士比亚的研究史和研究现状。这一部分的阅读量更大。我对自己的要求是，重要的传记作品和研究论著，都要接触到，尽量不留死角和空白。非如此苛细，便无法保证研究的有效性。而征引准确和宏富，也是一件非常重要的事情，因为，这不仅有助于启发和支持自己的观点，也有助于读者了解更多的信息。

第三步，就是确定研究的思路和方法，构建全书的基本框架。我选择了比较老实的办法，即相互的比较与独立的分论相结合，以免仅仅根据几个僵硬的概念和牵强的判断，将汤显祖和莎士比亚强行扭结在一起进行比较，非得在相异处找共性，或在相同处寻差异。运用比较批评方法的时候，最怕“硬出意见”，强作解人。这种“强行比较”的典型个案，就是梅列日科夫斯基的《托尔斯泰与陀思妥耶夫斯基》。

梅列日科夫斯基是个才华横溢的流亡作家。他有作家的敏感和激情，但是，缺乏批评家的冷静和理性；善于捕捉和分析细节，但是，对作家的总体把握和判断，往往会有很大的偏差。他将托尔斯泰的小说界定为“身体的”写作，将陀思妥耶夫斯基的写作界定为“心灵的”写作。托尔斯泰喜欢描写人物的外貌，而陀思妥耶夫斯基却对此毫无兴趣。于是，他在前者的作品中，只看见对肉身的描写；在后者的作品中，只看见对心灵的描写。他对陀思妥耶夫斯基大加赞扬，对托尔斯泰大加贬斥：“托尔斯泰的‘人物’，与其说是人物，不如说是牺牲品：在他们身上，人的个性还没有完全形成，就已被自发力量吞没。……作品的肌质，似乎也是像生活本身的肌质一样，既无开端，也无终结。”[1]这是一种骇人的“比较”。它完全是随意和武断的。这种普罗克汝斯忒斯（Procrustes）魔床式的“比较批评”，应当“悬为厉禁”，引以为戒。

在我看来，将作者与作品结合起来的“人文互证”，是一个有效的研究策略，这意味着不仅要细读作品，要深入到文本的内部，探察

[1] 梅列日科夫斯基：《托尔斯泰与陀思妥耶夫斯基》，卷一，杨德友译，华夏出版社，2009年，第229页。

作品幽邃的意蕴，还要以意逆志，尽可能准确地理解和把握作家的人格和心意状态；要“知人论世”，将作家放在他的时代里来考察，分析时代对他的影响，同时，还要结合当下的时代氛围和文化矛盾，分析作家的人格与作品对于现时代的意义；要充分认识文学语言的特殊性，认识到诗性语言对翻译的“不顺从”，从而尊重不同样态文学的价值，而无须妄分轩轾，也无须汲汲于“走出去”。对文学来讲，那种虚妄的“世界认同”和“国际奖赏”，除了能够满足某些人一时的虚荣心，此外的意义，似乎很是寥寥。

汤显祖四十九岁那年，写过一首题目很长的诗：《戊戌覲还过阳谷店，览丁亥秋壁间旧题，惘然成韵，示赵滕侯》。诗人经历了官场的倾轧，看透了世路的险恶。1598 年春天，他来到十一年前的秋天曾投宿过的山东阳谷店，故地重游，内心充满了难以言说的悲哀和寂寞，和难以舒散的烦恼与郁结，于是，便世虑全消，心生归志。他在诗里写道：“伉伉南奉常，报秩此停驭。一言公府怒，万里辞春署。……身名良以悠，岁月何其遽。俯迹自沾衣，驱车从此去。勉矣后来人，当知心所语。”[1]

他想起了自己因为直言而受到的摧辱。信而见疑，忠而被谤，他的诗里自然就有股子愤愤然的不平之气。

这最后一句，在我读来，大有深意存焉，尤其耐人寻味。

是啊，披读前贤书，“当知心所语”。

在小半年的时间里，我时时摩挲着两位伟大作家的作品，用心倾听他们的“心语”。

我将自己所听到的、所领悟到的，都写在这里了。

请读者诸君也听我“心语”，且有以教我。

最后，还有一些感谢的话要说。

[1] 汤显祖：《汤显祖集全编》（二），上海古籍出版社，2015 年，第 751 页。

感谢张秋林先生和二十一世纪出版社集团对我的信任，感谢他们邀请我到临川拜谒汤显祖。

临川归来，嗒然若丧，心情不怿者良久，遂赋诗一首：

谒临川清远道人（并序）

余所著《并世双星：汤显祖与莎士比亚》行将蒇工，应二十一世纪出版社集团总经理张秋林先生之邀，2016年8月17日，一行数人，以张国功教授为向导，欣欣然前往抚州临川，拜谒清远道人。讵料世事沧桑，万物改易，玉茗堂早已荡然无存，义仍墓也惨遭“红卫兵”掘发；唯旧时沙井，掩蔽于道旁。极目西望，遥见埃文河畔，莎士比亚庐墓依然，花草无恙；两相对照，感慨系之，怆然有怀。

半世倾心读巨著，如归故里到临川。
旧居荡荡无遗迹，新构洋洋有大观。
闻道坟茔遭毁废，但余残片旧衣衫。
威廉西望多安好，并世双星两重天。

好在，汤显祖活在他的作品里。在他的文字家园里，没有野蛮的暴力侵扰，没有寒冷的风雪欺凌。这里永远是春天。这里的黎明静悄悄。这里的黄昏无限好。

感谢我的朋友、文学批评家、白鹿书院院长、《秦岭》杂志主编邢小利先生。在最酷热难熬的三伏天，他安排我逃离北京，到照金避暑写作。没有在这里的二十多天舒适的写作，我恐怕很难按期完成此书。感谢我的朋友仵埂教授来照金陪我，并带我到旬邑乡间访古和观光。

我得特别介绍一下美丽的照金。此处地近长安，不到两个小时的车程，却别有洞天，是一个特别宜人的清凉世界，虽在盛夏，亦如三秋。

顺着宽缓的大路，步行十多分钟，即可到达山顶。山上风光之美，简直令人惊艳。开阔的山坡上，起伏有致地种着大片大片的格桑花。这是一种气质清雅的花，丰姿绰约，艳而不俗，没有罂粟花的妖异，也没有凌霄花的恣肆；不像蓼草那样直白，也不像蜀葵那样刻板。在色彩缤纷明艳的花海中，暗红色的自行车道，忽现忽隐地向东边延伸，将人们的目光，引向远处的丹霞地貌。

绿色的牧场草地，像一幅打开的扇面，点缀着几棵高大而依依的柳树，和十几匹悠闲地吃草的骏马。山风习习而来，风力恰到好处，吹着祥云一样的格桑花，吹着碧水一样的绿草地，将花和草的带着甜味的清香，吹得满世界都是，让人切切实实地体验到了“微醺”二字的意味。

山下的小镇，除了干净，还是干净，干净得简直使人有些恍惚，仿佛置身于地中海边上的索莲托。最不可思议的，是它的凉快。那宜人的温度，就像是上帝亲自调试好的。在别处气温高达四十摄氏度的时候，此间夜晚须盖薄棉被才行。真是一个难得的避暑胜地！可惜，知道它红色名字的人，或许不少；但知道它的美丽和洁净的人，知道它的无可形容的凉爽的人，确乎不多。

感谢胡平先生、张国功先生、王军先生、方敏先生、熊炽先生、周劲松先生、彭蕾女士、章丽娜女士、李蒙蒙女士、简欢欢女士，感谢他们对我的关照、对拙著的出版所付出的辛劳。

感谢中国社会科学院图书馆的工作人员，感谢中国社科院文学研究所资料室的工作人员，感谢中国社科院历史研究所资料室的工作人员，感谢他们为我提供耐心而周到的帮助。

感谢我的家人。没有她们的理解和支持，我的写作肯定不会这么顺利。打印和校对，都是极其琐细麻烦的事情，但内子视为己任，毫无怨言。

最后，我还要感谢我家名叫梦宝——女儿喜欢叫它瑞狗——的荷兰垂耳兔。感谢它带给我的生命与生命对视和交流的喜悦。初到我家时，它还是一个楚楚可怜的兔宝宝，比手掌才略大一点；现在，已经长成一个聪明而健壮的小伙子啦。书稿终于写完了，我可以好好陪它玩玩啦。

2016 年 9 月 18 日，北京平西府

图书在版编目（CIP）数据

并世双星：汤显祖与莎士比亚 / 李建军著.
-- 南昌：二十一世纪出版社集团, 2016.10
ISBN 978-7-5568-2254-6

Ⅰ.①并… Ⅱ.①李… Ⅲ.①汤显祖（1550-1616）- 戏剧文学 - 文学研究
②莎士比亚(Shakespeare,William 1564-1616) - 戏剧文学 - 文学研究
Ⅳ.①I207.37②I561.073

中国版本图书馆CIP数据核字(2016)第226591号

并世双星：汤显祖与莎士比亚　李建军 / 著

策　　划　张秋林
责任编辑　方　敏　李蒙蒙　简欢欢
特约编辑　张国功
美术编辑　彭　蕾
责任制作　章丽娜
出版发行　二十一世纪出版社集团（江西省南昌市子安路75号　330025）
　　　　　www.21cccc.com　cc21@163.net
经　　销　新华书店
印　　刷　江西华奥印务有限责任公司
开　　本　720mm × 1000mm　1/16
印　　张　30
字　　数　390千字
版　　次　2016年10月第1版
印　　次　2016年10月第1次印刷
书　　号　ISBN 978-7-5568-2254-6
定　　价　50.00 元